HEYNE
BÜCHER

Tip des Monats

W0172458

In derselben Reihe
erschienen außerdem als Heyne-Taschenbücher:

2 Romane in einem Band

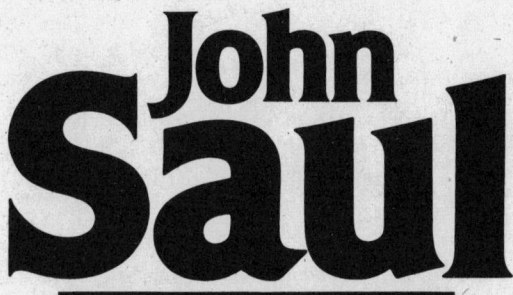

John Saul

Im Zeichen Kains
Das Gott-Projekt

WILHELM HEYNE VERLAG
MÜNCHEN

HEYNE TIP DES MONATS
Nr. 23/50

Titel der amerikanischen Originalausgabe
PUNISH THE SINNERS/IM ZEICHEN KAINS
Übersetzt von Thomas Njehaus
(Dieser Titel erschien bereits in der Reihe
„Die unheimlichen Bücher" mit der Band-Nr. 11/23.)

Titel der amerikanischen Originalausgabe
THE GOD PROJECT/DAS GOTT-PROJEKT
Übersetzt von Rolf Jurkeit
(Dieser Titel erschien bereits in der Reihe
„Die unheimlichen Bücher" mit der Band-Nr. 11/13.)

Inhalt

Im Zeichen Kains

Das Gott-Projekt

Im Zeichen Kains

Die Einweihung

Immer tiefer verfiel Peter Balsam in Trance. Seine Sinne schärften sich, und er spürte die sengende Flamme jeder einzelnen Kerze; er hörte sogar, wie der Teufel zu ihm rief. Er fühlte sich von Höllenglut umgeben; Unbehagen stellte sich ein, das ihn mehr und mehr ergriff und schließlich in Angst stürzte... Er wurde nach unten gezogen. Es waren Engelshände, deren Streicheln er jetzt spürte. Gleich wurde er ruhiger, gefaßter, und im stillen begann er, die Worte der *acts of faith and contrition* zu wiederholen, während er immer weiter in Ekstase geriet.

Peter Balsam war zuletzt im Orden des heiligen Peters, des Märtyrers, aufgenommen worden.

Und bereits kurze Zeit später machte er die grausige Entdeckung: Über seinen ganzen Rücken, von den Schultern bis hinunter zur Taille, zogen sich tiefrote Striemen. Es sah böse aus. Sie waren dick geschwollen und voll unheimlicher Schmerzen, die auf der ansonsten blaß-weißen Haut so deutlich zu sehen waren.

»Um Gottes willen, was ist das?« fragte Margo atemlos, während sie dabei den Umhang von seinen Schultern nahm. »Sag, was ist passiert?«

Jetzt wurde auch er vom ganzen Schrecken dieser Unheimlichkeit getroffen. Sein ganzer Körper begann zu zittern, letztlich gepackt vom Schauder. Schluchzend kam es heraus, »ich weiß nicht. Und das ist das Schlimmste, ich weiß einfach nicht, woher ich es habe.«

Prolog

Vorsichtig streckte er sich nach dem Türgriff hoch. Halb hoffte er, die Tür würde verschlossen sein. Sie ließ sich öffnen. Mit erwartungsvoll offenen Augen ging er vor, langsam, ganz langsam. Wenn man vier Jahre alt ist, weiß man nicht immer genau, was man tun darf und was nicht. Dann macht man es entweder ganz schnell oder ganz langsam, so langsam, wie der Junge es gerade tat.

Er öffnete die Tür zum Schlafzimmer seiner Eltern nur so weit, daß er mit seinem kleinen Körper hineinschlüpfen konnte. Dann machte er die Tür hinter sich zu und sah sich um, obgleich er wußte, daß niemand im Zimmer war. Für einen Vierjährigen gibt es nur wenige Zimmer, die wirklich leer sind.

Auf Zehenspitzen vorangehend, schlich er sich durch das Zimmer, auf den Schrank seiner Mutter zu. Wieder hoffte er halb, daß die Tür verschlossen sein würde. Wieder einmal war es nicht so, und er nahm erneut seinen ganzen Mut zusammen, um die Tür zu öffnen und in den Schrank zu steigen. Da waren sie – die Schuhe seiner Mutter.

Er hatte das Bild einmal in einem Buch gesehen – ein kleiner Junge, der ganz in den Kleidern der Mutter steckte; seine kleinen Füße verloren sich in den viel zu großen und hochhackigen Schuhen, während der Körper in den Falten eines roten Kleides verschwand und das Gesicht unter der Krempe eines weiten Sonnenhutes. Seine Mutter liebte dieses Bild, und fast abgöttisch liebte sie den Jungen darauf.

Er stieg in ein Paar Schuhe seiner Mutter und versuchte erst einmal, die Balance auf den dünnen Absätzen zu gewinnen, was nicht leicht war, aber endlich doch gelang. Dann überlegte er, wie er an die Hutschachtel herankommen könnte, die ganz oben auf einem Regalbrett lag und für ihn fast schon außer Sichtweite war. Plötzlich hörte er etwas.

Es war das Klicken eines Türschlosses, und sogleich wußte er, daß jemand ins Zimmer gekommen war. Rasch drehte er sich um, die Schranktür war fast geschlossen, aber nicht ganz. Wenn er sich absolut still verhielte, dann würde vielleicht niemand, wer immer es auch war, irgend etwas bemerken...

Er kauerte sich am Schrankboden nieder. Er hörte weitere Geräusche, dann Schritte, dann Stimmen, und dann das Schnappen des Türschlosses. Es waren seine Eltern, beide im Schlafzimmer.

»Ich mag jetzt nicht.« Es war seine Mutter. »Es kommt mir so – so unanständig vor.«

»Du meinst, du hast keine Lust, es bei Licht zu machen.« Das war sein Vater, obendrein verärgert. »Deine Zimperlichkeit, Ruth, war schon immer das Problem an dir. Was du brauchst, ist ein bißchen Hauch einer Hure.«

Was war wohl eine ›Hure‹, fragte sich der Junge im Schrank, und was er dann hörte, klang wie eine Rauferei, unterbrochen von der ängstlichen Frage seiner Mutter: »Was ist mit den Kindern?«

»Was soll schon mit ihnen sein?« raunte sein Vater. »Elaine ist in der Schule, und der Kleine ist draußen und macht Gott weiß was.«

Der Kleine versuchte, sich im Schrank besser zu verstecken, denn nun war es noch wichtiger, nicht entdeckt zu werden. Er wußte zwar nicht genau, warum, aber er spürte die Wichtigkeit.

Die Rauferei schien kein Ende zu nehmen, wieder hörte er einige Worte, verstand aber nichts. Langsam fragte er sich, was da draußen tatsächlich vor sich ging. Einen Blick durch den Türspalt zu riskieren, wagte er nicht, zu groß war seine Angst. Seine immense Angst wich erst, als er das Stöhnen seiner Mutter vernahm. Er krabbelte zur Tür und preßte seine Augen gegen den Spalt. Außer einem Bettfuß war nichts zu sehen. Inzwischen war das Stöhnen seiner Mutter noch heftiger geworden. Er mußte es wagen und die Tür etwas weiter öffnen. Und nun sah er sie.

Beide lagen im Bett, der nackte Vater auf der nackten Mutter, die mal weinte, mal stöhnte und mit seinem Vater rang, als würde sie gegen ihn kämpfen. Andererseits hielt sie die Arme um seinen Hals geschlungen, und in den Stöhnpausen stieß sie immer wieder hervor: »Ja – ja... O Gott, ja!«

Je länger er diese eigenartige Szene auf dem Bett beobachtete, desto größer wurde seine Angst. Vielleicht sollte er seiner Mutter helfen, aber die Angst vor dem Vater hielt ihn vor der Ausführung seines Gedankens zurück. Schon einmal hatte ihn sein Vater geschlagen; er wollte nicht wieder Schläge bekommen. Außerdem war er sich nicht sicher, ob seine Mutter überhaupt Hilfe wollte. Inzwischen ging es lauter zu, seine Mutter schrie; allem Anschein nach war es jetzt doch ein richtiger Kampf. Aber immer noch waren ihre Arme um den Körper seines Vaters geschlungen; und sie küßte ihn.

Dann merkte er, wie sich etwas anderes im Zimmer bewegte. Es war die Tür zum Schlafzimmer, die sich langsam öffnete. Er hielt den Atem an und atmete erst wieder aus, als er sah, daß es Elaine war. Sie würde wissen, was zu tun war, dachte er bei sich. Sie war sechzehn und fast erwachsen. Wenn seine Mutter wirklich in Not war, Elaine würde ihr helfen können. Er sah, wie Elaine auf das Bett zuging. Warum sagte sie nichts, warum unternahm sie nichts? Sie stand einfach neben dem Bett und beobachtete wie gebannt diese Vorgänge.

Er wollte sich gerade bemerkbar machen, als er sah, wie seine Schwester die Hände über den Kopf hob.

Und in ihren Händen sah er das Küchenbeil.

Und dann sah er, wie das Beil herunterraste und mit hartem, metallenem Klang durch den Schädel seines Vaters drang.

Er hörte das entsetzliche Schreien seiner Mutter, und verwirrt sah er zu, wie sie sich vom schweren Körper seines Vaters zu befreien versuchte. Warum nur half Elaine ihr nicht? Sie hatte doch den Vater zum Einhalt gebracht.

Er merkte, daß Elaine nicht das Geringste unternahm, um seiner Mutter zu helfen. Wieder hob seine Schwester das Beil. Im nächsten Moment sah er, wie das Gesicht seiner Mutter getroffen wurde. Er war gelähmt vor Schrecken. Er dachte, er hätte seine Mutter schreien hören. Alles geschah so schnell, daß er sich nicht sicher war. Und immer noch sah er, wie seine Schwester immer wieder das Beil hochbrachte und auf beide Körper einschlug, die längst bewegungslos dalagen; schließlich gab es für ihn nur noch Rot und das silberne Blitzen des Metalls.

Voller Angst preßte sich der Kleine tiefer in den Schrank. Hoffentlich würde sie ihn nicht entdecken. Aber sie stand ganz still neben dem Bett und sah sich die Sache an. Dann ließ sie das Beil aufs Bett fallen und kniete am Boden nieder, als ob sie etwas suchen würde, was er jedoch nicht sehen konnte.

Sie stand wieder auf und brachte einen Stuhl in die Mitte des Zimmers, wo an der Decke ein großer Lampenhalter hing. Sie stieg hinauf, um sich irgendwie an der Halterung zu schaffen zu machen. Sie hantierte mit einem Stromkabel, das er schon einmal gesehen hatte, als seine Eltern irgendwelche elektrischen Geräte daran anschlossen, wenn die anderen Kabel zu kurz waren. Ihm war unklar, warum sie das jetzt an der Lampenhalterung festmachen wollte, wo doch jeder wußte, daß es in eine Steckdose gehört.

Er sah, wie sich seine Schwester das lose Ende um den Hals legte. Langsam begann er zu begreifen, was sie vorhatte. Er hatte so etwas schon einmal gesehen. Sie würde sich aufhängen, so wie er es von Bildern her kannte. Was sollte aus ihm werden, wenn sie das tat? Er mußte sie aufhalten.

Der Kleine hatte seine Stimme wieder gefunden. Wie wild schrie er nun drauflos. Seine Schwester drehte sich sofort herum, verlor den Halt, und unter ihren Füßen kippte der Stuhl. Die Schranktür flog auf, und im selben Moment trafen sich beider Blicke: Sie hatte sich das Genick gebrochen. Hilflos sah der kleine Junge seine Schwester hin und her baumeln. Schließlich ging er auf sie zu und berührte sie vorsichtig. Sie fühlte sich seltsam an, so als ob sie nicht länger seine Schwester wäre. Was sollte er jetzt tun?

Später – er wußte nicht, wann – hörte er einen Schrei. Er verhielt sich ruhig und kauerte sich in der hintersten Schrankecke zusammen, die Knie unter das Kinn gezogen, während die Arme sich ganz fest um seine Beine schlangen. Er glaubte, noch andere Geräusche zu hören, ehe er merkte, wie die Schranktür geöffnet wurde, zwei Arme nach ihm griffen und ihn aufhoben. Erst jetzt begann er zu weinen, um dann kaum mehr ein Ende zu finden.

Den ersten Tag nach Entdeckung der grausamen Tat im Schlafzimmer seiner Eltern mußte er im Krankenhaus verbringen. Nonnen nahmen sich seiner an und stellten endlose Fragen, für die er keine Antworten hatte. Er wollte seine Mutter und seinen Vater wiedersehen. Aber sie besuchten ihn nicht.

Am zweiten Tag brachte man ihn ins Klostergebäude. Er hatte keine Ahnung, daß es ein Kloster war; für ihn war es ein großes Gebäude, in dem es viele Nonnen gab, die großes Getue um ihn machten. Aber er sah auch Kinder, die alle da zu leben schienen, und er fragte sich, ob auch er hier leben sollte.

Als er am zweiten Tag schlafen ging, überlegte er, ob seine Eltern ihn wohl besuchen würden. Und Elaine? Was war aus ihr geworden? Bevor er in Schlaf fiel, glaubte er, Elaine zu sehen. Aber irgend etwas stimmte nicht an ihr. Eigenartig, wie ihr Hals in die Länge gezogen und ziemlich verdreht war.

Als der kleine Junge zu schreien begann, kam sofort eine Nonne ins Zimmer geeilt, um ihn fest in die Arme zu schließen, bis er sich beruhigt hatte und wieder eingeschlafen war.

Am dritten Tag ging man mit ihm in die Kirche, und der kleine Junge begriff nun, daß seine Eltern ihn nicht mehr abholen würden. Er wußte, sie waren in den Kisten, die vor der Kirchenfront aufgebahrt waren. Man würde die Kisten fortbringen, und er würde seine Eltern nie wiedersehen.

Ob er seine Eltern noch einmal anschauen dürfte, fragte er, was ihm verboten wurde. Er wußte nicht, warum.

Während der Beerdigungszeremonie blickte sich der kleine Junge neugierig um. Neben ihm war eine Frau, ganz in Schwarz gehüllt, und kurz vor Ende der Feierlichkeit zupfte er an ihrem schwarzen Gewand. Er wußte, sie war eine Nonne, und wahrscheinlich würde sie künftig auf ihn aufpassen. Noch einmal zupfte er an ihrem Umhang, so daß sie sich herabbeugte und ihr Ohr ganz dicht an seine Lippen hielt.

»Wo ist Elaine?« fragte er. »Kommt sie nicht hierher?«

Einen Augenblick lang sah die Nonne den Kleinen wie versteinert an und schüttelte dann den Kopf.

»Sie kann nicht hiersein«, sagte sie. »Es ist besser, du denkst nicht mehr an sie.«

»Warum nicht?« wollte der Kleine wissen.

»Vergiß sie!« ermahnte die Nonne ihn. »Deine Schwester war sehr böse, sie hat gesündigt. Du darfst nicht mehr an sie denken.«

Die Totenmesse war zu Ende; seine Eltern wurden fortgebracht, und er fragte sich, was mit ihnen nur passiert war.

Und was war mit seiner Schwester geschehen?

Warum war er nun ganz allein?

Aber er war nicht ganz allein, sondern in einem Kloster, wo niemand ihm sagte, warum. »Er wird schon darüber hinwegkommen«, hörte er eine der Schwestern sagen. »Er muß es einfach vergessen.«

Der kleine Junge vergaß nichts, weder als er klein war, noch als er älter wurde. Irgend etwas war passiert, das wußte er. Irgend etwas war seinen Eltern und seiner Schwester zugestoßen. Er wußte es, wie er auch wußte, daß seine Schwester Schuld an allem hatte.

Seine Schwester war böse. Seine Schwester hatte gesündigt.

Er wußte, daß Gott allen Sündern vergibt.

Aber wer bestraft die Sünder?

Als er zehn Jahre alt war, hörte er mit den Fragen auf. Es hatte ihm ohnehin nie jemand Antwort gegeben.

1. BUCH

Die Heiligen von Neilsville

1

Peter Balsam war den Hügel zur Kathedrale hinaufgewandert und sah nun zu der bedrohlichen Fassade der Kirche von St. Francis auf. Hier schien die Wüstenhitze noch unerträglicher, und er merkte, wie der Schweiß aus seinen Achselhöhlen drang und in Rinnsalen über seinen Rücken hinunterlief. Er ließ sich auf den Stufen vor der Kirche nieder und betrachtete die Aussicht, die sich ihm von unten bot.

Neilsville hieß diese Stadt. Sie lag in der flimmernden Hitze der Wüste von Eastern Washington wie im Todeskampf, mit jedem Atemzug mehr ringend, außerstande, das qualvolle Leid zu beenden.

Eine seltsame Atmosphäre lag um Neilsville. Peter Balsam hatte diese Aura seit seiner Ankunft hier gespürt, aber keine Erklärung dafür gefunden.

Vor zwei Stunden war er aus dem Zug gestiegen, als er wie von einem Blitz getroffen wurde. Es war ein Wort, an das er plötzlich denken mußte, das er aber genauso schnell wieder verdrängte. Obwohl es sich nicht verdrängen ließ. Es kehrte beharrlich wieder.

Das Böse.

Wie Todesgeruch hatte es sich über der Stadt ausgebreitet. Sein erster Gedanke war, fortzulaufen mit allem, was er bei sich hatte, den nächsten Zug nach Osten zu nehmen und Neilsville so schnell wie möglich zu verlassen.

Doch der nächste Zug ging erst am nächsten Tag. Nur mit Zögern hatte er sich zu der Apartmentwohnung begeben, die man für ihn angemietet hatte. Nicht einmal seine Koffer hatte er ausgepackt, ganz abgesehen von den anderen Dingen, die es zu tun gab. Er schrieb seinen Namen nicht an den Briefkasten, machte nicht die geringsten Anstalten, ein Telefon zu bestellen, und kümmerte sich auch sonst nicht um die Angelegenheiten, die man bei einem Einzug in eine neue Wohnung normalerweise erledigen muß.

Statt dessen hatte er sich einzureden versucht, daß seine unheimlichen Vorausahnungen, daß irgend etwas an dieser Stadt nicht stimmte, nichts weiter als Einbildung waren. So war er losgegangen, um sich den Ort einmal näher anzusehen.

Dann war er den Hügel zur Kathedrale hinaufgestiegen. Er wollte dem Mann gegenübertreten, der ihn nach Neilsville geholt hatte. Peter Balsam trat in die Dunkelheit der Kirche ein, tauchte seine Finger ins Weihwasser und schlug im Niederknien das Zeichen des Kreuzes. Dann sank er auf einer Kirchenbank zu Boden und begann zu beten.

Es waren die Gebete, die er von den Nonnen im Kloster gelernt hatte. Das Gebet hatte ihm immer Frieden gebracht.

Heute aber konnte er diesen Frieden nicht finden. Finger schienen sich nach ihm auszustrecken, suchten ihn zu ergreifen und in einen Sumpf zu ziehen, den er nur fühlen konnte.

Peter Balsam versuchte weiterhin, Ruhe und Konzentration im Gebet zu finden. Immer wieder sprach er die vertrauten Verse vor sich hin, bis sein Angstgefühl von der Rosenkranzleier verdrängt wurde.

»Heilige Maria, Mutter Gottes, sei uns Sündern gnädig...«

Im Arbeitszimmer des Pfarrhauses, ganz in der Nähe der Kirche, ging Monsignore Peter Vernon langsam auf und ab. Er hatte beobachtet, wie Balsam den Hügel heraufgekommen war; nun wartete er auf das leise Klingeln, mit dem sich der Besucher ankündigen würde. Doch dann wurde ihm klar, daß Balsam nach dem langen Aufstieg eine Pause zum Luftholen gemacht haben mußte.

Noch einmal trat der Pater ans Fenster und sah hinaus. Es war der gewohnte Blick über die Dürre von Neilsville. Unter ihm befand sich der Tennisplatz, auf dem fünf Mädchen spielten, vier von ihnen im Doppel, während eine sich die Zeit allein vertrieb. Während er sie in Augenschein nahm, wandte jede von ihnen den Blick hinauf zu ihm, als ob sie seine Mißbilligung empfunden hätten. Ohne sich zu schämen, winkte eine von ihnen, und der Pater beeilte sich, vom Fenster wegzutreten, offensichtlich peinlich betroffen, daß er von ihnen entdeckt worden war. Schließlich ärgerte er sich sogar über seine eigene Betroffenheit.

Er konnte diese Mädchen nicht leiden, insbesondere nicht ihre Art, wenn sie sich in seiner Gegenwart respektvoll gaben, hinter seinem Rücken aber über ihn lachten. Während seiner Kindheit wäre eine solche Ungezogenheit niemals geduldet worden. Die

Nonnen hatten immer Respekt gefordert, den die Jungen im Kloster ohne zu zögern gezollt hatten. Die Zeiten waren anders geworden; außerdem lebten diese Mädchen nicht in St. Francis Xavier, und sie waren auch nicht einer ständigen Überwachung ausgesetzt, so wie er sie noch während seiner Kindheit erlebt hatte. Dieses Jahr, so sagte er sich, sollten sich die Dinge ändern. Mit der Hilfe von Peter Balsam wollte er nun strengere Saiten aufziehen und ihnen Respekt und Demut einflößen. Zu diesem Zweck hatte er Peter Balsam nach Neilsville geholt.

Es war kein leichtes Unterfangen gewesen. Von Anfang an hatte die Gemeindeschule nur Nonnen als Lehrer eingestellt, die gegen die Idee des Monsignore, einen Psychologiekurs unter der Leitung eines Laien einzuführen, starken Widerstand geleistet hatten. Psychologie, so behaupteten sie, sei in St. Francis Xavier fehl am Platze. Und in St. Francis Xavier habe noch nie ein Mann, der obendrein nicht einmal ein Priester sei, gelehrt. Monsignore Vernon erklärte ihnen, daß es unmöglich gewesen sei, jemand anderen zu finden, der sowohl Latein als auch Psychologie geben konnte. Aber auch dies überzeugte nicht, so daß er sich ausschließlich auf seine Autorität als ihr geistliches Oberhaupt berufen mußte. Wie die meisten anderen, so kuschten auch sie schließlich vor der Strenge, die in solchen Momenten in die Augen des Monsignore trat. Erst dann war es ihm möglich gewesen, Peter Balsam nach Neilsville zu bitten.

Monsignore Vernon kannte Peter Balsams Geschichte. Er hielt es deshalb für sehr unwahrscheinlich, daß sein alter Freund die Bitte abschlagen würde. Peter Balsam sagte zu.

Als Peter Balsam aus dem Kirchendunkel wieder in das gleißende Sonnenlicht trat, wurde er von der unerträglichen Hitze fast zurückgeworfen. Noch einmal sagte er sich, daß die Angst, die ihm die Stadt einflößte, lediglich Einbildung sei. Es war eben alles anders hier, als er es von früher her gewohnt war; hier litt alles unter der sengenden Hitze.

Er redete sich zu, in Neilsville zu bleiben und der Stadt eine Chance zum Kennenlernen zu geben. Zu lange schon war Angst ein Bestandteil seines Lebens, dieses Mal mußte er sie überwinden. Als er auf das Pfarrhaus neben der Kirche zuging, versuchte er sich noch mal mit dem Gedanken zu beruhigen, daß sein Unbehagen nur eingebildet sei. Aber so ganz konnte er sich dieses unwohle Gefühl nicht ausreden. Denn während er die Stufen zur Veranda des

Pfarrhauses hinaufging, spürte er, wie irgend etwas nach ihm griff, ihn zu ziehen versuchte, irgend etwas, das nicht in ihm war, sondern dort draußen, irgendwo da draußen in Neilsville.

Er ging über die Veranda und suchte die Klingel. Er wollte gerade an die Tür klopfen, als er die kleine Karte entdeckte, die an der Glasscheibe in der Mitte der Tür klebte. Darauf stand in zierlicher Schrift: ›Bitte kommen Sie herein.‹ Der Bitte folgend, öffnete Balsam die Tür und betrat den Flur des Pfarrhauses. Rechts von ihm stand ein kleiner Tisch, darauf eine silberne Glocke, die Balsam vorsichtig in die Hand nahm. Kurz darauf war ein klares Klingeln im Haus zu vernehmen. Noch war alles still, doch dann hörte er, wie irgendwo in der Halle eine Tür geöffnet wurde und jemand aus dem Zimmer trat. Groß, selbstbewußt und eine Hand zum Gruß ausgestreckt, kam Peter Vernon auf ihn zu.

»Peter Balsam«, hörte er den Pater mit tiefer Stimme sagen. »Wie lange haben wir uns schon nicht mehr gesehen?« Noch bevor er ein Wort zur Begrüßung sagen konnte, sah er sich schon durch die Halle gedrängt, in das Zimmer, aus dem wenige Sekunden zuvor der Pater herausgekommen war.

»Pete…«, begann Balsam zögernd, während Vernon die Zimmertür schloß. Offensichtlich war es sein Arbeitszimmer. Doch dann merkte Balsam, wie nervös er eigentlich war – schlimmer als er gedacht hatte. Irgendwie hatte sich sein alter Freund verändert. Er schien größer und mehr Zuversicht zu verbreiten, während sein Blick etwas Schweres an sich hatte, eine eigenartige Dunkelheit, die Balsam beunruhigte. »Es ist lange her«, schloß er müde, »dreizehn oder vierzehn Jahre, glaube ich.«

»Setz dich«, sagte Vernon und deutete mit einer Handbewegung auf zwei große Stühle am Kamin, wo er noch vor Balsam Platz nahm. Auch Balsam setzte sich und merkte, wie er von Peter Vernon gemustert wurde.

»Ich glaube, ich bin noch ziemlich erledigt«, sagte er mit einem gequälten Lächeln, »irgendwie macht einem der Hügel hier ganz schön zu schaffen.«

»Du wirst dich daran gewöhnen«, sagte Vernon. »Mir ging es ganz ähnlich. Sei also willkommen in Neilsville!«

Der Monsignore bemerkte, wie Balsams Lächeln nachgab und seine Brauen sich leicht zusammenzogen. »Ist etwas nicht in Ordnung? Gefällt dir die Wohnung nicht?«

Balsam verneinte mit einem Kopfschütteln. »Nein, die Wohnung ist sehr schön. Ich weiß nicht, was es ist. Ich kann's mir nicht erklären, aber seit ich aus dem Zug gestiegen bin, begleitet mich so ein sonderbares Gefühl. Ich kann wirklich nicht genau sagen, was es ist. Ich rede mir schon die ganze Zeit ein, daß es nur Einbildung ist. Aber das Gefühl wird immer stärker, daß irgend etwas...« Er mußte sich unterbrechen, um die richtigen Worte zu finden. Er zögerte, das Wort ›böse‹ zu gebrauchen, das ihm wieder in den Sinn gekommen war. »...daß irgend etwas hier nicht richtig ist.«

Er spürte, wie vom Pater eine eisige Kälte ausging. Offensichtlich hatte er sich zu einer falschen Bemerkung hinreißen lassen, denn beinahe fünfzehn Jahre schon war Neilsville das Zuhause des Monsignore, und das erste, was Balsam bei ihrer Begegnung tat, war, den Ort schlechtzumachen. Balsam versuchte, seinen Schnitzer wiedergutzumachen.

»Ich bin sicher, ich werde mich schon anfreunden«, beeilte er sich hinzuzufügen, und im gleichen Augenblick war ihm klar, daß er nun zu bleiben gezwungen war. Auch vom Pater schien die Spannung wieder gewichen zu sein, der freundlich lächelnd fragte:

»Wie geht es deiner Frau? Heißt sie nicht Linda? Will sie nachkommen?«

»Ich fürchte, nein«, sagte Balsam vorsichtig. »Wir haben uns auseinandergelebt. Manchmal klappt es eben nicht.«

»Ich verstehe«, sagte Vernon in einem Tonfall, der Balsam bedeutete, daß er überhaupt nichts verstanden hatte. »Wirklich eine äußerst unangenehme Geschichte.«

Balsam beschloß, die ganze Angelegenheit herunterzuspielen. Erklärungsversuche darüber, was schiefgelaufen war, waren zwecklos. Der Blick des Paters verriet weiterhin eisige Kälte und Verständnislosigkeit. »Das kommt ganz auf den Blickwinkel an. Aus unserer Sicht, Lindas und meiner, war wohl eher die Heirat ein Fehler, nicht die Trennung.« Er versuchte ein Lächeln.

So wie Vernon ihn anstarrte, war ein Lächeln kaum möglich. Er hatte schon wieder einen Fehler begangen: Pete Vernon war Priester; er hätte es besser verschweigen sollen.

»Ich hätte das nicht erwähnen sollen«, bemerkte er schnell. »Natürlich war das alles sehr schmerzlich, und ich fürchte, daran wird sich so schnell nichts ändern.« Es wird noch lange dauern, dachte er bei sich, während der Pater fürs erste beruhigt erschien.

»Natürlich«, erwiderte Vernon mit väterlicher Stimme, die Balsam an ihm noch gar nicht kannte.

»Wenn ich irgend etwas für dich tun kann...« Plötzlich wandte er sich ab, und als er den Satz wieder aufnahm, tat er dies mit einem deutlichen Unterton der Verärgerung.

»Du hättest mir das alles vorher sagen sollen«, fuhr er fort. »In Städten wie Neilsville läßt sich so etwas viel schwieriger verheimlichen als in größeren Gemeinden. Schade, denn das macht es uns allen nicht gerade leichter.«

Mein Gott, dachte Balsam, will er mich etwa entlassen, bevor ich überhaupt eine Chance hatte? Dann sagte er, »ich glaube nicht, daß außer mir mein Eheleben sonst noch jemanden etwas angeht.«

Vernon lächelte verständnisvoll. »Ich glaube, du mußt noch viel über Neilsville lernen. Gerade in solche Geschichten steckt hier jeder die Nase. Aber da läßt sich nichts mehr dagegen machen. Du bist nun also hier, und Linda nicht. So ist es doch, nicht wahr?«

Balsam wünschte, seine Erleichterung würde unbemerkt bleiben. »Pete«, begann er, hielt aber gleich an, als er die zum Schweigen mahnende Hand des Paters sah.

»Da wir nun schon mal bei den unangenehmen Dingen von Neilsville sind, sollten wir gleich noch über ein oder zwei weitere Kleinigkeiten sprechen. Zum einen sind wir ja alte Freunde, und da ist es selbstverständlich, daß du mich Pete nennst. Hier in der Pfarrei aber geht alles etwas traditioneller zu. Jeder hier, und damit meine ich wirklich *jeder*, nennt mich Monsignore. Das mag dir sehr streng vorkommen, aber es hat gute Gründe. Du solltest dich also auch umstellen und mich in richtiger Form anreden.«

Verkrampft lächelte er, als er Balsams erstaunten Gesichtsausdruck bemerkte. »Mir selbst wäre es lieber gewesen, wenn ich dich darauf nicht hinweisen müßte. Spricht es sich aber einmal herum, daß du mich Pete nennst statt Monsignore, dann wird man das als Zeichen der Mißachtung verstehen. Und das soll ja nicht sein.«

»Ich verstehe«, sagte Balsam langsam und hoffte, diese Floskel ebenso erfolgreich zu gebrauchen wie zuvor der Monsignore selbst. »Isoliert dich das denn nicht von allen anderen hier?«

Hilflos zuckte Vernon mit den Achseln. »Was bleibt mir anderes übrig? So hat man es hier schon immer gemacht. Die Menschen hier mögen es so. Außerdem haben wir doch eine Aufgabe an unserer Herde zu erfüllen, findest du nicht auch?«

Bevor Balsam darauf antworten konnte, erhob sich der Pater. »Hättest du nicht Lust auf einen kurzen Rundgang?« schlug er vor. »Dabei kannst du dich auch ein bißchen mit der Landschaft anfreunden.« Dieses Mal strahlte sein Lächeln Wärme aus. Trotzdem begann Peter Balsam sich zu fragen, wieviel daran wohl echt war.

Monsignore Vernon geleitete Peter Balsam über die Tennisplätze zum Schulgebäude. Die vier Mädchen, die gerade ein Doppel spielten, hielten inne, um die beiden Männer zu beobachten. Peter Balsam grinste selbstbewußt zu ihnen hinüber, während der Pater sie geflissentlich übersah.

Das fünfte Mädchen war unterdessen ganz damit beschäftigt, Bälle gegen die Wand des Handballplatzes aufzuschlagen, so daß es die beiden Männer gar nicht wahrzunehmen schien.

»Die haben mich wirklich einer schnellen Prüfung unterzogen«, stellte Balsam fest, als beide das Schulhaus betraten.

»Dabei war ich es, den sie im Auge hatten«, sagte Monsignore Vernon ungehalten. »Sie machen das absichtlich, weil sie glauben, daß mich das aufregt.«

»Tut es das?« fragte Balsam mit sanfter Stimme und war überrascht, als ihn der Pater beim Arm faßte und sich ihm zuwandte.

»Nein!« gab er zurück. »Das tut es nicht!« Peter Balsam spürte den stechenden Blick des Monsignore, der weiter entgegnete: »Wird es dich stören?«

»Warum sollte es das?« antwortete Balsam etwas verwirrt und fragte sich, warum der Pater so heftig reagiert hatte.

Der Monsignore ließ von Balsams Arm wieder ab. »Kein Grund zur Aufregung«, sagte er knapp. »Nicht im geringsten.«

Während sie nun den Rundgang durch das Schulgebäude begannen, war Peter Balsam sicher, daß es doch einen Grund gab, und wenn es nur der gemeinsame Hintergrund ihres Lebens im Kloster war. Keiner von ihnen wußte, wie man mit pubertären Teenagern umgehen sollte, und jetzt, wo sie Mitte Dreißig waren, war es doch wohl zu spät, das noch zu lernen. So fühlte sich jeder von ihnen auf eigene Art unwohl – Balsam, indem er wie ein Narr grinste, und Vernon, indem er den Mädchen keine Beachtung schenkte. Peter Balsam verdrängte den Vorfall, als sie das Gymnasium besichtigten.

Auf dem Tennisplatz hatten die vier Mädchen ihr Spiel unterbrochen und steckten nun ihre Köpfe zusammen. Judy Nelson, die ein paar Monate älter war als die anderen, kicherte:

»Dieses Mal haben wir ihn aber richtig drangekriegt. Immer tut er so, als ob es uns gar nicht gäbe.«

»Allerdings nur im Sommer«, bebte Penny Anderson. »Sonst kommt man ihm ja das ganze Jahr über nicht aus!«

Doch keines der Mädchen antwortete ihr. Noch immer schauten sie den beiden Männern hinterher, die gerade im Schulhaus verschwanden.

»Habt ihr gesehen, was los war, als ich zu ihm hochgewunken habe?« fragte Karen Morton. »Ich dachte, er klinkt aus. Ich hasse es, wie er mich anstiert.«

»Jeder dreht sich doch nach dir um«, entgegnete Judy und bemühte sich dabei, ihren Neid nicht allzusehr zu verraten. »So wie du dich herausstellst, kannst du das doch niemandem übelnehmen!« Judy sah mit Genugtuung, wie ihre Freundin immer roter wurde.

»Sie kann doch nichts dafür«, begann Janet Connally Karen zu verteidigen. »Nicht jede von uns kann sich eben jede Woche neue Kleider leisten.«

Karen Morten wurde schon wieder rot. Sie wußte nicht, was schlimmer war – ihre überentwickelten Formen oder ihre Armut. Sie hoffte, irgend jemand würde schnell das Thema wechseln. Endlich wurde sie erlöst, als das vierte Mädchen im Bunde sagte:

»Ich glaube, der andre ist der neue Lehrer.« Es war Penny Anderson, die fortfuhr: »Meine Mutter hat ihn heute nachmittag vom Bahnhof abgeholt und zu seinem Apartment gebracht. Sie sagt, er ist verrückt.«

»Dann paßt er ja gut hierher«, scherzte Judy. »Wenn du mich fragst, die ganze Stadt hier ist verrückt.« Ein leichtes Schaudern ergriff sie bei diesem Gedanken, das von den drei anderen Mädchen nicht weiter beachtet wurde: Denn so lange sie sich erinnern konnten, hatte Judy Neilsville schon immer gehaßt.

»Wirst du diesen Kurs belegen?« fragte Penny.

»Ich würde ihn nur ungern versäumen«, war Judys Antwort, wobei ihre Lust an einem gemeinsamen Komplott unüberhörbar war. »Wir sollten alle daran teilnehmen!«

»Ich weiß nicht sicher, ob meine Mutter mich läßt«, sagte Penny voller Zweifel. »Sie sagt, Psychologie ist nichts für die Schule.«

»Das sagt jeder hier, außer dem Monsignore«, warf Janet ein. »Ich wundere mich nur, warum er so darauf beharrt. Ich meine, irgendwie ist das doch wohl das letzte, was er uns beibringen würde.«

»Vielleicht muß er das Fach einrichten«, war Karens Vermutung. »Kann doch sein, daß der Bischof darauf bestand.«

»Ist auch egal«, sagte Judy Nelson ungeduldig. »Wichtig ist doch nur, daß sie uns nicht wieder aufteilen, wenn wir den Kurs besuchen wollen, wie sie es sonst so gerne tun. Endlich mal ein richtiger Lehrer und keine Nonne. Ich sag' euch, das wird toll. Nach einer Woche wird er nicht wissen, wo ihm der Kopf steht.«

»Das macht bestimmt Riesenspaß«, gab auch Penny zu, »aber ich muß erst noch meine Mutter bearbeiten.«

»Wo wir gerade bei den Müttern sind«, schaltete sich Judy ein und schnitt eine Grimasse, »ich treffe mich gleich mit meiner bei Osgood's, um ein neues Kleid zu kaufen. Habt ihr nicht Lust, mitzukommen?« Obwohl die Frage an alle gerichtet war, antwortete nur Karen:

»O ja, gerne. Dann werden wir dir was ganz Scharfes für die Party am Samstag aussuchen.«

»Als ob sie mich so scharfe Sachen überhaupt kaufen ließe«, maulte Judy. »Sie glaubt doch, ich bin immer zwölf.« Beide verließen nun den Tennisplatz, wo Penny und Janet zurückblieben. Einen Augenblick später entdeckte Judy das andere Mädchen, das sich immer noch allein die Zeit vertrieb. Heimlich stupste sie Karen an. Dann drehte sie sich um und rief ihren Freundinnen laut genug zu, damit es auch das einzelne Mädchen hören konnte: »Kommt ihr endlich, oder wollt ihr dem plumpen Elefanten beim Spielen zuschauen?«

Janet Connally war über diese Gemeinheit ihrer Freundin ziemlich überrascht, sagte aber nichts, sondern hakte sich bei Penny ein und ging fort. Judy Nelson aber, am anderen Ende des Platzes, wurde höchstens dadurch erschüttert, daß sie so sehr über ihren eigenen Witz lachen mußte.

Die Person, auf die Judys Witz abzielte, war Marilyn Crane. Am liebsten wäre sie im Erdboden versunken und gestorben. Sie hatte die Beleidigung genau gehört. Sie wußte, wer gemeint war. Es fiel ihr schwer, nicht in Tränen auszubrechen.

Sie konnte doch nichts für ihre Ungeschicktheit. So war es nun mal, und es war immer schon so gewesen. Ihr ganzes Leben lang hatte ihre Mutter die Geschichte vom häßlichen Entlein erzählt, aus dem eines Tages ein anmutiger Schwan wird. Aber es war eben nur ein Märchen, und Marilyn wußte es.

Sie versuchte, ganz gezielt noch einen Ball an die Mauer zu schlagen, was ihr jedoch nicht gelang. Schnell blickte sie um sich, und erleichtert stellte sie fest, daß niemand da war, der sie beobachtet hatte.

Sie sammelte die Bälle ein und verstaute sie in einer Dose. Eigentlich hatte sie schon vor längerer Zeit aufhören wollen, doch dann waren die ›Vierlinge‹ gekommen, und sie wollte auf keinen Fall den Eindruck aufkommen lassen, sie ginge nur, weil die anderen gekommen waren. Daß sie geblieben war, war eigentlich eine noch größere Qual, denn das bißchen Geschicklichkeit, das sie den Sommer über erworben hatte, wurde allein durch die Ankunft der vier Mädchen vollends zunichte gemacht. Aber mit der ihr eigenen verschlossenen Ruhe, die sie sich im Laufe ihres fünfzehnjährigen Lebens zugelegt hatte, stand sie auch diese Situation durch. Jetzt, endlich, konnte sie verschwinden.

Sie entschloß sich, in die Kirche zu gehen. Dort war es sicher kühl, und, was noch viel wichtiger war, in der Kirche konnte sie Trost in ihrem Schmerz finden. Dies war der einzige Ort, wo sie sich aufgehoben fühlte. In dem dämmrigen kalten Gewölbe war niemand, der sie auslachte oder sich niederträchtig über sie lustig machte, wie es so oft geschah und gerade laut genug, daß sie die Abfälligkeiten immer hören konnte.

In der Kirche war sie der Heiligen Jungfrau ganz nahe, und die Heilige Jungfrau spendete ihr immer den ersehnten Frieden.

Wenn sie in der Kirche saß und zu der Statue der Madonna aufblickte, glaubte sie fast, die Heilige Jungfrau wäre lebendig und würde ihre Nähe suchen. Marilyn versuchte ihrerseits, ihr ebenso näherzukommen, ihre Gegenwart zu spüren, sie zu berühren, die ihr den Frieden brachte.

Aber mit jedem Tag gab es für Marilyn Crane eigentlich immer weniger Frieden, und eines Tages würde sie gar keinen Frieden mehr haben. Sie wußte es. An diesem Tag würde sie endlich die Mutter der Leiden berühren können, und ihr eigenes Leid würde von diesem Tag an von der Mutter Gottes getragen werden.

Marilyn betrat die Kirche und betete im stillen um Vergebung ihrer Sünden.

2

Peter Balsams Unbehagen wuchs immer mehr während ihres gemeinsamen Erkundungsganges durch die verschiedenen Räumlichkeiten von St. Francis Xavier. Er hatte schon viele der Kirche angeschlossenen Schulen kennengelernt. In den meisten war immer deutlicher der zeitlose Charakter eingezogen, der auch an den öffentlichen Schulen herrschte. Gleichzeitig war die religiöse Erziehung weiter in den Hintergrund gerückt, während die Unterrichtung weltlicher Fächer an Bedeutung gewann. Anders in Neilsville, wo die Klassenräume spartanisch kahl waren und der einzige Schmuck eine Statue der Heiligen Jungfrau war, die in jedem Zimmer an gleicher Stelle in einer Wandnische stand. Balsams Unruhe wuchs, was im Verlauf ihres Rundgangs dem Monsignore Vernon nicht entging.

»Wie ich dir schon am Anfang sagte, halten wir uns hier eng an die formalen Bestimmungen«, begann er mit einem gefrorenen Lächeln. »Sicher denkst du, wir sind der Zeit um einiges hinterher.«

Noch einmal versuchte Peter, seine wahren Gefühle herunterzuspielen. »Ich überlegte gerade, wie wohl St. Francis Xavier selbst über all das gedacht hätte«, sagte er. »Wenn ich mich recht erinnere, war der alte Knabe doch recht berühmt für seinen Mangel an all dem formalen Kram. Neigte er nicht sogar dazu, sich aus so gut wie allem einen Spaß zu machen?«

Einen Moment lang hielt Monsignore Vernon inne. Seine Hand hielt immer noch die Türklinke gefaßt, die die Tür zum letzten Raum öffnen würde. Er sah Balsam mindestens eine Minute lang an, ehe er erneut zu sprechen begann und es offensichtlich war, daß er seine Worte nun sehr sorgfältig wählte.

»Laß es mich mal so sagen – obgleich St. Francis Xavier Jesuit war, ist dies hier keine Jesuitenschule. Dafür gibt es auch einen sehr einfachen Grund: Die Leute in dieser Gemeinde, mich eingeschlossen, fühlen sich den Dominikanern nämlich näher als den Jesuiten. Ich hoffe, ich habe mich klar genug ausgedrückt.«

Peter Balsam bemühte sich, sein Lächeln so echt wie möglich aussehen zu lassen und in möglichst heiter klingendem Ton zu erwidern: »Ganz klar, obwohl ich zugeben muß, daß ich bei den Dominikanern in erster Linie an die Inquisition denke. Ich werde daher mein Bestes geben, um diesen Aspekt zu vergessen.«

Wieder sah ihn der Monsignore prüfend an, ehe er ein Lächeln auf seine Lippen legte. »Ich hoffe, es wird dir gelingen«, sagte er mit aufmunternder Herzlichkeit und öffnete die Tür zum letzten Klassenraum, den sie noch nicht besichtigt hatten. Er ging zur Seite und hieß Peter mit den Worten eintreten: »Dies wird dein Klassenzimmer sein.«

Balsam sah sich den Raum mit größerer Neugier an, als er es bei den anderen Zimmern getan hatte. Er schien jedoch nicht zu unterscheiden. Quadratisch im Grundriß, die Fenster mit Blick zum Schulhof, an einer Wand die Tafel, jeweils sechs Pulttische in fünf ordentlich aufgestellten Reihen, der Lehrertisch auf einem niedrigen Podest in einer Ecke, so daß jeder Schüler genau im Blickfeld saß. An der Rückwand befand sich wie in allen anderen Klassenräumen die Nische für die Statue der Jungfrau Maria. Doch hier bemerkte er eine ganz andere. Er wandte sich an den Monsignore, dessen ansatzhaftes Lächeln zu einem breiten Grinsen geworden war. Balsam war überrascht.

»Das versteh' ich nicht«, sagte er und ging auf die Statue zu. Beim näheren Hinsehen fragte er: »Wer ist das?«

»Das«, antwortete Monsignore Vernon in der jovialen Art, die Peter Balsam noch aus ihrer gemeinsamen Schulzeit in Erinnerung hatte, »das ist St. Peter der Märtyrer.«

Da Balsam offensichtlich betreten war, fuhr Vernon fort: »Er ist ein Dominikaner. Du mußt dich mit ihm vertraut machen. So berühmt St. Francis Xavier für seine Heiterkeit war, so berühmt ist St. Peter der Märtyrer für seine Wachsamkeit gegen die Ketzerei.«

»Ketzerei?« wiederholte Balsam, der nicht verstand, worauf der Priester hinaus wollte.

Langsam verlor sich das erstarrte Lächeln auf Monsignores Gesicht. »Ein kleiner Scherz meinerseits«, erklärte er. »Da du hier Psychologie unterrichten wirst – und einige der modernen psychologischen Theorien grenzen ja ganz offensichtlich an Ketzerei –, dachte ich, es wäre vielleicht ganz amüsant, St. Peter den Märtyrer aufzustellen. Sozusagen als Aufpasser.«

Balsam schüttelte traurig den Kopf. Der Monsignore war einmal sein Freund gewesen. Er versuchte herauszufinden, ob der Priester das wirklich nur als Scherz auffaßte oder ob er ihm irgend etwas sagen, ihn vielleicht sogar warnen wollte. Er konnte es nicht beurteilen.

»Wie ist es?« durchbrach der Monsignore die peinliche Stille endlich. »Wollen wir uns noch für ein paar Minuten ins Pfarrhaus begeben? Da sind noch ein paar Kleinigkeiten, die wir besprechen sollten. Ich kann dir ein Gläschen exzellenten Sherry anbieten, wenn es nicht zu früh dafür ist.«

»Schön«, stimmte Peter Balsam zu, der irgendwie abwesend schien und die Frage gar nicht richtig gehört hatte.

Schweigend gingen sie zum Pfarrhaus zurück, während sich Balsam immer noch darüber wunderte, wie sehr sich sein Freund in den wenigen Jahren verändert hatte. Seiner Erinnerung nach hatte Vernon das Leben immer genommen, wie es gerade kam, und immer das Beste aus allem gemacht. Jetzt schien er wie ausgewechselt, ein eigenartiger, fast schon linkischer Charakter, den er in den alten Schultagen nie an sich gehabt hatte. Als sie wieder in das Arbeitszimmer traten, sagte Balsam sich, daß es wohl besser gewesen wäre, wenn er seine Erwartung nicht an den alten Zeiten gemessen hätte. Schließlich verändern sich ja alle irgendwie. Und immerhin hatte der Priester große Verantwortung zu tragen. Balsam beschloß, sein Urteil über Pete Vernon zu ändern und den neuen Gegebenheiten anzupassen. Aus dieser neuen Sicht würde ihm sicherlich auch die ungewohnte Anrede des alten Freundes, mit ›Monsignore‹, leichter fallen. Bei diesem Gedanken mußte er sogar in sich hineinlachen.

Der Pater reichte ihm ein Glas Sherry und ging dann zum Schreibtisch hinüber, der in der einen Ecke des Zimmers stand. Von dort holte er eine Mappe und nahm schließlich auf dem Stuhl gegenüber Platz. Einen Augenblick lang herrschte zwischen beiden Männern ein tiefes Schweigen. Zwischendurch nippten sie an ihrem Sherry, ehe der Pater das Gespräch nach einer Weile aufnahm.

»Ich habe hier noch etwas, was mich sehr beunruhigt«, er zeigte auf die Mappe in seiner Hand. Fragend sah Balsam ihn an.

»Der Abriß deiner Doktorarbeit«, fuhr Vernon fort. »Ich bin sie immer wieder durchgegangen. Ich werde den Eindruck nicht los, daß diese Zusammenfassung, wer immer auch dafür verantwortlich ist, eine Menge ausläßt.«

Schlagartig wich Balsams Spannung. Endlich befand er sich auf vertrautem Terrain.

»Das kann ich mir gut vorstellen«, sagte er. »Du kannst dir gar kein Bild davon machen, welche Probleme ich mit dieser Arbeit hatte. Eine Zeitlang dachte ich, man würde mich deshalb aus St. Alban rauswerfen.«

»Ja, das lag wohl sehr nahe«, stimmte Vernon zu, der immer

noch die Mappe hielt und nun laut den Titel der Doktorarbeit vom Einband ablas: »Selbstmord als Sünde: Eine Untersuchung über die Gültigkeit des Dogmas. Es klingt, als hattest du ernsthaft daran gedacht, das Dogma in Frage zu stellen. Stimmt das?« Mit scharfen Blicken begann er Peter zu prüfen.

Balsam zuckte die Schultern. »Kommt ganz darauf an, was du damit meinst, ›ernsthaft in Frage zu stellen‹. Ich habe mich lediglich darum bemüht, einen Blick auf das Dogma der Kirche zu geben, wenn auch unter Berücksichtigung der Aussagen der modernen Psychologie zum Phänomen des Selbstmordes.«

»Und du meinst, dadurch wird die kirchliche Lehre in keiner Weise in Frage gestellt?« Wieder sah ihn der Priester mit streng prüfendem Blick an.

»Nicht in meinen Augen«, erwiderte Balsam. »Aber ich fürchte, in St. Alban haben sie nicht viel Unterschied gemacht zwischen meiner Untersuchung und einer echten Infragestellung.«

»Das kann ich mir auch nicht vorstellen«, entgegnete der Monsignore. »Um ehrlich zu sein, ich selbst kann diesen Unterschied nicht machen.«

»Vielleicht ist es am besten, ich erkläre es am Beispiel eines Gerichtsverfahrens. Alles, was ich meiner Meinung nach getan habe, war die Durchführung einer Art Vorverhör, um zu sehen, ob ein Prozeß überhaupt nötig sein würde.«

»Und war es nötig?«

Balsam hob erneut die Schultern. »Ich weiß es nicht. Jedenfalls stieß ich bei der Gegenüberstellung des kirchlichen Dogmas und der Wissenschaft der Psychologie auf einige Streitpunkte, für deren Lösung kompetentere Leute als ich zuständig sein sollten.«

Bei diesen Worten lehnte sich der Monsignore im Stuhl zurück, um sich offenbar zu entspannen. Zum erstenmal hatte Balsam bemerkt, wie sehr der Pater bei diesem Thema verwirrt war, und glaubte, er schulde ihm deshalb eine Erklärung.

»Mir schien die Lehre der Kirche, was den Selbstmord betrifft, immer ein wenig unmenschlich«, begann er.

Monsignore Vernon lächelte gequält. »Die Lehren der Kirche sind Aussagen Gottes. Was auf den ersten Blick also unmenschlich erscheint, ist noch lange nicht gottlos.«

Balsam zog die Brauen zusammen. Er spricht wie ein echter Inquisitor, dachte er sich, ehe er laut fortfuhr: »Mir scheint, daß wir jemanden, der so zerrüttet ist, daß er sich umbringen will, nicht als vernünftig bezeichnen können. Also verdient er die gleiche Zuwendung, die die Kirche auch denen gibt, die wir als ›Schwachsinnige und Heiden‹ bezeichnen.«

»Dein Vergleich hinkt«, antwortete Vernon unterkühlt. »Natürlich sind diejenigen, die wir als ›Schwachsinnige und Heiden‹ bezeichnen, nicht für sich selbst verantwortlich, aber nicht einfach, weil sie Schwachsinnige und Heiden an sich sind, sondern deshalb, weil sie nicht in der Lage sind, die Dogmen überhaupt zu verstehen.«

Balsam zog es vor, nicht weiter auf diesem Punkt zu beharren. »Wie ich schon sagte, kompetentere Leute als ich sollten darüber entscheiden, ob das Dogma geändert werden sollte oder nicht. Ich habe dazu in meiner Ausarbeitung in keiner Weise Stellung genommen. Wahrscheinlich wurde sie aus diesem Grund letzten Endes angenommen.«

»Und für dich selbst hast du auch keine Lösung gefunden?« fragte der Monsignore nach, um ihn offensichtlich weiter unter Druck zu setzen.

Balsam verneinte mit einem Kopfschütteln. »Soweit es mich betrifft, habe ich lediglich Fragen aufgeworfen. Ich glaube, ich bin weder in der Psychologie noch in der Theologie bewandert genug, um darauf auch die Antworten zu liefern.«

Monsignore Vernon nickte bedächtig mit dem Kopf, als ob er das Gesagte erst einmal verdauen müßte. Als er den Faden wieder aufnahm, konnte Balsam den Zusammenhang anfangs nicht genau erkennen.

»Ich möchte dir sagen, daß es in der Gemeinde ziemliche Aufregung über dein Unterrichtsfach gegeben hat«, begann er. »Ich befürchte, daß es da eine starke Strömung gibt, die der Meinung ist, Psychologie habe an einer kirchlichen Schule nichts zu suchen. Offen gesagt, ich hatte einige Zweifel, ob meine Wahl für diese Aufgabe auf den richtigen Mann gefallen ist.«

»Und?« wollte Balsam weiter wissen.

Monsignore Vernon zeigte sein grimmiges Lachen, als er erklärte: »Laß es mich einfach so sagen – ich fühle mich jetzt ein bißchen wohler. Noch vor ein paar Minuten dachte ich, ich müßte dich ernsthaft davor warnen, unseren Schülern etwas beizubringen, was in irgendeiner Weise im Widerspruch zu den Lehren der Kirche steht.«

Diese Warnung hast du mir ja nun gegeben, dachte Balsam bei

sich. Dann versuchte er, seine Stimme so unbeteiligt wie möglich klingen zu lassen, als er nachsetzte: »Und du glaubst, jetzt ist das nicht mehr nötig?«

»Ich glaube, du wirst deine Sache gut machen«, antwortete Vernon im Aufstehen. »Und vermutlich war es richtig, in deinem Klassenzimmer die Statue des St. Peter des Märtyrers aufzustellen.« Bei diesen letzten Worten glaubte Peter ein Leuchten in den Augen des Paters zu erkennen, ein eigenartiger Eindruck, den er jedoch rasch verwarf.

»Vielleicht sollte ich mich besser mit der Geschichte des heiligen Peters des Märtyrers befassen«, sagte er. »Immerhin werden wir ja Kollegen.«

Vernon gab ihm einen kameradschaftlichen Schlag auf die Schulter, der Balsam das Gefühl gab, zur Tür hinausgedrängt zu werden.

»Vielleicht solltest du das wirklich tun«, betonte der Pater zustimmend. »Er war ein faszinierender Mann. Du kannst mir glauben, er hatte nie Probleme, zu entscheiden, was mit der reinen Lehre der Kirche in Einklang stand und was nicht. Solltest du jemals Zweifel darin haben, etwa beim Unterricht in deiner Klasse, dann frag St. Peter den Märtyrer um Rat. Oder mich. Ich sage das nicht aus Stolz. Du weißt, auch Stolz ist eine Sünde. Aber ich habe fast so einen empfindlichen Sinn für das, was richtig ist, wie St. Peter selbst.«

»Ich werde das beherzigen«, gab Balsam trocken zurück und fragte sich, ob ihn der Pater überhaupt gehört hatte. Sie standen beide an der Eingangstür, während der Pater immer noch ganz in Gedanken verloren schien.

»In diesem Zusammenhang fällt mir ein«, sagte er beim Öffnen der Tür, »ich leite unten in Neilsville einen kleinen Arbeitskreis. Eine völlig zwanglose Sache, mußt du wissen. Vielleicht würde dich das interessieren, speziell, was deinen Wissensdurst über St. Peter den Märtyrer beträfe. Er ist sozusagen unser Lieblingsheiliger. Oder bist du von solchen Dingen ganz abgekommen?« Völlig unvermittelt sah er ihm dabei in die Augen. Für einen Moment begegnete Balsam diesem Blick.

»Nicht ganz«, erklärte er unsicher. »Aber ich glaube, das muß noch warten. Ich habe noch eine Menge für den Unterricht vorzubereiten.«

»Wahrscheinlich mehr, als du dir jetzt träumen läßt«, ergänzte Vernon in einem Ton, der Balsam stutzig machte. Als er Balsams verdatterten Gesichtsausdruck bemerkte, fuhr er sogleich fort: »Wir dachten, daß wir mit der unteren Klasse beginnen sollten, wenn wir den Psychologieunterricht starten. Da sind nämlich vier Mädchen, und ich bin mir sicher, daß sie an deinem Unterricht teilnehmen wollen.«

»Etwa die vier, die vorhin Tennis spielten?« fragte Peter intuitiv.

»Genau die«, bestätigte Vernon. »Aber ich möchte dich vorwarnen. Schon von klein auf waren sie unzertrennlich, und bislang kannten die Schwestern immer nur ein Mittel, um mit ihnen fertig zu werden, indem sie sie einfach voneinander trennten. Sonst hängen sie nämlich immer zusammen. An Unterricht ist dann nicht mehr zu denken, es wäre eine einzige Schwätzerei, und du wärst nur damit beschäftigt, mit deinen Klassenbucheintragungen nachzukommen. Ich habe eine ganze Schreibtischschublade voll mit Eintragungen über die vier. Seit neun oder zehn Jahren sammle ich die schon. Eines Tages werde ich sie alle lesen, allein um zu sehen, was die sich so alles ausdenken. Ich möchte wissen, was in aller Welt so wichtig ist, daß man es sich nicht nach dem Unterricht erzählen kann.«

Balsam merkte, wie wieder dieses Unbehagen in ihm hochkam. Mädchen dieses Alters hatten ihn schon immer verunsichert, so daß die Aussicht, mit einer festen Clique von Teenagern konfrontiert zu werden, ihm angst machte. Er ließ es sich aber nicht anmerken.

»Ich danke für diese Warnung«, fügte er an. »Aber irgendwie sagt mir mein Instinkt, daß es sicher ganz interessant ist, alle vier von ihnen in einer Psychologieklasse zu haben.«

»Folgst du eigentlich immer deinen Instinkten?« wollte Monsignore Vernon wissen.

Unbeirrt sah Balsam ihn an. »Nein«, betonte er mit ruhiger Stimme, »nicht immer.«

»Gut«, entgegnete der Priester, »dann wirst du dich hier ja zurechtfinden.« Und noch bevor Balsam darauf etwas entgegnen konnte, hatte der Priester sich ins Haus zurückbegeben. Balsam stand vor geschlossener Tür und fragte sich, was sein alter Freund mit diesen Worten nur gemeint hatte.

Die steinerne Fassade des Hauses konnte ihm darauf keine Antwort geben, und langsam trat er den Weg hinunter nach Neilsville an. Eigentlich nahm er unterwegs die Stadt gar nicht wahr, da sich in seinem Kopf ein ganz anderes Bild festgesetzt hatte. Es war das

Bild von jener Statue im Klassenzimmer, von St. Peter dem Märtyrer. Ganz deutlich spürte er, daß es eine Warnung war, aber wovor?

Von seinem Fenster im Pfarrhaus aus beobachtete Monsignore Vernon, wie Peter Balsam die Anhöhe hinunterging. Es würde schon alles gut laufen, fand er, obgleich er sich anfangs nicht so sicher gewesen war. Nach dem Gespräch mit Balsam aber wußte er, daß er zufrieden sein konnte. Alles würde wieder in Ordnung kommen, jetzt wo er Peter Balsam in Neilsville hatte.

Auf seinem Weg durch die Hauptstraße überkam Peter Balsam, wie schon bei seiner Ankunft, das Gefühl einer düsteren Vorahnung. Wie sollte er dagegen ankommen, fragte er sich und fühlte, daß es mit seiner Standhaftigkeit nicht weit her war. Eigentlich wollte er Pete – dem Monsignore, verbesserte er sich sogleich – nur einen Besuch abstatten und bei dieser Gelegenheit mitteilen, daß er nicht bleiben wolle. Aber er hatte es nicht fertiggebracht. Statt dessen ließ er den Priester über sich entscheiden, so wie er schon immer über sich hatte bestimmen lassen. Das war schon so, als sie noch kleine Jungen gewesen waren. Es schien, als ob Pete Vernon Macht über Peter Balsam besaß.

Es war, als ob der nur wenig ältere Vernon etwas wußte, was für Balsam nicht erkennbar war.

Tatsächlich hatte Pete Vernon einst eine Bemerkung gemacht, die sich in Balsams Gedächtnis fest verankert hatte. »Unsere Leben sind untrennbar miteinander verbunden. Und so wird es immer bleiben!« hatte er damals gesagt. Balsam hatte dem keine weitere Beachtung mehr geschenkt, weil er dachte, daß der andere ihn nur ein bißchen auf den Arm nehmen wollte. Und jetzt, zwanzig Jahre später, waren sie beide hier in Neilsville und wieder zusammen.

Plötzlich bemerkte er, wie er von den Leuten, die ihm auf dem Gehsteig entgegenkamen, nicht angeschaut, sondern angestarrt wurde. Aber er hielt sich zurück, sie im Gegenzug genauso anzustarren, und konzentrierte sich mehr darauf, die Stadt kennenzulernen.

Ohne die Hitze und die Trockenheit der Wüste hätte Neilsville durchaus ein hübsches Städtchen sein können. Seine Fachwerkhäuser, die sich zwischen den Ahornbäumen des Mittleren Westens gut gemacht hätten, wirkten in der völlig ausgedörrten Umgebung, zwischen Kaskadengebiet und den Rockies, eher öde und leblos. Man hätte den Eindruck bekommen können, als stünden sie da in Erwartung einer mächtigen Naturgewalt, die sie von der Einsamkeit befreien würde. Doch dieses Ereignis war nie eingetreten. Immer noch stand jeder Laden, jedes Haus für sich, und unterwegs hätte Peter Balsam gerne gewußt, ob nur er dieses eigenartige Gefühl empfand. Er fühlte sich von der Stadt wie von einem Menschen zurückgewiesen. Er fing an, die Einwohner von Neilsville verstohlen zu mustern.

Noch nie hatte er an Leuten eine so seltsame Ähnlichkeit bemerkt. Sie alle schienen irgendwie vom gleichen Schlag zu sein, und jeder von ihnen wirkte ein bißchen vorgealtert – kein gesundes Alter, oder gar ein weises. Nein, es war ganz von Verdrossenheit gezeichnet. Oder etwa von Angst? Die gleiche Zurückhaltung, die ihm bereits an den Gebäuden aufgefallen war, ließ sich auch an den Menschen ablesen, die darin wohnten. Auch sie schienen auf etwas zu warten. Und was immer das auch sein mochte, es versprach sicher nichts Erfreuliches.

Manchmal ertappte er jemanden dabei, wie dieser ihn offensichtlich anstarrte, was den anderen jedoch in keiner Weise kümmerte. Niemand wandte sich verschämt ab, wenn er bewußt hinsah. Im Gegenteil, mit verkniffenen Lippen begegnete jeder seinem Blick. Dann erst wandte man sich ab, um in Begleitung des einen oder anderen das Tuscheln anzufangen. Nur allzugerne hätte Balsam gewußt, was sie sagten.

An der nächsten Kreuzung zwang ihn die einzige Ampel in Neilsville, stehenzubleiben. Als er merkte, daß er sich direkt vor dem Büro der Telefongesellschaft befand, ging er kurz entschlossen hinein. Hinter dem Schalter saß eine ältere Frau nachdenklich an einem Schreibtisch, die nun zu ihm aufsah und sagte:

»Sie möchten sicher ein Telefon bestellen.«

Peter nickte überrascht. »Woher wußten Sie das?«

»Hier«, sagte die Frau gedehnt, »hier weiß jeder alles.«

Dann zog sie aus der obersten Schublade ihres Schreibtisches ein Formular und fuhr wie selbstverständlich fort: »Balsam war doch Ihr Name, oder?« Peter nickte erneut, und ohne weitere Fragen zu stellen, begann die Frau mit dem Ausfüllen des Formulars, das sie ihm zu guter Letzt zur Unterschrift vorlegte. Während er die Daten, die sie von weiß Gott woher wußte, nachprüfte, sprach sie ihn plötzlich von neuem an.

»Soviel ich weiß, waren Sie doch mal Priester?«

Erschrocken blickte er auf.

»So direkt kann man das nicht sagen«, antwortete er. »Ich habe zwar mit dem Studium angefangen, es aber nie beendet.«

»Ach, dann gehören Sie also zu diesen Leuten?« murmelte die Frau, um dann, als Peter unterschrieben hatte, fortzufahren: »Mit dem gleichen Zug wie Sie kam wohl auch Margo Henderson, wenn ich das richtig verstanden habe?«

Peter entschied, daß es wohl das beste sei, ihren mißbilligenden Unterton einfach zu übergehen:

»Ja, da haben Sie recht. Sie ist eine angenehme Frau.« Seine Erinnerung sagte ihm allerdings, daß er sie mehr als angenehm empfand. Begehrenswert schön. Aber im selben Augenblick, da er sich mit Freude an Margo Henderson erinnerte, mußte er zu seinem Ärger auch wieder an die Frau denken, die Pete Vernon geschickt hatte, um ihn vom Zug abzuholen. Leona Anderson hieß sie.

»Geschieden«, sagte die Frau hinter dem Schalter, womit sie Peter in die Wirklichkeit zurückholte. Sie sprach also immer noch über Margo.

»Nun«, lächelte Peter, »es gibt bestimmt Schlimmeres.«

»So, finden Sie?« fragte die Frau, ohne sein Lächeln zu erwidern. »Sie sollten wissen, daß wir hier in Neilsville fast alle katholisch sind.«

»Aber eben nicht alle«, entgegnete Peter. »Meines Wissens gibt es hier doch neben St. Francis Xavier auch eine öffentliche Schule. Und außerdem ist mir, als hätte ich auch einige andere Kirchen gesehen.«

Von ihrem Platz hinter dem Schalter aus musterte die Frau Peter von oben bis unten. Peter fühlte förmlich, wie sich ihr Blick in seinem braunen Haar verfing. Es war offensichtlich, daß seine Bemerkung in keiner Weise gutgeheißen wurde. »Hier in Neilsville ist Platz für jeden, solange er sich zu benehmen weiß.« Deutlich verriet ihr Ton, daß sie genau das von Peter nicht erwartete.

»Eigenartig«, sagte er. »Dasselbe hat mir heute schon einmal jemand gesagt. Eine Dame namens Leona Anderson.«

»Leona ist eine sehr kluge Frau.«

»Zweifellos«, bekräftigte Peter trocken. Allerdings hatte er sie auch schon von einer anderen Seite kennengelernt, denn ihm gegenüber hatte sie sich ziemlich bärbeißig gegeben und aus ihrer Abneigung kein Hehl gemacht. Dies war vom ersten Moment an der Fall, als sie ihn abholte, und daran hatte sich auch nichts geändert, als sie ihn schließlich zu seinem Apartment gebracht hatte. »Und wann kann ich mit dem Telefon rechnen?«

»In vier Tagen«, antwortete die Frau, ohne den Terminkalender nachzusehen. »Das ist die normale Bearbeitungszeit.«

Da Peter nicht weiter argumentieren wollte, dankte er der Frau für ihre Bemühungen und verließ das Büro. Sie beobachtete ihn, und sobald er außer Sichtweite war, nahm sie das Telefon auf ihrem Schreibtisch und begann hastig zu wählen.

»Leona, gerade war dieser Balsam hier, von dem du mir erzählt hast, um ein Telefon zu bestellen. Ich glaube, du hast recht, und du solltest besser mit dem Monsignore reden. Ich weiß nicht, irgend etwas an dem jungen Mann gefällt mir nicht. Wenn du mich fragst, dann ist mit diesem Balsam heute eine Menge Ärger in unsere Stadt gekommen.«

3

Nach vier Tagen in Neilsville fühlte sich Peter Balsam ein wenig wohler. Er hatte sich schon eingerichtet: Seine Bücher standen geordnet auf einem Wandregal aus Ziegeln und Brettern, und überall Pflanzen, für die er mehr als ursprünglich beabsichtigt ausgegeben hatte. Und dann war natürlich auch sein Telefon installiert, das er auf seinen Schreibtisch gestellt hatte. Er sah gerade den grünen Apparat an und überlegte, warum er seit heute morgen, als das Telefon angeschlossen wurde, das Gefühl hatte, mit der Außenwelt ›in Verbindung‹ zu sein. Nicht, daß er jemanden angerufen hatte; es war auch nicht wahrscheinlich, daß jemand ihn anrufen würde. Plötzlich überraschte ihn das Klingeln des Telefons. Fassungslos sah er es einen Moment an, nahm dann den Hörer auf und meldete sich. Zögernd sagte er: »Hallo.« Er war sich sicher, daß sein Gegenüber sich verwählt hatte und auflegen würde.

»Peter Balsam?« Es war die Stimme einer Frau. Auch sie klang zurückhaltend, aber irgendwie bekannt.

»Ja«, antwortete Peter. Er überlegte, woher ihm die Stimme bekannt vorkam.

»Hier ist Margo Henderson«, fuhr die Frau fort.

»Die Frau aus dem Zug?« Balsam fühlte sich wie von einer großen Freudenwelle getragen.

»Hallo«, wiederholte er, dieses Mal herzlich.

»Das klingt schon besser«, meinte Margo. »Ich dachte schon, Sie erinnern sich nicht mehr an mich.«

»Stimmt«, gab Peter zu. »In Wahrheit dachte ich, jemand hätte sich verwählt. Ich habe das Telefon ja erst seit heute morgen. Normalerweise dauert es einige Tage, bis die ersten Leute die Nummer wissen.«

»Nicht in Neilsville«, lachte Margo. »Sie sind seit Jahren *das* Ereignis hier.« Einen Augenblick hielt sie inne, was Peter dennoch keine Gelegenheit zu einer Antwort gab. Sie fuhr bereits fort: »Ich war neugierig, wissen Sie. Ich wollte wissen, ob Sie mich heute abend vielleicht zum Essen ausführen würden?«

Einen Moment war Peter echt verlegen, erholte sich aber sofort. »Es wäre mir eine große Freude«, bekannte er. »Aber da gibt es ein Problem – ich habe kein Auto!«

»Oh, das ist doch kein Problem! Zufällig habe ich einen dienstbaren Chevy. Wenn Sie nicht zu stolz sind, von einer Frau abgeholt zu werden, könnte ich um halb acht bei Ihnen sein.«

»Einverstanden«, erklärte Peter, obgleich er sich nicht so sicher war. Aber Spielverderber wollt er auch nicht sein. »Wissen Sie denn, wo ich wohne?«

»Lassen Sie mich raten«, bat Margo. »Da Sie kein Auto haben, müssen Sie die ganze Strecke bis St. Francis Xavier zu Fuß gehen. Also müßten Sie in dem neuen Wohnhaus an der 3. Straße, gleich bei der Hauptstraße, wohnen.«

»Sie sind ein echter Sherlock Holmes«, gab Peter zu verstehen.

Margo lachte. »Nicht ganz. Wir sehen uns um halb acht.«

Balsam wollte noch etwas sagen, merkte aber, daß am anderen Ende aufgelegt wurde. Fragend blickte er den stummen Hörer an. Warum hatte sie so abrupt eingehängt? Wahrscheinlich hatte sie von der Arbeit aus angerufen, und jemand hatte nach ihr gerufen. Schulterzuckend konzentrierte er sich wieder auf anderes.

Eine Stunde später konnte man ihn den Hügel zur Kirche von St. Francis Xavier hinaufgehen sehen. Unterwegs bemerkte er, daß ihm Neilsville, obwohl immer noch öd, nicht mehr so schrecklich erschien wie am ersten Tag. Wie die Dinge einem vertraut werden, dachte er sich und versuchte, sich weiter daran zu gewöhnen. Er sah nicht mehr nur die seltsamen Eigentümlichkeiten, sondern auch die Einzigartigkeit des Ortes. Einige der Häuser waren auf ganz besondere Art reizvoll. Die Höfe waren sauber und gepflegt, gerade so, als ob die Bewohner von Neilsville wußten, daß um sie herum eine ewig unfruchtbare Landschaft herrschte, und sich deshalb anstrengten, mitten in der Wüste grüne Oasen anzulegen. Erst am dritten Tag, als er sich entschlossen hatte, abseits der Hauptstraße zu gehen, war ihm die angenehmere Seite von Neilsville aufgefallen. Zielsicher ging er jetzt seinen Weg. Dabei genoß er den Schatten der Alleebäume ebenso wie die verschlafene Zurückgezogenheit der kleineren Seitenstraßen. Auf der Hauptstraße merkte er ständig, daß die Leute ihm hinterhergafften und über den Fremden in ihrer Mitte offenbar ein Urteil fällten. Unter den Ulmen der kleinen Seitenstraße aber war er so gedankenverloren, daß er von den Blicken, mit denen ihn die Leute von den Fenstern aus verfolgten, gar nichts bemerkte.

Inzwischen hatte er den Hügel erklommen. Nun betrat er die Kühle und Dunkelheit der Kirche, wo er die Finger ins Weihwasser tauchte, niederkniete, den Säulengang entlangging, erneut niederkniete, um endlich auf einer Bank Platz zu nehmen. Hier blieb er eine Weile lang sitzen, offensichtlich, um die Ruhe der Kirche in sich aufzunehmen. Langsam gewöhnten sich seine Augen an das durch die bunten Fenster fallende Licht des Sommertags. Irgendwie bekam er das Gefühl, nicht allein zu sein. Ein paar Reihen vor ihm, nahe dem Alkoven, der der Heiligen Jungfrau geweiht war, saß reglos und mit geneigtem Kopf ein Mädchen. Es war das Mädchen, das neulich allein gegen die Tenniswand gespielt hatte.

Die Perlen eines Rosenkranzes wanderten durch ihre Finger, während sie ein stummes Gebet sprach. Balsam beobachtete sie eine Weile. Als er glaubte, durch seine Blicke die Versunkenheit zu stören, fühlte er sich etwas befangen. Er mußte sich zwingen, nicht weiter an die Gegenwart des Mädchens zu denken, und suchte Vertiefung im eigenen Gebet.

Eine halbe Stunde später trafen sie sich am Portal der Kirche. Er hatte gar nicht bemerkt, daß das Mädchen zur gleichen Zeit aufgestanden war. Eigentlich hatte er seine Anwesenheit bereits vergessen. Als sie nun gemeinsam aus dem Schatten der Kirche in die flimmernde Nachmittagshitze traten und er von der Schläfrigkeit, die ihn in einer Kirche immer wieder befiel, losgelassen wurde, begrüßte er sie mit einem Lächeln. Unsicher blickte sie ihn an und wollte fortlaufen. »Hallo«, sagte er.

Stumm sah Marilyn Crane den Mann an. Sie mußte erst einmal ihre Stimme wiederfinden.

»Du kommst anscheinend genauso oft hierher wie ich«, stellte Balsam weiter fest. »Man kann sich hier ganz gut von der Hitze erholen, nicht wahr?«

Immer noch sah sie ihn mit weit geöffneten Augen an. War es möglich, daß sie ihn gestern und vorgestern, als sie beide still in der Kirche saßen, gar nicht wahrgenommen hatte? überlegte Balsam.

»Ich heiße übrigens Peter Balsam«, sagte er und reichte ihr die Hand. Erstaunt über die Begrüßung, ergriff Marilyn nach kurzer Zeit die Hand und stellte sich ebenfalls vor. Irgendwie fühlte sie sich wie aus einem Traum erwacht.

»Ich bin Marilyn Crane. Sie sind der neue Lehrer, nicht wahr?«

Balsam nickte. »Nimmst du auch an meinem Kurs teil?«

Sie lächelte schüchtern und wackelte verlegen mit dem Kopf, als ob sie sich für ihre Gegenwart entschuldigen wollte. »Latein ja, und auf den Psychologiekurs hoffe ich noch.«

»Du hoffst noch darauf?« wiederholte Peter. »Du brauchst dich nur einzuschreiben!«

»Ich weiß nicht, ob ich das darf«, sagte Marilyn fast flüsternd. »Ich habe meine Eltern gefragt, ob ich mitmachen darf, aber sie wollten erst noch darüber sprechen!«

»Du kannst ihnen mein Ehrenwort geben, daß ich keine wirren Ideen in eure Köpfe pflanzen werde«, sagte Balsam mit einem leichten Grinsen.

Die Spannung, unter der sich das Mädchen befand, schien sich zu lösen, und gemeinsam machten sie sich auf den Weg hinunter zur Stadt.

Als die Hälfte des Wegs hinter ihnen lag, fragte Marilyn unvermittelt: »Woher wußten Sie eigentlich, worüber sich meine Eltern Sorgen machen?«

Balsam zeigte auf seinen Kopf. »Ich bin Psychologe, da weiß ich eben so manches.«

Marilyn musterte ihn genau. Dann aber verstand sie, daß er sie auf den Arm genommen hatte, und mußte lachen. Es klang zögernd, fast hohl, und Balsam erkannte sofort den Grund: Marilyn war ein Kind, das nur selten fröhlich war.

»Du verbringst sehr viel Zeit in der Kirche«, stellte Balsam verständnisvoll fest.

Marilyn nickte. »Ich mag den Ort sehr. Es ist so angenehm kühl und ruhig, und ich kann ganz alleine für mich sein, ohne mich einsam zu fühlen. Können Sie das verstehen?«

»Sehr gut sogar«, antwortete Balsam. »Mir geht es ganz ähnlich.«
Fragend blickte Marilyn ihn an. Zum erstenmal in ihrem Leben
hatte sie jetzt das Gefühl, daß es auf dieser Welt jemanden gab, der
sie verstand.

»Ich bete immer zur Mutter der Leidenden«, erklärte sie. »Ich
fühle mich dann immer irgendwie geborgen.«

Da Balsam nicht sofort antwortete, sah sie ihn erneut aufmerksam an, um zu wissen, ob ihre Worte ihn verletzt hatten. Aber offensichtlich dachte er nur über etwas nach. Schweigend ging sie
weiter neben ihm her. Es war ein angenehmes Schweigen, dachte
sie, so anders als das Schweigen, das sie sonst erlebte, wenn sie sich
irgendwo hinzugesellte. Balsam nahm das alles gar nicht wahr.
Ihre Worte hatten ihn nachdenklich gemacht, besonders, wie sie
über die Heilige Jungfrau gesprochen hatte. Mutter der Leidenden,
hatte sie sie genannt. Es lag schon eine ganze Zeit zurück, daß er
diese Bezeichnung für die Heilige Mutter Gottes zum letztenmal
gehört hatte. Er überlegte, wie dieses Mädchen dazu kam, entschied sich aber, nicht weiter danach zu fragen. Jedenfalls nicht für
den Moment. Sie schien nervös und so zappelig wie ein Kaninchen
und immer auf der Hut. Balsam spürte, daß er sie nicht verschrek-
ken durfte. Dies war für ihn wie für sie gleich wichtig.

Als sie an der Abzweigung zur 3. Straße angelangt waren, verabschiedete sich Balsam. »Hier trennen sich nun unsere Wege. Ich
wohne da unten in dem neuen Wohnhaus.«

Marilyn hob wieder ihren Kopf. In ihrem Gesicht war eine Art
Verständnis zu lesen, das Peter sagte, daß sie Angst gehabt hatte,
von ihm abgewiesen zu werden.

»Komm mich doch einfach mal besuchen, wenn du möchtest. Ich
bin meistens zu Hause. Ich habe auch schon ein Namensschild.«

»Oh«, seufzte Marilyn. »Das – das geht doch nicht.«

Erstaunt sah Balsam sie an. »Warum in aller Welt geht das nicht?«

Jetzt war Marilyn völlig durcheinander. »Ich – ich weiß es nicht«,
stotterte sie angestrengt. Plötzlich war es Peter klar. In Marilyns Leben hatte es offenbar noch nie einen Lehrer gegeben, der weder
eine Kutte trug noch im Kloster lebte. Sein Vorschlag war außerhalb
ihrer Vorstellung, so daß es für sie unfaßbar klingen mußte.

»Gut«, sagte er knapp. »Mach dir deshalb keine Sorgen. Aber
denk daran, deinen Eltern mein Ehrenwort auszurichten. Der Psychologiekurs wird bestimmt sehr interessant werden, und ich
würde mich freuen, wenn du mitmachst.«

Da Marilyn immer noch sprachlos war, lächelte Peter kurz und bog in die 3. Straße ein. Nach wenigen Metern drehte er sich um und winkte. Und Marilyn winkte zurück.

Sie blieb noch einen Augenblick stehen und sah dem neuen Lehrer nach. Plötzlich erschien die Welt nicht mehr so leer. Sie mochte den neuen Lehrer und beschloß, noch einmal mit ihren Eltern über die Teilnahme an seinem Psychologiekurs zu reden. Dann blieb sie abrupt stehen, um sich mitten auf dem Gehweg neben der Hauptstraße zu bekreuzigen und der Mutter der Leidenden mit einem Gebet zu danken, daß Balsam nach Neilsville gekommen war.

Punkt halb acht klingelte es. Peter Balsam öffnete die Tür, und vor ihm stand Margo Henderson mit einem strahlenden Lächeln, das schon fast zu offen war. Er ließ sie eintreten. Kaum war die Tür hinter ihm ins Schloß gefallen, wich ihr Lächeln einem nervösen Lachen.

»Ich komme mir ein bißchen schamlos vor«, erklärte sie, wobei sie sich von der Jacke freimachte, die nur lose über ihren Schultern lag, und mit raschem Blick die Wohnung ansah. »Haben Sie zufällig einen kleinen Drink anzubieten?«

»Scotch oder Bourbon?« wollte Peter wissen, der sich sofort fragte, ob ein Glas Wein nicht besser gewesen wäre. Außerdem wäre ihm gerne noch eine andere, schlagfertige Antwort eingefallen.

»Scotch mit zehn Spritzern Soda.« Und während Peter zwei gleich dünne Highballs mixte, sah sie sich genauer im Zimmer um.

»Es gefällt mir«, stellte sie fest und nahm ihm eines der Gläser ab. »Bücher und Pflanzen – ich könnte ohne sie nicht leben.« Sie probierte den Drink. »Außerdem sind Sie ein perfekter Barmixer. Vielleicht sollten wir heiraten.«

Peter verschluckte sich fast. Dann aber merkte er, daß sie nur Spaß gemacht hatte. Er wurde rot, und Margo mußte erneut lachen. »Das tut mir leid«, entschuldigte sie sich. »Ich wollte Sie ja nicht gleich umbringen.« Dabei klopfte sie ihm ein paarmal auf den Rücken, bis der Hustenanfall sich legte. Peter sank in die Couch und sah sie an. Als er ihr Zwinkern bemerkte, mußte auch er lachen.

»Ich freue mich so, Sie wiederzusehen«, gestand er. »Sie machen sich gar keine Vorstellung!« Erneut sah er zu ihr hinüber, wobei sein Blick etwas Fragendes an sich hatte. »Was meinten Sie damit, ›ich komme mir ein bißchen schamlos vor‹?«

»Es ist immerhin das erste Mal, daß ich einen Mann um ein Rendezvous gebeten habe. Ich weiß nicht, vielleicht werden Sie ständig von Frauen bestürmt. Für mich ist es jedenfalls eine neue und aufregende Erfahrung. Ich möchte wetten, daß es so etwas in Neilsville noch nicht gab.«

»Ich bin froh, daß Sie angerufen haben«, sagte Peter. »Und wenn ich vorhin ein bißchen angespannt klang, dann einfach deshalb, weil ich zu überrascht war, daß das Telefon überhaupt klingelte. Ich hatte es die ganze Zeit angesehen. Ich hatte das Gefühl, mit der ganzen Welt in Verbindung zu stehen. Dann wurde mir plötzlich klar, daß mich in dieser Stadt wahrscheinlich niemand anrufen würde. Und dann klingelte es doch. Und nun sind Sie hier... Wohin wollen wir zum Essen gehen?«

»Ich bin mir nicht sicher«, sagte Margo. Sie war plötzlich nachdenklich geworden. »Eigentlich wollte ich zu Clyde's. Das Essen dort ist sehr gut und die Musik nicht zu laut. Aber andererseits scheint es mir fast vernünftiger, aus der Stadt rauszufahren.«

»Raus aus der Stadt?« fragte Peter verdutzt.

Margo nickte. »Vielleicht bin ich ein bißchen paranoid, aber wenn ich daran denke... Sie sind neu in der Stadt, geben Unterricht in St. Francis Xavier, ich bin eine geschiedene Frau, und... und... und. Alles in allem glaube ich, es ist besser, wir gehen irgendwohin, wo uns keiner kennt. Falls Sie noch nicht umkommen, vor Hunger meine ich, dann könnten wir zum Moses-See hinausfahren. Es sind vierzig Minuten, und ich kenne dort ein gutes italienisches Restaurant.«

Balsam wollte protestieren. Im gleichen Moment fiel ihm der finstere Blick von Leona Anderson ein, als er mit Margo aus dem Zug gestiegen war. Gleichzeitig erinnerte er sich auch wieder an die Worte von Monsignore Vernon über die zu beachtenden Förmlichkeiten. ›Förmlichkeit‹, dachte er bei sich, war sicher das falsche Wort. Immer mehr bekam er den Eindruck, daß man in Neilsville geradezu engstirnig war.

»Schön«, stimmte er zu und leerte sein Glas. Leicht gestärkt von dieser Erkenntnis, lächelte er Margo an. »Wollen wir uns unten an der Kreuzung treffen, oder können wir es riskieren, von hier aus gemeinsam zum Wagen zu gehen?«

»Sorgen Sie sich nicht darüber«, gab Margo zurück. »Ich habe in der Allee geparkt.«

Zwischen  durch:

Margo Henderson kennt ihre lieben Nachbarn: Sie bittet Peter Balsam, mit ihr zum Essen aus der Stadt hinauszufahren. Am Moses-See fühlt man sich unbeobachtet…

Wir wünschen uns – im Gegensatz zu Margo und Peter – jetzt wahrscheinlich keine große Mahlzeit. Beim Schmökern meldet sich ja meist nur der kleine Hunger zwischendurch. Dann sollten wir uns allerdings fünf Minuten Zeit nehmen. Länger braucht man nicht für die Zubereitung der…

Zwischen durch:

Die kleine, warme Mahlzeit in der Eßterrine. Nur Deckel auf, Heißwasser drauf, umrühren, kurz ziehen lassen und genießen.

Die 5 Minuten Terrine gibt's in vielen leckeren Sorten – guten Appetit!

Das Restaurant wirkte nicht gerade einladend, mitten auf einem asphaltierten Parkplatz, im grellen Licht der Leuchtreklame mit dem Namen des Besitzers – Raffaelo's – und der riesigen Leuchtschrift – Olympia-Bier –. Innen waren die Tische mit rot-weiß karierten Tischdecken gedeckt, die nicht den saubersten Eindruck machten. Aber das Essen war hervorragend. Peter lehnte sich in seinem Stuhl zurück, nahm die Tasse mit Cappuccino und blickte zu Margo hinüber. Sie war wirklich bildhübsch.

»Fühlen Sie sich besser?« fragte sie ihn mit einem Blinzeln über den Rand ihres Glases hinweg, als sie zum letzten Schluck Wein ansetzte.

»Wie kommen Sie darauf, daß ich mich vorher nicht wohl gefühlt habe?« hakte Peter nach.

Sie zuckte leicht mit den Schultern und schmunzelte. »Ich weiß nicht, Sie strahlen so etwas aus. Als ob Sie vor etwas Angst hätten. Zunächst dachte ich, es wäre wegen mir, aber jetzt glaube ich, es liegt an Neilsville.«

Balsam nickte schuldbewußt. »Da haben Sie direkt ins Schwarze getroffen«, gab er zu. »Es ist richtig, die ganze Sache hat mich ziemlich nervös gemacht. Zumindest bis gestern. Gestern entschloß ich mich nämlich, nicht mehr über die Hauptstraße zu gehen, sondern die kleinen Seitenstraßen zu benützen und den Spieß umzudrehen. Hinter die Kulissen geschaut, wirkt Neilsville gar nicht so leblos.«

»Ich denke, darin sind alle Städte gleich«, bestätigte Margo seine Feststellung. »Im Zentrum bekommt man nie einen richtigen Eindruck. Man muß schon dahin gehen, wo die Menschen leben. Und das ist nicht immer leicht. Die Kleinstädter sind nicht so freundlich, wie man es ihnen im allgemeinen nachsagt. Es sei denn, Sie gehören dazu. Wenn nicht, schlecht für Sie. Und als Zugereister bleibt man in diesem Status mindestens zwanzig Jahre lang.«

»Ich dachte, das sei nur in Neu-England so«, scherzte Peter. Margo schüttelte den Kopf. »Kleinstädte sind eben Kleinstädte, egal wo. – Wie finden Sie übrigens Ihren Freund, den Monsignore?« wechselte Margo das Thema. Peter glaubte, in ihrer Stimme einen Unterton von Boshaftigkeit herauszuhören.

»Nun, er hat sich sehr verändert«, erwiderte er. »Aber auch ich bin wohl nicht mehr der, an den er sich erinnert.«

»Mmmm«, murmelte Margo und flüchtete vor seinem Blick.

»Ich mag ihn nicht. Und Sie?« fragte Peter völlig unvermittelt.

»Ich weiß es nicht.« Margo dachte eine Weile nach. »Für mich ist der Monsignore wie die Inkarnation der Stadt. Und ich will Ihnen nicht erzählen, wie übel mir die Stadt mitgespielt hat, besonders im katholischen Teil.« Sie sah Peter an. Sie wollte gerne mehr darüber erzählen, befürchtete jedoch, daß sie ihn damit beleidigen würde. Aber irgendwie schien er sich von den anderen Katholiken, die sie kannte, zu unterscheiden. »Sie hat etwas Böses an sich«, begann sie zögernd. »Vielleicht drücke ich mich nicht richtig aus, aber seit meiner Scheidung und Exkommunizierung aus der katholischen Gemeinschaft habe ich einiges bemerkt. Ich kann nicht genau sagen, was es ist, aber ich habe ein sicheres Gespür für solche Dinge. Man wird angestarrt, Tratsch macht die Runde, und man bekommt das Gefühl, ein Aussätziger zu sein. Und der schlimmste von allen ist Ihr Freund, dieser Monsignore Vernon. Jedesmal, wenn ich ihn sehe, spüre ich, wie er mich mit seinen Blicken förmlich durchlöchert. So als ob er mich prüft und für unwürdig befindet. Die anderen sind auch nicht viel besser.« Plötzlich merkte sie, wie sie sich in ihrem Zorn verlor, und als ob sie schon zuviel gesagt hätte, versuchte sie, die Angelegenheit mit freundlicher Miene wieder herunterzuspielen. »Wie dem auch sei, mir geht es trotzdem ganz gut.«

Verwundert schüttelte Balsam den Kopf. »Ich verstehe das alles nicht«, begann er langsam. »Irgendwie kommt mir alles sehr fremd vor, als wären wir mitten im Mittelalter stehengeblieben.«

»Stimmt«, sagte Margo betrübt. Sie versuchte, wieder fröhlich zu klingen, »lassen Sie uns über Erfreuliches reden. Haben Sie schon Ihr Klassenzimmer gesehen?«

»Ich dachte, wir wollten uns über angenehmere Dinge unterhalten«, grinste Balsam lausbübisch.

»Es wird doch wohl etwas Angenehmes geben, worüber wir reden können«, lachte Margo zurück. »So schlimm ist es in Neilsville auch nicht.«

Für einen Moment schien sie gedankenverloren, ehe sich ihr Gesicht wieder aufhellte. »Wir wollen einfach nicht mehr über Neilsville sprechen. Warum erzählen Sie mir nicht etwas von sich?«

Für Sekundenbruchteile zögerte Peter. Aber eigentlich gab es keinen Grund, ihr nicht von seiner Kindheit zu erzählen.

Wenigstens soweit, wie seine Erinnerung reichte, die mit der Aufnahme im Kloster begann.

Er erzählte Margo, wie er im Kloster von Nonnen erzogen wurde und später beschloß, die Priesterlaufbahn einzuschlagen. »Ich glaube, das war der erste Fehler«, sagte er.

»Wie meinen Sie das?«

»Manchmal scheint mir mein Leben eine Folge von Fehlern zu sein. Priester zu werden, war einfach das Naheliegendste. Bald mußte ich aber einsehen, daß das falsch war. Daraufhin verließ ich das Priesterseminar und ging nach St. Albans. Ach ja, erinnern Sie mich daran, Ihnen bei Gelegenheit die Roben vorzuführen!« scherzte Peter mit einem breiten Grinsen.

»Was, die haben Sie noch?«

»Ja, sie hängen in meinem Schrank. Ich glaube, von solchen Dingen trennt man sich nie. Wie dem auch sei, ich machte jedenfalls einen Abschluß in Psychologie und ging anschließend für eine Beraterstelle nach Kalifornien. Aber auch das lief nicht viel besser als meine Zeit als angehender Priester. Also entschloß ich mich, nach St. Albans zurückzukehren und das Lehrerexamen zu machen. Und dann kam auch noch meine Hochzeit.« Da Margo ein etwas verknifffenes Gesicht machte, fuhr er fort: »Habe ich Ihnen das noch gar nicht gesagt? Ich dachte, Sie wüßten es bereits. Aber das macht ohnehin keinen Unterschied. Wir leben getrennt.«

»Weiß der Monsignore davon?«

»Ja. Ich habe es ihm erzählt. Er war natürlich nicht begeistert.«

»Das kann ich mir gut vorstellen«, bekräftigte Margo. »Was passierte? Ich meine, mit Ihrer Ehe.«

»Schwer zu sagen. Zurückschauend möchte ich sagen, Linda und ich hätten nicht so früh heiraten sollen. Aber damals brauchten wir uns. Wir waren ziemlich einsam. Inzwischen hat sie wieder jemanden gefunden, mit dem sie nicht einsam ist.«

Er sagte das mit einer verbitterten Note, so daß Margo von der Sache ablenken wollte. »Wie kamen Sie denn nach Neilsville?«

»Das verdanke ich dem Monsignore, der mir schrieb, er brauche jemanden, der Latein und Psychologie unterrichtet. Da ich frei war, gab er mir die Stellung, und deswegen bin ich nun hier.«

»Und es gefällt Ihnen nicht.« Das war eine Feststellung, keine Frage. Margo sah ihn an.

Unruhig rutschte Peter auf dem Sitz hin und her. »Ich weiß nicht. Aber irgendwie hat die Stadt schlechte Schwingungen, wie man so sagt. Manchmal habe ich das Gefühl, hier geht unterschwellig etwas vor, das jederzeit hervorbrechen kann, aber es nicht tut, um weiter verborgen zu bleiben.«

Margo blickte ihn an. »Genauso ist es. Auch ich habe dieses Gefühl und dachte, ich sei die einzige.«

Peter lächelte. »Jetzt sind es schon zwei.« Dann klärte er die Bezahlung mit einem Scheck, ehe sie gemeinsam aufstanden und das Lokal verließen.«

Als sie nach einer Stunde vor seinem Haus angekommen waren, sagte er: »Ich möchte mindestens soviel über Sie wissen wie Sie über mich.« Mit diesen Worten verabschiedete er sich. Dann stieg er aus, schloß die Autotür fest und ging ins Haus. Margo wartete eine Weile, um zu sehen, ob er sich umdrehen und ihr winken würde, was er jedoch nicht tat und sie enttäuschend fand.

Trotzdem, unterwegs fühlte sie wieder, daß sie Peter mochte. Sie mochte ihn sogar sehr. Beim nächsten Mal wollte sie ihm mehr über sich erzählen. Sie war sich sicher, daß es ein nächstes Mal geben würde, und sei es, daß sie ihn wieder anrufen müßte. Aber das würde nicht nötig sein, wie sie sich sagte. Sie war überzeugt, daß Peter es dieses Mal tun würde.

Als sie sich später zum Schlafengehen fertig machte, fiel ihr ein, daß Peter etwas verschwiegen hatte. Sie wollte ihn sofort anrufen, aber da klingelte es schon. Es war Peter.

»Hoffentlich habe ich Sie nicht geweckt«, entschuldigte er sich.

»Nein, nein, ich bin noch wach und irgendwie froh, daß Sie noch einmal anrufen.«

»Eigentlich weiß ich gar nicht, warum ich das tue.«

»Vielleicht, weil ich mit Ihnen reden wollte.«

»Sie meinen, Sie haben mich dazu gebracht, Sie anzurufen?«

»Ja, vielleicht«, sagte Margo geheimnisvoll.

»Ich glaube nicht an solche Dinge«, lachte Peter verhalten.

»Nein? Vielleicht sollten Sie das tun. – Peter?«

»Ja?«

»Ich mußte noch an etwas denken. Als sie noch ein kleiner Junge waren – ich meine, warum sind Sie denn überhaupt ins Kloster gekommen?«

Zunächst herrschte Schweigen, ehe Peter mit betretener Stimme erklärte: »Das weiß ich auch nicht. Die Nonnen haben darüber mit mir nie gesprochen.«

Als Margo später einzuschlafen versuchte, mußte sie noch immer an seine Worte denken. Sie fragte sich erneut, was vor dreißig und ein paar Jahren in Peter Balsams Leben passiert war.

4

Daß sich der erste Schultag in St. Francis nicht derselben Beliebtheit erfreute wie der letzte, lag nicht allein daran, daß er den Beginn einer neun Monate dauernden Reglementierung einleitete. In den Augen der Schüler war eines noch viel schlimmer. Fingen doch wieder neun Monate an, in denen sie unaufhörlich zum Vorwurf bekamen, daß sie laufend gegen die von Monsignore Vernon und den Nonnen aufgestellten Maßregeln verstießen. Wieder neun Monate, in denen die Nonnen in der Privatsphäre herumschnüffelten, immer alles ganz genau wissen wollten und selbst die Flüstereien belauschten, Schränke durchsuchten und Tagebücher konfiszierten, nur um ihrer Neugier Befriedigung zu verschaffen. Ständig sah man sich mit mehr oder weniger schwerer Schuld behäuft, was das Leben nicht gerade angenehm machte. Und am ersten Tag war alles besonders schlimm, da man sich gerade erst an die Freiheit der Sommerferien gewöhnt hatte, die wie immer zu kurz waren.

Außerdem gab es ja auch noch den Monsignore, der überall zu finden war, alles beobachtete, immer bereit, loszuschimpfen, aber mit Lob äußerst geizig umging. An diesem Morgen stand er wieder auf den Treppen des Schulhauses und erwartete die Rückkehr seiner Schüler zum neuen Schuljahr. Dort würde er die nächsten neun Monate sein, und wenn nicht auf den Treppen, dann in den Gängen. Für alle sichtbar stand er da, im schwarzen Talar, mit stechendem Blick, der sie fast aufspießte. Immer fand er etwas, das er rügen konnte.

Weder Judy Nelson noch Karen Morton waren an diesem Morgen bester Laune. Sie waren auf dem Weg zu Raum 16, wo sie anschließend vor Judys Schrank stehenblieben. Judy fing an, sich an dem Zahlenschloß zu schaffen zu machen, und wie immer am ersten Schultag brauchte sie drei Versuche, bis die Metalltür endlich aufging. Sie riß sie auf und schleuderte das Geschichtsbuch wütend hinein.

»Glaubst du, Schwester Kathleen meinte das ernst, daß wir den ganzen Schmöker im ersten Semester durchmachen?« fragte sie und blickte verbittert auf die fünf Zentimeter dicke Geschichtswissenschaft, die sich am Schrankboden so verdammt dick ausmachten.

»Wer liest denn das schon«, sagte Karen und warf ihr langes blondes Haar zurück. »Es reicht doch, wenn du dir die Überschriften und Fragen am Ende der einzelnen Kapitel ansiehst. Weiß doch jeder, daß Schwester Kathleen in den letzten vierzig Jahren noch nie einen eigenen Test zusammengekriegt hat.«

»Die macht mich noch mal fertig«, meckerte Judy. »Weißt du, was sie heute morgen gesagt hat? Daß wir uns den ganzen Sommer lang ›der Fleischeslust hingegeben haben‹, wie sie es nannte. Meinte sie damit etwa – Vögeln?«

Karen kicherte, wurde aber trotzdem rot, und Judy fragte sich, ob sie einen wunden Punkt angeschnitten hatte. Aus Spaß daran bohrte sie weiter.

»So wie sie das sagte, glaubt sie wohl, daß wir nichts anderes im Kopf haben, als über Sex zu reden, von Sex zu träumen oder Sex zu bekommen. Da kann man mal sehen, was alles in ihrem Kopf vor sich geht.«

Wieder stellte Judy deutliche Anzeichen nervöser Verlegenheit an Karen fest. Sie war befriedigt. Jetzt, dachte sie, war der geeignete Zeitpunkt zum vernichtenden Schlag gekommen. »Natürlich«, schmunzelte sie und bemühte sich, so zu klingen, als ob sie an niemanden bestimmten dachte, »müssen einige wegen ihrer Sünden ein schlechtes Gewissen haben, meinst du nicht auch?«

»Keine Ahnung«, sagte Karen sarkastisch. »Jedenfalls, wenn ich zu diesem Thema etwas zu sagen hätte, tue ich es in der Beichte und nicht zu Schwester Kathleen. Und schon gar nicht zu dir.« Plötzlich sah sie Marilyn Crane kommen, und noch bevor Judy etwas entgegnen konnte, erklärte sie, »vielleicht ist es gar nicht so schlecht, wenn man wie Marilyn wäre. Bei ihr machen sich die Nonnen nie Sorgen, daß sie ihre Seele an den Teufel verlieren könnte.«

Judy warf die Schranktür zu. jetzt bemerkte auch sie Marilyn Crane am anderen Ende der Halle, die das Zahlenschloß ihres Schrankes zu öffnen versuchte. »Wenn ich sie wäre«, sagte sie böse, »würde ich mir ernsthaft Sorgen machen.« Hintergründig lächelte sie Karen an. »Immerhin ist Selbstmord doch die schwerste Sünde.«

»Judy!« schnaubte Karen, fast erstarrt vor Schreck über die Grausamkeit ihrer Freundin. »Es ist wirklich gemein, so etwas zu sagen. Ich kann sie bestimmt nicht besser leiden als du, aber trotzdem...« Ein schriller Schrei unterbrach sie. Sie drehte sich um und sah, wie Marilyn in ihren Schrank stierte, die Hand auf den Mund gepreßt, um den Schrei zu ersticken. Wäre Karen nicht so plötzlich herumgefahren, hätte sie ein schadenfrohes Lächeln an ihrer Freundin erkennen können.

Einige Meter entfernt starrte Marilyn Crane, immer noch zu Tode erschrocken, in ihren Schrank. Wo vorher ihre Bücher ordentlich aufeinandergelegt waren, lag nun ein Frosch. Wenigstens das, was einmal ein Frosch gewesen war. Nun lag das Tier ausgebreitet auf einem kleinen Brett; die Beine waren mit Nadeln wie bei einer Kreuzigung festgemacht, die Innereien sorgfältig um den Leib gelegt. Dazu stand in Druckbuchstaben: »Jesus liebt dich vielleicht, aber sonst niemand!«

Marilyn fühlte, wie ihr langsam schlecht wurde. Noch fester preßte sie die Hand an den Mund. Wer könnte das gewesen sein, und warum? Es war verrückt und sie nahe daran zu kotzen.

Nein, versuchte sie sich wieder zu fangen, jetzt nur nicht kotzen. Das wollen sie doch gerade. Diese Genugtuung dürfen sie nicht bekommen. Plötzlich hörte sie etwas hinter ihrem Rücken. Sie wandte sich um und sah, wie drei Nonnen herangeeilt kamen. Zuerst wollte sie warten und ihnen die Bescherung zeigen. Doch dann wurde ihr klar, daß das nur großen Ärger erregen würde. Man würde sie zunächst ausfragen und dann vielleicht herausfinden, wer den Frosch in den Schrank gelegt hatte. Alle würden sie dann für eine Petze halten. Sie überlegte schnell, hob das Brett mit dem toten Frosch auf und versteckte beides in ihrer großen Tasche, die ihr sowohl als Hand- als auch als Schultasche diente. Sie betete, daß ihr der Frosch keine allzu große Schweinerei machte, ehe sie ihn in der Toilette endlich los würde. Sie machte die Schranktür zu und drehte sich dann den drei Nonnen zu, die bereits hinter ihr standen.

«Was war denn wieder los?« klang es kalt und anklagend. Sie sah in die kapuzenbedeckten Gesichter der Nonnen und erkannte Schwester Elisabeth, die gerade gesprochen hatte. Hilflos wandte sie sich ab. Dann wandte sie sich an Schwester Marie, die ihr noch am freundlichsten schien.

»Nichts« sagte sie stockend und suchte nach einer plausiblen Ausrede, »ich habe mich bloß eingeklemmt.« Und wie zum Beweis, daß der Schrecken größer war als die Verletzung, hielt sie einen unversehrten Finger hoch.

Skeptisch sah Schwester Elisabeth Marilyn an. Bevor sie aber dazu kam, sie weiter auszufragen, streichelte Schwester Kathleen – eben noch Gesprächsthema von Judy und Karen – das Mädchen.

»Du darfst nicht immer so unbeholfen sein«, besänftigte sie Marilyn.

Zu anderer Zeit wäre Marilyn durch diese Bemerkung verletzt gewesen, aber dieses Mal war sie geradezu dankbar. Zum erstenmal hatte ihr ihre Ungeschicklichkeit geholfen. Freundlich lächelte sie die Nonne an und bat im stillen um Vergebung für die Lüge. Am anderen Ende standen immer noch Judy Nelson und Karen Morton, die langsam das Interesse an ihr verloren.

»Das ist typisch Marilyn«, merkte Karen an. »Bevor die Woche zu Ende ist, wird sie sich noch die Nase einschlagen mit ihrer Schranktür.«

Laut lachend gingen beide Mädchen zum Klassenraum, während sich am anderen Ende des Ganges leise eine Tür schloß und Monsignore Vernon in seinem Büro verschwand.

Im Klassenzimmer wartete Peter Balsam schon nervös auf das Eintreffen seiner Psychologieklasse. Bislang war der Tag erstaunlich gut verlaufen. Latein war eben Latein, was die meisten seiner Schüler kannten. Sie wußten, was auf sie zukam. Mit dem Psychologieunterricht war das anders. Den ganzen Vormittag über hatte er eine gewisse Unruhe an einigen seiner Lateinschüler festgestellt. Er vermutete, daß diese sich auch für den Psychologiekurs eingeschrieben hatten und ihn einzuschätzen versuchten. Es war nur allzu naheliegend, daß sie aus der Art und Weise, wie er seinen Lateinunterricht abhielt, Schlüsse für den Ablauf des Psychologiekurses ziehen wollten.

Dann war da noch Schwester Elisabeth, eine ziemlich ernst dreinschauende Nonne, die zwischen der ersten und zweiten Stunde hereingestürmt war, um ihm ihre Meinung über den Kurs zu sagen, den sie für einen großen Fehler hielt, und die Psychologiestunde bereits störte, bevor sie überhaupt begonnen hatte. Es gäbe schon genügend Probleme mit der Disziplin, erklärte sie, und das alles seinetwegen. Die Schüler sprächen nur noch über ihn und seinen neuen Kurs und zeigten ihr gegenüber keinerlei Aufmerksamkeit mehr. Balsam, der einsah, daß Humor bei Schwester Elisabeth nicht verfing, versprach feierlich, er wolle alles tun, um die Disziplin wiederherzustellen. Schwester Elisabeth sah ihn mit offener Skepsis an und verließ, ohne ein weiteres Wort zu verlieren, das Klassenzimmer. Dann, zwischen der zweiten und dritten Stunde, hatte Schwester Marie kurz hereingeschaut. Im Gegensatz zu Schwester Elisabeth erschien sie aufgeschlossen und lächelte über das ganze Gesicht. Gleich zu Beginn protestierte sie mit einer Handbewegung gegen seine Anrede ›Schwester‹ und bat ihn, sie nur Marie zu nennen, wenigstens solange sie unter sich waren. Aufgeregt flüsterte sie ihm zu, daß es endlich an der Zeit sei, in St. Francis etwas Vernünftiges zu lehren, auch wenn diese Auffassung nicht gern gehört würde. Doch plötzlich schien es, als war es ihr äußerst peinlich. Sich wieder in ihre eigene Gedankenwelt zurückziehend, verschwand sie.

Zu guter Letzt war es Schwester Kathleen gewesen. Energisch hatte sie vor wenigen Augenblicken das Klassenzimmer betreten und sich versichert, daß außer Balsam niemand anwesend war. Erst dann verschloß sie hinter sich die Tür.

»Es ist meine Pflicht, mit Ihnen über ein sehr unangenehmes Thema zu sprechen«, begann sie. Ohne Peter Balsam eine Gelegenheit zur Antwort zu lassen, setzte sie ihre Rede fort.

»Ich gehe davon aus, daß Sie wissen, wie schwer es hier für uns ist, das moralische Klima in ordentlichem Zustand zu halten.« Dabei sah sie ihm streng in die Augen, ließ am Ende aber ihren Blick von ihm abschweifen. Peter Balsam hatte das Gefühl, sie könnte plötzlich die Nerven verlieren. Das weitere wußte er bereits im voraus.

»Diese moderne Welt ist schon lange nicht mehr so, wie ich sie mir vorstelle«, erklärte Schwester Kathleen weiter. »Ich glaube, die Gleichgültigkeit gegenüber den Regeln von Moral und Anstand, die sich überall auf der Welt breitmacht, hat auch vor der Schule von St. Francis Xavier nicht haltgemacht, wenn Sie verstehen, was ich meine.« Finster sah sie Balsam an, der so tat, als ob er ganz und gar nicht verstanden hätte.

»Was ich damit sagen will«, fuhr sie ungehalten fort, da er in ihren Augen offensichtlich etwas begriffsstutzig war, »ist, daß Ihr Psychologiekurs hoffentlich nichts – Fleischliches, ist wohl das richtige Wort – zum Inhalt haben wird.« Psychologie klang aus ihrem Mund wie etwas Unanständiges.

»Schwester, es handelt sich um einen Psychologiekurs«, erinnerte Peter vorsichtig, »nicht um einen Unterricht in Sexualkunde.« Um ein Haar hätte er laut lachen müssen, denn mit tiefrotem Gesicht flüchtete die schwarze Nonne aus dem Klassenzimmer.

Einen Moment später vernahm er den lauten Schrei aus der

Halle. Als er hinaussah, stellte er fest, daß die drei Nonnen, die ihn im Laufe des Vormittags besucht hatten, sich der Situation bereits angenommen hatten. Außerdem war er überzeugt, daß mit Ausnahme von Marie keine es gutheißen würde, wenn er sich da einmischte. So zog er sich wieder in den Klassenraum zurück, um auf das Eintreffen seiner Schüler zu warten. Allmählich kamen die ersten herein. Einige kannte er schon. Dann fiel ihm auf, daß sie direkt auf die Plätze zusteuerten, die sie auch in den anderen Stunden in diesem Raum innehatten. Eine von ihnen, Janet Conally, marschierte auf einen Platz in der dritten Reihe zu. Dort hatte sie zuvor schon gesessen. Als habe sie sich es plötzlich anders überlegt, wechselte sie in die erste Reihe und legte auf dem einen Nachbarstuhl sorgfältig ihre Bücher ab, auf dem anderen einen Pullover. Als sie merkte, daß Peter Balsam sie ansah, lächelte sie, blickte sich dann selbstbewußt um und begrüßte den einen oder anderen in der Klasse mit einem kurzen Nicken.

Kurz darauf kam ein hübsches dunkelhaariges Mädchen herein, schaute sich rasch um und ging sofort auf den Platz zu, wo Janet Conally den Pullover abgelegt hatte. Sie gab ihn an Janet zurück, setzte sich und begann mit ihr zu flüstern. Die beiden Mädchen kicherten auch schon los, und Balsam hätte nur zu gerne gewußt, was sie gerade gesagt hatten. Schwester Elisabeth, das wußte er genau, hätte es sofort herausbekommen. Aber er besaß weder die Strenge noch die Erfahrung für ein solch scharfes Vorgehen. Er tat einfach so, als ob er ihr Gekichere gar nicht gehört hätte. Wenige Minuten später kamen Karen Morton und Judy Nelson in den Raum gefegt, winkten Janet Conally und dem dunkelhaarigen Mädchen zu (Balsam nahm an, daß es Penny Anderson war) und nahmen zwei andere freie Plätze in der ersten Reihe ein. Mit einem Stapel Bücher besetzte Karen Morton den Stuhl neben sich. Balsam war neugierig, für wen sie ihn frei hielt.

Mit dem Klingeln zu Beginn der Stunde kam Jim Mulvey in zerknitterten Klamotten und mit etwas zu langem Haar hereingelatscht. Dann schubste er von dem Stuhl Karen Mortons Bücher zu Boden und lümmelte sich auf den Platz. Verzaubert blickte Karen ihren Freund an, der ziemlich mürrisch zu Balsam hinsah, und hob dann ihre Bücher auf. Wieder strahlte sie, da Jim sich ihr nun zuwandte.

Peter Balsam nahm den Klassenspiegel zur Hand und merkte, daß auf der Liste ein Name mehr stand als Schüler anwesend waren. Obwohl er die Hälfte der Klasse schon kannte, wollte er dennoch die Namen einzeln aufrufen. Aber noch ehe er damit begonnen hatte, wußte er, wer fehlte. Es war Marilyn Crane. Noch einmal sah er auf die Liste. Ja, ihr Name war eingetragen. Und noch einmal sah er sich die neunundzwanzig Gesichter vor ihm an. Nein, Marilyn war nicht dabei. Trotzdem rief er sie jetzt nacheinander auf, wobei er sich halb darauf konzentrierte, Namen und Gesichter zusammenzubringen, und halb fragte, warum Marilyn nicht gekommen war.

Er war die Liste mit den Namen gerade zur Hälfte durchgegangen, als die Tür zum Klassenzimmer knarrend aufgemacht wurde. Hereingeschlichen kam Marilyn Crane und ließ sich auf dem einzigen freien Platz in der hintersten Reihe nieder. Jeder hatte sich aufgrund des eigenartigen Geräusches zur Tür gewandt. Ausgehend von Judy Nelson und Karen Morton breitete sich nun im ganzen Raum ein Geflüstere und Gekichere aus. Marilyn fühlte sich wie von einem Sog erfaßt. Balsam hatte mit dem Ausrufen der Namen innegehalten und beobachtete die Teenager. Er hoffte, sie würden sein plötzliches Schweigen bemerken.

Als endlich Ruhe einkehrte, richtete er seinen Blick auf Karen Morton und Judy Nelson. Beinahe herausfordernd blickte Judy zurück, während Karen Morton rot wurde und nervös in ihrem Heft blätterte, was Balsam mit einiger Genugtuung wahrnahm. Er rief die Namen weiter auf, wobei er aufpaßte, daß sich Marilyn Crane deutlich melden würde. Am Ende legte er den Klassenspiegel auf seinen Pult zurück und sah sich die Klasse noch einmal an.

»So«, begann er. »Ich glaube, dann können wir anfangen. Dieser Kurs ist nicht wie die anderen, und diejenigen, die glauben, sie kennen mich vom Lateinunterricht her, sind auf dem Holzweg.« Das sollte erst einmal genügen, um sie abzuschrecken, dachte er und registrierte mit Freude ihre konsternierten Mienen. Im ganzen Klassenraum ging ein Räuspern um, denn langsam wurde den dreißig Teenagern klar, daß sie ihre Vorstellungen ändern mußten. Auch die vier Mädchen in der ersten Reihe sahen sich mit etwas unverständigen und nervösen Blicken an.

»Wie einige von euch ja bereits wissen«, fuhr Balsam fort, »bin ich es gewohnt, daß die Telnehmer in meinen Kursen in alphabetischer Reihenfolge sitzen.«

Ein fast unhörbares Gemurre hob an, und einige packten schon ihre Sachen zusammen, um für den Platztausch vorbereitet zu sein.

»Wie dem auch sei«, erklärte er weiter, »in diesem Kurs wird das anders sein. Ihr könnt also sitzen, wo ihr wollt. Ihr müßt auch nicht jeden Tag am gleichen Platz sitzen, wodurch es für mich zwar nicht einfacher wird, mir eure Namen zu merken, aber das ist nicht euer Problem. Wenn ihr euch jetzt noch anders setzen wollt, könnt ihr das gerne tun.«

Fast die halbe Klasse wechselte nun die Plätze. Nur in der ersten Reihe blieb alles beim alten; offensichtlich hatte man sich dort endgültig entschieden. Auch Marilyn Crane verharrte auf ihrem alten Platz, denn niemand legte Wert darauf, sie neben sich zu haben. Doch dann fiel Balsam auf, daß der Junge, der am nächsten zu Marilyn saß, zu ihr hinüberlächelte und mit ihr sprach. Wenn er sich recht erinnerte, dann war das wohl Jeff Bremmer. Während immer noch Plätze getauscht wurden, überlegte Balsam, wie viele seiner Schüler bemerkten, wie sie ihm Dinge über sich erzählten, ohne daß es nur eines Wortes bedurfte. Er war sich ziemlich sicher, daß sie auch in Zukunft immer mehr über sich aussagen würden, je nachdem, wo und bei wem sie ihre Plätze einnahmen. Besonders interessant würde dabei wohl die Formation aus der ersten Reihe sein, jene vier Mädchen, von denen der Monsignore bereits gesprochen hatte. Der Junge war offensichtlich Jim Mulvey und Karen Mortons Freund.

Nach dem Plätzetausch begann Balsam von seinen Hoffnungen und Zielen zu sprechen, die er in diesem Psychologiekurs verwirklichen wollte. Er wolle nicht viel Zeit für die Psychologie des Abnormen aufwenden, auch wenn er hier und da auf einige exotische Formen der Verrücktheit eingehen werde, was ihm herzliches Gelächter einbrachte.

Was ihn am meisten interessiere, seien die Möglichkeiten, sich selbst untereinander besser kennen und verstehen zu lernen, und gleichzeitig kündigte er einen möglichst großen Verzicht auf die in St. Francis üblicherweise praktizierten Lehrmethoden an. Statt dessen, so seine Hoffnung, sollten sie von sich selbst ebensoviel lernen und erfahren wie von ihm. Wenn sie sich selbst lehren könnten, dann würde jeder einzelne eine Menge profitieren und viel Interessantes aus dem Kurs mitnehmen.

Balsam sah auf die Uhr. Eine Viertelstunde blieb ihm noch, um die Klasse mit einer Karte des Heiligen Römischen Reiches zu konfrontieren, die hinter ihm an der Tafel hing.

»Hinter dieser Karte«, wandte er sich zu den Schülern, »befindet sich ein Bild. Ich werde jetzt die Karte eine Sekunde lang hochhalten und wieder herunterlassen. Anschließend wollen wir besprechen, was ihr gesehen habt.«

Rasch hob Balsam die Karte hoch und gab den Blick für eine Sekunde lang frei. Das Bild war ein Schwarzweißdruck mit großen Konturen.

»Nun, wie steht es?« fragte er.

In der ersten Reihe meldete sich Judy.

»Judy?« fragte Balsam noch einmal nach, ehe er ihr mit einem Handzeichen zu verstehen gab, daß sie jetzt nicht aufstehen mußte. »Das ist in diesem Kurs nicht nötig«, lächelte er, »wir können uns diese Freiübungen für die Lateinstunde aufheben.«

Judy war perplex. So etwas hatte es in St. Francis noch nicht gegeben. Sie und die ganze Klasse schien sich zu entspannen.

»Nun?« fragte Balsam erneut.

Judy konnte ihr Kichern nicht verhindern, als sie zu erklären versuchte, »es tut mir leid, aber es ist nicht leicht, Fragen im Sitzen zu beantworten. Das hat noch niemand von uns gelernt.«

Wieder lachte die ganze Klasse. Balsam war zufrieden. Bis jetzt war alles so verlaufen, wie er es geplant hatte.

»Schon in Ordnung«, sagte er mit einiger Lässigkeit. »Du mußt dich eben daran gewöhnen. Aber du wolltest ja eigentlich sagen, was du auf dem Bild gesehen hast.«

»Meiner Meinung nach«, begann Judy langsam, »war es ein Schädel. Ja, für mich sah es wie ein Schädel aus.«

Balsam nickte. »Hat noch jemand einen Schädel erkannt?«

Jeder meldete sich, außer Marilyn Crane, die mit gefalteten Händen in der Bank saß. Ein bißchen schien sie sich zu schämen.

»Wir haben also eine kleine Unstimmigkeit«, stellte Balsam fest, indem er mit einem Lächeln Marilyn verstehen zu geben versuchte, daß es wirklich nichts ausmachte. »Marilyn, sag uns, was du gesehen hast.«

Marilyn sah aus, als würde sie gleich in Tränen ausbrechen. Sie wollte nicht die einzige sein, die etwas anderes gesehen hatte als alle anderen. Aber sie hatte nun mal etwas anderes gesehen und konnte es nicht mehr verbergen.

»Es klingt sicher komisch, aber ich habe eine Frau erkannt, die sich im Spiegel betrachtete.«

Die gesamte Klasse wurde von einem riesigen Gelächter erschüttert. Es war gehässig, nicht menschlich. Noch bevor es abebbte, ließ

Balsam die Geschichtskarte sich aufrollen. Nun war das Blick auf das Bild vollkommen frei, und das Gelächter versiegte immer mehr. Marilyn hatte recht. Es war eine feine Zeichnung von einer Frau, die in einen Spiegel starrte, und ›Eitelkeit‹ war der Titel. Einen Augenblick überließ Balsam sie ihrer eigenen Nachdenklichkeit.

»Wie ihr seht«, begann er dann, »hatte niemand von euch recht; auch hatte keiner unrecht.« Jeder in der Klasse sah ihn verdutzt an. Balsam wußte, daß er ihnen eine vollkommen neue Erfahrung gegeben hatte, eine Situation, in der es richtig oder falsch nicht gab.

»Was ihr gerade gesehen habt«, erklärte er weiter, »war ein kleines Experiment über das ›Reiz-Antwort-Verhalten‹. Nicht jeder reagiert demnach auf einen gegebenen Reiz mit der gleichen Antwort. Wie jemand auf einen Reiz antwortet, hängt im wesentlichen von seiner psychologischen Ausstattung ab.«

Er wollte aber auch noch etwas Lob an Marilyn Crane richten, nachdem ihm wieder eingefallen war, daß sie anders als alle anderen geantwortet hatte. »Die Tatsache, daß außer Marilyn jeder von euch einen Schädel gesehen hat, ist doch einigermaßen interessant. Ich glaube, ihr seid alle eine etwas krankhaft veranlagte Gruppe.« Er zwinkerte ihnen unauffällig zu, damit sie meinten, er mache Spaß. Was er sagen wollte, hatte er gesagt, und niemand drehte sich mehr nach Marilyn um. Statt dessen sah man sich gegenseitig mit Betroffenheit an.

Die Uhr gab Balsam noch fünf Minuten.

»Wißt ihr«, fuhr er fort, »ihr habt mich alle überrascht. Seit fünfzig Minuten steht auf meinem Schreibtisch dieses zugedeckte Ding, und keiner von euch fragt danach.« Wieder waren alle betreten. »Ich hoffe, das ändert sich auch bis zum Ende des Schuljahres. Ein bißchen Neugier mag vielleicht für eine Katze den Tod bedeuten, einem Schüler aber hat sie noch nie geschadet.«

Dann sollten sie alle nach vorne kommen. Jeder drängte sich ans Pult, um zu sehen, was die Neugier hätte wecken sollen. Es war eine kleine Holzschachtel mit einem Glasdeckel, eine sogenannte Skinner-Box. Hinter dem Glas sah man eine weiße Ratte. Während jeder wie gebannt auf die Holzschachtel starrte, betätigte Balsam einen Schalter an der Außenseite des Holzbehälters. Sofort legte die Ratte einen Hebel um, wonach ein kleiner Futterbrocken herabfiel. Diesen Vorgang wiederholte die Ratte mehrere Male, und jedesmal fraß sie den Futterbrocken prompt auf.

»Das ist ein typisches Beispiel für konditioniertes Antworten«, erläuterte er. »Die Ratte hat nämlich gelernt, daß sie nur dann an ihr Futter kommt, wenn das Licht eingeschaltet ist und sie anschließend den Hebel umlegt. Folglich bewegt sie bei Licht jedesmal den Hebel.« Als Balsam das Licht ausschaltete, wurde die Ratte wieder still. Die ganze Klasse war nun heftig am Diskutieren, das mit dem Glockenschlag abrupt zu Ende ging.

Jeder kehrte an seinen Platz zurück, um Bücher und Hefte einzupacken.

»Auch das ist ein typisches konditioniertes Verhalten«, sagte er, laut genug, damit alle es hören konnten, ehe er sich verabschiedete. Einen Augenblick lang sahen sie ihn prüfend an und brachen dann in spontanes Gelächter aus. Balsam war überzeugt, daß die Stunde schon ein Erfolg gewesen war.

Aus der Schreibtischschublade holte er eine braune Tüte, in der sein Pausenbrot eingewickelt war. Langsam begann er zu essen, und da war es wieder, dieses unangenehme Gefühl, diese seltsame Angst, für die er zunächst keinen Grund sah. Allmählich aber wurde es ihm klar, was ihn so beängstigt hatte. Es war das Bild und wie jeder in der Klasse reagiert hatte. Warum hatten, mit nur einer einzigen Ausnahme, alle anderen neunundzwanzig Schüler in dem Bild einen Schädel, den Tod also, gesehen? Warum war es nur Marilyn Crane, die die Frau und den Spiegel erkannt hatte. Das Verhältnis war außerhalb jeder statistischen Wahrheit. Wenigstens die Hälfte der Klasse hätte das Bild richtig erkennen müssen.

5

Inez Nelson hörte das Läuten des Telefons; sie sah zu ihrem Mann, der seinen Blick jedoch nicht vom Fernseher abwandte. Erneut klingelte es. Dieses Mal sah Inez nach oben, offensichtlich in der Erwartung, daß Judy zum oberen Anschluß eilte. Zum drittenmal schellte es. Mit einem Seufzer stand Inez auf und ging in die Küche. Sie hoffte, daß das Klingeln aufhörte, bevor sie den Hörer abnehmen würde.

»Mrs. Nelson?« Es war Karen Morton, die sich jetzt meldete und deren Stimme Inez Nelson sofort erkannte.

»Ist Judy zu Hause?«

»Einen Augenblick«, sagte Inez und legte den Hörer auf dem Küchenbuffet beiseite, um zum Treppenabsatz zu gehen.

»Judy!« rief sie hinauf. »Karen Morton ist am Telefon!«

»Ich komme gleich«, rief Judy zurück, und Inez ging wieder zum Telefon. »Judy kommt gleich«, sagte sie und wartete, bis Judy am oberen Apparat sprach.

»Karen?« meldete sich Judy. »Gerade wollte ich dich anrufen!« Ihre Stimme nahm einen vertrauten Ton an.

»Stell dir vor, wem ich heute begegnet bin! Ich meine, er hat mich angesprochen!«

»Wer?« fragte Karen gelangweilt nach.

»Na, Lyle!« gab Judy zurück, als ob Karen Bescheid wissen mußte. »Lyle Crandall. Sieht er nicht himmlisch aus?«

»Stehst du etwa auf Typen wie ihn?« wollte Karen wissen, ohne zuzugeben, daß sie ihn ebenso zum Verlieben fand.

»Er ist einfach nett«, fuhr Judy fort. »Er sieht ein bißchen wie Nick Nolte aus, nur eben besser... Wird er zu deiner Party kommen?«

»Ich denke doch«, sagte Karen, wieder gelangweilt. »Ich glaube, er kommt zusammen mit Jim Mulvey. Und der kommt bestimmt!«

»Aber nicht mit anderen Mädchen, oder?« bemerkte Karen und fügte nach einer kurzen Pause hinzu: »Jedenfalls zunächst nicht. Aber man weiß ja nie, wie es kommt.«

Judy spürte plötzlich Vorfreude und fragte sich, ob die Party sich wirklich so entwickeln würde, wie Karen sagte. »Was ist mit deiner Mutter?« wollte sie jetzt wissen. »Sie wird doch nicht etwa dabeisein?«

Mit leisem Kichern antwortete Karen: »Samstag abend muß sie leider arbeiten. Zuerst meinte sie, daß ich ohne ihr Dabeisein keine Party veranstalten dürfe. Aber dann erklärte ich ihr, daß ich nur ein paar Mädchen einlade. Sie glaubt, wir albern halt ein wenig herum.«

»Und was ist, wenn sie herausfindet, daß auch Jungen kommen?«

»Sie wird nicht vor Mitternacht zurück sein«, erklärte Karen voller Zuversicht. »Und bis dahin sind alle längst verduftet.« Und flüsterte:

»Hast du deiner Mutter gesagt, daß du schon früher kommst?«

»Aber klar«, sagte Judy, »oder glaubst du etwa, ich warte, bis alle da sind? Schließlich muß ich mich doch noch umziehen!«

Karen mußte wieder kichern. »Das wäre für die anderen aber ein Erlebnis!«

»Für dich vielleicht!« gab Judy hintergründig zurück. »Ich bin da etwas sittlicher!«

»In dem Kleid?« feixte Karen. »Ich hätte nicht gedacht, daß du es gekauft hast, weil es besonders sittlich aussieht. Ich dachte eher, weil es dich so sexy macht.«

»Macht es auch.« Judy war böse. »Glaubst du, Lyle wird es auch so sehen?«

»Bei dem Ausschnitt kann doch nichts schiefgehen, Judy«, sagte Karen bissig. »Du wirst jedem auffallen.« Einen Augenblick überlegte sie. »Was wird deine Mutter eigentlich sagen, wenn sie merkt, daß du dir dieses Kleid gekauft hast?«

»Sie wird es gar nicht merken«, erklärte Judy selbstsicher. »Und selbst wenn – ich kann sie schon überreden, daß ich es behalten darf.« Plötzlich fiel ihr ein, daß ihre Mutter manchmal unten an der Treppe stand und lauschte. Judy sah zum Treppenabsatz hinunter. Es war niemand da. Trotzdem fand sie, daß allmählich genug über das neue Kleid gesprochen wurde.

»Was hältst du von Mr. Balsam?« wechselte sie das Thema.

»Ich glaube, er ist ganz in Ordnung«, antwortete Karen. Sie mochte sich in dieser Sache allerdings noch nicht zu einer eigenen Meinung durchringen, sondern erst den Standpunkt ihrer Freundinnen abwarten. »Zumindest ist er anders als die Nonnen. Aber auch er wird sich wohl anpassen. In einer Woche wird sich sein Kurs wahrscheinlich von den anderen nicht mehr unterscheiden.«

»Ich weiß nicht«, sagte Judy gedankenverloren. »Janet sagt, daß er in Latein ganz anders ist als in seinem Psychologiekurs. Sie sagt, es ist, als ob man zwei verschiedene Lehrer hätte.«

»Wirklich?« Karen war plötzlich neugierig geworden.

»Ich bin mir nicht sicher«, fuhr Judy fort, »ich finde auch, er unterrichtet Latein genauso wie die Nonnen, wenn du bei jeder Antwort aufstehen mußt, du weißt es ja selbst. Janet meint, daß er in Latein nicht so stark ist und deshalb versucht, es auf diese Weise zu vertuschen.«

»Vielleicht ist er nur verrückt und versucht auch das zu vertuschen, indem er Psychologie unterrichtet.« Karen mußte über ihre Bemerkung lachen. »Du weißt doch, was man sich über die Psychologen erzählt! Die meisten von ihnen sollen selbst einen nötig haben!«

Jetzt mußten beide lachen, doch inmitten ihrer Scherzerei glaubte Judy, ein Knacken in der Telefonleitung gehört zu haben, als ob jemand den Hörer in der Küche abgenommen hatte.

»So, ich muß jetzt Schluß machen«, unterbrach sie das Lachen und hoffte, daß Karen ihr Zeichen verstanden hatte. »Ich komme dann am Samstag eine Stunde eher und helfe dir bei den Vorbereitungen. Einverstanden?« Es folgte ein kurzes Schweigen, währenddessen Karen zu sondieren suchte, warum Judy das Gespräch so abrupt abgebrochen hatte. Wie alle Teenager, spürte auch Karen den Grund sofort. »Ja, ich freue mich schon. Vielleicht kann ich auch Penny und Janet noch bewegen, früher zu kommen. Dann können wir gleich zwei Partys hintereinander feiern! Bis morgen dann.« Als sie einhängte, beglückwünschte sie sich selbst, daß sie so schnell geschaltet und Judy geholfen hatte, den Lauscher, wer immer es auch war, zu frustrieren.

Als Judy den Hörer auflegte, streckte sie ihre Zunge heraus, als ob das Telefon Schuld hätte, daß ihre Mutter sie gestört hatte. Sie wußte allerdings nicht, daß das Knacken in der Leitung nicht daher kam, daß ihre Mutter den Hörer aufgenommen hatte; sie hatte ihn nämlich aufgelegt und war anschließend ins Wohnzimmer gegangen. Sie war wütend. Sie sah zu ihrem Mann, aber der starrte immer noch auf die Baseball-Partie. Es war sowieso zwecklos, mit ihm darüber zu sprechen. Sie würde nur angerüffelt werden, daß sie Gespräche belauschte, die sie nichts angingen. Weiter würde er ihr erklären, daß sie nichts von dem Gehörten gegen Judy vorbringen dürfe, weil Abhörmaßnahmen nicht zulässig sind. Das hatte sie davon, mit einem Rechtsanwalt verheiratet zu sein. Zielstrebig schritt sie zur Treppe. Jetzt sah George Nelson auf.

»Du gehst hinauf?« fragte er.

»Ja, ich muß mit Judy reden. Es wird nicht lange dauern.« Sie wußte, wenn sie ihm den Grund sagen würde, würde er sie aufhalten.

»Sag ihr, daß ich sie in einer halben Stunde im Backgammon schlage, wenn sie Lust hat.« George Nelson wandte sich wieder dem Fernseher zu. Inez sah ihrem Mann zu und schüttelte voll Zorn den Kopf. Heute abend würde es keine gemütlichen Spiele zwischen Vater und Tochter geben, nicht, solange sie noch etwas in dem Haus zu sagen hatte. Sie lief die Treppe hinauf, platzte ohne Klopfen in Judys Zimmer und schloß die Tür hinter sich.

Judy lag auf dem Bett und blickte ihre Mutter an. Eigentlich wollte sie sich darüber beschweren, daß ihre Mutter ohne Anklopfen das Zimmer betreten hatte. Aber irgend etwas stimmte nicht. Ihre Mutter sah wütend aus. Judy ahnte Schlimmes. Sie hörte wieder das Knacken in der Telefonleitung. Ihre Mutter hatte den Hörer also nicht abgenommen, sondern aufgelegt! Sie hatte folglich genau den falschen Teil ihres Gespräches mit Karen belauscht.

»Wie ich sehe, weißt du ganz genau, warum ich hier bin«, begann Inez. Judy wog ihre Chancen ab. Was war über das Kleid gesprochen worden? Verzweifelt versuchte sie, sich zu erinnern.

»So, weiß ich das?« entgegnete Judy schnippisch.

»Ich denke doch«, bemerkte Inez und fühlte, wie sie zornig wurde. »Ich habe euch gerade zugehört!«

Trotzig sah Judy ihre Mutter an.

»Du hast dir also dieses Kleid gekauft?« fragte Inez mit herausfordernder Stimme.

»Welches Kleid?« Judy versuchte auszuweichen.

»Nicht auf diese Weise, junge Dame«, herrschte Inez Judy an. »Du weißt ganz genau, welches Kleid ich meine. Ich hatte dir doch gesagt, daß du es nicht bekommst! Du hast es gekauft und bei Karen Morton versteckt! Oder willst du etwas anderes behaupten?«

»Und wenn schon?« gab Judy weiterhin patzig zurück. »In dem Kleid, das du mir kaufen wolltest, sah ich ja aus wie zwölf. Außerdem ist das andere schöner.«

»So schön sogar, daß du damit ins Unglück mit diesem Lyle Crandall stürzen willst! Nein, so geht das nicht! Morgen nachmittag wirst du zu Karen gehen, das Kleid holen und es brav in das Geschäft zurücktragen! Hast du verstanden?«

»Ja!« gab Judy nach, da ihr diese Art der Strafe ziemlich milde erschien.

»Und das mit der Party bei Karen kannst du dir natürlich aus dem Kopf schlagen.«

»Mutter...«, begann Judy, wurde aber unterbrochen.

»Sei still!« Inez hob die Hand. »An deiner Stelle würde ich mehr über deine Sünden nachdenken als darüber, wie ich meine eigene Mutter hintergehen kann!«

Judy sah sie fassungslos an. »Sünden?« fragte sie erstaunt. »Wovon sprichst du überhaupt?«

Inez kniff ihre Augen zusammen. »Möchtest du, daß ich sie dir aufzähle? Dann kann ich ja gleich mit der letzten Lüge beginnen.«

»Das war nicht gelogen«, verteidigte sich Judy. »Du hast mich nie gefragt, ob ich das Kleid gekauft habe oder nicht.« Judy hoffte, ihre Ausrede würde akzeptiert werden.

»Wenn ich dich danach gefragt hätte, hättest du mich sicherlich angelogen«, raunzte Inez. »Du weißt, es gibt ein Gebot, das sagt, daß du Mutter und Vater ehren sollst!«

Judy wurde es zuviel. Sie stand von ihrem Bett auf und sah ihrer Mutter in die Augen. Dann brach sie in Tränen aus.

»Sag das nicht«, flehte sie. »Ich will doch nur erwachsen werden. Das geht doch nicht gegen dich. Es ist etwas, das ich nur für mich tun wollte und nicht, um dich zu kränken. Kannst du das denn nicht verstehen?«

Aber Judy mußte erkennen, daß ihre Worte ohne Wirkung auf ihre Mutter blieben. Endlich flüchtete sie ins Badezimmer und schloß sich ein. Sie fühlte, wie die Wut in ihr kochte. Sie wollte noch mehr weinen. Statt dessen wurde sie noch zorniger. Plötzlich fühlte sie sich gefangen, so gefangen wie jene Ratte im Käfig auf Mr. Balsams Pult. Sie beschloß, einen Weg zu finden, um sich an ihrer Mutter zu rächen, und dann würde es ihr leid tun.

Inez Nelson stand vor der verschlossenen Badezimmertür und lauschte nach irgendeinem Geräusch, das ihr verriet, was hinter der Tür vor sich ging. Aber nichts war zu hören. Sie wußte, Judy schmollte wieder einmal, was in letzter Zeit immer häufiger vorzukommen schien. Dieses Mal wollte Inez nicht nachgeben und bei dieser Gelegenheit auch erreichen, daß Judy ihren Vater nicht wieder auf ihre Seite brachte. Womit sie jedoch nicht gerechnet hatte, war die gleiche feste Entschlossenheit auf seiten ihrer Tochter.

Plötzlich war Peter Balsam die Idee in den Kopf geschossen, Margo Henderson anzurufen und sie auf einen Drink einzuladen. Doch dann war der Anruf aus dem Pfarrhaus gekommen und seine privaten Pläne für den Abend zunichte.

Monsignore Vernon – Balsam hatte immer noch Schwierigkeiten mit der Anrede und den Priester wieder Pete genannt – hatte ihn auf ein ›Schwätzchen‹ zu sich hinaufgebeten. Trotzdem bekam Peter das Gefühl, als sei es mehr eine Aufforderung als eine Einladung. Es war ein Befehl, und so hatte er sich die Anhöhe hinaufgeschleppt, um Punkt neun im Pfarrhaus einzutreffen. Wie zuvor wurde er von Monsignore Vernon bereits erwartet und anschließend durch die Halle in ein Zimmer geführt, das offensichtlich das Privatzimmer des Priesters war. Nachdem der Monsignore die Tür geschlossen hatte, bot er Balsam ein Glas Sherry an. Ein seltsames Ritual, dachte Balsam und überlegte, ob der Monsignore erwartete, daß er es ablehnen würde. Andererseits war das mindeste, das der Priester tun konnte, wenn er schon seinen privaten Abend in Anspruch nahm, ihm einen Drink anzubieten.

Peter nahm das Glas Sherry entgegen und setzte sich, ohne eine Aufforderung abzuwarten, in einen bequemen Sessel am Kamin.

»Schön«, sagte Monsignore Vernon freundlich und ließ sich in einem zweiten Sessel nieder. Er hielt das Glas gegen das Licht und bemerkte irgend etwas über Schönheit. Balsam war sich nicht sicher, ob sich der Priester auf das Sherryglas bezog oder die Dinge im allgemeinen meinte.

»Wie ging es Ihnen denn am ersten Schultag?« fragte der Monsignore plötzlich.

Balsam schluckte. »Ganz so, wie man es erwarten konnte.« Er grinste. »Ich meine, ich lebe noch, und es wurde nicht einmal auf mich geschossen.«

Ein eisiges Lächeln huschte über das Gesicht des Priesters. »Das wird hier auch nicht vorkommen. Derartiges überlassen wir den weltlichen Schulen.«

Balsam nickte zustimmend, wobei er an Schwester Elisabeth denken mußte. Probleme in der Disziplin von St. Francis waren bei ihr gewiß gut aufgehoben.

»Ich denke, Sie sollten mehr zum Thema kommen«, betonte Monsignore Vernon und rückte sich im Sessel zurecht. Es war also eine richtige Vorladung, so wie Balsam es sich gedacht hatte. Ruhig wartete er weiter ab.

»Ich hatte heute nachmittag eine kleine Unterhaltung mit Schwester Elisabeth«, begann der Monsignore von neuem. »Sie erschien mir etwas beunruhigt über dich. Sie glaubt, du hast, wie sie sich ausdrückte, ›Kavaliersallüren‹!«

Balsam mußte über diesen Ausdruck lächeln, wurde aber sofort wieder ernst, als er erkannte, daß der Priester die Sache offensichtlich mit anderen Augen sah.

»Und du glaubst, was sie da sagt?« fragte er vorsichtig.

»Ich bin mir ganz sicher, daß es so ist«, gab der Priester nachdenklich zu verstehen. »Deshalb wollte ich auch heute mit dir darüber reden. Ich habe auch noch einmal über unser neuliches Gespräch nachgedacht. Ich meine deine Doktorarbeit. Ich weiß immer noch nicht, wo du stehst.«

»Wo ich stehe?« wiederholte Balsam und versuchte, die Gedanken des Monsignore auszuloten.

»Ich weiß, daß das alles sehr eigenartig für dich klingt, aber ich muß wirklich genau wissen, wo dein Standpunkt in bezug auf die Lehren unserer Kirche liegt.« Der Priester bemühte sich zu lächeln.

»Nun, ich bin nicht ausgetreten«, entgegnete Balsam.

»Nein, noch nicht.« Der Monsignore spekulierte. »Aber schließlich gibt es ja verschiedene Wege, die Kirche zu verlassen, oder nicht? Und mir scheint deine Doktorarbeit ein gezielter, wenn auch verdeckter Schritt in dieser Richtung zu sein.«

An dieser Stelle erwartete er offenbar eine Antwort. Als nichts dergleichen geschah, fuhr er fort: »Es hat keinen Sinn, lange um den heißen Brei herumzureden.« Sein Ton wurde nun barsch. »Wir sind hier zusammengekommen, um endlich festzustellen, ob du die kirchlichen Dogmen anerkennst oder nicht. Und da du mindestens in einem der Dogmen sehr gute Erfahrung hast, wollen wir gleich mit diesem beginnen.«

Balsam dachte daran, einfach aufzustehen, das Zimmer zu verlassen, die Anhöhe hinunterzulaufen, seine Sachen zu packen und den nächsten Zug aus Neilsville zu schnappen. Dann aber fand er, daß Flucht auch nicht viel Sinn hatte. Wenn das Thema für den Priester derart bedeutend war, wollte er den weiteren Tatsachen ins Auge sehen.

»Nun gut«, sagte er endlich. »Womit wollen wir beginnen?«

»Ich dachte, ich habe mich klar ausgedrückt«, mahnte der Monsignore. »Akzeptierst du das Dogma, daß Selbstmord eine Todsünde und deshalb untilgbar ist?«

»Aber ich habe doch erst neulich gesagt, daß ich mich nicht berufen fühle, darüber zu urteilen.«

»Glaubst du wirklich, was du da sagst?« bohrte der Priester nach.

»Für mich ist das keine Frage des Glaubens«, entgegnete Balsam gefaßt.

»Dann betrachten wir es eben einmal aus intellektueller Sicht.« Völlig unerwartet war der Priester aufgestanden und hatte Balsams Glas ergriffen. »Noch einen kleinen?« fragte er höflich. Balsam nickte überrascht, während der Priester die Gläser füllte und sich anschließend wieder in seinen Sessel setzte.

»Daß es diese Dogmen gibt, hat seine guten Gründe, wie du

selbst weißt«, fuhr der Priester fort, und Balsam bemerkte an seinem Tonfall, daß nun ein kleiner Vortrag auf ihn zukam. Vielleicht half ein bestätigendes Nicken, um ihn wenigstens etwas zu verkürzen. Es war vergeblich.

»Das Dogma gegen den Selbstmord existiert aus verschiedenen Gründen«, begann der Priester. »Der wichtigste ist freilich, daß Selbstmord gegen ein Naturgesetz verstößt, d. h. die natürliche Ordnung zerstört.« Balsam dachte an die Lemminge, die von Zeit zu Zeit in Scharen ins Meer gehen und sterben. Er unterdrückte sein Argument, da der Monsignore ihm sicher sagen würde, daß es einen Unterschied zwischen menschlichem und nichtmenschlichem Selbstmord gibt. Balsam hing immer mehr seinen eigenen Gedanken nach und verlor immer mehr den Faden zu den Darlegungen des Priesters, der inzwischen das Thema gewechselt zu haben schien und nun von der Absolution sprach.

»Wie du auch weißt, liegt eines der größten Probleme bei der Betrachtung des Selbstmords für die Kirche in der Frage der Absolution...«

Ganz zu schweigen von den Problemen, die der Selbstmord nun bei ihm selbst erzeugt, sinnierte Balsam vor sich hin.

»Es ist keine Frage, daß bei erfolgreich durchgeführtem Selbstmord Beichte und Erlösung von der Sünde nicht möglich sind. Der Selbstmörder hat sich fraglos von seiner Mutter, der Kirche, losgesagt, und damit auch von Gott.«

»*Extra ecclesiam nulla salus.*« Balsam murmelte vor sich hin.

»Wie bitte?« fragte der Priester.

»Kein Heil außerhalb der Kirche«, übersetzte Balsam.

»Danke. Ich beherrsche Latein«, bemerkte Monsignore Vernon trocken. »Ich hatte dich lediglich schlecht gehört.« Dann stockte er und sah Balsam fest an. »Hast du mit diesem Dogma auch ›Probleme‹?«

»Darüber habe ich nicht nachgedacht«, sagte Balsam schulterzuckend. Dann lehnte er sich nach vorn und begann, seine Gedanken zu erläutern.

»Sieh her, ich weiß nicht, was in Neilsville los ist. Aber überall, wenigstens dort, wo ich bislang gewesen bin, stellen sich die Menschen Fragen. Und das sind nicht Menschen, die aus der Kirche ausgetreten sind oder sich mit dem Gedanken daran tragen. Es sind einfache Leute, die sich darüber Sorgen machen, wie die Kirche den Anschluß an das zwanzigste Jahrhundert finden kann.«

»Und das bedeutet, daß man die kirchlichen Dogmen herausfordert?«

Monsignore blickte finster zu Balsam hinüber.

»Nicht unbedingt.« Gab es denn wirklich keinen Weg, diesen Mann zu überzeugen? In der Schule hatte Pete Vernon stets den Eindruck eines vernünftigen Menschen gemacht. Was war passiert? Balsam wagte einen neuen Vorstoß. »Die Frage ist doch nicht, ob man die Dogmen herausfordert, sondern wie man die Kirche und die Bedürfnisse der Menschen näher zusammenbringt.«

»Die Kirche ist der Sache Gottes verbunden«, sagte er Monsignore steif. Es klang so eisig, daß Balsam Angst bekam.

»Einige von uns glauben aber nicht, daß die Belange Gottes von den Belangen der Menschen abgetrennt werden können. Es wäre also begrüßenswert, wenn die Kirche dieser Tatsache Rechnung tragen würde.« Jetzt bemerkte Balsam, daß er seinen Standpunkt offenbart hatte, und der Monsignore zeigte deutlich, wie sehr er diesen Standpunkt mißbilligte.

»Die Dogmen sind unfehlbar«, erklärte der Priester. »Sie müssen nicht angepaßt werden. Oder willst du etwa das Gegenteil sagen und das Dogma der Unfehlbarkeit angreifen?«

Balsam spürte seine Wut. Dieser Mann klang wie ein mittelalterlicher Inquisitor. »Das Dogma der Unfehlbarkeit ist doch gerade einhundert Jahre alt.« Er versuchte, seine Fassung wiederzugewinnen. »Und soweit mir bekannt ist, herrschte bei seinen Verfassern auch nicht gerade Einmütigkeit.«

Mit einem Satz war der Priester auf den Beinen und starrte Balsam an, der sich alles andere als wohl fühlte.

»Peter Balsam«, zischte der Priester wie eine gefährliche Schlange und mit funkelnden Augen, »genau das ist die Sorte von Gedanken, die mir heute abend über dich zugetragen wurde und die die Kirche zersetzen. Und wir werden sie in St. Francis nicht dulden. Ich kenne nicht deine anderen privaten Gedanken, um die ich mich auch nicht kümmern will, wenn ich auch sehe, daß du nahe dabei bist, die göttliche Gnade zu verlieren. Aber ich werde es nicht zulassen, daß du mit deinen Ideen die Kinder dieser Gemeinde verdirbst. Es ist mein Privileg und meine Pflicht, meine Herde vor solchen Vorstellungen, wie du sie eben geäußert hast, zu schützen, und dieser Aufgabe werde ich gewissenhaft nachzukommen wissen. Habe ich mich klar genug ausgedrückt?«

Nun stand auch Balsam auf und sah dem Priester in die Augen.

»Sehr klar«, antwortete er besonnen. »Ich kann dir sogar sagen, daß das, was ich eben gehört habe, für mich wie aus dem dreizehnten Jahrhundert klingt.«

Irgendwie schien sich der Priester zu entspannen. Er entfernte sich ein Stück, und als er sich wieder umdrehte, lag sogar ein leichtes Lächeln auf seinen Lippen. Es hätte fast echt sein können, dachte Peter.

»Wenn du schon einen Blick auf die Geschichte wirfst, solltest du nicht übersehen, daß es in jenem Jahrhundert weit mehr Heilige gab als heute. Vielleicht sollten wir dieser Tatsache einmal mehr Beachtung schenken, ehe wir mit solcher Selbstzufriedenheit über unsere ›modernen Zeiten‹ sprechen.«

»Auf jeden Fall wissen wir heute weit mehr über den Menschen als damals«, warf Peter ein.

»Vielleicht«, begegnete der Priester Peters Einwand. »Auf jeden Fall wußten sie mit Ketzern und Sündern fertig zu werden, was uns heute leider fehlt.« Nach einer kurzen Pause fuhr er, allerdings mehr zu sich selbst als zu Peter sprechend, fort: »Das heißt, einige haben es vergessen, nicht alle.«

Zehn Minuten später befand sich Peter Balsam wieder auf dem Rückweg. Immer noch versuchte er zu ergründen, was aus seinem alten Freund Pete Vernon geworden war. Äußerlich hatte er sich ja nicht sehr verändert, aber sonst gab es zwischen beiden, dem Monsignore Vernon und Pete Vernon, keine Ähnlichkeit mehr.

Beim Aufbruch hatte der Monsignore ihn noch einmal bedrängt, an der Arbeitsgruppe, die er leitete, teilzunehmen. Vielleicht sollte er das wirklich tun, dachte Balsam; vielleicht lag dort der Grund für die so unerklärliche Veränderung und starre Denkweise des alten Freundes. Wie nannte sich dieser Arbeitskreis? War es nicht die Gesellschaft des heiligen Peters des Märtyrers? Derselbe Heilige, der in der Nische im Klassenraum 16 stand und ihn, Peter Balsam, nicht aus den Augen lassen sollte? Er beschloß, am nächsten Treffen teilzunehmen, vorausgesetzt, er hatte Neilsville bis dahin noch nicht verlassen.

Nachdem Balsam gegangen war, hatte der Monsignore die Eingangstür für die Nacht sorgfältig verschlossen. Auch die Tür zu seinem Privatzimmer hatte er mit derselben Sorgfalt verschlossen. Dann zündete er das Kaminfeuer an und begann zu beten, wobei er gar nicht bemerkte, wie die Temperatur immer höher und unerträglicher wurde, bis der Raum dem Inneren eines Backofens glich. Als der Monsignore sein Gebet beendete, war das Feuer längst erloschen. Er hatte lange gebetet. Nun sah er in den Kamin, wo nur noch ein kleiner Haufen Kohle glühte. Ein Häufchen Kohlen, so sinnierte er, das für die Sünder und Ketzer glühte, ehe er zufrieden mit sich zu Bett ging. Er würde friedlich schlafen und morgen erneut mit seiner Arbeit beginnen.

6

Am folgenden Tag hatte eine kaum merkliche Veränderung in der Sitzordnung der Psychologieklasse stattgefunden. Judy Nelson saß nun nicht mehr neben Karen Morton in der ersten Reihe. Sie hatte ganz außen Platz genommen, während Penny und Janet um jeweils einen Platz nach innen gerückt waren. Peter Balsam war dieser Wechsel sofort aufgefallen, und er fragte sich, ob zwischen Judy und Karen etwas vorgefallen war oder ob es nur eine Angewohnheit der vier Mädchen war, bisweilen ihre Plätze zu tauschen. Vielleicht verstanden sie sich so gut, daß sie untereinander alles teilten. Andererseits hielt er diesen Gedanken für ziemlich abwegig, da er wußte, daß Jugendliche in dieser Beziehung zu weit mehr rigorosem Egoismus tendieren als Erwachsene.

Die Skinner-Box stand abgedeckt an ihrem Platz. Balsam hatte sich heute nicht die Mühe gemacht, sie vor den Augen der Schüler zu verbergen. Während er den Unterricht hielt, sah er ab und zu zu dem Tier herab. Die Ratte verhielt sich vollkommen ruhig und sah zu ihm herauf. Als ob sie wüßte, daß ihr Auftritt bevorstand, und nur noch auf das Stichwort wartete. Das Thema, das Balsam für den heutigen Tag gewählt hatte, behandelte Frustrationsgefühle. Bereits mit Beginn der Psychologiestunde hatte er auf die große Bedeutung dieses Themas hingewiesen und versucht, den Begriff ›Frustration‹ zu erklären.

»Frustration«, erklärte er, »läßt sich vielleicht auch mit dem Gefühl beschreiben, das man hat, wenn man hier sitzen und sich eine Psychologiestunde anhören muß, obgleich man alles andere lieber täte.«

In der Klasse ging ein nervöses Glucksen um. Offensichtlich fühlte man sich ertappt und verlegen. Schließlich siegte wieder die Konzentration. Nur Judy Nelson schien ganz in eine eigene Welt versunken, und soweit Balsam an ihrem düsteren Gesichtsausdruck ablesen konnte, war diese Welt nicht gerade eine der schönsten.

Er hatte recht. Judy schmollte immer noch wegen des Theaters, das am vergangenen Abend mit ihrer Mutter stattgefunden hatte. Sie war fast eine ganze Stunde lang im Badezimmer gewesen. Sie hatte auf ein vorsichtiges Klopfen an der Tür gewartet, das ihr gesagt hätte, daß ihre Mutter sich Sorgen machte, daß sie gewonnen und ihre Mutter nachgegeben hätte. Doch vergeblich hatte Judy darauf gewartet und schließlich ihre Stellung im Badezimmer mit Verdruß wieder geräumt. Sie hatte nun den Frontalangriff geplant. Judy ging nach unten, um mit ihrem Vater Backgammon zu spielen. Was sie jedoch erhalten hatte, war die kalte Schulter gewesen. Offenbar hatte er es sich inzwischen anders überlegt. Tränenüberströmt war Judy ins Badezimmer zurückgegangen. Wieder hatte sie auf ein Zeichen gewartet, das nicht kam. Alles, was sie hörte, waren die Schritte ihrer Eltern auf dem Weg ins Schlafzimmer und ihre Gute-Nacht-Wünsche. Danach hatte sie das Schließen der Tür gehört. Einen weiteren Koller zu inszenieren, hatte sie verworfen und statt dessen ihre Wut mit ins Bett genommen. Endlich hatte sie einen Weg gefunden, um die Schuld an ihrem Dilemma auf Karen zu laden.

Es hatte die ganze Reihe von ›Wenn-nur‹-Überlegungen begonnen: Wenn Karen sie nur nicht angerufen hätte. Wenn Karen nur nicht über die Party gesprochen hätte. Wenn Karen nur nicht damit begonnen hätte, über das Kleid zu reden. Dabei war es ganz gleich, daß sie selbst auch über die Party gesprochen und mit dem Kleid geprahlt hatte. Rasch hatte Judy entschieden, daß alles Karens Schuld war. Gleich heute morgen hatte sie sie dann auch angeschnauzt und sich später, am Anfang der Psychologiestunde, vorsichtshalber zwei Plätze von ihr entfernt. Während Balsam monoton vortrug, sah sie zu Karen hinüber, um in Gedanken alles an ihr zu kritisieren: angefangen bei ihrem hellgebleichten Haar, ihren ausgezupften Augenbrauen bis zu ihrem viel zu engen Kleid, das sich über den viel zu groß geratenen Brüsten straffte. Alles war Karens Schuld. Plötzlich sah sie, wie alle anderen in der Klasse nach vorne gingen. Sie konnte sich an kein einziges Wort aus Balsams Unterricht erinnern, während sie langsam aus ihrem Tagtraum erwachte. Anschließend stand sie auf und schloß sich den anderen an, die um die komische Rattenkiste herumstanden.

»Ihr müßt jetzt alle genau hinsehen«, erinnerte Peter Balsam. »Wie ihr seht, habe ich die Box mit einem Labyrinth ausgelegt. Es ist ein ganz einfaches Labyrinth, da es darin nur zwei Möglichkeiten gibt. Es ist also wirklich nicht schwer, den Weg zu finden. Jedenfalls nicht für euch, auch nicht für mich, noch für jeden anderen. Für die Ratte ist es aber anders. Sie hat keinen Überblick über die Situation, und selbst wenn sie ihn hätte, wüßte sie damit nichts anzufangen. Nun paßt auf, was passiert!«

Er legte einen Futterbrocken an das eine Ende des Labyrinths und setzte die Ratte an das andere. Dann schloß er den Glasdeckel wieder. Die Ratte begann, in der Luft zu schnuppern. Offensichtlich hatte sie den Futtergeruch aufgenommen. Dann begann sie ihren Weg durch den Irrgarten, kam an eine Barriere, schnupperte erneut, verfolgte ihre alte Spur zurück und fand einen neuen Weg. Wieder verfehlte sie die richtige Abzweigung und landete erneut in einer Sackgasse. Ohne besonders nervös zu erscheinen, ging sie den Weg zurück, und dieses Mal wurde ihre Mühe belohnt.

»Versuchen wir den Vorgang noch einmal zu wiederholen, um zu sehen, was die Ratte aus der Situation gelernt hat.« Mit diesen Worten öffnete Balsam die Skinner-Box, hob die Ratte heraus und legte einen neuen Futterbrocken aus. Das nächste Mal schaffte die Ratte den Weg zum Futter mit nur einem Fehler, im dritten Versuch gelang es ihr bereits auf Anhieb. Die Ratte hatte den Weg gelernt.

»So weit, so gut. Ich glaube, jeder von euch hat verstanden, was hier passiert ist.« Peter Balsam wandte sich wieder der Klasse zu. »Ich habe die Ratte dazu gebracht, etwas zu lernen, indem ich sie mit einem Futterköder belohnt habe. Jetzt wollen wir aber noch etwas anderes probieren.« Er hielt ein Stück Holz hoch, um es der ganzen Klasse zu zeigen. »Verändern wir die Situation jetzt, indem wir ein neues Element in den Test einfügen.« Sorgfältig baute Balsam eine neue Barriere in dem Labyrinth auf.

»Wenn Sie das dort einbauen, kann die Ratte ja gar nicht mehr an das Futter heran«, warf Janet Conally ein.

»Das ist ganz richtig«, sagte Balsam lächelnd. »Wir wollen ja auch sehen, wie sie darauf reagiert.« Er ließ die Ratte wieder in den Glaskasten zurück. Sofort flitzte sie auf dem richtigen Weg durch das Labyrinth, bis sie völlig unvermittelt auf das neue Hindernis stieß. Sie schnupperte etwas und versuchte, das Hindernis umzustoßen. Als das nicht gelang, wurden ihre Bewegungen schneller. Sie rannte in jede Ecke und suchte wild nach einem Weg, um das Hindernis zu umgehen. Als auch das nicht gelang, sprang sie mit aller Kraft gegen die Wegsperre, streckte sich auf und stieß mit den Klauen gegen den Glasdeckel. Schließlich gab sie auf. Still, aber am ganzen Leib zitternd, saß sie am Ende in der Box.

»Was ist passiert?« fragte jemand vorsichtig.

»Ich habe sie frustriert«, antwortete Balsam. »Sie warf das Handtuch, weil sie aus ihrer Frustration keinen Ausweg fand.«

»Sie meinen, die Ratte hat einfach aufgegeben?« Balsam erkannte Marilyn Cranes Stimme.

»Das ist richtig. Sie hat aufgegeben.« Balsam bemerkte Marilyn Cranes mitleidvollen Ausdruck. »Vielleicht versucht sie es in ein paar Minuten von neuem. Vielleicht lockt sie der Geruch des Futters, das sie ja immer noch riechen kann. Aber selbst dann wird sie bald wieder aufhören. Wenn ich das Hindernis nicht entferne, wird sie vollends aufgeben.«

»Aber ich kann immer noch nicht ganz verstehen, was eigentlich passiert ist.« Penny Anderson sah wirklich verwirrt aus.

Balsam lächelte sie an. »Ich will es noch einmal erklären: Indem die Ratte lernte, daß sie auf einem ganz bestimmten Weg mit einer Belohnung rechnen konnte, habe ich in ihr eine Erwartungshaltung erzeugt, und gerade als sie sich an das Spiel zu gewöhnen begann, habe ich die Regeln geändert. Plötzlich weiß sie nicht mehr, was sie erwarten soll. Sie stellte fest, daß sie keine Kontrolle mehr über die Situation hat. Sie ist frustriert, und baue ich die Frustration nicht ab, wird sie am Ende neurotisch. Wenn ich wollte, könnte ich die Ratte bis zum völligen Wahnsinn bringen. Ich müßte nur die Spielregeln am laufenden Band ändern, sobald sie die neue Regel verinnerlicht hat. In der Hauptsache ist es eine Frage der Inkonsistenz. Solange die Ratte weiß, was sie erwartet, fühlt sie sich gut. Solange das Licht nicht brennt, quält es sie gar nicht, wenn sie kein Futter erhält. Das passiert erst, wenn das Licht angeht. Also wartet sie geduldig, bis das der Fall ist. Dieses Verhalten habe ich ihr bereits vor einiger Zeit antrainiert und seither nie verändert. Der Versuch mit dem Labyrinth dagegen war inkonsistent.«

»Ich glaube, allmählich verstehe ich«, sagte Janet vorsichtig. »Es ist wie mit meinen Eltern. Solange sie tun, was ich von ihnen erwarte, fühle ich mich sicher. Machen sie aber ab und an etwas Unerwartetes, so bringt mich das aus der Ruhe.«

»Genauso ist es«, bekräftigte Balsam Janets Erfahrung. »Alles ist eine Frage der Konsistenz. Mangel an Konsistenz führt zu Frustration, und ab dem Moment geht es nur noch nach unten.«

In diesem Moment ertönte die Glocke, und die ganze Klasse strebte wieder auf ihre Sitze zu. Einige lachten verhalten.

Balsam hörte noch, wie Janet Conally zu Penny Anderson flüsterte: »Konditioniertes Verhalten!« Danach gingen die beiden Mädchen mit dem Rest der Klasse die große Schultreppe hinunter. Judy war noch geblieben und starrte verdutzt in die Box zu der Ratte. Schweigend sah Balsam ihr eine Weile zu. Er fragte sich, ob sie bemerkt hatte, daß die anderen längst gegangen waren. Judy schien sich irgendwo in den verworrenen Läufen des Labyrinths verloren zu haben. Schon während des Unterrichts hatte Balsam ihre seltsame Abwesenheit bemerkt.

»Hat sie sich schon wieder bewegt?« fragte Balsam.

»Nein«, sagte Judy unsicher und überrascht, plötzlich angesprochen zu werden. »Sie sitzt nur da. Es ist sehr schlimm, oder?«

»Wie meinst du das?« wollte Balsam wissen.

»Ich weiß nicht genau. Aber irgendwie glaube ich, daß es für die Ratte sehr schlimm ist, keine Kontrolle mehr über ihre Umwelt zu besitzen. Sicher würde sie gerne etwas dagegen tun, kann es aber nicht.«

Balsam gab ihr recht und sah wieder in die Skinner-Box. Immer noch zitterte die Ratte und sah kläglich zu ihm auf.

»Dies ist auch ein Grund, warum sich Ratten so gut für Experimente eignen. Wenn Ratten ihre Umwelt nicht mehr kontrollieren können, sind die Testergebnisse im allgemeinen sehr zuverlässig.«

Judy fixierte Balsam mit einem deutlichen Ausdruck der Verwirrung.

»Es wäre nicht annähernd so leicht, anstelle einer Ratte einen Menschen an den Punkt der totalen Frustration zu bringen«, versuchte Balsam weiter zu erklären. »Eine Versuchsperson wäre zunächst noch einmal das gesamte Labyrinth abgegangen, um ganz sicher zu sein, keine verkehrten Wege eingeschlagen zu haben. Danach hätte sie das Hindernis sicherlich noch einmal gründlich untersucht. Hätte unsere Versuchsperson immer noch keinen Ausweg gefunden, würde sie wahrscheinlich versuchen, den Glasdeckel zu zerbrechen, um schließlich auf diesem Weg zu entkommen.«

Judy nickte. »Aber wenn auch das nichts bringt?« fragte sie ruhig.

»Das ist dann schwer zu sagen.« Unsicher hob Balsam die Schultern. »Wäre ich anstelle der Ratte, würde ich wahrscheinlich versuchen, den Käfig niederzureißen. Zumindest würde ich den Versuch unternehmen, und wenn es mein Leben kostete.« Er wandte sich erneut der Ratte zu, sah dann wieder zu Judy und glaubte, in ihrem Gesicht einen sonderbaren Ausdruck zu sehen.

»Ist irgend etwas nicht in Ordnung, Judy?«

Mit einem Kopfschütteln verneinte Judy die Frage. »Mir geht es gut, wirklich«, sagte sie knapp und sah auf die Uhr. »Wenn ich mich jetzt nicht beeile, komme ich noch zu spät.« Sie ging an ihren Platz und packte rasch ihre Sachen zusammen. Als sie hinausgehen wollte, hielt Balsam sie an.

»Ist wirklich alles in Ordnung?« fragte er noch einmal.

Wieder nickte Judy und machte sich in Richtung auf die Tür.

»Falls irgend etwas nicht stimmt, möchte ich, daß du es mir sagst.« Balsam versuchte es noch einmal. »Oder vielleicht sprichst du besser mit dem Monsignore darüber.«

Bei der Erwähnung des Priesters drehte sich Judy plötzlich um und starrte ihn an.

»Mit dem Monsignore?« wiederholte sie erstaunt. »Sie machen Scherze!« und im nächsten Augenblick war sie verschwunden.

Während ihre Worte in seinen Ohren nachhallten, sah Balsam ihr nach. Was war das bloß für ein Ausdruck auf Judys Gesicht? Er deutete ihn als eine Mischung aus Groll, Unverständnis und offenkundiger Verachtung. Doch warum war dagegen etwas zu sagen? Balsam dachte einen Augenblick nach. Was hatte ihn zu dem Vorschlag bewogen, sie solle vielleicht mit dem Monsignore über ihr Problem sprechen? Selbst für ihn wäre der Monsignore der letzte, an den er sich mit einem Problem wenden würde. Warum sollten seine Schüler da anders denken? Vielleicht wäre es besser gewesen, eine Nonne vorzuschlagen. Doch welche? Auf keinen Fall Schwester Elisabeth. Wie wäre es mit Schwester Kathleen gewesen? Doch von ihr hätte Judy nur einen langen Monolog zu erwarten, eine pausenlose Mahnung vor dem sündhaften Leben. Wenn Judy jedoch bereits etwas ausgefressen hatte, dann war ein Vortrag von geringer Hilfe.

Dann dachte er an Schwester Marie. Ja, sie war die richtige Person. Mit diesen Gedanken eilte Balsam auf den Gang und sah sich nach rechts und links um. Aber Judy war schon verschwunden. Er ging wieder in den Klassenraum zurück, wo er die Ratte fütterte. Dann holte er sich den eigenen Vesperbeutel aus dem Schreibpult. Aber er fand keine Ruhe. Vielleicht konnte er Schwester Marie dazu bewegen, mit Judy zu sprechen und herauszufinden, was dem Mädchen am Herzen nagte. Er legte das Brot zur Seite. Er war überzeugt, irgend etwas stimmte nicht mit Judy.

Schwester Marie war in der Bibliothek und ganz in eine Ausgabe ›Das Christliche Jahrhundert‹ vertieft, die sie jedoch schnell zuklappte, als sie merkte, daß jemand auf sie zukam. Als sie jedoch Peter Balsam erkannte, lächelte sie und winkte. Während sich Balsam näherte, schlug sie das Magazin wieder auf, und Balsam sah darin ein anderes Magazin versteckt, *Der New Yorker*. Schwester Marie lachte immer noch.

»Bilden Sie sich schon wieder in Religion weiter?« Balsam grinste und deutete auf die aufgeschlagene Theaterseite, während er der Schwester gegenüber Platz nahm.

»Es ist schrecklich. Ich habe deswegen solche Schuldgefühle, aber ich liebe nun mal die Welt des Theaters, und warum sollte ich es leugnen?«

Peter warf noch einmal einen Blick auf die Zeitschrift, die so sorgsam im ›Das Christliche Jahrhundert‹ verborgen war. »Ein etwas unüblicher Lesestoff für St. Francis«, bemerkte er.

Schwester Marie nickte bedeutungsvoll. »Wenn Sie mir versprechen, es keinem – wirklich keinem – zu verraten, weihe ich Sie in ein Geheimnis ein.«

»Wem sollte ich denn etwas verraten?« fragte Balsam.

»Bis heute habe ich niemandem davon erzählt. Ich glaube, Ihnen kann ich es erzählen.«

Bei diesen Worten strahlte Freude aus ihren Augen, und Balsam wußte, daß er die richtige Wahl getroffen hatte. Wenn jemand mit Judy sprechen konnte, dann Schwester Marie, die mit fast verschwörerischer Stimme fortfuhr:

»*Der New Yorker* geht der Bücherei nämlich jedes Jahr als anonyme Spende zu.«

»Von Ihnen?« erkundigte sich Balsam.

»O nein, ich könnte das nicht«, wehrte Schwester Marie ab, erschrocken über diesen Gedanken. »Aber meine Schwester ist dazu in der Lage, und sie macht es auch! Jedes Jahr, wenn der Monsignore von der Verlängerung erfährt, droht er, die Sache zu kündigen. Aber er hat Angst davor, weil er befürchtet, daß der Spender, wer immer es auch ist, auch noch andere Schenkungen an die Kirche gibt und diese dann auch eingestellt würden.«

»Und würde Ihre Schwester das tun?« wollte Balsam weiter wissen.

»Um Himmels willen, nein!« Schwester Marie lachte herzlich. »Das ist ja das beste daran, denn zufälligerweise ist meine Schwester Baptistin. Sie schickt das Abonnement nur, um mir einen Gefallen zu tun. Der Kirche gibt sie keinen Pfennig. Für sie bin ich, wie sie selbst sagt, der einzige Mensch aus der Katholikengesellschaft, den sie überhaupt ertragen kann. Ist das nicht einmalig?« Beide lachten einen Moment lang. Peter fand, daß er Schwester Marie gern mochte.

»Ich wollte Sie um einen Gefallen bitten«, sagte er langsam.

»Gerne will ich Ihnen helfen«, antwortete Schwester Marie, fügte aber hinzu: »Wenn es sich nicht um etwas Unmoralisches handelt. Denn dann müßte ich hinterher beichten. Aber wahrscheinlich würde ich es trotzdem tun.«

»Sie sind unmöglich«, sagte Peter und lächelte.

»Sagen wir, ich bemühe mich darum, es zu sein.« Ernsthafter fragte sie: »Worum geht es denn?«

»Um ehrlich zu sein, ich bin mir nicht ganz sicher. Aber ich dachte, Ihnen könnte es wahrscheinlich gelingen, das herauszufinden. Es geht um eine meiner Schülerinnen, um Judy Nelson.« Mit einem Nicken gab die Schwester zu verstehen, daß sie Judy kannte.

»Irgend etwas scheint sie sehr zu quälen«, erklärte Balsam weiter, »und ich kann sie nicht dazu bewegen, mir zu erzählen, was es ist.« Und in kurzen Zügen berichtete Balsam von dem Vorfall am Ende der letzten Psychologiestunde und von seinem Vorschlag, Judy sollte vielleicht mit dem Monsignore reden. »Natürlich war sie von dieser Idee nicht sehr begeistert.«

»Das kann ich mir gut vorstellen«, bemerkte Schwester Marie knapp, und Peter Balsam hatte das Gefühl, in ihrer Stimme eine

Spur Verbitterung entdeckt zu haben. Er dachte, sie wollte etwas über den Priester sagen. Offensichtlich aber hatte sie sich anders entschieden. Besänftigend blickte sie ihn an.

»Ich will sehen, was ich tun kann«, sagte sie, »aber ich kann Ihnen nichts versprechen. Manchmal, glaube ich, stehen unsere Kutten zwischen uns und den Kindern. Ich glaube, wir machen ihnen angst. Trotzdem, ich werde Judy heute nachmittag finden und sehen, ob es mir gelingt, ihre Sorgen herauszufinden. Einverstanden?«

Balsam fühlte sich jetzt besser. Mit einem Lächeln stand er auf. »Es tut mir leid, daß ich Ihnen das aufbürde«, begann er von neuem, doch Schwester Marie winkte ab.

»Sie brauchen sich keine Sorgen zu machen. Machen Sie das, was Sie für richtig halten, und machen Sie sich keine unnötigen Gedanken über die Folgen. Wenn die Dinge zu weit aus dem Lot geraten, dann kümmert sich Gott darum.«

Balsam wollte antworten, hielt sich dann aber lächelnd zurück. Als er ging, hörte er, wie Schwester Marie ihm nachrief:

»Mr. Balsam?« Er drehte sich um. Wieder glänzten ihre Augen. »Eins sollten Sie noch wissen. Wenn Judy einen Grund findet, dramatisch zu sein, dann tut sie das gerne. Sie können sich darauf verlassen, und sicherlich ist es nichts Ernstes.«

Balsam hatte verstanden und begab sich in das Klassenzimmer zurück. Er aß sein Brot zu Ende, gab auch der Ratte davon ab und bereitete die nächste Unterrichtsstunde vor, die dritte Lateinstufe. Bis die Klasse vollständig eintraf, war er ganz in die Konjugation unregelmäßiger Verben im Plusquamperfekt versunken.

Judy Nelson war vergessen.

Am selben Nachmittag, es war inzwischen dreiviertel vier, rannte Marilyn Crane durch den Gang zu ihrem Schrank. Sie war schon spät dran und mußte auch noch in die Kirche, ehe sie nach Hause ging. Während sie das Zahlenschloß zu öffnen versuchte, hatte sie das undeutliche Gefühl, irgend jemand beobachtete sie, nur wenige Schritte von ihr entfernt. Würde sie es schaffen, das Schloß beim ersten Versuch zu öffnen? Sie traute sich nicht aufzuschauen. Jetzt war sie bei der letzten Ziffer und versuchte die Tür aufzuziehen. Aber nichts rührte sich. Schnell drehte sie noch einmal an den Ziffern, bis sie endlich spürte, daß die richtige Kombination eingestellt war. Dieses Mal klappte es, die Tür ließ sich öffnen. Marilyn begann, ihre Bücher zu verstauen. Plötzlich aber rang sie nach Luft, und erschrocken hielt sie ihre Hand auf den Mund.

Im Inneren ihres Schranks baumelte von einem Kleiderhaken herab ein Kruzifix, mit dem Oberteil nach unten. Das Gesicht des Christus war eingeschlagen. Marilyn wurde fast wahnsinnig. Sie suchte nach irgendeinem Hinweis, nach einer Erklärung, aber sie fand nichts. Mit leerem Blick starrte sie auf das hin und her pendelnde Kruzifix, das auf so obszöne Weise zugerichtet worden war. Sie schlug die Schranktür zu und schloß ihre Augen. Es half nicht, immer noch stand das Bild vor ihren Augen. Sie versuchte zu beten, spürte jetzt aber wieder, daß sie von irgend jemandem beobachtet wurde. Sie sah auf. Es war Judy Nelson, die an der Wand lehnte und zu ihr herübersah. Marilyn wandte sich sofort wieder ab.

Judy Nelson! Hätte Judy so etwas tun können? Sie wußte, daß Judy sie nicht ausstehen konnte. Niemand aus dieser Clique mochte sie. Marilyn mußte an den zerstückelten Frosch denken, den sie gestern in ihrem Schrank gefunden hatte. War Judy in dem Biologiekurs? Immer noch spürte sie, wie Judy sie beobachtete.

Nein, sagte Marilyn zu sich, denke nicht solche Sachen. Judy würde so etwas nie tun. Es muß jemand anders sein, jemand, den ich nicht einmal kenne. Sie redete sich ein, daß nur ein Unbekannter so herzlos sein konnte. Sie drehte sich um und sah Judy an.

Da merkte Marilyn, daß irgend etwas an Judy nicht stimmte. Judy hatte sich nicht von der Stelle bewegt, auch ihr Ausdruck hatte sich nicht verändert. Marilyn fühlte, daß Judy offenbar geistesabwesend war und nicht sie ansah, sondern irgend etwas weit Entferntes. Sollte sie mit Judy sprechen? Besser nicht. Doch sie konnte doch jetzt nicht einfach fortgehen und Judy in dem Zustand stehen lassen.

Warum nicht? Hatte Judy nicht oft Gemeinheiten zu ihr gesagt? Doch das hatten andere auch getan. Und jetzt schien Judy Hilfe zu brauchen.

Wieder schloß Marilyn ihre Augen. Sie betete. Sie bat die Mutter aller Leiden um Kraft, und plötzlich spürte sie, wie diese Kraft ihr zuströmte. Marilyn ging auf Judy zu.

»Judy, ist alles in Ordnung mit dir?«

Judy schien wie aus einem Traum erwacht. Mit kalten Augen blickte sie Marilyn an, als ob sie sie vorher gar nicht bemerkt hätte.

»Mir geht es gut.« Der Tonfall aber sagte Marilyn das Gegenteil.

»Kann ich dir wirklich nicht helfen?« bot sich Marilyn an. Sie war entschlossen, sich von Judys Kälte nicht zurückweisen zu lassen.

Wieder starrte Judy sie an, und Marilyn dachte, Judy würde sie nun wortlos stehen lassen. Doch Judy schien sich zu besinnen; sie sah plötzlich sehr müde aus.

»Mir kann niemand helfen.« Mit diesen Worten wandte sich Judy ab und ging schweigend den Gang hinunter. Marilyn wollte ihr folgen und herausfinden, was mit Judy geschehen war. Sie sah Judy nach, die gerade um die Ecke verschwand, und begab sich mit einem Schulterzucken in die andere Richtung, um das Schulhaus zu verlassen. Sie wollte in die Kirche. Dort betete sie leise zur Heiligen Jungfrau. Plötzlich glaubte sie, Musik im Hintergrund zu hören. Gesänge in der Art gregorianischer Choräle. Was war geschehen? Marilyn spürte, daß diese Klänge aus dem Nichts kamen, aus ihrem Inneren, und nur in ihrem Kopf waren. Sie beendete das Gebet und begab sich auf den Heimweg.

Inez Nelson trocknete ihre Hände an der Schürze ab; sie hörte, wie jemand durch die Haustür trat. »Bist du es, Judy?« rief sie. Sie sollte zum Eingang gehen und auf die Uhr sehen. Sie wollte wissen, wie sehr sich Judy wieder verspätet hatte.

»Ich bin es«, rief George Nelson und stieß fast mit seiner Frau zusammen, die auf dem Weg nach unten war. »Ist Judy denn noch nicht zu Hause?«

»Nein, noch nicht«, sagte Inez und fühlte, wie sie plötzlich besorgt wurde. Wieso hätte sie eigentlich nach Judy rufen sollen, wenn das Mädchen längst zu Hause ist? Dachte er denn gar nicht?

»Vielleicht ist sie bei Janet oder Penny«, vermutete George.

»Dann hätte sie anrufen müssen«, betonte Inez, und im selben Moment klingelte schon das Telefon.

»Siehst du«, sagte George und nahm den Hörer. »Nelson.«

»Mr. Nelson?«

»Ja«, antwortete George etwas verunsichert. Er kannte die Stimme nicht.

»Ich bin Mrs. Williams von der Notaufnahme im Krankenhaus.«

»Krankenhaus?« wiederholte George erstaunt.

»Ja, Krankenhaus Neilsville«, erklärte Mrs. Williams. »Ich muß Sie bitten, sofort herzukommen. Es ist wegen Ihrer Tochter. Sie ist hier.« Da George darauf nichts sagte, fuhr sie fort: »Sie sind doch der Vater von Judy Nelson, nicht wahr?«

»Ja, natürlich«, bestätigte George. Er hatte Fassung und Farbe völlig verloren. »So sagen Sie doch, was ist passiert? Was fehlt ihr?«

Zitternd hörte er zu, ehe er den Hörer auf die Gabel sinken ließ und seine Frau ansah.

»Was ist los, George?«

»Ich weiß es nicht genau«, sagte George langsam. »Die Frau vom Krankenhaus sagt« – er mußte innehalten, platzte dann aber heraus: »Judy hat versucht, sich umzubringen!«

7

Judy hatte sich im Bett aufgestützt und sah der Krankenschwester zu, die ihr die Handgelenke einband. Noch immer lagen ihre Kleider blutbefleckt in einer Ecke des Zimmers. Judy hatte sich dagegen gewehrt, daß man die Kleider wegräumte, und da sie sich offensichtlich nicht beruhigte, beschloß man, daß die Sache mit den Kleidern Zeit hatte.

»Deine Eltern werden gleich dasein«, sagte eine der Krankenschwestern freundlich und strich über Judys Hand. »Wie geht es dir denn jetzt?«

»Ich will sie nicht sehen«, trotzte Judy und zog ihre Hand weg.

»Aber natürlich willst du«, lächelte die Schwester, »wir wollen doch alle unsere Eltern sehen.«

Judy blickte die Schwester an. »Ich nicht«, sagte sie unbeeindruckt. »Warum lassen Sie mich nicht in Ruhe?«

Die Krankenschwester antwortete darauf nicht, sondern setzte sich vom Bett etwas weg, auf einen anderen Stuhl. Sie beachtete Judys leeren Blick in keiner Weise, sondern versenkte sich zum wiederholten Mal in Judys Krankenblatt. Unten, in der Empfangshalle der Notaufnahme, war Mrs. Williams damit beschäftigt, den Eltern von Judy die Situation zu erklären. Während George den Eindruck machte, sorgsam zuzuhören, klopfte Inez nervös mit den Füßen, als ob sie alles als Unsinn betrachtete und das Ende ungeduldig abwartete, um endlich ihre Tochter sehen zu können.

»Wir wissen nicht genau, was passiert ist«, sagte Mrs. Williams. »Oder besser gesagt, wir wissen nicht, warum. Judy will mit niemandem darüber reden, und bevor sie das nicht tut...« Sie verstummte und hob vieldeutig ihre Schultern.

»Können Sie mir nicht endlich sagen, was Sie wissen!« fragte Inez schroff.

Mrs. Williams seufzte auf. Es war schwer; Gott sei Dank passierten derartige Dinge so gut wie nie. Barsch begann sie, den Nelsons die ganze Geschichte zu erzählen.

»Offensichtlich hat Judy die Schule heute nachmittag nicht verlassen. Statt dessen ist sie in den Mädchenumkleideraum in der Turnhalle gegangen, und dort hat sie dann so lange gewartet, bis alle fort waren. Dann nahm sie eine Rasierklinge und schnitt sich die Handgelenke auf.« Nun sah sie, wie Inez immer bleicher wurde, und hastig fuhr sie fort: »Es ist halb so schlimm, wie es klingt. Es ist nämlich so gut wie unmöglich, sich mit einer Rasierklinge tödliche Verletzungen beizubringen, außer unter sehr außergewöhnlichen Umständen. Meistens ist es ein bißchen schmerzhaft und eine große Schweinerei. Jedenfalls bekam es Judy mit der Angst und rief sofort die Polizei, die uns natürlich gleich verständigt hat. Aber als unser Krankenwagen eintraf, war schon fast alles vorbei.«

»Was wollen Sie damit sagen?« fragte George.

»Der Schulhausmeister hatte sie inzwischen gefunden«, erklärte Mrs. Williams. »Zum Glück war er nicht einer von denen, die gleich in Ohnmacht fallen, wenn sie Blut sehen. Er verband ihr die Handgelenke, bevor jemand anderer hinzukam. Es war natürlich nicht der beste Verband, aber auch nicht der schlechteste. Der Arzt hat sie mit ein paar Stichen genäht und neu bandagiert. In ein paar Tagen ist sie wieder wohlauf.« Mrs. Williams versuchte ihr bestes Lächeln, als ob die ganze Angelegenheit nicht schlimmer wäre als ein aufgeschürftes Knie.

»Ich will sie sehen«, sagte Inez plötzlich.

»Ja, natürlich«, begann Mrs. Williams, »aber ich fürchte, Sie müssen vorher mit dem Arzt sprechen.« Man konnte ihr das Unbehagen in diesem Moment deutlich ansehen.

»Den Arzt?« sagte George. »Welchen Arzt?«

»Dr. Shields«, sagte Mrs. Williams nervös.

»Shields?« wiederholte George Nelson. »Das ist doch der Psychiater, nicht wahr?«

»Ja ...« Mrs. Williams wollte alles erklären, wurde aber von Inez unterbrochen.

»Ein Psychiater? Nur, um Judy die Handgelenke zu verbinden? Das verstehe ich nicht.« Mrs. Williams war sicher, daß Inez Nelson sehr wohl verstanden hatte, den Tatsachen aber nicht ins Auge sehen wollte.

»Ich bin sicher, Sie werden verstehen.« Seit sie das eigentliche Problem berührt hatten, fühlte sie wieder festeren Boden unter den Füßen. »Bei derartigen Verletzungen, wie Judy sie aufweist, ist es eine reine Routineangelegenheit, einen Psychiater zu rufen.«

»Verletzungen?« Inez gab sich ratlos.

»Ich glaube, sie meint Verletzungen, die man sich selber antut«, erklärte George in Ruhe. Inez behielt ihren verständnislosen Ausdruck. Ein Schockzustand, fand George; sie mußte einen Schock erlitten haben und war daher wohl immun gegen alle Einzelheiten des schrecklichen Vorfalls. Er nahm Mrs. Williams beiseite.

»Ist Dr. Shields in der Nähe?« flüsterte er. »Ich würde mich gern mit ihm unterhalten. Ich glaube, er sollte sich auch um meine Frau kümmern.«

Verstohlen blickte Mrs. Williams zu Inez hinüber und verstand, was George Nelson gemeint hatte. Inez Nelson war weg. Mit einem Blick suchte sie den Gang nach beiden Richtungen ab. Inez schritt zielsicher auf Judys Zimmer zu. »Mrs. Nelson!«

Aber es war schon zu spät.

»Raus hier!« schrie Judy. »Ich habe Ihnen doch gesagt, daß ich sie nicht sehen will!«

Inez hatte die Tür zu Judys Zimmer geöffnet, konnte ihre Tochter aber nicht sehen. Aber sie hatte sie gehört. Schnell drehte sie sich, und nun sah sie Judy aufgestützt im Bett liegen. Sie war kaum zu erkennen. Judy war der lebendige Zorn, und mit aller Wut zerrte sie an ihren Bandagen herum. Inez lief auf Judys Bett zu, doch bevor sie dort war, hatte Judy den Verband schon von ihren Handgelenken abgerissen und von neuem die Nähte aufgetrennt. Wieder lief das Blut herunter.

»Ich hasse dich!« schrie Judy ihre Mutter an. »Hau ab! Laß mich in Ruhe!«

Inez wollte ihre Tochter in die Arme nehmen, aber Judy raufte sich frei. Inez' Bluse war nun voller Blut. Als Inez das bemerkte, erschrak sie und fing ebenfalls an zu schreien. Inez hatte einen hysterischen Anfall; Judy, die mit ihrer Mutter rang, schien genau zu wissen, was sie tat. Und gerade noch rechtzeitig kam Hilfe in Gestalt von Mrs. Williams und George Nelson, gefolgt von anderen Pflegern und Schwestern, die offensichtlich die Notrufglocke und die Schreie der Schwester gehört hatten. Nun drängten alle in Judys Zimmer, und die Verwirrung war perfekt. Drei stämmige Pfleger bemühten sich, die schreiende Inez Nelson vom Bett zu zerren, als Dr. Shields hereinkam und die Situation auf den ersten Blick erfaßte und seine Anordnungen gab. Minuten später hatten beide, Judy und Inez Nelson, ihre Beruhigungsspritze verpaßt bekommen.

»Entschuldigen Sie, Doktor«, sagte Mrs. Williams, als wieder Ordnung herrschte. »Ich habe versucht, sie zurückzuhalten, aber ich schaffte es nicht.«

»Schon gut«, sagte Dr. Shields gelassen. »Wie ich sehe, ist der Schaden nicht allzu groß.«

»Sie wollten sie zurückhalten?« wiederholte George Nelson. »Warum wollten Sie meine Frau zurückhalten?« Verwundert schaute er von Mrs. Williams zum Doktor und wieder zurück zu Mrs. Williams.

»Es war eigentlich mein Fehler«, erklärte Dr. Shields. »Judy sagte, daß sie ihre Mutter jetzt nicht sehen wolle. Ich hätte hier sein sollen, als Sie kamen, um Ihnen alles zu erklären. Es tut mir leid. Die ganze Angelegenheit ist wirklich meine Schuld.«

Etwas hatte George Nelson allerdings nicht verstanden. »Sie wollte ihre Mutter nicht sehen? Warum nicht? Ich verstehe das nicht!«

Dr. Shields sah ihn mitfühlend an. Er verstand die Verwirrung und Hilflosigkeit dieses Mannes. »Können Sie sich noch einen Augenblick gedulden?« fragte er George. Als George stumm nickte, klopfte er ihm freundschaftlich auf die Schulter. »Mrs. Williams wird Ihnen in der Zwischenzeit eine Tasse Kaffee machen. Ich werde dann gleich zurück sein und Ihnen den Vorfall und die weitere Therapie erklären.« Da George offensichtlich einige Befürchtungen hegte, sah er sich gezwungen, ihn zu beruhigen. »Es ist wirklich nicht so schlimm, wie es aussieht.« Und mit einem zuversichtlichen Lächeln verschwand er durch den Gang. George Nelson sank in einen Sessel; er wollte warten, fragte sich aber, wieso er das Gefühl hatte, dies alles war erst der Anfang. Er war überzeugt, daß es so schlimm war, wie es aussah – vielleicht war es sogar noch schlimmer.

Peter Balsam erhielt die Nachricht über Judys Selbstmordversuch von einer äußerst aufgeregten Schwester Marie. Sie hatte ihn sofort angerufen, nachdem sie es von Schwester Elisabeth gehört hatte.

Die hatte es wiederum vom Hausmeister erfahren. Schwester Marie schien die ganze Angelegenheit als ihren Fehler zu betrachten – den ganzen Nachmittag hatte sie vergeblich nach Judy Ausschau gehalten. Und nun war das passiert. Schwester Marie fühlte sich unsäglich schuldig, auch wenn Peter Balsam ihr zu verstehen gab, daß sie keine Schuld hatte und sich deshalb auch nicht selbst zu beschuldigen brauchte. Er unterließ es aber, ihr zu sagen, daß auch er sich für Judy verantwortlich fühlte. Er wollte ihre Sorgen nicht noch mehr verstärken. Wenn er sich doch mehr darum bemüht hätte, mit Judy zu sprechen; wenn er sich doch nur mehr Zeit für sie genommen hätte, vielleicht...

Spontan beschloß Balsam, ins Krankenhaus zu gehen.

Mrs. Williams sah den Mann an, der unsicher vor ihrem Pult stand, und zeigte ihr freundlichstes, standesgemäßes Lächeln.

»Kann ich Ihnen helfen?« fragte sie. Immer noch schien der Mann ziemlich unruhig. »Brauchen Sie einen Arzt?« fragte sie besorgt.

»Ich?« fragte Balsam überrascht. »O nein – nein, ich bin gesund. Ich fragte mich nur gerade, ob ich hier richtig bin.«

»Das hängt ganz davon ab, was Sie für ein Problem haben.« Mrs. Williams lächelte. »Was kann ich für Sie tun?«

»Ich wollte mich nach Judy Nelson erkundigen«, erklärte Balsam. Am Rande bemerkte er zwei Männer, die nur wenige Meter von ihm entfernt zusammensaßen und plötzlich ihre Unterhaltung unterbrochen hatten und ihn ansahen. »Ist sie noch hier?«

Mrs. Williams nickte. »O ja. Aber ich fürchte, sie darf keinen Besuch empfangen.« Sie hielt kurz inne und fragte dann: »Sind Sie ein Freund der Familie?«

Welch eine dumme Frage, tadelte sie sich. Würde er die Familie kennen, hätte er mit Mr. Nelson gesprochen und nicht mit ihr. Der junge Mann verneinte ihre Frage mit einem Kopfschütteln.

»Nicht direkt«, erklärte er weiter. »Ich bin einer ihrer Lehrer. Mein Name ist Peter Balsam. Sagen Sie Judy einfach, daß ich hier war...«

Er wollte wieder gehen, blieb aber einen Moment stehen, da die beiden Männer inzwischen aufgestanden waren und auf ihn zugingen.

»Mr. Balsam?« fragte einer der beiden. »Sind Sie Mr. Balsam, der neue Psychologielehrer?«

Balsam nickte.

»Ich bin George Nelson«, sagte einer der beiden Männer und reichte ihm seine Hand. »Der Vater von Judy. Und das ist Dr. Shields.«

Auch Balsam reichte ihm seine Hand und lächelte den Doktor anerkennend an.

»Guten Tag. Wie geht es ihr denn?«

»Es wird schon wieder«, antwortete der Doktor anstelle von Mr. Nelson. »Wir sprachen gerade über die Situation. Warum setzen Sie sich nicht zu uns?« und deutete auf die Sessel.

Als sie alle drei Platz genommen hatten, fragte Balsam: »Was ist denn genau passiert?« Nelson und Shields sahen sich voller Unbehagen an.

»Das wollen wir gerade herausfinden«, erklärte Shields. »Aber ich fürchte, wir kommen nicht sehr weit.«

»Ich hörte, der Hausmeister hat Judy gefunden, in der Turnhalle – mit aufgeschnittenen Handgelenken.« Beinahe hätte er gesagt, ›mit aufgeschlitzten Handgelenken‹. Aber das schien ihm zu anschaulich.

»Es ist im Umkleideraum der Turnhalle passiert«, korrigierte ihn Dr. Shields. »Glücklicherweise ist es nichts Ernstes. Wir versuchen jetzt, herauszufinden, warum Judy das getan haben könnte.«

»Warum?« Balsam wußte auch nicht, warum er das Wort wiederholte.

»Ja, warum sie sich die Handgelenke aufgeschnitten hat«, erklärte George Nelson noch einmal. »Sie schien mir nie das Mädchen zu sein, die sich so etwas antun würde.«

Peter Balsam kam das Wort ›dramatisch‹ in den Sinn. Schwester Marie hatte heute nachmittag zu ihm gesagt, Judy hätte einen Hang zum Dramatischen. Er fragte sich, ob er sich in dieser Sache mitteilen sollte. Sie schienen darauf zu warten, daß er ihnen etwas sagen könnte.

»Hat Judy schon darüber gesprochen?« erkundigte er sich.

Der Doktor verneinte stumm mit einem Kopfschütteln. »Das einzige, was sie gesagt hat, ist, daß sie ihre Mutter nicht mehr sehen will. Offen gesagt, ich glaube nicht, daß die Lage besonders ernst ist. Nach meiner Erfahrung, die, zugegeben, sehr begrenzt ist, ruft niemand sofort nach dem Versuch die Polizei, wenn er sich umbringen will.«

»Sie hat die Polizei gerufen?« fragte Balsam nach.

George Nelson nickte. »Das stimmt. Die Schnitte sind nicht sehr tief. Trotzdem glauben wir, daß sie einen Grund gehabt haben muß. Ich denke, ein sechzehnjähriges Mädchen tut so etwas nicht aus heiterem Himmel.« Fragend blickte er Balsam und den Doktor an.

»Haben Sie Judy heute gesehen?« fragte Dr. Shields, ohne Nelsons Frage weiter zu beachten.

»Ja, natürlich. Sie war in meinem Psychologiekurs.«

»Schien sie irgendwie bedrückt?« drängte der Doktor.

»Schwer zu sagen.« Balsam fühlte sich etwas unsicher. Er wollte keinen falschen Alarm auslösen. »Ich meine, sie war heute irgendwie anders. Irgend etwas schien ihr auf der Seele zu liegen. Nach dem Unterricht blieb sie noch einige Minuten im Klassenzimmer, aber als ich sie ansprach, wollte sie nicht darüber reden. Darum schlug ich vor, sie solle vielleicht mit dem Monsignore sprechen.«

»Mit dem Monsignore?« fragte der Doktor.

»Ja, mit Monsignore Vernon«, erklärte George Nelson. »Er ist Priester und der Leiter der Schule. Hat sie mit ihm gesprochen?«

»Ich weiß es nicht«, antwortete Balsam. »Ehrlich gesagt, ich hatte die ganze Sache schon vergessen, bis mich Schwester Marie anrief.«

Fragend sah der Doktor ihn an. Peter fühlte sich gezwungen, weiter zu berichten.

»Das war so: Nachdem ich Judy vorgeschlagen hatte, mit dem Monsignore zu sprechen, fiel mir ein, daß sie vielleicht besser mit einer Frau spricht. Ich versuchte noch, sie einzuholen, aber sie war schon fort. Danach suchte ich Schwester Marie auf und bat sie, einen Versuch zu machen und mit Judy zu sprechen.«

»Hat sie das getan?« fragte der Arzt wieder.

»Ich wünschte, sie hätte es.« Balsam schien unglücklich. »Es gelang ihr nicht. Sie sagte, sie habe Judy überall gesucht, aber nicht gefunden.«

»Besonders genau hat sie dann wohl nicht gesucht«, bemerkte George Nelson bitter. »Judy war ja den ganzen Nachmittag in der Schule!«

Peter wollte darauf nicht eingehen und fragte: »Wie geht es denn jetzt weiter?«

Der Doktor zuckte hilflos die Schultern. »Ich werde sie zunächst zur Beobachtung hierbehalten. Ein reiner Routinevorgang. Aber ob sie uns sagen wird, warum sie das gemacht hat, bleibt weiterhin offen. Es ist manchmal schwer, bei Kindern etwas zu erreichen.«

Damit schien irgendwie alles gesagt, und Peter Balsam bekam das Gefühl, daß der Arzt sich sicherlich noch mit dem Vater allein unterhalten wollte. Etwas verunsichert stand er auf und war froh, daß auch die beiden anderen Männer von ihren Sesseln aufstanden. Dieses Mal streckte der Doktor seine Hand aus.

»Es hat mich sehr gefreut, Sie kennenzulernen. Vielleicht sehen wir uns einmal wieder?«

»Hoffentlich unter angenehmeren Umständen«, erwiderte Peter und ergriff die Hand des Arztes. An George Nelson gewandt, fuhr er fort: »Ich kann Ihnen gar nicht sagen, wie leid mir das alles tut.«

Nelson versuchte zu lächeln.

»Danke, daß Sie hergekommen sind. Ich werde Judy sagen, daß Sie hier waren. Oder jemand anderer wird es ihr ausrichten.«

Kurze Zeit später befand sich Peter Balsam auf dem Weg zu seiner Wohnung. Langsam ging er durch die Straßen von Neilsville, als er plötzlich das Gefühl hatte, etwas unterlassen zu haben. Es war, als ob er noch mit jemandem reden müßte. Er blickte auf den Hügel mit der Kathedrale und sah die kurze Turmspitze von St. Francis Xavier. Er sollte mit dem Monsignore reden. Er machte sich auf den Weg, den Hügel hinauf zum Haus des Monsignore.

Balsam hatte sich selbst Eintritt ins Pfarrhaus verschafft und zog nun an der silbernen Glocke. Nichts rührte sich, also läutete er noch einmal. Immer noch meldete sich niemand. Schon war er wieder im Gehen begriffen, als ihm ein Lichtschimmer unter der Tür zum Arbeitszimmer des Monsignore auffiel. Balsam ging den Flur hinunter und stand einen Moment lang still. Er lauschte.

Alles schien ruhig; plötzlich hörte er jemanden beten. Es war ein eigenartiges Gebet: Nicht der stete Rhythmus des Rosenkranzgebetes trug es, sondern es kam stoßweise, in kurzen, abgebrochenen Schüben hervor. Er hörte ene Zeitlang zu. Dann vernahm er ein anderes Geräusch. Er hatte es schon einmal gehört, er erinnerte sich, es war in den Tagen seiner Kindheit im Kloster gewesen. Er starrte auf die Tür und fragte sich, ob er wirklich hörte, was er zu hören glaubte. Dann stellte er fest, daß die Tür nur leicht angelehnt war, und bevor ihm klar wurde, was er tat, hatte er sie auch schon ein wenig geöffnet.

In der Mitte des Zimmers kniete der Monsignore und betete. Er sah nach oben auf, aber aus Balsams Blickwinkel hätte es auch der Leuchter sein können, den Vernon gerade anbetete.

Vernon war bis auf die Hüften entkleidet; er schien leicht zu schwitzen. Balsam wußte nicht, ob das von der Hitze des Feuers kam, das im Kamin loderte, oder vom religiösen Eifer, der den Priester offensichtlich erfaßt hatte. In der einen Hand hielt er den Rosenkranz, in der anderen den Griff einer Peitsche, die er sich im Rhythmus des Gebets auf den nackten Rücken schlug. Es waren aber nicht die leichten, symbolischen Peitschenhiebe, die die Nonnen, bei denen er, Balsam, aufgewachsen war, über sich hatten ergehen lassen; dies waren richtige Strafhiebe, die sich der Monsignore auflud. Balsam konnte mühelos die schweren Striemen sehen, die sich durch die weiß-blasse Haut des Priesters zogen. Etwas verlegen zog Balsam die Tür zu und trat den Rückzug an. Er wünschte sich, dieser eigenartigen Szene nie beigewohnt zu haben.

Dann hörte das Gebet auf. Im Pfarrhaus war es nun unheimlich still. In der Eingangshalle griff Balsam wieder zur Glocke, um noch einmal zu klingeln. Er glaubte, eine Bewegung im Arbeitszimmer gehört zu haben. Trotzdem wandte er sich zum Gehen. Dann aber hörte er den Monsignore mit schwacher Stimme rufen.

»Hallo?«

»Ich bin es«, antwortete Balsam. »Peter. Ich kann später wiederkommen, wenn Sie wollen.«

»Nein, warte, ich bin gleich bei dir. Einen kleinen Moment noch.«

Balsam fragte sich zwischenzeitlich, wie der Priester wohl aussehen werde. Ob sich sein Eifer und die Anstrengungen im Gesicht zeigen würden? Als Vernon endlich kam, machte er einen ganz erholten Eindruck, als ob er gerade ein entspannendes Buch gelesen hätte. Peter wunderte sich. Ob er sich die eigenartige Szene vor ein paar Minuten nur eingebildet hatte?

»Peter!« Monsignore Vernon begrüßte ihn mit einer Heiterkeit, die Balsam seit ihrer gemeinsamen Schulzeit nicht mehr gehört hatte. »Komm rein, komm. Ich habe gerade gebetet und deshalb wohl die Klingel überhört.«

Das Arbeitszimmer war nun hell erleuchtet, auch das Feuer loderte noch heftig, in das der Priester offensichtlich einen neuen Scheit gelegt hatte.

»Ist es nicht ein bißchen warm für diese Jahreszeit?« fragte Balsam.

Der Priester lächelte und gab sich selbstzufrieden. »Das ist richtig, aber ab und zu will ich ein Feuer haben. Es ist mir egal, wie heiß es draußen ist.« Dann wich die kurze Heiterkeit von Monsignore Vernon, und sein Gesicht wurde wieder ernst. »Ich nehme an, du willst mit mir über Judy Nelson reden, nicht wahr?«

Die Frage war in einem Ton an ihn gestellt, der leicht verriet, daß der Priester über diese Angelegenheit nicht diskutieren wollte.

»Ich komme gerade aus dem Krankenhaus«, begann Balsam trotzdem, wenn auch zögernd.

Die Augenbrauen des Priesters krümmten sich. »So?«

»Niemand weiß, was passiert ist. Judy will nicht darüber reden.«

»Das kann ich mir vorstellen«, sagte der Monsignore voller Mißbilligung. »Außerdem kann ich mir vorstellen, daß sie mit mir darüber reden will.«

»Wirklich?« fragte Balsam verwundert, während der Priester kaum merklich, aber bestimmt nickte.

»Das wollte ich dich eigentlich fragen – hast du heute mit ihr gesprochen?« Peter war vorsichtig.

»Ja, aber das Gespräch ist streng vertraulich«, gab der Priester preis. »Ich habe ihr heute nachmittag die Beichte abgenommen.« Dann sah er Balsam scharf an. »Wie kommst du eigentlich darauf, mich zu fragen, ob ich mit ihr gesprochen habe?«

»Weil ich es ihr vorgeschlagen hatte.« Balsam fühlte sich etwas nervös. »Ich meine, ich habe ihr nicht geraten zu beichten, aber ich habe ihr gesagt, sie solle mit dir sprechen. Oder mit jemand anderem.«

»Ich verstehe«, antwortete der Priester und faltete die Hände. »Gab es denn einen besonderen Grund für deinen Vorschlag?«

»Ich – ich dachte, es wäre vielleicht gut für sie, mit jemandem zu reden; und da sie nicht mit mir sprechen wollte, habe ich eben dich vorgeschlagen.«

Peter spürte förmlich, wie der Priester darüber nachdachte.

»Was hat dich denn so beunruhigt?« fragte der Monsignore.

»Es war ihr Verhalten, nichts Konkretes im Grunde.« Balsam versuchte, seine Eindrücke von Judy an diesem Tag noch einmal zusammenzufassen. »Sie blieb noch eine Weile im Klassenzimmer, als der Unterricht schon längst zu Ende war.« Balsam bemühte sich, das Gespräch mit Judy zu wiederholen. Am Ende schien der Priester erneut nachdenklich, ehe er fragte:

»Hast du irgend etwas gesagt, irgendeine unbedeutende Kleinigkeit vielleicht, die das Ganze möglicherweise ausgelöst hat?«

Balsam überlegte. Wieso sollte er etwas Derartiges gesagt haben? Aber plötzlich erinnerte er sich. Es schien so unbedeutend, so unmöglich. Er hatte doch damit nichts Bestimmtes gemeint. Doch je tiefer er jetzt darüber nachzudenken begann, desto mehr zog er nun auch die Umstände in Betracht. Er beschloß, mit dem Monsignore darüber zu sprechen.

»Nun erinnere ich mich. Da war eine Sache«, begann er vorsichtig und versuchte, seinen Worten so wenig Bedeutung wie möglich zu geben. Doch alles klang dadurch für den Monsignore um so wichtiger. »Wir sprachen über ein Experiment, das ich heute im Unterricht vorführte. Es ging um Frustration, und ich zeigte einen Versuch mit einer Ratte in einem Käfig, die wir durch ein Labyrinth schickten. Während des Unterrichts schon fiel mir auf, daß Judy von irgend etwas anderem abgelenkt schien. Als wir dann aber den Versuch beobachteten, war sie wieder ganz bei der Sache. Sie fragte mich sogar, was ich anstelle der Ratte tun würde. Ich sagte, daß ich alles tun würde, um mich von der Frustration zu befreien, selbst wenn ich mich dabei umbrächte oder sterben würde. Welche Worte ich genau gebrauchte, weiß ich nicht mehr, aber so ungefähr hat es sich abgespielt.«

Der Priester starrte ihn mit eisigen Augen an. »Laß mich das noch einmal rekapitulieren«, sagte er. »Soll ich das so verstehen, daß du einem Schüler, von dem du wußtest, daß er ein Problem hat, im Unterricht sagst, daß der Tod eine Lösung des Problems ist?«

Balsam fühlte, wie sich sein Magen zu einem Knoten zusammenzog. In seinem Kopf begannen sich die Ereignisse erneut zu drehen. Nein, sagte er zu sich selbst, nein, so habe ich das doch nicht gesagt. Und wenn, so war es doch nie meine Absicht gewesen.

»Nein, so war es nicht«, sagte er in etwas kräftigerem Ton. Der Priester aber schnitt ihm das Wort ab und sagte:

»Wie war es denn dann? Nicht so, wie du es gesagt hast?«

Balsam dachte angestrengt nach. Plötzlich fielen ihm die Worte wieder ein, als ob sie vor seinen Augen niedergeschrieben standen.

»Jetzt erinnere ich mich wieder, ich sagte: Wenn ich die Ratte wäre, würde ich mich anstrengen, den Käfig niederzureißen, ich würde es zumindest versuchen, und wenn ich mich dabei umbrächte.« Wieder hatten seine Worte einen ominösen Klang.

»Dich umbringen«, sagte der Priester, um es gleich zu wiederholen, »dich umbringen. Nun, ich denke, das sagt uns allen, wie der Vorsatz in Judys Kopf gelangte, oder?« Der Priester schüttelte traurig den Kopf. »Nun gut, was geschehen ist, ist geschehen, wir können es nicht mehr rückgängig machen, nicht wahr? Und wenn man es genau nimmt, dann liegt die letzte Verantwortung ja bei Judy, das ist ganz klar.« Er lächelte Balsam an, aber es lag nicht die geringste Aufrichtigkeit darin. »Du solltest dich wirklich nicht schuldig fühlen, Peter. Sicher hatte sie längst den Entschluß gefaßt. Dennoch war es aber wohl eine unglückliche Redewendung von dir. An deiner Stelle wäre ich in Zukunft etwas vorsichtiger. Kinder sind so leicht zu beeinflussen.«

Der Monsignore erhob sich, und Peter war dankbar für das Zeichen, daß die Unterhaltung beendet war. Nun stand auch er auf.

»Weißt du«, begann der Monsignore noch einmal, als er Balsam zur Eingangstür brachte, »du solltest über ein paar Dinge nachdenken.« Balsam sah ihn fragend an. »Ich meine, du tätest gut daran zu versuchen, in dir selbst ein bißchen mehr Glauben zu finden – Glauben an die Kirche, wohlgemerkt.« Peter schien ziemlich verwirrt, aber unbeirrt setzte der Priester seinen Gedanken fort: »Der Teufel arbeitet auf eigenartigen Wegen, genau wie auch unser Herr. Es ist sicherlich keine Geschichte von besonderer Bedeutung, darüber zu sprechen, wie sich eine Ratte verhält, die eine Chance bekommt und über ein bißchen Grips verfügt. Über Selbstmord zu reden, ist eine andere.«

»Ich habe nicht über Selbstmord geredet«, schnappte Balsam zornig zurück. »Ich habe nur eine Redewendung benutzt.«

»Das haben viele Ketzer auch gesagt«, sagte der Monsignore.

»Ketzer? Von wem sprichst du eigentlich?« Balsam geriet außer Fassung. Er sah seinen ehemaligen Freund an, dessen Augen nichts von dem verrieten, was in den Gedanken des Priesters vorging. »Es tut mir leid, aber ich sehe nicht ganz, wie irgend etwas von dem, was heute passiert ist, als Ketzerei oder auch nur in der Nähe der Ketzerei befindlich ausgelegt werden könnte.«

»Ach nein, wirklich nicht?« fragte der Priester mitleidig. »Bete, Peter. Bitte um Führung. Du mußt versuchen, deine Gebete an St. Peter den Märtyrer zu richten. Ich glaube, er kann dir helfen.« Mit diesen Worten schloß der Priester die Tür des Pfarrhauses, und Peter Balsam stand allein mit seiner Wut und hilflos zurückgelassen auf den Eingangsstufen. Aufgebracht trat er den Heimweg an.

Peter Balsam schloß das Buch langsam und stellte es ins Regal zurück.

Er hatte Monsignore Vernons Rat nicht befolgt und nicht um Führung von St. Peter dem Märtyrer gebeten. Statt dessen hatte er ein bißchen Literatur über den Heiligen studiert, um zu wissen, wen der Monsignore so eifrig empfahl. Einer dieser unter dem Namen St. Peter der Märtyrer bekannten Heiligen gehörte zu den alten Inquisitoren Italiens. St. Peter der Märtyrer war dem Anschein nach einer der Eiferer gewesen, die ihr kurzes Leben im 13. Jahrhundert der Ausmerzung der Sünde und Ketzerei aus der christlichen Welt widmeten. Dieser St. Peter war für die Gefangennahme, Folter und den Tod einiger Hundert von Ketzern verantwortlich, wie Peter beim Lesen herausfand. Dennoch verlor er am Ende: Er wurde von zwei Ketzern ermordet, was ihm den Beinamen ›Der Märtyrer‹ einbrachte.

Balsam saß eine Zeitlang im Stuhl und sah in den Himmel. Er fragte sich, was dem Monsignore an dieser Gestalt so gefiel. Und was machte den Priester überhaupt zu so einem besessenen Mann? Plötzlich hielt das Gedankenkarussell an; vielleicht war der Priester gar nicht besessen. Vielleicht war er, Balsam, nur überempfindlich. Er konnte sich die Frage nicht mehr beantworten, und langsam glaubte er, daß er sie wahrscheinlich nie lösen könnte.

8

Am nächsten Morgen lag Spannung in der Luft der Oberschule von St. Francis Xavier. Es war genau die Art von Spannung, die durch ein besonderes Schockerlebnis verursacht werden kann. Es hatte fast den Anschein, daß Judy Nelson nicht zurückkehren würde; als wäre sie entführt oder ermordet worden oder bei einem Unfall ums Leben gekommen. Vielleicht wäre die Spannung nicht so groß gewesen, wenn Judy Schülerin an einer öffentlichen Schule gewesen wäre. Dort hätte man eine gewisse Zuversicht gehabt, daß sie noch lebte, gemischt mit dem Entsetzen über ihre Tat. Aber hier in St. Francis Xavier schockierte allein der Versuch schon genau wie die vollendete Tat.

Die Schwestern hatten das sofort gespürt und die Angelegenheit auf die einzige Weise behandelt, die sie kannten – sie überspielten sie. Judys Fehlen wurde in den Anwesenheitslisten vermerkt, aber es wurde nicht darüber gesprochen, schon gar nicht in den Klassenzimmern. Schwester Elisabeth hatte die geringsten Probleme von allen Schwestern. Ihre Schüler waren ihre strenge Disziplin gewohnt und unterdrückten ihren Drang, darüber zu reden. Da sie die scharfe Zunge und das nicht weniger gute Gehör von Schwester Elisabeth mehr als sonst fürchteten, sparten sie sich ihr Geflüstere auf für die Pausen zwischen den Stunden. Sie taten ihr Bestes, ihren aufgewühlten Gefühlen nur in den kurzen fünf Minuten Luft zu verschaffen, die sie für den Weg von einem Klassenzimmer ins nächste hatten.

Karen Morton spürte die Spannung an diesem Morgen mehr als alle anderen. Sie und Judy waren in den meisten Kursen zusammen, und obwohl sich Karen oft über die krummen Bemerkungen geärgert hatte, die Judy gewöhnlich über sie und ihren Freund machte, vermißte sie ihre Freundin. Und sie fand auch, daß sie zum Gegenstand der Neugier anderer Schüler wurde, als wäre sie durch ihre enge Freundschaft mit Judy deren Mitwisserin und hätte eine Antwort auf die Fragen, die an diesem Morgen in aller Munde waren: Warum? Warum hatte Judy das getan? Und wie würde es jetzt weitergehen mit ihr?

Karen fühlte sich von jedem beobachtet, wenn sie durch die Gänge ging. Sie senkte ihren Blick und wünschte einmal mehr, daß sie sich nicht so aufreizend angezogen hätte. Plötzlich hatte sie das Gefühl, daß ihre Bluse zu eng war, und sie fand es unangenehm, wie sich ihr Rock in ihre Hüften schnitt. Etwas in ihrem Hinterkopf sagte ihr, daß sie in Trauerkleidung sein sollte. Doch dann fand sie ihre Idee lächerlich – Judy lag im Krankenhaus und nicht in der Leichenhalle. Sie ging um die Ecke in den Gang mit den Schränken. Die vier Mädchen hatten es damals geschafft, ihre Schränke nebeneinander zu bekommen. Mit Erleichterung sah sie, daß Penny Anderson und Janet Conally auf sie warteten. Sie wollte sie anlächeln, aber es gelang ihr nicht.

»Ist alles in Ordnung mit dir, Karen?« sagte Janet, als ihre Freundin näher kam.

Karen nickte stumm und fragte sich eine Minute lang, ob wirklich alles in Ordnung mit ihr war. »Alle starren mich an«, sagte sie, »ich fühle mich wie Marilyn Crane.«

»Obwohl sie dich aus anderen Gründen anstarren«, warf Penny Anderson ein. Dann konnte sie sich nicht länger beherrschen. »Warum, glaubst du, hat sie das getan?« sagte sie. »Ich meine, Judy ist doch die letzte, der man zutraut, daß sie sich umbringen würde.« Sie zuckte ein wenig mit den Schultern. »Es ist zu verrückt.«

»Ich weiß es auch nicht«, sagte Karen, »aber jeder starrt mich an, als wäre es meine Schuld. Und erst Schwester Elisabeth! Wie wild sah sie mich heute früh an! Ich wollte mich am liebsten unter meinem Schreibtisch verkriechen.«

»Typisch Schwester Elisabeth!« tröstete Janet Conally. »Sie schaut jeden so wild an. Du hättest heute früh Schwester Kathleen hören sollen. Sie hat eine halbe Stunde lang nur über die Sünde geredet. Aber mit keiner Silbe Judys Namen erwähnt. Und natürlich ist sie ihre Botschaft losgeworden. So wie sie gesprochen hat, hätte Judy sich auch...«, als ihr klar wurde, was sie um ein Haar gesagt hätte, unterbrach sie sich. »Ich meine«, fuhr sie klagend fort, »Schwester Kathleen hörte nicht auf, davon zu reden, daß der Versuch genauso eine Sünde ist wie die vollendete Tat und solches Zeug. Aber ich kann nicht verstehen, wie das gehen soll.«

Karen Morton entgegnete achselzuckend: »Ich verstehe von allem, was sie uns erzählen, nicht einmal die Hälfte. Manchmal glaube ich, daß sie uns Angst einjagen wollen.«

»Bei Judy ist ihnen das ja gut gelungen«, sagte Penny Anderson. »Meine Mutter sagt, daß sie sie wahrscheinlich gar nicht mehr an die Schule zurückkommen lassen.« Daran hatten die beiden anderen Mädchen überhaupt noch nicht gedacht, und sie sahen Penny in tiefer Bestürzung an.

»Sie lassen sie nicht wieder zurückkommen?« sagte Janet leise. »Warum nicht?«

»Meine Mutter sagt, was Judy getan hat, sei schlimmer noch, als schwanger zu werden«, sagte Penny. »Und ihr wißt ja, was mit Sandy Taylor passierte, letztes Jahr.« Die drei Mädchen sahen einander an. Sandy Taylor war eines Tages einfach nicht mehr in der Schule erschienen. Ihnen allen wurde gesagt, daß Sandy ›krank geworden‹ sei, aber es war ein leichtes gewesen, die Wahrheit herauszufinden, besonders, nachdem ihr Freund einige Tage später ebenfalls die Schule verlassen hatte. Die Möglichkeit, daß man Judy die Rückkehr an die Schule verbieten könnte, erschien ihnen sehr groß.

In diesem Augenblick erschien Marilyn Crane am Ende des Ganges. Janet Conally wollte ihr gerade zuwinken, da hielt ein Knuff von Penny sie davon ab. Sofort fiel ihre Hand wieder an die Rocknaht. Hinter Marilyn zeichnete sich die Gestalt von Monsignore Vernon ab, autoritär und mit finsterer Miene.

Marilyn, die nicht merkte, wer hinter ihr war, ging aufgeregt auf die Gruppe zu. Sie hatte ihnen etwas zu erzählen, was sie sicher interessieren dürfte. Sie platzte förmlich heraus mit ihrer Geschichte, daß sie Judy am vergangenen Nachmittag noch gesehen hatte, unmittelbar bevor sie – Marilyn konnte es nicht aussprechen, nicht einmal im Selbstgespräch. BEVOR SIE TAT, WAS SIE TAT! Sie beschleunigte ihren Schritt, aber unvermittelt gingen die drei Mädchen weg. Der eifernde Ausdruck verschwand aus ihrem Gesicht, und Marilyn blieb stehen. Sie versuchte vorzutäuschen, daß sie sich ihnen gar nicht hatte nähern wollen, sondern eigentlich etwas anderes, sehr Wichtiges in diesem Teil des Schulhauses zu erledigen hätte. Sie drehte sich auf dem Absatz herum und stieß beinahe mit Monsignore Vernon zusammen.

»Oh«, sagte sie völlig überrascht. »Es tut mir leid. Ich – eh, ich wußte nicht, daß Sie hier sind.« Hilflos sah sie den zornig dreinschauenden Priester an und machte sich auf ein Donnerwetter gefaßt, das nun ganz sicher über sie ergehen würde. Aber nichts dergleichen geschah. Der Monsignore schien sie gar nicht zu bemerken. Er ging lediglich um sie herum und weiter den Gang entlang. Ein paar Meter weiter stoben die Mädchen, die eben noch dicht zusammenstanden, auseinander wie die Blätter im Wind. Sie hatte sich solche Hoffnungen gemacht. Jetzt war sie wieder allein. Sie hielt ihre Tränen zurück und entschloß sich, das Mittagessen ausfallen zu lassen. Sie wollte die Zeit in der Kirche verbringen und Trost suchen in der angenehmen Gegenwart der Mutter der Leiden.

Ein paar Minuten später ließ Marilyn Crane sich auf dem einen freien Platz in der letzten Bankreihe von Zimmer 16 nieder. Sie konnte sehen, daß auch in der ersten Reihe ein Stuhl leer war: Der Platz, an dem gestern noch Judy Nelson gesessen hatte. Heute saß niemand dort, und sie hielt es nicht für wahrscheinlich, daß er morgen besetzt sein würde.

Peter Balsam beobachtete die Klasse. In den Köpfen dieser Schüler ging dasselbe vor wie schon in den Köpfen der Schüler der letzten Klasse und der Klasse davor. Aber die Schüler des Psychologiekurses stellten ihr Geflüster beim Betreten des Klassenzimmers nicht ein wie die anderen. Und er mußte sich bei sich selbst bedanken – falls bedanken das richtige Wort war –, denn er hatte wirklich sein Bestes dafür gegeben, damit sie wußten, daß man hier nicht das gleiche Verhalten von ihnen erwartete wie sonst in St. Francis

Xavier. Sie hatten ihm Glauben geschenkt. Sie unterhielten sich über Judy Nelson und machten erst gar nicht den Versuch, das vor ihm zu verheimlichen. Spontan beschloß er, das Thema ganz offen anzugehen.

»Nun, ich glaube«, sagte er, »es ist ein offenes Geheimnis, worüber wir heute reden wollen, oder?«

Seine Worte ließen sie verstummen. Sie starrten ihn an, auf ihren Gesichtern stand ihre Ratlosigkeit, Vorsicht überkam sie, als ob sie nicht sicher wären, was sie zu erwarten hätten.

»Ich weiß, daß ihr alle nur daran denkt«, sagte er ruhig, »und ich glaube nicht, daß ihr in einer anderen Stunde schon Gelegenheit hattet, darüber zu reden. Weil das, was mit Judy passierte, ausgesprochen psychologischer Natur ist, laßt uns darüber sprechen und ganz offen analysieren, dann können wir vielleicht morgen wieder planmäßig weiterarbeiten.«

Daß ihn die Klasse weiterhin nur stumm anstarrte, verblüffte Balsam. Er hatte eine wahre Fragenflut erwartet. Statt dessen geschah gar nichts. Endlich, sehr zögernd, erhob einer seine Hand. Es war Janet Conally.

»Ja, Janet?«

»Hat Ihnen der Monsignore befohlen, mit uns über Judy zu reden?« Ihre Stimme zitterte, und Balsam merkte, daß sie ziemlich erschrocken war über ihre Frage. Mit einem Kopfschütteln verneinte er und lächelte ihnen zu.

»Das ist eine Sache zwischen euch und mir. Tatsächlich habe ich da so eine Ahnung, daß es der Monsignore gar nicht gern sieht, wenn ich dieses Thema überhaupt behandle. Aber dieser Unterricht wird einzig und allein für euch und nicht für den Monsignore gehalten. So, warum machen wir nicht weiter?«

Das Eis war gebrochen. Schlagartig gingen fünf Hände hoch, und Balsam hatte die unangenehme Entscheidung zu treffen, wen er zuerst aufrufen sollte. Er wählte Karen Morton aus, indem er sich einredete, daß ihre Hand eine Idee schneller hochkam als die der anderen. Aber er wußte, daß er sie in Wahrheit wegen ihrer Freundschaft mit Judy als erste aufgerufen hatte. »Karen?«

»Ich – ich weiß gar nicht richtig, was ich fragen will«, begann sie zögernd. »Ich meine, es gibt so viele Fragen, daß ich gar nicht weiß, wo ich anfangen soll.«

»Fang einfach an«, sagte Balsam freundlich.

»Ja, können Sie uns sagen, was genau passiert ist?« fragte Karen.

»Ich – wir haben so viele Gerüchte gehört, daß wir gar nicht wissen, wie schlimm es wirklich ist.«

»Es ist überhaupt nicht schlimm«, sagte Balsam. »Die Schnitte sind nicht tief, und Judy liegt jetzt im Krankenhaus, damit die Ärzte sie im Auge behalten können.«

»Sie meinen, sie haben Angst, sie könnte es noch einmal versuchen?« Es war Penny Anderson, und sie hatte sich nicht erst die Mühe gemacht, ihre Hand zu heben. Sie war einfach mit ihrer Frage herausgeplatzt. Das gefiel Balsam.

»Nein, ich glaube nicht, daß man diese Befürchtung hat. Es ist immer so, wenn jemand sich das Leben zu nehmen versucht, daß man ihn einige Tage lang zur Beobachtung dabehält. Ich glaube sogar, das ist Vorschrift. Tatsächlich ist es nicht so sehr die Furcht davor, daß das Opfer es noch einmal versuchen könnte, sondern mehr aus dem Wunsch heraus, der Person etwas Ruhe zu gönnen und herauszufinden versuchen, was sie zu diesem Schritt veranlaßt hat.«

»Warum hat sie das getan?« fragte diesmal Janet Conally.

»Judy mag das wissen«, sagte Balsam. Balsam fragte sich, ob sie die Aufforderung annehmen würden. Jim Mulvey tat dies zu seiner Überraschung.

»Mag«, sagte Jim, »wie meinen Sie das? Ich denke doch, wenn überhaupt jemand weiß, warum sie es getan hat, dann Judy.«

»Das sollte man annehmen, oder? Aber was Judy getan hat, was jeder tut, der versucht, sich umzubringen, ist nicht besonders vernünftig. Normalerweise handelt es sich dabei um eine impulsive Handlung, und wenn alles vorbei ist, wundert sich derjenige oft darüber, warum er das überhaupt versucht hat. Leider ist es nur allzu häufig zu spät. Judy hat Glück gehabt. Sie wird schon wieder.«

»Aber wie kommt jemand dazu, so etwas zu tun?«

Balsam hörte die Frage, wußte aber nicht, wer sie gestellt hatte.

»Da gibt es viele Möglichkeiten«, sagte er. »Seid ihr noch nie abends zu Bett gegangen und habt euch gedacht, wie schön es doch wäre, am nächsten Morgen einfach nicht mehr aufzuwachen?« Alle rutschten unruhig hin und her. »Nun, manchmal beschließt man, es nicht dem Zufall zu überlassen, sondern sicherzustellen, daß man tatsächlich nicht mehr aufwacht. Aber, was viel häufiger ist, diese Menschen rufen eigentlich dringend nach Hilfe. Sie wollen nicht sterben. Sie wollen nur, daß jemand ihnen beisteht. Und so tun sie alles, um die Aufmerksamkeit auf sich zu lenken.«

»Aber es ist eine Sünde«, kam leise die Stimme von Marilyn Crane vom hinteren Ende des Zimmers. Alle drehten sich um und starrten Marilyn an. Sie bemerkte von alldem nichts. Sie war ganz auf Balsam konzentriert.

Da kam es also: ES IST EINE SÜNDE. Was sollte er darauf antworten? Dann glaubte er, eine Antwort gefunden zu haben. »Da bin ich mir nicht so sicher«, sagte er vorsichtig. »Was ich sagen will«, er durchbrach das Schweigen des Schocks, »was ich sagen will ist, daß ich nicht unbedingt überzeugt bin, daß ein Selbstmord*versuch* als Sünde angesehen werden sollte. Ich meine, wenn die Tat nicht ausgeführt wird, wo ist da die Sünde?«

»Es gibt keinen Unterschied zwischen Sünden, die man sich ausdenkt und plant, und Sünden, die man auch wirklich begeht – oder doch?« meldete sich Marilyn Crane noch einmal.

Es dauerte einen Moment, bevor die Klasse sah, was geschehen war. Langsam ging Monsignore Vernon auf Mr. Balsam zu, sein finsteres Gesicht legte seine Stirn in Falten, seine schwarzen Augen funkelten nur so. Tiefes Schweigen lag über der Klasse. Es bahnte sich etwas an.

Der Priester war an der Stirnseite des Raumes angekommen, drehte sich um und sah die Klasse an. Er machte das Kreuzzeichen und segnete sie. Dann schickte er sie weg. Monsignore Vernon wartete in aller Ruhe ab, bis das Klassenzimmer langsam leer wurde. Dann wandte er sich Balsam zu.

»Wir gehen ins Pfarrhaus«, sagte er.

Inez Nelson lief den Haupteingang zum Krankenhaus von Neilsville hinauf und sah schnell zur Uhr. Sie war pünktlich, genau zwölf Uhr.

Inez folgte den grünen Pfeilen in die psychiatrische Station. Nur drei Räume standen zur Behandlung von Geisteskrankheiten in Neilsville zur Verfügung. Sie sah sich nervös um, in der Hoffnung, nicht auf bekannte Gesichter zu stoßen. Es gab ohnehin schon genug Geschwätz, ohne daß man sie in diese Abteilung der Klinik gehen sah.

Es schien niemand dazusein, also nahm Inez in dem kleinen Wartezimmer Platz. Eine Minute später hörte sie, wie eine Tür geöffnet wurde, und sie sah auf. Margo Henderson stand in der Tür und lächelte sie an.

»Inez«, sagte Margo voll Heiterkeit, »ich freue mich sehr, dich zu sehen.« Als sie den erstaunten Ausdruck im Gesicht von Inez sah, beeilte sie sich fortzufahren. »Natürlich hätte ich mir das unter glücklicheren Umständen gewünscht, aber Dr. Shields sagte mir, daß Judy schon auf dem Weg der Besserung ist.« Sie hielt einen Moment inne und hoffte auf irgendeine Antwort. »Dr. Shields wird jeden Augenblick hiersein. Aber nimm doch bitte Platz«, Margo deutete auf den Stuhl, von dem Inez gerade aufgestanden war, und nahm selbst hinter ihrem Schreibtisch Platz. Nun, Inez wollte nicht mit ihr reden. Margo versuchte, sich nicht darüber zu ärgern. Natürlich stand Inez ziemlich unter Spannung, aber trotzdem... Und dann fiel Margo ein, daß Inez Nelson die beste Freundin von Leona Anderson war. Und Leona war auch die treibende Kraft gewesen, als es um den Ausschluß von Margo Henderson aus der Gemeinde von St. Francis Xavier ging. Leona, zusammen mit Monsignore Vernon. Ach, zum Teufel mit beiden, sagte Margo zu sich selbst. Sie nahm einen Füller zur Hand und schob einige Papiere auf ihrem Schreibtisch herum. Sie fühlte Inez' Augen auf sich ruhen.

»Es war ein Unfall«, sagte Inez plötzlich mitten in die Stille hinein. »Ich will, daß du weißt, daß es ein Unfall war.« Margo sah flüchtig zu Inez auf und bemerkte die Verzweiflung in den Augen der anderen Frau. Wen wollte Inez damit überzeugen? Margo oder sich selbst? »Selbstverständlich«, sagte sie knapp und machte sich wieder an ihre Arbeit. Kurz darauf ertönte der Summer auf ihrem Tisch.

»Dr. Shields erwartet dich jetzt«, sie sagte das in einem gleichmäßigen, geschäftsmäßigen Tonfall. »Hier geradeaus.« Sie zeigte auf die Tür, aus der sie zuvor gekommen war, und sah zu, wie Inez, ihre frühere Freundin, ihrem Blick entschwand. Dann schüttelte Margo traurig den Kopf und widmete sich wieder ihrer Arbeit.

Inez Nelson fühlte sich beim Verlassen von Dr. Shields Büro keinen Deut besser als beim Betreten. Sie wollte immer noch ihre Tochter sehen. Noch immer wurde ihr das nicht erlaubt. Statt dessen wurde sie gezwungen, sich allerlei psychologische Doppelzüngigkeiten anzuhören. Sie war doch Judys Mutter und wußte besser als jeder andere, was Judy brauchte. Aber dennoch fürchtete sie sich und war sich ihrer gar nicht so sicher. Vielleicht hatte der Arzt recht. Als sie eilig die Klinik verließ, klangen noch die Worte von Dr. Shields in ihrem Ohr.

»Judy ist leicht zu beeinflussen«, hatte er gesagt. Und er hatte recht. Aber Inez wußte, daß noch mehr war als das. Dr. Shields selbst mußte wohl so gedacht haben. Warum hätte er wohl sonst abschließend gesagt:

»Man muß immer nach einem Grund suchen! Irgendwo gibt es einen. Er wird nicht besonders schlüssig sein, aber es gibt einen.«

Wovon sprach er? Was hatte das zu bedeuten? Inez fühlte sich ratloser und ängstlicher als je zuvor.

9

Mürrisch saß Peter Balsam im Arbeitszimmer des Pfarrhauses und sehnte sich danach, daß Monsignore Vernon das Fenster aufmachte. Er sah sich um und fand, daß das Arbeitszimmer, welches ihm noch vor kurzem – es war erst zwei Tage her – so gemütlich erschienen war, jetzt geradezu erdrückend und überladen wirkte. Er sah zur Uhr und fragte sich, wie lange ihre Begegnung noch dauern sollte. Er war nun fast eine ganze Stunde hier, und noch hatte der Priester nicht mit ihm gesprochen. Statt dessen hatte der Monsignore abwechselnd gebetet und dann wieder drohend zu Balsam herübergesehen. Einmal war Balsam schon aufgestanden, in der Absicht zu gehen, aber Monsignore Vernon hatte ihm nur barsch bedeutet, sich wieder zu setzen. Balsam hatte sich wieder hingesetzt, erst nur zögernd, dann wütend, und schließlich überwog seine Neugierde.

Dann fing der Priester so unvermittelt an zu sprechen, daß er erschrak.

»Du bist ein eigensinniger Mensch, Peter«, sagte er, »aber, das bin ich auch. Nur halte ich mich gern für beharrlich. Beharrlich, was meine Grundsätze betrifft, beharrlich, in meiner Absicht, das zu tun, was ich für richtig halte, und beharrlich in meiner Absicht, mich darum zu kümmern, daß auch die Menschen in meiner Umgebung tun, was recht ist.«

»Ich habe getan, was ich für richtig hielt«, sagte Balsam leise.

»Richtig?« Der Priester schrie beinahe. »*Richtig?* Leugne nicht, was du deinen Schülern gesagt hast; ich habe es gehört. Jedes einzelne Wort der Blasphemie!«

»Mach dich doch nicht lächerlich«, empörte sich Balsam. Gleich darauf bereute er seine Wortwahl. Der Priester lief rot an. »Es tut mir leid«, fuhr er fort, verzweifelt darum bemüht, sich seine Wut nicht an der Stimme anmerken zu lassen, »ich habe das nicht ganz so gemeint, wie es herauskam.«

»Aber du hast es gemeint, oder?« sagte Monsignore Vernon eisig.

»Ich weiß es nicht.« Balsam fühlte sich erschöpft. »Laß es mich mal so sagen: Ich wurde hierher geholt, um Psychologie zu unterrichten und nicht den Katechismus. Und heute war es für meine Schüler wichtig, zu verstehen, was mit Judy passiert ist und warum es geschah. Jemand mußte sie beruhigen. Und was sie nicht brauchten, war eine Belehrung darüber, daß Judys Tat eine Todsünde und ihre Seele verloren sei oder sonst irgendwelchen mittelalterlichen Unsinn!«

Mit einem Mal war der Priester auf den Beinen und baute sich vor Balsam auf. »Laß es uns mal so sagen«, er rang nach Luft, »*du* glaubtest, daß es das war, was sie brauchten. *Ich* behaupte, daß sie etwas ganz anderes brauchten, und aus meiner Position heraus kann ich die Bedürfnisse der Schüler an dieser Schule wesentlich besser als du beurteilen.« Der Wutanfall des Priesters war noch nicht zu Ende, und Peter fühlte sich tiefer und tiefer in seinem Sessel versinken. »Das letzte, was meine Schüler brauchen, ist ein Haufen verwirrendes, widersprüchliches und pseudowissenschaftliches Geschwätz. Mag ja sein, daß diese Schüler eine kleine Dosis von dem, was du Psychologie nennst, gebrauchen könnten, falls sie zur Universität gehen. Aber die meisten von ihnen gehen nirgendwo hin. Sie brauchen das Rüstzeug, um ihr Leben hier, in Neilsville, zu meistern. Und dafür ist die Kirche da. Sie gibt den Leuten Glauben und mit dem Glauben die Erlösung.« Er unterbrach sich, und Peter konnte die Anstrengung des Priesters beobachten, sich zu beruhigen. »Die Welt ist schon komplex genug, auch ohne daß wir unsere Kinder in Verwirrung stürzen und ihren Glauben unterwandern. Genau solche Redensarten wie ich sie von dir vernehmen mußte, sind nämlich schuld am Untergang unserer Gesellschaft. Du nimmst den Menschen ihren Halt und ihren Trost. Ich werde das nicht dulden. Verstehst du mich?«

»Ich glaube, ich verstehe dich sehr gut«, antwortete Peter unterkühlt, »und ich denke, es ist das beste für uns beide, wenn ich meine Stellung hier sofort kündige. So wie es aussieht, gibt es keine Möglichkeit, meine Klasse erfolgreich zu unterrichten.«

Ein Hauch von Furcht huschte über Monsignore Vernons Gesicht, verschwand aber sofort wieder.

»Das ist doch ein törichter Standpunkt«, antwortete der Priester, »und ich glaube, du weißt das auch.« Der Zorn, den er eben noch hatte, war verraucht, und die Freundlichkeit, die er nun zeigte, schien fast genial. Er nahm wieder in dem Sessel gegenüber Peter Platz und lehnte sich nach vorn, die Ellbogen auf die Knie gestützt, sein Kopf ruhte auf den Innenflächen der Hände. »Peter, warum willst du nicht verstehen, daß du es hier nicht mit einer großen Hochschule in einer städtischen Umgebung zu tun hast? Warum willst du nicht verstehen, daß die Bedürfnisse unserer Schüler nicht die gleichen sind, wie die der Schüler in, sagen wir, Philadelphia? Wir haben es hier nicht mit Intellektuellen zu tun. Es ist nicht so sehr meinetwegen und, wie du ja sicher denkst, meiner engstirnigen Weltanschauung wegen. Nein, es geht weit darüber hinaus. Es hat viel mehr mit den Menschen, die hier leben, zu tun, als mit mir.« Er nahm ein verschwörerisches Lächeln an und sprach weiter: »Ich weiß ja nicht, inwieweit dir bekannt ist, daß man großen Druck auf den Bischof ausgeübt hat, mit der Forderung, deinen Kurs gar nicht in den Lehrplan aufzunehmen. Alles, worum ich dich bitte, ist, ein gewisses Maß an Vorsicht walten zu lassen. Es gibt doch sicher genügend Stoff, aus dem du mit etwas Klugheit einiges herauspicken und eine Vorauswahl treffen kannst, oder?«

»Du meinst, ich soll mein Material zensieren?« fragte Balsam vorsichtig. Er spürte, wie seine Entschlossenheit nachließ und ärgerte sich darüber.

Monsignore Vernon seufzte: »Ja, so kannst du es auch ausdrükken.«

»Soviel also zum Thema Gedankenfreiheit«, sagte Balsam.

»Ich habe ja nicht gesagt, daß du zu denken aufhören sollst«, sagte der Monsignore. »Ich habe dir lediglich vorgeschlagen, daß du dir ein paar Einschränkungen dahingehend auferlegst, was du deinen Schülern erzählst.«

»Ist das denn nicht dasselbe? Wie sollen meine Schüler denken lernen, wenn man ihnen nichts zum Nachdenken anbietet?«

»Ist das wirklich so wichtig? Offen gesagt, unsere Schüler brauchen eher etwas mehr Glauben als Stoff zum Nachdenken.«

»Unwissenheit bedeutet Seligkeit«, bemerkte Balsam.

»In manchen Fällen schon«, antwortete der Priester, seine Stimme wurde dabei so sanft, wie Balsam sie noch nicht gehört hatte. »Ich weiß, daß das für dich befremdend klingt, aber es ist schon wahr. Mein Leben hier, in den vergangenen zwölf Jahren, hat mir die Augen ganz schön geöffnet. Es gab Zeiten, da hätte ich dir recht gegeben – da wollte ich über alles die Wahrheit wissen. Aber im Alter habe ich entdeckt, daß die Wahrheit, oder das, was wir uns als die Wahrheit einzureden versuchen, etwas ist, mit dem sich schwer leben läßt. Und ich habe erkannt, daß die *Wahrheit*, *Gottes Wahrheit*, so wie sie von der Kirche gelehrt wird, viel besser ist. Sie gibt mir Frieden, und sie gibt meiner Herde Frieden. Falls dir das wie eine Einschränkung deiner Freiheit vorkommt, so möchte ich dich daran erinnern, daß Gott all unseren Freiheiten Einschränkungen auferlegt.«

Wie er ihm so zuhörte, hatte Balsam den Eindruck, daß so gesehen alles recht vernünftig klang. Aber der Grundtenor hieß immer noch ›Unterdrückung‹. Unterdrückung von Gedanken, von Ideen.

»Trotzdem«, sagte er und stand dabei wieder auf, »ich glaube dennoch, daß ich für diese Aufgabe nicht der richtige Mann bin. Es tut mir leid, aber am besten siehst du dich schon mal nach Ersatz für mich um. Wenn mir eines immer etwas bedeutet hat, dann Freiheit. Nicht nur meine eigene Freiheit, sondern auch die Freiheit derer, die in meiner Nähe sind. Jeder sollte allen möglichen Vorstellungen ausgesetzt sein und die Freiheit besitzen, daraus zu wählen.«

»Das ist doch Unsinn«, warf der Monsignore ein, »und, ehrlich gesagt, du überraschst mich. Man hat dich zu einem guten Katholiken erzogen, und ich hätte gedacht, daß dein Glaube stärker ist.« Seine Augen blitzten wieder auf, und einmal mehr hatte Peter das Verlangen, sich der Macht von des Priesters Glauben zu entziehen. Aber es gab keinen Ausweg. »Nur das Vertrauen und der Glaube an das Wort des Herrn bringen Seligkeit, und nicht eine selbstherrliche Wissenschaft, die nur dazu dient, Ausreden für die schlimmsten und unmoralischsten Verhaltensweisen zu liefern«, sagte Vernon jetzt, »und was die Kündigung deines Postens hier betrifft, an deiner Stelle würde ich einmal darüber nachdenken und dann noch zweimal.« Er hielt kurz inne, und seiner Stimme war nun der Überdruß anzumerken. »Es war nicht leicht für mich, Peter, dich hierher zu holen, und ein weiterer Fehltritt in deiner Beurteilung wird nicht hilfreich für dich sein. Dein Leben ist eine Geschichte von unvollendeten Tatsachen, und allmählich beginne ich zu verstehen, warum. Du versteckst dich vor der Wirklichkeit. Du weigerst dich, die Dinge so zu sehen, wie sie nun mal sind, statt dessen drehst du sie dir lieber so hin, daß sie deine eigenen Schwächen überdecken. Ich an deiner Stelle würde erst einmal nachdenken und beten, bevor ich mich entschließen würde, Neilsville zu verlassen. Gott hatte eine bestimmte Absicht, als er dich hierher schickte. Du hast kein Recht dazu, dich dieser Absicht und dem Herrn zu widersetzen, bevor du nicht deine Aufgabe, was immer sie ist, zu deren Erledigung er dich hergeschickt hat, erfüllt hast.«

»Ach, der direkte Draht, ja?« sagte Peter, aber Vernon fuhr fort, indem er seinen Sarkasmus gar nicht beachtete. Seine Stimme wurde beim Sprechen langsam lauter.

»Ich glaube, er hat dich geschickt, damit du mir hilfst. Wir leben in einer schweren Zeit, und der Glaube an die Kirche wird aus allen Richtungen erschüttert. Ich glaube, er hat dich nicht zu mir geschickt, damit du auf der Stelle wieder wegrennst, sondern um dir die Macht des Glaubens zu zeigen und dir den Glauben an die Kirche wiederzugeben.« Balsam starrte den Priester an. »Ja, so ist das«, sagte der Monsignore in einem Ton, als ob er der Gegenwart des anderen Mannes nicht mehr gewahr wäre. »Er hat dich zu mir geschickt, damit du mir hilfst, die Arbeit von St. Peter Martyr fortzuführen. Damit du mir hilfst, die Ketzer wieder zur Herde zurückzubringen. Die Sünder zu bestrafen.« Und plötzlich sah er direkt zu Peter Balsam, seine Augen funkelten. »Bete, Peter!« sagte er eindringlich, »bitte um Führung und bleibe hier bei mir. Laß uns gemeinsam zu Ende bringen, was vor so langer Zeit begonnen wurde!«

Monsignore Vernon fiel auf die Knie nieder und begann zu beten. Einen Augenblick lang fragte sich Peter Balsam, ob er von ihm erwartete, daß er an den Gebeten teilnahm. Aber es schien, als wäre der Priester in tiefer Trance versunken, und Balsam vermutete, daß er seine Umgebung gar nicht mehr wahrnahm. Er sah Vernon besorgt an und bekam Mitleid mit ihm. Er wollte beten und versuchen, innere Führung zu finden. Und er wollte nachdenken.

Peter Balsam ging langsam auf den Flur hinaus und verließ das Pfarrhaus. Eine Minute später trat er in die erfrischende Kühle der Kirche ein.

Er saß eine Weile still in der Dämmerung, versuchte seine Gedanken zu sammeln und etwas Sinn in das Durcheinander zu bringen. Wovon hatte der Monsignore geredet, als er ihn bat, zu bleiben und ihm dabei zu helfen, das zu Ende zu bringen, was ›vor so langer Zeit‹ begonnen wurde. Und dann das Gerede von wegen ›die Ketzer zur Herde zurückbringen‹ oder ›die Sünder bestrafen‹. Das roch förmlich nach Inquisition. War aus Pete Vernon irgendwo auf seinem Weg zum Monsignore ein Fanatiker geworden? Es hatte ganz den Anschein. Dennoch, manches von dem, was der Priester gesagt hatte, hatte seine Berechtigung. Peter war vor manchen Dingen davongelaufen und suchte gerne ›Ausflüchte‹ – wie der Priester es genannt hatte – für seine Fehler. Nur daß er sie lieber ›Vereinfachungen‹ nannte, sagte sich Balsam mit gekünstelter Heiterkeit.

Jemand war an Balsam vorbeigegangen. Marilyn Crane. Er sah geschwind in die Richtung, aus der sie gekommen war. Ja, sie hatte zur Heiligen Jungfrau gebetet. Balsam hoffte für das Mädchen, daß ihr die Heilige mehr Trost geben konnte, als er dazu während des Unterrichts imstande gewesen war. Er schaute sich in der Kirche um, ob noch andere die heilige Stätte aufgesucht hatten, um der Sonne und ihren Problemen zu entkommen. Aber die Kirche war jetzt ganz leer. So wandelte Peter Balsam durch die Säulengänge und sah sich die Statuen der verschiedenen Heiligen an.

Er war schon fast bis zum Altar gegangen, da fiel ihm etwas auf. Dann durchschritt er schnell das Kirchenschiff und untersuchte die Heiligen in den gegenüberliegenden Alkoven. Es war genau das gleiche. Mit Ausnahme der obligatorischen Statuen von der Heiligen Jungfrau und St. Francis Xavier, nach denen die Kirche benannt war, waren alle Heiligen, wenigstens die, die ihm bekannt waren, Dominikaner des dreizehnten und vierzehnten Jahrhunderts. Da war zum einen der heilige Dominicus selbst, St. Peter Martyr, und eine Statue des heiligen Franz von Venedig. Dann der Portugiese St. Sanchia, der damals die Dominikaner nach Portugal gebeten hatte. Es gab noch andere, an einige hatte Peter Balsam noch eine schwache Erinnerung. Aber einen gab es, der ihm gänzlich unbekannt war, Sankt Acerinus. Balsam dachte angestrengt nach, aber er konnte sich absolut nicht an diesen Heiligen erinnern. Das war nicht weiter überraschend: Es gab so viele Heilige, und er hatte nie ein besonderes Interesse an ihnen gehabt. Im Gegenteil, er war sehr zufrieden mit sich, daß er überhaupt so viele von ihnen erkannt hatte. Ihn beunruhigte, daß sie alle Dominikaner waren, alle aus der Zeit der Inquisition. Und es waren vor allem die Dominikaner gewesen, die sich mit der Durchsetzung der Inquisition hervortaten. War ihm denn nicht vorhin der Gedankenblitz gekommen, daß die Ausschweifungen des Monsignore ›förmlich nach Inquisition rochen‹? Balsam sah sich noch einmal die Heiligenstatuen an. Plötzlich hatte er den Drang, die Kirche zu verlassen, den geheiligten Visagen zu entkommen, die ihn so bedrohlich, anklagend anzustarren schienen.

Er rannte aus der Kirche, zurück in sein Klassenzimmer. Kurz darauf, genau um ein Uhr, ertönte die Glocke. Der Nachmittag begann. Peter Balsam war überzeugt, daß es ein langer Nachmittag werden würde.

Als es an der Tür klingelte, sah Balsam von dem Buch auf, in dem er gerade las, aber er verließ seinen Sessel nicht. Er schaute auf die Uhr: Margo konnte das doch nicht sein, sie war gerade erst mit der Arbeit fertig. Wieder klingelte es.

»Peter?« Margos Stimme drang durch die Tür, etwas gedämpft zwar, aber eindeutig Margos Stimme. »Bist du da drin?«

Jetzt sprang er aus seinem Sessel auf und öffnete schwungvoll die Tür. »Du kommst früh«, sagte er. Dann faßte er nach der randvollen Tüte, die sie in den Armen hielt, um sie ihr abzunehmen. »Laß mich das mal nehmen.«

Er schielte in die Tüte. »Großer Gott, sollen wir das etwa alles austrinken?«

»Das kommt darauf an«, grinste Margo, »es kommt darauf an, wie ernst dein Problem ist, und wie lange es dauert, es zu lösen. Und wenn dann noch was übrig ist, werde ich an einem anderen Abend eins von meinen Problemen runterspülen.« Sie zwinkerte ihm zu, gab ihrem Zwinkern eine verführerische Note. »Außerdem könnte es ja auch eine lange Nacht werden.«

Sie hatte die Tür zugemacht und zog ihre Jacke aus. Peter sah ihr zu, er beobachtete die Sinnlichkeit an ihren Bewegungen und genoß ihre Art sexy zu wirken, ohne dabei unzüchtig zu sein. Er merkte, wie die Sehnsucht in ihm wuchs. Während Margo ihre Jacke im Schrank aufhängte, ließ er seinen Blick nicht ab von ihr.

»Ich habe ein bißchen früher aufgehört«, hörte er sie sagen. »Was immer es ist, was dich belastet, du hast so ernst geklungen, als du anriefst, daß ich beschloß, Dr. Shields' Berichte warten zu lassen.« Sie blickte umher, als ob sie erwarte, das Problem in irgendeiner Ecke versteckt liegen zu sehen. Dann betrachtete sie Peter sorgsam.

»Nun, das Apartment ist noch ganz, du auch, es kann also nicht ganz so schlimm sein, wie du es am Telefon dargestellt hast. Vielleicht sollte ich schleunigst die Flaschen zurückbringen.«

Auf einmal, seit sie mit ihm in diesem Zimmer war, schien das Problem nicht mehr annähernd so schwer... Tatsächlich, der ganze Nachmittag löste sich in Dunst auf, wie ein halbvergessener Alptraum. Aber es war kein Alptraum, es war alles ganz wirklich. Er mußte eine Entscheidung fällen, und er wollte vorher Margos Stellungnahme hören.

»Ich trage mich mit dem Gedanken, zu kündigen«, bemerkte er. Er ging in die Küche und machte den Wein auf, den sie mitgebracht hatte, während Margo an seiner Ankündigung herumkaute. Als er ins Wohnzimmer zurückkam und ihr ein Glas reichte, sah sie ihn fragend an.

»Na, das macht ja nichts«, sagte sie herzlich, »du bist ja auch gerade erst hier angekommen.« Dann wurde sie ernst. »Ich verstehe nicht, Peter. Was ist heute passiert?«

Er erzählte ihr von seinem Gespräch mit dem Monsignore und über die Unterrichtsstunde, die vorausgegangen war, und als er fertig war, sah sie ihn erstaunt an.

»Ich kann nicht sehen, wo das Problem liegt«, sagte sie.

»Ach, komm, Margo. Du machst mir Spaß. Kannst du das nicht verstehen? Der Mann ist verrückt. Er ist ein Fanatiker.«

Margo dachte über seine Behauptung nach. Und dann schien sie ihre Worte sehr bewußt zu wählen.

»Peter«, eröffnete sie, »ich weiß nicht, ob Monsignore Vernon verrückt ist, oder ein Fanatiker oder was sonst. Aber eins weiß ich, das, was er dir heute nachmittag gesagt hat, mag fanatisch, verrückt oder sonstwie *geklungen* haben, ist es aber nicht. Nicht hier. Nun, ich kann nicht sagen, ob die Stadt ihre Einfälle von Monsignore Vernon bekommt, oder er seine Einfälle von der Stadt. Die Denkart, die hier umgeht, ist wirklich manchmal schaurig. Weißt du, daß es etliche Situationen nach meiner Scheidung gab, wo ich daran dachte, die Stadt zu verlassen? Wirklich, das stimmt. All die Leute, die ich für meine Freunde gehalten habe – Inez Nelson zum Beispiel. Ich sah sie heute, im Krankenhaus. Sie sprach kaum mit mir, auch wenn ich arbeitete. Sie glaubt, ich bin eine Sünderin. Kannst du dir das vorstellen? Heutzutage, in unserem Jahrhundert? Eine Sünderin. Aber so sind die Dinge hier nun einmal.« Dann strahlte sie ihn mit einem Lächeln an. »Vielleicht kannst du mithelfen, das zu verändern.«

Traurig schüttelte Peter den Kopf. »Ich nicht. Entweder passe ich hierher oder ich gehe weg. So ist meine Persönlichkeit eben.«

»Du kannst dich doch ändern.« Margo zuckte die Achseln. »Wenn ich mich ändern kann, kannst du es auch. Und, das laß dir gesagt sein, ich mußte mich sehr ändern, um während der letzten paar Jahre überleben zu können. Jedesmal wenn ich höre, daß Leona Anderson eine dumme Bemerkung macht, gerade so laut, daß ich es noch verstehen kann, drehe ich mich um und zwinkere ihr zu. Aber früher habe ich geheult.« Sie starrte in ihr Glas und ließ die Flüssigkeit darin kreisen. Dann schaute sie zu Peter auf. »Zwinkern ist besser«, sagte sie leise, »es ist nicht so verletzend, wenn man zwinkert. Für mich gab es nur die Alternativen: zwinkern oder wegrennen. Lerne zu zwinkern, Peter.«

»Ich weiß nicht«, sagte Peter, »ich bin nicht sicher, was ich machen soll. Mir gefällt die Handlungsweise des Monsignore nicht, und mir gefällt es nicht, wie sich seine Religionsauffassung auf die Kinder auswirkt. Nur, was kann ich tun? Weißt du, das ist letztlich eine Frage des Gehorsams. Ich habe eben keine Gewerkschaft, bei der ich mich beschweren kann. Alles, was ich habe, ist die Kirche, und ich bin überzeugt, auch du weißt, daß sie es nicht besonders gut meint mit Untergeordneten, die über ihre Vorgesetzten meckern.«

»Aber wenn du recht hast?« fragte Margo. »Was, wenn Monsignore tatsächlich verrückt ist, oder ein Fanatiker? Sollte man da nicht etwas unternehmen?«

»Natürlich, aber wie willst du beweisen, daß jemand, der in totalem Glauben an die Kirche lebt, zuviel Glauben hat? Das widerspricht sich doch selbst.«

Margo dachte darüber nach, war sich aber nicht ganz sicher, ob sie ihn ganz verstanden hatte. So änderte sie das Thema. Sie redeten Smalltalk, in der Art, wie sich Menschen unterhalten, die um jeden Preis etwas vermeiden wollen. Und sie aßen zu Abend. Erst als sie schon abgespült und die zweite Flasche Wein geöffnet hatten, kam das Thema Kirche wieder zur Sprache.

»Hast du dir schon einmal alle Heiligen in der Kirche angesehen?« sagte er plötzlich. Fragend sah Margo zu ihm und zuckte dann die Schultern.

»Ich könnte einen nicht vom anderen unterscheiden«, sagte sie. »Warum? Stimmt mit ihnen auch etwas nicht?«

Peter überging diese Anspielung einfach und versuchte, seine düsteren Ahnungen zu erklären.

»Sie stammen alle aus dem dreizehnten und vierzehnten Jahrhundert«, sagte er. »Dominikaner. Was ja wohl nicht stimmen kann, wenn man bedenkt, daß die Kirche nach St. Francis Xavier benannt ist, der zufälligerweise einer der ersten Jesuiten war.«

Margo runzelte die Stirn, als ob sie sich angestrengt an etwas zu erinnern versuchte. »Weißt du«, sagte sie schließlich, »mir scheint, daß ich mich noch an eine Zeit erinnere, vielleicht vor fünf Jahren etwa, als mir auffiel, daß wir andere Heilige in der Kirche haben. Als ob die, die ich gewohnt war, plötzlich durch andere ersetzt worden wären. Aber ich habe dem keine große Aufmerksamkeit gewidmet. Damals redete ich mir ein, daß ich sie mir vorher gar nicht so genau angesehen hatte. Aber vielleicht hat er sie ausgetauscht.«

»Sie ausgetauscht? Wer?«

»Monsignore Vernon. Vor fünf Jahren, als er Monsignore wurde. Vielleicht hat er sie ausgetauscht. Hast du mir nicht erzählt, daß er sich gut auskennt mit Dominikanern? Wer sind sie? Die, die jetzt dastehen?«

»Die meisten sind Italiener«, sagte Balsam, »der heilige Dominikus, und der große Favorit von Monsignore, St. Peter Martyr, der auch mein Klassenzimmer schmückt, und noch ein paar andere. Dann noch St. Sanchia, der nicht aus Italien stammte, aber den Dominikanern dabei half, sich in Portugal niederzulassen. Und dann noch einer, von dem ich noch nie gehört habe, St. Acerinus. Ich habe keine Ahnung, wer er war, aber wahrscheinlich paßte er ganz gut zu allen anderen.«

»Das klingt nicht gerade so, als ob du sie besonders achtest«, grinste Margo. »Sagt man den Heiligen nicht nach, daß sie so wundervolle, liebenswerte Menschen waren?«

Balsam kicherte. »Das ist unterschiedlich. Nimm zum Beispiel St. Peter Martyr. Wenn du in *Das Leben der Heiligen* nachliest, scheint er ein ganz toller Kerl gewesen zu sein. Lehrer, Priester; er hat viel Zeit damit verbracht, Ketzer davon zu überzeugen, daß sie wieder zur Herde zurückkehren sollten. Stunden und Stunden hat er damit zugebracht, mit ihnen zu diskutieren und ihnen ihre Irrwege aufzuzeigen.«

»Was ist daran schlecht?« fragte Margo.

»Nichts, außer daß sich herausstellte, daß die Vorstellung von Peter Martyr, mit jemandem zu diskutieren, oft auch Folter, Einkerkerung oder die Verbrennung auf dem Scheiterhaufen beinhaltete.«

»Um Himmels willen!« Margo atmete tief durch. »Das ist ja furchtbar.«

Balsam nickte. »So waren sie alle. Die meisten Heiligen in St. Francis Xavier hatten ihren Anteil an der Inquisition. Ich habe noch nicht viel darüber gelesen, aber es reicht, daß es mir eiskalt den Rücken herunterläuft.«

»Die Inquisition«, sagte Margo mit einem Schaudern, »und ›Ketzer‹, was für ein Wort, es klingt so archaisch.«

»Nicht so, als Monsignore Vernon es heute aussprach«, sagte Peter. »Weißt du«, fuhr er fort, »ich bekomme ein sehr eigenartiges Gefühl, wenn ich mich mit dem Monsignore unterhalte. Ihn scheint die Inquisition nicht im geringsten zu beunruhigen. Im Gegenteil, ich habe den Eindruck, er wünscht, daß diese Zeit niemals zu Ende gegangen wäre.«

»Vielleicht ist sie für ihn noch nicht zu Ende«, sinnierte Margo. Dann wurde sie heiterer. »Der eine Heilige, von dem du noch nie gehört hast. Kannst du nicht mal nachsehen?«

»Das habe ich bereits versucht«, sagte Balsam lächelnd, »aber offensichtlich bin ich nicht der einzige, der noch nie von ihm gehört hat.«

»Wie meinst du das?«

»Siehst du die Bücher dort?« Er zeigte auf vier dicke Bände auf seinem Schreibtisch. Margo sah sie an und nickte. »Das sind die Ausgaben von *Das Leben der Heiligen*. Die Nonnen haben sie uns gewöhnlich an Weihnachten geschenkt. Und soweit ich weiß, haben auch sie niemals von einem St. Acerinus gesprochen.«

»Du scherzt«, sagte Margo.

»Sieh selbst nach. Der Gesamtindex ist im vierten Band.«

Margo nahm das Buch zur Hand und blätterte die Seiten durch. Nachdem sie den Heiligen, den sie suchte, nicht finden konnte und sich überzeugt hatte, daß St. Acerinus auch im Index nicht aufgeführt war, ließ sie ihren Blick einige Spalten auf und ab wandern. Erschrocken hielt sie inne. »Hey!« rief sie aus.

»O Gott«, stöhnte Peter, »du hast ihn gefunden.«

»Du bist ein Heiliger!« rief Margo. »Hier, genau da steht dein Name. Sankt Peter Balsam. Was steht da über dich?«

»Ach der«, sagte Peter, »er ist ein sehr früher Heiliger. Drittes Jahrhundert.« Aber sie hörte ihn nicht mehr. Hektisch nahm sie einen anderen Band und suchte nach dem Eintrag mit der Überschrift ›Peter Balsam‹. Er fiel in Schweigen und sah ihr zu, wie sie die Seite las, die dem Heiligen gewidmet war, dessen Namensvetter er war. Als sie fertig war, klappte sie das Buch zu und grinste ihn an.

»Nun«, sagte sie schadenfroh, »das löst es.«

»Löst was?«

»Dein Problem. Du wirst nirgends hingehen, Peter Balsam. Du wirst schön hier in Neilsville bleiben.« Plötzlich wurde ihre Stimme ernst. »Sankt Peter Balsam hat sich nicht unterkriegen lassen und ist auch nicht davongelaufen. Er ließ sich nicht von seiner Überzeugung abbringen und stand auf, wenn es um das Recht ging.«

Balsam lächelte gequält. »Und schau mal, was mit ihm passiert ist.«

»Natürlich ist er gestorben, aber das ist lange her.«

»So?« sagte Peter. »Wenn ich mich mit Monsignore unterhalte, scheint nichts lange her zu sein.«

Aber er wußte, daß sie recht hatte. Er wollte in Neilsville bleiben, so lange er konnte. Er hatte das Gefühl, daß seine Schüler ihn brauchten. Und dann war da auch noch Margo. Auch sie brauchte ihn. Oder brauchte er sie? Darüber wollte er sich nicht den Kopf zerbrechen. Statt dessen machte er noch eine Flasche Wein auf.

»Auf Sankt Peter Balsam!« sagte er und hob sein Glas.

In dieser Nacht ging Margo nicht nach Hause.

10

Der Rest der Woche verging langsam. Es hatte fast den Anschein, als ob Neilsville auf ein Zeichen wartete, das das Ende der Krise ankündigte. Aber es gab kein Zeichen. Man beschäftigte sich sehr viel mit Judy Nelson.

Bis Samstag waren Judys engste Freundinnen, Penny Anderson, Karen Morton und Janet Conally, bei ihr zu Besuch gewesen, zuerst nur einzeln, dann alle zusammen. Sie hatten sich überzeugen können, daß sie nicht im Sterben lag; ganz im Gegenteil, sie schien prächtig in Form zu sein – so erkundigte sie sich bei ihnen nach dem Unterricht, wollte wissen, was sie an Arbeit versäumte, und ließ sich von ihnen das Versprechen geben, sie über alle Vorgänge der für Samstag angesetzten Party zu informieren, an der sie nun nicht teilnehmen konnte.

Das eigentliche Thema, über das alle ihre Freundinnen mit ihr reden wollten, wurde sorgfältig vermieden. Niemand wollte die erste sein, die es zur Sprache brachte, und von sich aus erwähnte Judy es mit keiner Silbe. Aber die Bandagen an ihren Handgelenken spielten es für alle sichtbar in den Vordergrund.

Seit diesem ersten Tag hatte sich Balsam dazu entschlossen, keine weitere Bemerkung mehr über Judys Selbstmordversuch zu machen. Er sagte sich, daß es fürs erste besser wäre, das Thema ruhen zu lassen. Er war überzeugt, daß er seinen Standpunkt in den wenigen Minuten vor des Monsignore plötzlichem Erscheinen klar gemacht hatte. Balsam behielt die Klasse sorgfältig im Auge, besonders aber Judys Freundinnen. Seine Absicht war es, privat mit ihnen zu reden, falls eine von ihnen durch den Vorfall zu sehr beunruhigt war. Aber sie schienen alle wohlauf. Er sah Margo jetzt jeden Abend, und das half. Vernon hatte ihre stürmische Sitzung zu Wochenbeginn offensichtlich vergessen, denn er behandelte Balsam genau wie schon am Anfang, mit formeller Herzlichkeit, die einen gewissen Respekt schaffte, aber keine Wärme.

Harriet Morton, die Mutter von Karen, hatte überlegt, die Party ihrer Tochter zu streichen, aber nachdem sie sich mit Leona Anderson beraten hatte, beschloß sie, alles wie geplant stattfinden zu lassen. Schließlich kamen ja nur die Mädchen, und sie konnten ein wenig Zerstreuung ganz gut gebrauchen. Sie und Leona fanden, daß man mit einer Absage der Party nur noch mehr Aufmerksamkeit auf eine Angelegenheit lenken würde, die man ohnehin am besten vergaß. Jetzt sah sie ungeduldig zur Uhr.

»Karen?« rief sie nach oben. Sie langte in ihre Handtasche und angelte nach ihren Schlüsseln, dabei behielt sie die Treppe im Auge und wartete darauf, daß ihre Tochter kam. Sie hörte, daß Karen oben herumging und rief noch einmal. »Karen! Ich muß jetzt gehen. Kommst du runter?«

»Ich bin schon unterwegs«, rief Karen und erschien gleich darauf an der Treppe.

»Ist denn schon alles für die Party vorbereitet?« fragte Harriet besorgt.

Karen zuckte die Schultern.

»Noch nicht. Penny kommt früher und will mir helfen. Darf ich das Punschgefäß benutzen?«

Harriet seufzte. »Aber du solltest es vorher noch einmal abspülen.«

Karen machte ein Gesicht, grad so, als ob sie die Vorstellung, das Glas abspülen zu müssen, davor abhielt, es zu verwenden. »Dann wasch es eben *nicht* ab«, sagte Harriet, »ihr werdet alle eine Staubvergiftung kriegen, falls es so etwas gibt.« Die beiden lachten, und

Harriet merkte mit einem Male, wie sehr sie ihre Tochter liebte. Sie drückte Karen schnell, gab ihr einen Kuß und ging zur Tür hinaus. »Vergnügt euch schön«, rief sie über ihre Schulter zurück, »und ich sehe euch alle ja nachher.«

»Bis dahin ist alles schon vorbei«, sagte Karen und winkte. Hoffentlich, dachte sie mit einem Anflug von schlechtem Gewissen. Nicht auszudenken, was passierte, wenn ihre Mutter nach Hause käme und die Jungs hier sehen würde. Sie machte hinter ihrer Mutter die Tür zu und ging nach oben, um weiter an dem Kleid zu arbeiten, das eigentlich Judy an diesem Abend tragen wollte. Nur noch ein paar kleine Änderungen, und es würde Karen perfekt passen.

Eine Stunde später, sie hatte gerade das letzte Ende Faden abgebissen, hörte Karen die Glocke. »Es ist offen«, rief sie nach unten, und einen Augenblick danach hörte sie Pennys Stimme.

»Hallo! Bist du oben?«

»Ja, komm doch rauf! Ich bin gerade mit meinem Kleid für heute abend fertig geworden, und du kannst mir gleich sagen, wie es mir steht.«

Eine Minute später erschien Penny in der Tür. Beim Anblick des schwarzen Kleides, das Karen ihr stolz entgegenhielt, blieb ihr fast die Luft weg.

»Wo hast du es her?« Penny rang nach Luft. »Es ist wunderschön. Aber es muß ein Vermögen gekostet haben.«

»Ehrlich gesagt, es gehört Judy«, erklärte Karen. »Eigentlich durfte sie es nicht kaufen, aber wir haben es hier gebunkert, damit ihre Mutter es nicht rauskriegt. Sie wollte es am Montag zurückbringen, und ich...« Sie zögerte, platzte dann aber mit der Wahrheit heraus. »Ich habe es an den Hüften ein bißchen enger gemacht, nach allem wird sie es ja nun gar nicht mehr tragen. Glaubst du, daß die in dem Geschäft das merken werden?« Sie hielt Penny das Kleid zu einer näheren Prüfung hin. Penny sah sich die Nähte kritisch an. »Wenn sie es nicht zu genau anschauen«, fand sie. »Die neuen Nähte sind perfekt. Natürlich läßt sich noch sehen, wo die alten waren. Aber weshalb sollten die überhaupt nachschauen? Zieh es an.«

Karen schlüpfte in das Kleid und führte es Penny vor.

»Großartig«, sagte Penny. »Wirklich sexy. Ich wünschte, ich hätte eine Figur wie du.«

»Sei froh, daß du sie nicht hast«, sagte Karen. »Nichts paßt mir wirklich, und ich sehe immer aus wie so ein...« Sie würgte den Satz ab, weil sie das Wort ›Tramp‹ nicht aussprechen wollte.

»Aber doch nicht in diesem Kleid!« versicherte ihr Penny. »Und weißt du was? Ich wette, wenn du das Make-up wieder abschminkst und dein Haar offen trägst, wirst du ganz großartig aussehen.«

Zusammen fingen nun die beiden Mädchen an, mit Karens Gesicht und Haar zu experimentieren. Eine halbe Stunde später besahen sie sich das Ergebnis im Spiegel, und Penny kicherte los. »Weißt du was? Du siehst genau so aus, wie Judy schon immer aussehen wollte. Wenn sie dich in dem Kleid sehen könnte, würde sie sterben.« Dann merkte sie, was sie da gesagt hatte, und die zwei Mädchen sahen einander an.

»Was glaubst du, warum sie es getan hat?« fragte Karen. »Hast du sie gefragt?«

Penny schüttelte den Kopf. »Ich glaube, ich will es gar nicht wissen. Wenn du mich fragst, es ist schaurig. Und es muß wie verrückt weh getan haben.«

»Ich weiß nicht«, grübelte Karen, »ich kann mir vorstellen, wenn es dir so schlecht geht, daß du am liebsten sterben möchtest, ist dir das egal.«

Penny schüttelte sich ein wenig. »Ich glaube nicht, daß ich es tun könnte. Ich würde die Schmerzen nicht aushalten.« Dann lächelte sie. »Aber die Behandlung, die Judy jetzt bekommt, könnte ich gut aushalten. Alles, was sie macht, ist im Bett zu liegen, dabei wird sie von vorn bis hinten bedient und sieht den ganzen Tag lang fern.«

»Ja«, sagte Karen leise, »aber stell dir vor, sie wäre gestorben. Was glaubst du, wie das wäre?«

»Denkst du niemals daran?« fragte Penny. »Ich denke immer daran. Manchmal macht es mir Spaß, mir meine eigene Beerdigung vorzustellen.«

Der Gedanke war Karen noch nie gekommen. Jetzt hatte sie ein Bild vor Augen. »Das könnte ganz nett sein«, sagte sie. »Ich denke, ich hätte gern eine kleine Beerdigung. Nur mit dir, Janet, Judy und meiner Mutter. Und mit Jim, natürlich. Es wäre zu schrecklich für ihn, und er würde sich wahrscheinlich auf meinen Sarg stürzen.« Die Vorstellung gefiel ihr – ein am Boden zerstörter Jim Mulvey, sein Leben für immer vertan, durch den viel zu frühen Tod des Mädchens, das er zu heiraten gehofft hatte, hingestreckt auf dem Sarg, hemmungslos über seinen Verlust weinend.

»Meine Beerdigung wäre viel würdiger«, sagte Penny. »Selbstverständlich wären alle da, und es gäbe massenhaft Blumen. Und meine Eltern wären in der ersten Reihe. Ich glaube nicht, daß sie weinen würden. Im Gegenteil, sie würden sich gegenseitig helfen, alles zu überstehen. Du kennst ja meine Mutter; sie würde versuchen, sich an die Devise zu halten, daß das Leben weitergeht, aber innerlich wäre sie natürlich ein Wrack. Und Daddy würde es umbringen, auch wenn er es sich nicht anmerken ließe. Wahrscheinlich wären auch sie innerhalb eines Jahres tot. Für was sollten sie nach alldem auch weiterleben?« Dann, als das Bild ihrer Eltern, die sich in unausgesprochenem Kummer aufzehrten, verschwand, gluckste Penny.

»Kannst du dir Marilyn Cranes Beerdigung vorstellen?« kicherte sie. »Drei welke Rosen, und alle wären da, um sicherzugehen, daß sie auch tot ist.«

»Wen würde das schon kümmern, wenn sie tot wäre?« sagte Karen schnippisch. Sie begann das schwarze Kleid auszuziehen. »Wir fangen besser an, sonst werden wir nie fertig, bis alle da sind.« Sorgfältig hängte sie das Kleid auf und zog ein Paar Jeans an. »Komm«, sagte sie, »du kannst mir beim Abspülen des Punschglases helfen.«

Anderthalb Stunden später war die Party voll im Gange, obwohl bis jetzt noch keiner der Jungen eingetroffen war. Und während Karen und Penny darüber witzelten, das Punschgefäß zerkratzt zu haben (hatten sie nicht), ging die Haustür auf, und Janet Conally kam herein. Zusammen mit Jeff Bremmer.

»Jeff hat mir heute nachmittag bei einer wissenschaftlichen Ausarbeitung geholfen, da habe ich ihn gleich eingeladen, mitzukommen«, erklärte Janet. Jeff sah sich im Raum um und stellte fest, daß er das einzige männliche Wesen war, soweit er das sehen konnte.

»Ich weiß nicht«, sagte er unsicher, »vielleicht hätte ich nicht kommen sollen.«

»Sei nicht kindisch«, sagte Penny, »alle anderen kommen auch. Einer mußte der erste sein. Du darfst aber niemandem sagen, daß du hier warst. Karens Mutter glaubt nämlich, daß dies eine Kükenparty ist.«

Jetzt war Jeff wirklich entnervt. »Ich denke, ich gehe besser«, sagte er. Aber einen Augenblick später fuhr ein Auto vor dem Haus vor, und Jim Mulvey und Lyle Crandall erschienen an der Tür. Plötzlich gefiel Jeff die Party schon besser.

»Hey, hey«, sagte Jim Mulvey und pfiff Karen nach, »das nenn ich ein Kleid.«

»Gefällt es dir? Es ist das Kleid, das Judy heute abend tragen wollte.«

»Steht dir viel besser«, bestätigte Jim. Dann zwinkerte er ihr zu. »Ich habe hier ein paar Biere. Darf ich sie in den Kühlschrank stellen?« Als Karen unsicher dreinschaute, faßte er nach ihr und kniff sie in die Hüften.

»Komm schon«, sagte er, »es ist doch nur ein kleines Bier. Wir Jungs werden schnell durstig.« Er zog eine Dose ›Olympia‹ hervor und hielt sie in Lyle Crandalls Richtung. »Wie wär's mit einem, Crandall?«

»Gut«, sagte Lyle, »und gib mir auch eins für Jeff. Jim Mulvey warf ihm noch eine Dose zu, und Lyle öffnete beide. »Probier mal diese Größe, Jeff«, sagte er und reichte ihm die Dose.

Jeff erwog die Möglichkeit, sie zurückzugeben. Dann überlegte er sich's anders. Er hielt die Dose an die Lippen, und die bittere Flüssigkeit schockte ihn. Als die beiden anderen Jungen über ihn lachten, lief er tiefrot an.

»Und was war bis jetzt los?« fragte Jim Mulvey in die Runde und zog dabei den Ringverschluß seiner Bierdose auf.

»Wir haben über Judy Nelson gesprochen«, sagte eine Stimme aus dem Hintergrund, »und über Selbstmord im allgemeinen.«

Eine Lachsalve ging durch den Raum. Judy Nelson war zum Gegenstand geschmackloser Witze geworden.

»Vor Jahren hat sich der Kerl von nebenan umgebracht«, warf Lyle Crandall ein.

»Du scherzt«, sagte Jim, »wer war das?«

»Ich weiß nicht mehr, wie sie hießen. Seine Frau ist gleich nachdem es passiert war weggezogen.«

»Wie hat er es gemacht?«

Lyle lachte und begann zu erzählen, aber Janet Conally schnitt ihm das Wort ab.

»Uaah«, sagte sie schaudernd, »das ist ja furchtbar. Laßt uns von etwas anderem reden.«

»Ich finde das interessant«, grinste Jim Mulvey. »Wenn du dich umbringen wolltest, wie würdest du es machen?«

Plötzlich sprachen alle darüber, was die beste Methode sei, um Selbstmord zu begehen. Man beschloß, daß Tabletten am besten geeignet wären, dann folgte Selbstmord durch Gas. Die eher schmerzhaften Methoden wurden als entweder zu grausam oder zu schmutzig verworfen. Als sie das Thema erschöpfend besprochen hatten, wandten sie sich der Frage zu, wer in ihren Klassen zu den wahrscheinlichsten Kandidaten für einen Selbstmord zählte. Niemand erwähnte einen der Anwesenden. Wenn jemand eine derartige Bemerkung fallenließ, ging niemand darauf ein. Als sie damit durch waren, einigten sie sich darauf, daß, wenn überhaupt jemand von St. Francis Xavier sich umbringen sollte, Marilyn Crane diejenige sei. Oder, wie Jim Mulvey es ausdrückte: »Sie sollte sich selbst einen Gefallen erweisen.« Alle lachten, und irgendeiner schlug vor, daß Marilyn sogar eine neue Methode erfinden könnte. – Sie könnte sich zu Tode langweilen. Auch darüber lachten alle, mit Ausnahme von Jeff. Es tat ihm leid um Marilyn, und er fand, daß er einen Fehler gemacht hatte, auf diese Party zu gehen. Er kämpfte mit sich, ob er gehen solle, aber schließlich ging er zum Kühlschrank und genehmigte sich noch ein Bier. Als er es zur Hälfte getrunken hatte, fühlte er sich schon viel besser.

Kurz vor neun Uhr klingelte das Telefon. Karen bat, mit den Armen gestikulierend, um Ruhe, bevor sie den Hörer abnahm. Nachdem sie kurz ins Telefon gesprochen hatte, winkte sie in die Runde. »Es ist alles in Ordnung«, rief sie. »Es ist Judy.« Dann nahm die Party wieder ihren Lauf, und Karen schwatzte mit Judy. Als sie endlich aufhängte, winkte sie erneut, bis sie aller Aufmerksamkeit auf sich gelenkt hatte.

»Judy hat eine wunderbare Idee«, sagte sie. Dann erklärte sie Judys Idee.

Genau um neun Uhr klingelte das Telefon im Hause der Cranes. Geraldine Crane nahm ab und war angenehm überrascht, daß eine Stimme nach Marilyn fragte.

»Für mich?« sagte Marilyn neugierig und kam ins Zimmer. »Wer ist es?«

»Keine Ahnung.« Geraldine hob die Schultern. Sie reichte Marilyn das Telefon und ließ sich wieder in dem Sessel nieder, den sie verlassen hatte, als der Apparat geklingelt hatte. Sie nahm das Buch, in dem sie gelesen hatte, zur Hand, schlug es aber nicht auf. Statt dessen lauschte sie Marilyns Part der Konversation.

»Ich glaube nicht«, sagte Marilyn, »es wird furchtbar spät, und ich bleibe besser zu Hause.« Es entstand ein kurzes Schweigen, dann: »Nein, ehrlich – ich fühle mich nicht wohl. Trotzdem danke.« Sie legte den Hörer wieder auf und wollte aus dem Zimmer gehen.

»Wer war das, Liebes?« fragte ihre Mutter.

»Niemand.«

»Sei nicht albern. Es war jemand. Wer war es?«

»Karen Morton«, sagte Marilyn. Sie unternahm einen neuen Versuch, aus dem Zimmer zu gehen, scheiterte aber wieder an ihrer Mutter.

»Und was wollte sie?«

»Nichts.«

»Marilyn, sie muß doch etwas gewollt haben. Es klang so, als ob sie wollte, daß du irgendwohin kommst. Wohin?«

»In ihr Haus.«

»Wirklich?« Geraldine war freudig erregt. Marilyn wurde selten eingeladen und fast nie von Leuten in ihrem Alter, außer von dem netten Jeff Bremmer. »Wofür?«

»Sie sagt, sie feiern eine Party, eine ›Komm-wie-du-bist‹-Party. Sie wollen, daß ich komme.«

»Also das klingt ja toll«, sagte Geraldine begeistert. Sie erinnerte, sich, daß sie vor Jahren selbst auf solche Partys gegangen war, und es viel Spaß gemacht hatte. Man war in den ulkigsten Aufzügen erschienen.

»Nun, ich gehe nicht hin«, sagte Marilyn ruhig.

Geraldine wollte den Stier bei den Hörnern packen. Es wurde langsam Zeit, daß Marilyn sich mit den anderen Kindern zusammentat, fand sie. »Selbstverständlich gehst du hin«, sagte sie, »warum um alles in der Welt denn nicht?«

»Es ist schon spät«, sagte Marilyn. »Es ist neun Uhr, und ich wollte morgen zur Frühmesse gehen...«

»Du kannst doch auch in eine spätere gehen und dich ausschlafen«, entgegnete Geraldine.

»Aber Mutter, sieh mich an, wie ich aussehe.«

»Das macht die ›Komm-wie-du-bist‹-Partys ja so lustig«, sagte Geraldine, schärfer als sie das eigentlich wollte. »Jetzt zieh dir einen Mantel über, und ich fahre dich schnell zu Karen rüber.«

Marilyn sah sich im Spiegel an. Sie war gerade dabeigewesen, mit einem Buch zu Bett zu gehen. Sie trug ein Flanellnachthemd und einen alten rosa Bademantel, den sie gegen ihren Willen zur Kommunion bekommen hatte. In ihr Haar hatte sie Lockenwickler gedreht, und ihr Gesicht war dick mit Nachtcreme beschmiert.

»Ich will nicht gehen«, beharrte sie. Aber Geraldine war unerbittlich. Sie bügelte Marilyns Einwände nieder und packte sie ins Auto.

Fünf Minuten später wurde Marilyn vor dem Haus der Mortons

abgesetzt, ein Mantel bedeckte den Bademantel, und an den Füßen trug sie Pantoffeln. Ohne ihrer Tochter Zeit für weitere Einwände zu lassen, fuhr Geraldine Crane ab. Sie war sicher, daß ihr Fräulein Tochter, das häßliche Entlein, endlich in die Herde aufgenommen würde. Marilyn, die sicher war, daß die Herde ihr nur eins auswischen wollte, ging langsam den Eingang hinauf. Das Haus erschien dunkel, verdächtig ruhig. Sie streckte ihre Hand aus und drückte zögernd auf die Klingel.

Es war Samstag abend, halb elf. Marriet Morton sah sich in dem Speisesaal um, in dem sie zusammen mit einer weiteren Kellnerin schon den ganzen Abend ohne viel Arbeit zugebracht hatte. Nur zwei Tische waren besetzt, und beide lagen im Bereich des anderen Mädchens. Irgend etwas quälte sie. Sie hatte so ein Gefühl, daß sie besser zu Hause wäre. Sie sah zur Uhr, da hörte sie die Stimme der anderen Kellnerin hinter sich. »Das nenne ich eine Nacht!« sagte Millie. »Du bist schon den ganzen Abend lang so nervös wie eine Katze gewesen, und es sieht nicht so aus, als ob ich das nicht alleine schaffe.« Es war ein verlockendes Angebot, aber Harriet mußte an die Trinkgelder denken, die ihr entgehen könnten. Millie konnte ihre Gedanken lesen. »Ich sag' dir, was ich tun werde. Sobald ich es mir erlauben kann, schmeiß' ich dich raus, und wir werden alle Trinkgelder teilen, die in deiner Abteilung von jetzt an bis zum Schluß anfallen. Wenn wir Glück haben, könnten das zwölfeinhalb Cents für jeden werden. Geh nach Hause, wenn du willst. Ich seh' dir doch an, daß dich irgend etwas bedrückt.«

»Es ist wahrscheinlich albern«, entgegnete Harriet. »Es ist nur, daß Karen heute eine Party gibt, und es ist das erste Mal, daß ich ihr das erlaubt habe, obwohl ich nicht zu Hause bin.«

»Angst, daß eine Orgie daraus wird?« grinste Millie.

»Ach was, laß die Scherze. Mit dem Pöbel komm' ich schon klar.« Sie blickte mürrisch zu den zwei einsamen Gästen hinüber, die gelangweilt in dem Gemisch von Kartoffeln mit Bratensoße, was als ›Gutbürgerliche Küche‹ bezeichnet wurde, herumstocherten.

Fünf Minuten später saß Harriet in ihrem Wagen, und zehn Minuten danach fuhr sie die Auffahrt hoch. Dem äußeren Anschein nach schien die Party vorbei zu sein – das Haus lag im Dunkeln. Aber dann, als sie die Autotür schloß, hörte sie die Musik. Leise Musik, nicht die laute Rockmusik, die sie erwartet hatte.

Die Haustür war nicht verschlossen. Als sie die Lichter anknipste, hörte sie die Geräusche einer Balgerei im Wohnzimmer. Da waren sie also.

Harriet sah sich die Teenager an, die mit schuldbewußten Mienen im Wohnzimmer herumstanden und so zu tun versuchten, als seien sie nicht bei etwas Verbotenem erwischt worden – nur daß ihre Kleidung verrutscht war, und die Schminke der Mädchen sich auf sonderbare Weise auf die Gesichter der Jungens übertragen hatte. Nun, eines Tages mußte das wohl kommen, sagte sich Harriet. Sie *werden* erwachsen. Sie riß sich zusammen, um ihnen die Lektion zu erteilen, die auch ihr Mann ihnen erteilt hätte, würde er noch leben. Von allen Kindern sah ausgerechnet ihre Tochter sie mit dem größten Groll an. Die anderen sahen ziemlich verschämt drein; Karen jedoch war wütend. Harriet war gar nicht klar, daß sich Karens Zorn weniger gegen Harriet richtete, Karen hatte vielmehr Angst davor, was die anderen sagten, daß jetzt alles vorbei war. Karen sah ihre Felle davonschwimmen. Sie hatte immer gesagt, daß ihre Mutter ihr alles erlaubte, was sie wollte. Jetzt kam die Wahrheit ans Licht. Harriet Morton war genauso streng wie alle anderen Mütter in Neilsville.

Karen flüsterte etwas in Jim Mulveys Ohr. »Wir schleichen uns davon, wenn das hier alles vorbei ist«, sagte sie leise, »dann können wir das, was wir gerade angefangen haben, zu Ende bringen.« Jim wurde es plötzlich eng in der Leistengegend. Sollte es wirklich passieren? Mit einem Mal hatte er ein bißchen Angst.

Peter Balsam steuerte Margos Wagen in ihre Einfahrt und hielt an. Er drehte sich zu ihr und lächelte sie an.

»Kommst du noch mit rein auf einen Gute-Nacht-Drink?« fragte Margo. Balsam schüttelte den Kopf. Er wollte die Einladung annehmen, sie in die Arme nehmen, aber irgend etwas hielt ihn zurück.

»Heute abend nicht«, sagte er und wich ihrem gekränkten Blick aus. »Ich muß noch einiges lesen.« Und weiter: »Macht es dir wirklich nichts aus, wenn ich deinen Wagen nehme?« Margo lächelte. »Nicht, wenn du ihn mir morgen früh zurückbringst. Und für mich ist das beste Mittel, dich morgen garantiert zu sehen, dir mein Auto zu leihen. Schließlich halte ich dich ja nicht für einen Autodieb.«

Sie küßte ihn flüchtig und stieg dann aus. »Bis morgen früh also. Soll ich ein kleines Frühstück vorbereiten?«

»Das wäre großartig«, sagte Peter. »Und Margo, danke, daß du mich begleitet hast.«

Sie grinste ihn an. »Ich war nur besorgt um mein Auto. Das nächste Mal, wenn du wieder nach Seattle fährst, kannst du alleine fahren, mir ist der Weg zu lang.« Sie winkte ihm zu und verschwand in ihrem Haus. Gleich darauf hörte sie den Wagen starten und rückwärts aus der Einfahrt fahren. Fünf Minuten später lag Margo Henderson im Bett.

Balsam fuhr langsam durch die Seitenstraßen von Neilsville. Er wollte nicht mit Margos Wagen gesehen werden. Er hatte die Vermutung, daß es bereits eine Menge Klatsch gab, und er wollte nicht noch Öl in dieses Feuer gießen. Er war nur noch fünf Häuserblocks von zu Hause entfernt und fing an, sich von der Reise zu erholen, als er die Gestalt verloren an der Bordsteinkante sitzen sah. Als er etwa auf gleicher Höhe mit der eigenartigen Erscheinung war, sah ein Gesicht zu ihm auf, und er erkannte Marilyn Crane. Er stieg auf die Bremse und brachte den Wagen derartig abrupt zum Stehen, daß die Bücher, die sorgfältig gestapelt auf dem Rücksitz lagen, zu Boden stürzten. Peter Balsam setzte den Wagen zurück und kurbelte das Fenster herunter.

»Marilyn?« rief er. »Bist du es, Marilyn?«

Sie wollte schon weggehen, in der Hoffnung, im Schatten zu verschwinden, als sie seine Stimme erkannte. Verunsichert wandte sie sich um, und Peter konnte sehen, daß sie geweint hatte. Sie besah sich den Wagen, als ob sie sich nicht sicher wäre, ob sie näher kommen oder weglaufen sollte. Peter öffnete die Tür und stieg aus. Er ging um den Wagen herum. »Marilyn? Ich bin es, Balsam. Was fehlt dir? Was ist los, daß du im Bademantel herumrennst?«

»Mir geht es gut«, sagte sie, was aber offensichtlich nicht stimmte. Dann erinnerte sie sich an den Tag, als sie zusammen von der Kirche in die Stadt gegangen waren, und wie Mr. Balsam sie zu verstehen schien. Mit einem Mal begannen ihre Tränen wieder zu fließen. »Nein, es geht mir gar nicht gut. Ich fühle mich schrecklich, wenn Sie es genau wissen wollen. Darf ich in Ihr Auto kommen?«

»Aber selbstverständlich darfst du!« Instinktiv faßte er nach ihrem Arm und half ihr in den Wagen. Bis er die Tür fest hinter ihr zugemacht hatte, schluchzte sie auch schon unkontrolliert los. Er eilte hinüber auf die Fahrerseite. Und parkte dann den Wagen, anstatt loszufahren, näher am Bürgersteig, und stellte den Motor ab. Er wollte das unglückliche Mädchen berühren, und sie griff nach seiner Hand.

»Was ist los, Marilyn?« sagte er leise. »Kannst du es mir nicht sagen?«

»Es – es war schrecklich«, sagte sie. »Sie waren alle so gemein.« Flehend sah sie zu ihm hinüber. »Warum sind sie alle so gemein?«

»Ich weiß es nicht«, sagte Peter freundlich. »Warum fängst du nicht von vorne an?«

Marilyn nickte tapfer und bemühte sich nach Kräften, den plötzlichen Weinkrampf, der sie überwältigt hatte, unter Kontrolle zu bekommen, während sie Peter Balsam erzählte, was ihr an diesem Abend widerfahren war.

»Es war schrecklich, Mr. Balsam«, sagte sie und durchlitt dabei ihre Erfahrungen noch einmal. »Ich stand da und klingelte, und ich wußte, daß es sich um einen ganz üblen Scherz handelte, und ich wartete, aber niemand öffnete die Tür. Und dann, als ich gerade gehen wollte, kam Mutter vorbeigefahren, so blieb mir keine andere Wahl. Ich klingelte also noch mal, und da konnte ich sie drinnen hören. Alle kicherten sie, und ich wußte, daß sie über mich lachten. Schließlich öffnete Karen die Tür und bat mich, hereinzukommen. Ich wollte auf der Stelle abhauen, aber ich hoffte – nun, ich hoffte, daß es vielleicht doch kein Scherz war, sondern nur Karen sich so angezogen hatte, so daß *jeder* so aussah wie ich, und sie die einzige wäre, die gut aussah. Also ging ich hinein. Und sie alle warteten auf mich. Alle – Penny und Janet, und Lyle und Jeff – einfach alle. Da stand ich nun. Und sie lachten mich aus. Ich hatte versucht, Mutter davon zu überzeugen – ich wußte, daß es so kommen würde!« Sie begann wieder zu weinen, und Peter ließ sie weinen, er wußte zu genau, daß nichts, was er sagte, ihr die Demütigung abnehmen konnte. Er ließ sie sie wegweinen. Und als ihr Schluchzen langsam ruhiger wurde, drückte er ihre Hand.

»Möchtest du, daß ich dich nach Hause bringe?« sagte er leise. Marilyn schien erschrocken.

»Nein«, sagte sie, »noch nicht. Ich kann noch nicht nach Hause kommen. Mutter wäre wütend auf mich. Sie würde behaupten, ich sei zu empfindlich und ich hätte einfach auch loslachen sollen, mit allen anderen, um dann zu bleiben und mir einen schönen Abend zu machen.«

»Vielleicht hättest du das tun sollen«, schlug Peter freundlich vor.

»Aber ich konnte das nicht. Verstehen Sie das nicht? Sie haben mich nicht eingeladen, weil sie mich wollten. Sie haben mich nur eingeladen, damit sie etwas zum Lachen haben. Als der Spaß erst mal vorbei war, wollten sie nicht, daß ich dableibe. O Gott, ich wollte sterben. Es war so schrecklich!«

»Ich mach' dir einen Vorschlag«, sagte Balsam. »Laß uns doch irgendwohin gehen und ich spendiere dir eine Cola.«

Voller Hoffnung sah sie ihn an, doch dann fiel ihr Gesicht vor Enttäuschung zusammen. »In dem Aufzug? So wie ich aussehe, kann ich nirgendwo hingehen.«

Balsam konnte nicht anders, er mußte sie angrinsen, und doch war er vorsichtig genug, nicht zu lachen.

»Dir ist es doch immerhin gelungen, in dem Aufzug hierher zu kommen, oder?«

»Das war etwas anderes. Ich mußte einfach weg.«

»Wie lange ist das schon her?«

Gleichgültig zuckte sie mit den Schultern. »Keine Ahnung. Eine halbe Stunde. Vielleicht eine Stunde.«

»Du willst mir doch nicht etwa sagen, daß du schon eine Stunde lang so herumläufst?« Sie nickte. »Und du willst noch nicht nach Hause gehen?« Sie schüttelte den Kopf. »Nun gut, dann laß uns zu einem Drive-in fahren, und während ich uns Coca-Cola besorge, kannst du im Wagen bleiben. Wie klingt das?«

Sie sah ihn dankbar an. »Wäre das möglich?« flehte sie ihn an. »Ich möchte nur nicht, daß Mutter herauskriegt, was passiert ist. Sie würde überhaupt nichts verstehen und nur auf mich losgehen und mir vorwerfen, daß ich alles falsch mache.«

»Ist schon in Ordnung«, versicherte ihr Balsam. Er ließ den Wagen an und fuhr ihn wenige Minuten später in die hinterste Ecke des Parkplatzes bei ›A & W‹. Er ging hinein, und während er zwei Cokes kaufte, fühlte er die neugierigen Blicke. Als er zum Auto zurückkehrte, hatte sich Marilyn spürbar beruhigt.

»Sie wissen nicht, wie das ist«, sagte sie und schlürfte dabei an ihrer Cola.

»Woher willst du das wissen?« sagte Peter. »Du bist nicht die einzige, die je von so etwas verfolgt wurde.« Dann fing er an, eine Geschichte aus seiner eigenen Vergangenheit zu erfinden, in der auch er so lächerlich dastand, wie es Marilyn an diesem Abend passiert war. Er sagte sich, daß es gar nicht darauf ankam, daß die Geschichte nicht wahr war. Es kam vielmehr darauf an, daß Marilyn verstand, daß sie nicht der einzige Mensch war, der jemals öffentlich gedemütigt wurde. Schweigend hörte sie ihm zu. Als er fertig war, zeigte sich in ihren Mundwinkeln der winzige Anflug eines Lächelns.

»Diese Geschichte ist nicht wahr, oder?«

»Nein«, gab Balsam zu. »Sie könnte aber wahr sein, aber die Geschichten, die wahr sind, schmerzen noch zu stark, als daß man darüber reden könnte.« Er dachte an seine Frau, Linda, und den anderen Mann. Den Mann, mit dem er sie erwischt hatte. Das, fand er, war eine Erniedrigung. Aber davon konnte er Marilyn nicht erzählen.

»Wie soll's jetzt weitergehen?« fragte sie ihn unvermittelt. »Ich meine, wie kann ich ihnen am Montag in der Schule gegenübertreten?«

»Mach dir darüber mal keine Sorgen«, sagte Balsam, »verhalt dich einfach so, als ob nichts geschehen wäre, und ich möchte wetten, daß nicht einer den Vorfall überhaupt erwähnt. Und hör gut zu, in meiner Stunde am Montag. Ich glaube, ich werde eine besondere Vorlesung halten – ein kleines Gespräch über Leute, die sich gut fühlen, indem sie anderen Leuten übel mitspielen. Es werden natürlich keine Namen genannt. Und sei nicht überrascht, wenn ich so tue, als ob es dich gar nicht gäbe. Ich möchte nicht, daß irgend jemand glaubt, du und ich hätten etwas im voraus geplant.«

Das half. Jetzt lächelte Marilyn ihn an, und die Tränen waren wie weggewischt.

»Ich danke Ihnen, daß Sie mich heute abend gefunden haben«, sagte sie leise. »Ich glaube, Sie sind der einzige Mensch auf der Welt, den ich heute nacht zum Reden brauchte.« Sie reichte ihm ihren leeren Pappbecher, und Balsam stieg aus dem Auto, um ihn, zusammen mit dem seinen, wegzuwerfen. Dann fuhr er sie nach Hause. Es herrschte friedliches Schweigen.

»Marilyn?« rief ihre Mutter aus dem Wohnzimmer, als diese die Haustür hinter sich zumachte. »Wie war die Party?«

»Schön, Mutter«, antwortete Marilyn. Sie sah keinen Grund, sich durch einen Vortrag ihrer Mutter ihre gute Stimmung kaputtmachen zu lassen.

»Wer hat dich nach Hause gebracht?«

Bevor sie noch überlegen konnte, etwas anderes zu sagen, platzte Marilyn mit der Wahrheit heraus.

»Mr. Balsam?« wiederholte Geraldine Crane. »Wieso in aller Welt Mr. Balsam?«

»Er – er kam gerade vorbeigefahren, und sah mich gehen«, sagte

Marilyn; sie bog die Wahrheit ein bißchen zurecht. »Er bot mir an, mitzufahren, und da ich es albern fand, in meinem Aufzug herumzulaufen, nahm ich an.«

Geraldine Crane dachte einen Augenblick darüber nach. Sie war nicht sicher, ob sie es gutheißen sollte. Immerhin, dieser Mann war ja praktisch ein Fremder. »Also, ich wünschte, du würdest so etwas nicht tun«, sagte sie. »Wenn er dir wieder eine Mitfahrt anbietet, schlag es ihm ab.«

»O Mutter«, sagte Marilyn, »um Himmels willen, er ist einer meiner Lehrer.«

»Aber schließlich kennen wir ihn nicht genau, oder?« sagte Marilyn besorgt. »Bevor man es bereut, ist es besser, auf Nummer Sicher zu gehen.«

Aber Marilyn war schon die Treppen hinaufgeschlichen. Sie hörte nicht, was ihre Mutter gesagt hatte.

Leona Anderson überlegte, ob sie Geraldine Crane noch in dieser Nacht anrufen sollte, oder erst am nächsten Morgen, oder überhaupt. Es war ganz schön schockierend gewesen. Zum Glück hatte ihre Bridge-Partie länger gedauert, und sie war zufällig erst dann ins ›A & W‹ gefahren, sonst hätte sie es gar nicht gesehen. Da waren sie also, frech wie Rotz am Ärmel, Mr. Balsam und Marilyn Crane. Und sie auch noch in ihrem Bademantel! Und im Wagen von Margo Henderson. Das war wirklich zuviel des Guten.

Und dann, nach langer Überlegung, beschloß Leona Anderson, in dieser Nacht niemanden mehr anzurufen. Sie wollte bis zum nächsten Morgen warten und es dann in der Kirche Inez Nelson erzählen. Sie beide, Inez und sie, würden beschließen, was zu tun sei.

Peter Balsam sah zur Uhr, als er seine Wohnung betrat. Es war fast Mitternacht. Die lange Fahrt hatte ihn erschöpft, aber er hatte den weiten Weg bis nach Seattle auf sich genommen, nur um an diese Bücher heranzukommen, und jetzt blickten sie ihn an. Er nahm das außergewöhnlichste zur Hand, Henry Leas *Die Inquisition im Mittelalter*.

Er schlug den Index des Buches auf und fuhr mit den Fingern die Spalten entlang. Dann fing er an, das Buch durchzublättern, las mal hier eine Überschrift, mal da eine Seite, und bemühte dann wieder den Index.

Peter Balsam schlief die ganze Nacht nicht. Bis zum Morgengrauen wußte er wesentlich mehr über die Heiligen, die St. Francis Xavier zierten, als noch um Mitternacht. Was er entdeckt hatte, hätte ihn nicht besonders schlafen lassen, auch wenn er zu Bett gegangen wäre. Als die Sonne über Neilsville aufging und die unerträgliche Hitze der letzten Sommertage die Stadt in einen Backofen verwandelte, las Balsam immer noch. Und ab und zu fröstelte ihn wie im Winter.

11

Karen Morton ging den Kirchberg hinauf, allein. Gewöhnlich wartete sie am Sonntagmorgen am Fuß des Hügels, an der Kreuzung Erste/Hauptstraße, auf Penny Anderson, Janet Conally und Judy Nelson. Aber heute morgen würde Judy nicht kommen. Heute morgen hatte Karen nicht den Wunsch, Penny oder Janet zu sehen. Oder überhaupt jemanden. Sie wollte, sie wäre zu Hause, behaglich eingeschlossen in die Sicherheit ihres Schlafzimmers.

Das war kein leichter Morgen für Karen gewesen, und es versprach auch nicht, besser zu werden.

Sie hatte daran gedacht, im Bett zu bleiben und eine Krankheit vorzutäuschen, aber sie hatte schnell eingesehen, daß es erfolglos wäre. Noch bevor sie ihre Mutter gesehen hatte, fühlte sie, daß ihr heute keine Ausreden abgenommen würden. Es blieb ihr nichts anderes übrig, als aufzustehen, sich dem Zorn ihrer Mutter zu stellen und in die Kirche zu gehen. Sie sollte für ihre Sünden büßen müssen. Das war es, was ihr angst machte, denn Karen wußte, daß sie viel zu beichten hatte. Und so war sie, noch früher als gewöhnlich, aufgestanden, hatte sich angezogen und war hinuntergegangen. Es schien nicht sinnvoll, es auch noch zu verzögern.

Ihre Mutter war in der Küche. Sie hatte nicht mit Karen gesprochen, als diese zum Frühstück herunterkam. Sie hatte sie einfach nur angestarrt und sich dann wieder zum Herd umgedreht, wo sie Spiegeleier briet. Endlich, immer noch Karen den Rücken zugewandt, stellte sie die Frage, die Karen nicht hören wollte.

»Um welche Zeit bist du heute nacht nach Hause gekommen?« fragte sie ruhig.

»Ich bin nicht sicher«, wehrte Karen ab.

»Nun, ich aber«, sagte Harriet schnippisch, »es war nach zwei Uhr. Wo bist du die ganze Zeit gewesen?«

»Jim und ich sind ins ›A & W‹ gefahren«, antwortete Karen. Sofort wußte sie, daß sie einen Fehler gemacht hatte.

»So?« Es war eine Anklage, keine Frage. »Ihr wart also wirklich dort? Es muß ja interessant gewesen sein, dort im Dunkeln herumzusitzen. Das ›A & W‹ schließt nämlich um Mitternacht.«

Karen sank in einen Stuhl am Küchentisch und wartete schweigend den Wutausbruch ihrer Mutter ab. Doch er kam nicht. Statt dessen fuhr Harriet Morton schweigend mit der Vorbereitung des Frühstücks fort, stellte schweigend die Teller auf den Tisch und nahm schweigend Platz. Für Karen war dieses Schweigen viel schlimmer als ein lauter Vortrag.

»Es tut mir leid«, flüsterte sie schließlich. Wieder starrte ihre Mutter sie an. Dann, endlich, begann Harriet Morton zu sprechen.

»Ich weiß nicht, was ich sagen soll«, fing sie an, und Karen fühlte, wie sich ihr Magen zusammenzog. Genau mit diesen Worten wollte sie immer Karens Vater herbeischwören. Sie wartete ab.

»Wenn dein Vater noch am Leben wäre«, war Harriet fortgefahren, »könnte ich all den Ärger ihm überlassen. Aber er lebt nicht mehr, und so muß ich mich damit herumschlagen. Aber letzten Endes, glaube ich, sollte ich dir keine Vorwürfe machen. Ich weiß ja, es kann für dich auch nicht leichter sein ohne deinen Vater, als es für mich ist. Aber ich hatte gehofft, du wärst jetzt alt genug, um dir vertrauen zu können. Da habe ich mich offensichtlich getäuscht. Offensichtlich ist alles, was dein Vater und ich dir beizubringen versuchten, zum einen Ohr hinein- und zum anderen wieder hinausgegangen. Nun, ich kann da jetzt auch nichts mehr ändern. Aber es gibt da ein paar Dinge, die ich für die Zukunft tun kann. Das heißt zum ersten, daß es keine Partys mehr geben wird. Da ich unmöglich die Aufsicht dabei führen kann, wirst du keine mehr veranstalten.«

»Für wie lange?« fragte Karen vorsichtig. Sie hatte mit so etwas gerechnet.

»Für wie lange?« hatte Harriet entgegnet und sie dabei erstaunt angesehen. »Nun, natürlich, bis du achtzehn bist. So lange trage ich für dich die Verantwortung.«

Karen hatte geseufzt. »Aber Mutter ...«

»Und selbstverständlich wirst du diesen Jim Mulvey nicht mehr treffen«, fuhr Harriet fort. Sie sah tief in Karens Augen und fügte hinzu: »Es sei denn, daß du heiraten mußt, natürlich. Ich habe die ganze Nacht dafür gebetet, daß das nicht passiert, aber wenn es doch passiert, ist es ein Kreuz, das wir beide werden tragen müssen.«

Karen starrte ihre Mutter voll Bestürzung an, brach dann in Tränen aus und rannte vom Tisch weg. Ihre Mutter fand sie weinend auf ihrem Bett liegend.

»Karen, es ist Zeit für die Kirche«, sagte sie leise.

»Ich gehe nicht«, schluchzte sie in ihr Kissen.

»Natürlich gehst du«, sagte Harriet. »Ist es nicht gerade heute wichtiger denn je zuvor, daß du gehst? Du brauchst die Kirche heute, Karen. So, nun steh auf, zieh dich um und geh los.«

Sie kam allmählich auf dem Hügel der Kathedrale an. Andere Gläubige strebten der St.-Francis-Xavier-Kirche zu. Karen nahm nicht an ihrem Sonntagmorgentratsch teil, und sie war von einer Aura umgeben, die die Leute davon abhielt, sie zu grüßen. Karen Morton war tief in Gedanken versunken.

Sie ging die Treppen hinauf und durch den Eingang. Dann tauchte sie die Finger in das Weihwasserbecken, kniete nieder und ging dann den Säulengang entlang zu der Bank, in der sie und ihre Mutter normalerweise saßen. Hinter ihr flüsterte ihr jemand einen schnellen Gruß zu. Karen erwiderte ihn nicht. Sie sank auf ihre Knie nieder und hob an mit den Gebeten, die sie jeden Sonntagmorgen wiederholte. Dann setzte sie sich auf die Bank und versuchte, sich auf den Gottesdienst zu konzentrieren.

Eine Stunde später, als die Messe zu Ende war, stand sie zögernd auf. Das Schlimmste würde erst noch kommen. Jetzt mußte sie noch zur Beichte gehen. Sie wußte, daß sie nur ablegen wollte, damit sie sich besser fühlte; sie wußte, daß ihre Sünden vergeben würden. Bis zu diesem Morgen *hatte* sie sich nach der Beichte auch besser gefühlt. Aber dieser Morgen war ein besonderer Morgen. An diesem Morgen mußte sie etwas sehr Schweres beichten. Karen riß sich zusammen, verlor beinahe ihre Zweifel, und huschte geschwind in einen der Beichtstühle, die links von der Tür standen. Sie ergriff ihren Rosenkranz, bekreuzigte sich ... »Im Namen des Vaters, des Sohnes und des Heiligen Geistes. Amen«, und kniete nieder.

»Segne mich, Vater, denn ich habe gesündigt«, fing Karen an. »Meine letzte Beichte liegt eine Woche zurück.« Dann stockte sie,

sie wußte nicht, wo sie anfangen sollte. »Ich bin schuldig, weil ich mich der Fleischeslust hingegeben habe«, sagte sie leise. Sie hörte, wie auf der anderen Seite des Holzgitters leise eingeatmet wurde und bekam es sofort mit der Angst.

»Mein Kind, was sind deine Sünden?«

Karen kannte diese Stimme.

Sie hatte sie schon zu lange Jahre in den Fluren der Schule gehört, als daß sie sie nicht erkennen würde, selbst wenn sie so gedämpft klang wie bei der Beichte. Es war Monsignore Vernon.

»Ich – ich...« Karen wollte aus dem engen Beichtstuhl fliehen, hinaus aus der Kirche und den Hügel hinunter. Sie versuchte, ihre Fassung zu gewinnen. Von der anderen Seite des Gitters drängte sie die Stimme des Monsignore zu beginnen.

»Aber es ist nicht leicht...«, stammelte Karen.

»Nichts in dieser Welt ist leicht, mein Kind«, sagte der Priester.

»Aber wir müssen unsere Sünden beichten. Was hast du getan?«

Sie erzählte es ihm. Sie begann ihm alles zu erzählen, was sich während der vergangenen Woche zugetragen hatte. Sie beichtete, hinterlistig gewesen zu sein, und erzählte ihm zuerst, wie sie Judy bei der Sache mit dem Kleid geholfen hatte. Dann fing sie an, ihm von der Party in der letzten Nacht zu erzählen, und davon, daß sie ihre Mutter getäuscht hatte. Sie erzählte ihm, wie sie Marilyn Crane hereingelegt und sie damit verletzt hatte. Und dann erzählte sie ihm von den letzten Stunden der Nacht, als sie und Jim Mulvey im Schutz der Dunkelheit in seinem Wagen saßen.

»Ich habe es zugelassen, daß er mich berührt, Vater«, flüsterte sie. Noch einmal fühlte sie die Hitze zwischen ihren Schenkeln, so wie sie sie in der vergangenen Nacht gefühlt hatte, und eine Flut von Schuldbewußtsein schlug über sie.

»Du hast zugelassen, daß er dich berührt?« fragte der Monsignore. »Wo hast du dich von ihm anfassen lassen?«

»Ich – ich habe nicht...« Karen kam ins Stottern. Dann platzte es heraus. »Ich ließ ihn mich überall berühren.«

Auf der anderen Seite des Holzgitters herrschte lange Schweigen. Dann sprach der Monsignore wieder.

»Was genau meinst du mit überall?«

Karen wurde in der Dämmrigkeit des Beichtstuhls tiefrot und wünschte sich einen Augenblick lang, sterben zu können.

»Segne mich Vater, denn ich habe gesündigt«, murmelte sie wieder.

»Ich kann keine Sünden vergeben, die nicht gebeichtet sind«, kam die Stimme unerbittlich aus dem Dunkeln. Karen wand sich hin und her vor Verlegenheit.

»Er – ich habe mich von ihm an meiner Brust berühren lassen und zwischen den Beinen«, sagte sie leidend.

»Und hast du ihn berührt?« fuhr der Priester unbarmherzig fort.

»Ja«, die Antwort kam fast unhörbar, und Karen fragte sich, ob sie gehört worden war. Aber sie brachte es nicht fertig, es noch einmal zu wiederholen. Dann begann die Stimme zu ihr zu sprechen.

»Die Lust ist eine sehr schlimme Sünde, mein Kind. Deine Seele ist in großer Gefahr, und du mußt sehr achtgeben, daß sich das Böse nicht deiner bemächtigt.«

»Ich versuche es, Vater«, sagte Karen unglücklich.

»Der Teufel weilt unter uns«, hörte sie den Priester sagen. »Er ist immer bei uns und führt uns vom Pfad der Tugend. Schütze dich gegen ihn und sei wachsam, mein Kind. Er erscheint dir als Freund, aber er führt dich vom rechten Wege ab.«

Dann verstummte die Stimme, und Karen dachte über die Worte nach. Was versuchte der Priester ihr zu sagen? Wollte er sagen, daß Jim Mulvey der Teufel war? Das ergab keinen Sinn. Dann sprach er wieder.

»Gibt es noch etwas?« sagte er.

Karen überlegte angestrengt. Es war fast geschafft. Gleich würde sie von ihren Sünden erlöst werden, und sie wäre wieder frei. Sie versuchte, sich zu erinnern, ob sie noch etwas zu beichten hätte, aber die Anspannung hatte sie ganz durcheinander gebracht.

»Nein, Vater«, sagte sie schließlich.

»Deine Sünden sind zahlreich, mein Kind, und deine Strafe muß schwer sein.«

Karen merkte, wie ihre Zuversicht schwand. Oft schon hatte sie die Leute aus dem Beichtstuhl kommen und dann durch den Säulengang zum Altar gehen gesehen. Dort knieten sie dann nieder und verharrten so für den Rest des Tages. Oft schon hatte sie sich gefragt, welche Gebete sie sprachen. Jetzt war sie davon überzeugt, daß sie es erfahren würde.

»Du wirst auf deinen Knien den Beichtstuhl verlassen und dich zur Heiligen Jungfrau begeben. Für deine Sünden wirst du einhundert Rosenkränze beten und zwischen jedem Rosenkranz wirst du ein Glaubensbekenntnis leisten. Verstehst du deine Strafe?«

»Ja, Vater.« Karen war zum Heulen zumute. Den Beichtstuhl auf ihren Knien verlassen? Sie konnte sich nicht erinnern, daß vor ihr jemand das tun mußte. Die Leute würden sie anstarren. Sie würden wissen, daß sie etwas Böses getan haben mußte. Sie wünschte, sie könnte auf der Stelle sterben. Dann bemerkte sie, wie der Priester die Worte der Absolution sprach. Schnell wiederholte sie...

»O mein Gott«, begann sie, die Worte kamen trotz ihrer Verwirrung ganz automatisch. »Ich fühle tiefe Reue, weil ich ihn beleidigt habe, und ich verabscheue all meine Sünden, weil ich den Verlust des Himmels und die Qualen der Hölle fürchte; aber vor allem, weil ich euch, mein Gott beleidigt habe, der ihr nur Gutes tut und all meine Liebe verdient. Ich gelobe fest, mit der Hilfe eurer Gnade, nie mehr zu sündigen und jede Gelegenheit dazu zu meiden.« Als sie fertig war, empfing sie die Worte der Absolution.

»Ich erlöse dich von deinen Sünden, im Namen des Vaters, des Sohnes und des Heiligen Geistes. Amen. Gehe hin in Frieden, mein Kind.« Die Klappe über dem Holzgitter schloß sich, und Karen Morton war nun allein im Beichtstuhl. Sie saß lange Zeit da und wünschte, sie hätte den Mut, oder besser die Feigheit, die Strafe zu mißachten, den Beichtstuhl zu verlassen und aus der Kirche zu gehen, hinein ins Sonnenlicht. Aber Karen Morton fürchtete den Herrn, darum hielt sie den Rosenkranz ganz fest, stieß die Tür vom Beichtstuhl auf, und, noch immer auf den Knien, kroch sie in die Kirche hinein. Mit festem Blick sah sie zur Heiligen Jungfrau auf und wandte ihre Augen nicht von dem friedlichen Gesicht ab, während sie ihren schmerzlichen Weg durch den Säulengang machte. Bis sie an der Statue angekommen war und angefangen hatte, den Rosenkranz zu sprechen, war der Schmerz in ihren Knien fast so schlimm wie die Pein in ihrem Gewissen. Sie legte das Glaubensbekenntnis ab und bewegte dabei stumm ihre Lippen.

Peter Balsam sah in die Morgensonne hinaus und überlegte sich, was er als nächstes tun wollte. Sein erster Gedanke war, Margo Henderson anzurufen, und er war schon ans Telefon gegangen, als ihm klarwurde, was er statt dessen zu tun hatte. Er mußte in die Kirche gehen. Er mußte beten. Er mußte eine Entscheidung für sich treffen. Er wußte, nach allem was er in der vergangenen Nacht gelesen hatte, daß es heute nicht leicht werden würde zu beten, daß es nicht leicht wäre, zwischen den glühenden Gestalten der Heiligen der Inquisition – den Heiligen von Neilsville – zu sitzen und zu einer vernünftigen Entscheidung zu finden.

Aber an diesem Morgen gab es ohnehin wenig, was Peter Balsam vernünftig erschien. Seine nächtliche Lesearbeit hatte ihn bis ins Mark erschüttert. Jetzt galt es für ihn, herauszufinden, ob sein Glaube dieser Erschütterung standgehalten hatte, oder ob er daran zerbröckelt war.

Er verließ seine Wohnung, schloß sorgfältig die Tür und machte sich auf den Weg, den Hügel zur Kathedrale hinauf.

Er betrat die Kirche, gerade als Karen Morton aus dem Beichtstuhl kam, und erschrocken mußte er mit ansehen, wie sie den Weg durch den Säulengang zu dem der Heiligen Jungfrau geweihten Altar zurücklegte. Für den Bruchteil einer Sekunde hatte er den Wunsch, auf sie zuzugehen. Er überlegte es sich aber anders, als er sah, daß alle anderen Gläubigen sie nicht beachteten. Er sah ihr immer noch hinterher, als er hinter sich eine Stimme hörte.

»Ich hatte gehofft, daß du früher hier bist«, flüsterte Monsignore Vernon ihm leise ins Ohr. Erschrocken machte Balsam einen Schritt zurück, wandte sich dann um und schaute den Priester an.

»Was in aller Welt ist denn hier los?« fragte er herausfordernd.

Monsignore Vernon sah ihn ausdruckslos an, als ob er die Frage nicht gehört hätte.

»Warum geht Karen Morton auf Knien den Säulengang hinab?«

Der Priester lächelte ihn gelassen an, mit einem geradezu friedvollen Blick.

»Das ist eine Angelegenheit zwischen ihr und dem Herrn, oder?«

»Es handelt sich also um eine Art Buße?« setzte Balsam nach.

»Das geht dich nichts an«, erwiderte der Priester. Er wandte sich ab, als ob er weggehen wollte, drehte sich aber noch einmal um.

»Werde ich dich bei der nächsten Messe sehen?« fragte er Balsam.

Bevor Balsam antwortete, blickte er noch einmal zu Karen Morton hinüber, die jetzt ganz in ihre Gebete versunken war. Dann wandte er sich wieder dem Priester zu und schüttelte den Kopf.

»Ich weiß es nicht«, sagte er. »Aber ich muß mit dir reden.«

»Mit mir?« fragte Monsignore Vernon. »Sehr gut. Sollen wir ins Pfarrhaus gehen?«

»Wenn es dir nichts ausmacht, würde ich lieber woanders hingehen. Wie wäre es mit meinem Klassenzimmer?«

Der Monsignore zuckte gleichgültig mit den Schultern und geleitete Peter Balsam aus der Kirche. Wenige Minuten danach schloß er die Tür zu Zimmer 16 auf und ließ Peter Balsam zuerst eintreten. Dann folgte er dem Lehrer nach und schloß die Tür hinter sich.

»Stimmt etwas nicht?« Die Frage war weniger Frage als Vorwurf. Balsam beschloß, sich keine Vorwürfe gefallen zu lassen. Statt dessen näherte er sich der Statue von St. Peter Martyr und stand einige Minuten lang schweigend davor und sah sie an. Dann drehte er sich geschwind um und sprach.

»Er war ein Bastard erster Klasse, nicht wahr?« Balsam hatte absichtlich schockierende Worte gewählt. Das hatte Erfolg. Der Priester bekreuzigte sich sofort. Dann warf er Balsam zornige Blicke zu.

»Wie war das bitte?«

»Ich habe über ihn gelesen«, sagte Balsam besonnen. »Über ihn und alle anderen Heiligen, die du hier versammelt hast. Fast alle von ihnen kommen unmittelbar aus der Zeit der Inquisition, über die ich ebenfalls gelesen habe.«

Der Priester saß auf der Kante von Peter Balsams Schreibtisch, er hielt die Arme verschränkt, eine Geste übertriebener Geduld.

»Ja, stimmt, ich habe viele Dominikanerheilige hier«, sagte er gedankenvoll. »Und ich glaube, du hast recht – viele von ihnen haben zur Zeit der Inquisition gelebt. Aber ich verstehe nicht, worauf du hinaus willst.«

Balsam merkte, wie sein Mut sank. »Es ist nur«, sagte er, plötzlich verunsichert, »die Heiligen in der Kirche hatten mich neugierig gemacht, und ich entschloß mich, ein bißchen nachzuforschen. Und dann merkte ich, je mehr ich darüber las, daß die Art von Intoleranz, für die alle diese Heiligen standen, sich in fast nichts davon unterscheidet, worüber wir uns kürzlich unterhalten haben. Da hatten wir darüber gesprochen, was ich in meinem Unterricht lehren darf und was nicht.«

Der Priester lächelte trocken. »Du glaubst, die Inquisition wird wieder belebt, hier in Neilsville?«

»Mit einem Wort, ja, das glaube ich.«

»Bevor ich mit dir über dieses Thema überhaupt diskutiere«, sagte Monsignore gelangweilt, »darf ich erfahren, welchem Zweck dieses Treffen hier dient?«

»Sicher«, gab Balsam zurück, »es handelt sich darum, daß ich dir sagen will, daß ich es mir anders überlegt habe. Ich glaube, ich kann nicht in Neilsville bleiben. Ich glaube, daß ich nach allem, was ich letzte Nacht gesehen habe, nicht länger in der Kirche bleiben kann.«

Der Priester wirkte plötzlich betroffen.

»Das meinst du doch nicht ernst«, rief er aus. »Du erwägst doch nicht wirklich, aus der Kirche auszutreten?«

Jetzt, wo er das gesagt hatte, war er sich gar nicht mehr sicher, daß er es so gemeint hatte. Nervös sah er den Monsignore an, dann wieder zu der Figur von St. Peter Martyr.

»Ich weiß nicht«, sagte er unsicher. »Ich kann einfach die Dinge, für die Leute wie er einstanden, nicht ertragen. Und mir scheint, daß die Kirche seit dieser Zeit keine Fortschritte gemacht hat.«

»Natürlich nicht«, hob der Priester an. »Warum sollte sie das auch? Der Glaube ist etwas Absolutes, und auch die Wahrheit des Herrn ist absolut. Im Rahmen des Glaubens gibt es Spielraum für Meinungsverschiedenheiten.«

Als Balsam verständnislos dreinsah, beruhigte sich die Stimme des Monsignore, und er besann sich wieder. Er lächelte. »Peter, ich weiß, daß wir Meinungsverschiedenheiten hatten. Die sind auch noch nicht erledigt. Wir hatten immer unsere Auseinandersetzungen.« Er hielt kurz inne, als ob er die Klugheit dessen, was er darlegen wollte, abwägen wollte, dann fuhr er mit einem Seufzer fort. »Eigentlich wollte ich es dir nicht sagen, aber gerade wegen dieser Auseinandersetzungen habe ich dich für diese Stelle hier ausgewählt.« Er stand vom Schreibtisch auf und schritt durch den Raum und sprach währenddessen weiter. »Ich habe deine Laufbahn immer genau verfolgt, Peter, viel genauer, als du es je wußtest. Und ich habe mir Sorgen um dich gemacht. Von uns allen schienst du mir immer am meisten Probleme zu haben, nicht nur mit der Kirche, sondern auch mit dir selbst. Ich glaube, vieles davon hat mit deiner Kindheit zu tun...«

»Vergiß das«, warf Balsam ein, »das hat doch mit alldem gar nichts zu tun.«

»So, hat es nicht?« sagte der Priester spöttisch. Dann lächelte er wieder. »Nun, vielleicht nicht. Wie dem auch sei, das ist alles eine Frage der Auslegung. Wenn du es wünschst, werde ich deinen Kündigungsgrund prüfen. Ich werde es nicht gerne tun, aber ich werde es tun. Inzwischen möchte ich, daß du mir einen Gefallen tust. Ich wünsche, daß du dein Gewissen prüfst, und ich wünsche mir, daß du dir mehr Mühe gibst, zu verstehen, was die Dominikaner wollten. Ihre Methoden mögen heutzutage etwas rauh erscheinen, aber, vergiß nicht, daß einige Überlieferungen aus dieser Zeit außerordentlich übertrieben sind. Vor allem haben sie den Menschen geholfen, ihren Glauben zu behalten. Und genau da liegt die Wurzel von deinem Problem. Ich glaube, du bist in einer Glaubenskrise.« Er legte seine Hand auf Peters Schulter. »Das kann uns allen passieren«, sagte er freundschaftlich. »Mir ist es passiert, als ich hierherkam. Aber ich habe sie überwunden. Natürlich hat mir die Gemeinschaft von St. Peter Martyr dabei geholfen. Die Gemeinschaft könnte auch dir helfen.«

Balsam sah den Priester fragend an. »Was ist die Gemeinschaft von St. Peter Martyr genau?« fragte er.

Der Priester lächelte geheimnisvoll. »Komm und sieh sie dir an.«

»Wir treffen uns morgen abend.« Da Peter zu zögern schien, fügte er noch hinzu: »Was kann sie noch verschlimmern? Sie könnte dir sogar helfen. Und wenn du uns auch nur besser verstehst. Und wenn du dann immer noch weggehen willst, bin ich mir sicher, daß wir das einrichten können.«

Balsam seufzte tief. Irgendwie hatte er das Gefühl, daß etwas nicht stimmte – daß das Gespräch nicht den Verlauf genommen hatte, den er sich vorgestellt hatte. Er verdrängte dieses Gefühl und lächelte den Monsignore an.

»Gut«, sagte er. »Morgen abend?«

»Um halb acht, im Pfarrhaus.«

Die beiden Männer verließen das Klassenzimmer und gingen gemeinsam aus dem Schulgebäude. »Werde ich dich in der Messe heute abend sehen?« fragte der Priester.

»Ich weiß es nicht«, gab Balsam ehrlich zur Antwort. »Aber ich glaube schon. Wenn ich es nicht schaffe, kann ich immer noch beichten.« Er bereute die freche Bemerkung sofort, aber der Monsignore hatte nicht zugehört.

»Dann sehen wir uns also spätestens morgen abend, wenn nicht schon früher.« Er wandte sich um und verschwand im Pfarrhaus.

Peter Balsam machte sich auf den Weg den Hügel hinab. Dann aber, als ob ihm etwas eingefallen wäre, ging er in die Kirche zurück. Dort lag Karen Morton immer noch auf Knien vor der Heiligen Jungfrau, die Perlen des Rosenkranzes glitten durch ihre Finger, und ihre Lippen bewegten sich zum stillen Gebet. Als Balsam die Kirche wieder verließ und den Hügel herunterging, fragte er sich, wie lange sie wohl da sein würde.

Wenn er gewußt hätte, daß Karen Morton die nächsten acht Stunden in der Kirche verbringen würde, auf Knien betend, er hätte es sich noch einmal anders überlegt und noch an diesem Nachmittag Neilsville verlassen. Aber es war schon zu spät; die Dinge waren schon zu weit fortgeschritten, und Balsam war schon zu stark darin verwickelt. Die Bestrafung begann.

2. BUCH

Die Gemeinschaft von St. Peter Martyr

12

Inez Nelson huschte die Treppen hinauf und durch das Hauptportal der Schule von St. Francis Xavier. Sie war spät dran, und sie wußte, daß es der Monsignore nicht gerne sah, wenn man ihn warten ließ. Sie ging durch das Empfangszimmer und sah nervös auf die Tür, die in Monsignores privates Arbeitszimmer führte, und überlegte, ob sie an die verschlossene Tür klopfen sollte. Gerade als sie sich dagegen entschieden hatte, hörte sie das Klicken des Türschnappers und sah auf. Voller Erleichterung sah sie, daß der Priester sie anlächelte.

»Kommen Sie herein, kommen Sie«, sagte er mitteilsam. »Ein Glück, daß Sie zu spät kommen... Montage sind immer die hektischsten Tage. Über das Wochenende scheint sich die Arbeit aufzutürmen, obwohl gar keine Schule ist. Oder aber ich arbeite nicht hart genug an den Feiertagen.« Er machte hinter Inez die Tür zu und bot ihr einen Platz an. Dann begab er sich hinter seinen Schreibtisch und setzte sich. Sein Lächeln war verschwunden.

»Ich denke, Sie waren in der Klinik?« fragt er.

Inez nickte. »Ich habe beinahe eine Stunde mit diesem Dr. Shields zugebracht.«

»Dem Psychiater?« unterbrach der Monsignore.

»Ja«, Inez hielt kurz inne, sie mußte ein Schluchzen unterdrükken. »Oh, Monsignore, ich bin so durcheinander, und ich war das ganze Wochenende in Sorge. Er sagte, daß es Judy gutgeht. Aber sie will nicht darüber sprechen, warum sie das getan hat. Alles was sie ihm sagt ist, daß es ihr jetzt gutgeht und es nicht wieder vorkommen wird.«

»Und was erzählt sie Ihnen?«

Inez rutschte verlegen hin und her. »Das ist es ja gerade, Monsignore. Deshalb hatte ich das Verlangen, mit Ihnen zu reden. Über so vieles. Aber vor allem über Judy. Sie will mich nicht sehen.«

Monsignore Vernon riß überrascht die Augen auf. »Sie will Sie nicht sehen? Wie meinen Sie das, sie will Sie nicht sehen?«

»So wie ich es sage«, sagte Inez unglücklich. »Sie weigert sich absolut, mich zu sehen.« Sie kämpfte gegen die Tränen. »Und es geht nur um mich«, sie fuhr fort, ihre Stimme fing an zu zittern. »Alle anderen empfängt sie. Ihren Vater. Ihre Freundinnen. Aber mich will sie nicht sehen. Und jeder sagt, es geht ihr gut.«

»Sagen sie das?« Der Unterton in des Priesters Stimme suggerierte Inez, daß er nicht glaubte, daß es Judy wirklich gutging. »Wenn sie Sie nicht sehen will, frage ich mich, wie gut es ihr dann überhaupt gehen kann.«

»Genau das habe ich auch gedacht«, sagte Inez. Sie fühlte sich plötzlich besser. »Aber ich weiß nicht, was ich tun soll. Wenn ich wenigstens mit ihr reden könnte, ich würde bestimmt herausfinden, was der Grund ist.« Der Priester zuckte mit den Schultern. »Offen gesagt, ich sehe das Problem nicht. Judy ist erst sechzehn, und Sie *sind ihre Mutter*. Wenn Sie sie sehen wollen, ich wüßte nicht, wer Sie daran hindern könnte.«

Inez nickte energisch. »Das habe ich auch immer gedacht. Aber niemand gibt mir recht. O nein, nicht daß ich sie nicht sehen könnte, wenn ich das forderte. Jeder sagt, daß ich das tun kann. Aber alle glauben, es wäre unklug. Dr. Shields und George – mein Mann – beide scheinen davon überzeugt, daß ich noch warten soll. Sie sagen, daß sie mich dann vielleicht sehen will, und ich glaube, sie haben recht. Aber in der Zwischenzeit scheint sich auch niemand über meine Gefühle Gedanken zu machen. Ich fühle mich wie ein – ja, wie ein Versager!« Sie sah den Priester schuldbewußt an. »Wissen Sie, was ich getan habe? Jeden Tag bin ich zur Besuchszeit in die Klinik gegangen und habe vollkommen fremde Personen besucht. Nein, natürlich nicht vollkommen Fremde, aber Leute, die ich normalerweise nicht im Krankenhaus besucht hätte. Dann sagte ich ihnen, daß ich gerade Judy besucht hätte und schnell noch auf einen Sprung zu ihnen hereinschauen wollte.« Jetzt flossen ihre Tränen, und Inez blickte den Priester unglücklich an. »Ich weiß wirklich nicht, wie lange ich das noch aushalte, Vater«, sagte sie. »Wenn das je herauskommt, daß Judy sich die ganze Zeit weigert, mich zu sehen – oh, Sie können sich gar nicht vorstellen, was für ein schlimmes Gefühl das ist.«

Monsignore Vernon bot ihr ein Kleenex an und schenkte ihr ein Lächeln. »Es ist schwer, ich weiß«, sagte er leise. »Manchmal glaube ich, in diesen Tagen steht alles kopf, und alle erwarten, daß wir unseren Kindern immer nachgeben.«

»Ich weiß«, sagte Inez und schneuzte sich in das Papiertaschentuch, darum bemüht, wieder Kontrolle über sich zu erlangen. »Aber ich fing schon an zu glauben, ich wäre die einzige, die so denkt.«

»Ganz und gar nicht«, antwortete Vernon. »Obwohl ich manchmal glaube, daß wir nur noch wenige sind, die sich weigern, sich von ihren Kindern manipulieren zu lassen.«

Inez sah den Priester scharf an. *Manipulieren*. Genau das gleiche Wort hatte Dr. Shields gebraucht. »Genau das ist es«, sagte sie, »ich fühle mich von Judy manipuliert. Als ob sie versucht, mich zu bestrafen.«

»Und genau das passiert auch«, sagte Monsignore Vernon bedeutungsvoll. »Sie haben keine Vorstellung, wie das hier sein kann.« Er drehte seinen Stuhl und sah zum Fenster hinaus, während er weitersprach. »Ich muß meine Augen immer überall haben. Die sind ganz schön schlau, wissen Sie? Aufgeweckter, als wir das in unserer Jugend waren. Aber es ist keine gute Art der Aufgeweckheit. Es ist eine durchtriebene Aufgeweckheit. Sie testen mich ständig, schubsen mich herum, um zu sehen, wie weit sie gehen können, bevor ich ihnen ein Donnerwetter bereite. In öffentlichen Schulen muß das noch schlimmer sein. Die haben kaum noch Möglichkeiten zur Kontrolle. Gott sei Dank erkennt die Kirche die Bedeutung von Disziplin in der Erziehung von Kindern. Aber es wird von Jahr zu Jahr schwieriger. Jedes Jahr werden sie überspannter. Jedes Jahr versuchen immer mehr von ihnen, mich einzukreisen. Aber ich habe nicht die Absicht, das hinzunehmen. Dieses Jahr werden die Kinder noch herausfinden, wer in dieser Schule das Sagen hat, und sie werden herausfinden, daß sie es nicht sind.« Er drehte plötzlich wieder seinen Stuhl herum und schien fast überrascht, daß Inez Nelson ihm gegenüber saß. Er hatte beinahe schon vergessen, daß sie in seinem Arbeitszimmer war, und daß sie es war, mit der er sprach. Sie saß jetzt reglos da, entnervt von der Eindringlichkeit, mit der er gesprochen hatte. Er unterbrach den Augenblick mit einem flüchtigen Lächeln. »Es tut mir leid«, sagte er und schluckte kurz. »Manchmal werde ich richtig weggetragen. Worüber hatten wir noch gesprochen?«

»Judy...«, sagte Inez zerstreut. »Wir sprachen von Judy. Das bringt mich auf die andere Geschichte, die ich mit Ihnen besprechen wollte. Dr. Shields sagte mir, daß sie bis zum Wochenende wieder genesen sein wird und heute in einer Woche wieder an die Schule zurück kann. Nächsten Montag.«

»Ich verstehe«, sagte Monsignore Vernon vorsichtig und fuhr sich dabei nervös mit der Zunge über die Lippen. Inez bemerkte die Geste sofort.

»Das geht doch in Ordnung, oder?« sagte sie schnell. »Ich meine, es wird doch keine Probleme geben, oder?«

»Um ehrlich zu sein, ich weiß es nicht«, sagte Monsignore Vernon zögernd. »Soweit ich weiß, waren wir noch nie zuvor mit etwas Derartigem konfrontiert, und mir ist es bis jetzt noch nicht gelungen, herauszufinden, was man in diesem Fall tun kann.«

»Was in so einem Fall zu tun ist?« fragte Inez verwundert. »Was soll es da zu tun geben? Ich verstehe nicht.«

»Nun«, sagte der Priester langsam, »es ist ja nicht so, als ob sie wirklich krank gewesen wäre, oder? Was sie getan hat, kommt einem Sakrileg sehr nahe. Judy wird beichten müssen, und man muß ihr die Absolution erteilen, bevor sie wieder an die Schule zurückkehren kann.«

»Bevor?« fragte Inez. »Weshalb bevor?«

»Wegen der Art ihrer Sünde. Sie müssen sich vor Augen halten, daß Selbstmord eine der schwersten Sünden ist, die ein Katholik überhaupt begehen kann. Nur Gott kann sie vergeben, die Kirche nicht.«

Inez war plötzlich beunruhigt. Sollte Judy etwa exkommuniziert werden? »Aber, sie hat doch nicht...«, begann sie. »Ich meine, tatsächlich hat sie doch gar nichts getan, oder?« fragte sie verzweifelt.

»Gut, ich meine, sie hat es wohl versucht, aber Dr. Shields sagt, er glaubt nicht, daß sie sich wirklich töten wollte, und außerdem ist sie ja nicht tot, oder doch?«

Monsignore Vernon schenkte der verzweifelten Frau seinen verständnisvollsten Blick. »Ich fürchte, darum geht es nicht. Der springende Punkt ist, daß sie allen Ernstes absichtlich gesündigt hat. Daß sie keinen Erfolg hatte, war Glückssache, nicht Absicht. Und ich bin davon überzeugt, daß Ihnen bewußt ist, daß eine geplante Sünde im gleichen Maß eine Beleidigung Gottes darstellt, wie eine Sünde, die man auch begeht.«

Inez Nelson starrte ihn hilflos an. »Aber was wird mit ihr geschehen?«

»Ich fürchte, ich bin außerstande, das zu beantworten. Da sind schwerwiegende philosophische und theologische Fragen angeschnitten. Ich habe die Antwort einfach noch nicht gefunden. Aber ich habe vor, die ganze Angelegenheit heute abend vor unseren Arbeitskreis zu bringen, und ich bin sicher, daß wir sechs gemeinsam eine Antwort darauf finden können. Der Herr in Gestalt von St. Peter Martyr möge mich leiten.«

Er stand hinter seinem Schreibtisch auf und geleitete Inez aus dem Arbeitszimmer. Während sie schon wegging, rief er ihr noch einmal nach, und sie wandte sich um; sie war blaß im Gesicht, und ihr Blick flehte ihn an. Er hob die Hand zum Zeichen des Kreuzes. »Der Herr segne und beschütze dich, möge der Herr dir erscheinen und dir Frieden geben.«

Aber als sie aus der Schule heraus und langsam zum Parkplatz ging, wurde Inez Nelson klar, daß es für sie keinen Frieden geben würde. Nicht für sie oder ihre Tochter oder irgend jemand anderen in Neilsville. Als sie in den Wagen einstieg, verdeckte gerade eine Wolke die Sonne. Der Sommer in Neilsville hatte ein abruptes Ende gefunden.

Die Schlußglocke war gerade ertönt, und die Schüler strömten aus den Klassenzimmern in die Gänge hinaus. Alle außer Marilyn Crane. Sie saß alleine im Zimmer, zusammen mit Schwester Elisabeth, die ihren Schreibtisch in Ordnung brachte. Der Tag war nicht leicht gewesen für Marilyn; wenn es nach ihr gegangen wäre, so wäre sie überhaupt nicht in die Schule gegangen. Aber ihre Mutter hatte darauf bestanden, und Marilyn hatte sich den Hügel hinaufgequält. Er war ihr heute steiler als je zuvor erschienen, und als sie endlich angekommen war, mußte sie sich zwingen, hineinzugehen. Den ganzen Tag lang hatte sie das Gekichere und die Flüstereien gehört, während die Geschichte mit ihrer Demütigung in den Gängen die Runde machte. Jeder hatte davon gehört. Plötzlich waren es nicht mehr nur die eigenen Klassenkameraden, die sie schroff abwiesen und sich wegdrehten, wenn sie näher kam. Jetzt zeigten auch die jüngeren Kinder, die sonst wenigstens ein bißchen Respekt hatten, auf sie und steckten kichernd ihre Köpfe zusammen.

Sie versuchte, das alles zu ignorieren und sich so zu verhalten, wie es Mr. Balsam ihr geraten hatte, einfach so zu tun, als ob nichts Besonderes vorgefallen wäre. Den ganzen Tag hatte sie nur auf die Schlußglocke gewartet, und nun hatte sie endlich geläutet. Aber noch immer verließ sie ihr Pult nicht. Statt dessen stierte sie traurig auf das Blatt Papier, das anklagend vor ihr lag. Es war eine Schularbeit, und sie war mit B-minus zensiert.

Die Note war nicht einmal so schlecht. Was ihr am meisten weh tat, war die Bemerkung, die gleich neben der Note stand. Dort stand, mit der runden Schrift von Schwester Elisabeth, die eigentliche Beurteilung. »Das ist äußerst enttäuschend. Ich weiß, daß du es besser kannst.«

Marilyn war zum Heulen zumute. Was wollten sie denn von ihr? Sie gab sich Mühe. Sie wußte, daß sie sich Mühe gab. Aber einmal mehr war sie gescheitert.

Wie sie so auf die Benotung mit der Bemerkung daneben blickte, ballte sich die Wut in ihr zusammen. Sie kämpfte dagegen an. Auf wen sollte sie denn wütend sein, wenn nicht auf sich selbst. Sie war es doch, die die Note bekommen hatte. Sie war es doch, die die Erwartungen von Schwester Elisabeth nicht erfüllte. Ihre Wut wurde zu Frustration. Was *wollten* sie denn überhaupt. Ja, selbst wenn sie das wüßte, warum sollte sie sich nach ihren Erwartungen richten? Warum sollte sie das?

Warum sollte sie überhaupt etwas tun?

Doch als ihr die Größe ihres Gedankens, der ihr so unvermittelt eingefallen war, bewußt wurde, bat sie eilig um Vergebung. Sie beschloß, in die Kirche zu gehen. In der Kirche war alles besser. Die Heilige Jungfrau stellte keine Forderungen an sie.

Marilyn packte ihre Sachen zusammen und verließ den Raum. Dabei blickte Schwester Elisabeth auf und sah sie fragend an. Sie fand, daß irgend etwas mit Marilyn Crane nicht stimmte. Sie faßte den Plan, mit Monsignore Vernon über Marilyn zu sprechen. Monsignore würde schon wissen, was zu tun sei. Schwester Elisabeth ging wieder an ihre Arbeit und dachte nicht weiter an Marilyn.

Pünktlich um halb acht traf Peter Balsam im Pfarrhaus ein. Er öffnete sich selber die Tür, nahm das silberne Glöckchen und klingelte. Nachdem ihm niemand antwortete, ging er den Flur entlang und klopfte leicht gegen die Tür zum Arbeitszimmer. Sofort wurde ihm von einem Mann geöffnet, den er nicht kannte, der jedoch zu wissen schien, wer er war.

»Peter Balsam«, sagte der Mann und öffnete die Tür gerade so weit, daß Peter Balsam durchschlüpfen konnte. Er hielt einen Zeigefinger auf die Lippen. »Monsignore spricht gerade den Segen.«

Das Arbeitszimmer war nur spärlich beleuchtet, und als Balsam sich umsah, stellte er fest, daß er von den sechs Männern, die in dem kleinen Zimmer versammelt waren, lediglich Monsignore Vernon kannte. Alle anderen waren ihm fremd, aber er hatte das bestimmte Gefühl, daß er ihnen kein Unbekannter war. Sie sahen ihn unvermittelt an, und er fühlte sich gemessen – und für gut befunden. Bis er die mögliche Bedeutung ihrer Blicke abgeschätzt hatte, war Monsignore Vernon mit dem Segen fertig und lächelte ihn an.

»Peter«, sagte er überschwenglich, »ich möchte dich der Gemeinschaft vorstellen.« Er nahm ihn am Ellbogen und stellte ihn nacheinander den Mitgliedern der Gemeinschaft von St. Peter Martyr vor. Sie waren alle Priester und stammten alle aus Gemeinden außerhalb von Neilsville. Aber als der Monsignore sie ihm vorstellte, bemerkte er, daß sie zwar alle um einiges älter waren als Vernon, aber doch einige Züge mit ihm gemein hatten. Auf ihren Gesichtern lag so eine Verkniffenheit, besonders bei Pater Bryant, dessen Gesichtsausdruck in Mißbilligung erstarrt schien. Pater Martinelli, der älteste unter ihnen, blickte aus tiefliegenden Augen, die man hinter den buschigen Brauen schon fast nicht mehr sehen konnte. Er knurrte Balsam einen Gruß zu, aber es war ein Ausdruck des Mißfallens darin, als ob er das Gefühl hätte, die Vorstellung hätte besser nicht stattgefunden. Pater Prine, der vom Rheumatismus ganz knorrig geworden war, streckte seine Hand aus, aber bevor Balsam sie schütteln konnte, zog er sie unter Schmerzen wieder zurück. Die beiden anderen, deren Namen Peter nicht verstanden hatte, begrüßten ihn förmlich, aber ohne einen besonderen Gruß.

Als die Vorstellung beendet war, hieß Monsignore Vernon Balsam Platz zu nehmen. Der Stuhl neben dem Kamin, wo er jedesmal gesessen hatte, wenn er sich im Arbeitszimmer aufhielt, war noch frei. Er überlegte kurz, ob das Zufall oder Absicht war, kam dann zu dem Schluß, daß er für diese familiäre Not ganz dankbar war.

»Ich habe schon viel von Ihnen gehört«, sagte er zu der Gruppe. Sie starrten ihn an. Gerade als das Schweigen unangenehm zu werden drohte, fing Pater Prine zu sprechen an.

»Und wir haben viel über Sie gehört.« Irgend etwas in seiner Stimme verriet Peter, daß nicht alles, was sie gehört hatten, positiv gewesen war.

»Sicher nur Schlimmes, vermute ich«, grinste er. Der Humor war bei dem alten Priester fehl am Platze; er wandte sich nur stumm an Monsignore Vernon.

»Du mußt uns verzeihen«, sagte der Monsignore zu Peter. »Wir sind eine geschlossene Gruppe, und wir folgen strengen Regeln, was das Sprechen betrifft. Solange du unter uns bist, wirst auch du dich an diese Regeln halten. Aber du solltest dich nicht als ein Mitglied der Gemeinschaft von St. Peter Martyr betrachten. Jedenfalls noch nicht. Unsere Entscheidung, ob wir dich in unseren Orden aufnehmen oder nicht, hängt von vielen Dingen ab.« Peter hätte sich beinahe über den Gebrauch des Wortes ›Orden‹ durch den Priester empört, aber ihm fielen die Sanktionen gegen Fragen ein. Er merkte, daß er in Rage kam und mußte sich dagegen wehren, nicht spontan zu gehen. Er hielt sich zurück. Es gab ja einen Grund, warum er ins Pfarrhaus gekommen war. Hier hoffte er, herauszufinden, woraus die Wandlung des Monsignore Vernon von einem recht lockeren Studenten, den Balsam vom Priesterseminar in Erinnerung hatte, zu einem hartherzigen Dogmatiker, der er jetzt war, resultierte. Und wenn Balsam eine Einstellung zu St. Francis Xavier finden wollte, mußte er zunächst den Direktor verstehen. So hielt er seinen spontanen Einfall, wieder zu gehen, zurück, und saß ruhig in seinem Sessel am Kamin. Und dann begann die Fragerei.

Die Fragen schienen auf den ersten Blick recht leicht, und Peter bekam bald das Gefühl eines Kindes, das man über dem Katechismus schwitzen läßt. Man bat ihn, das Apostolische Glaubensbekenntnis aufzusagen. Er wurde nach seinem Wissen über die Unbefleckte Empfängnis befragt. Aber je länger das Fragespiel andauerte, wobei jeder der Priester an die Reihe kam, um so deutlicher spürte Balsam, daß sie mehr von ihm wollten als einfach zu prüfen, wie es mit seinem Wissen über die kirchliche Glaubenslehre bestellt war. Sie versuchten auszumachen, ob er Zweifel an seinem Glauben hatte; ob es Gebiete gab, wo er nicht in Einklang stand mit den Dogmen.

»Verstehen Sie die Kirche als die wahre Hüterin vom Wort Gottes?«

»Akzeptieren Sie die Unfehlbarkeit des Papstes?«

»Haben Sie der Priesterschaft abgeschworen, weil Sie an Ihrem Glauben Zweifel hatten oder an Ihrer Berufung?«

Die Fragen klangen ihm in den Ohren, und allmählich fand er, daß er mit allem, was sie ihn fragten, in Einklang stand, so erzählte er ihnen, was sie hören wollten, nicht etwa, um sich bei ihnen einzuschmeicheln, sondern weil die Fragen, je mehr sie sie herunterleierten, ihren Sinn verloren. Er fing an zu glauben, daß sie ihn nicht nach seinen eigenen Antworten fragten, die wegen ihrer Kompliziertheit und ihrer Vielseitigkeit nicht in ihr enges Schema gepaßt hätten. Statt dessen überschwemmten sie ihn mit ihren eigenen Überzeugungen und versicherten sich lediglich, ob er diese Überzeugungen umgekehrt wieder ihnen darlegen konnte.

So verging eine Stunde. Peter merkte, daß er ihre Fragen gar nicht mehr hörte, daß sie ihm nicht mehr vernünftig schienen. Er erhob eine Hand.

»Wäre es da nicht einfacher, wenn nur ich sprechen würde?« fragte er. »Ich weiß, worauf Sie hinauswollen, aber mit diesem Verfahren sitzen wir noch die ganze Nacht hier.«

Pater Martinelli funkelte ihn an. »Sie wissen gar nichts«, bebte der alte Priester. »Beantworten Sie bitte unsere Fragen. Wenn wir Ihren Kommentar brauchen, werden wir Sie darum bitten.«

So ging es weiter.

Und auf einmal war alles vorbei. Als ob sich die Priester ein unsichtbares Zeichen gegeben hätten, hörte die Fragerei schlagartig auf. Peter suchte ihre Gesichter ab, er versuchte, an ihren Mienen ihre Reaktion auf seine Antworten abzulesen.

Die Gesichter waren ausdruckslos.

Dann hörte er Monsignore Vernon sprechen.

»Es ist an der Zeit, in die Diskussion des heutigen Abends einzusteigen«, sagte er leise. »Thema ist, wie sollte es anders sein, Judy Nelson.«

Balsam stutzte. Judy Nelson? Warum wollte man hier über sie diskutieren? Wie weit betraf ihr Fall diese Gruppe? Die Antwort kam schnell. Während der folgenden zehn Minuten – Peter hatte schweigend zugehört – diskutierten die Priester, welche Strafe man Judy auferlegen sollte, wenn sie wieder an die Schule zurückkehrte. Die Frage, ob sie überhaupt wieder zurückkehren dürfe, war recht schnell geklärt; da sie sich die Möglichkeit der Erlösung nicht verbaut hatte, mußte man sie wieder in die Herde eingliedern. Die Frage nach der Bestrafung war allerdings nicht so leicht zu lösen. Schließlich, als die Diskussion fruchtlos zu werden drohte, unterbrach Peter.

»Glauben Sie nicht, daß es gut wäre, mit Judy zu reden, bevor Sie etwas beschließen?« schlug er vor. Pater Martinelli sah ihn mit fassungsloser Verwunderung an.

»Vollkommen ausgeschlossen«, krächzte die alte Stimme. »Was von allem, was sie uns sagt, könnte denn für uns von Belang sein?«

Peter war erstaunt. »Mir scheint, daß es klug ist, herauszufinden, warum sie das getan hat, bevor Sie anfangen Strafen zu verhängen«, sagte er.

»Unsinn«, schnappte Pater Bryant dazwischen. »Ihre Beweggründe interessieren uns nicht. Sie hat gesündigt, und in den Augen der Kirche ist es die Sünde, die zählt, nicht das Motiv für eine Sünde.«

Die anderen fünf Priester nickten in feierlicher Übereinstimmung. Balsam wollte sich auf den Weg machen. »Dann brauchen Sie mich ja nicht länger, oder? Ich bin Psychologe, nicht Priester und schon gar nicht Richter.«

»Setz dich«, sagte Monsignore Vernon. Peter gehorchte. »Du bist hier aus einem ganz bestimmten Grund. Über die Jahre haben wir festgestellt, daß eine streng durchgeführte Prüfung des eigenen Glaubens oft dazu gedient hat, den Glauben wieder zu bestärken. Das haben wir mit dir praktiziert. Aber du bist auch hier, um ein heikles Problem zu diskutieren, zu dessen Lösung wir uns nicht ganz kompetent fühlen.«

Sechs Augenpaare bohrten sich in Peters Augen. Niemand sprach, ehe Peter das Schweigen brach.

»Was für ein Problem?« fragte er.

Nun war Pater Prine an der Reihe.

»Wir sind um die Sicherheit unserer Kinder besorgt«, sagte er, mit gedämpfter, aber gleichmäßiger Stimme. »Für uns gibt es keinen Grund, der kleinen Judy die Rückkehr an die Schule zu verbieten, trotzdem haben wir das Gefühl, daß wir irgendwie die anderen Kinder vor – was immer – schützen müssen...« Er rang nach dem passenden Wort, fand dann eines, das er aber nur zögernd gebrauchte. »...was immer an Bösem in Judy lauert.«

Balsam wollte dem alten Priester sagen, daß seiner Überzeugung nach nichts ›Böses‹ in Judy lauerte, sondern daß sie einfach das Opfer psychologischer Probleme war. Er wußte, daß es zwecklos war. Das war es nicht, was sie hören wollten. Infolgedessen konzentrierte er sich auf den wirklichen Kern der Frage.

»Ich weiß auch nicht genau, was man tun kann«, sagte er leise. »Ich meine, selbst wenn man Judy nur für kurze Zeit isoliert – man lenkt damit nur die Aufmerksamkeit auf die ganze Situation. Mir scheint das beste zu sein, so zu tun, als ob nichts geschehen wäre und zu hoffen, daß sich die Dinge von selbst regeln.«

Die Priester wogen offensichtlich die Klugheit dieses Vorschlags ab. Schließlich war es Monsignore Vernon, der die Stille unterbrach.

»Ich bin am Überlegen«, begann er, »ich habe da von etwas gehört oder darüber gelesen. Ich glaube, es wurde Entspannungstherapie genannt.«

Peter Balsams Aufmerksamkeit wurde schlagartig von dem Priester gefesselt. Wo hatte er je von der Entspannungstherapie gehört? Aber der Monsignore beachtete die plötzliche Spannung des Lehrers nicht und fuhr fort, sachlich und ruhig.

»Ich habe gerade überlegt, ob man sie möglicherweise in dieser Situation anwenden könnte. Die Schüler waren in der letzten Zeit ziemlich aufgekratzt. Glauben Sie, daß es eine Möglichkeit gibt, die Entspannungstherapie anzuwenden, um sie zu beruhigen? Bevor Judy in der nächsten Woche zurückkommt, meine ich?«

Balsams Gehirn begann zu rasen. Hier war Gefahr im Verzug, aber er konnte sie nicht recht ausmachen. Das einzige was er konnte, war, auf die Unstimmigkeit des Vorschlages des Priesters hinzuweisen. Von allen Anwesenden war Vernon der letzte, von dem Peter erwarten würde, daß er etwas vorschlug, was bestenfalls eine experimentelle Entwicklung war. Sein Instinkt sagte ihm, vorsichtig vorzugehen.

»Ich weiß nicht«, sagte er mit einiger Hochachtung, »ich fürchte, ich verstehe nicht viel davon, und soviel ich darüber gelesen habe, glaube ich nicht, daß sie in unserem Fall zum Erfolg führt.«

»Aber Sie wissen es nicht genau?« drängte Pater Bryant.

»Nein«, antwortete Peter zögernd, »ich weiß es nicht.«

»Also«, meinte Monsignore Vernon, »sie könnte ihnen unter Umständen helfen, oder nicht?«

Peter fühlte sich plötzlich in der Fall. »Möglicherweise, ja«, gab er zu.

»Nun denn«, sagte der Priester umgänglich, »warum lassen wir es dann nicht dabei? Du überschläfst es noch einmal und tust, was du für richtig hältst.«

Er stand auf, und Peter spürte, daß er entlassen wurde. »Ich will dir danken, daß du heute abend hergekommen bist. Ich glaube, es war für uns alle gut.«

Erst als die Tür leise hinter ihm ins Schloß fiel, hatte Peter das sichere Gefühl, daß seine Mitwirkung an diesem Treffen beendet war. Verwirrt stand er einen Moment lang im Flur, dann machte er sich langsam auf den Weg zur Eingangstür des Pfarrhauses. Dabei hörte er, wie die Gesänge anhoben. Zuerst ganz leise, dann wuchsen sie an. Es waren Gregorianische Choräle, aber irgendwie ein bißchen falsch. Beim Verlassen des Hauses vermutete Peter Balsam den Grund für den etwas eigenartigen Klang der Gesänge in der Tatsache, daß die Teilnehmer alt waren und ihre Stimmen mit dem Alter schwächer geworden waren.

Aber auch als er den Hügel hinunterging, behielt er den Klang der Gesänge im Ohr und im Kopf.

Er versuchte abzuklären, was es mit der Gemeinschaft von St. Peter Martyr auf sich hatte. Er war überzeugt, daß sie nicht die harmlose Arbeitsgruppe war, als die Monsignore sie hinstellte. Nein, sie war etwas anderes. Er überlegte angestrengt. ›Orden.‹ Sie hatten sich als Orden bezeichnet. Sicher, in diesen Tagen, in dieser Zeit, versuchten sie nicht, einen neuen Orden zu gründen, einen, der sich dem Gedenken an einen Großinquisitor des dreizehnten Jahrhunderts verbunden fühlte? Das war absurd.

Und noch etwas quälte ihn, etwas, über das er noch lange, nachdem er zu Hause war, nachdachte. Kurz vor dem Einschlafen fiel es ihm ein. Die Gemeinschaft von St. Peter Martyr hatte sich nicht wie andere ›Arbeitsgruppen‹, die er kannte, verhalten. Nein, die Gemeinschaft von St. Peter Martyr hatte sich wie ein Tribunal verhalten.

Peter Balsam fand das alles sehr verwirrend. Als er endlich schlief, waren seine Träume angefüllt mit dem Klang der Gesänge und den unheimlichen, intoleranten Gesichtern der Mitglieder der Gemeinschaft von St. Peter Martyr.

13

Während seine Klasse langsam in Zimmer 16 eintraf, merkte Peter Balsam, daß er schon den ganzen Morgen nur an diese Unterrichtsstunde gedacht hatte. Auf seinen Lateinunterricht hatte er sich noch weniger als sonst konzentriert. Die Lateinschüler hatten seine Abgelenktheit gespürt und sie natürlich ausgenutzt, indem sie die vergangenen drei Stunden damit verbrachten, ihre Aufgaben fehlerhaft zu übersetzen, sich zuzublinzeln, wann immer er es versäumte, ihre absichtlichen Fehler zu entdecken, und von Klasse zu Klasse herumzuerzählen, daß heute ein toller Tag war in Balsams Unterricht – alles war machbar! Inzwischen war die vierte Stunde gekommen, und die Psychologieschüler freuten sich noch mehr als sonst auf ihren etwas ausgefallenen Unterricht, und so betraten sie das Zimmer 16 mit einer gewissen Vorfreude. Es war fast, als ob sie wüßten, daß Balsam in den anderen Stunden etwas lax gewesen war, weil er etwas Besonderes für sie geplant hatte.

Nun, als sich das Klassenzimmer langsam füllte, bekam er es plötzlich mit der Angst, zum ersten Mal, seit er die Entscheidung getroffen hatte. Was er vorhatte war ein Experiment, ein Experiment, mit dem er nicht vertraut war. An diesem Morgen war er früh aufgestanden, reich an Vorsätzen, und sah das wenige Material durch, das er zum Thema Entspannungstechnik finden konnte. Dabei sah er rasch, daß sie sich kaum von einer leichten Form der Hypnose unterschied. Nach einer Periode der herbeigeführten Entspannung, wofür sowohl Musik als auch die menschliche Sprache dient, werden die Subjekte – Balsam haßte dieses Wort – in ein Stadium geführt, das einem leichten Schlaf ähnelt. Aber nur kurz vor einem leichten Schlaf, nicht direkt. Die Musik war wichtig, und er traf aus seiner begrenzten Sammlung von Platten und Tonbändern eine vorsichtige Auswahl. Von seinem Gefühl geleitet, hatte er religiöse Musik gewählt. Es war eine Aufnahme Gregorianischer Choräle, die von ein paar Nonnen in Frankreich gespielt war. Ihm war nicht klar, ob die Gesänge der Gemeinschaft von St. Peter Martyr am vergangenen Abend ihn in dieser Richtung beeinflußt hatten. Er beeilte sich, den Plattenspieler aufzustellen, während die letzten Schüler ins Zimmer gehetzt kamen.

Die letzten, die hereinkamen, waren Karen Morton und Marilyn Crane. Aber obwohl sie das Zimmer zusammen betraten, war für Balsam offensichtlich, daß dies lediglich ein Zufall war. Marilyn schien fast gar nicht zu bemerken, daß alle anderen schon im Zimmer waren. Und Karen Morton ignorierte Marilyn vollkommen, während sie langsam zur ersten Bankreihe vorging. Heute morgen setzte sie sich nicht sofort hin; sie stapelte ihre Bücher auf den Tisch und kam auf Balsam zu, um ihre Mundwinkel ließ sie ein leichtes Lächeln spielen. Balsam hatte das sichere Gefühl, daß sie irgendein Spiel mit ihm spielen wollte und beschloß, dem ein Ende zu bereiten, noch bevor es überhaupt angefangen hatte.

»Setz dich bitte hin, Karen«, sagte er knapp, dabei übersah er den verletzten Ausdruck, der sie wegen dieser Abweisung überkam. »Wir sind schon spät dran, und ich habe heute viel vor.« Dann wandte er seine Aufmerksamkeit wieder der Klasse zu, im besonderen Marilyn Crane, die sich beinahe leblos zu ihrem üblichen Platz am hinteren Ende des Zimmers begeben hatte. Als er fertig war, die Anlage aufzubauen, begann Balsam zu erklären, worum es sich bei der Entspannungstechnik handelte, ohne ihnen dabei zu sagen, was er damit zu erreichen hoffte. Er fürchtete nämlich, daß sie gewarnt wären und nicht mehr auf die Technik ansprechen würden, wenn sie erst einmal wüßten, daß er mehr als ein einfaches Experiment mit ihnen plante. In der ersten Reihe hob sich eine Hand, Janet Conally.

»Janet?«

»Ich weiß nicht, ob ich das richtig verstehe«, sagte Janet langsam. Dann grinste sie hintergründig. »Ich meine, das klingt, als ob ich einschlafen könnte.«

Balsam erwiderte ihr Grinsen. »Das könntest du«, stimmte er ihr zu. »Aber keine Angst. Heute findet ein denkwürdiges Ereignis statt in St. Francis Xavier. Es ist erlaubt, im Unterricht zu schlafen. Ja, wirklich, einige von euch könnten die ganze Geschichte schnarchend erleben, also laßt uns die Schulbänke wegräumen. Am besten, wir stellen sie ringsum an die Wände, dann haben wir genügend Platz, daß sich jeder auf den Fußboden legen kann. Wenn wir uns schon entspannen wollen, dann gleich richtig.«

Die Klasse tauschte Blicke aus, erschrockene, dann begannen sie, die Möbel zur Seite zu räumen. Diese Arbeit war gerade halb getan, als plötzlich die Tür aufging und Monsignore Vernon erschien, der schnell die Vorgänge im Raum erfaßte. Das Treiben hatte aufgehört. Es war beinahe, als ob jemand einen Schalter betätigt hätte und jede Bewegung zu Eis erstarrt wäre. Aber statt zu fragen, was hier vorging, blickte der Priester Balsam nur an, lächelte kurz und verschwand wieder.

Nachdem die Tür wieder gut verschlossen war, ging das Aufräumen der Möbel weiter.

Bis die Schüler sich auf den Boden gelegt hatten, gab es ein großes Kichern und Flüstern, und Balsam unternahm gar nicht erst den Versuch, es zu unterbinden. Er wollte, daß sie sich entspannten, und wenn ihnen Kichern und Flüstern dabei half, so konnte ihm das nur recht sein. »In Ordnung«, sagte er, als jeder seinen endgültigen Platz gefunden hatte.

»Laßt uns anfangen. Ich werde ein wenig Musik auflegen, und ich möchte, daß ihr euch von ihr wegtreiben laßt. Wie ich vorhin schon sagte, habt keine Angst davor einzuschlafen. Es gibt keine bessere Entspannung als den Schlaf, und darum geht es ja schließlich.«

Er setzte den Tonarm auf die Platte, und die Musik begann. Nach den ersten Tönen wogte noch einmal eine Welle von Gekicher über die Klasse, sie ebbte aber bald ab. Ganz langsam, einer nach dem anderen, erlagen seine Schüler dem gleichmäßigen Rhythmus und der Monotonie der Choräle. Balsam ging zwischen ihnen durch und sah, daß sie ihre Augen geschlossen hatten. Bei einem oder zwei sah man das schnelle Flattern der Lider, das sich bei einem leichten Schlaf einstellt. Er fing an, zu ihnen zu sprechen, er erklärte ihnen, daß sie auf ihre Atmung achten und sich vorstellen sollten, daß sie mit jedem Atemzug in den Boden einsanken. Tiefer und tiefer in den Boden. Gleichmäßig atmen. Der Musik lauschen. In den Boden einsinken. Tiefer. Tiefer...

Er ging wieder zur Stirneite des Zimmers und wollte weitermachen, als noch einmal die Tür aufging und Monsignore Vernon leise hereinkam. Dieses Mal war er nicht alleine. Hinter ihm kam in einer Reihe die Gemeinschaft von St. Peter Martyr in Zimmer 16. Noch bevor Balsam richtig merkte, was vor sich ging, hatten sich die sechs Priester an der Rückwand aufgestellt, als stille Beobachter dessen, was da kommen sollte.

Balsam sah sich kurz seine Klasse an; keiner hatte das Eindringen der alten Kirchenmänner und ihres jungen Anführers bemerkt. Sie atmeten tief und ruhig weiter, ihre Augen blieben geschlossen. Balsam drehte die Lautstärke der Musik herunter, fast bis sie nur noch ein kaum mehr wahrnehmbares Hintergrundgeräusch war. Und dann fing er an zu sprechen, bemüht darum, seine Stimme auf einem gleichmäßigen Niveau zu halten, das den Beinahezustand der Trance, der sich über seine Klasse ausgebreitet hatte, nicht unterbrach.

»Die Entspannungstechnik dient dazu, sich von seelischen Spannungszuständen zu befreien, indem man sich von körperlichen Verspannungen löst. Mit anderen Worten hilft sie in derselben Weise wie der Schlaf. Aber mit der einfachen Entspannung versuchen wir unseren Körper in einen schlafähnlichen Zustand zu versetzen, während wir unsere Gedanken bewußt vorbeiziehen lassen. Dabei erkennen wir unsere Ängste und zerstreuen sie auf unschädliche Weise. Was wir heute tun, ist nichts anderes, als an einem sonnigen Nachmittag in einer Hängematte liegend, Tagträumen nachzuhängen. Tagträume, die wir für müßige Fantasien halten, sind in Wahrheit viel bedeutender. Sie sind eine wichtige Ausgestaltung unserer eigenen Persönlichkeit, oder unsere Kraftspender gegen den täglichen Lebensdruck.« Er ließ seinen Blick kurz über seine Klasse schweifen und stellte fest, daß bis jetzt nichts die Schüler in Unruhe versetzt hatte. Jim Mulvey schnarchte gemütlich vor sich hin. Ein bißchen belustigt fragte sich Balsam, ob ihn überhaupt einer seiner Schüler noch verstand. Er sah zur Rückwand hinüber, wo die Gemeinschaft stand und teilnahmslos zuhörte. Dann machte er mit seinem Vortrag weiter.

»Obwohl wir alle manchmal glauben, daß Tagträume reine Zeitverschwendung sind, wissen die Psychologen schon seit Jahren, daß sie sehr wichtige Hilfen zur Bewältigung von Spannungszuständen darstellen. Es funktioniert wie eine Sicherung. Die menschliche Psyche hat natürlich viele Sicherungen entwickelt. Eine, die ihr alle gut kennt, ist das Träumen. Beim Träumen räumt das Unterbewußtsein in Wirklichkeit die Trümmer auf, die sonst nicht verarbeitet werden können. Tagträume sind ganz ähnlich, mit dem Unterschied, daß sie sich auf der Ebene des Bewußtseins abspielen.«

Die Klasse war noch immer still, aber die Aufmerksamkeit der Gemeinschaft hatte sich anderem zugewandt. Ihr Interesse galt nun der Klasse. Sie schienen sich besonders auf zwei der Mädchen zu konzentrieren: Karen Morton und Marilyn Crane. Da er sich seltsam unwohl fühlte, beschleunigte Balsam seinen Redefluß.

»Manchmal«, fuhr er fort, »versagen die Sicherungen, die die Psyche sich eingebaut hat. Unter diesen Umständen fangen wir an zu sehen, was alles passiert, während unser Verstand versucht, mit seinen Problemen fertig zu werden . . . Es entwickeln sich Dinge wie nervöse Zuckungen etwa, oder man verliert die Fähigkeit, sich zu konzentrieren. Oder auch irrationales Verhalten kann sich einstellen. Manche Menschen können sich nach einem Versagen ihrer Sicherungen nicht mehr von ihren seelischen Spannungszuständen befreien und fangen dann an, sich völlig unkontrolliert zu kratzen.«

Balsam hörte ein entferntes Rascheln im Zimmer und versuchte auszumachen, woher es kam. Karen Morton schien in ihrer Federmappe herumzufummeln. Doch dann legte sie sich wieder hin. Die Mitglieder der Gemeinschaft von St. Peter Martyr standen weiterhin teilnahmslos an der Rückwand des Zimmers. Falls sie ihm so aufmerksam zuhörten, wie Balsam das vermutete, zeigten sie das mit keinem Zeichen. Er versuchte, wieder an seinen Gedankengang anzuknüpfen. »Manchmal«, so fuhr er mit leiser Stimme fort,

»fallen alle unsere Sicherungen aus. Wenn so etwas geschieht, kann das allerdings sehr ernste Folgen haben. Das Ende kann dann natürlich Selbstzerstörung bedeuten.«

Mit einem Schock wurde Balsam klar, was er gerade gesagt hatte, und er hielt auf der Stelle inne. Sein Blick richtete sich auf die starren Gesichter der Gemeinschaft. Statt ihrer beinahe verdutzten Mienen, die sie vorher aufgesetzt hatten, starrten sie ihn jetzt mit solcher Eindringlichkeit an, die ihm fast Angst machte. Er kam einem Sachverhalt sehr nahe, die die Gemeinschaft als Ketzerei brandmarken würde, und Peter Balsam suchte in Gedanken nach einem Ausweg. Er fand ihn fast schon zu leicht.

»Die Kirche«, fuhr er sanftmütig fort, »hat dies schon vor Jahrhunderten entdeckt, längst bevor die Sozialwissenschaften begannen, die Mechanismen des menschlichen Verstandes zu erforschen. Seit ihren Anfängen hat die Kirche erkannt, wie wichtig es ist, sich von Spannungen und Problemen, die die Funktionen des Verstandes beeinträchtigen können, zu befreien. Mit dem Ritual der Beichte hat die Kirche einen Mechanismus dargeboten, mit dessen Hilfe man sich von Spannungen frei machen kann.« Er sah rasch zu den sechs Priestern hin und stellte mit großer Erleichterung fest, daß sie wieder in ihre Teilnahmslosigkeit verfallen waren. Und während Balsam seinen Vortrag über die Funktion der Beichte auf die seelische Gesundheit derer, die sie regelmäßig ablegen, fortsetzte, lächelte ihm Monsignore Vernon aufmunternd zu und führte die fünf ältlichen Priester aus Zimmer 16. Als sie gegangen waren, fühlte Balsam eine plötzliche Woge der Erleichterung. Er machte weiter in seinem Vortrag, erst jetzt fühlte er sich frei genug, um sich darauf zu konzentrieren, was er für besonders wichtig hielt. Er sprach zu ihnen von Judy Nelson, aber dieses Mal war er sicher, daß seine Ausführungen nicht unterbrochen werden würden.

Er erzählte ihnen, daß das, was mit Judy geschehen war, einfach eine Folge davon war, daß sich zuviel Spannung aufgebaut hatte, ohne abgebaut zu werden. Als es für sie unerträglich viel geworden war, hatte sie sich irrational verhalten – sie war selbstzerstörerisch geworden. Er sagte ihnen, daß man eher Mitleid mit Judy haben sollte als sie anzuklagen, und während er leise weitersprach, drängte er sie, möglichst nett zu ihr zu sein, wenn sie wieder an die Schule zurückkehrte; sie sollten sich um Verständnis bemühen und nicht auf den Einzelheiten ihrer Tat herumhacken.

Er sah zur Uhr und stellte fest, daß die Stunde in zehn Minuten um war. Er ging zum Plattenspieler und legte schnell eine andere Platte auf. Statt leiser Choräle gab es jetzt schrillen Acid-Rock. Langsam drehte er die Lautstärke auf, bis der ganze Raum von den vibrierenden Klängen dieser Musik erfüllt war. Langsam, während die Klasse aus ihrem Beinahezustand der Betäubung erwachte und alle merkten, wo sie waren, kam wieder Leben ins Zimmer.

Nicht alle. Es gab eine Ausnahme.

Marilyn Crane, mit einem eigenartigen Gesichtsausdruck, weit aufgerissenen Augen und einem schlaff herabhängenden Mund, hatte sich hingekniet. Ihre Hände hatte sie vor sich gefaltet, und während die Klasse sie anstarrte, fing sie an zu beten.

Karen Morton bemerkte das Blut an ihren Händen, während sie ihren Schrank aufsperrte. Erst klebte es ja nur ein bißchen, und sie hätte gar nicht darauf geachtet. Aber als sie die Finger von dem Schloß nahm, blieb das glänzende Rot von frischem Blut darauf zurück. In dem Augenblick besah sie sich ihre Handflächen.

Das Merkwürdige dabei war, daß es überhaupt nicht weh tat, und sie nicht wußte, wo ihr das passiert war. Da, mitten in jeder Handfläche, war die Haut offen, und das Fleisch sah so seltsam breiig aus, als ob sie darin herumgequetscht hätte. Sie schaute sich um, ob jemand sie bemerkt hatte, aber es war niemand in der Nähe. Sie nahm ein Kleenex-Tuch aus ihrer Federmappe und wischte hastig die Flecken von dem Schloß ab. Dann rannte sie zur Treppe, sie wollte nach unten in den Ruheraum, bevor jemand sah, daß sie blutete und sie um eine Erklärung bat.

Endlich sicher im Ruheraum, fing Karen an, ihre Wunden genau zu untersuchen. In einer spürte sie einen harten Gegenstand, und sie wusch ihre Hände sorgfältig. Nachdem das Blut weggewaschen war, hielt sie ihre verletzte Hand hoch und fand etwas, das in der Wunde steckte. Sie lockerte es sorgfältig und spülte es raus. Es war die abgebrochene Spitze eines Bleistiftes. Noch einmal wusch sie ihre Hände, trocknete sie ab und suchte in ihrer Federmappe herum. Da, am Grund lag ein blutbeschmierter Bleistift, dessen Spitze abgebrochen war. Irgendwann während der Stunde hatte sie wohl den Stift aus ihrem Mäppchen gefischt und sich damit verstümmelt. Aber sie hatte keine Erinnerung mehr daran, an überhaupt nichts.

Sie wühlte noch weiter in ihrer Federmappe herum und fand ein paar zerknüllte Heftpflaster, die sie schon einige Monate mit sich herumtrug. Sie riß die Schutzstreifen ab und klebte die Pflaster in ihre verletzten Hände. Doch während sie die Heftpflaster fest-drückte, begannen die Schmerzen. Zuerst nur ganz leicht, aber schnell zog ein richtiges Brennen ihre Arme hinauf. Bis sie ihren Notverband angelegt hatte, hatte sich Karen auch entschieden. Sie wollte für den Rest des Tages nach Hause gehen. Sie sagte niemandem, wohin sie ging, oder warum. Sie ging einfach aus ihrem Ruheraum hinaus, die Treppe hinauf und verließ das Gebäude. Den übrigen Teil des Nachmittags machte sie sich Sorgen, was mit ihr geschehen war, und im Verlaufe dieser Stunden wuchs ihre Angst.

»Marilyn?« fragte Peter Balsam, als er sah, daß außer ihm und dem Mädchen niemand mehr im Zimmer war. Sie gab keinerlei Zeichen von sich, daß sie ihn gehört hatte. »Marilyn?«

Langsam drehte sie ihren Kopf herum und sah ihn lange Zeit schweigend an. Dann fingen ihre Lippen an, sich zu bewegen, sie formten aber keine Worte.

»Ich sah sie«, flüsterte sie schließlich unter großer Anstrengung. »Ich sah sie.«

»Du sahst sie?« wiederholte Balsam verblüfft. »Wen sahst du?«

Und plötzlich lächelte Marilyn, und ihr Gesicht erhielt dabei einen Glanz, der ihre Hausbackenheit beinahe in Schönheit wandelte.

»Die Jungfrau«, flüsterte sie. »Ich sah die Heilige Jungfrau. Sie kam zu mir!«

»Es ist alles in Ordnung«, sagte Peter besänftigend. Er versuchte, seine Stimme gleichmäßig klingen zu lassen, aber er merkte, wie sich sein Magen verkrampfte. Etwas hatte nicht geklappt; Marilyn war nicht mit dem Rest der Klasse aus der Semi-Trance erwacht, und er kannte niemanden, an den er sich um Hilfe wenden konnte. Er sagte sich vor, jetzt die Ruhe zu bewahren und beschloß, einen Versuch zu unternehmen, sie durch ein Gespräch in die Wirklichkeit zurückzuholen.

»Was hast du gesehen?« fragte er ruhig.

»Sie war schön«, sagte Marilyn verträumt. »Nur daß sie mich nicht anlächelte. Es war, als ob sie etwas schmerzte. Und während sie mich anschaute, zeigte sie mir ihre Hände. Sie bluteten. Es – es war, als ob man sie – als ob man sie . . .«, sie brach ab, nicht mehr in der Lage, noch ein Wort herauszubringen.

»Gekreuzigt hätte?« fragte Peter leise. Marilyn nickte stumm.

»Was bedeutet das?« fragte sie ihn, und zum ersten Mal war sich Balsam sicher, daß sie seine Anwesenheit bemerkte. »Sie wollte mir etwas sagen, das weiß ich genau, aber ich konnte nicht herausfinden was das war. Was versuchte sie mir mitzuteilen?«

Balsam nahm Marilyns Hand und hielt sie fest. »Es ist ja alles in Ordnung«, sagte er sanft. »Jetzt ist ja alles vorbei. Du bist eingeschlafen und hast geträumt. Das ist alles.«

»Nein«, entgegnete Marilyn, und zog ihre Hand aus der seinen. »Ich weiß, daß ich nicht geschlafen habe. Ich habe alles gehört, was Sie gesagt haben. Sie haben über Sicherungen gesprochen und Befreiungen, darüber, was passiert, wenn die Sicherungen nicht funktionieren. Und in dem Moment ist sie mir erschienen. Aber ich habe Sie immer noch gehört. Sie haben weitergesprochen, und die Priester von Sanhedrin waren hier und haben Ihnen zugehört und die Mutter der Erlösten angeschaut, und sind dann wieder gegangen. Und dann haben Sie von Judy Nelson gesprochen, schließlich ist die Jungfrau auch wieder gegangen. Mr. Balsam, ich weiß, daß ich nicht geschlafen habe. Ich *weiß* es.« Marilyn stand auf und fing an, das Zimmer aufzuräumen, und Balsam stellte fest, daß jetzt alles zu Ende war, egal was geschehen war. Aber was war passiert? Zumindest wußte Marilyn von der Anwesenheit der sechs Priester. Er beschloß, das noch ein wenig zu prüfen.

»Du hast die Priester gesehen?« fragte er sie. Marilyn nickte bedeutungsvoll.

»Die Priester von den Sanhedrinen. Die Juden, die unseren Herrn verurteilt haben. Sie sind hier gewesen, sechs waren es, und sie haben die Mutter der Erlösten angesehen. Aber sie hat sie nicht beachtet. Sie wollte mit mir sprechen. Aber ich habe keine Ahnung, warum.«

Balsam überlegte, ob er ihr sagen sollte, daß die Priester, die sie gesehen hatte, äußerst real waren. Nein, das würde das Mädchen wohl noch mehr beunruhigen. Statt dessen beschloß er, sie davon zu überzeugen, daß alles nur ein Traum war.

»Es war niemand hier, Marilyn«, versicherte er ihr. »Alles was geschah, war einfach eine Mischung aus Traum und Wirklichkeit. Das ist nichts Ungewöhnliches. Ein Teil deines Geistes registriert genau, was um dich herum geschieht, aber ein anderer Teil ist weit entfernt. Dann fangen die Dinge an, durcheinanderzugeraten. Die Welt des Realen vermischt sich mit deinem Traum, und dein Traum erscheint dir um so mehr wie die Wirklichkeit.«

»Aber es war kein Traum«, beharrte Marilyn, »ich weiß, daß es kein Traum war. Ich habe die Heilige Jungfrau gesehen, und ihre Hände bluteten!« Aber als sie Peter Balsams ungläubigen Gesichtsausdruck sah, rannte sie aus dem Zimmer, als ob sie durch Flucht vor seiner Skepsis die Echtheit dessen, was sie gesehen hatte, bestätigen könnte.

In Zimmer 16 saß, tief in Gedanken versunken, ein äußerst verwirrter Peter Balsam. Nach einigen Minuten hatte er sich zögernd zu dem Entschluß durchgerungen, den Zwischenfall mit Monsignore Vernon zu diskutieren.

Es überraschte Balsam nicht, die ganze Gemeinschaft von St. Peter Martyr in Vernons Arbeitszimmer versammelt anzutreffen, als ob sie ihn erwartet hätten. Als er das Arbeitszimmer betrat, erhoben sie sich gleichzeitig, um ihn zu begrüßen. Wie gewöhnlich verhielt sich der Monsignore wie ihr Sprecher.

»Nun, Peter«, sagte er und lächelte dabei fast herzlich. »Wir sind sehr zufrieden mit der Art und Weise deines heutigen Umgangs in der Klasse.«

Balsam lächelte gequält. Es war wirklich verrückt, daß er ausgerechnet für die eine Stunde, die total danebengegangen war, Lob erhielt.

»Ich fürchte, ich habe das äußerst unglücklich gehandhabt«, sagte er. Monsignore Vernon sah ihn fragend an, und Balsam berichtete, so gut er konnte, was mit Marilyn Crane geschehen war. Schweigend hörten die Priester zu. Als Balsam fertig war, sahen sie Monsignore Vernon an. Der Priester runzelte beim Gedanken an die weitreichenden Folgen dieses seltsamen Zwischenfalls die Stirn.

»Das würde heißen, daß Marilyn glaubt, daß sie ein religiöses Erlebnis hatte«, sagte er mit Zurückhaltung.

Balsam nickte. »Ich habe versuchte, ihr zu erklären, daß es wahrscheinlich daher kam, weil sie eingeschlafen war, aber sie wollte mir nicht glauben. Und je mehr ich daran denke, um so beunruhigter werde ich.«

»Beunruhigt?«

»Ich habe über Marilyn nachgedacht und auch über ihre gesamte Persönlichkeitsstruktur«, hob Balsam an. Aber noch ehe er seine Gedanken zu Ende führen konnte, wurde er von Monsignore unterbrochen.

»Marilyn war immer eine unserer besten Schülerinnen, und auch eine der religiösesten.«

»Davon bin ich überzeugt«, sagte Balsam trocken, »aber ich frage mich, wieviel davon echt ist.«

»Echt?« wiederholte Vernon. »Ich verstehe nicht ganz, was du meinst.«

»Marilyn scheint kein besonders ausgeglichenes Kind zu sein. Sie hat praktisch keine Freunde, und alle anderen Kinder schneiden sie. Es ist beinahe so, als ob sie eine teuflische Freude daran haben, wenn sie ihr schaden können.« Er erzählte ihnen, was sich auf der Party am vergangenen Samstag abend zugetragen hatte. Sie hörten, wieder in Schweigen gehüllt, zu. »Meiner Meinung nach«, schloß Balsam, »benutzt Marilyn ihren schulischen Fleiß und ihre Religion als Mittel zur Flucht. Da sie von ihren Klassenkameraden nicht sonderlich geschätzt wird, hat sie sich dazu entschlossen, ihre Anerkennung von ihren Lehrern und der Kirche zu erheischen.«

»Ist das so schlimm?« fragte Pater Bryant. »Es gibt schlimmere Wege zur Kompensierung.«

Balsam entgegnete schulterzuckend: »Es gibt alle möglichen Wege zur Kompensierung, und ich will unter keinen Umständen behaupten, daß Marilyn sich auf einen der ungesunden verlegt hat. Aber jede Art der Kompensation, bis ins Extrem gesteigert, ist ungesund.«

»Ich verstehe«, sagte Monsignore Vernon langsam, »du nimmst an, daß Marilyns Glaube in Frage gestellt werden muß. Du nimmst an, daß das, was sie sich heute nachmittag zu sehen einbildete – was? – ihrer Hysterie entsprang?«

»Ich halte das für möglich«, erwiderte Balsam, froh darüber, daß ihn der Priester so gut zu verstehen schien. Aber dann veränderte sich die Miene des Monsignore, und in seinen Augen flackerte dieses kalte Licht, das Balsam schon kannte, dieses kalte Licht seines religiösen Fanatismus.

»Damit bin ich nicht einverstanden«, sagte er matt. »Ich habe so etwas schon mal gesehen. Sie ist schlau, weißt du. Ein äußerst aufgewecktes Kind. Das ist doch nichts weiter als ein Versuch, uns zu manipulieren. Dich, mich, die Schwestern, jeden. Denk an meine Worte, eine Nachforschung darüber wird mir recht geben. Du kannst es von mir aus Hysterie nennen. Für mich ist das nichts anderes als eine besonders durchtriebene Form der Manipulation. Durch Erfahrung aufmerksam geworden, hat sich die Kirche ja ein

Instrumentarium geschaffen, um solchen Phänomenen, wie sie Marilyn Crane erfahren zu haben behauptet, nachzugehen.« Und genauso schnell, wie dieses fanatische Flackern in den Augen des Monsignore erschienen war, war es auch wieder verschwunden. Plötzlich lächelte er heiter einen verschreckten Peter Balsam an.

»Man muß sich darüber wirklich nicht beunruhigen«, sagte er jetzt, in seiner Stimme war nun nicht mehr jene Härte, »solche Dinge passieren immer wieder. Ich kann mir vorstellen, daß Marilyn das alles bis zum Ende des Tages schon wieder vergessen hat. Und wenn nicht, werde ich noch ein Gespräch mit ihr führen.« Dann, als ob ihm ein Gedankenblitz gekommen wäre, hielt er einen Augenblick inne. »Und wir dürfen nicht vergessen«, sagte er leise, »die Möglichkeit, daß die Heilige Jungfrau Marilyn wirklich besucht hat, die besteht immer.«

14

Balsam hörte, daß seine Wohnungstür geöffnet wurde, und rief aus der Küche: »Ich bin hier, werfe alles mögliche zusammen in den Topf und hoffe, daß wir uns daran nicht vergiften werden. Komm doch herein und mach uns ein paar Drinks, ja?«

»Ich bin schon da«, antwortete Margo vom Flur aus. Mit einigem Mißfallen besah sie sich den Anzug, den er anhatte. »In den nächsten Tagen werden wir noch einmal nach Seattle reinfahren, um dir einen neuen Anzug zu besorgen. Warum ziehst du dich nicht um? Allein dein Anblick ist mir unangenehm.«

»Kann ich nicht«, sagte Peter und grinste sie dabei an. Jetzt, wo sie endlich da war, begann er sich etwas wohler zu fühlen. Aber nicht allzu sehr; sein Grinsen verschwand. »Ich muß heute abend noch auf eine Versammlung gehen, und auf der Art von Versammlung kann ich mich nicht in Jeans und T-Shirt blicken lassen.«

»Als ob du in erster Linie solche Sachen trägst«, gab Margo zurück und lockerte dabei den Eiswürfelbehälter aus dem Gefrierfach. »Was ist das denn für eine tolle Versammlung?«

»Sie wird dir nicht zusagen«, sagte Peter. Er kämpfte mit dem Dosenöffner, hielt aber dann hilflos Margo die verbeulte Dose zusammen mit dem Öffner entgegen. »Es ist eine Versammlung der Gemeinschaft von St. Peter Martyr.«

Margo warf ihm einen kurzen Blick zu, dann nahm sie die Konservendose und beendete die Arbeit, die Peter verpfuscht hatte. »Ich dachte, du hättest genug von ihnen«, sagte sie gleichgültig.

»Das habe ich nicht gesagt«, wehrte Peter ab.

»Nein?« Margos Augenbrauen krümmten sich. »Seltam. Ich hatte aber letzte Nacht genau diesen Eindruck.«

Peter sah sie scharf an. »Letzte Nacht? Ich habe in der letzten Nacht gar nicht mit dir geredet.«

»Aber natürlich hast du das«, sagte Margo. »Gut, es war sehr früh am heutigen Morgen, wenn du Haarspaltereien liebst. Aber für mich ist alles vor Sonnenaufgang ›letzte Nacht‹.«

Als sie Peters Miene sah, runzelte sie die Stirn. »Erinnerst du dich wirklich nicht mehr daran?«

»Da gibt es nichts zu erinnern«, erklärte Peter. »Ich bin von der Versammlung nach Hause und so gegen elf Uhr ins Bett gegangen und habe die ganze Nacht geschlafen. Ich habe noch daran gedacht, dich anzurufen, es aber bleiben lassen; es war schon zu spät.«

Bevor Margo, die inzwischen mit der Dose fertig war, zu sprechen anfing, mixte sie die Drinks für sie beide. Als sie Peter seinen Scotch mit Wasser gab, sah sie ihn vorsichtig an und versuchte zu erkennen, ob er irgendein Spiel mit ihr trieb. Sie fand, daß dem nicht so war.

»Nun denn«, sagte sie und biß ich dabei grüblerisch auf die Unterlippe, »du hast ein paar ziemlich seltsame Gewohnheiten angenommen. Telefonierst du immer im Schlaf? Weil du mich nämlich in der vergangenen Nacht wirklich angerufen hast.«

Peter suchte in seiner Erinnerung, aber er konnte etwas Derartiges aus der letzten Nacht nicht mehr zusammenkriegen. Er merkte einen leichten Kloß der Angst im Magen, aber er kämpfte dagegen an. »Was habe ich gesagt?« fragte er und bemühte sich, seine Stimme so unbekümmert wie möglich klingen zu lassen. »War ich interessant?«

»Nein«, sagte Margo, »absolut nicht. Du hast lediglich gesagt, daß du zu der Versammlung von dieser verrückten Gemeinschaft des Monsignore gegangen bist, und daß du dort nicht mehr hingehen wolltest.«

»Habe ich tatsächlich ›Diese verrückte Gemeinschaft‹ gesagt, oder gibst du deine eigene Meinung wieder?«

Auf Margos Gesicht zeigte sich allmählich wieder ein Lächeln.

»Ist ja schon gut, also ich habe dich nicht genau zitiert. Wenn du es wissen willst, ich weiß deine Worte nicht mehr so genau. Ich meine, es war spät, und ich schlief, und, na, du weißt ja, wie gerädert man mitten in der Nacht sein kann. Egal, ich hatte jedenfalls den festen Eindruck, daß du nicht beeindruckt warst vom Monsignore und seinen witzigen Freunden.«

»Witzige Freunde?« wiederholte Peter. »Ich denke auch nicht, daß dies meine genauen Worte waren, oder?«

»Nein«, sagte Margo erneut, langsam begann sie sich zu ärgern. »Das waren sie nicht. Aber wenn du mich fragst, Freunde des Monsignore müssen ganz einfach witzig sein.«

»Ich wünschte, sie wären es«, gab Peter in einem Tonfall zur Antwort, der Margo mit einem Male in Unruhe versetzte. »Aber ich bin nicht davon überzeugt, daß irgend etwas an ihnen witzig ist.« In wenigen Worten erzählte er ihr von der Versammlung der Gemeinschaft in der vergangenen Nacht, und auch von den Vorgängen an jenem Nachmittag. Margo hörte ihm gut zu und schüttelte, nachdem er fertig war, den Kopf.

»Aber warum willst du dann heute abend schon wieder dahin gehen?« fragte sie ihn. »Ich hatte den Eindruck, daß du dich aus all dem heraushalten wolltest.«

»Ich weiß es nicht«, sagte Peter grüblerisch, als ob er sich selbst und auch ihr seine Gefühle zu erklären versuchte. »Mir ist nicht ganz klar, was sie vorhaben. Aber ich weiß, daß sie etwas vorhaben. Letzte Nacht, kurz bevor ich die Versammlung verließ, eröffnete mir Monsignore Vernon, daß ich aus einem ganz bestimmten Grund eingeladen war – um meinen Glauben wieder bestärken zu lassen. Und er hatte recht. Als ich heute früh aufwachte, hatte ich ein wesentlich besseres Gefühl als in der Nacht zuvor.«

»Ein besseres Gefühl wofür?« fragte Margo.

Peter zuckte die Schultern. »Die Kirche. Bis heute morgen war ich beinahe soweit, daß ich das Handtuch werfen wollte wegen alldem. Aber heute morgen dachte ich anders. Ich merkte, daß mir etwas gefehlt hatte, irgendwo gab es da noch irgend etwas, das mir alles erklären konnte. Und ich glaube, daß dieses Etwas möglicherweise der Gemeinschaft noch eine Chance geben muß.« Er lächelte Margo an, in der Hoffnung, ihren besorgten Gesichtsausdruck, den sie angenommen hatte, wieder verwischen zu können. »Ich sehe nicht, daß sie etwas Schlimmes anrichten kann, aber sie könnte mir viele meiner Fragen beantworten.«

Margo schaute voller Zweifel. Während sie sprach, schlich sich Skepsis in ihre Stimme. »Eine wunderbare Verwandlung, Peter? Irgend etwas ist mit dir in der vergangenen Nacht geschehen, weil du deine Einstellung ganz wesentlich geändert hast.«

»Ein Mann kann seine Meinung ändern«, sagte Peter und versuchte, seine Stimme dabei leger klingen zu lassen.

»Oder er läßt sich ändern«, konterte Margo. Im stillen beschloß sie, auf Peter zu warten, bis er in dieser Nacht nach Hause kam.

Wie schon in der vergangenen Nacht, wurde er von einem der alten Priester – Pater Martinelli, wenn er sich recht erinnerte – in das Arbeitszimmer gebeten, und einmal mehr traf er Monsignore Vernon ins Gebet versunken an. Aber der Raum schien Peter irgendwie verändert, und er bemerkte gleich warum. Heute abend brannte kein Licht. Die Vorhänge waren ganz fest zugezogen. Das einzige Licht kam von einem Feuer, das im Kamin brannte, und einigen großen Kerzen, die im Zimmer verteilt waren. Sieben Stühle waren in einem ordentlichen Halbkreis um das Kaminfeuer herum angeordnet – die beiden äußerst bequemen Sessel und fünf andere. Peter Vernon kniete auf einem der Sessel, er verwendete ihn als provisorischen Gebetsstuhl. Der andere Sessel, gegenüber dem, auf dem Monsignore Vernon kniete, war Peter Balsam vorbehalten. In aller Stille nahm er Platz und bereitete sich auf eine weitere Inquisition vor.

Aber in dieser Nacht war es anders. Bevor das Ritual seinen Weg nahm, gab es keine Diskussion. Statt dessen begannen sofort, nachdem Monsignore Vernon sein stilles Gebet beendet hatte, die Gesänge. Der Monsignore führte sie an, und nach jeder Phrase fiel einer der alten Priester ein, auf diese Weise schwoll der Klang an, bis all diese alten Kirchenmänner die Kadenzen heraussangen.

Zunächst fragte sich Peter Balsam, ob man erwartete, daß er in die Gesänge einstimmte, aber beim Zuhören merkte er, daß er nicht mitmachen konnte: Er kannte die Texte nicht. Während er versuchte, die Worte zu verstehen, entdeckte er, daß es nicht an den dünnen Stimmen lag, daß die Gesänge unverständlich waren; es war die Sprache, eine Art Dialekt, ein bißchen wie Latein, beinahe daß er es verstand, aber so davon abweichend, so verdreht, dachte Peter schaudernd – daß es über sein Fassungsvermögen hinausging.

Während die Kadenzen, die ihn umgaben, in ihn eindrangen,

anstiegen, fühlte Balsam, wie sein Verstand umherzuschweifen begann. Das Feuer, das in dem Kamin loderte, schien in der Entfernung zu verschwinden, die tanzenden Schatten der flackernden Kerzen projizierten eigenartige Bilder an die Wände. Er hatte das Gefühl, als ob er durch die Zeiten zurück in ein anderes Zeitalter transportiert werde, in ein Zeitalter, wo nur der Glaube einen Mann in höchste Verzückung versetzen konnte.

In seinem Kopf tanzten die Bilder. Seine halb geschlossenen Augen wanderten von einem Gesicht zum anderen, aber statt der fünf ältlichen Priester und des jugendlichen Monsignore sah Peter Balsam, daß die Gesichter alter Heiliger plötzlich zum Leben erwachten. Sie lächelten ihn an und winkten ihm zu. Ein Gefühl der Kameraderie überkam ihn, und voll des Glücks übereignete sich Peter Balsam der Gemeinsamkeit der kleinen Gruppe.

Kurz darauf merkte er allmählich, daß die Gesänge aufgehört hatten und die Gemeinschaft in Antwortgebete vertieft war. Entfernt nahm er die Stimme von Monsignore Vernon wahr, die leise durch den Raum hallte, und die dünnen, schnarrenden Stimmen der fünf älteren Priester, die die Antworten gaben. Er versuchte sich auf die Worte zu konzentrieren, aber, wie schon die Gesänge, sprachen sie in einer Latein ähnlichen Sprache, die er nicht übersetzen konnte. Und, wie bei den Gesängen, hielten die Betenden einen festen Rhythmus inne, es war ein Rhythmus, der anstieg und eine geistliche Botschaft barg, die sehr deutlich war: Peter Balsam, schienen die regelmäßigen Anstimmungen zu flüstern, Peter Balsam, du befindest dich in Gegenwart Gottes. Sei demütig, Peter. Und sei getröstet.

Das war er. Als die Rhythmen ihn einmal mehr überkamen, stieß Peter Balsam ein stilles Dankgebet aus, daß er an dieser wundersamen Zeremonie teilnehmen durfte.

Die Zeit stand für ihn fast still, und je mehr er sich dieser religiösen Erfahrung, die um ihn herum vor sich ging, hingab, schwanden ihm seine Gedanken. Seine Sinne wurden schärfer, während er immer tiefer in einen Zustand der Trance sank. Er konnte die sengende Hitze jeder einzelnen Kerze spüren; die Flammenzungen des Feuers im Kamin schienen seine Füße zu lecken. Er konnte in seinem Kopf die Stimme des Teufels nach ihm rufen hören, und versuchte, die verführerischen Flüstereien herauszuhalten. Er fing an, die Hitze der Hölle, die um ihn herum glühte, zu spüren, und sein Unwohlsein wuchs so weit, daß er Angst bekam. Und gerade als er sich nach unten gezogen fühlte, spürte er Engelshände an sich. Plötzlich war er ruhiger, und in seiner Einbildung sah er das Feuer in der Entfernung verschwinden. Während die Engelshände ihn liebkosten, merkte er, wie ihn die Ruhe überkam, und er fing im stillen an, das Glaubensbekenntnis zu wiederholen. Langsam steigerte sich seine Ekstase.

Das Feuer im Kamin brannte noch so hoch wie zu Beginn des Abends. Die Kerzen waren heruntergebrannt, aber er konnte nicht sagen, um wieviel. Um ihn herum waren die sechs Priester versammelt, ruhig saßen sie da in ihren Sesseln, fast abwartend, und beobachteten ihn. Peter Balsam hatte keine Ahnung, wie spät es war, oder wie lange er mit den Priestern in dem Arbeitszimmer eingesperrt war. Zu seiner eigenen Überraschung entdeckte er, daß er überhaupt nicht an die Zeremonie dachte; statt dessen war er fast gänzlich von einem Gefühl der Erfüllung ergriffen, als ob er irgendwie Antworten auf Fragen erhalten hätte, die er jetzt nicht einmal stellen konnte. Und er war müde, so müde, wie jemand, der gerade mehrere Meilen gelaufen ist. Irgendwo in seinem Hinterkopf rüttelte eine Erinnerung, verschwand dann aber.

Er überlegte, ob man von ihm erwartete, daß er etwas sagte. Er sah von einem Gesicht zum anderen, und zum ersten Mal an diesem Abend sah er jeden der Priester genau. Im warmen Schein der Kerzen nahmen die knorrigen alten Gesichter eine Ausstrahlung von Schönheit an, und Balsam bemerkte an ihren Gesichtern einen Ausdruck von Freundlichkeit, der ihm vorher noch nie aufgefallen war. Sie lächelten ihn an, und er erwiderte ihr Lächeln.

»Willkommen«, sagte Pater Martinelli sanft.

»Willkommen«, wiederholte Peter ebenso sanft. Plötzlich war es ein Wort mit vielen und wunderbaren Bedeutungen.

»Wir freuen uns, dich in unserer Mitte zu haben«, murmelte Pater Prine.

Monsignore Vernon nickte zustimmend. »Wieder einmal sind wir sieben. Jetzt kann unsere Arbeit weitergehen.«

Balsam runzelte leicht die Stirn. »Arbeit?« fragte er. »Was für eine Arbeit?«

Monsignore Vernon schüttelte seinen Kpf. »Keine Fragen«, sagte er ruhig, »nicht jetzt.«

Die Versammlung der Gemeinschaft von St. Peter Martyr war vorbei. Peter Balsam war Teil der Gemeinschaft geworden.

Langsam ging er in seine Wohnung zurück, er genoß die Nachtluft und die ersten Gefühle echten Friedens, die er seit langem empfand, zumindest, seit er nach Neilsville gekommen war. Er atmete die warme, trockene Luft tief durch und suchte den Himmel nach Sternen ab, die seiner Meinung nach leuchten mußten. Der Himmel war schwarz bis auf einen blassen, fast geisterhaften Schimmer, dort, wo der Vollmond hoch über den Wolken durch den Dunst schien. Noch ehe Peter zu Hause angekommen war, hatte es zu regnen angefangen.

Im Wohnzimmer brannte noch Licht, es schmerzte seine Augen. Mit einem schnellen Blick trat er ein, wich aber wieder zurück. Auf der Couch lag Margo, sie wirkte schlafend, ein Buch lag offen auf ihrer Brust. Während er sich überlegte, ob er sie wecken sollte, schlug sie ihre Augen auf und sprang von der Couch hoch.

»Was machst du...«, fing sie an.

»Was ich hier mache?« fragte Peter und grinste sie an. »Ich wohne hier, weißt du noch?«

Sie sah ihn mit einem Schäfchenblick an. »Tut mir leid«, sagte sie, »ich wollte hier auf dich warten, ganz toll aufgemacht und herausgeputzt, vor Neugier umkommend, alles zu hören, was sich auf deiner Versammlung zugetragen hat. Und was mach' ich? Ich schlafe ein. Wie spät ist es?«

Plötzlich merkte Peter, daß er nicht die leiseste Ahnung hatte, wie spät es war. Als er auf die Uhr schaute, glaubte er seinen Augen nicht trauen zu können.

»Das kann doch nicht wahr sein«, murmelte er und hielt die Uhr an sein Ohr.

Margo sah ihn fragend an. »Was kann nicht sein?« sagte sie. »Wieviel Uhr ist es?«

Peter sank neben ihr auf die Couch. »Meine Uhr zeigt drei Uhr«, stöhnte er. »Aber das kann nicht sein. Ich war doch nur eine Stunde weg, oder so.«

Margo sah ihn nachdenklich an. »Du warst sieben Stunden weg, Peter«, sagte sie ruhig. »Was ist geschehen?«

»Ich weiß es nicht«, erwiderte er erstaunt. Er bemühte sich, Margo zu erklären, was sich an diesem Abend im Pfarrhaus ereignet hatte, aber während er es erzählte, ergab nichts von alledem einen Sinn. Es klang wie ein Traum, wie die unverbundenen Bruchstücke aus einer religiösen Fantasterei. Margo hörte sich die Geschichte ruhig an.

»Warum schlüpfst du nicht aus diesen Kleidern?« sagte sie, als er zu Ende erzählt hatte. »Die sehen ja aus, als ob du darin geschlafen hättest. Ich werde uns Kaffee machen, und wir fangen noch mal von vorne an.« Sie grinste ihn nicht ohne Schadenfreude an. »Bis jetzt klingt das alles so, wie ich mir das erwartet hatte. Ein ganzer Haufen Verrücktheit.« Aber in ihrem Inneren war sie besorgter als sie es zeigte.

Als sie den Wasserkessel aufsetzte, fragte sie sich, ob sie einen Fehler machte. Vielleicht war Balsam nicht, was er zu sein schien. Vielleicht war Peter gar nicht der nette, einfache, ziemlich offene Mensch, den sie so gern hatte. Sie gab in jeden Becher einen Löffel lösliches Kaffeepulver und versuchte, die letzten Reste des Schlafs abzuschütteln. Inzwischen hatte das Wasser zu kochen begonnen.

Ein paar Minuten später, als sie sich mit den zwei dampfenden Bechern auf den Weg ins Wohnzimmer machte, kam ihr Peter in der Diele entgegen, er war leichenblaß im Gesicht.

»Margo...«, begann er.

Sie stellte schnell die beiden Tassen ab und eilte zu ihm. »Peter, was ist los?«

»Ich weiß es nicht«, seufzte Peter. »Als ich mein Hemd auszog, habe...« Er unterbrach wieder und faßte sich unbewußt an den Gürtel seines Bademantels.

»Was ist los?« sagte Margo, eindringlicher diesmal... Er wand seinen Bademantel fester um seinen Körper und sah sie wie entfesselt an. Peter fürchtete sich. Sehr sogar. Sie ging näher an ihn heran.

»Laß mal sehen, Peter«, sagte sie liebevoll. Er spreizte die Arme zur Seite, und ließ sie den Gürtel um seine Lenden öffnen. Dann machte sie den Bademantel auf und ließ ihn zu Boden fallen.

Auf Peters Rücken, von den Schultern abwärts bis zu den Leisten, waren feuerrote Striemen. Obwohl die Haut nicht offen war, waren die Verletzungen geschwollen und hoben sich schmerzlich von der Blässe seines Rückens ab.

»Mein Gott«, stöhnte Margo. »Was ist passiert?«

Peter schüttelte stumm seinen Kopf. »Ich weiß es nicht«, sagte er. Dann traf ihn der Schrecken in seinem ganzen Ausmaß. Er fing an zu zittern. Und mit dem Zittern begannen die Tränen zu fließen.

»Ich weiß es nicht, Margo«, schluchzte er. »Das ist ja das Schlimmste daran. Ich habe keine Ahnung, wo das herkommt.«

»Sie haben dir etwas angetan«, Margo bestand weiterhin darauf.

»Während du in Trance oder sonstwo warst, haben sie dir etwas angetan.«

Balsam schüttelte verzweifelt den Kopf. »Das konnten sie nicht«, wiederholte er erneut. »Ich würde mich daran erinnern. Ich war nicht bewußtlos. Ich war in einer Art andersartigem Zustand, das weiß ich, aber ich konnte meine Umgebung wahrnehmen.«

»Aber du dachtest doch auch, daß du nur eine, oder höchstens zwei Stunden weg warst, in Wahrheit waren es sieben Stunden. *Sieben Stunden*, Peter! Wenn du dich wirklich an alles erinnern könntest, wie kannst du fünf oder sechs Stunden verlieren?«

»Ich weiß es nicht«, sagte er hilflos. »Ich vermute, daß mit dem Zeitgefühl irgend etwas geschieht, wenn man in Trance gerät. Aber ich weiß, daß ich nicht ohne Bewußtsein war. Ich weiß es.«

Im Morgengrauen gaben sie auf. Sie waren beide viel zu müde, um noch einmal auf das gleiche Thema zu kommen. Peter ging ans Fenster und sah zu, wie die Sonne langsam über Neilsville aufging. Die Wolken waren weg, aber die Luft war derart stickig, daß sie wohl bald wieder kommen würden. Peter wandte sich wieder Margo zu.

»Du gehst jetzt besser«, sagte er. »Es ist schon schrecklich spät.«

Sie nickte dumpf. »Ich weiß.« Ihre Stimme hatte schon keine Kraft mehr. Sie sah in seine müden Augen und wollte ihn umarmen und spüren, daß er sie umarmte. »O Peter«, diese Worte schockten sie ein wenig, »was machen wir bloß?«

Er versuchte, sie anzulächeln, aber der Versuch mißlang. »Ich weiß es nicht«, sagte er. Dann schlich sich eine Spur Ironie in seine Stimme ein. »Ich weiß anscheinend überhaupt nicht viel, oder?«

Jetzt ging sie auf ihn zu und nahm ihn in ihre Arme.

»Doch«, sagte sie sanft. »Für all das gibt es eine vernünftige Erklärung. Und wir werden sie finden. Ganz bestimmt.«

Peter wollte ihr glauben; er redete sich selbst ein, daß er ihr glaubte. Aber innerlich war er nicht davon überzeugt. In seinem Inneren hatte er schreckliche Angst und war entsetzlich allein.

Er schickte Margo nach Hause und setzte sich dann eine Stunde lang hin und kämpfte gegen den Schlaf an, den er plötzlich fürchtete. Um sieben Uhr rief er in der Schule an und sagte, daß er über Nacht krank geworden sei und heute nicht kommen könne. Dann ging er zu Bett und verbrachte den ganzen Tag schlafend und träumend. In seinen Träumen gab es viele Deutungen für die eigenartigen Striemen auf seinem Rücken. Aber wenn er von Zeit zu Zeit aufwachte, gab keine davon einen Sinn. Oder vielleicht doch…

15

»Sie sehen ja furchtbar aus.«

Dr. Shields sah Margo an und drängte sie, Platz zu nehmen.

»Ich fühle mich auch furchtbar«, gestand sie. »Ich war die ganze Nacht auf.«

Der Psychiater legte den Arztbrief, den er gelesen hatte, in die oberste Schublade seines Schreibtisches und lehnte sich in seinem Sessel zurück.

»Peter Balsam?« fragte er.

Margo nickte stumm und fing dann, zögernd, von der Auseinandersetzung mit Peter zu erzählen an, die sie die ganze Nacht nicht zur Ruhe kommen ließ. Zunächst hörte der Psychiater schweigend zu. Dann, als sie mit ihrer Geschichte fortfuhr, unterbrach er sie mit Zwischenfragen. Als sie fertig war, saß er mit gefalteten Händen gedankenverloren da.

»Möchten Sie meinen Rat, oder wollten Sie sich nur aussprechen?« fragte er schließlich.

Margo zuckte hilflos mit den Schultern. »Ich weiß es wirklich nicht. Wenn Sie einen Rat für mich haben, denke ich, würde ich ihn auch gerne hören.«

Der Arzt nickte wortlos und sah Margo dann genau an. »Wieviel bedeutet Ihnen Peter Balsam?«

»Ich weiß es nicht«, sagte Margo dumpf. »Ich dachte, sehr viel. Nach der letzten Nacht bin ich mir da nicht mehr so sicher. Die ganze Geschichte klingt so verrückt, und ich weiß nicht, ob ich damit überhaupt etwas zu tun haben will.«

»Nun, so schlimm ist es auch wieder nicht«, sagte Dr. Shields freundlich. »Schließlich sind Sie noch nicht in seine Probleme verstrickt. Noch nicht.«

»Noch nicht?« wiederholte sie.

»Noch nicht. Ich meine, bis jetzt ist alles, was Balsam widerfahren ist, lediglich ihm widerfahren. Das einzige, was Sie tun müssen, wenn Sie damit zu unglücklich werden, ist einfach. Sie müssen aufhören, ihn zu sehen.«

»Aber ich weiß nicht sicher, ob ich das will. Bevor ich mich dazu entscheide, möchte ich wissen, was geschieht. Klingt das vernünftig?«

Dr. Shields nickte. »Wie kann ich Ihnen also helfen? Was beunruhigt Sie am meisten?«

Sie sah ihn abwägend an. »Die Narben auf seinem Rücken. Striemen. Dr. Shields, Sie machen sich keine Vorstellung, wie das aussieht. Sie sind furchtbar.«

Jetzt beugte er sich nach vorn und sah sie eindringlich an. »Beschreiben Sie sie mir.«

Sie schloß die Augen, und als sich ein Bild von Peters Rücken mit diesen eigenartigen Narben einstellte, gab sie sich die größte Mühe, sie zu beschreiben. Beim Sprechen lief ein kalter Schauer über sie. Kaum fertig, sah sie den Arzt an.

»Und?«

»Sie sind sicher, daß die Haut nicht offen war? Nicht einmal aufgeschürft?«

»Ganz sicher. Und er hatte nicht einmal Schmerzen.«

»Das paßt zusammen. Es klingt mir ganz so, als ob sie hysterischen Ursprungs sind.«

»Hysterisch?«

»Das ist gar kein seltenes Phänomen. Obwohl mir das in diesem Fall eine äußerst bizarre Ausprägung scheint. Tatsächlich ist es das gleiche, wie eine psychosomatische Erkrankung. Der Wunsch wird Wirklichkeit.«

»Das verstehe ich nicht«, sagte Margo. »Wollen Sie mir damit sagen, daß Peter den unterbewußten Wunsch hat, geschlagen zu werden?«

Der Psychiater zuckte vielsagend mit den Schultern, aber als er sah, was für eine Miene Margos Gesicht nach dieser Geste angenommen hatte, versuchte er sie zu beschwichtigen.

»Das muß nicht unbedingt so sein«, sagte er. »Das Unterbewußtsein arbeitet mit allen möglichen seltsamen Methoden. Und vergessen Sie nicht die Umstände dieser Veranstaltung. Wenn das, was Sie sagen, wahr ist – und für mich gibt es keinen Grund, daran zu zweifeln – dann hört sich das für mich so an, als hätte Balsam sich mit einem Haufen ganz schön verrückter Priester eingelassen. Glauben Sie, daß sie auch Auspeitschungen vornehmen?«

»Soweit ich das weiß, praktizieren die Priester so etwas nicht mehr«, sagte Margo und bemühte sich, dabei nicht so abwehrend zu klingen, wie sie sich fühlte. »Außerdem, als sie das noch machten, war es lediglich symbolisch. Sie haben nie solche Gewalt angewendet, die Narben hinterlassen würde wie bei Peter.«

Dr. Shields' Augenbrauen krümmten sich vor Skepsis. »Unter normalen Umständen wenden sie selbstverständlich keine Gewalt an. Aber was geschieht unter anderen Voraussetzungen? Nach allem, was Sie sagen, scheint die Gemeinschaft eine etwas eigenartige Gruppierung zu sein. Und Ihr Peter Balsam könnte da ganz gut hineinpassen. Stimmt es, daß er einst am Priesterseminar studierte?«

»Das ist Jahre her«, sagte Margo heftig. »Und er hat es aufgegeben.«

»Stimmt«, pflichtet Dr. Shields bei. »Er gab es auf, um in die Psychologie einzusteigen. Und Sie wissen ja, was die Leute über uns sagen. Niemand ist so verrückt wie ein Psychologe.«

»Sie eingeschlossen?« fragte Margo.

»Habe ich je behauptet, daß ich normal bin?« antwortete Dr. Shields, dabei glitten die ersten Züge eines Grinsens über seine Mundwinkel. »Ich will Ihnen folgendes vorschlagen«, sagte er, »lassen Sie uns das Ganze für eine Weile vergessen. Nicht wirklich vergessen, aber ich glaube beileibe nicht, daß einer von uns, Ihr Freund Balsam eingeschlossen, genug darüber weiß, was da vor sich geht, um sich ein vernünftiges Urteil zu bilden. Also, lassen Sie uns die Augen offenhalten und sehen, was als nächstes passieren wird. Und sagen Sie Balsam, daß ich bereit bin, falls er den Wunsch hat, mit mir zu reden.« Dann hatte er eine Idee. »Wissen Sie«, sagte er nachdenklich, »es wäre auf jeden Fall hilfreich, wenn wir in Erfahrung bringen könnten, was sich in Wahrheit abspielt auf den Versammlungen dieser – wie nannten Sie sie gleich wieder?«

»Die Gemeinschaft von St. Peter Martyr«, sagte Margo abwesend.

»Ein hübscher Name«, sagte der Psychiater sarkastisch. Er schenkte ihr ein aufmunterndes Lächeln. »Gehen Sie nach Hause und schlafen Sie sich aus. Und, Margo«, fügte er noch hinzu, als sie schon die Tür zum Büroausgang geöffnet hatte. Sie drehte sich noch einmal um. »Seien Sie vorsichtig«, sagte er ernst. »Schließlich wissen Sie nicht sehr viel über Balsam, oder? Er kann ein anderer sein, als der, für den Sie ihn halten. Klar, er scheint ein netter Kerl zu sein. Aber er könnte auch verrückt sein, nicht wahr?« Margo sah ihn wortlos an und schloß dann die Tür hinter sich. Dr. Shields versank wieder in seinen Sessel hinter dem Schreibtisch und starrte gedankenvoll auf die geschlossene Tür. Er mochte Margo und wollte nicht mitansehen, daß man ihr weh tat. Er hoffte, daß er sich täuschte. Aber in seinem Inneren wußte er, daß er recht hatte. Und wenn Peter Balsam wirklich so krank war, wie Dr. Shields vermutete, so konnte das nur Ärger bedeuten.

Dann fiel ihm wieder Judy Nelson ein, die noch immer Patientin im Krankenhaus war. Und wer war in die Klinik gekommen, unmittelbar nachdem sie eingeliefert wurde? Peter Balsam.

Den restlichen Nachmittag über versuchte Dr. Shields sich einzureden, daß Balsams Besuch lediglich der Sorge eines Lehrers wegen einer seiner Schülerinnen entsprungen war, und daß es keine Verbindung gab zwischen Peter Balsam und Judys Versuch, sich das Leben zu nehmen. Aber als er an diesem Nachmittag nach Hause ging, war er noch immer nicht davon überzeugt. Es *gab* eine Verbindung. Er war sich absolut sicher.

Geraldine Crane hörte das Zuknallen der Eingangstür, ließ sich dadurch aber nicht beim Bügeln stören. Einen Augenblick später blickte sie auf und sah, daß ihre Tochter in die Küche kam.

»Du bist früh dran«, meinte sie. Marilyn legte ihre Bücher auf den Tisch und öffnete den Kühlschrank. Sie hörte wie ihre Mutter sagte: »Verdirb dir nicht den Magen.«

Sie suchte im Kühlschrank herum und fand eine Karotte, die ihr als Snack ausreichte. Sie ging zum Waschbecken hinüber und fing an, die Karotte über dem Mülleimer zu schälen.

»Die Vitamine sind alle in der Schale«, sagte Geraldine. »Wenn du sie schälst, brauchst du sie gar nicht mehr zu essen.«

Schweigend schälte Marilyn die Karotte weiter und hoffte, ihre Mutter würde sie allein lassen. Ihr Wunsch wurde nicht erfüllt.

»Ich habe heute dein Zimmer saubergemacht«, sagte Geraldine, ohne ihre Stimme zu erheben. Marilyn fragte sich, ob sie dafür gerügt werden sollte, daß sie es nicht genug in Ordnung hielt, oder ob es auf etwas anderes hinauslief. Es lief auf etwas anderes hinaus.

»Ich habe deine Geschichtsprüfung gefunden«, sagte Geraldine mit anklagendem Unteron. »Du hättest sie mir zeigen sollen.«

»Wollte ich nicht«, sagte Marilyn.

»Ich kann nicht verstehen, warum.« Die Stimme ihrer Mutter verletzte Marilyn.

»Seit wann schreibst du B-Minus-Zensuren?«

Marilyn warf die Karotte in den Mülleimer. Sie wollte sie plötzlich nicht mehr.

»Es ist nur eine Prüfung, und keine besonders wichtige«, sagte sie abwehrend.

»Eine Prüfung?« fragte Geraldine. »Für dich mag das lediglich eine Prüfung sein, für mich heißt das, daß du dir nicht genug Mühe gibst.« Sie stellte das Bügeleisen weg und wandte ihr Gesicht ihrer Tochter zu. »Ich weiß nicht, was ich mit dir machen soll, Marilyn. Egal, was ich für dich tue, es scheint bei dir nicht zu fruchten.«

Marilyn war den Tränen nahe. »Mutter, es ist doch nur eine Prüfung«, flehte sie. »Und die Note ist auch nicht so schlecht. Greta hatte immer noch schlechtere Noten.«

Geraldine nickte. »Deine Schwester ist nicht aufs College gegangen«, sagte sie, »Greta hat geheiratet.«

»Gut, das werde ich vielleicht auch«, platzte Marilyn heraus, bereute ihre Worte aber sofort, nachdem sie gesagt waren. Da war sie in ein weiteres Fettnäpfchen getreten, und das wußte sie.

»Du mußt erst einmal ein Rendezvous ausmachen, bevor du heiratest«, bemerkte Geraldine säuerlich. »Und soweit ich das sehe, bist du auf dem Gebiet auch nicht sonderlich aktiv.«

»In Ordnung«, rief Marilyn aus, »es tut mir leid, Mutter! Es tut mir leid, daß ich nicht wie Greta bin, es tut mir leid, daß ich nicht beliebt bin, es tut mir leid, daß ich eine einzige Enttäuschung für dich bin. Es tut mir leid, es tut mir leid, es tut mir leid.«

Geraldine Crane sank in einen der Stühle um den Küchentisch und stieß Marilyn in einen anderen. Mit einem Mal wünschte sie, sie hätte nicht so scharfe Worte gegen ihre Tochter gebraucht, jetzt versuchte sie das auszugleichen.

»Es gibt nichts, was dir leid zu tun braucht«, sagte sie freundlich. »Ich bin wirklich sehr stolz auf dich. Ich möchte nur, daß du glücklich bist.«

Sie sagte fast eine Minute lang nichts. »Und du verbringst zu viel Zeit in der Kirche«, fuhr sie fort. »Du bist noch viel zu jung, um deine ganze Zeit in der Kirche zu verbringen. Du hast dazu genügend Zeit, wenn du erst mal älter bist.«

»Aber ich gehe gern in die Kirche«, sagte Marilyn trotz des Kloßes, der ihr im Hals steckte. Sie wollte auf keinen Fall weinen; sie hoffte, daß sie nicht damit anfing. »Vielleicht sollte ich in ein Kloster gehen.«

»Spinn mal nicht«, sagte ihre Mutter. »Das ist doch kein Leben für dich. Du solltest dir nur ein paar Freunde schaffen und versuchen, ein bißchen aus dir herauszugehen. Kein Wunder, daß du nicht glücklich bist. Wenn ich soviel Zeit nur mit mir selbst verbrächte wie du, ich wäre auch unglücklich.«

Marilyn konnte ihre Tränen nicht länger unterdrücken, aber sie konnte sich auch nicht vor ihrer Mutter einfach gehen lassen. Sie fühlte sich schrecklich einsam. Bevor ihre Mutter sie aufhalten konnte, war sie vom Küchentisch geflohen. Geraldine saß stumm am Küchentisch und hörte zu, wie ihre Tochter die Treppen hinaufstürmte. Dann zuckte sie hilflos mit den Schultern, obwohl niemand da war, der es hätte sehen können, und machte sich wieder ans Bügeln. Die Erziehung von Greta war so einfach, dachte sie. Warum ist es mit Marilyn so schwierig?

Sie nahm ein weiteres Hemd ihres Mannes und fing an, die Ärmel zu bügeln, doch in Gedanken war sie bei ihrer Tochter. Das Bügeleisen glitt über einer Stelle hin und her. Erst als sie den braunen Brandfleck sah, merkte sie, daß sie träumte. Sofort rief sie ihre Gedanken an die zu erledigenden Hausarbeiten zurück. Es war ihr nicht aufgegangen, daß sie aus derselben Sorge das Hemd ruiniert hatte, die auch ihrer Tochter das B-Minus in der Geschichtsprüfung eingebracht hatte.

Ein paar Minuten später hörte sie ihre Tochter wieder herunterkommen und überlegte sich, ob sie sie in die Küche rufen sollte, um mit ihr ein Gespräch zu versuchen. Aber bevor sie sich entscheiden konnte, erschien Marilyn in der Tür.

»Ich gehe ins Krankenhaus«, sagte Marilyn in einem Ton, der keine Diskussion aufkommen ließ.

»Ins Krankenhaus?« fragte Geraldine. »Und wofür?«

»Ich werde Judy Nelson besuchen«, sgte Marilyn mit fast herausfordernder Stimme. »Wenn du willst, daß ich Freunde habe, dann glaube ich einen guten Anfang zu machen, indem ich Judy besuche.«

»Aber ich dachte, du magst Judy nicht«, sagte ihre Mutter neugierig. »Ich dachte, du magst die ganze Clique nicht.«

»Judy war nicht auf der Party«, sagte Marilyn mürrisch. Dann ging sie völlig unerwartet auf ihre Mutter zu und küßte sie auf die Wange. »Es tut mir leid«, sagte sie. »Ich weiß, daß ich nicht die Tochter bin, die du dir immer gewünscht hast, aber ich werde mich bemühen, es besser zu machen. Ich sollte mich nicht so aufregen lassen.«

Bevor Geraldine überhaupt antworten konnte, war Marilyn weg. Geraldine schaute aus dem Fenster und sah, wie ihre Tochter ihr Fahrrad nahm und davonstrampelte. Sie runzelte ein wenig die Stirn, sie hatte das unbestimmte Gefühl, daß gerade etwas sehr Bedeutendes geschehen war, und daß sie es verpaßt hatte. Dann verdrängte sie die ganze Angelegenheit und ging wieder an ihre Hausarbeit.

Marilyn sah sie, bevor sie sie sahen. Sie stand in der Tür und schaute auf den halbverwilderten Garten hinter dem Krankenhaus hinaus. Penny Anderson und Judy Nelson standen tratschend zusammen, während Karen Morton mit einem der Pfleger flirtete. Marilyns erster Gedanke war, zu verschwinden und das ganze entweder zu vergessen oder ein andermal wiederzukommen. Sie focht den Gedanken nieder und stand in dem Gebäude und beobachtete die Mädchengruppe und den Pfleger. Dann, ein paar Augenblicke später, schlossen sich Judy und Penny Karen an. Marilyn konnte ihre Mundbewegungen sehen, aber nicht ihre Stimmen hören. Sie hätte gern gewußt, worüber sie sich unterhielten.

»Schaut euch jetzt nicht um«, sagte Penny gerade. »Aber ich möchte schwören, daß Marilyn Crane genau hinter dieser Tür steht.« Die anderen Mädchen fingen an sich umzudrehen, aber Penny sagte noch einmal: »Ich sagte, schaut euch jetzt nicht um. Was glaubt ihr wohl, was sie hier macht?«

»Wenn sie uns zusieht, dann ist sie wahrscheinlich gekommen, um mich zu besuchen«, sagte Judy säuerlich.

»Trotz Samstag abend?« fragte Penny. »Ich hätte nicht gedacht, daß sie nach allem, was wir ihr angetan haben, noch eine von uns sehen möchte.« Sie fing an, in sich hineinzukichern, als sie Marilyns Gesicht wieder vor sich hatte, nachdem diese gemerkt hatte, warum sie auf die Party eingeladen worden war.

»Sie weiß nicht, daß ich etwas damit zu tun hatte«, sagte Judy. »Ich war ja hier im Krankenhaus, das wißt ihr.«

»Ich frage mich, was sie will«, meinte Karen. Dann, als sie den Druck vom Bein des Pflegers gegen ihr eigenes spürte, stand sie plötzlich auf. Das ging ihr zu weit.

»Laßt uns hier verschwinden«, sagte Karen nervös. »Marilyn kommt nicht her, solange wir hier sind, und ich will sowieso nicht mit ihr reden. Ihre Pickel könnten sich abreiben.« Sie war befriedigt, als die anderen Mädchen lachten.

»Also gut«, grinste Judy. »Ihr zwei verschwindet jetzt hier, und ich rufe euch, sobald sie abhaut.«

»Das gibt bestimmt was zu lachen«, sagte Penny. Dann gingen sie und Karen weg, dabei gaben sie sich die größte Mühe, nicht zu der Tür zu sehen, hinter der Marilyn noch immer herumlungerte.

Marilyn sah zu wie sie gingen und versuchte zögernd die Tür aufzustoßen. Dann aber sagte ihr etwas, es sein zu lassen und das

Krankenhaus zu verlassen, ohne mit Judy gesprochen zu haben. Zu spät. Judy winkte ihr schon.

»Hallo«, rief Judy. »Was führt dich hierher?« Ihre Stimme klang freundschaftlich, und Marilyn fühlte sich ermutigt. Vielleicht war das doch keine so schlechte Idee gewesen.

»Ich – ich dachte, du magst etwas Gesellschaft«, sagte sie zögernd. Sie hielt Judy einen Stapel mit Fan-Magazinen entgegen, die sie auf ihrem Weg in die Klinik vom Kiosk mitgenommen hatte. »Die habe ich dir mitgebracht.«

Judy sah sich gelangweilt die Titelblätter an. »Danke«, sagte sie lakonisch. Sie starrte Marilyn an und wartete darauf, daß das andere Mädchen zu sprechen begann.

»Wann darfst du nach Hause?« fragte Marilyn schließlich.

»Wer weiß? Was mich betrifft, ich könnte heute nach Hause. Aber die wollen mich hier nicht eher rauslassen, bis ich ihnen sage, warum ich es getan habe – und ich will es ihnen nicht sagen.«

Der Pfleger sah Judy scharf an und schien etwas sagen zu wollen. Judy ließ ihm keine Zeit.

»Warum lassen Sie uns nicht alleine?« sagte sie zu ihm. »Ich meine, wie können wir uns richtig unterhalten, wenn Sie die ganze Zeit danebensitzen und jedes Wort mit anhören?«

»Ich darf dich nicht alleine lassen«, antwortete der Pfleger. »Du weißt das.«

»Oh, ist das aber dumm«, sagte Judy schnippisch. »Können Sie nicht einfach da rüber gehen und sich da alleine hinsetzen? Dann können Sie mich immer noch sehen, aber ich kann mich wenigstens mit Marilyn unterhalten.«

»Also . . .«, setzte der Pfleger an, er war kurz davor, Judys Bitte zu entsprechen. Judy setzte ihn noch ein wenig unter Druck.

»Also, machen Sie schon«, drängte sie. »Nur für ein paar Minuten.« Sie machte ein niedliches Mädchengesicht, und bevor der Pfleger herausfinden konnte, ob es echt war, hatte er nach dem Köder geschnappt.

»In Ordnung«, sagte er und stand auf. »Aber nur für ein paar Minuten. Du mußt dann wieder auf dein Zimmer.«

Judy schmollte ein bißchen, aber das Schmollen verschwand, sobald der junge Mann ihr den Rücken zudrehte. Verschwörerisch grinste sie Marilyn an. »Den habe ich um den kleinen Finger gewickkelt«, flüsterte sie. Aber Marilyn hörte nicht hin, sie dachte an etwas anderes.

»Wie war es?« fragte sie.

»Was war wie?«

»Was du getan hast«, sagte Marilyn. »Weißt du ...« Ihre Stimme erstarb, und sie fürchtete, sie hätte etwas Falsches gesagt. Ein traumverlorener Ausdruck glitt über Marilyns Gesicht.

»Es war verrückt«, sagte Judy. »Und weißt du was? Ich weiß ehrlich nicht, warum ich es gemacht habe. Ich war sauer auf meine Mutter, aber sicherlich nicht so sauer.«

»Du schienst mir gar nicht sauer, als ich dich an dem Tag im Gang traf«, murmelte Marilyn. »Du schienst mir eher – traurig.«

Judy sah sie fragend an. »Du? Ich kann mich nicht daran erinnern, dich gesehen zu haben.«

Judy schüttelte langsam ihren Kopf. »An so etwas kann ich mich überhaupt nicht mehr erinnern«, sagte sie. »Alles was ich von dem Tag noch weiß, ist mein Gespräch mit Balsam. Dann wird alles ganz schön durcheinander. Aber ich erinnere mich daran, daß ich im Schrankraum gewesen bin und daß ich mich aufgeschnitten habe. Es hat überhaupt nicht weh getan. Ich habe mich einfach nur geschnitten, dann kam auch schon das Blut heraus. Und ich fühlte mich so friedvoll. Es war – ja, es war fast so, wie es mir manchmal in der Kirche geht, wenn ich zuhöre, wie Monsignore Vernon eine Messe zelebriert. Ein eigenartiges Gefühl überkommt mich, und ich glaube, daß ich gar nicht mehr in meinem Körper bin. Genauso habe ich mich gefühlt, als ich mich geschnitten habe. Es war, als ob ich einem anderen dabei zuschaue. Und dann merkte ich plötzlich, was ich getan hatte. Ich meine, plötzlich wurde mir klar, daß ich es war, der das geschah. Da bekam ich Angst. Dann habe ich die Polizei gerufen. Anschließend fand Mr. Jenkins mich.« Judy hielt inne und schaute zu dem anderen Mädchen. »Der Rest war furchtbar.«

»Furchtbar? Was meinst du damit?« Marilyn dachte, das Schlimmste wären die Schnitte gewesen.

»Alle wollten sie wissen, was geschehen war. Warum ich es getan habe. Was weiß ich, warum ich es getan habe? In dem Augenblick schien es einfach eine gute Idee. Jetzt haben sie alle Angst, ich könnte es wieder versuchen.«

»Wirst du?« fragte Marilyn mit ernster Stimme. Judy schüttelte bedeutungsvoll den Kopf.

»Auf keinen Fall. Ich glaube, wenn ich mich wirklich umbringen wollte, dann würde ich es wieder versuchen. Aber ich glaube, ich wollte nicht sterben. Ich glaube, ich wollte nur einmal sehen, wie das ist. Aber das ist alles vorbei.« Auf einmal grinste sie. »Ich habe zu viel zu tun. Wer hat schon Zeit zu sterben?«

Dann kam der Pfleger zurück, und Judy stand auf.

»Essenszeit«, sagte Judy mit einem Anflug von Spott in ihrer Stimme. »Die behandeln mich hier wie einen Säugling.«

»Wenn du dich wie ein Säugling verhältst, wirst du so behandelt«, bemerkte der Pfleger. Judy streckte ihm die Zunge raus, aber er beachtete es nicht. Die beiden gingen zum Gebäude hinüber. Plötzlich wandte sich Judy noch einmal um.

»Danke dir, daß du gekommen bist«, sagte sie. Dann, kurz bevor sie in der Klinik verschwand, sagte sie noch etwas. »Sich umzubringen ist wirklich irgendwie toll. Du solltest es auch mal versuchen.« Und dann fing Judy Nelson an zu lachen – ein Gelächter, das noch lange, nachdem Judy im Schatten der Gemäuer verschwunden war, in Marilyns Ohren klang.

Marilyn saß lange Zeit alleine da und starrte ins Nichts und versuchte die Bedeutung von allem, was Judy gesagt hatte, herauszubekommen. Dann, sie wußte nicht, wieviel später, war sie von der Bank weggegangen und zu ihrem Fahrrad zurückgegangen.

Bevor sie auf ihr Rad stieg und vom Krankenhaus wegfuhr, faßte sie noch in den Fahrradkorb. Ihre Hände umfaßten einen winzigen Gegenstand. Sie nahm ihn heraus und schaute ihn an.

Es war ein Päckchen Rasierklingen.

Marilyn konnte sich nicht daran erinnern, sie gekauft zu haben.

Sie konnte sich nicht daran erinnern, sie in den Korb gelegt zu haben.

Und doch waren sie da. Sie starrte sie stumm an, ein Teil ihres Gewissens fragte sich, wo sie herkamen, ein Teil akzeptierte ihre Existenz. Sorgfältig verstaute sie sie in ihrer Handtasche.

Von einem Fenster im zweiten Stock beobachtete Judy Nelson Marilyn. Ein leichtes Lächeln huschte über ihr Gesicht, als Marilyn auf die Stadt zuradelte. Judy sah zu, bis Marilyn verschwand, und ging dann wieder ins Bett. Sie nahm den Hörer vom Telefon, wählte und ließ es klingeln.

»Penny? Marilyn ist gerade weggegangen.«

»Was wollte sie?«

»Wer weiß? Wen kümmert das schon? Aber ich werde dir eines sagen. Irgend etwas wird mit dem Mädchen passieren!«

16

Der Bischof sah noch einmal in den Kalender auf seinem Schreibtisch und merkte sich den Termin um fünf Uhr, der sorgfältig mit Tinte eingetragen war. ›Golf‹, stand da, ›Joe Flynn‹. Er hatte sich eigentlich die ganze Woche darauf gefreut, bis vor einer Stunde. Da war sein Sekretär hereingekommen und hatte in aller Ruhe einen anderen Termin vor das Golftreffen notiert: ›Peter Balsam‹. Seine zusammengekniffenen Augenbrauen hatten nur ein Zucken hervorgerufen und eine Erklärung: »Fellow sagt, daß es dringend sei.« Also sollte er sich jetzt zum Golf verspäten, aber während er wußte, daß Joe Flynn ihm verzeihen würde, war er sich nicht sicher, ob er diesem Peter Balsam verzeihen würde, daß er ihn aufhielt. Golf war schließlich wichtig. Der Bischof sah auf die Uhr an der Wand, in der Hoffnung, dieser Mann würde zu spät kommen, und wenn es sich nur um eine Minute handelte. Mit dieser Minute hätte er eine glaubwürdige Entschuldigung, um schnell durch die Tür hinter seinem Schreibtisch zu verschwinden. Er zählte schon die letzten fünfzehn Sekunden, als der Summer seiner Sprechanlage ertönte.

Er maulte ein wenig in sich hinein und drückte auf den Knopf. »Ja?« bellte er so laut und ungeduldig er konnte, denn er hoffte, damit den ungebetenen Besucher abzuschrecken.

Im Sekretariat winkte Pater Duncan den nervösen Peter Balsam zu sich heran und hielt einen Finger auf seine Lippen. Dann sprach er in das Sprechgerät.

»Mr. Balsam ist hier und will Sie sehen, Euer Eminenz. Soll ich ihn hereinführen?«

»Wie stehen die Chancen, daß er wieder weggeht, wenn ich nein sage?« grummelte die Stimme des Bischofs aus dem Kasten. Balsam merkte, daß er rot anlief und wollte fliehen. Pater Duncan grinste ihn nur an.

»Keine Chance«, sagte der Priester streng. »Ich habe auch schon Joe Flynn angerufen und ihm alles erklärt. Sie brauchen sich wegen Ihrer Verspätung keine Sorgen zu machen.«

»Also gut. Dann bringen Sie ihn herein. Aber ich hätte es gerne, wenn Sie mir die Dinge ebenso erklären würden, wie Sie das für Joe Flynn tun. Immerhin sind Sie *mein* Sekretär.«

Pater Duncan stand auf und bedeutete Peter Balsam, ihm zu folgen. »Am Freitag spielt er immer Golf, seien Sie also nicht überrascht, wenn er ein bißchen brummig ist. Und versuchen Sie, Ihren

Besuch möglichst kurz zu halten. Je später er dran ist, um so brummiger wird er. Aber sein Bellen ist schlimmer als sein Biß.« Und bevor Peter antworten konnte, öffnete er die Tür und trat beiseite, so daß Peter vor ihm in das Büro des Bischofs eintreten konnte.

Als Balsam das Büro betrat, stand Bischof O'Malley nicht auf, was Balsam nur ein wenig überraschte. Er hörte, wie der Sekretär die Vorstellung übernahm und durch den Raum ging, um sich vor dem Bischof niederzuknien. Er aber machte das nicht.

»Können wir?« sagte der Bischof und kam Peter zuvor. »Warum nehmen Sie nicht einfach Platz, damit wir die Sache so schnell wie möglich hinter uns bringen, in Ordnung?«

Ein verlegener Peter Balsam ließ sich in einem der Besucherstühle am kurzen Ende des Schreibtisches nieder, und der Bischof lächelte in sich hinein. Damit habe ich ihn erst einmal eingeschüchtert, ein Punkt für mich. Während sich Balsam von dem Anschlag erholte, überlegte sich der Bischof, welche Vorgehensweise sich als die wirksamste erweisen würde, um diesen jungen Mann aus seinem Büro zu entfernen. Er gab sich ein wirklich strenges Aussehen und sah finster über seinen Schreibtisch.

»Pater Duncan sagte mir, daß Sie dieses Treffen auf eigene Faust eingerichtet haben«, sagte er ungehalten, obwohl ihm der Sekretär nichts in dieser Richtung mitgeteilt hatte. »Normalerweise hätten Sie das Einverständnis von Monsignore Vernon gebraucht, um so weit vorzudringen.« Er sah zu, wie Balsam sich wand, und erhöhte sein Punktekonto auf zwei zu null.

»Es tut mir leid, Euer Eminenz«, sagte Balsam. »Aber ich fürchte, ich konnte das nicht über Monsignore tun…«

»Sie konnten oder wollten nicht?« unterbrach ihn der Bischof. »Das ist ein gewaltiger Unterschied, Sie verstehen?«

»Ich weiß«, sagte Balsam schärfer, als er es gemeint hatte. »Ich bin Psychologe.« Im Geiste radierte der Bischof seine beiden Punkte wieder aus und schrieb einen für Balsam an. Dann entschloß er sich, das Punkten aufzugeben – es war irgendwie nicht sein Tag. Er lächelte Balsam an.

»Entschuldigen Sie«, sagte er, »das hat mir Pater Duncan nicht gesagt.« Balsam akzeptierte diese Feststellung als Zeichen für einen Waffenstillstand, was es auch war. Er entspannte sich wieder.

»Ich konnte nicht über Monsignore Vernon vorgehen, Sir, weil ich sonst ihm hätte erzählen müssen, worüber ich mit Ihnen sprechen will.«

Bischof O'Malley nahm einen Bleistift von der Schreibplatte und lehnte sich in seinem Stuhl zurück. Einen Moment lang klopfte er sich mit dem Bleistift gegen seine Schneidezähne und beobachtete sein Gegenüber. »Daraus schließe ich, daß Sie mit mir über Monsignore Vernon sprechen wollen?« fragte er milde.

Balsam nickte. »Ich weiß nicht, mit wem ich sonst darüber reden könnte, sonst hätte ich Sie nicht belästigt. Und ich bin mir nicht ganz sicher, ob es sich wirklich um Monsignore Vernon handelt, worüber ich sprechen möchte. Es ist seine Gemeinschaft.«

»Seine Gemeinschaft?« wiederholte der Bischof. »Ich verstehe nicht ganz.« Heimlich schaute er zur Uhr. Ja, er würde zu spät kommen.

»Die Gemeinschaft von St. Peter Martyr«, sagte Balsam und fragte sich, ob er dem Bischof die ganze Angelegenheit erklären sollte.

»Ach, der wilde Haufen«, sagte der Bischof gelassen. Mit einem Mal ging es ihm viel besser; das konnte in einigen wenigen Minuten erledigt werden, und er wäre sofort unterwegs zum Country-Club.

»Dann wissen Sie davon?« fragte Balsam wißbegierig.

»Nun, das ist ja keineswegs ein Geheimnis, oder doch? Sieben alte Priester, die sich ab und zu zusammensetzen und dann über die ›guten alten Zeiten‹ sprechen.« Er sah Balsam fragend an. »Sie sind also wirklich den ganzen Weg hierher gekommen, um über die Gemeinschaft von St. Peter Martyr zu reden? Ich glaube, Sie haben Ihre Zeit vergeudet.« Er stand auf, bereit, dieses Treffen zu beenden. Aber Peter Balsam rührte sich nicht.

»Ich glaube, da ist ein bißchen mehr dran«, sagte er leise. Der Bischof starrte ihn einen Augenblick lang an, sank dann wieder in seinen Sessel hinter seinem Schreibtisch. Es war sowieso schon zu spät.

»Mehr dran? Was läßt Sie daran glauben?«

»Waren Sie je auf einer Versammlung der Gemeinschaft?« hielt Balsam entgegen. Nachdem der Bischof dies kopfschüttelnd verneinte, fing Balsam an, von den beiden Versammlungen zu berichten, denen er beigewohnt hatte. Der Bischof hörte ihm schweigend zu, aber während des gesamten Vortrags klopfte er mit dem Bleistift an die Tischkante.

»Ist das alles?« fragte er, als Balsam schließlich nichts mehr sagte.

»Mehr oder weniger«, sagte Balsam zweideutig. Den letzten Teil der Geschichte hatte er weggelassen, weil er sich nicht in der Lage fühlte, dem Bischof von den seltsamen Narben auf seinem Rücken zu erzählen.

»Es klingt nach mehr«, kommentierte der Bischof trocken. »Es klingt, als ob Sie sich nicht allzu gut an die Versammlungen erinnern, und eine Menge in die Gemeinschaft hineingeheimnissen, was gar nicht vorhanden ist. Offen gesagt, für mich ist es nicht im geringsten von Bedeutung, wenn sieben alte Priester, die nicht mehr viel zu tun haben, sich zu entschließen, Unterhaltung in einer selbstgegründeten Diskussionsgruppe zu finden.«

»Sie sagen immer sieben«, warf Balsam ein. »Es sind nur sechs.«

Der Bischof lächelte locker. »Einst waren sie sieben. Aber Pater George Carver verstarb im letzten Jahr. Jetzt sieht es ganz danach aus, daß Sie rekrutiert werden, um die Runde wieder zu vervollständigen. Tragen Sie sich mit dem Gedanken, sich ihnen anzuschließen?«

»Wenn es nach ihnen geht, bin ich schon dabei«, sagte Peter zögernd. Der Bischof bemerkte das Zögern in seiner Stimme, und hakte da noch einmal ein.

»Gibt es da noch etwas, was Sie mir nicht erzählt haben?«

Balsam rutschte ungemütlich in seinem Stuhl herum, und überlegte, ob er dem Bischof von seinen Narben auf dem Rücken erzählen solle. Er entschied sich dagegen.

»Eigentlich bin ich gekommen, um einige Fragen zu stellen, weniger, um Ihnen von der Gemeinschaft zu berichten. Ich hatte gehofft, Sie wüßten mehr darüber als ich.«

»Ich verstehe. Wegen der Vermutung, daß der Bischof die Quelle allen Wissens in der Diözese ist. Nun, ich fürchte, das ist nur ein Mythos. Wenn ich versuchte, mich mit allem aufzuhalten, was meine Priester tun, hätte ich keine Zeit mehr für die wichtigen Dinge.«

Wie Golf? wollte Balsam fragen, ließ es aber.

»Wie Golf«, sagte der Priester, als hätte er seine Gedanken gelesen. »Was die Gemeinschaft von St. Peter Martyr betrifft, fürchte ich, daß ich nur wenig weiß. Soviel ich weiß, waren es einfach sieben alte Priester...«

»Monsignore Vernon ist doch aber nicht alt«, unterbrach Balsam.

Der Bischof peilte ihn über seine Brillengläser an, dieser Balsam zeigte etwas mehr Eifer als ihm lieb war. Auf der anderen Seite fand er es auch wieder erfrischend, auf eine eigenartige Weise.

»An Jahren vielleicht nicht, aber seine Anschauungen sind ein bißchen altmodisch. Und für die übrigen, na ja, da paßt das Alter größtenteils zu ihrem Denken.«

»Was meinen sie damit?« fragte Balsam. Er dachte, daß er es wüßte, wollte aber, daß es der Bischof für ihn aussprach.

»Wie kann ich das sagen?« stöhnte der Bischof laut. Dann legte er den Bleistift hin und beugte sich in seinem Stuhl vor.

»Die Kirche ist ein ständiger Zustand des Paradoxen«, begann er. »Auf der einen Seite erzählen wir unseren Schäfchen und allen anderen, daß wir den Schlüssel zur absoluten Wahrheit besitzen. Aber auf der anderen Seite sehen wir genau, daß es eine absolute Wahrheit nicht gibt. Die Wahrheit ändert sich im Laufe der Zeiten. Leider finden es allzu viele von uns bequemer, sich an die Traditionen zu hängen, anstatt sich mit den Veränderungen auseinanderzusetzen. Allzu vielen von uns gelingt es nicht, einzusehen, daß es den Glauben nicht zerstört, wenn man mit der Zeit geht. Und das ist, soweit ich weiß, die Grundlage der Gemeinschaft von St. Peter Martyr. In ihrem Denken sind sie altmodisch und erhalten nicht viel Unterstützung durch die Kirche, am wenigsten in meiner Diözese. Sie wollen *glauben*. Sie müssen sich aneinanderklammern um Unterstützung.

Sie sind schrecklich dogmatisch, natürlich, und ganz offen, ich verbringe nicht viel Zeit mit ihnen. Ich meine damit nicht so sehr die Gemeinschaft von St. Peter Martyr; mit der Gemeinschaft verbringe ich überhaupt keine Zeit – ich meine mehr die einzelnen Mitglieder. Ich fürchte, ich kann nicht annähernd so – wie ist das richtige Wort? religiös? – sein, wie sie mich gern hätten. Und obwohl ich das nicht sagen sollte, Monsignore Vernon ist der übelste unter ihnen.«

Der Bischof lächelte etwas gequält, fuhr dann fort. »Junger Mann, jedes Mal, wenn ich mit Vernon rede, danke ich meinen günstigen Sternen, daß ich älter werde. Bis dieser Mann so alt ist wie ich, wird er absolut unmöglich sein. Genau gesagt, ich muß mir immer in Erinnerung rufen, daß er in Ihrem Alter ist, nicht in meinem. Er scheint schon jetzt alt.«

»Ich weiß«, Balsam konnte sich für den Bischof erwärmen. »Ich ging mit ihm zur Schule. Damals war er noch Pete Vernon, und Sie hätten ihn nicht erkannt.«

»Hätte ich nicht? Vergessen Sie nicht, daß ich ihn in Neilsville seit nunmehr zwölf Jahren im Auge habe. Ich kann mich noch an den jungen Mann erinnern, der aus Philadelphia hierher kam. Er hat sich sehr verändert gegen damals. Es liegt wohl an Neilsville. Solche Städte fügen den Menschen etwas zu. Zu klein. Inzucht. Ich glaube, es läßt sich gar nicht vermeiden, daß auch der Klerus darin verwickelt wird. Ich habe mich oft gefragt, ob ich in der Kirche geblieben wäre, wenn man mich an einen Ort wie Neilsville geschickt hätte.« Dann strahlte er ein klein wenig. »Wer weiß? vielleicht wäre ich auch klargekommen in Neilsville, und hätte selber eine Gemeinschaft des St. Peter Martyr gegründet. Ganz unter uns, in Neilsville zu sitzen, ist genau meine Vorstellung eines Martyriums.«

»Ich verstehe, was Sie meinen«, antwortete Balsam. Dann wechselte er das Thema. »Hat Monsignore Vernon die Gemeinschaft des St. Peter Martyr gegründet?«

»Sie meinen, Sie wußten das nicht?«

Balsam schüttelte den Kopf. »Ich weiß, daß er das Oberhaupt ist, aber ich hätte vermutet, daß sie schon seit Jahren existiert.«

»Keineswegs. Vernon hat sie vor etwa fünf Jahren ins Leben gerufen, ungefähr zu der Zeit, als er Monsignore wurde. Ich vermute, dies war seine Art zu beweisen, daß er ›es geschafft‹ hatte.«

»Scheint irgendwie eigenartig«, bemerkte Balsam.

»Eine hübsche Selbstüberschätzung, würde ich sagen«, sagte der Bischof.

»Selbstüberschätzung?«

Der Bischof sah ihn nun fragend an. »Das haben Sie noch nicht herausgekriegt?«

»Sie haben mich schon wieder falsch verstanden«, gab Balsam zu.

»Die Namen, Mann, die Namen«, rief der Bischof aus. »Monsignore Vernon hat die Gemeinschaft nach sich benannt!«

Balsam sah den Bischof verdutzt an. »Nach sich benannt?«

»Was, das haben Sie nicht gewußt?« kicherte der Bischof. »Der Name von St. Peter Martyr war Piero da Verona. Nun, wenn Sie das ins Englische übersetzen sollten, was würde da herauskommen?«

»Peter Vernon«, sagte Balsam langsam. »Oder etwas ganz Ähnliches, was fast keinen Unterschied machen würde. Ist es das, was Sie meinen?«

Der Bischof nickte. »Das erstaunt Sie, nicht wahr?« Und weiter: »Was für ein unangenehmer Mensch das gewesen sein muß.«

»Wer?«

»Piero da Verona. St. Peter Martyr.«

Balsam zog überrascht die Augenbrauen hoch. »Verzeihung, wie bitte?«

»Sie haben doch die Geschichte gelesen, oder? Wie einer der sogenannten Ketzer durch die Verfolgungen von Verona zu weit getrieben wurde und ihn eines Nachts tötete?«

»Sogenannte Ketzer?« Balsam wollte lächeln, tat es aber nicht. Der Bischof sah ihn strafend an und fragte sich, ob der junge Mann ihn auf den Arm nehmen wollte. »Ach, kommen Sie. Ich denke wir müssen alle zugeben, daß die Dominikaner während der Inquisition jeden, der nicht mit ihnen übereinstimmte, als Ketzer denunziert haben. Aber sie als Ketzer zu bezeichnen, macht noch keine Ketzer aus ihnen, oder?«

»Nein«, stimmte Balsam zu, »gewiß nicht.« Dann wechselte er erneut das Thema. »Was geschah mit dem Mann, der Verona getötet hatte?«

»Ah«, sagte der Bischof und war wieder einmal aufgestanden. »Nun, das ist ein herrliches Beispiel für die seltsamen Wege des Herrn. Der Mörder ist auch ein Heiliger!«

Balsams Augen wurden vor Erstaunen weit. »Noch einmal bitte?«

»Schon möglich«, Bischof O'Malley lachte. »Ich weiß nicht, was der wahre Grund dafür ist, und ich glaube, niemand kennt ihn, aber die Geschichte berichtet, daß der Mann, der Verona tötete – mir ist sein Name entfallen, sollte ich ihn je gewußt haben –, bereute und selber einem Orden beitrat, und schließlich heilig gesprochen wurde. Natürlich nicht so schnell wie Verona, der, glaube ich, den Rekord hält, was schnelle Heiligsprechung betrifft, aber er schaffte es schließlich.«

»Als welcher Heiliger?«

»Ich habe nicht die leiseste Ahnung. Es gibt so viele Heilige, ich kann mich damit nicht befassen.« Er sah auf die Uhr und war überrascht, als er sah, wie spät es schon war. »Wenn Sie mich jetzt entschuldigen«, sagte er zu Balsam, »ich werde viel zu spät zu meinem Spiel kommen.«

Balsam sprang auf die Füße. »Es tut mir leid, soviel Ihrer Zeit beansprucht zu haben«, entschuldigte er sich. Der Bischof gab ihm einen Klaps auf den Rücken, er fand, daß er den jungen Mann ganz gut leiden mochte.

»Keine Ursache«, sagte er. »Ich stehe Ihnen jederzeit zur Verfügung. Nur, gehen Sie beim nächsten Mal den Dienstweg. Wenn es sein muß, dann lügen Sie Vernon deswegen an. Besser so, als wenn er herausbekommt, daß Sie ihn völlig übergangen haben. Lassen Sie ihn mal davon Wind bekommen, und Sie werden wirklich erfahren, wie die Inquisition war.« Dann hatte er einen Gedankenblitz. »Wissen Sie, junger Mann, das ist es vielleicht, was sie vorhaben. Vielleicht versucht die Gemeinschaft des St. Peter Martyr tatsächlich, die Inquisition wiederzubeleben. Wenn sie das wollen, dann ist Neilsville der richtige Ort, um damit anzufangen. Es kam mir immer schon so vor, als ob es eine der Städte wäre, die eine Inquisition nur zu gerne hätten. oder eine Hexenverbrennung. Ich schlage Ihnen folgendes vor: Warum treten Sie nicht der Gemeinschaft bei und sehen zu, daß Sie herausfinden, was sie vorhaben. Wer weiß, es könnte sich als recht interessant erweisen.«

Bischof O'Malley öffnete die Tür von seinem Büro und ging mit Balsam aus dem Bischofssitz zum Auto, das sich Balsam von Margo Henderson geliehen hatte. Während Balsam wegfuhr, winkte er ihm nach und fand, daß er diesen Jungen in der Tat sehr mochte. Gut gelaunt, stieg Bischof O'Malley in seinen Wagen und fuhr zu seiner Golfpartie.

Hätte er von Balsams Narben auf dem Rücken gewußt, er hätte nicht annähernd so gute Laune gehabt. Er hätte gewußt, daß in Neilsville etwas vor sich ging.

Statt dessen machte er sich glücklich ans Golfspielen und wurde um drei Schläge von Joe Flynn besiegt. Was so schlimm wieder nicht war; normalerweise bezwang ihn Joe Flynn mit fünf Schlägen.

Peter Balsam betrat seine Wohnung und warf Margo die Wagenschlüssel zu. »Nicht ein Kratzer dran«, sagte er. »Bist du fertig für das Abendessen, das ich dir versprochen habe?«

Margo nickte. Sie war erleichtert, ihn in so scheinbar guter Stimmung zu sehen.

»Soll ich dir erst noch einen Drink machen?« fragte sie.

»Aber klar. Dann erzähle ich dir alles über den Bischof. Ich zieh' mich nur noch eben um.«

Er ging schnell ins Schlafzimmer und zog alles bis auf die Unterhose aus. So wie schon an diesem Morgen sah er in den Spiegel und untersuchte die Striemen auf seinem Rücken. Am Morgen waren sie so feuerrot gewesen wie zuvor. Jetzt waren sie verschwunden.

Er schaute noch einmal und berührte vorsichtig die Haut auf seinem Rücken. Keine Spur. Keine Narben. Keine Zeichen. Sein Rücken war so makellos wie immer.

Als Balsam einige Sekunden später ins Wohnzimmer kam und den von Margo angebotenen Drink nahm, hatte sich seine Stimmung verändert. Die Fröhlichkeit war weg, und an ihre Stelle war eine deutliche Gedankenschwere getreten.

Bis das Abendessen vorüber war, hatte Balsam es sich überlegt. Er würde der Gemeinschaft des St. Peter Martyr beitreten.

Margo war nicht davon überzeugt, daß es klug wäre, aber Peter hatte darauf bestanden. Widerstrebend stimmte Margo zu, und das nur, weil der Bischof seinen Beitritt vorgeschlagen hatte. Trotz ihres Rauswurfs aus der Kirche traute sie dem Bischof instinktiv. Und allmählich fing sie an zu glauben, daß sie Peter Balsam liebte.

Aber sie fand das nicht gut. Sie fand das überhaupt nicht gut.

17

Balsam fand die Notiz am Donnerstag früh in seinem Fach:

Pfarrhaus
Freitag abend
8 Uhr

Keine Untreschrift, keine Initialen, und geschrieben – beinahe gedruckt – war das ganze mit einer fließenden Schrift, die von einem Kiel zu stammen schien. Und trotzdem, obwohl die Notiz keine Einzelheiten aufwies, war Balsam davon überzeugt, daß er wußte, um was es sich handelte: Die Einladung zu seiner endgültigen Aufnahme in die Gemeinschaft des St. Peter Martyr. Er starrte einen Augenblick lang sprachlos darauf und steckte sie dann zwischen die Seiten eines Buches, das er unter dem Arm hatte. Als er sich umdrehte, sah er das lächelnde Gesicht von Schwester Marie, die ihn neugierig beobachtete.

»Stimmt etwas nicht?« fragte die Nonne.

»Nein«, sagte Peter leicht erschrocken. »Nein, es ist alles in Ordnung.« Er wollte schon weggehen, aber die Nonne hielt ihn auf.

»Sind Sie sicher? Sie sehen so blaß aus. Beinahe, als ob Sie gerade einen Geist gesehen hätten.«

Peter zögerte einen Augenblick und zog dann plötzlich die Notiz aus dem Buch. Er reichte sie der Nonne. »Was halten Sie davon?«

Schwester Marie nahm die Notiz aus Balsams ausgestreckter Hand und untersuchte sie sorgfältig. Sie drehte und wendete sie, besah sich die Rückseite und gab sie Balsam wieder zurück.

»Komisch«, sagte sie.

»Erkennen Sie die Handschrift?«

Schwester Marie sah verwirrt drein, als ob sie etwas sagen wollte, aber nicht sicher sei, ob es richtig war. Balsam bedrängte sie. »Sie erkennen sie doch, oder?«

»Ich bin mir nicht sicher«, sagte Schwester Marie langsam. »Es war wie ein *déjà vu*. Als Sie mir die Notiz überreichten, hatte ich das äußerst eigenartige Gefühl, daß das gleiche schon einmal passiert ist. Aber dann, bevor ich mich richtig erinnern konnte, war es weg.«

Balsam fühlte den plötzlichen Schmerz der Enttäuschung. Er hatte gehofft, daß ihm die Nonne sagen könnte, mit wessen Handschrift die Nachricht geschrieben war. Doch dann hellte sich ihre Miene auf, und sie bat, die Notiz noch einmal sehen zu dürfen. Dieses Mal prüfte sie sie mit noch größerer Sorgfalt und hielt sie sogar gegen das Licht. als sie sie ihm schließlich zurückgab, sah sie noch bestürzter drein.

»Ich weiß nicht«, sagte sie, ihre zögernde Art ließ Balsam vermuten, daß sie es doch wußte. »Ich kann Ihnen sagen, woher das Papier stammt«, sagte sie. »Das ist einfach. Monsignore Vernon. Aber das wußten Sie ja bereits, oder?«

»Es schien wahrscheinlich«, grinste Peter.

»Diese Handschrift beschäftigt mich«, sagte Schwester Marie. »Ich weiß, daß es nicht die des Monsignore ist; ich weiß aber auch, daß ich sie irgendwo schon einmal gesehen habe. Aber irgend etwas stimmt da nicht. Irgend etwas in meinem Hinterstübchen sagt mir, daß das nicht ganz in Ordnung ist. Mir ist, als ob ich sie schon mal gesehen habe, aber das war anders, wenn Sie verstehen, was ich meine.«

Das ist typisch Neilsville, dachte sich Balsam. Man hat das alles schon mal gesehen, aber hier stimmte es nicht ganz. Hier ist immer etwas mehr dahinter als man sehen kann. Laut sagte er: »Versuchen Sie sich zu erinnern, bitte.« Beim Klang seiner Stimme änderte sich der Gesichtsausdruck der Nonne von Bestürzung zu Besorgnis.

»Ist es so wichtig?« fragte sie, weil sie nicht verstehen konnte, wie eine einfache Einladung ins Pfarrhaus jemandem so viel bedeuten konnte.

»Ich wäre froh, wenn ich das wüßte«, sagte Peter. »Kann sein, kann aber auch nicht sein. Ich würde zu gern wissen, wer diese Notiz geschrieben hat.«

»Na, machen Sie sich mal nicht zuviel Sorgen«, die Nonne lächelte ihn an. »Wahrscheinlich wird es mir mitten in der Nacht einfallen, und wenn das passiert, werde ich es mir sofort aufschreiben, ehe ich's vergesse.«

»An den Rand des ›NEW YORKER‹?« fragte Balsam ironisch.

»Dahin, oder in noch was Schlimmeres«, gab ihm Schwester Marie zurück. Und bevor er sie weiter ausquetschen konnte, war sie verschwunden.

Mehrere Male zwischen Donnerstag und Freitag sprach Peter Balsam kurz mit dem Monsignore, und jedesmal fragte er sich, ob er die eigenartige Botschaft ansprechen sollte. Aber der Monsignore erwähnte sie nie, und auch Peter fand nie den passenden Moment, um auf das Thema zu sprechen zu kommen. Er war sich nicht ganz sicher, aber er hatte den Eindruck, daß Monsignore Vernon ihn ganz bewußt davon abhielt, irgendwelche Fragen zu stellen.

Am späten Freitagnachmittag machte sich Balsam auf die Suche nach Schwester Marie. Als er sie endlich gefunden hatte, hatte er das bestimmte Gefühl, daß sie nicht sonderlich erfreut war, ihn zu sehen. Ihr gewöhnlich herzliches Lächeln war nirgends zu entdekken, und der Glanz in ihren Augen war verblaßt.

»Schwester Marie?« sagte er, als ob er nicht ganz sicher wäre, daß sie es war. Sie schien ein wenig aufzuspringen, als ob sie ihn nicht gesehen hätte, obwohl er direkt vor ihr stand.

»Mr. Balsam«, sagte sie, und Peter fiel auf, daß sie seinen Nachnamen genannt hatte. Ihr Blick traf den seinen nicht.

»Sie haben sich heute vor mir versteckt«, meinte er. Er bemühte sich, ganz locker zu reden, um nicht durch den Klang seiner Stimme das Gesagte noch zu verstärken.

»Nein, das glaube ich nicht«, sagte die Nonne leise. Ihr Blick huschte von einem Winkel des Raumes zum anderen, ganz so, als ob sie einen Fluchtweg suchte.

»Ich wollte fragen, ob Sie sich daran erinnern können, wo Sie diese Handschrift schon einmal gesehen haben«, sagte Peter so beiläufig wie möglich.

»Handschrift?« wiederholte die Nonne, fast zu plötzlich. »Was für eine Handschrift?«

»Auf dem Notizzettel«, sagte Balsam. Er fing schon an, sich ein bißchen zu ärgern. Die Nonne schaute weiter unwissend drein. »Der Zettel, den ich gestern früh in meinem Fach fand. Sie haben das doch nicht vergessen?«

»Ach das«, sagte Schwester Marie und lachte nervös. »Ich fürchte, das ist mir richtiggehend entfallen.« Sie sah sich wieder in dem Zimmer um, und Peter hatte das sichere Gefühl, daß sie daran dachte, sich irgendwohin davonzumachen. Er hatte recht.

»Ich fürchte, Sie müssen mich entschuldigen«, rief sie aus. »Ich versprach Schwester Elisabeth, ihr heute nachmittag ein bißchen zur Hand zu gehen.«

Als ob auch ihr klar war, daß es eine etwas faule Ausrede war, fügte sie noch schnell hinzu: »Prüfungen. Ich versprach ihr, bei der Benotung von einigen Prüfungen zu helfen.« Und schon war sie weg.

Obwohl sie nicht verabredet hatten, am Freitagabend gemeinsam zu Abend zu essen, war Peter nicht überrascht, als Margo Henderson in seiner Wohnung auftauchte, kurz nachdem er selber nach Hause gekommen war. Es überraschte ihn auch nicht, daß sie ein paar Steaks mitbrachte, die sich an Größe durchaus mit den beiden Steaks messen konnten, die er selbst auf seinem Heimweg gekauft hatte. Was ihn wirklich überraschte, war, daß er Margo sofort, nachdem sie in seiner Wohnung war, in seine Arme schloß und küßte. Sie erwiderte seinen Kuß aufs wärmste und befreite sich dann von ihm.

»Das war mal etwas Neues«, sagte sie. »An eine solche Begrüßung könnte ich mich gewöhnen.«

»Gut«, antwortete Peter. »Da wir zwei Extra-Steaks haben, könntest du ruhig einplanen, morgen abend wieder so begrüßt zu werden. Und morgen können wir den ganzen Abend zusammen verbringen.«

»Ist der Tanzabend abgesagt worden?« fragte Margo. Peter schnippte ungeduldig mit den Fingern.

»Verdammt. Das habe ich ja ganz vergessen.« St. Francis Xavier veranstaltete an diesem Wochenende den ersten Tanzabend des Schuljahres. Er grinste sie an. »Was glaubst du, würde man sagen, wenn ich zusammen mit dir als Anstandsdame dort erscheinen würde?«

»Ich in St. Francis Xavier? Monsignore müßte anschließend den

Ort vom Teufel befreien. Aber ich würde gern mit dir zu Abend essen.« Sie unterbrach kurz und legte ihre Stirn recht attraktiv in Falten.

»Obwohl ich zugeben muß, daß ich mir allmählich wie eine richtige Ehefrau vorkomme – erst esse ich mit dir zu Abend, dann sitze ich alleine da, während du zu Versammlungen und gesellschaftlichen Ereignissen rennst.« Ein verschmitztes Glitzern in ihren Augen verriet Balsam, daß sie einen Scherz machte, aber er wollte das nicht auf die leichte Schulter nehmen. Er nahm ihre Hände in die seinen.

»Ich weiß, das ist nicht fair. Und, Margo, du mußt das nicht tun. Im Gegenteil, ich wünschte, du würdest es lassen.«

Das Lächeln in ihrem Gesicht verschwand, und sie wurde ernst. »Natürlich muß ich das nicht tun, Peter. Und ich finde es reizend, daß du dir deshalb Gedanken machst. Aber ich habe lieber ein gemeinsames Abendessen mit dir und warte den Rest des Abends besorgt auf dich, als daß ich den ganzen Abend mit irgend jemand anderem verbringe. Ich dachte, du wüßtest das.«

»Vielleicht wollte ich das nur hören«, sagte Peter, und seine Mundwinkel umspielte der Hauch eines Grinsens. Margos Gesicht blieb weiter ernst.

»Oder du hast vielleicht nur versucht, mir zu sagen, daß du dir um mich Gedanken machst, auf deine Weise. Nun gut. Ich weiß, daß du für mich da bist, und du weißt, daß ich für dich da bin. Das gibt mir das Recht, ab und zu einen Abend zu verbringen, an dem ich mir Sorgen um dich mache. Heute abend werde ich mir um dich Sorgen machen – außer ich kann mit dir noch einmal darüber reden, daß du es dir anders überlegst.«

Balsam lächelte freundlich. »Warum wartest du nicht auf mich und machst dir deine Sorgen hier? Dann können wir herausfinden, was wirklich dran ist an der Gemeinschaft des St. Peter Martyr, egal wann ich zurückkomme. Heute abend werde ich die ganze Geschichte aufnehmen.« Er hielt einen kleinen Kassettenrecorder in die Höhe. Margo sah schweigend darauf. Plötzlich war sie nicht mehr sicher, daß sie etwas über die Gemeinschaft wissen wollte. Im Gegenteil, sie war sich so gut wie sicher, daß sie *nicht* wissen wollte, was auf ihren Versammlungen vor sich ging. Aber gleichzeitig *mußte* sie es wissen. Sie entschied sich, zu warten, bis Peter in dieser Nacht nach Hause kam. Schweigend begann Margo, das Abendessen vorzubereiten. Darüber gab es ja nicht viel zu reden.

Die Gemeinschaft des St. Peter Martyr wartete schon. Alle sechs waren sie im Foyer. Abwartend standen sie förmlich in einem Halbkreis. Er machte die Eingangstür hinter sich zu und stand da und sah sie an. Es herrschte lange Stille, während die sechs Priester ihn beobachteten. Dann begann Monsignore Vernon zu sprechen.

»Peter Balsam«, sagte er mit sonorer Stimme, »wir sind zusammengekommen, und es ist unser Entschluß, daß du heute abend in unsere Gemeinschaft eingeführt wirst.«

»Ich verstehe«, sagte Balsam leise. Er wagte es, eine Frage zu stellen.

»Obwohl ich kein Priester bin?«

Der Monsignore lächelte matt. »Wir hatten noch nie einen – Laien in der Gemeinschaft, aber wir sind bereit, für dich eine Ausnahme zu machen.« Weiter erklärte er, indem er Peters Frage zuvorkam: »Unsere Gründe werden dir schließlich klarwerden.«

Peter blieb still. Aber er fragte sich, warum der Monsignore bei dem Wort ›Laie‹ gezögert hatte. Was für ein Wort hatte er noch im Sinn gehabt?

Die sechs Priester drehten sich unvermittelt um und fingen an, in einer Reihe hintereinander durch den Flur in das Arbeitszimmer zu gehen. Balsam faßte sich schnell in die Tasche und setzte den Kassettenrecorder in Gang, bevor er hinter ihnen hermarschierte.

Wie beim letzten Mal, war das Arbeitszimmer nur von Kerzen und dem unregelmäßigen Schein des Feuers beleuchtet. Wieder waren die Stühle im Halbkreis vor dem Feuer angeordnet, wobei zwei Stühle gegenüber standen und für Monsignore und Balsam reserviert waren. Nach ein paar Augenblicken saßen die sieben Männer.

Wieder begann der Katechismus. Dabei fragten die Priester Balsam nacheinander über sein Wissen zur Glaubenslehre ab. Es fiel ihm leicht, die Fragen zu beantworten, er gab die richtigen Antworten und achtete peinlich darauf, seine Stimmlage zu halten, um nicht die leiseste Andeutung seiner wahren Gefühle zu machen, wann immer er zu einer der gefragten Doktrinen Stellung nahm. Im Laufe der andauernden Inquisition – und er hatte das bestimmte Gefühl, daß es sich tatsächlich um eine solche handelte – fragte er sich, welchem Zweck das alles diente. Die Fragen waren dieselben, die man ihm schon einmal gestellt hatte, und auch seine Antworten waren dieselben. Das heißt, nein, von Anfang an merkte er, daß seine Antworten *nicht* dieselben waren. Als er das erste Mal in diesem Zimmer gesessen hatte und von den sechs Priestern ausgefragt wurde, hatte er eine Weile gebraucht, bis er einsah, was sie von ihm hören wollten. An diesem Abend war ihm das von Anfang an klar. Und sein Tonfall unterschied sich von dem des ersten Abends. Er unternahm auch keinen Versuch, seine Zweifel über bestimmte Ansichten seines Glaubens zu überspielen. Heute abend spielte Peter Balsam die Rolle des wahren Gläubigen. Und beim Spielen seiner Rolle, wobei er sich durch die Doktrinen leiten ließ und seinen eigenen Antworten besonnen zuhörte, begann er sich zu fragen, ob nicht die Rolle den Schauspieler auffraß, er fing an, sich zu fragen, wieviel von seiner Aufrichtigkeit nur vorgetäuscht und wieviel davon echt war.

Es war vorbei, endlich, obwohl Peter das im ersten Moment gar nicht wahrgenommen hatte. Er schaute sich die finsteren Gesichter an, eines nach dem anderen, und überlegte sich, von wem wohl die nächste Frage kommen würde. Die sechs Kirchenmänner sahen ihn voll Befriedigung an; er hatte ihre Prüfung offensichtlich bestanden. Er fragte sich, wie es wohl weitergehen würde.

Plötzlich standen sie auf und beugten sich über ihn. »Peter Balsam«, fragten sie wie aus einem Mund, »was willst du von uns?«

Die Frage hallte in seinem Geiste wider. *Was willst du von uns?* Sein Verstand suchte nach einer Antwort. Er wußte, daß es eine Antwort *gab*; eine einzige Antwort, auf die sie warteten, und wenn er sie nicht zu geben imstande wäre, gab es keine zweite Gelegenheit mehr. Er bemühte sich immer noch, überlegte, was er sagen könnte, als er seine Stimme hörte.

»Trost in meinem Glauben.«

»Und was bietest du uns an?«

»Meinen Körper und meinen Geist, zum Nutzen eurer heiligen Aufgabe.«

Dann faßten sie nach ihm, nahmen ihn bei jeder Hand und zogen ihn auf seine Füße. Dann boten sie ihm Wein an.

Er hatte bestanden.

Er war einer von ihnen.

Er hatte ihnen gesagt, was sie von ihm hören wollten. Er war froh.

Die Gemeinschaft des St. Peter Martyr, wieder sieben Mann stark, fing an zu beten.

Die selben Gesänge, die er schon zuvor gehört hatte, begannen von neuem, aber dieses Mal merkte Peter, daß er irgendwie daran teilnehmen konnte. Mit Leichtigkeit formulierte er die seltsamen Worte, Lippen und Zunge formten eine Silbe nach der anderen, als ob er diese ungewohnte lateinähnliche Sprache sein Leben lang gesprochen hätte. Während er einstimmig mit den anderen sang, versuchte ein Teil seines Verstands, die Quelle dessen zu ergründen, warum er auf einmal in der Lage war, mit den Priestern Wort für Wort zusammen zu singen. Er sagte sich, daß es einfach daher kam, weil er diesen Gottesdienst schon einmal gehört hatte, und er sich in seinem Gehirn festgesetzt hatte. Aber eine andere innere Stimme sagte ihm, daß mehr dahintersteckte, als das; daß es nicht genügt hätte, wenn er den Gottesdienst nur einmal gehört hätte, daß es ihm anschließend so flüssig über die Lippen ging.

Er zerstreute die verwirrenden Gedanken aus seinem Geist, und konzentrierte sich statt dessen darauf, dem Gottesdienst zu folgen zu versuchen. Es klang zunächst wie die Lobpreisungen auf den Herrn, die in dem Kloster, wo er aufwuchs, gesungen worden waren. Aber, auch hier war es wieder etwas anders. Die Lobpreisungen gab es wohl, aber es gab auch Zwischentöne mit anderem Inhalt. Inhalte, gesungen in diesem eigenartigen Beinahe-Latein, die er fast verstehen konnte, die sich dann aber seinem Verständnis entzogen. Schließlich brach er den Versuch, die Worte zu verstehen, ab, und begann statt dessen sie zu fühlen. Es waren Worte der Ermahnung. Die Gemeinschaft des St. Peter Martyr brachte dem Herrn Lobpreisungen entgegen, ja, aber sie ermahnten *Ihn* auch. Zu welchem Zweck? Schneller und immer schneller, bis er einzelne Worte nicht mehr wahrnahm und nur noch der Rhythmus da war.

Der Rhythmus, beständig und unerbittlich, zog ihn in den Bann von dessen Mystizismus, und trug ihn in einen Zustand religiöser Ekstase, den er schon zuvor einmal in seinem Zimmer erfahren hatte. Er fing an, das Bewußtsein seiner physischen Umwelt zu verlieren und war lediglich der Gegenwart des Lichts, der Wärme und der Spiritualität seiner Gefährten gewahr. Jetzt bewegten sie sich, sie kreisten ihn ein, umstellten ihn, und je intensiver der Gottesdienst wurde, desto stärker bekam Balsam das Gefühl, einer von ihnen zu sein, gemeinsam mit ihnen an einer Erfahrung teilzuhaben, die einem sowohl Angst einjagen, aber auch erheitern konnte. Ganz als ob, zum ersten Male, das Herz seiner Seele von Gott berührt wurde.

Und dann fing die Stimme wieder an.

Erst klang sie sehr entfernt, aber sie wurde beständig lauter, bis ihre pochenden Töne durch den Raum hallten. Der Schein der Kerzen und die Hitze und das Flackern des Feuers hielten ihn noch, aber die Gesänge hatten aufgehört. Nur das pochende Geräusch einer einzigen Stimme erfüllte seine Ohren jetzt. Doch dann hörte auch das auf. Inmitten der plötzlichen Stille faßte Balsam nach dem Priester, der ihm am nächsten stand. In dem eigenartigen Licht schien der Priester so weiß wie ein Engel zu schimmern, und Balsam war sicher, daß er die Hilfe fand, die er suchte. Er versuchte zu sprechen, aber sein Mund wollte sich nicht öffnen. Von irgendwoher hörte er eine weitere Stimme –:

»Er ist mit uns. St. Peter Martyr ist mit uns.«

Und dann füllten wieder die tiefen Töne jener eigenartig körperlosen Stimme den Raum aus, in der seltsamen Sprache, die Balsam nicht ganz verstand. Er konnte hin und wieder die Bedeutung erheischen, aber nur bruchstückweise.

»Du mußt ihn für mich finden...«

»Du muß bestrafen...«

»Sie sind überall...«

»Zelebriert...«

»Bestraft...«

»Sünde...«

»Sünde...«

»Zelebriert... Bestraft... Sünde...«

Und dann war die Stimme weg, und die Gesänge hoben wieder an. Und einmal mehr erfaßte Balsam die fremdartige Trance, und er verlor sein Zeitgefühl, seine örtliche Wahrnehmung, er wußte nicht mehr, was wirklich war und was nicht. Alles war Religion und Religion war alles. Und die Gesänge gingen weiter... und die Feier ging weiter... und irgendwann, während der langen Nacht, bekam Balsam das Gefühl, wegzuträumen, ins Reich der Fantasie zu treiben, wovon er nie den Willen, noch den Wunsch hatte, es zu definieren.

Drei Stunden vor der Dämmerung war alles vorbei. Wie schon beim letzten Mal hatte Balsam keine Vorstellung davon, was geschehen war. Nur vage Eindrücke und ein Gefühl der Erbauung, aber auch der Erschöpfung.

Und natürlich eine bespielte Kassette. Beim Verlassen des Pfarrhauses fühlte er den Minirecorder immer noch in seiner Jackentasche, er lief immer noch. Er schaltete ihn ab, obwohl er wußte, daß die Aufnahme schon vor Stunden zu Ende gewesen sein mußte.

Aber die ersten beiden Stunden der Versammlung waren auf Band. Ein Anfang wäre also gemacht. Aber, ein Anfang wovon? Er beschleunigte seinen Gang, und bis er zu Hause ankam, rannte er beinahe schon.

Margo erwartete ihn, sie hatte einen befremdlichen Gesichtsausdruck.

Sie hörten sich das Band gemeinsam an.

Margo saß am einen Ende des Sofas, Peter am anderen. So wurde Peter aufs äußerste die Distanz zwischen ihnen gewahr. Vom ersten Teil des Tonbandes hörten sie sich nur Teile an; es war der Teil, auf dem der Katechismus aufgenommen war. Zehn Minuten danach begann es dann. Margo kommentierte leise, daß Peter, neben allem, was auf dem Band sonst noch zu hören war, wie ein guter Katholik klang. Erstaunt darüber, was sie mit dieser Bemerkung meinte, sah Balsam sie an, aber ihr Blick wandte sich von ihm ab. Er langte nach unten und ließ das Band vorlaufen, bis zum Schluß der ersten Stunde, der Stelle, an der die Gesänge anfingen.

Margo sprach wieder, als die ersten seltsamen Klänge der beinahe religiösen Musik aus dem kleinen Lautsprecher ertönten.

»Es gab da eine Zeitlang Stille«, sagte sie plötzlich, »was geschah während dieser Stille?«

»Du meinst, als sie mich in die Gemeinschaft aufnahmen?«

Margo nickte.

Peter dachte an diesen Augenblick zurück, dann erinnerte er sich.

»Wein«, sagte er. »Monsignore Vernon ließ einen Kelch mit Wein herumgehen.«

Margos Augenbrauen verfinsterten sich, dann verfiel sie in Schweigen.

Sie hörten sich das Band an und schauten dabei auf den Kassettenrecorder, als ob er auch einen bildlichen Eindruck erzeugen könne, so wie er die eigenartigen Klänge ausbreitete.

»Es klingt beinahe wie Latein«, sagte Margo.

»Ich weiß, ist es aber nicht. Nicht ganz. Es ist ähnlich, aber verschieden genug, um es so gut wie unverständlich klingen zu lassen. Hin und wieder kann ich ein Wort verstehen, aber das meiste klingt wie eine fremde Sprache.«

»Wie Spanisch, irgendwie«, sagte Margo.

»Spanisch?« fragte Peter. Er hörte noch besser hin, und plötzlich ergaben die Rhythmen mehr Sinn. Und dann wurde es ihm klar. Es war keineswegs Spanisch. Es war eine eigenartige Art von Italienisch.

»Das ist es«, sagte er leise.

»Was?« fragte Margo und sah ihn zum ersten Mal voll an.

»Ich hab's!« rief Peter aus. »Es ist nicht Spanisch, Margo, und es ist nicht richtig Latein. Es ist so eine Art Italienisch. Und es ergibt auch einen Sinn. Nicht die Worte. Die kann ich nicht verstehen, aber ich weiß, was wir uns da anhören! Sie gebrauchen eine Sprache, die zwischen Latein und Italienisch liegt.«

Margo schaute verwirrt drein, und er versuchte es ihr zu erklären.

»Die romanischen Sprachen stammen alle aus dem Lateinischen. Französisch. Spanisch. Italienisch. Aber Veränderungen in der Sprache brauchen Zeit. Wie also könnte das frühe Italienisch geklungen haben? Es wäre irgendwo zwischen Latein und dem modernen Italienisch angesiedelt, habe ich recht? Und St. Peter Martyr war ein Italiener aus dem dreizehnten Jahrhundert. Die Gemeinschaft bedient sich der Sprache von St. Peter Martyr! Das mußte es sein. Natürlich können wir nicht alles verstehen, kaum mehr als vom Englisch eines Chaucer.«

»Aber wo hätten sie das lernen sollen?« fragte Margo.

»Wer weiß?« entgegnete Peter. Plötzlich fühlte er sich etwas leichter; die Gesänge hatten eine Menge an Mysteriösem eingebüßt, die sie noch in der flackernden Beleuchtung des Pfarrhauses gehabt hatten.

»Woran von alledem kannst du dich erinnern?« fragte Margo.

»Nicht an vieles«, sagte Peter. »Das alles klingt mir zwar ein wenig bekannt, aber nicht so bekannt, wie es sollte. Ich meine, schließlich ist es doch nur ein paar Stunden her, daß ich an diesen Gesängen teilgenommen habe.«

Margo starrte ihn an. »Sagtest du nicht, daß du die Worte nicht verstehen konntest?«

»Konnte ich auch nicht. Und ich kann es immer noch nicht. Aber bei der Gelegenheit konnte ich durchaus mitsingen, ohne mich großartig darum zu bemühen. Es war gerade so, als ob die Worte aus mir herausströmten...« Seine Stimme brach ab, während er jetzt bemerkte, in seiner Wohnung, daß die Rhythmen, die im Pfarrhaus so einfach gewesen waren, unglaublich kompliziert erschienen.

Und dann vernahm er die Stimme.

Eintönig dröhnte sie aus dem Lautsprecher, resonant und stetig. Er erkannte sie sofort, und fragte sich, warum er sie während des Gottesdienstes nicht erkannte. Es war Monsignore Vernon.

»Was sagt er?« fragte Margo. Auch sie hatte die Stimme des Priesters erkannt.

»Ich bin mir nicht sicher«, sagte Peter langsam und versuchte, die plötzliche Angst, die sich in seinem Magen zusammenballte, zu überspielen. »Ich . . . Als ich dort war, dachte ich, die Stimme des St. Peter Martyr zu hören. Es kam mir überhaupt nicht in den Sinn, daß das der Monsignore war. Und ich kann fast nichts von dem, was er sagt, verstehen. Es hat mit Sünde zu tun, mit Bestrafung und Zelebration. Ich weiß es nicht. Ich wollte eigentlich Latein verstehen – schließlich unterrichte ich es. Aber es ist eben kein richtiges Latein. Es klingt eher wie Italienisch, und mein Italienisch gibt es nicht.«

Doch dann hatte die dröhnende Stimme aufgehört, und die Gesänge begannen von neuem, sie waren jetzt noch von einem anderen Klang begleitet. Langsam verklangen die Gesänge, und die neuen Klänge wurden lauter. Es fing an mit einer Serie wimmernder Geräusche, aber während das Band weiterlief, wurde aus dem Wimmern ein Stöhnen, vermengt mit den Geräuschen schweren Atmens und anderen Geräuschen, die Peter zwar bekannt schienen, die er aber nicht identifizieren konnte. Gelegentlich durchdrang ein Schrei der Ekstase das stetige Gestöhne.

Peter war klar, was er da hörte, wollte es sich aber nicht eingestehen. Er hörte sich weiter das Band an, er wollte es abschalten, war aber gleichzeitig fasziniert davon. Und allmählich fielen ihm einige der Bilder wieder ein, die ihm im Pfarrhaus erschienen waren.

Die Engel, die im flackernden Licht der Kerzen weiß zu glühen schienen. Die Nähe der Sieben untereinander, die er für spirituelle Nähe gehalten hatte.

Nackte Männer, Priester, die sich ihrer Kutten entledigt hatten, die ganz ausgezogen waren, deren Körper nicht geistig, sondern fleischlich miteinander verbunden waren, die sich liebkosten, und zwar nicht religiös, sondern sexuell.

Er hörte den Geräuschen einer Orgie zu, einer Orgie von der er wußte, daß er wenige Stunden zuvor, zusammen mit sechs Priestern teilgenommen hatte. Und dann hörte er, wie seine eigene Stimme vor lauter Ekstase herausschrie, wie sie nur auf dem sexuellen Höhepunkt klingt. Sein Magen schnürte sich zusammen, und er wußte, daß er sich übergeben mußte. Als er in Richtung Badezimmer stürzte, wirbelte seine rechte Hand herum und riß den kleinen Kassettenrecorder von dem Kaffeetisch. Aber das Ding lief weiter: Die üblen Klänge gingen weiter, während er fluchtartig das Zimmer verließ.

Er blieb lange Zeit im Badezimmer und wartete, daß die Übelkeit verging. Er wollte nicht zurück ins Wohnzimmer, er wollte Margo nicht gegenübertreten. Dann, als er zu hoffen begann, daß sie vielleicht schon gegangen wäre, hörte er sie an die Tür klopfen.

»Peter?« fragte sie, mit ruhiger und freundlicher Stimme. »Peter, bist du in Ordnung?«

In Ordnung? dachte er. In Ordnung? Wie konnte er in Ordnung sein? Mein Gott, was habe ich getan? Er sank auf den Boden des Badezimmers, legte seine Wange auf die kühlen Fliesen. Er hörte am Klicken, daß die Tür aufging und sah, daß Margo hereingekommen war. Dann spürte er, daß sie seine Wangen berührte.

»Es ist alles in Ordnung«, sagte sie leise. »Peter, es ist alles in Ordnung.«

Er sah zu ihr auf, er wollte ihr gerne glauben, aber es würde sicher nie wieder in Ordnung sein.

Dunkelheit umfing ihn.

18

Margos erster Gedanke war, das Krankenhaus anzurufen. Doch bevor sie ans Telefon ging, hatte sie ihre Meinung geändert. Was sollte sie ihnen sagen? Niemand würde ihr glauben. Selbst wenn sie ihnen das Band vorspielte, sie war sicher, daß man ihr nicht glauben würde. Und außerdem, Peter war lediglich ohnmächtig geworden. Sie sagte sich, daß es nichts Ernstes wäre: ihn hatte einfach die Erschöpfung und der emotionale Schock über die Entdekkung, woran er da teilgenommen hatte, übermannt.

Sie ging wieder ins Badezimmer und fing an, den leblosen Körper von Peter Balsam in Richtung Schlafzimmer zu schieben. Sie wollte ihn ins Bett bringen und sich selbst dann auf das Sofa legen und dort warten, bis er aufwachte. Unter diesen Umständen schien gar nichts anderes möglich.

Er rührte sich überhaupt nicht, während sie ihn unter Stoßen und Ziehen in sein Bett schaffte, aber er sah so schlecht aus, daß sie beschloß, ihn auszuziehen.

Das erste, was ihr auffiel, waren die Wundmale. Es waren die gleichen Wundmale, wie sie schon vor ein paar Tagen da waren. Sie waren wieder da, und sie waren genau identisch mit den vorherigen. Blutrot und entzündet hoben sie sich von seinem Körper ab. Sie zog seine Hose aus, dann seine Unterwäsche. Die unterste Schicht seiner Bekleidung schien feucht, und erst dachte sie, daß er einfach am ganzen Körper geschwitzt hätte. Aber da war noch etwas. Von Peter Balsams Körper stieg ein Geruch auf. Der süße Duft von Sperma. Margo Henderson begrub ihr Gesicht in der besudelten Unterwäsche und weinte. Während ihr die Tränen kamen, wurde ihr klar, daß sie bis zuletzt gehofft hatte. Sie hatte sich an die Hoffnung geklammert, daß der Inhalt des Tonbandes nicht wahr wäre, daß das, was sie gehört hatte, sich völlig von dem unterschied, was sie für die Wahrheit hielt. Sie war in eine Katastrophe geschlittert. Und dennoch, sie merkte, daß sie, sogar während sie hier auf dem Bett lag, ganz nahe bei Peter, und leise ins Kissen schluchzte, nicht weggehen würde; sie wollte – und konnte – ihn nicht verlassen.

Es war nicht Peters Fehler, redete sie sich ein und kämpfte die Weinkrämpfe nieder. Er wußte nicht, was er tat. Er wußte nicht, was sie mit ihm anstellten. Du hast doch sein Gesicht gesehen, während er zuhörte, und er war konsterniert. Also bestrafe ihn nicht; hilf ihm.

Margo erhob sich vom Bett, dann zog sie die Bettdecke über Peters nackten Körper. Sie sah zu ihm herab und stellte sich vor, wie verletzbar er gerade jetzt sein mußte. Wenn er aufwachte, mußte sie ganz in seiner Nähe sein. Er durfte auf keinen Fall das Gefühl haben, daß sie ihn verlassen hatte.

Sie ging hinaus ins Wohnzimmer und streckte sich auf dem Sofa aus. Der erste Schein der Dämmerung fing gerade an, den Himmel zu erleuchten, da fiel Margo in einen unruhigen Schlummer, denn Träume raubten ihrem Schlaf den Frieden...

Sie war vor dem Pfarrhaus und wußte, was drinnen vor sich ging. Aber sie konnte es nicht aufhalten. Sie konnte sich nur in die Dunkelheit der Umgebung verkriechen und den Geräuschen lauschen. Zuerst hörte sie die Gesänge, dann das Stöhnen, sie wußte, daß Peter da drinnen war, inmitten der Gruppe dieser sechs seltsamen Priester, und daß sie ihn verführten. Sie berührten ihn mit ihren Händen und küßten ihn mit ihrem Lippen, so wie nur ihre, Margos Hände ihn berühren und nur ihre Lippen ihn küssen sollten.

Dann war sie plötzlich im Pfarrhaus, in diesem spärlich beleuchteten Zimmer, sie sah den nackten Priestern zu, ihre verschlungenen Körper glänzten mit ihren Schweißperlen im Schein der Kerzen, und sie zogen Peter die Kleider aus, begierig, das Spiel ihrer Finger auf seiner Haut, während sie in dieser eigenartigen Sprache herumgluckten. Und dann hielten sie ihn am Boden fest, und Monsignore Vernon, der plötzlich groß aufgeschossen wie ein Baum war, stand über Peter und stieß sein monströses Organ gegen Peters weit aufgerissenen Mund. Der Priester neigte sich Peter entgegen, und Margo sah erschrocken zu. Sie wollte schreien, aber sie konnte ihren Lippen keinen Laut entringen. Sie versuchte, sich entgegenzuwerfen, versuchte Peter aus dem Griff der alten Männer zu befreien, aber ihre Füße wollten sich nicht bewegen. Als ob sie in tiefem Schlamm steckten. Gebannt und stumm vor Entsetzen, konnte sie nur zusehen, wie Monsignore Vernon, plötzlich von einem Heiligenschein umgeben, seinen Penis in Balsams Mund trieb. Als die riesige Eichel zwischen seinen Lippen verschwand, schrie sie schließlich los.

Margo wachte durch den Lärm ihres eigenen Schreis auf, und merkte, daß ihr Körper unkontrolliert zitterte. Sie fühlte, daß kalter Schweiß sie bedeckte wie ein feuchtes Tuch. Dann merkte sie, daß eine Hand sie berührte, und sie schlug die Augen auf. Balsam beugte sich über sie. Ohne ein Wort starrte sie ihn ein zwei Sekunden lang an, sie war sich plötzlich nicht mehr sicher, ob sie wachte oder träumte. Dann wurde ihr klar, daß sie wach war, und daß er echt war und sie schlang ihre Arme um ihn.

»O Gott, Peter«, weinte sie in sein Ohr, »ich habe alles gesehen. Ich war dort, dort in ihrem Zimmer, und da waren diese Priester, diese sechs üblen Priester – sie waren nackt und sie machten die ekelerregendsten Sachen mit dir. Und dann Monsignore, Monsignore Vernon – er – er . . .« Sie konnte nicht mehr, sie war außerstande es auszusprechen.

»Es ist ja alles gut«, sagte Peter leise, und hielt sie fester. »Es war nur ein Traum. Du hast schlecht geträumt.«

Für einen Augenblick lag sie still in seinen Armen, und ihre Aufregung verging. Und dann fiel ihr wieder alles ein. Er sollte im Bett liegen. Sie hatte ihn zu Bett gebracht, sich dann für ein Nickerchen hingelegt, das war nur ein paar Minuten her. Was machte er hier? Wie konnte er schon wieder auf sein? Hin und her schlängelnd befreite sie sich aus seiner Umarmung und setzte sich auf. Die Sonne schien hell durch das vordere Fenster.

»Wie spät ist es?« fragte sie.

»Fast elf«, sagte Peter. »Ich bin vor einer halben Stunde aufgewacht, hielt es aber für besser, dich noch schlafen zu lassen. Das hätte ich wohl besser nicht getan.«

Erneut erschien ihr der Traum, und sie sah ihn an und versuchte, ihn von dem Balsam aus ihrem Traum zu trennen. Aber es gelang ihr nicht ganz, und sie mußte ihm sagen, warum.

»Peter«, sagte sie leise, »da ist etwas, was ich dir letzte Nacht nicht gesagt habe. Ein Teil meines Traums von eben war kein Traum. Sondern eine Erinnerung. Gestern nacht bin ich – nun, beim Warten auf dich wurde ich schließlich so nervös, daß ich noch ein bißchen spazierengehen wollte. Da war ich auch schon unterwegs, den Hügel hinauf. Zum Pfarrhaus.«

»Hast du deshalb so seltsam geschaut, als ich hereinkam?«

Sie nickte bedauernd. »Ich wußte schon lange, bevor ich das Band hörte, was sich im Pfarrhaus abgespielt hatte. Es müssen Stunden gewesen sein, die ich da stand, vor dem Fenster vom Arbeitszimmer des Monsignore und lauschte.« Sie sah ihn flehend an. »Du machst dir ja keine Vorstellung, wie das war. Ich wollte nicht zuhören, aber ich konnte mich auch nicht zum Gehen bewegen. Ich blieb so lange, bis fast alles vorbei war. Ich kam gerade fünfundvierzig Minuten vor dir wieder hierher.«

»Warum bist du geblieben?« fragte Peter ernst. »Ich hätte das, glaube ich, nicht getan.«

»Ich mußte bleiben. Ich mußte dich sehen, ich mußte sehen, ob du weißt, was sich da oben abspielte. Und du hattest keine Ahnung. Das konnte ich an deinem Gesicht ablesen.« Ihre Stimme wurde lauter. »O, Peter, sie tun dir so schreckliche Sachen an.«

Sie hatte ihre Arme um seinen Hals geschlungen und hielt sich an ihm fest. Nur dieses eine Mal nahm er sie und trug sie ins Schlafzimmer. Mit einem Fußtritt schlug er die Tür hinter sich zu.

»Was wirst du tun?«

Es war eine Stunde später, und sie lagen im Bett. Ihr Kopf ruhte auf seinem Bauch.

»Ich weiß es nicht genau«, sagte Peter. »Ich muß das aufhalten. Ich kann nicht zulassen, daß sie damit weitermachen.«

»Aber was kannst du dagegen tun?«

»Ich weiß es nicht. Ich könnte zum Beispiel dem Bischof das Band bringen, aber, ehrlich gesagt, ich glaube nicht, daß er etwas unternehmen würde. Das einzige, was er tun könnte, wäre, mit dem Monsignore und den anderen zu reden. Aber sie würden selbstverständlich abstreiten, daß sie irgend etwas Falsches tun.«

»Aber diese Geräusche...«

»Religiöse Ekstase«, sagte Peter, der versuchte, ein wenig Licht in das ganze Durcheinander zu bringen. »Die Geräusche, die wir vor dreißig Minuten machten, waren nicht viel anders.«

Margo errötete und sprach dann wieder.

»Aber du mußt etwas unternehmen.«

»Ich weiß«, sagte Peter, »und ich werde das allein tun müssen. Niemand wird mir glauben, was auf dem Tonband ist.«

»Ich kann es bestätigen«, sagte Margo leise.

Peter schüttelte heftig seinen Kopf. »Ich muß das ganz alleine tun. Ich werde noch einmal mit dem Bischof reden, aber ich glaube nicht, daß da viel dabei herauskommt. Und, glaube mir, ich werde zu keiner Versammlung der Gemeinschaft des St. Peter Martyr mehr gehen.«

»Was ist mit dem Tanz heute abend?«

»Natürlich werde ich da hingehen. Das fällt doch in den Bereich, daß ich mich so verhalte, als ob nichts passiert wäre. Und trotz allem halte ich es für sehr wichtig, daß ich dasein werde. Wichtig für mich und wichtig für die Kleinen.«

Dann mußte er an Schwester Marie denken, und ihr eigenartig ausweichendes Verhalten gestern morgen.

»Außerdem gibt es da noch jemanden, mit dem ich sprechen muß«, sagte er leise und dachte: Jemand der weit mehr über all dies wußte, als er mir das gesagt hat.

Er fand, daß er Margo besser nichts von Schwester Marie sagte.

Die Turnhalle der Hochschule von St. Francis Xavier strahlte die leicht heruntergekommene Festlichkeit aus, wie sie die Schüler einer High-School nun mal zaubern, wenn sie sich vergeblich darum bemühen, eine Turnhalle in einen Ballsaal zu verwandeln. Die Kreppapierstreifen machten schon schlapp, kaum daß der Tanz begonnen hatte; ungleich hingen sie zwischen den Lampenhaken und den Basketballkörben, so dienten sie eigentlich mehr dazu, die Ungeeignetheit des Raums noch hervorzuheben als ihm das gewünschte Flair von Ausgelassenheit zu verleihen.

Unglücklich saß Marilyn Crane in einer Ecke der Halle; es war die Ecke, die am weitesten von der Tür weg war, und fragte sich wohl schon zum zehnten Male, warum sie überhaupt hergekommen war. Zum zehnten Male hatte sie sich geantwortet. Sie war hier, um ihre Mutter glücklich zu machen, und weil ihre Schwester Greta immer zu den Tanzabenden in die Turnhalle gekommen war. Der Umstand, daß Greta immer irgendeine Verabredung hatte, war ihrer Mutter als nicht besonders bedeutend vorgekommen. Also saß Marilyn in ihrer Ecke und hoffte zum einen, daß man sie alleine ließe und unbemerkt, zum anderen aber hoffte sie, daß jemand, egal wer, auf sie zuginge und sich mit ihr unterhielte. Es kam niemand.

Allmählich füllte sich die Halle, und Marilyn sah den Schwestern zu, wie sie in ihren schwarzen Kutten zwischen den Schülern herumkreuzten, wie so manch ehrwürdige schwarze Schwäne inmitten einer Schar von herrlich bunten Enten, die heiser sind vor lauter Gequake. Marilyn fragte sich, wie sie das machten; sie fragte sich, ob dieses mystische Selbstvertrauen den Schwestern gleichsam mit ihren Kutten übergestreift wurde. Besonders mochte Marilyn Schwester Marie; bei ihr umrahmte der Schleier ihr hübsches Gesicht so, daß ihre Schönheit eher noch betont wurde, als ihr eine Aura der Unnahbarkeit zu geben.

Schwester Marie stand, ohne die Beobachtung durch Marilyn wahrzunehmen, beim Haupteingang und begrüßte jeden Schüler beim Hereinkommen und bemühte sich zu offensichtlich, ihren rechten Zeh davon abzuhalten, im Takt der Musik mitzuklopfen. Jahrelange Übung vor dem Spiegel hatte sie genau gelehrt, wie viele Bewegungen sie unter den schweren Falten ihrer Kutte machen durfte, ohne dieses verräterische Schwingen des Materials zu verursachen, das sie während ihrer Novizinnenzeit immer verraten hatte. Aber immer noch ließ sie sich gerne mitreißen, besonders seit dem Aufkommen der Rock-Ära. Rockmusik brachte ihren Fuß bis weit über die Toleranzgrenze für ihre Kutte zum Mitklopfen. Sie sah, wie Janet Conally hereinkam und lächelte leicht.

»Ganz alleine heute abend?« grinste sie sie an.

»Ich lerne dann mehr Jungen kennen, wenn ich alleine komme«, sagte Janet. »Außerdem, Judy konnte nicht kommen, Karen ist hier mit Jim, und Penny arbeitet zusammen mit Jeff Bremmer am Erfrischungsstand.«

»Wie geht es Judy?« fragte Schwester Marie, mit ernster Besorgnis in ihrer Stimme.

»Ich glaube, ganz gut«, sagte Janet leise. »Sie wurde gestern nach Hause entlassen, und sie soll eigentlich am Montag wieder in die Schule kommen.«

»Das wäre ja schön«, sagte Schwester Marie bedeutungsvoll, »ich habe sie vermißt.«

»Schwester Marie«, begann Janet. Sie wollte die Nonne fragen, ob sie wüßte, was mit Judy passieren würde, aber plötzlich, ohne recht zu wissen warum, überlegte sie es sich anders.

»Ja?« entgegnete ihr die Nonne.

»Nichts«, sagte Janet. Sie war plötzlich sehr nervös und wünschte sich, woanders zu sein. »Ich glaube, ich sage lieber mal Penny ›Hallo‹.« Sie machte sich schleunigst davon, und ihr Platz wurde von Monsignore Vernon eingenommen, der nur knapp hinter ihr gestanden war.

»Monsignore«, Schwester Marie grüßte bedeutsam, ihr herzliches Lächeln verschwand dabei.

»Schwester Marie«, erwiderte der Priester ihren Gruß, und sah sich besorgt in dem Raum um. »Nun«, er stieß dieses Wort in einem Tonfall aus, der tiefes Mißfallen signalisierte.

»Ich finde, es sieht ganz hübsch aus«, sagte Schwester Marie vorsichtig.

»Ich frage mich, ob wir derartiges auch noch unterstützen sollten.«

Schwester Marie wußte, was nun kommen würde, sie wußte, wie Monsignore über ausgelassene Unternehmungen – sündige Unternehmungen – dachte. Sie wußte Bescheid über St. Peter Martyr und von der Begeisterung des Monsignore für den Heiligen. Oft schon hatte sie sich in der einsamen Abgeschiedenheit ihrer Zelle gefragt, woher diese Begeisterung kam, und wohin sie den Priester führen mochte. Und manchmal machte sie ihr Angst. So wie es ihr Angst gemacht hatte, als sie sich daran erinnerte, wie sie diese seltsame Handschrift auf dem Zettelchen sah, das Balsam ihr vor ein paar Tagen gezeigt hatte.

Jetzt, im sicheren Gespür, daß der Monsignore sich gerade zu einer seiner Tiraden anschickte, schaute sie sich schnell nach einer Ablenkung um.

»Wenn ich recht gesehen habe, dann winkt Penny Anderson nach mir«, sagte sie und entfernte sich von dem Priester. »Ich sehe lieber mal nach, ob sie irgendwie Hilfe braucht.« Bevor der Priester antworten konnte, war die Nonne weg. Sie huschte durch die Menge, lächelte und nickte dabei den Schülern zu, die um sie herumtanzten. Der Priester sah ihr hinterher, und seinem Blick fiel der Kontrast zwischen ihrer dunklen Kutte und den bunten Kleidern seiner Schützlinge auf. Er fühlte, wie der Zorn in ihm aufstieg und wünschte im stillen, er könnte die Uhr noch einmal zurückdrehen, zurück zu den besseren Tagen, als die Mädchen noch bescheiden gekleidet waren und ein Priester geachtet. Monsignore Vernons Miene wurde noch finsterer, als er mit ansehen mußte, wie die Teenager fröhlich Schwester Marie grüßten, die sich ihren Weg durch den Raum bahnte. Nicht einer von ihnen hatte mit ihm gesprochen. Er wandte sich ab und ging wieder zurück den Gang vor der Turnhalle. Er war froh, der gleißenden Beleuchtung und den Krepp-Girlanden entkommen zu sein.

Peter Balsam sah zur Uhr und spurtete die Treppe zur Turnhalle hinauf: Er war schon zehn Minuten zu spät, und eigentlich hatte er um soviel wenigstens zu früh dasein wollen. Er platzte durch die Tür in den Gang vor der Turnhalle, und wäre um ein Haar mit Monsignore Vernon zusammengestoßen. Er merkte, wie sein Herz beim Anblick des Priesters höher schlug und hoffte, daß er mit seiner Stimme nicht seine Gefühle preisgab. Er wollte weg, sich umdrehen und flüchten, aber er zwang sich, nicht zurückzuweichen und mit einem Lächeln zu grüßen.

»Monsignore«, sagte er, »ein hübscher Abend, nicht wahr?«

Der Priester schien erfreut darüber, ihn zu sehen. Peter begann sich zu entspannen. Vielleicht konnte er es trotz allem vergessen.

»Tut mir leid, wegen gestern abend«, sagte Vernon. »Ich fürchte, manchmal verlieren wir jedes Gefühl für die Zeit. Ich hatte eigentlich nicht geplant, daß der Gottesdienst annähernd so lange dauern sollte.«

»Nun, es war Freitag nacht«, sagte Peter, und bemühte sich, seine Stimme möglichst neutral zu halten. »Obwohl ich gestehen muß, daß ich heute morgen ein bißchen verschlafen habe.« Er wartete darauf, daß der Priester antwortete, dann wurde er gewahr, daß ihn der Monsignore schon gar nicht mehr anschaute, sondern mit irgend etwas hinter Peters Rücken beschäftigt schien. Peter drehte sich um und sah Karen Morton und Jim Mulvey gemeinsam durch die Tür kommen. Zum Gruß lächelte er seinen Schülern zu, aber sie eilten vorbei, eifrig darum bemüht, ihn nicht zu erkennen. Erst als sie schon in der Turnhalle verschwunden waren, wurde ihm klar, daß nicht er es war, den sie geschnitten hatten; es handelte sich um den Monsignore. Der Priester starrte mit wildem Blick hinter ihnen her.

»Karen ist doch ein nettes Mädchen«, sagte Peter. Er versuchte, seine Stimme ganz unbeschwert zu halten.

»So, glaubst du?« sagte der Priester eisig. »Dann bist du nicht so aufmerksam, wie ich das von dir erwartete. Entschuldige mich, ich möchte noch gerne ein Wort mit Schwester Elisabeth wechseln.«

Verwirrt ging Peter weiter, durch die Tür in die Turnhalle und ließ erst einmal seinen Blick über die Menge schweifen. Schließlich sah er Monsignore Vernon, wie er sich zu Schwester Elisabeth herunterbeugte, ihr ins Ohr flüsterte und auf eine Stelle deutete, wo Jim Mulvey und Karen Morton tanzten. Einen Moment später schritt Schwester Elisabeth auf das Pärchen zu, in der Hand ein Lineal.

Neugierig sah er zu und fragte sich, wozu das Lineal wohl gut sei. Er sah, wie Schwester Elisabeth das Lineal zwischen Jim und Karen hielt. Sie sah die beiden streng an, nachdem das Lineal nicht ganz dazwischenpaßte und trieb sie mit leichtem Druck auseinander. Als sie einen Fußbreit auseinander standen, und das Lineal zwischen sie paßte, ohne einen der beiden zu berühren, war Schwester Elisabeth zufriedengestellt. Sie sah sich jeden der beiden noch einmal an und ging dann zu einem anderen Pärchen.

Balsam mußte beinahe lachen bei dieser Vorführung. Der Umstand aber, daß Schwester Elisabeth ihre Messungen nicht zum Spaß machte, ließ ihn stutzen. Er sah sich um und stellte fest, daß alle Nonnen Lineale bei sich trugen und in der Halle herumschwirrten und peinlich genau darauf achteten, daß zwischen Jungen und Mädchen immer ein Abstand von einem Fuß gehalten wurde. Alle Schwestern, mit Ausnahme von Schwester Marie, die am Erfrischungsstand lehnte und mit Penny Anderson und Jeff Bremmer plauschte. Peter beschloß, sich ein Glas Punsch zu holen.

Als die Nonne Peter auf sich zukommen sah, war ihr erster Gedanke, wegzulaufen. Aber sie überlegte es sich dann doch anders und brachte sich dazu, ihm zuzulächeln.

»Etwas Punsch, Peter?«

Balsam hob die Augenbrauen. »Nicht mehr Mr. Balsam?« sagte er. Der verletzte Ausdruck ihrer Augen und ein plötzliches Aufblitzen von etwas, das er für Furcht hielt, ließ in ihm den Wunsch aufkommen, er hätte diese Bemerkung besser unterlassen. »Es tut mir leid«, sagte er rasch. »Ich wollte nicht, daß es so sarkastisch klingt. Ich freue mich einfach nur über die Feststellung, daß Sie mich wieder anlächeln.« Er beschloß, das Thema zu wechseln. »Wo ist denn Ihr Lineal?« Er zeigte auf die Nonnen, die noch immer durch den Raum schwirrten und die Lücken zwischen den Schülern ausmaßen.

»Oh, ich habe auch eines«, sagte Schwester Marie, und trieb ihren Sinn für Übermut auf die Spitze. »Aber ich mache einen anderen Gebrauch davon.« Flugs zückte sie das Lineal aus dem Umhang ihrer Kutte und rührte damit ihren Punsch um. Dann sah sie Balsam an, und ihre Miene veränderte sich kaum merklich.

»Könnte ich Sie einen Augenblick sprechen?«

Er folgte ihr in eine ruhige Ecke.

»Was gibt es?« sagte er freundlich. Er hatte den Eindruck, daß ihr Anflug von Furcht, den er vorhin schon gesehen hatte, wieder da war und stärker wurde.

»Es ist wahrscheinlich gar nichts«, sagte Schwester Marie nervös. »Aber ich muß es Ihnen erzählen. Ich möchte mich für mein gestriges Verhalten entschuldigen, als Sie mich nach der Handschrift auf dem Notizzettel fragten. Ich sagte Ihnen, daß ich es total vergessen hätte. Das war gelogen. Ich habe es nicht vergessen; es ist mir wieder eingefallen. Aber als ich mich erinnerte, überkam mich eine seltsame Furcht, ich weiß nicht, warum. Ich hatte ein Gefühl wie – ach lassen wir das . . .« Sie stockte. Sie sah nicht ein, warum sie Peter Balsam erzählen sollte, daß ihr danach war, sich zu töten. Außerdem hatte es sich nur um eine spontane Eingebung gehandelt, die beinahe schlagartig wieder vorbei war. Aber es hatte ihr Angst gemacht. Es hatte ihr große Angst gemacht.

»Sie haben sich an die Handschrift erinnert?« fragte Balsam, dessen Herz plötzlich zu pochen begann.

»Ja«, sagte Schwester Marie mit einem Nicken. »Aber ich weiß nicht, was sie bedeutet. Es ist äußerst seltsam.«

»Was heißt das?« fragte Balsam ungeduldig. Er mußte es erfahren.

»Es ist schon ein paar Jahre her«, sagte Schwester Marie. »Ich war im Büro des Monsignore, und er eröffnete mir plötzlich, daß er mir etwas zeigen wolle. Eine Reliquie. Eine Reliquie seines Lieblings-heiligen, Peter Martyr.«

»Eine Reliquie?« sagte Balsam, neugierig geworden. »Was für eine Art Reliquie?«

»Es war ein Brief. Nur ein Blatt. Aber er sagte mir, daß er von Peter Martyr geschrieben sei. Und es war dieselbe Handschrift wie auf dem Zettel, den Sie mir am Freitagmorgen zeigten.«

»Was stand da drin?«

»In dem Brief? Ich habe nicht die leiseste Ahnung. Es war eine Sprache, die ich nicht verstand. Ähnlich dem Lateinischen, aber auch eine Art von Italienisch. Ich glaube, mit etwas Zeit hätte ich das entziffern können.«

»Sprechen Sie Italienisch?« Peter konnte sein Glück kaum fassen.

»Und Französisch und Spanisch. Meine Abschlußprüfung am College habe ich in Sprachen abgelegt. So trat ich natürlich dem Orden bei, und wohin schickten die mich? Neilsville, Washington!«

Balsam hörte ihr kaum zu. »Glauben Sie wirklich, daß Sie diese Sprache verstehen hätten können?« fragte er sie wißbegierig.

Die Nonne sah ihn an, sie fragte sich, warum er sich mit solcher Neugier nach der Reliquie erkundigte. »Ich wüßte nicht, was dagegen spräche«, sagte sie nachdenklich. »Mein Latein und mein Italienisch sind hervorragend, und Italienisch stammt ja direkt aus dem Lateinischen, also damit sollte ich keine Schwierigkeiten haben.«

»Auch nicht, wenn Sie die Sprache hörten?« sagte Peter.

»Sie hörte?« Schwester Marie lachte. »Also, das ist nun wieder weniger wahrscheinlich, oder? Ich meine, wer würde heute noch so sprechen?«

»Aber Sie könnten es verstehen?« drängte Peter. Das Lachen in ihrer Stimme erstarb.

»Ich denke doch«, sagte sie vorsichtig. »Ich kann es nicht genau sagen, aber ich kann es versuchen. Ich meine, nur wenn Sie nicht von einer Hypothese ausgehen.«

»Aber nein«, sagte Peter, »glauben Sie mir, nein.«

Zum ersten Mal seit vielen Tagen glaubte Peter Balsam eine Chance zu haben, der Gemeinschaft des St. Peter Martyr auf den Grund zu gehen.

Jim Mulvey zog Karen Morton zu sich und drückte sie an sich. Ein Schauer an Wohlgefühl schoß durch ihren Körper, aber sie versuchte, sich von ihm wegzustemmen.

»Sie werden uns sehen, Jim«, flüsterte sie ihm ins Ohr und zeigte dabei auf die Nonnen. Schwester Elisabeth, die Karen am meisten fürchtete, kehrte dem Pärchen zwar im Augenblick den Rücken zu, aber Karen war sicher, daß es sich nur noch um Sekunden handeln konnte, ehe die Schwester mit der sauren Miene sie so sah, eng aneinandergepreßt. Mit einer schnellen Bewegung löste sie daher die Umarmung.

»Laß sie uns doch sehen«, flüsterte er zurück, seine Stimme war dunkel.

»Die wären doch nur gern an deiner Stelle.« Er zog sie wieder an sich, so nah, daß er seine anschwellende Erektion gegen sie pressen konnte. »Leg deine Hand da unten hin«, flüsterte er.

Sie wollte, aber sie wußte, daß sie nicht durfte. Sie widerstand dem Drang, ihn zu berühren. Statt dessen ging sie wieder auf Abstand.

»Nicht hier«, zischte sie, »jeder kann uns sehen.« Sie blickte sich um, und, natürlich, da hatte Schwester Elisabeth sie auch schon im Visier.

»Zwölf Inches«, sagte Schwester Elisabeth bitter, »ihr kennt die Regel.« Sie schwang das Lineal.

»Ich kenne sie, aber ich kann sie nie ganz einhalten«, sagte Jim unschuldig. »Einigen wir uns auf acht Inches.«

Schwester Elisabeth sah, wie Karen tiefrot anlief, und fragte sich, ob ihr etwas entgangen war. Sie schaute sich Jim an und war überzeugt, daß er sie schon genossen hatte, sie wußte aber nicht, wie er das bewerkstelligt hatte. Sie hastete wieder weg, und hinterließ einen Jim, der Karen triumphierend angrinste.

»Das war schlimm, was du ihr da gesagt hast«, sagte Karen.

»War es das?« sagte Jim mit einem Seitenblick. Dann zwinkerte er ihr zu.

»Hey, ich habe eine Idee. Du kennst doch den kleinen Raum, wo die ganzen Turngeräte aufbewahrt werden?«

Karen nickte, sie stellte sich den Geräteraum vor, der in Wirklichkeit nicht größer als eine Umkleidekabine war. »Was ist damit?«

»Laß uns da reingehen«, sagte Jim. »Da ist es schön dunkel und privat. Keine Schwestern mit Linealen.«

Karen dachte über den Vorschlag nach. Es wäre ja nur für ein paar Minuten sagte sie sich. Was kann in ein paar Minuten schon passieren?

Jim führte sie beim Tanzen in Richtung Geräteraum.

Marilyn Crane fühlte sich beobachtet. Sie redete sich ein, daß das nur Einbildung sei, daß niemand ihr seine Aufmerksamkeit widmete. Dieser Gedanke war noch schlimmer. Plötzlich wurde ihr ihre Ecke unerträglich, und sie sah sich nach einem Ausweg um. Jeff Bremmer. Von allen war Jeff gewöhnlich am nettesten zu ihr. Sie arbeitete sich vor bis zur Tür, wich den tanzenden Paaren aus, in Richtung Erfrischungsstand. Sie trat zur Seite, um Jim und Karen vorbeizulassen; sie achteten nicht auf sie.

Sie eilte weiter auf den Erfrischungsstand zu, und sprach mit niemandem, bis sie Jeff erreicht hatte. Er lächelte ihr halbherzig zu.

»Heiß hier«, sagte sie zögernd und schenkte sich selbst ein Glas Punsch aus.

»Zu viele Leute?« sagte Penny pointiert, und starrte ihr in die Augen. Marilyn hielt es für das beste, den Angriff nicht zu erwidern, und wandte sich wieder an Jeff.

»Kann ich dir etwas helfen?«

Jeff sah schuldbewußt von ihr weg, er mußte daran denken, daß er auf der Party gewesen war, als sie alle sie zum Narren hielten. Er schaute hilfesuchend zu Penny Anderson herüber.

»Wir kommen gut klar«, sagte Penny. Dann lenkte sie ein. »Wenn du noch etwas Eis möchtest, es ist draußen im Gang.« Marilyns Miene brach in ein Lächeln auf, und sie begab sich in Richtung Haupteingang. Hinter sich hörte sie Pennys Stimme.

»Ist sie nicht rührend?«

Die Worte trafen sie mit physischer Gewalt. Marilyn beeilte sich, zur Tür zu kommen.

Nur jetzt wußte sie, daß sie nicht zurückkommen würde, weder mit noch ohne Eis. Sie mußte heraus aus der Turnhalle, weg von allen, in die Kirche.

Sie mußte in die Kirche gehen. Sie mußte.

Die Mutter der Erlösten. Sie mußte mit der Mutter der Erlösten reden.

Schon einmal war ihr die Jungfrau erschienen; vielleicht würde sich das wiederholen.

Aber gerade als sie durch die Tür gehen wollte, wurde ihr Weg blockiert. Sie sah auf, in die stechenden Augen des Monsignore Vernon. Er erwiderte ihren Blick und schien etwas sagen zu wollen, als Schwester Elisabeth auftauchte. Ohne Marilyn zu beachten, sprach die Nonne über ihren Kopf hinweg mit dem Priester.

»Monsignore«, sagte sie, ihre Stimme trug schwer an der Last der

Beleidigung. »Es ist passiert. Ich habe es gewußt, als wir diese Sache weiterlaufen ließen, und jetzt ist es soweit.«

»Was ist passiert?« entgegnete der Monsignore, seine Brauen verfinsterten sich plötzlich.

»Jim Mulvey und Karen Morton. Ich habe gerade gesehen, wie sie zusammen in den Geräteraum gingen.«

Marilyn war Zuschauer, als sich das Gesicht des Monsignore von seiner normalen strengen Maske zu einer glühenden Maske der Entrüstung wandelte. Er stieß Marilyn auf die Seite und begann auf die verschlossene Tür des Geräteraums zuzuschreiten. Beim Gehen sprengte er die Tänzer auseinander.

Monsignore Vernon packte die Klinke der Tür zum Geräteraum und öffnete die Tür mit einem Ruck. Der kleine Raum war eng und dunkel. Der Priester tastete nach der Schnur für das Licht, zog daran und im Licht waren zwei erschrockene Gestalten zu sehen. Da, unter der nackten Glühbirne, lagen Jim Mulvey und Karen Morton, Arm in Arm, ihre Körper während eines leidenschaftlichen Kusses eng aneinandergepreßt. Der Priester packte sie, mit jeder Hand einen, und stieß sie aus dem winzigen Zimmer hinaus, in die übervolle Turnhalle. Er langte hinauf und erwischte die Lichtschnur erneut. Die Tür schlug langsam zu, und als er noch an dem Lichtschalter zog, war er ganz in die Dunkelheit gehüllt. Er ging schnell zur Tür, verfing sich aber mit einem Fuß an irgend etwas. Er geriet ins Stolpern.

Monsignore Vernon fiel auf die Knie, und bis er sich wieder gefangen hatte, hat er den schmalen Lichtspalt entdeckt, der durch die leicht geöffnete Tür fiel. Tief in seinem Inneren erwachte eine alte Erinnerung zum Leben.

Monsignore Vernon fror, er starrte durch den Spalt in der Tür. Von hoch droben im Gebälk schimmerten die Lampen der Turnhalle unheilvoll zu ihm herab. Er merkte, wie ihm immer schwindliger wurde. Und dann sah er das Mädchen. Sie ging genau da entlang, wo er etwas sehen konnte. Und sie schien sich zu drehen, sich zu drehen und dabei auf ihn zuzukommen. Sie hatte etwas in der Hand, dieses Mädchen. Etwas, das im Licht silbern schimmerte. Ein Messer. Es sah aus wie ein Messer.

Monsignore Vernon kam auf die Beine und stob aus der Tür.

Janet Conally, die beim Tanzen ihren silbernen Netzschal in die Höhe hielt, hielt mitten im Schritt inne, als der Priester mit wildem Blick die Tür aufstieß.

»Schluß damit«, bellte er los. Janet schauderte. Der Monsignore starrte um sich. Sie waren überall, diese Mädchen, überall um ihn herum, sie sahen alle gleich aus. Sie sahen alle aus wie sie, wie seine Schwester. »Sünder!« schrie er. »Alle seid ihr Sünder!«

Jetzt starrten die Schüler und begannen sich gegen den Ausgang zu verdrücken. Der Monsignore war wütender, als sie ihn je zuvor erlebt hatten.

»Nicht mehr!« schrie der Priester. »Glaubt ihr, ich kenne euch nicht? Glaubt ihr, ich erkenne euch nicht? Glaubt ihr, ich erweise euch Gnade? Ihr verdient keine Gnade. Gebt acht auf eure Seelen, denn ihr habt euch versündigt. Die Bestrafung wird auf euch herabkommen.«

Und dann sah Monsignore Vernon, wie ihn Peter Balsam von der anderen Seite des Raumes her anstarrte. Der Priester erhob seine Hand und wies auf den Lehrer.

»Ketzer! Die Strafe wird über dich kommen«, bellte er. »Die Strafe durch die Hände des Herrn.«

Und plötzlich, so schnell wie sie gekommen war, war die Wut vorbei, die Erinnerung verblaßt. Nervös blickte sich der Monsignore um. Schweigen war über den Raum herabgekommen, und als er wieder sprach, diesmal im Flüsterton, hörte ihn jeder im Raum.

»Der Tanz ist vorbei«, sagte er.

Fünf Minuten später war der Raum leer, bis auf zwei Leute. Sie standen auf den gegenüberliegenden Seiten der Turnhalle. Als ob sie darauf warteten, daß die Schlacht ihren Anfang nehme, starrten Monsignore Vernon und Peter Balsam sich gegenseitig an. Und jetzt, dachte Peter, würde alles seinen Lauf nehmen. Er hatte Angst.

3. BUCH

Auto – da – fé

19

In der Cafeteria summte es nur so vom Lärm der Schüler während des Mittagessens, aber Marilyn Crane hörte nichts. Sie saß alleine da, um sie herum standen nur leere Stühle, und war nur mit ihrem belegten Brötchen beschäftigt. Ein Stück entfernt von ihr, am anderen Ende desselben Tisches, saß Jeff Bremmer, genauso alleine. Alle paar Sekunden blickte er zu Marilyn hinüber und versuchte sich etwas einfallen zu lassen, was er ihr sagen könnte.

Er wußte, daß sie die Bemerkung von Penny Anderson am Samstagabend gehört hatte. Er hatte eigentlich vorgehabt, ihr nachzugehen und sich für Penny zu entschuldigen. Aber dann hatte der Monsignore Karen und Jim im Geräteraum aufgestöbert, und schon war sein Mut dahingewesen. Jeff schüttelte den Kopf, als er an den Priester und seinen Wutausbruch denken mußte.

Er blickte wieder zu Marilyn hinüber und entschied, den Tanzabend als Aufhänger zu nehmen. »O Mann, das war ja was, oder nicht?« sagte er.

Marilyn sah ihn an und fragte sich, ob er mit ihr sprach. Dann sah sie, daß außer ihr niemand am Tisch saß; er *mußte* mit ihr reden.

»Was war?« fragte sie vorsichtig, sie suchte nach der Falle.

»Der Tanzabend«, sagte Jeff. »Ich wußte ja, daß der Monsignore puritanisch ist, aber mit so was hätte ich nie gerechnet.«

»Nun, sie hätten nicht in den Geräteraum gehen sollen«, sagte Marilyn steif, sie verbündete sich mit dem Priester.

Jeff versuchte es auf einem anderen Weg. »Und dann noch Peter Balsam einen Ketzer zu nennen. Was sollte das denn?«

Marilyn zuckte mit den Schultern. Sie sah keine Möglichkeit, den Priester gegen Peter Balsam zu verteidigen. Er war ja so nett zu ihr gewesen. Aber trotzdem war sie anderer Meinung als Jeff. »Ich weiß nicht«, sagte sie vorsichtig, doch dann lenkte sie ein. »Es war schon ziemlich verrückt, oder?«

»Verrückt halte ich nicht für das richtige Wort«, sagte Jeff. »Es war richtig unverschämt. Ich meine, die Tatsache, daß Mr. Balsam kein Priester ist, macht ihn noch lange nicht zum Ketzer. Jesus, und wer benutzt denn überhaupt noch das Wort ›Ketzer‹? Wenn du mich fragst, das beste, was Mr. Balsam tun kann, ist, diese Müllkippe im Laufe der Jahre in die Luft zu jagen.«

»Mr. Balsam wird wahrscheinlich nicht hierbleiben«, erwähnte Marilyn.

»Warum sollte er auch? Würdest du bleiben?« Ohne auf die Antwort zu warten, redete Jeff in einem Fluß weiter. »Aber ich bin froh, daß er im Moment hier ist. Ich mag seinen Unterricht, durch ihn komme ich dazu, über manche Dinge nachzudenken.«

»Ich weiß«, sagte Marilyn, »aber manchmal bin ich nach seinem Unterricht noch verwirrter als vorher. Ich meine, ich habe immer geglaubt, daß ich die Zusammenhänge ganz gut verstanden hätte. Aber seit ich an seinem Unterricht teilnehme, bin ich mir da gar nicht mehr so sicher. Diese Ratten sind verrückt. Es sieht so aus, als ob er sie dazu bringen könnte, etwas Bestimmtes zu tun.«

»Reine Konditionierung«, sagte Jeff selbstzufrieden. Dann wurde er ernst. »Ich frage mich, ob man Menschen auch so konditionieren kann wie diese Ratten?«

Marilyn zuckte ratlos die Schultern. »Warum fragst du nicht Mr. Balsam?«

Ihre Gedanken kreisten um etwas anderes. »Das ist nicht der Grund, warum mich sein Unterricht nervös macht«, sagte sie. »Es kommt mir so vor, als ob ich immer schlechter von mir denke, je mehr ich über Psychologie weiß.« Als ihr klar wurde, was sie da zugegeben hatte, wurde sie rot. Aber plötzlich lächelte Jeff Bremmer sie an.

»An deiner Stelle würde ich mir da keine Gedanken machen«, sagte er grinsend. »Ich meine, du bist offensichtlich nicht so schlimm dran, wie so manche hier.« Er nickte zur Tür herüber. Marilyn folgte seinem Blick. Judy Nelson kam in die Cafeteria.

In dem Raum wurde es schlagartig still. Alle hatten sie auf diesen Augenblick gewartet, alle hatten sie gewußt, daß Judy seit heute wieder an der Schule war und daß sie den Vormittag im Büro des Monsignore verbracht hatte.

Niemand wußte, was dort vorgegangen war; aber niemand konnte sich vorstellen, daß es besonders erfreulich gewesen war. Jetzt war sie da, schwebte in die Cafeteria, als ob nichts gewesen wäre. Von Marilyns und Jeffs Nachbartisch rief Janet laut: »Hierher, Judy!«

Marilyn und Jeff schauten zu, wie Judy auf einen Stuhl rutschte und sofort von ihren Freunden umlagert war. Jetzt kamen die Fragen.

Judy genoß es. Sie hingen an ihren Lippen, gierig auf jedes Wort, und alle paar Minuten blieb irgend jemand, den sie kaum kannte, stehen, um sie wieder an der Schule von St. Francis Xavier willkommen zu heißen. Alle wollten sie wissen, was mit ihr geschehen war; erst im Krankenhaus, dann zu Hause, und, das war am wichtigsten, was sich heute morgen im Büro des Monsignore abgespielt hatte.

Judy beantwortete die Fragen gelassen, mit sanfter, gehauchter Stimme. Beim Zuhören gewannen ihre Freunde den Eindruck, daß sie sich mit einer neuen Judy Nelson unterhielten, einer Judy, die das Tal des Todes durchschritten hatte und umgewandelt worden war. Und genau diesen Eindruck wollte Judy auch widerspiegeln.

Beim Beobachten der Szene am Nachbartisch, begann Marilyn, sich zu fragen, was mit Judy geschehen war, ob der Versuch, sich das Leben zu nehmen, sie wirklich verändert hatte, oder ob sie nur eine Rolle spielte. Sie tadelte sich wegen dieses unfreundlichen Gedankens und wandte sich wieder nach Jeff um. Er war nicht mehr da.

Sie schaute schnell wieder zu dem Tisch herüber, an dem Judy immer noch ihre Freunde beglückte, und sah, daß Jeff Bremmer sich der Gruppe um Judy angeschlossen hatte. Er war gierig nach ihren Schilderungen, wie alle anderen auch. Und dann, sie schaute immer noch zu, kam Peter Balsam in die Cafeteria. Hoffnungsvoll schaute sie auf; immer blieb er stehen, um sie zu grüßen. Aber heute ging er gleich an ihr vorbei, er beabsichtigte irgend etwas anderes . . . Voller Bedauern mußte Marilyn sehen, daß Balsam sich zu der Gruppe um Judy gesellte. Wenig später stand der Lehrer wieder auf, und Marilyn schöpfte neue Hoffnung. Jetzt würde er sicher an ihrem Tisch verweilen. Aber er tat nichts dergleichen. Bevor Marilyn ihren Mut zusammennehmen konnte, um ihn zu rufen, war er schon weg. Traurig wandte sie ihre Aufmerksamkeit wieder dem Tisch von Judy Nelson zu.

Karen Morton war widerwillig geworden. Sie hatte keine Lust mehr, Judy zuzuhören. Außerdem interessierte es denn keinen, zu erfahren, was mit ihr bei dem Tanzabend passiert war? Das war nicht fair. Normalerweise wäre ihr Zusammenprall mit dem Monsignore das wichtigste Thema des Tages gewesen, aber Judy hatte ihr die Schau gestohlen. Sie starrte mürrisch auf ihre Hände, dann siegte die Spontaneität.

»Sich umzubringen versuchen, ist so toll nun auch wieder nicht«, sagte sie und platzte damit in Judys Monolog. Sie war befriedigt, als Judy den Mund hielt und sie ansah.

»Hast du es schon versucht?« sagte Judy naseweis. Karen lächelte und hielt ihre Hände in die Höhe.

»Was glaubst du wohl, woher die kommen?« sagte sie und zeigte ihre Handflächen her. Die Verschorfungen waren schon beinahe abgeheilt, aber immer noch deutlich sichtbar.

»Die da?« Penny Anderson lachte. »Ich dachte, du wüßtest nicht, wie du zu denen gekommen bist.«

»Ich wollte es bloß nicht zugeben«, sagte Karen. Sie hatte das Gefühl, daß sie die Kontrolle über das Gespräch verlor.

Judy Nelson bestätigte das Gefühl. »Wenn sie nicht mal so schlimm waren, daß du ins Krankenhaus mußtest, würde ich nicht sagen, daß sie zählen«, sagte sie säuerlich. »Außerdem, warum solltest du versuchen, dich zu töten?«

»Ich weiß es nicht genau«, fing Karen an, aber Penny schnitt ihr das Wort ab.

»Ich werde dir einen Grund nennen«, sagte sie, »weil ich nämlich entschlossen bin, dir Jim Mulvey auszuspannen.«

Karen blieb der Mund offenstehen. Unvermittelt war alles danebengegangen. Alles was sie gewollt hatte, war doch nur ein bißchen Aufmerksamkeit. Jetzt lachten alle über sie, und Penny sagte auch noch, daß sie ihr Jim ausspannen wollte. Das hatte sie sich ganz anders vorgestellt. Sie schaute Penny an.

»Da hast du genauso viele Chancen wie Marilyn Crane«, sagte sie schnippisch. Dann stand sie auf und verließ auf schnellstem Wege die Cafeteria.

Diese Bemerkung traf Marilyn wie ein Schlag ins Gesicht, und plötzlich fiel ihr das Brot, an dem sie kaute, aus der Hand. Sie starrte in ihren Schoß, und ihre Augen füllten sich mit Tränen, da sah sie den dunkelroten Marmeladefleck auf ihrem hellgelben Rock. Jetzt mußte sie den ganzen Tag lang so tun, als ob sie nicht merkte, daß alle auf ihren verschmutzten Rock starrten. Sie stopfte den Rest ihres Mittagessens in die Tüte zurück und machte sich eilig davon.

Sie wollte zu ihrem Schrank, entschied sich aber plötzlich anders. Statt dessen machte sie sich auf den Weg in die Kirche und ließ sich auf der Bank vor der Heiligen Jungfrau nieder. Sie faßte in ihre Handtasche, um nach ihrem Rosenkranz zu suchen. Aber bevor sie ihn fand, umschloß sie etwas anderes mit ihrer Hand.

Es war das Päckchen mit den Rasierklingen.

Ihre Finger umklammerten es ganz fest. Es fühlte sich gut an. Dann bekam sie plötzlich Angst, ließ die Rasierklingen fallen und fand den Rosenkranz. Sie fing an zu beten.

Als sie eine halbe Stunde später aus der Kirche kam, war es Marilyn schon fast gelungen, nicht mehr an den Fleck auf ihrem Rock zu denken. Sie rannte zu ihrem Schrank, stellte schnell die Kombination des Zahlenschlosses ein. Sie hatte vor, den Rest ihres Mittagessens in die Metallschachtel zu geben und ihre Bücher für den Nachmittag zusammenzupacken. Sie zog die Schranktür auf. Marilyn Crane stieß einen Schrei aus. Eine Woge der Übelkeit überkam sie. Ihre Bibel lag geöffnet am Boden des Schranks; obendrauf lag eine weiße Ratte, deren Fell vom Blut und den Nahrungsresten, die aus ihr heraussickerten, befleckt war. Die Kehle war aufgeschlitzt, und die Eingeweide waren herausgenommen worden. Die Übelkeit ging vorbei, und dann kamen die Tränen. Marilyn Crane sank auf den harten Boden und begann hysterisch zu schluchzen. Wenige Augenblicke später erschien Schwester Marie und schloß Marilyn in ihre Arme. Dann führte sie sie langsam weg, zum Büro der Schwestern.

Peter Balsam saß nach Schulschluß noch in seinem Klassenzimmer und hatte drei Bücher aufgeschlagen vor sich liegen. Er las immer nur Absätze in einem Buch, dann wechselte er wieder in ein anderes Buch, abwechselnd las er mal hier, mal da eine Zeile, dann nahm er das dritte Buch zur Hand. Allmählich fügte er die Bruchstücke zusammen. Und auf eine verrückte Art und Weise begann es einen eigenartigen Sinn zu ergeben. Er hörte ein Geräusch an der Tür und sah auf. Karen Morton stand unsicher in der Tür.

»Darf ich reinkommen?« fragte sie zögernd.

»Ich bin etwas beschäftigt«, sagte Balsam und hoffte, daß sie wieder wegginge. Sie blieb standhaft.

»Es dauert bestimmt nicht lange«, Karen kam ins Zimmer. Peter Balsam schob die Bücher auf die Seite und schaute auf seine Uhr. Vielleicht konnte er sie innerhalb dieser Minute abfertigen.

»Worum handelt es sich?«

»Ich weiß nicht genau«, sagte Karen verunsichert. Dann, als sie Peters ungeduldige Miene sah, fuhr sie rasch fort. »Es geht um

Judy, sie scheint...« sie suchte nach dem passenden Wort, »...irgendwie anders.«

Ist das alles? dachte sich Balsam. »Natürlich ist sie das«, sagte er locker, »aber ich glaube nicht, daß sie wirklich anders ist. Oh, mag sein, daß sie das glaubt, aber vergiß nicht: Gerade jetzt steht sie im Mittelpunkt des Interesses. In ein paar Tagen hat sich der Wirbel gelegt, und alles wird wieder wie immer sein.«

Karen wollte etwas sagen, aber Peter schnitt ihr das Wort ab. »Schau, ich habe gerade sehr viel zu tun. Kann das bis morgen warten?« Er nahm eines der Bücher, und war schon dabei, einen weiteren Abschnitt zu lesen: Endlich hatte er den Heiligen gefunden, nach dem er gesucht hatte, und so hatte er Karen unmittelbar vergessen.

Das Mädchen sah ihn einen Augenblick lang an. Sie mußte reden, aber er wollte nicht zuhören. Sie merkte, wie ihre Wut größer wurde, und sah zu, daß sie aus dem Zimmer kam. Und als sie gerade in der Tür stand, drehte sie sich noch einmal um.

»Vielleicht sollte ich versuchen, mich zu töten, so wie Judy!« rief sie. »Vielleicht beachten Sie mich dann.«

Diese Worte rissen Peter aus seiner Lektüre heraus, aber Karen war schon weg. Er konnte das Hämmern ihrer Füße noch hören, wie sie den Gang hinunterlief. Er wollte aufstehen und ihr folgen, aber da erschien wieder jemand in der Tür zu Zimmer 16.

Monsignore Vernon.

Die beiden Männer sahen sich kalt an.

»Das hast du schlimm behandelt«, kommentierte der Priester.

»Du hast keinen Grund, mich zu kritisieren«, sagte Balsam eisig und dachte an den Zwischenfall vom Samstag abend.

Der Monsignore überhörte die Bemerkung. »Was ist vorgefallen?« sagte er, und Peter Balsam wußte, daß er diese Frage als Oberhaupt der Schule gestellt hatte. Er erklärte es mit wenigen Worten.

»Ich glaube, ich hätte ihr mehr Zeit widmen sollen«, schloß er, »aber ich fürchte, ich war zu vertieft in meine Literatur.«

»Oh?« sagte der Priester und ging auf den Tisch zu. »Was gibt es, das dich so fasziniert?«

Peter räumte die Bücher schnell zusammen und schob sie ganz hinten in die Schreibtischschublade.

»So interessant ist es nun wirklich nicht«, sagte er, während er die Schublade fest zumachte. »Es sind nur ein paar alte Texte aus der Psychologie.«

Der Priester schien diese Erklärung zu akzeptieren.

»Heute abend findet eine Versammlung der Gemeinschaft statt«, sagte er, »im Pfarrhaus, um die gewohnte Zeit.«

»Ich werde nicht kommen«, sagte Peter.

Der Priester starrte ihn an.

»Doch«, sagte er, »du wirst kommen. Wir brauchen dich.«

Und dann war er weg. Peter sah ihm nach. In der Stimme des Priesters hatte irgend etwas gelegen, kein kommandierender Unterton, aber irgendwas anderes. Es war der Unterton von einem, der mehr weiß. Als ob er nicht das Gefühl hätte, Peter den Befehl geben zu müssen, daß er heute abend teilnahm; es war, als ob der Priester ein geheimes Wissen hatte, ein Wissen, das ihm sagte, daß irgend etwas Peters Anwesenheit der Gemeinschaft des St. Peter Martyr erzwingen würde.

Balsam holte die Bücher aus der Schublade in seinem Schreibtisch und verließ die Schule.

Zwei Stunden später, er war gerade mit seinem Literaturstudium zu Ende, ergab das alles einen Sinn für ihn. Einen verrückten Sinn zwar, den er kaum akzeptieren konnte, aber immerhin einen Sinn. Der Monsignore hatte recht: Er würde heute abend an der Versammlung teilnehmen. Aber nur so lange, wie er brauchte, um sie mit dem, was sie taten und warum sie es taten, zu konfrontieren.

Und dann würde er verschwinden. Wenn sie ohne ihn weitermachen wollten, gut. Aber Peter glaubte nicht, daß sie dann noch den Wunsch hätten.

Wenn die Schlüsse, die er gezogen hatte, richtig waren, dann brauchten sie ihn. Aber sie würden ihn nie haben.

20

Karen Morton rannte die Treppe vor dem Schulhaus hinunter, den Blick ganz geradeaus gerichtet, als ob die angestauten Tränen sich ihren Weg bahnen würden, weil sie ein empfindliches Gleichgewicht zerstörte, indem sie zur Seite schaute.

Sie wollte nicht weinen. Sie sollte direkt nach Hause gehen und den restlichen Nachmittag ganz alleine verbringen. Wenn niemand mit ihr reden wollte, gut, dann sollte ihr das recht sein, sie wollte niemanden dazu zwingen.

Es war Judys Schuld, sagte sie sich. Und Judy wollte ihre Freundin sein. Schöne Freundin! Als Karen ein Gespräch darüber anregen wollte, was sie sich durch das Zermartern ihrer Hände angetan hatte, hatte Judy nur gelacht. Nun, nicht etwa lauthals, aber innerlich hatte sie gelacht. Und jeder beachtete Judy, sogar Mr. Balsam. Mr. Balsam hätte besser *ihr* zugehört. Judys Probleme waren doch längst erledigt. Konnte er das nicht verstehen? Aber was war mit Karen? Wer würde mit ihr sprechen?

Karen sah, daß vor ihr Marilyn Crane den Hügel hinunterlief. Zum ersten Mal verstand Karen, wie Marilyn Crane sich fühlen mußte. Sie wollte nach ihr rufen, wollte, daß Marilyn auf sie wartete. Aber warum sollte Marilyn warten? War Karen nicht eine aus der Gruppe, die Marilyn schon seit Jahren das Leben zur Qual machte? Vielleicht sollte sie Marilyn um Entschuldigung bitten. Nein, das war auch unmöglich. Es gab zuviel, für das sie sich hätte entschuldigen müssen. Außerdem, sie wollte gar nicht mit Marilyn reden. Sie wollte mit einem Mann reden. Sie wollte mit ihrem Vater reden. Er hätte sie verstanden. Er hätte sie in seine Arme genommen, sie festgehalten, und ihr gesagt, daß alles wieder gut wird. Aber er war tot, und es gab sonst keinen...

Sie hörte, daß ein Wagen neben ihr herfuhr und erkannte das Motorengeräusch sofort. Jim Mulvey. Sie ging weiter; schaute nur geradeaus.

Erst hörte sie die Hupe, dann seine Stimme: »Karen? Hey, Karen?«

Sie blieb stehen und drehte sich langsam um. Er grinste und winkte ihr zu.

»Spring rein«, rief er. Sie schüttelte den Kopf und drehte sich weg, um weiterzugehen.

»Hey«, sagte Jim und stieg aus dem Wagen. »Stimmt was nicht? Ich bin es, Jim.« Er holte sie ein, hielt sie am Arm fest. Sie wollte seine Hand abschütteln, ließ es aber.

Als sie sich umdrehte, um ihm ins Gesicht zu sehen, wurde Jim klar, daß mit Karen wirklich etwas nicht in Ordnung war. Es sah aus, als würde sie jeden Moment zu weinen anfangen. Seine Stimme klang jetzt gar nicht mehr so spöttisch, eher sanft.

»Karen, steig ins Auto«, sagte er. »Ich bring' dich nach Hause.« Karen ließ sich zum Wagen führen, und zum ersten Mal, seit sie ihn kannte, hielt Jim ihr die Tür auf. Sie saß da und starrte geradeaus, während er um das Auto herumging und sich hinter das Steuer zwängte. Die Fahrt verlief schweigend.

»Möchtest du darüber sprechen?« sagte Jim schließlich. Karen schüttelte den Kopf. Etwas später bremste er den Wagen ab und fuhr an den Bordstein. Er wandte sich ihr zu und sah sie an.

»Ich habe gehört, was Penny Anderson heute mittag gesagt hat«, sagte er, »also, wenn du dir deshalb Sorgen machst, nicht nötig.«

»Nein, das ist es nicht«, sagte Karen träge, »warum bringst du mich nicht einfach nach Hause?«

Aber irgend etwas in ihrer Stimme sagte Jim, daß sie eigentlich nicht nach Hause gebracht werden wollte. Er fuhr wieder an, aber statt Karen nach Hause zu fahren, ging es raus aus der Stadt.

»Wo fahren wir hin?« fragte Karen, aber es interessierte sie eigentlich gar nicht.

»Zum See raus.«

»Ich will nach Hause.«

»Nein, willst du nicht«, sagte Jim bestimmt. »Du möchtest reden, also fahren wir zum See, setzen uns dort hin und reden.«

»Ich hasse die Gegend dort«, jammerte Karen. »Es riecht übel und außer Wacholdergestrüpp gibt es nichts.«

»Ist doch besser als gar nichts«, sagte Jim.

Ohne ein weiteres Wort ging die Fahrt nach zehn Minuten zu Ende. Jim fuhr durch das angelegte Picknick-Areal, und parkte am Ende des Feldweges, der zu einem einfachen Bootssteg führte. Der See war menschenleer. Das Schweigen wurde länger, und Jim überlegte, was er sagen sollte. Dann fand er, es sei das beste, wenn er nichts sagte. Dann legte er seinen Arm um Karen und zog sie an sich.

Sie versuchte, seinem Kuß zu widerstehen, aber seine Arme klammerten sich fester um sie, und sein Mund fand ihren Mund. Und dann, je leidenschaftlicher der Kuß wurde, merkte Karen, wie ihr Körper gegen ihren Willen nachgab. Sie sehnte sich danach, gehalten zu werden, sie sehnte sich nach Zärtlichkeiten, sie sehnte sich danach, geliebt zu werden. Ihre Arme schlangen sich um ihn.

»Liebe mich, Jim«, flüsterte sie, »bitte liebe mich.«

Sie hörte sein Stöhnen, als ihre Hand an seinen Hosenschlitz fuhr und ihre Finger seine Erektion umklammerten. Sie drückte sich näher an ihn heran und half ihm dabei, sie auszuziehen.

»Jesus«, sagte Jim eine halbe Stunde später, völlig außer Atem, »so habe ich das noch nie erlebt. Gib mir Bescheid, wenn du wieder jemanden zum Reden brauchst.« Er schielte sie mit einem verliebten

Seitenblick an und zwinkerte. Karen hatte das Gefühl, als ob etwas in ihr zerbrach.

Er hat mich nur benutzt, dachte sie. Er liebt mich nicht. Er wollte mich nur ficken. Mich ficken. Mich ficken.

Sie wiederholte im Geiste die Worte immer und immer wieder, damit sie ihre Bedeutung verlören, wie das der Fall ist, wenn man ein Wort zu oft wiederholt. Es half nichts.

Sie hatte sich danach gesehnt, geliebt zu werden, aber sie war nur umgelegt worden. Sie versuchte sich davon zu überzeugen, daß es da keinen Unterschied gäbe, aber sie wußte, es gab einen Unterschied. Jetzt waren alle Gerüchte, die man über sie verbreitete, Wahrheit geworden.

»Bring mich nach Hause«, sagte sie ruhig.

Jim Mulvey ließ den Wagen an, wendete ihn und begann die Rückfahrt nach Neilsville.

Zwanzig Minuten später hielt er vor dem Haus der Mortons an. Er ließ den Motor im Leerlauf schnurren, stieg aber nicht aus dem Wagen aus.

»Willst du mir nicht die Tür aufhalten?« fragte Karen.

»Das kannst du doch selbst«, sagte Jim. Er wußte nicht warum, aber er war plötzlich wütend auf Karen. Sie hatten doch nur weitergemacht, um Himmels willen. Und sie hatte auf jeden Fall so getan, als ob es ihr gefiele, als es passierte. Aber jetzt, nichts. Gut, wenn sie nicht mit ihm sprechen konnte, so konnte sie verdammt gut selber ihre Tür aufmachen. Er sah sie an.

Karen öffnete die Wagentür, kletterte hinaus und schlug die Tür hinter sich zu. Dann rannte sie, ohne sich noch einmal umzusehen, zum Haus. Nicht daß es einen Unterschied gemacht hätte, wenn sie sich noch einmal umgesehen hätte; die Wagentür war kaum zugeschlagen, da hörte sie, wie Jim mit quietschenden Reifen davonraste.

Karen ging hinein, bereitete sich ein Fernsehabendessen vor und versuchte, sich aufs Fernsehprogramm zu konzentrieren. Es klappte nicht. Sie mußte mit jemandem reden, aber es gab niemanden, mit dem sie sprechen konnte. Sie sah zur Uhr – ihre Mutter würde erst in einigen Stunden nach Hause kommen. Aber Karen mußte mit ihr sprechen, sie mußte jetzt mit ihr sprechen. Sie nahm das Telefon und rief ihre Mutter in der Arbeit an.

»Hallo, Mutti«, sagte sie, sie versuchte, ihre Stimme so hell wie möglich klingen zu lassen.

»Was gibt es?« fragte Harriet Morton. Alle Tische bei ihr waren besetzt; sie hatte wirklich keine Zeit zum Reden. »Geht es dir gut?«

»Mir fehlt nichts. Ich wollte nur fragen, ob du heute abend ein bißchen früher nach Hause kommen könntest.«

»Wenn wir essen wollen, muß ich arbeiten«, schnappte Harriet. Sie warf den Hörer auf die Gabel zurück, nahm die Kaffeekanne in die Hand und machte sich wieder an die Arbeit.

Karen starrte das tote Telefon an und hätte am liebsten wieder losgeheult. Nicht einmal ihre Mutter wollte mit ihr reden. Sie hielt ihre Tränen zurück und wollte einfach nicht mehr daran denken. Sie wollte an überhaupt nichts mehr denken. Sie würde fernsehen, bis ihre Mutter kam, und dann mit allem herausplatzen. Nur noch ein paar Stunden. Sie schaute auf die Uhr.

Kurz vor zehn.

Eine Stunde nur noch.

Dann klingelte das Telefon. Karen nahm es gierig ab. Vielleicht hatte ihre Mutter es sich anders überlegt und wollte nach Hause kommen.

»Hallo?« sagte sie. »Mutter?«

Aber es war keineswegs die Stimme von Harriet Morton. Es war jemand anderes, eine andere Stimme, eine Stimme, die Karen zu erkennen glaubte.

»Du hast gesündigt«, sagte die Stimme. »Du bist das Böse. Du mußt bereuen. Bereue!«

Dann war alles vorbei. Das Telefon verstummte, der Hörer lag noch in Karens Hand. Diesmal ließ sie ihn auf den Boden fallen, sie machte sich nicht einmal die Mühe, ihn auf die Gabel zurückzulegen. Also machte es schon die Runde.

Das Gerede hatte bereits angefangen.

Und ihre Mutter war immer noch nicht zu Hause.

Sie sah zur Uhr. Erst fünf nach zehn.

Die Verzweiflung übermannte Karen Morton, aber noch immer gestattete sie sich nicht zu weinen.

Vielleicht hätte sie weinen sollen.

Wenn sie sich gestattet hätte zu weinen, hätte sie vielleicht die Tat, die sie als nächste ausführte, gelassen.

Vielleicht wäre sie nicht ins Badezimmer hochgegangen, hätte sie nicht die Tür verschlossen, die Wanne mit warmem Wasser gefüllt, und sich die Pulsadern aufgeschnitten. Vielleicht hätte Karen Morton lieber geweint. Aber sie weinte nicht.

Sie saßen da wie sechs Raubvögel. Das Schwarz ihrer kirchlichen Gewänder hob die Blässe ihrer Gesichter noch hervor. Unheilvoll starrten sie Balsam an, aber er ließ sich nicht aus der Ruhe bringen, erwiderte ihr Gestarre und setzte auf die Kälte in ihren Blicken sein eigenes frostiges Verhalten.

Im Innern bebte Balsam.

Ihm war klar, daß sie ihm nicht glaubten. Er war überzeugt, daß sie ihn für verrückt erklärten.

Das Schweigen ging weiter; Peter war entschlossen, nicht derjenige zu sein, der es brechen sollte. Er fragte sich, was in ihren Köpfen vorging. Hatten sie einfach beschlossen, das, was er ihnen gesagt hatte, völlig aus ihrem Gedächtnis zu streichen, oder dachten sie über seine Worte nach?

»Also, was denkst du, wirst du dem Bischof sagen?« sagte Monsignore Vernon schließlich.

Zum ersten Mal wurde Peter unruhig. Warum nur hatte er ihnen gesagt, daß er zum Bischof gehen wollte? Warum hatte er ihnen nicht einfach gesagt, daß er genug hatte von der Gemeinschaft des St. Peter Martyr, und es dabei belassen?

Aber sie hatten darauf bestanden, zu erfahren, warum er die Gemeinschaft verlassen wolle, und er hatte es ihnen erklärt.

Ruhig hatten sie zugehört, als er ihnen von den Gesängen erzählte; davon wußten sie bereits. Es fiel ihm dann ein, daß allen das gleiche passierte, was auch ihm während dieser verrückten Gottesdienste passiert war: Sie wußten, daß etwas geschah, aber nicht was. Er bemühte sich, es ihnen zu erklären. Er wollte ihnen sagen, daß sie alle pervers wären, wollte ihnen in allen Einzelheiten aufzeigen, was sie während ihrer Rituale trieben. Aber er fand, daß er dazu nicht fähig war. Schließlich waren sie trotz allem immer noch Priester. Priester, denen man Respekt schuldete. Die Traditionen, mit denen er aufgewachsen war, nahmen überhand, und er sah sich außerstande, ihnen zu beschreiben, was sich zwischen ihnen abspielte. Er sagte ihnen lediglich, daß er die ganze Angelegenheit unaussprechlich fände.

»Aber du bist in der Lage, sie dem Bischof zu schildern?« hatte der Monsignore am Ende seiner Rede mild gesagt.

»Das muß ich nicht«, sagte Balsam ruhig. »Ich habe eine Aufzeichnung über alle Vorgänge auf der letzten Versammlung.«

»Eine Aufzeichnung?« fragte Pater Prine erstaunt. »Was meinen Sie damit, eine Aufzeichnung?«

Geduldig erklärte Peter auch das.

»Ich wollte genau wissen, was bei den Gottesdiensten vor sich geht«, sagte er, »ich konnte mich nicht daran erinnern; das einzige, was mir noch einfiel war, wie ich in einen Zustand der Trance versank, und daß es viel später war als ich dachte, als ich wieder aus dieser Trance erwachte.«

»Das ist nichts Ungewöhnliches während der Hingabe«, sagte der Monsignore.

»Das hatte mit Hingabe nichts zu tun«, entgegnete Peter, sein Zorn wurde schlimmer, »ich kann nicht sagen, womit es zu tun hatte, aber ich wollte herausfinden, was sich abspielte. So nahm ich einen Kassettenrecorder mit in die Versammlung und nahm die ganze Geschichte auf. Als ich mir das Band anhörte, wurde mir schlecht, buchstäblich schlecht. Wenn ich euch das Band vorspielen würde, wäre euch allen schlecht.«

»Du übertreibst natürlich«, fing Monsignore an, aber Peter nahm ihm das Wort.

»Ich übertreibe keinesfalls«, sagte er barsch, »die ganze Angelegenheit absolut verdorben.«

»Ich glaube, wir haben genug gehört«, sagte der Monsignore im Aufstehen. »Du kannst nicht mehr sagen, außer, daß du eine Sprache gehört hast, von der du glaubst – du *glaubst*, daran möchte ich dich noch einmal erinnern, du weißt es nicht – daß sie eine Mischung aus Latein und Italienisch ist. Und daß wir uns etwas hingegeben haben, was du verdorben nennst. Etwas, das du uns nicht einmal beschreiben willst.«

»Ich sehe keine Notwendigkeit dafür«, sagte Balsam. »Ich glaube, der Bischof wird überzeugt sein, sobald er das Band hört.«

»Überzeugt?« Es war wieder der Monsignore. Er schritt nun durch das Zimmer. »Überzeugt wovon?«

»Nun, zum einen glaube ich, wird er so überzeugt sein, daß er deiner Gemeinschaft ein Ende bereitet.«

Der Monsignore kicherte. »Überzeugt durch die Worte eines Ketzers?« Peter bemerkte das fanatische Leuchten, das in den Augen von Vernon aufzuflackern begann. Er rief sich zur Vorsicht.

»Schon wieder Ketzer«, sagte er leise. »Na, wenigstens weiß ich jetzt, woher das kommt.«

»Hast du es endlich herausbekommen?« Die Stimme des Priesters war so leise wie Peters.

Peter nickte bedeutungsvoll. »Das und noch einige andere Sachen.« Er stand auf. Während er wider sprach, bemühte er sich, das Niveau seiner Stimme nicht zu ändern. »Monsignore, ich habe nicht die Absicht noch mehr Zeit darauf zu verschwenden, um etwas zu diskutieren. Ich weiß, daß Sie mich für einen Ketzer halten – was immer dieses Wort Ihnen bedeutet. Aber *ich* denke, daß der Bischof sehr wahrscheinlich zu dem Schluß kommt, daß Sie krank sind. Schließlich, was sonst sollte er schließen, wenn er Ihre Stimme hört, mit der Sie vorgeben St. Peter Martyr zu sein, und mit der Sie den Zorn Gottes herbeirufen gegen Sünder und Ketzer?«

Sollte Peter Balsam einen Wutausbruch erwartet haben, so wurde er enttäuscht. Stille breitete sich plötzlich im Pfarrhaus aus, und die Priester wechselten Blicke. Aber die Atmosphäre im Zimmer hatte sich geändert. Sie war nicht länger von Feindseligkeit gegen Peter Balsam geprägt. Mit einem Mal war da etwas anderes. Ein Gefühl der Erwartung, als ob etwas lang Erwartetes geschehen sollte.

»Kann denn das wahr sein?« konnte Balsam einen von ihnen flüstern hören. Aber bevor er antworten konnte, brüllte ihn die Stimme des Monsignore nieder.

»*Was hast du gesagt?*«

»Ich fragte, was der Bischof sonst daraus schließen könne«, sagte Peter und versuchte die Wut in der Stimme des Priesters zu ignorieren.

»Über St. Peter Martyr«, donnerte der Monsignore los.

»Während des letzten Gottesdienstes hast du behauptet, St. Peter Martyr zu sein, und hast Gott ermahnt, damit er seine Strafe an Sünder und Ketzer, wie du sie nennst, austeilt.«

»Das ist geschehen«, schnaubte Pater Martinelli.

Peter drehte sich herum und starrte den alten Mann an. Sein Gesichtsausdruck hatte nun etwas Scheues, und er blickte voller Verehrung den Monsignore an.

»Was ist geschehen?« fragte Peter leise, obwohl er die Antwort bereits kannte.

»Endlich ist er zu uns gekommen«, sagte Pater Prine leise. »Nach all der Zeit ist St. Peter Martyr endlich unter uns.«

Peter Balsam ließ sich in seinen Sessel zurücksinken. Es konnte nicht geschehen sein. Und doch, es war geschehen. Sie hatten ihm zugehört, aber was er ihnen zu sagen hatte, konnte ihren Glauben an ihren jungen Anführer nicht erschüttern. Nein, er war noch fester geworden. Peter Balsam mußte an die Worte des Bischofs denken. *Sie wollen glauben. Sie müssen sich gegenseitig stützen.*

Jetzt, wo sie merkten, daß die Person, an die sie sich gelehnt hatten, wankend war, standen sie noch fester zusammen.

Balsams Blick wanderte zum Monsignore. Ein Ausdruck der Verzückung hatte ihn ergriffen, er sah nach oben, die Hände zum Gebet gefaltet, und seine Lippen bewegten sich stumm. Plötzlich sah er Balsam an, und der Lehrer bemerkte den wilden Glanz in den Augen des Priesters.

»Und du glaubst noch immer nicht?« sagte er leise.

»Nein«, sagte Peter. »Ich glaube an nichts von alldem.«

»Aber du *mußt* glauben«, sagte Monsignore Vernon. »Ich habe dir das schon zu erklären versucht, als wir noch zusammen zur Schule gingen. Doch der Zeitpunkt war der falsche. Aber du hättest es wissen müssen. Es liegt an den Namen.«

»Die Namen«, sagte Peter gelangweilt, »du kommst auch immer wieder auf die Namen zurück, oder?«

Fragend sah er den Monsignore an; er war nicht sicher, ob der Priester zuhörte. Aber die anderen hörten zu. Balsam schaute die alten Gesichter nacheinander an. In allen stand die gleiche Verwirrung geschrieben.

»Hat er euch das nicht erzählt?« fragte er sie. Sie starrten auf ihn, in der Erwartung, daß er fortfuhr. Als er damit anfing, wählte er seine Worte mit großer Sorgfalt.

»St. Peter Martyr war ein Mann namens Piero da Verona. Peter Vernon, wenn ihr so wollt. Und er wurde von einem anderen Mann getötet, einem Mann, der sich Piero da Balsama nannte. Alles klar?«

»Peter Balsam«, flüsterte Pater Martinelli, »es wiederholt sich alles. Du bist St. Acerinus.«

»Nein«, zischte Peter, »ich bin nicht St. Acerinus. Ich bin nicht Piero da Balsama. Genausowenig ist Monsignore Vernon St. Peter Martyr. Es ist eine zufällige Übereinstimmung. Nicht mehr!«

Und dann geschah es. Die Stimme des Monsignore war ruhig, füllte aber das ganze kleine Zimmer.

»Ich bin St. Peter Martyr«, sagte er.

Ein wahrer Alptraum, dachte Peter. Das darf doch nicht wahr sein. Auf keinen Fall konnte das wahr sein.

Doch es war so. Um ihn herum knieten fünf Priester und sahen zu Monsignore Vernon auf. Für sie wurde in diesem Augenblick aus Monsignore Peter Vernon St. Peter Martyr. Peter Balsam stand auf, und über die Köpfe der knienden Kirchenmänner hinweg traf sich sein Blick mit dem von Monsignore.

»Ich will nicht«, sagte er leise, »ich will da nicht länger mitmachen. Ich will nicht dein Ketzer sein und ich will dich nicht töten. Wenn du wirklich einen St. Acerinus brauchst, dann such ihn dir woanders.«

Aber der Priester schien ihn nicht zu hören. Er stand stumm da. Sein Gesicht war ruhig, aber sein Blick hatte die Glut des Fanatismus.

Balsam verließ das Arbeitszimmer und das Pfarrhaus. Es hat jetzt ein Ende damit, sagte er sich im stillen. Um ihre Fantasie aufrechtzuerhalten, brauchten sie ihn. Aber er hatte sich zurückgezogen und damit müßte es jetzt zu Ende sein. Und wie er sich auf den Weg den Hügel hinunter machte, hörte er es wieder.

Wieder hatten die Gesänge angefangen.

Es hatte kein Ende gefunden.

Irgendwo in Neilsville schlug eine Glocke die Stunden an. Es war zehn Uhr. Die Gemeinschaft von St. Peter Martyr hielt einen Gottesdienst ab, und Karen Morton bereitete sich auf ihren Tod vor.

Karen lag im warmen Wasser der Badewanne; und sie wunderte sich, daß es nicht weh tat. Judy hatte recht, es schmerzte überhaupt nicht. Nur ein leichter Zustand der Betäubung.

Karen sah zu, wie ihr das Blut aus den Handgelenken strömte, sie sah zu, wie es im Wasser seltsame Muster bildete, dann bewegte sie sich heftig und mischte das Badewasser rosa.

Während aus dem Rosa allmählich ein tiefes Rot wurde, fragte sich Karen, ob sie das Richtige tat. Aber es war zu spät. Zu viel war schon schiefgelaufen, und es gab niemanden, mit dem sie hätte sprechen können. Wenn es nur jemanden gegeben hätte, mit dem sie hätte sprechen können, jemand, der ihr zugehört hätte. Aber da hatte es niemanden gegeben. Und während das Rot in der Badewanne tiefer wurde, merkte Karen, daß es ihr nichts ausmachte. Nicht mehr. Sie fing an zu beten, hielt aber die Augen offen. Sie wollte die Farbe ihres Todes sehen. Ganz, als ob sie herausfinden könnte, warum alles schiefgelaufen war, indem sie zusah, wie sich das Wasser mit ihrem Leben färbte.

Sie hatte die Farbe des Todes nie gesehen. Noch lange, nachdem sich ihre Augen geschlossen hatten, färbte sich das Wasser dunkler und dunkler. Als sie starb, war sie nicht verblutet.

Sie war ertrunken.

Um Viertel vor elf war Karens Kopf unter die Oberfläche des karmesinroten Wassers gerutscht.

Um Viertel nach elf schloß Harriet Morton die Haustür auf. »Karen?« rief sie. Als sie keine Antwort hörte, rief sie ein wenig lauter. »Karen?!« Noch immer keine Antwort. Dennoch, das Haus schien nicht leer zu sein: Sie war überzeugt, daß Karen nicht weggegangen war.

Harriet ging nach oben, rief aber nicht mehr nach Karen. Als sie die Badezimmertür sah, fühlte sie eine Woge der Erleichterung. Karen lag in der Badewanne. Natürlich. Darum hatte sie Harriets ersten Ruf auch nicht gehört.

Harriet klopfte an die Tür. »Karen?« rief sie. »Bist du da drinnen?«

Keine Antwort; also versuchte Harriet die Tür zu öffnen. Es war abgesperrt. Und plötzlich traf sie die Angst.

Sie hämmerte gegen die Tür und rief den Namen ihrer Tochter. Das Schweigen schlug ihr entgegen.

Harriet nahm das Telefon im oberen Flur zur Hand. Die Polizei. Sie wollte die Polizei rufen. Aber mit dem Telefon stimmte etwas nicht. Sie bekam kein Freizeichen. Nur ein eigenartiger Summton war zu vernehmen.

Harriet Morton fing an zu schreien. Sie warf sich gegen die Badezimmertür, die nach innen aufflog. Beim Anblick der Badewanne, die mit roter Flüssigkeit gefüllt war, erstickte ihr Schreien. Am Ende der Badewanne war ein Fuß zu sehen, der kaum über die Wasseroberfläche ragte. Die Zehennägel waren grün lackiert. Harriet wußte, daß nur ihre Tochter sich je ihre Zehennägel grün lackiert hatte.

Die Nachbarn riefen die Polizei, in dem Augenblick, als Harriet Morton in die Nacht hinausschrie; die Polizei rief einen Krankenwagen. Kurz danach wurde die Nacht durch das Geheul der Sirenen erschüttert.

Gegen Mitternacht hatte ein Arzt Harriet Morton ruhiggestellt, und Karen Morton war weggebracht worden. Aber immer noch lungerte die Menge vor dem Haus der Mortons herum, sie diskutierten untereinander, versuchten sich gegenseitig über den Vorfall zu unterrichten und einen Grund für die Tragödie, die ihre Stadt getroffen hatte, zu finden. Jim Mulvey war da. Er fragte sich, ob es sein Fehler gewesen war.

21

Am nächsten Morgen saß Peter Balsam vor dem Büro von Monsignore Vernon und wartete. Er wartete darauf zu kündigen.

Es gab wohl keinen anderen Weg mehr. Er hatte mit Margo bis tief in die vergangene Nacht diskutiert, und heute morgen wieder. Sie waren alles noch einmal durchgegangen, Stück für Stück, sie versuchten, einen Sinn in die ganze Sache zu bringen. Zuerst Judy Nelson. Dann die Gemeinschaft des St. Peter Martyr. Und jetzt Karen Morton. Und Karen war tot.

Da mußte es eine Verbindung geben. Irgendwie lief alles zusammen, was in Neilsville seltsam war. Judy und Karen waren die Opfer. Und Peter war überzeugt, daß die Gemeinschaft des St. Peter Martyr darin verwickelt war.

Aber so war Balsam. Margo hatte versucht, ihm das auszureden, aber im Laufe der langen Nacht war seine Sicherheit noch gewachsen. Er war der Lehrer von Judy Nelson, und sie hatte versucht, sich umzubringen. Er war in die Gemeinschaft des St. Peter Martyr eingetreten, und Karen Morton hatte sich umgebracht. Eine weitere Schülerin von ihm. Es war, als ob eine Gewalt, die in Neilsville umging, noch verstärkt worden war, zum einen durch Peter Balsams Ankunft, zum zweiten durch seine Verstrickung in der Gemeinschaft... Also würde er gehen. Die Gemeinschaft hatte er bereits verlassen (obwohl sie Gutes bewirkt hatte) und jetzt würde er die Schule von St. Francis Xavier und Neilsville verlassen.

Und er würde mit dem Bischof reden.

Aber zuerst wollte er kündigen, und dann wollte er noch zu Schwester Marie gehen, wegen einer genauen Übersetzung des Inhalts auf dem Tonband. Er hörte den schweren Schritt des Monsignore und stand auf.

Monsignore Vernon trat in das Empfangszimmer und nickte Balsam kurz zu. »Ich habe erwartet, daß du heute morgen hier erscheinst. Wie lange wird es dauern?«

»Was?« sagte Balsam, seine Vorsicht wich ein wenig.

»Warum, worüber du auch mit mir sprechen willst, ich denke, es dreht sich um Karen Morton.«

»Unter anderem um sie«, sagte Peter zurückhaltend. Er hatte auf einmal das Gefühl, aus dem Gleichgewicht zu geraten. Als ob er einen Vorteil gehabt, ihn aber wieder verloren hätte.

Sie begaben sich ins Büro des Monsignore, und der Priester

nahm hinter seinem Schreibtisch Platz und wies Balsam den Besucherstuhl an.

»Nein, danke«, sagte Peter. »Es wird nicht lange dauern, und ich stehe lieber.« Er suchte im Geist die passenden Worte, stellte aber fest, daß er sie nicht fand. »Ich gehe«, sagte er.

Der Priester zog seine Brauen auf einen Abstand von ein, zwei Zentimetern zusammen, sagte aber nichts. Er saß einfach nur da in seinem Sessel, starrte den Lehrer an und wartete darauf, daß dieser weiterredete.

»Ich denke, du möchtest wissen warum«, sagte Balsam, als das Schweigen nicht länger zu ertragen war.

»Ich würde sagen, ich habe ein Recht darauf, es zu erfahren, ja«, sagte Monsignore Vernon besonnen. »Ich vermute, es hat mit Karen Morton zu tun.«

»Unter anderem.«

»Sag mir alles.«

Peter Balsam sank, ohne lang darüber nachzudenken, in den Sessel gegenüber dem Priester. »Es ist nicht nur wegen Karen Morton, auch wenn das, was mit ihr geschah, eine äußerste Belastung ist. Ich fühle mich für ihren Tod verantwortlich.«

»Aber das bist du nicht«, sagte der Priester, beinahe schon zu entschieden.

»Nun, die Verantwortung liegt weder hier noch da, oder? Aber ich fühle mich wirklich verantwortlich. Sie wollte gestern mit mir sprechen, und ich habe sie abgewiesen. Das hätte ich nicht tun sollen. Ich hätte wissen müssen, wie wichtig das für sie war. Schließlich bin ich Psychologe. Und offensichtlich bin ich kein besonderer Lehrer, oder bin ich das? Ich meine, sieh nur an, was mit meinen Schülern geschieht.« Der schwache Versuch an schwarzem Humor schlug sogar für ihn selbst fehl.

»Ich habe dir schon früher gesagt, und ich sage es dir jetzt wieder«, warf der Priester ungeduldig dazwischen, »du bist nicht für Judy und Karen verantwortlich. Du bist kein Priester.«

»Aber es geht nicht nur um sie«, sagte Peter zaghaft. »Da ist noch mehr.«

Der Priester hob den Kopf und bohrte seinen Blick in Peters Augen. Peter zögerte noch, aber er zwang sich, das auszusprechen, weshalb er hergekommen war. »Ich werde mit dem Bischof über dich reden«, sagte er, dem Blick des Monsignore ausweichend. »Sobald ich aus meiner Stellung hier entlassen bin, werde ich ihn besuchen, um ihm von der Gemeinschaft des St. Peter Martyr zu berichten. Was du mit diesen Priestern treibst, ist Grund genug für die Exkommunizierung.«

»So?« sagte der Priester ungläubig. »Unsere Gebete mögen etwas entfesselnd sein, aber es sind immer noch Gebete.«

Irgend etwas in Peter rastete aus. Er sprang auf die Füße und baute sich vor dem Priester auf.

»Gebete!« tobte er los, »das nennst du ein Gebet? Du weißt doch nicht, wovon du sprichst. Hurerei! Darum geht's doch für dich! Dir und allen anderen von euch.«

»*Wie kannst du es wagen!*« brüllte der Monsignore. Er stand jetzt, seine Wut war eine fast greifbare Gewalt in dem Raum geworden. »Hast du eine Vorstellung, wovon du sprichst?« Wenn Balsam dadurch eingeschüchtert werden sollte, erwies es sich als ein Fehlschlag. Der Lehrer blieb standhaft und starrte den Priester ebenso wild entschlossen an.

»Schwanzlutscher«, knurrte er. Der Priester wich zurück.

»Was hast du gesagt?« Auf seinem Gesicht lag ein Ausdruck des Entsetzens.

»Die Wahrheit«, sagte Balsam ruhig. »Ich habe dich Schwanzlutscher genannt, und das ist die Wahrheit. Das machst du, alle anderen von euch auch. Erst betäubt ihr euch irgendwie, und dann fangt ihr an. Und das Traurigste daran ist, daß ihr es nicht einmal wißt.«

Der Priester sackte in seinen Sessel und starrte Balsam an. »Das hast du also gemeint, vergangene Nacht?« fragte er leise. »Als du sagtest, wir seien verdorben?« Peter nickte, und der Priester schüttelte freundlich sein Haupt. »Dann ist es schlimmer als ich annahm. Ich dachte, du wolltest uns sagen, daß wir in einem religiösen Sinne pervers wären. Aber es ist ja schlimmer als das, oder? Es genügt dir also nicht? Jetzt mußt du uns auch noch anklagen wegen – wegen...« er hielt inne, er konnte es nicht aussprechen.

Unheilvoll sah er Balsam an. »Piero da Balsama«, sagte er leise, »einmal schon hast du mich getötet, und nun versuchst du, meine Ehre zu beschmutzen. Aber das wird dir nicht gelingen. Dieses Mal werde ich triumphieren.«

Nun war Balsam an der Reihe und sackte in den Sessel.

Der Mann war geisteskrank. Dafür gab es gar keine andere Bezeichnung. Aber wie sollte er damit umgehen? Er versuchte, sich an seine Bücher zu erinnern. In den Büchern standen die Antworten, aber wie lauteten sie? *Gehen Sie auf die Geisteskrankheit ein!* Das war es.

Ihm fiel die Technik wieder ein. Sie wurde manchmal zur Behandlung von Paranoia angewandt, Balsam war überzeugt davon, daß der Priester paranoid war.

»Warum glaubst du das?« sagte er jetzt. »Wenn ich dich beim letzten Mal besiegt habe, wie kommst du dann dazu, zu glauben, ich würde dich nicht wieder besiegen? Warum sollte es dieses Mal anders sein?«

Der Blick des Priesters raste im Zimmer herum, als ob er nach einer versteckten Waffe suchte.

»Ich weiß es«, sagte er leise. »Ich weiß es einfach.«

»Hat Gott es dir gesagt?« Balsam verhöhnte das Wort ›Gott‹, er versuchte ihm einen verderblichen Klang zu verleihen.

»Du glaubst mir nicht, oder?« sagte Monsignore Vernon. »Aber warum solltest du auch? Beinahe hätte ich's vergessen, du bist ja ein Ketzer, oder nicht?«

»Wenn du das sagst«, sagte Balsam gleichgültig.

Der Priester ließ seinen Blick nicht von ihm ab, aber dann geschah etwas. Es war, als ob ein Schalter angeknipst worden wäre, und plötzlich verschwand das Leuchten, diese Glut aus den Augen des Monsignore. Er schüttelte sich ein wenig, als ob er gerade aus dem Schlaf erwachte.

»Worüber sprachen wir gerade?« sagte er, völlig verwirrt. Balsam schaltete schnell; der paranoide Zustand schien vergangen zu sein, es konnte jedoch eine weitere Form eines solchen sein. Er mußte auf der Hut bleiben.

»Wir sprachen über meine Kündigung«, sagte er. Der Priester schien immer noch verwirrt, aber dann klärten sich seine Gesichtszüge auf.

»Ach ja«, sagte er und räusperte sich dabei. »Natürlich.« Er lächelte milde und beugte sich Peter entgegen. »Nun, ich kann dich selbstverständlich nicht aufhalten, aber ich fürchte, ich muß dich darum bitten, noch ein Weilchen damit zu warten. Oh, nicht allzu lange«, sagte er rasch, als Peter zu protestieren begann. »Nur ein paar Wochen. Weißt du, ich habe heute morgen mit dem Bischof gesprochen.«

»Mit dem Bischof?« fragte Peter verdutzt.

Der Priester nickte. »Er rief mich vorhin an, wegen Karen Morton. Er ist sehr besorgt über die Situation hier, genau wie ich. Er scheint zu glauben, daß hier etwas im Gange ist, daß die Ereignisse, erst das mit Judy, und dann, gestern nacht, das mit Karen Morton, irgendwie zusammenhängen.« Der Tonfall des Priesters ließ vermuten, daß er nicht mit der Einschätzung des Bischofs übereinstimmte. »Auf jeden Fall hält er es für die beste Idee, wenn wir den größtmöglichen Vorteil aus deinen Erfahrungen auf dem Gebiet der Psychologie ziehen. Aus irgendeinem Grund scheint er anzunehmen, daß du von allen hier am besten dafür qualifiziert bist, mit den Vorfällen hier umzugehen.« Beinahe als Nachsatz fügte er noch an: »Nicht, daß es hier etwa Vorfälle gäbe. Dennoch, unter den gegebenen Umständen müssen wir dich darum bitten, noch etwas länger zu bleiben.«

Balsam dachte darüber nach. Der Bischof hatte natürlich recht. Seine Entschlossenheit begann zu wanken.

»Und da ist noch etwas«, sagte der Priester düster. »War dir bekannt, daß Karen einen Abschiedsbrief hinterließ?«

»Ein Abschiedsbrief?« Nein, davon hatte Peter keine Ahnung.

»Ja«, log der Priester. »Ein äußerst wirres Schreiben. Sie sagte etwas über uns – dich und mich –, es lief darauf hinaus, daß sie glaubte, und ich denke, ich kann ihr da nur zustimmen, ›da geht irgend etwas vor zwischen den beiden‹. Das ist natürlich Unsinn, aber, wenn du gerade in diesem Augenblick gingest – nun, ich glaube, du verstehst meine Bedenken. Das gäbe doch sicher ein Gerede, oder nicht?«

Balsam fühlte sich im Sog der Niederlage. Ja, bestätigte er sich, das wäre sicher Grund genug für Gerede. Vor allem, weil es der Wahrheit entsprach. Dieses ›Irgendetwas‹ hatte sich aber lediglich in der Versammlung der Gemeinschaft des St. Peter Martyr zugetragen. Wie könnte Karen das erfahren haben? Hatte sie das überhaupt? Vielleicht hatte sie einfach zufällig den Nerv getroffen. Nicht, daß das etwas ausgemacht hätte. Ganz egal, wie es war, er war gefangen. Karen Morton war tot, und er saß in der Falle. Er sah zu seinem Vorgesetzten auf, er wußte, daß dieser ein Wort von ihm erwartete.

»In Ordnung«, pflichtete er bei, »ich werde bleiben. Aber ich habe weiterhin die Absicht, wegen der Gemeinschaft mit dem Bischof zu sprechen.«

»Das dachte ich mir«, sagte der Monsignore eisig. »Du verschwendest deine Zeit.« Er stand auf. »Gibt es sonst noch etwas?«

»Nein«, sagte Peter, seine Stimme war so eisig wie die des Priesters. Und plötzlich fiel ihm etwas ein. »Ja, es gibt noch etwas«, fügte er hinzu und behielt Vernon vorsichtig im Auge. »Ich wollte wissen, wo ich Schwester Marie finden kann. Ich muß mit ihr über ganz bestimmte Dinge reden.«

Ein eigentümlicher Ausdruck huschte über das Gesicht des Priesters. Peter fühlte sich auf der Woge des Triumphes. Er hatte diesen Mann ins Wanken gebracht. Doch dann hellte sich die Miene des Monsignore auf.

»Ich fürchte, sie wird nicht dasein«, sagte er sanftmütig. »Sie wird eine Zeitlang weg sein.«

»Weg?« fragte Peter bedächtig. »Was meinst du damit, weg?«

»Von Zeit zu Zeit geht Schwester Marie in die Einsamkeit«, er lächelte schwach, »ich fürchte, ihre Berufung ist nicht so stark, wie sie sein sollte, und wir fanden alle beide, daß es ihr hilft, wenn sie ab und zu von hier weggeht. Sie wird wieder zurückkommen.«

»Aber sie sagte mir gar nichts, daß sie weggehen wollte«, protestierte Peter, dessen Hoffnungen mit einem Mal schwanden.

»Natürlich nicht«, sagte der Priester unbeschwert, »warum sollte sie das auch?«

Das Gespräch war vorbei.

»Du solltest die Messe selber zelebrieren«, sagte Pater Martinelli. Er saß mit Monsignore Vernon im Arbeitszimmer des Pfarrhauses.

»Es ist ein Sakrileg«, maulte er.

»Ich verstehe nicht, weshalb«, sagte Pater Martinelli hintergründig, »egal, was die Leute privat denken, die Messe heute abend ist nicht für Karen Morton.«

»Das ist nicht der Punkt«, entgegnete Monsignore Vernon. »Natürlich wissen wir, daß die Messe nicht für Karen Morton ist. Wie auch? Sie hat ihre Gnade verloren, als sie starb. Der Punkt ist, daß die Leute beabsichtigen, sie zu einer Messe für Karen Morton zu *machen*. Die einzige Möglichkeit, dem zuvorzukommen, ist, die Messe ganz abzusagen.«

»Und was erreichen wir damit?« fragte der alte Mann, sichtlich ermüdet. »Dann werden wir nur bei der nächsten Messe vor dem gleichen Problem stehen. Es gibt keinen Weg, unsere Gemeinschaft davon abzuhalten, für Karen Morton zu beten; und ich bin nicht einmal sicher, ob wir das überhaupt versuchen sollten.«

»Aber es ist falsch«, beharrte Monsignore Vernon. »Es gibt keinen anderen Blickwinkel. Wenn das Mädchen sich umgebracht hat, dann hat sie eine Sünde begangen, für die es keine Vergebung gibt. Innerhalb der Kirche hat sie darum keine Rechte mehr.«

Pater Martinelli seufzte, und sein ältlicher Geist versuchte, dem Problem Herr zu werden. Technisch gesehen, hatte der Monsignore recht, und doch, an dem Problem war noch mehr dran. In der Kirche versammelten sich die Gemeindemitglieder, sie wollten eine Messe hören, für sie war es notwendig, eine Messe zu hören. Sollte man nicht ihren Nöten entgegentreten? Er sah zum Fenster des Pfarrhauses hinaus und beobachtete, wie die Menschen den Hügel hinaufströmten.

Es hatte vor einer Stunde begonnen. Gewöhnlich war die Teilnahme an einer Messe mitten in der Woche auch in einer so frommen Gemeinde wie Neilsville gleich Null. Aber heute war das anders. Und das konnte nur einen Grund haben. Die Menschen kamen wegen Karen Morton. Das war schon den ganzen Tag so gewesen. Als die Nachricht von Karens Freitod sich in Neilsville ausgebreitet hatte, kamen die Leute in die Kirche, hielten ein kurzes Gebet und gingen erst, nachdem sie schweigend eine Kerze angezündet hatten.

Und vor einer halben Stunde etwa kamen bereits die ersten zur Abendmesse. Es kamen immer mehr, bis schließlich die Kirche so voll war wie sonst höchstens am Ostersonntag. Es gibt zwei Dinge, die eine Kirche füllen, reflektierte Pater Martinelli – die Hoffnung auf ein ewiges Leben und die Furcht vor einem unerwarteten und unerklärlichen Tod. Er hatte mit Freude den Menschenstrom in die Kirche beobachtet; Pater Martinelli war es eigentlich egal, weshalb die Leute in die Kirche gingen. Ihm lag nur daran, daß sie überhaupt kamen. Bei Monsignore Vernon war das anders.

Für den Monsignore genügte es nicht, daß sie da waren; sie mußten aus den richtigen Gründen erscheinen. Für Karen Morton zu beten, das war in den Augen des Monsignore Vernon, mit seiner strengen Auffassung von Religion, kein geeigneter Grund. Und darum diskutierten sie die Möglichkeit, die Messe ganz abzusagen.

»Ich werde daran nicht teilnehmen«, sagte der Monsignore in einem Tonfall, der Pater Martinelli bedeutete, daß die Diskussion zu Ende war. Aber dann lenkte er ein. »Wenn du sie selber abhalten möchtest, ich will dich nicht zurückhalten. Aber für die Konsequenzen trägst du die Verantwortung.«

Abrupt verließ der Monsignore das Zimmer.

Auf seinem Weg zur Kirche und auch noch am Anfang der Wandlung fragte sich Pater Martinelli, von welchen Konsequenzen der Monsignore gesprochen hatte.

Peter Balsam tauchte seinen Finger in das Weihwasserbecken, bekreuzigte sich und rutschte in eine der hinteren Bänke. Vor sich sah er, wie Leona Anderson sich umwandte und ihn ansah. Er tat so, als ob er sie nicht bemerkte, und nahm sein Gebetbuch zur Hand.

Er blickte in der Kirche herum, manche der Leute erkannte er, und in diesem Augenblick breitete sich von der Empore die Orgelmusik aus, und der Gottesdienst begann.

Die erste Verwirrung ergab sich, als die Menge merkte, daß nicht Monsignore Vernon die Messe abhielt. Während der bucklige Pater Martinelli unsicher den Säulengang entlangkam, murmelten und flüsterten sie miteinander. Peter suchte rasch nach dem Gesicht des Monsignore und war nicht überrascht, es nicht zu entdecken.

Die Messe fing an, aber schon bald war offensichtlich, daß etwas geschehen würde. Heute kamen die Antworten lauthals, wie aus einem Munde aus dem Kirchenschiff, normalerweise werden sie nur von ein paar verstümmelten Murmelstimmen aus der Versammlung gegeben. Pater Martinelli erweckte den Eindruck, als ob ihm nichts Außergewöhnliches auffiel, und seine bebende Stimme dröhnte stetig weiter. Aber Peter versuchte, einen Brennpunkt für dieses Phänomen auszumachen. Er wurde beinahe sofort fündig.

Heute saßen alle Freunde von Karen Morton nicht bei ihren Familien, sondern aneinandergeklammert in der Mitte der Kirche. Alle – Judy Nelson, Janet Conally, Penny Anderson und noch ein paar andere. Getrennt von ihnen, ganz alleine, saß Marilyn Crane.

Marilyn war wie immer alleine zur Abendmesse gegangen und hatte ihren Stammplatz bei der Heiligen Jungfrau eingenommen. Sie war vertieft in ihre Gebete, sie bat die Mutter der Erlösten um Vergebung für die grausamen Gedanken, die sie in der Vergangenheit gegen Karen Morton gehegt hatte, und sie bat die Königin der Engel um Fürsprache für Karen, als sie gewahr wurde, daß die Kirche sich um sie herum angefüllt hatte. Noch saß niemand neben ihr. Plötzlich bekam sie das Gefühl aufzufallen und hatte Schwierigkeiten, sich auf ihre Andacht zu konzentrieren.

Dann fing es an.

Ganz leise zuerst, ein kaum zu vernehmendes Murmeln gegen die vollen Töne der Orgel, aber dann wurde es lauter, und als die letzten Kadenzen der Orgel verstummt waren, war die Kirche von einer ganz anderen Art von Musik erfüllt, es war die Musik menschlicher Stimmen.

Es waren die Mädchen.

Sie saßen alle auf einem Haufen, hielten sich gegenseitig bei den Händen, als ob sie sonst nicht die Gegenwart der anderen spüren konnten. Mit Ausnahme von Judy Nelson weinten sie alle, die Tränen flossen über ihre Gesichter in Strömen herab, die Köpfe hatten sie zur Kirchendecke gestreckt, als wollten sie da oben etwas suchen.

Pater Martinelli bemühte sich, sie zu ignorieren, und erhob seine Stimme über das anwachsende Wehklagen, um die Messe fortzusetzen.

Aber das Geräusch wurde immer lauter, und plötzlich standen die Mädchen, hin und her wiegend, und sie weinten sich aus, mit Stimmen, die sowohl ihrer Verzückung als auch ihrem Kummer Ausdruck verliehen. Pater Martinelli geriet mit seinem Gottesdienst ins Stocken, beendete ihn dann ganz. Er sah sich nach Hilfe um, doch es gab keine. Statt dessen sah er nur besorgte Blicke, die ihn um seine Führung ersuchten. Sofort leitete er zur Benedeiung über, und auch der Organist ging auf sein Stichwort ein.

Als die Ekstase der Mädchen sich noch steigerte, die Kirche anfüllte, dröhnte die Orgel und mischte sich mit den wehklagenden, hellen Stimmen zu einem Chaos, so daß die letzten Worte der Benedeiung unmöglich zu verstehen waren.

Das änderte nichts. Schon begann die Versammlung, sich nervös in Richtung der Türen zu begeben, peinlich davon berührt, dieser so deutlich ausgedrückten Trauer beiwohnen zu müssen, entnervt vom emotionalen Verhalten der Jugendlichen.

Für Peter Balsam war klar, daß die Mädchen von einer hysterischen Reaktion auf den Tod ihrer Freundin ergriffen waren. Er stand auf und ging auf sie zu.

Aber so schnell es begonnen hatte, so plötzlich war es auch wieder vorbei. Es war, als ob die Mädchen aus einer Trance erwachten, und in dem Augenblick, als sie einander wieder wahrzunehmen begannen, sahen sie sich an, kicherten nervös und rannten aus der Kirche hinaus. Hinter ihnen ging langsam Judy Nelson durch den mittleren Säulengang. Als sie an dem Punkt vorbeikam, an dem Balsam stand, drehte sie sich plötzlich nach ihm um und lächelte. Er vermutete, daß es als freundliche Geste gedacht war, aber sie ließ ihn frösteln. Er merkte, wie es ihm kalt den Rücken herunterlief, und sah schnell weg. Bis er sich wieder gefangen hatte und sich nach ihr umdrehte, war sie weg.

Nur eine Person blieb in der Kirche zurück. Marilyn Crane saß zusammengekauert in ihrer Bank, und es schien, als hätte sie die Vorfälle gar nicht bemerkt. – So war es auch. Sie hatte sich auf die Mutter der Erlösten konzentriert, und als das seltsame Wehklagen anhob, dachte sie, es bestünde in ihrem Kopf. Es gab keine andere Erklärung dafür; Klänge wie diese waren in den Kirchen, die Marilyn bisher besucht hatte, nie zu hören gewesen. Und dann, als sie beendet waren, bemerkte sie, daß sie alleine in der Kirche saß. Sie dachte, daß die Heilige Jungfrau etwas von ihr wollte und ihr ein Zeichen schickte. Sie ging näher zu der Statue und zündete eine Kerze an.

Sie wartete auf die Botschaft.

Lange Zeit geschah nichts. Dann fegte der Drang über sie hinweg. Sie wollte ihre Hand in die Flamme halten. Sie bekämpfte den Drang, aber er stieg aus ihrem Inneren auf. Dies war die Botschaft der Mutter der Erlösten; dies war das Zeichen.

Marilyn streckte den Arm aus und hielt ihre Handfläche über die Flamme der geweihten Kerze. Sie senkte ihre Hand, bis sie sehen konnte, wie die Flamme ihre Haut berührte. Sie spürte keinen Schmerz. Die Jungfrau schützte sie vor den Schmerzen. Es war genau, wie Judy Nelson gesagt hatte. Es war schön. Marilyn hielt ihre Hand unbeirrt und zog sie nicht eher aus dem Feuer, bevor sie den unangenehm süßlichen Geruch versengenden Fleisches wahrnahm. Als sie ihre Hand aus der Flamme zog, stand sie einige Augenblicke lang reglos da und starrte, von Ehrfurcht ergriffen, auf ihre Wunde. Ja, sagte sie sich, Judy hatte recht. So etwas wie Schmerz gibt es nicht.

Beim Abwägen der neuen Wahrheit bekreuzigte Marilyn Crane sich, dankte der Heiligen Jungfrau für die Botschaft und ging langsam aus der Kirche.

Peter Balsam war beinahe an der Tür zur Sakristei angekommen, als ihm etwas ins Auge sprang. Er hielt inne. Dann bemerkte er, daß er einen der Heiligen anstarrte.

St. Acerinus.

St. Acerinus, der heiliggesprochene Piero da Balsama.

Der Heilige schien ihn strafend anzublicken, als ob Peter etwas angefangen, aber nicht zu Ende gebracht hätte. Peter Balsam sagte sich, daß er sich lächerlich mache, daß er sich Dinge einbilde. Er riß sich vom gesichtslosen Blick des Heiligen los und verließ die Kirche.

Als er sich umdrehte, stand auf der Kanzel Monsignore Vernon, der ihn, mit einer seltsamen Heiterkeit in seinem Gesicht, beobachtete.

22

Zuvor waren sie alle in der Kirche gewesen, nun standen sie in der Main Street herum. Die Eltern vor dem Drugstore, ihre Kinder auf der anderen Straßenseite. Es gab etwas Neues in Neilsville – eine Discothek –, und die Clique von St. Francis Xavier hatte sich an diesem Abend dort zusammengerottet.

Leona Anderson stocherte verdrießlich in ihrem Bananen-Split herum, ein Teil ihrer Aufmerksamkeit wurde durch die magere Größe des Desserts gefesselt (sie war überzeugt davon, daß es um wenigstens fünfzig Prozent geschrumpft war seit ihrer Teenagerzeit), der Rest ihrer Aufmerksamkeit widmete sich dem stillen Protest gegen den Lärm von der anderen Straßenseite.

Die ›Gottesanbeterin‹ – sie fragte sich, wie man auf so einen komischen Namen kommen konnte – hatte erst vor einem Monat eröffnet, und die schlimmsten Erwartungen von Leona hatten sich sofort bestätigt. Ein paar der Studenten von Neilsville tauchten dort auf, aber es wurde sehr bald offensichtlich, daß aus der Disco so eine Art Hauptquartier der Jungen von St. Francis Xavier wurde. Leona hatte Visionen von Drogenhandel und schlimmerem. Sie war sicher, daß mit der Eröffnung der ›Gottesanbeterin‹ das Ende des anständigen Lebens in Neilsville eingeläutet wurde.

»Gibt es kein Gesetz, das es verbietet, einen derartigen Lärm zu machen?« klagte Inez Nelson von der anderen Seite der Lasterhöhle. Leona schüttelte grimmig den Kopf.

»Ich habe das natürlich nachgeprüft«, sagte sie. »Es ist für gewerbliche Zwecke ausgewiesen. Die können machen, wozu sie Lust haben.« Ihr Tonfall unterstellte, daß sie davon überzeugt war, daß sie genau das taten und daß ›wozu sie Lust haben‹, weit darüber hinausging, eine Musikbox mit äußerster Lautstärke aufzudrehen. »Ich glaube nicht, daß wir den Mädchen den Besuch dort erlauben sollten«, fuhr Leona fort. Sie sah aus dem Fenster zu dem anstößigen Haus hinüber, als ob sie es allein durch ihren Blick verschwinden lassen könnte.

»Oh, ich weiß nicht«, sagte Inez Nelson zögernd, »die Dinge sind nicht mehr so, wie sie waren, als wir noch Teenager waren. Ich glaube, du mußt dich mit dem Wind krümmen. Die Zeiten ändern sich.«

»So?« fragte Leona verärgert. »Warum sitzen wir dann in demselben Drugstore wie vor zwanzig Jahren? Da steckt mehr dahinter, Inez. Manchmal habe ich das Gefühl, als ob wir die Kontrolle über die Dinge verloren haben.«

Inez rührte schweigend ihren Kaffee um und wünschte sich, sie könnte die Wahrheit dessen, was Leona gesagt hatte, abstreiten. Sollte sie jemals Kontrolle gehabt haben, das war nun endgültig vorbei. Vor allem seit Judy aus dem Krankenhaus nach Hause gekommen war, hatte sie das Gefühl, sich auf Eiern zu bewegen. Sie fühlte sich manipuliert. Sie wußte, daß das nicht stimmte, sie wußte, daß sie mit ihrer Tochter energischer sein müßte, aber sie schaffte es nicht. Sie fürchtete sich zu sehr, daß etwas passieren könnte. Besonders seit der vergangenen Nacht. Inez wußte, daß sie den Gesichtsausdruck von Harriet Morton nie vergessen könnte, als sie sie aus dem Haus geleitete, um sie ins Krankenhaus zu bringen.

Leona hat recht, dachte sie sich. Wir haben die Kontrolle verloren. Sie folgte dem Blick von Leona und fing ebenso an, bizarre Vorstellungen über die Vorgänge in der ›Gottesanbeterin‹ heraufzubeschwören. Wenig später wurde ihnen der Lärm zu schlimm, und die Frauen ergriffen die Flucht.

In Wahrheit geschah eigentlich nichts Besonderes in der Discothek. Die Musikbox heulte, aber in dem großen Raum schien die Musik irgendwie heilig und verzweifelt.

Einige der Teenager tanzten, aber es war ein eher planloses Getanze. Zum größten Teil standen sie in Trauben um die Tische herum, manche saßen, und die Musik dröhnte ihnen entgegen; so versuchten sie zu vergessen, daß Karen Morton nicht mehr unter ihnen weilte.

Die ganze Gruppe, die in der Kirche für Verwirrung gesorgt hatte, war da, mit Ausnahme von Janet Conally, deren Mutter darauf bestanden hatte, daß sie nach dem Gottesdienst nach Hause kam. Aber sie waren auch nicht mehr alle beieinander. Judy Nelson saß alleine da und betrachtete ihre Umgebung mit Mißfallen. Die Disco war schlampig und hastig zusammengewürfelt, es fehlte das

Geld, sie solide auszustatten. An den Wänden hingen Rock-Poster; ein sinnlich schwitzender Mick Jagger, wohl im Zustand des Orgasmus, hielt den Vorsitz über eine Galerie von zweit- und drittklassigen Epigonen.

Eine behelfsmäßige Lichtorgel war an der Musikbox installiert worden, aber anstelle der gewünschten psychedelischen visuellen Symphony schaffte die zusammengeschusterte Kiste nicht mehr als ein gelegentliches Aufblitzen roter und grüner Lichtblitze. Wegen der mageren Qualität der Light-Show mußte noch ein weiteres Beleuchtungssystem angebracht werden, es bestand aus mehreren Lichterketten, wie man sie zu Weihnachten verwendet, die ein unheimliches Licht in den schummrigen Raum warfen. In der Mitte des Raumes drehte sich, von der Decke hängend, langsam das große Insekt aus Pappmaché, nach dem das Lokal benannt war. Hätte Leona Anderson sich den Ort von innen angesehen, ihre Sorgen wären von Abscheu überspielt worden, und sie hätte sich gefragt, warum die Jungen sich vor allem hier aufhalten wollten. Aber für die Schüler von St. Francis Xavier war es die einzige Abwechslung in der Stadt. Und so hingen sie zusammen und versuchten auf ihre Weise so zu tun, als ob alles in Ordnung wäre. Es hätte auch klappen können, wenn da nicht Jim Mulvey allein an einem Tisch gesessen hätte und sie beständig an Karen Mortons Abwesenheit erinnert hätte.

Penny Anderson löste sich aus der Gruppe, bei der sie gestanden hatte, und sah sich um. Sie sah Judy Nelson alleine dasitzen und ging los, quer durch den Raum, um sich zu ihr zu gesellen. Doch bevor sie die ersten Schritte gemacht hatte, bemerkte sie, daß auch Jim Mulvey alleine dasaß. Spontan änderte Penny ihren Kurs und steuerte Jims Tisch an.

»Hallo«, sagte sie. Er sah desinteressiert auf. »Stört es dich, wenn ich mich setze?« Ohne eine Antwort abzuwarten, rutschte sie auf den Stuhl neben Jim. Er sah sie ein weiteres Mal an, ohne zu lächeln, wandte sich dann aber wieder seiner Cola zu.

»Ich wollte mit dir reden«, sagte Penny leise. »Über Karen.« Sie wartete auf seine Reaktion, und als sie keine spürte, sagte sie weiter: »Weißt du, wir werden sie alle vermissen. Ich meine Judy, Janet und ich. Wir waren immer ein unzertrennliches Quartett, schon als wir noch klein waren. Natürlich, im letzten Jahr, da . . .« Penny hielt plötzlich inne. Es war im vergangenen Jahr gewesen, als Karen begann, sich mit Jim Mulvey zu treffen.

Nun sah Jim sie fragend an. »Was willst du damit sagen?« sagte er bitter. »Willst du damit sagen, daß sich Karen seit dem letzten Jahr – seit sie mit mir geht – verändert hat?« Jim starrte Penny anklagend an.

»Nun, nein«, stammelte Penny, »das wollte ich gar nicht sagen.«

»Wolltest du doch«, sagte Jim knapp, daß gar nicht erst Streit aufkommen konnte. »Glaubst du, ich weiß nicht, was abgelaufen ist? Glaubst du, ich habe das Gerede nicht gehört? Verdammt, ich habe doch einiges davon in die Welt gesetzt.« Er stierte sauer in seine Cola, und als er wieder zu sprechen begann, war sich Penny gar nicht sicher, ob er mit ihr sprach. »Es war mein Fehler«, sagte er so leise, daß Penny ihn kaum verstehen konnte. »Ich habe nie ein Gespräch mit ihr geführt. Ich hätte mit ihr reden sollen. Wenn ich das getan hätte, wäre es nie soweit gekommen.«

Penny nahm seine Hand. Er machte einen so unglücklichen, so verunsicherten Eindruck. Das war nicht der Jim Mulvey, mit dem sie aufgewachsen war. Seine Selbstsicherheit, sein Selbstbewußtsein waren dahin.

»Es war nicht dein Fehler«, sagte sie. Dann fügte sie hinzu, als ob sie sich selbst überzeugen wollte: »Es ist niemandes Fehler.«

Jim ruckte mit dem Kopf, und er merkte, daß er zuviel gesagt hatte. »Halt die Klappe«, sagte er wütend. »Kein Wort mehr über Karen, ist das klar?«

Penny merkte, wie sie rot anlief. Sie wollte weg von dem Tisch. Aber irgend etwas hielt sie fest, irgend etwas sagte ihr, bei Jim zu bleiben. Sie hielt seine Hand noch etwas fester.

»Ich wollte dir nur sagen, wie leid mir das tut«, sagte sie verzweifelt. »Ich weiß, daß du verrückt nach ihr warst, und ich weiß, auch dir wird sie fehlen.«

Jetzt sah Jim sie an und konnte den Schmerz in ihren Augen ablesen.

»Entschuldige«, sagte er. »Ich mag nur nicht über sie reden. Nicht jetzt. Es ist noch zu früh. Vielleicht aber auch nie.« Er sah Penny in die Augen und glaubte, eine Aufforderung gesehen zu haben. »Ich muß sie vergessen.«

»Dann laß uns von was anderem reden«, schlug Penny vor.

»Worüber könnten wir sonst noch reden?« fragte Jim schulterzuckend. »Schau dich um, wie in einer Leichenhalle sieht es hier aus. Alle denken doch nur an Karen.«

»Ich nicht.«

Er sah sie fragend an. »Woran denkst du?«

»An dich«, sagte Penny. »Daß du ganz anders bist, als ich dachte. Du bist wirklich sehr nett.«

Sie merkte, wie Jims Hand der ihren antwortete. Der Druck ging ihr durch und durch, sie erwiderte ihn.

»Ich mag dich auch«, sagte Jim. Er sah sie nachdenklich an. Hatte sie ihm tatsächlich mitgeteilt, was er vermutete? »Warum verschwinden wir nicht von hier?«

Penny wollte erst ablehnen, sah sich dann aber in dem Raum um. Judy Nelson beobachtete sie, und noch ein paar andere von ihren Freunden. Was würden die denken, fragte sich Penny. Was würden die denken, wenn sie sähen, daß ich mit Jim Mulvey verschwinde? Vor allem nach dem, was ich beim Mittagessen gesagt habe – mein Gott, war das wirklich erst gestern? Alle hatten sie gehört. Sie hatten alle gehört, als sie sagte, daß sie Karen Jim ausspannen wolle. Nun, Karen war jetzt weg. Warum also warten? Wenn sie jetzt mit Jim wegginge, würden sie nicht denken, daß Jim sowieso vorgehabt hatte, mit Karen zu brechen? Karen machte das nichts mehr aus. Sie war tot.

»Wohin soll's denn gehen?« fragte Penny; sie wollte noch ein bißchen Zeit schinden. Jim zuckte mit den Schultern. »Keine Ahnung. Nicht in den Drugstore. Es ist wirklich übel dort.« Dann hatte er eine Idee. »Wie wär's mit Bill Enders' Hütte? Ich habe Bill schon eine ganze Zeit nicht gesehen.«

Penny dachte nach. Sie kannte Bill Enders kaum. Bill war einer, über den ihre Mutter besonders gerne herzog. Vor etwa einem Jahr hatte der junge Mann sich eine Hütte gebaut, und weil er lange Haare trug und alleine lebte, hatte Leona Anderson ihn sofort als Hippie tituliert und sofort damit angefangen, in ganz Neilsville gegen ihn zu hetzen. Es stellte sich heraus, daß Enders sein Grundstück bar bezahlt hatte und daß er auf seinem Konto immer ein Guthaben hatte, wenn auch ein bescheidenes. Aber er lebte sehr zurückgezogen, und soweit Penny wußte, war Jim Mulvey der einzige in der Stadt, der ihn gut kannte und öfter bei ihm reinschaute. Diese Aussicht versetzte sie in Aufregung.

»Ist es nicht schon ein bißchen spät?« Ein wenig hoffte sie, Jim würde ihr recht geben.

»Nicht für Bill. Er ist immer auf.« Jim lächelte sie aufmunternd an und fragte sich, wie sie wohl reagieren würde, wenn sie feststellte, daß Bill Enders gar nicht in seiner Hütte war.

Penny hatte sich entschieden und stand auf. »Nun, worauf warten wir noch?«

Beim Hinausgehen sah sie, wie Judy Nelson ihr zuwinkte.

»Du gehst doch nicht etwa mit Jim Mulvey weg, oder?« flüsterte sie.

Penny hatte das Gefühl von einem großen Abenteuer und gab sich größte Mühe, gleichgültig zu wirken. »Wir fahren nur mal eben raus und sagen Bill Enders guten Tag«, sagte sie gerade laut genug, daß man es auch an den umstehenden Tischen hören konnte. Als sich Judy Nelsons Blick argwöhnisch verfinsterte, nahm Penny Jim Mulveys Arm und verließ die Discothek.

Ein paar Minuten später fuhren sie aus der Stadt, und Penny dachte, daß sie etwas gehört hätte – ganz schwach in der Entfernung hörte sie ein Geräusch, an das sie sich gewöhnen würde. Sie verdrängte es und widmete Jim ihre ganze Aufmerksamkeit.

Aber Penny hatte sich nicht getäuscht; sie *hatte* es gehört. Irgendwo durch die Nacht heulte in der Stadt die Sirene der Ambulanz. In der ›Gottesanbeterin‹ hörte die Musik auf, und jeder sah sich an und versuchte auszumachen, wer da war und wer nicht. Als sie merkten, was sie taten, bekamen sie Schuldgefühle, und ein nervöses Durcheinander von Gesprächsfetzen wurde immer lauter, während sich die Sirene entfernte.

Penny sah ein wenig ängstlich zu der unbeleuchteten Hütte, die hinter einer Reihe von Baumwollbüschen verborgen lag.

»Er ist wohl schon zu Bett gegangen«, sagte sie etwas erleichtert. Den ganzen Weg schon hatte sie sich gefragt, ob es nicht doch ein Fehler war, mitzufahren. Jetzt entspannte sie sich. Sie würden umkehren und wieder nach Neilsville zurückfahren. Aber Jim stellte den Motor ab.

»Nichts da«, sagte er. »Zu früh. Er ist sicher für ein Weilchen ausgegangen. Komm, ich weiß, wo der Schlüssel liegt. Wir können reingehen und warten, bis er zurückkommt.«

Penny wollte ihn darum bitten, daß er sie nach Hause brächte, aber dann sagte sie sich, daß es albern wäre. Sie waren nun schon soweit gegangen, jetzt wollte sie sich nicht wie ein Küken benehmen. Außerdem, jeder in der Disco wußte, wohin sie gegangen war und mit wem, wenn sie jetzt Jim dazu überredete, daß er sie nach Hause brachte, mußte er sicher sein, daß sich das herumsprach.

Penny konnte schon Judys ätzende Bemerkungen hören über Leute, die großen Worten keine Taten folgen lassen.

Sie stieg aus dem Wagen aus.

Neugierig sah sie sich in der Hütte um. Sie war überrascht, wie ordentlich und gemütlich es war. Die Hütte war ganz aus Holz, und Bill Enders verstand offensichtlich eine Menge von seinem Handwerk. Sogar die Möbel schienen handgearbeitet.

»Hübsch«, sagte sie. »Ich dachte immer, daß es nur so eine Scheune wäre.«

»Das wollte deine Mutter jedem einreden«, bemerkte Jim. »Mal sehen, ob Bill Bier im Haus hat.« Er ging zum Kühlschrank, wohl wissend, daß er gut gefüllt sein würde. Er war es. Er nahm zwei ›Olys‹ heraus, eine davon gab er Penny.

»Ich habe noch nie Bier getrunken«, sagte sie schüchtern.

»Irgendwann ist immer das erste Mal«, sagte Jim. »Ich werde ein Feuer aufschichten.«

Penny hatte gar nicht gemerkt, wie kalt die Nacht geworden war. Sie fröstelte. Ein Feuer wäre angenehm.

Zehn Minuten später saßen sie und Jim Mulvey mit überkreuzten Beinen auf dem Boden. Im Kamin tanzten die Flammen. Aber das Bier schmeckte bitter.

»Es schmeckt mir nicht«, sagte Penny und stellte die Dose weg.

Jim grinste sie an. »Ich mach' dir etwas anderes.«

Er ging in die Küche und suchte den Schnapsvorrat ab. Er entschied sich für einen kleinen Gin, mit Ginger Ale gemixt. Er nahm den Drink mit ins Wohnzimmer und reichte ihn Penny. »Probier das mal.«

Penny versuchte einen Schluck. »Süß, aber gut. Was ist da drin?« fragte sie.

»Vor allem Ginger Ale, mit einem kleinen Schuß Grenadine«, log Jim. »Man nennt das einen Shirley Temple.«

»War sie nicht Filmschauspielerin?« fragte Penny.

»Ich glaube schon«, sagte Jim, »vor ungefähr hundert Jahren.«

Penny kicherte los und nahm noch einen Schluck. Es schmeckte gut. Sie leerte ihr Glas und hielt es Jim hin. »Kann ich noch einen haben?«

Er mixte den zweiten Drink, und sie saßen vor dem Feuer und genossen die Wärme und die Stille. Penny fühlte sich schon viel besser. Sie schaute Jim an und fand ihn im Schein des Feuers verdammt ansehnlich.

»Du bist hübsch«, platzte es aus ihr heraus. »Ich mag dich sehr.«
Jim wandte sich ihr zu und blickte sie an. »Ich mag dich auch.«
Nach einer kurzen Unterbrechung sagte er weiter: »Rauchst du?«

»Rauchen?« wiederholte Penny verdutzt.

»Du weißt schon, Gras.«

»Um Himmels willen, nein!« rief Penny aus.

»Nun, so schlimm ist es auch wieder nicht«, gluckste Jim.

»Schlimm genug«, entgegnete Penny.

»Woher willst du das wissen, wenn du es nie probiert hast?«

Penny dachte darüber nach. Sie fühlte sich entspannt – richtig
gut – und die Vorstellung, Gras zu rauchen, schien für sie lange
nicht so schockierend wie früher.

»Warum nicht«, kicherte sie. Dann: »Hast du welches?«

»Ich nicht«, sagte Jim und zwinkerte ihr zu, »aber Bill.«

Er stand auf und ging zu einer der Schubladen, die in die Wand
neben dem Kamin eingebaut waren. Kurz darauf kam er zurück, in
seiner Hand zwei Joints. Penny langte gleich nach einem, aber Jim
hielt sie außer ihrer Reichweite.

»Noch nicht«, sagte er mit einem Lachen. »Einen nach dem anderen. Es ist sinnlos, den guten Rauch zu verschwenden. Nur einen
Augenblick, ich will noch etwas Musik auflegen.« Er wählte eine
Platte von Alice Cooper aus und legte sie auf den Plattenteller,
dann legte er sich zu Penny auf den Fußboden und zündete einen
der Joints an.

Nach dem ersten Zug mußte sie husten, aber Jim zeigte ihr, wie
es ging. Der zweite Zug ging in ihre Lungen, und sie hielt die Luft
an. Als sie das Gefühl bekam, daß ihre Lungen weh taten, ließ sie
die Luft wieder heraus.

»Ich spüre gar nichts«, sagte sie ein wenig überrascht.

»Das kommt noch«, versprach Jim. »Nimm noch einen Zug.«

Diesmal schien sie endlos zu inhalieren, bis ihre Lungen prall waren, und dann dachte sie, sie könne die Luft für eine Ewigkeit an-
halten. Es fühlte sich gut an.

»Ich habe Durst«, sagte sie und streckte sich dabei faul vor dem
Feuer aus.

»Ich mach' dir noch einen Drink«, sagte Jim leise. »Rauch den
Joint zu Ende, und wenn ich wieder hier bin, zünden wir den anderen an.«

Als er nach ein paar Minuten wieder in den Raum kam, ihren
Drink in der Hand, hatte er sein Hemd ausgezogen.

»Mir wird beim Rauchen immer heiß«, sagte er. »Ich hoffe, es stört dich nicht.«

Penny ertappte sich dabei, wie sie auf seinen Brustkorb starrte. Sie fragte sich, wie sich Jims Haut anfühlte. Als ob er ihre Gedanken gelesen hätte, legte sich Jim auf den Fußboden und legte seinen Kopf in ihren Schoß. Ihre Hand fiel zwangsläufig auf seinen Brustkorb, und sie glaubte, seinen Herzschlag zu fühlen. Beinahe, als ob ihre Fingerspitzen in ihm steckten.

Sie rauchten den zweiten Joint, und Penny sah ins Feuer, lauschte der Musik und streichelte Jims Brust.

»Gott, ist mir heiß«, stöhnte Jim. Penny sah ihn an und bemerkte, daß er sie voll Begierde anschaute. Er legte seine Hand hinter ihren Kopf. Dann zog er sie nach vorn und küßte sie.

Es war wie ein elektrischer Schlag. Sie fühlte seine Zunge in ihren Mund stoßen, und dann hatte sie das Gefühl, als ob sie selbst in ihrem Mund wäre, sie spürte den Kuß nicht nur, sie beobachtete ihn, half ihm. Sie saugte gierig an Jims Zunge, sie zog sie tiefer in ihren Mund. Dann legte sie sich auf den Rücken, und er lag auf ihr, sein Körper preßte sich gegen den Boden. Als seine Hand ihre Brust berührte, war sie bereit.

»Berühr mich«, stöhnte sie. »Mein Gott, ist das gut.«

Penny merkte, wie sie an Jim herumfummelte, und war nicht überrascht, daß der Reißverschluß seiner Hose schon offen war. Sie schlüpfte mit der Hand unter seine Unterhose und berührte ihn.

»Bitte«, sagte sie. »Mach es mir, Jim, mach es mir.«

Er warf seine Jeans zur Seite und begann sie auszuziehen. Sie lag auf dem Fußboden, ihr Körper war durch den Alkohol und das Gras völlig hemmungslos geworden. Sie fühlte die Hitze des Feuers und die Hitze von Jims Körper. Sie fühlte, wie er in sie eindrang, wie er sich gegen sie preßte. Und mit einem Mal, völlig schmerzlos, riß das Häutchen, und er stieß in sie hinein. Sie ergab sich in der Ekstase und nahm Jims Stimme nur noch entfernt wahr, die neben ihrem Ohr flüsterte: »Karen... Karen... Karen... Karen...«

Sie wußte, daß es bereits Morgen war, bevor sie ihre Augen öffnete. Um sie herum war alles grau, da erkannte sie, daß sie nicht zu Hause war. Sie begann sich zu erinnern.

Trotz der pochenden Kopfschmerzen konnte sie sich an alles erinnern. Der Drink – das konnte nicht vor allem Ginger Ale gewesen sein. Nüchtern hätte sie niemals zugestimmt, Gras zu probieren.

Und dem Rest. Was sie getan hatten. Sie bemühte sich, die Vorstellung aus ihrem Gedächtnis zu zwingen, versuchte sich einzureden, daß es nicht geschehen war, daß ihre Erinnerung ein Traum war. Sie schaute sich um.

Jim Mulvey lag nackt neben ihr auf dem Boden, wie zum Schutz hielt er mit einer Hand seine Leisten. Penny beobachtete ihn einen Augenblick lang, kam dann auf die Beine und wühlte sich in ihre Kleider. Sie wollte ihn aufwecken, zuerst aber noch zudecken. Sie wollte nicht, daß er nackt aufwachte und sie dabei entdeckte, wie sie ihn anstarrte. Sie ging ins Schlafzimmer und nahm eine Decke vom Bett.

Sie nahm sie mit ins Wohnzimmer und warf sie über Jim. Dann begann sie ihn zu rütteln.

»Wach auf«, sagte sie. »Bitte, Jim, wach auf.«

Schließlich rührte er sich und sah sie verschlafen an.

»Wie spät ist es?« Er sprang auf, hielt die Decke fest, bevor sie von seinem Körper abfiel, ergriff seine Kleider und eilte ins Schlafzimmer.

»Es ist alles okay«, sagte er ein paar Minuten später, als er wieder aus dem anderen Zimmer kam. »Es ist erst kurz nach fünf. Wenn wir uns beeilen, bist du zu Hause, bevor jemand aufwacht.«

Penny sagte gar nichts, kein Wort. Stumm folgte sie ihm zum Wagen, stieg ein und kuschelte sich unglücklich in die äußerste Ecke ihres Sitzes, während er sie nach Hause fuhr.

»Halt hier an«, sagte sie plötzlich. Sie waren noch einen Block von ihrem Haus entfernt. »Wenn ich hier aussteige, wird wenigstens niemand sehen, daß du mich heimbringst. Dann kann ich sie vielleicht davon überzeugen, daß ich die ganze Nacht bei Judy war.« Jim ließ sie raus, er wollte sich noch entschuldigen, konnte aber die rechten Worte nicht finden. Er hatte nicht gewollt, daß die Nacht ein solches Ende nahm, aber er war einfach zu stoned gewesen. Er hatte nicht mehr gewußt, was er tat. Tatsächlich hatte er gedacht, daß er mit Karen schliefe. Aber davon erzählte er Penny nichts. So legte er den Gang ein und fuhr weg. Er konnte verstehen, daß sie nicht wollte, wenn ihre Eltern ihn sahen, aber trotzdem nahm er ihr das übel.

Penny rannte die Stufen hinauf und ins Haus. Ihre Mutter starrte sie mit trübem Blick an.

»Wo bist du die ganze Nacht gewesen?« schimpfte Leona Anderson.

»Bei Judy«, sagte Penny. Sie fragte sich, warum ihre Mutter sie so eigenartig ansah; schließlich war es nicht das erste Mal, daß sie über Nacht bei Judy blieb, ohne ihrer Mutter davon zu erzählen. Und wenn ihre Mutter die Nelsons angerufen hätte, hätte Judy sie irgendwie gedeckt. Aber warum war ihre Mutter immer noch angezogen? War sie noch gar nicht im Bett gewesen? Mit einem Mal bekam Penny Angst.

»Es ist etwas passiert, nicht wahr?« fragte sie.

Leona Anderson nickte, ihr Mund war verschlossen.

»Ja, aber was?« rief Penny. »Mutter, was ist los?«

»Ich war die ganze Nacht im Krankenhaus«, sagte Leona. »Genauer gesagt, ich bin selbst gerade nach Hause gekommen. Janet Conally hat sich in der Nacht aufzuhängen versucht.«

Penny starrte ihre Mutter eine Sekunde lang an, dann schrie sie los. Sie schrie und schrie. Irgend etwas in ihr zerbrach, und sie kauerte sich auf den Boden. Leona Anderson starrte ihre Tochter an und begann dann instinktiv die Perlen des Rosenkranzes, den sie schon im Krankenhaus bei sich hatte, durch ihre Finger gleiten zu lassen.

»Heilige Maria, Mutter Gottes, bete für uns Sünder...«

Sie unterbrach, sie konnte das Gebet nicht zu Ende sprechen, aber in ihrem Geiste hallten die Worte wider:

›...jetzt und in der Stunde unseres Todes...‹

23

Penny dachte zuerst, daß alles nur ein schlimmer Traum war. Aber sie lag nicht in ihrem Bett; sie war auf dem Sofa im Wohnzimmer, und ihre Mutter sah auf sie hinab.

Es war kein schlimmer Traum. Es war echt. Es war alles geschehen. Penny schloß ihre Augen und versuchte auf diese Weise, die Ereignisse auszusperren, aber es mißlang.

»Janet...«, sagte sie schließlich, »wird Janet wieder gesund?«

»Es wird ihr wieder gutgehen«, warf Leona dazwischen, »obwohl ich nicht verstehe, was in dieser Stadt los ist. Seit dieser Mr. Balsam hier ist...« Sie hielt inne. Es war zwecklos, jetzt darüber zu reden, ermahnte sie sich.

»Hättest du die Güte, mir zu sagen, wo du die ganze Nacht gesteckt hast?«

»Ich war überall und nirgends«, sagte Penny. »Ich bin einfach herumgelaufen.«

»Nein«, sagte Leona entschieden. »Du bist nicht ›einfach herumgelaufen‹. Du bist mit Jim Mulvey unterwegs gewesen, und ich will wissen, wo.«

»Wir waren draußen am See und haben geredet.«

»Die ganze Nacht? Versuch nicht, mich auf den Arm zu nehmen, Penelope Louise!«

»Er war so durcheinander«, antwortete Penny. »Er wollte über Karen reden und bat mich darum, ihn zu begleiten und ein Weilchen mit ihm zu reden.«

»Du erwartest doch nicht, daß ich das glaube?« fragte Leona. »Jim Mulvey hat in seinem Leben noch keine zwanzig Minuten an einem Stück geredet!« Sie sah Penny an, als ob sich die Wahrheit irgendwie aus ihr herausziehen ließe, indem sie sich einfach darauf konzentrierte. Penny sah zu Boden.

Nicht, daß sie ihre Mutter anlügen wollte. Sie wollte ihrer Mutter die Wahrheit sagen. Eigentlich wollte sie sich in die Arme ihrer Mutter werfen und heulen. Aber ihre Mutter hätte das nicht verstanden. Penny war überzeugt davon. Ihre Mutter wäre entsetzt über das, was sie getan hatte, und würde sie ausschimpfen. Penny konnte das nicht zulassen; sie war schon zu durcheinander. Sie wußte, daß sie ihre Fassung total verlieren würde, wenn ihre Mutter anfangen würde, sie auszuschimpfen. Mit zitternden Knien stand sie vom Sofa auf.

»Ich werde ein Bad nehmen und dann ins Bett gehen«, kündigte sie an. »Ich fühle mich schrecklich.«

»Das kann ich mir vorstellen«, stimmte Leona zu. »Ein Bad kannst du gerne nehmen, aber du wirst nicht zu Bett gehen, junges Fräulein. Du wirst zur Schule gehen.«

Penny starrte ihre Mutter an. Schule? In ihrem Zustand? Nein. Sie konnte unmöglich gehen. Sie wollte nicht gehen. Nicht nach der vergangenen Nacht. Sie brauchte einen Tag für sich alleine; einen Tag, um mit den Ereignissen fertig zu werden. Einen Tag zum Vergessen. Aber sie sah ihre Mutter an und wußte, daß es zwecklos war. Sie würde zur Schule gehen.

Müde ging sie die Treppen hinauf. Auf halber Höhe hörte sie noch einmal die Stimme ihrer Mutter.

»Und wenn du dort bist, quäl dich nicht mit den ersten Stunden herum«, sagte Leona finster. »Geh ins Büro des Monsignore. Wenn du mir nicht sagen willst, was sich in der letzten Nacht abgespielt hat, kannst du es ihm sagen.«

Penny erstarrte auf der Treppe zu Eis und hörte sich die Worte an, die sie auf keinen Fall hören wollte. Und sie fielen.

»Monsignore wird deine Beichte abnehmen.«

Auf der Hauptstraße hatte Penny das Gefühl, als ob die Leute sie anstarrten. Sie versuchte sich einzureden, daß sie nicht sie anstarrten, daß sie nicht anders aussah als gestern oder vorgestern oder vorvorgestern. Aber sie fühlte die Blicke, merkte, wie die Leute sich fragten, warum sie so spät zur Schule ging.

In der Tat, sie *beobachteten* sie und stellten sich ihre Fragen. Neilsville wurde unruhig. Eines der Mädchen war tot, und zwei andere hatten versucht, sich das Leben zu nehmen. Und sie waren alle an der katholischen Schule, droben auf dem Hügel. Was ging dort oben vor? So sahen sie zu, wie Penny Anderson schuldbewußt durch die Stadt ging und sich den Hügel zu St. Francis Xavier hinaufbegab.

Ihr fiel die Kühle der Luft an diesem Morgen auf, und sie sah hinauf in den bleiernen Himmel. Der Sommer war nun endgültig vorbei, und die Welt schien nur noch eine einzige graue Kloake zu sein, in der Penny zu ersticken glaubte. Sie lief die Stufen hinauf und betrat die Schule durch das Hauptportal.

Monsignore Vernon hatte sie schon erwartet. Er saß hinter seinem Schreibtisch und hämmerte mit seinen Fingern ungeduldig auf die Tischplatte. Als er Penny im Türrahmen auftauchen sah, kniff er seine Lippen zusammen.

»Deine Mutter hat mich gebeten, dir die Beichte abzunehmen«, sagte er.

»Könnten wir nicht hier reden?« entgegnete Penny. Sie wußte, daß sie im Beichtstuhl dem Priester die Wahrheit sagen mußte. Hier im Büro konnte sie darum herumkommen.

»Wollen wir in die Kirche gehen?« sagte Monsignore Vernon, und Penny hatte verstanden, daß es sich nicht um eine Frage handelte. Schweigend folgte sie dem Priester aus der Schule in die Kirche hinein.

Als sie im Beichtstuhl war, die Tür fest zugemacht, kniete Penny nieder und begann ein Gebet. Sie hörte, wie das Gitter geöffnet wurde. Der Priester erwartete, daß sie begann.

Die Geschichte war schnell erzählt. Aber der Monsignore war beharrlich und drängte sie, jede Einzelheit zog er ihr buchstäblich aus der Nase.

»Wußtest du, daß es passieren würde?« fragte die Stimme des Priesters.

»Nein«, antwortete Penny.

»Weißt du das genau?«

»Als er sein Hemd auszog...«

»Was für ein Gefühl hattest du?«

»Ich – ich weiß es nicht. Ich, äh, ich wollte...«

»Ihn berühren?« fragte die Stimme monoton.

»Ja«, zischte Penny. »Ja, ich wollte ihn berühren.«

»Und du wolltest auch, daß er dich berührte?«

»Ja«, jammerte Penny.

In der anderen Hälfte des Beichtstuhls geriet Monsignore Vernon ins Schwitzen. Es war sündig. Was sie taten, war verabscheuungswürdig und sündig. Er konnte sie sehen, der nackte Körper lag auf ihr, ihre Hände waren auf seinem Rücken, auf seinen Arschbacken, sie griff nach ihm, berührte ihn... Er stellte sich ihre Hände an dem Organ des Jungen vor, seine eigenen Hände fingen an zu arbeiten. Er konnte die Härte des Jungen beinahe spüren...

»Erzähl mir alles«, drängte er sie sanft. »Erzähl es mir ganz genau.«

Noch einmal brachte Penny ihren sündigen Vortrag dar, und der Priester fühlte, wie der Zorn eines auf Rache sinnenden Gottes in ihm aufstieg. Eine Kombination aus Erregung und Abweisung. Und dann war alles vorbei. Monsignore fühlte sich plötzlich erleichtert. Nun mußte er sich noch dem Sünder zuwenden, der schweigend auf der anderen Seite der Leinwand kniete und darauf wartete, daß er sprach.

Er hob ein Gebet der Absolution an, wurde aber mit einem Mal gewahr, daß sich auf Pennys Seite des Beichtstuhls etwas rührte. Er unterbrach sein Gebet.

»Gibt es noch etwas?«

Nach einem kurzen Zögern hörte er Pennys Stimme.

»Die Strafe, Vater. Was ist meine Strafe?«

Im Dämmerlicht des engen Beichtstuhls lächelte Monsignore sanftmütig. »Du wirst erfahren, was deine Strafe ist«, flüsterte er. »Wenn es soweit ist, wirst du wissen, was du zu tun hast.«

Noch während Penny überlegte, was er damit meinte, erteilte ihr der Monsignore die Absolution von all ihren Sünden.

Monsignore Vernon schaute auf eine der Uhren im Gang. »Wir sind zu spät dran«, sagte er und beschleunigte seinen Gang. Penny mußte schon beinahe laufen, um mit ihm Schritt halten zu können.

»Zu spät, wofür?«

»Deine Unterrichtsstunde«, bemerkte der Priester. »Heute werde ich sie halten.«

Penny hielt an, der einzige Lichtblick des Tages war dahin. »Ist Mr. Balsam heute nicht da?« fragte sie. Sie überlegte, ob sie eine Übelkeit vortäuschen und nach Hause gehen könnte, sie hatte sich sehr auf die Psychologiestunde gefreut, ihren einzigen Hoffnungs-schimmer: Mr. Balsam wußte anscheinend immer, was in einem Jungen vorging und wie er mit ihnen reden sollte. Ausgerechnet heute war er nicht da.

»Er ist ins Krankenhaus gegangen«, sagte Monsignore Vernon voller Sanftmut. »Janet Conally wollte ihn sprechen, und wir hiel-ten es für das Beste, wenn er geht.«

»Ich verstehe«, sagte Penny halbherzig, obwohl sie überhaupt nicht verstand. Schweigend legten sie das letzte Stück zum Zimmer 16 zurück.

Penny zögerte in der Tür und sah auf die leeren Plätze in der ersten Reihe. Judy Nelson war da, aber alle anderen Plätze waren leer: der von Karen Morton, der von Janet Conally, der von Jim Mulvey. Wo war Jim? fragte sie sich. Zu Hause, im Bett wahrscheinlich, dachte sie verbittert. Sie wollte sich auf einem leeren Stuhl am Ende des Zim-mers niederlassen, aber Judy Nelson gab ihr ein Zeichen, deshalb ging sie nach vorne und nahm neben Judy Platz.

»Ich mußte es gestehen«, wisperte Judy aufgeregt. Sie sprach so schnell, daß Penny ihr kaum folgen konnte. »Gleich nachdem du mit Jim weggegangen bist, haben wir das mit Janet gehört. Wir sind alle hingegangen, deine Mutter war auch schon da, und weil du nicht da warst, Jim auch nicht, nun – sie brauchte nur noch eins und eins zusammenzuzählen. Was konnte ich da noch sagen?« Sie schaute Penny wißbegierig an. »Was ist passiert? Hast du...?«

Aber bevor sie ihre Frage ganz gestellt hatte, schlug Monsignore auf das Pult und räusperte sich. Er übersah den Raum, dabei nahm er Notiz von den leeren Stühlen in der ersten Reihe. Lange Zeit starrte er dorthin, lange genug, um der Klasse klarzumachen, was er dachte. Je länger das Schweigen dauerte, desto nervöser begann die Klasse herumzurutschen, und man konnte ihre Fragen an ihren Gesichtern ablesen.

Warum ist er da?

Wo ist Mr. Balsam?

Was hat er vor?

Monsignore Vernon räusperte sich, und die Unruhe legte sich schlagartig. Ohne große Vorrede oder gar eine Erklärung für die Abwesenheit ihres Lehrers begann er zu sprechen. Er machte eine einfache Ankündigung.

»Eure heutige Aufgabe besteht darin, einen Aufsatz zu schreiben.«

Ein Rascheln ging um im Zimmer 16. Vielleicht wurde die Stunde gar nicht so schlimm.

»Einen Aufsatz über den Tod«, sagte Monsignore Vernon. Das Schweigen in dem Raum war fast greifbar. Unsicher, ob sie ihn richtig verstanden hatten, starrten sie ihn an. Sie hatten ihn richtig verstanden.

»Irgend etwas geht in dieser Klasse vor«, fuhr Monsignore Vernon fort, »und ich weiß so gut wie nichts darüber. Also bitte ich euch, jeden von euch, daß er es mir erklärt. Den Rest der Stunde werdet ihr damit zubringen, über den Tod zu schreiben. Im besonderen über euren eigenen Tod.«

Die Schüler hatten den Schrecken im Gesicht. Der Monsignore fuhr fort.

»Ihr sollt in euch hineinhorchen. Ihr sollt herausfinden, ob es bestimmte Umstände gibt, die einen Selbstmord billigen. Wenn ihr solche Umstände findet, sollt ihr die in euren Aufsätzen beschreiben und dann versuchen, wie ihr eure Gefühle in Einklang mit den Lehren der Kirche bringen könnt.« Er blickte einmal in der Klasse herum. »Eure Aufsätze sind streng vertraulich. Niemand außer mir und Mr. Balsam wird sie sehen. Wir werden sie lesen, auswerten und anschließend vernichten. Sie werden nicht benotet und auch nicht aufgehoben. Aber ich glaube, daß wir auf diese Weise wertvolle Informationen erhalten, was mit – mit einigen von euch geschieht.«

Plötzlich sahen alle in der Klasse auf Judy Nelson. Aber Judy saß gelassen an ihrem Platz, völlig unbeeindruckt von der Bitte des Monsignore.

Am hinteren Ende des Zimmers kämpfte Marilyn Crane gegen den Ausbruch ihrer Tränen. Nur daran zu denken, sich umzubringen, war schon eine Todsünde! Aber wenn es eine Sünde war, hätte der Priester sie doch nicht dazu aufgefordert, oder doch?

Dann sah Marilyn, daß der Monsignore ihnen eine Gelegenheit geboten hatte: Wenn sie ehrlich war, mußte sie zugeben, daß auch sie manchmal daran gedacht, sich aber immer wieder beherrscht hatte. Jetzt hatte sie die Gelegenheit, es einmal richtig zu durchdenken, bei klarem Bewußtsein zu durchdenken. Im stillen segnete sie den Priester für die Aufgabe und machte sich an die Arbeit.

Penny Anderson war unfähig, einen klaren Gedanken zu fassen. Reglos saß sie in der ersten Reihe und sah den Monsignore an. Wie konnte er? Karen war tot, und Janet im Krankenhaus, wie konnte er sie da um so etwas bitten?

Ihr Kopf dröhnte immer noch von der letzten Nacht, und sie hatte das Gefühl, seit mindestens einer Woche nicht mehr geschlafen zu haben. Sie gab sich Mühe, Konzentration zu finden. Aber sie konnte nur dasitzen und Monsignore Vernon anstarren.

Da bemerkte sie, daß er sie zu sich winkte. Sie leistete seiner Aufforderung Folge.

»Stimmt etwas nicht?« fragte der Priester, als sie nahe genug am Pult stand.

»Ich – ich glaube, ich kann mich nicht konzentrieren«, stammelte Penny.

Der Priester lächelte sie an. »Vielleicht arbeitest du besser im Ruheraum«, sagte er. »Vielleicht fällt es dir leichter, wenn du alleine bist.«

Aber ich will nicht alleine sein, sagte Penny im Geiste. *Ich möchte mit jemandem reden. Ich möchte mit Mr. Balsam reden!* Laut sagte sie: »Ich will es versuchen.« Sie wiederholte: »Wirklich, ich will es versuchen!« Sie packte ihre Sachen zusammen und eilte aus dem Zimmer.

Auf dem Weg ins Erdgeschoß, wo der Ruheraum lag, hoffte sie, daß sie dort jemanden treffen würde. Es war ihr egal wer, es konnte jeder sein, wenn sie nur ein Weilchen mit jemandem reden konnte, der sie ablenken konnte von den Ereignissen der letzten Nacht, von allem. Aber der Ruheraum war leer, und als Penny die Tür hinter sich zugemacht hatte, ging es ihr noch schlechter als vorher.

Entschlossen legte sie ihre Sachen auf einen der Tische und nahm Bleistift und Papier zur Hand. In die Ecke links oben schrieb sie ordentlich ihren Namen, und in Blockbuchstaben den Titel ihres Aufsatzes.

Weshalb sollte ich mich umbringen?

darunter schrieb sie noch etwas:

Weshalb sollte ich das nicht?

Lange Zeit stierte Penny auf das Blatt Papier, und nach einiger Zeit verwischte das Blatt in ihren Visionen. Sie begann, andere Bilder zu sehen. Sie sah Jim Mulvey, wie sein Brustkorb im Schein des Feuers glänzte und sein Blick sie aufforderte. Sie sah sich selbst kniend vor ihm und an seinen Jeans herumzerren.

Dann verschwand die Vision, und Penny sah Karen Morton. Sie hatte ein weißes Kleid an – es war ihr Konfirmationskleid –, und sie ging Penny entgegen. Aber etwas stimmte nicht. Penny sah genauer hin. Jetzt wußte sie, was nicht stimmte – Karen kam ihr aus dem Grab entgegen! Aber Karen war glücklich; sie lächelte und winkte Penny zu. Wie konnte sie glücklich sein? Sie war doch tot. Tot! Tot! Penny wiederholte das Wort immerzu. Tot. Tot! Tot! Tot – tot – tot – tot – tot! Plötzlich hatte das Wort gar keine Bedeutung mehr für sie. Es war nur noch ein Klang ohne die geringste Bedeutung. Karen war nicht tottottot. Nein. Karen war glücklich. Sie trug ihr Konfirmationskleid, und sie war glücklich. Penny wollte bei ihr sein...

Plötzlich saß Penny aufrecht da und schaute sich um. Wo war sie? Im Ruheraum, selbstverständlich. Sie war im Ruheraum und sollte einen Aufsatz schreiben. Was war geschehen?

Sie sah auf die Uhr: ein paar Minuten nach vier Uhr. Sie mußte kaputt sein. Aber der Sekundenzeiger kreiste beständig.

Sie ließ ihre Sachen im Ruheraum zurück und ging die Treppen zum Hauptgang hinauf. Die Uhr hier zeigte die gleiche Zeit. Sieben Minuten nach vier.

Das war unmöglich. Sie war doch erst ein paar Minuten da unten gewesen. Sie blieb stehen und lauschte. Es war still. Zu still. Nicht die betriebsame Stille eines Gebäudes, in dem Schüler anwesend sind, sondern die unerträgliche, verlassene Stille, die sich an Spätnachmittagen und Wochenenden über eine Schule legt.

Irgendwie war Penny das meiste vom Tag entgangen. Erschüttert stieß sie schnell die Tür zur Mädchentoilette auf. Beim Händewaschen sah sie in den Spiegel. Was sie sah, erschreckte sie.

Ihr ganzes Gesicht schien geschwollen zu sein. Ihre Augen waren herausgetreten.

Sie starrte auf ihr Spiegelbild und bekam ein übles Gefühl im Magen. Plötzlich, als ob sie die Erscheinung auslöschen wollte, hob sie ihre Faust und schlug sie in den Spiegel. Er zerbrach, zackige Glasscherben fielen vor ihren Füßen auf den Boden. Geschockt sah sie sich das Durcheinander um sie herum an, sah sie auf die Schnittwunde, aus der langsam das Blut auf ihr Bein sickerte. Und da ging ihr ein Licht auf.

Die Strafe.

Es war wegen der Strafe.

Du wirst erfahren, was deine Strafe ist. Das hatte er gesagt. *Wenn es soweit ist, wirst du wissen, was du zu tun hast.*

Penny Anderson wußte, was sie zu tun hatte.

Sie bückte sich und hob die schärfste Scherbe auf. Dann ging sie in die Kabine, aus der sie gerade gekommen war, zurück und verriegelte sorgsam die Tür. Sie zog ihre Schuhe und die Strumpfhosen aus. Sie setzte sich auf den Spülkasten der Toilette und setzte beide Füße in die Kloschüssel.

Sie nahm das Bruchstück des Spiegels und beugte sich herunter.

Erst floß das Blut nur langsam, dann schneller. Es strömte an ihren Fußgelenken hinab in die Kloschüssel. Sie stierte in das rote Wasser, dann spülte sie. Gleich darauf war die Schüssel mit frischem Wasser gefüllt, aber auch das wurde recht bald wieder rot.

Von oben bis unten schlitzte sich Penny mit der Glasscherbe, sie zerfleischte ihre Beine derart, daß das Blut wie in Strömen floß. Dann ließ sie das Glas zu Boden fallen.

Sie sah zu, wie das Blut in die Kloschüssel floß, und als alles rot war, spülte sie erneut. Sie konnte zusehen, wie ihr Leben in die Kanalisation gestrudelt wurde, und schaute sich an, wie das saubere Wasser in die Kloschüssel perlte und sich von neuem mit ihrem Blut vermischte.

Als sie die Spülung ein fünftes Mal betätigen wollte, war sie bereits zu schwach dazu. Statt dessen saß sie da, stützte ihr Gewicht mit einer Hand ab und sah zu, wie die rote Flüssigkeit in der Schüssel mehr wurde. Sie bildete sich ein, Musik zu hören, irgendwo im Hintergrund. Es klang wie die Gesänge der Nonnen zur Vesper, aber sie wußte, daß es dafür noch zu früh war. Oder war es schon soweit? Es wurde anscheinend schon dunkel. Sie rutschte von der Toilette auf den Fußboden und überließ sich der Dunkelheit. Sie glaubte einen Tunnel zu sehen. An seinem Ende wartete Karen Morton auf sie, sie hatte immer noch das Konfirmationskleid an und winkte ihr zu. Und im Hintergrund gingen die Gesänge weiter und schickten Penny auf die Reise.

In dem Zimmer neben Zimmer 16 – es war eigentlich gar kein Zimmer, eher eine etwas größere Abstellkammer, die in ein provisorisches Labor umgewandelt war – arbeitete Marilyn geduldig mit der weißen Ratte. Sie baute einen besonders kniffligen Irrgarten auf, mit zwei Lösungswegen – der eine war etwas kürzer, aber komplizierter, der andere war länger, dafür viel leichter. Sie versuchte herauszufinden, ob die Ratte beide Wege entdecken und erkunden würde, um sich dann für einen zu entscheiden. Bis jetzt ließen die Ergebnisse keinen Schluß zu. Die Ratte hatte ihren Weg durch den Irrgarten geschafft, schien aber für beide Wege gleich lang zu brauchen und hatte bis dahin keine Präferenz gezeigt.

Marilyn war an diesem Nachmittag freiwillig im Labor erschienen. Seit zwei Tagen hatte sie Gefallen an der Arbeit mit den Ratten gefunden. Doch jedesmal, wenn sie bei ihnen war, tauchte das Bild der ausgeweideten Kreatur vor ihr auf, und sie mußte sich überwinden, die lebenden Tiere in die Hand zu nehmen. Zimperlich griff sie nach der zappelnden Kreatur.

Ich sollte nach Hause gehen, dachte sie sich. Warum bin ich noch geblieben? Aber sie wußte, warum sie geblieben war. Es war der Aufsatz heute morgen für Monsignore Vernon. Ihre Niederschrift hatte ihr angst gemacht, und sie befürchtete, daß man ihr die Angst ablesen konnte. Sie wollte nicht, daß ihre Mutter sie danach fragte, was an diesem Tag losgewesen sei, darum hatte sie beschlossen, so lange in der Schule zu bleiben, bis sie etwas ruhiger war. Es hatte ihr auch nicht geholfen.

Gerade als sie die Ratte wieder an den Start des Labyrinthes setzen wollte, bemerkte sie es. Warm. Naß. Sofort begriff sie, was geschehen war. Marilyn schrie vor Ekel auf und ließ die Ratte fallen. Sie flog weit neben dem Irrgarten auf den Boden und huschte in eine Ecke davon. Von dort aus schaute sie neugierig zu Marilyn herüber. Aber Marilyn starrte auf die gelbe Flüssigkeit, die ihr über die Hand und auf den Fußboden tropfte. Die Ratte hatte – hatte sie *angepinkelt*!

Zu Tode erschrocken, rannte sie hinaus auf den Gang zur Mädchentoilette.

Schon als sie die Tür öffnete, merkte sie, daß etwas nicht in Ordnung war. Überall am Boden Glas. Sie ignorierte es einfach und ging auf Zehenspitzen vorsichtig darum herum an das andere Waschbecken.

Dann sah sie das Blut. Erst dachte sie, es wäre nur ein Tropfen, dann aber sah sie, daß es eine ganze Blutlache war, die langsam auf den Abfluß in der Mitte am Boden zufloß.

Beinahe gegen ihren Willen folgte ihr Blick der Blutspur bis zu ihrem Ursprung. Es kam aus einer verschlossenen Kabine.

»Ist jemand da?« fragte Marilyn leise, sie wußte, daß sie keine Antwort bekommen würde. Die Stille ließ ihre Angst eher noch größer werden. Sie drückte gegen die Tür. Sie ließ sich nicht bewegen.

Sie kniete sich hin, achtete aber sorgfältig auf die Scherben und das Blut und schaute unter der Tür durch.

Penny Anderson starrte sie mit weit geöffneten Augen und leerem Blick an. Marilyn spürte, wie ihr übel wurde.

Mit seltsamer Ruhe bewegte sie sich zur hintersten Kabine, beugte sich hinunter und übergab sich in die Toilette. Erleichtert fragte sie sich, weshalb sie sich so benahm, und wartete, daß die Übelkeit wieder verging. Sie spülte sich den Mund aus und ging aus der Mädchentoilette hinaus.

Die frische Luft weckte sie wie ein Eimer Wasser, und ihr war klar, was geschehen war. Penny hatte sich umgebracht. Aber warum blieb sie so ruhig? Warum schrie sie nicht. Warum lief sie nicht los und rief Hilfe herbei? Vielleicht war Penny noch am Leben. Vielleicht, wenn sie etwas unternähme, könnte sie Penny retten.

Aber dann wurde ihr bewußt, daß Penny das nicht wünschte. Penny wollte, daß sie die Ruhe bewahrte und den Hügel hinabging. Und sie alleine ließ.

Marilyn ging die Treppe hinunter und verließ die Schule. Plötzlich schien sie alles einzuengen, und sie merkte, wie sich in ihr ein Druck aufstaute, der Druck, gegen den sie so lange angekämpft hatte – der Druck, immer das zu tun, was *man* tun sollte, anstatt einmal das zu tun, was *sie* wollte. Jetzt wollte sie einmal das tun, wozu *sie* Lust hatte. Sie wollte auf die Stimmen hören. Sie würde niemandem erzählen, was sie in der Toilette gesehen hatte. Sie ging am Pfarrhaus vorbei und blickte hinüber. Dann blieb sie stehen und sah etwas genauer hin. Aus dem Kamin kam Rauch. Es kam ihr komisch vor, die Nachmittage waren doch noch warm. Die Abende waren bereits kühl, aber um diese Zeit?

Dann hörte sie die Gesänge. Erst dachte sie, sie kämen vom Kloster. Dann merkte sie, daß dem nicht so war. Sie kamen aus dem Pfarrhaus.

Und sie teilten ihr dasselbe mit wie die Stimmen in ihrem Inneren. Sie lauschte einen Augenblick lang, dann lief sie den Hügel hinunter.

24

Margo sah Peter über den Tisch hinweg argwöhnisch an. Sie wollte ihn einmal beobachten, wenn er keinen Schutzwall um sich herum hatte. Sah er angespannt aus, oder bildete sie sich das nur ein? Er war ganz auf sein Essen konzentriert und achtete nicht auf ihren forschenden Blick.

»Ich werde heute nicht über Nacht hierbleiben«, sagte Margo. Sie brach damit das Schweigen, das am Tisch herrschte, seit sie sich zum Abendessen gesetzt hatten. Peter sah von seinem Steak auf.

»Frag mich nicht nach dem Grund«, fuhr sie fort, indem sie seine Fragen vorwegnahm. »*Ich* könnte ihn dir nicht nennen. Ich habe einfach das Gefühl, daß ich heute noch im Krankenhaus gebraucht werde.«

»Es ist die ganze Atmosphäre, die hier seit kurzem herrscht«, sagte Peter und legte seine Gabel hin. »Mir ging es den ganzen Tag schon so. Seit ich mit Janet Conally sprach.«

»Darfst du mir den Inhalt eurer Unterhaltung verraten, oder ist der vertraulich?« wollte Margo wissen. Sie hatte bereits über Dr. Shields von Peters Besuch bei Janet erfahren, aber sie wollte es noch einmal hören, von Peter. Aus erster Hand. Sollte sich seine Geschichte sehr von der unterscheiden, die Dr. Shields ihr erzählt hatte, würde es ihr leichter fallen, sich ein Bild zu machen.

Peter sah sie verzerrt an. »Da gibt es kein Geheimnis«, sagte er, »im Gegenteil, ich hätte gern deine Meinung darüber gehört. Über den ganzen Tag, nicht nur über den Besuch bei Janet.« Er ließ seine Gedanken kreisen, überlegte, wo er anfangen sollte.

»Kurz vor meiner Psycho-Stunde fand ich in meinem Fach eine Nachricht. Sie stammte vom Monsignore und bedeutete mir, sofort ins Krankenhaus zu gehen, weil Janet mit mir sprechen wolle. Er sagte, er werde meine Stunde übernehmen, und ich solle mich sofort nach Erhalt der Nachricht auf den Weg machen. Ich schaute noch in seinem Büro vorbei, um ihn nach weiteren Einzelheiten zu fragen, aber er war nicht da. Also ging ich los...«

Kurz nach elf betrat er das Krankenhaus und erkundigte sich nach der Zimmernummer von Janet. Die Schwester sah ihn leicht verärgert an, und als er sich ihr vorstellte, wurde diese Verärgerung noch deutlicher.

»Nun, Sie haben sich ja reichlich Zeit gelassen.« Sie schien keine Antwort zu erwarten, deshalb folgte Peter ihr wortlos durch den Flur. Er fühlte sich erleichtert, als sie an dem Zimmer vorbeigingen, in dem Judy gelegen hatte, und das Nachbarzimmer betraten. Janet lag aufrecht in den Kissen und schaute fern. Gleich als sie ihn sah, schaltete sie den Fernsehapparat aus.

»Sie haben sich ja reichlich Zeit gelassen«, wiederholte Janet die Worte der Krankenschwester. »Ich dachte schon, Sie kämen überhaupt nicht mehr.«

Peter ließ sich auf den Stuhl am Fußende ihres Bettes nieder und sah sie voller Verwirrung an. »Die Schwester hat das gleiche gesagt, daß ich mir ›ja reichlich Zeit gelassen habe‹. Ich bin gleich, nachdem ich die Nachricht erhalten habe, gegangen.«

»Dann muß es an der Schule liegen«, beschwerte sich Janet. »Ich habe heute früh um halb acht angerufen und mit dem Monsignore gesprochen. Er hat mir versprochen, Sie sofort nach Ihrem Eintreffen zu benachrichtigen.« Sie lächelte verschmitzt. »Ich habe ihm eine hübsche Komödie vorgespielt, Mr. Balsam. Ich habe so getan, als würde ich im Sterben liegen und daß mir schreckliche Dinge zustoßen würden, wenn Sie nicht schlagartig hier erschienen. Aber schätzungsweise hat er mir das nicht geglaubt.«

Wahrscheinlicher ist, daß er sich gar nicht darauf einlassen wollte, dachte sich Peter. Er sah Janet prüfend an, er bemühte sich, ihrem Gesicht abzulesen, ob es ihr so gut ging, wie es dem Anschein entsprach.

In der vergangenen Nacht hatte dieses Mädchen sich zu erhängen versucht. Heute schien sie so wie immer – fröhlich, herzlich und offensichtlich ohne Probleme. Oder waren die Probleme zu gut getarnt und entzogen sich seinem Blick?

»Ich sehe zu gut aus, nicht wahr?« sagte Janet. Ihr Wahrnehmungsvermögen verunsicherte ihn und machte ihn vorsichtig.

»Ich habe keine Ahnung«, sagte er ausweichend. »Wie fühlst du dich?«

»Nicht anders als sonst«, sagte sie. Als sie merkte, wie doppeldeutig ihre Antwort aufzufassen war, präzisierte sie: »Das heißt, gut. Mir geht es jetzt gut, und mir ging es gestern gut.«

»Weshalb bist du dann hier?« fragte Peter und versuchte, sich dem Thema auf Umwegen zu nähern. Janet schnitt es mit ihrer ehrlichen Art direkt an.

»Weil ich mich aufgehängt habe. Oder es versucht habe. Den ganzen Morgen bin ich schon am Überlegen, ob ein Versuch überhaupt zählt. Ich meine, wo ich doch nicht tot bin oder so was ähnliches, muß ich da sagen, ›ich habe mich aufgehängt‹, oder ›ich habe *versucht*, mich aufzuhängen‹?«

Peter kaute auf seinen Lippen herum, plötzlich war er nervös geworden. Sie schien etwas zu verbergen. Sie *mußte* etwas verbergen. Aber was? Er entschied sich wie sie zu einer Vorwärtstaktik.

»Janet«, sagte er düster, »das ist nicht zum Spaßen. Du hast dich in der vergangenen Nacht aufgehängt – oder – falls du um jeden Preis korrekt sein möchtest, ›du hast dich hingehängt‹. Wäre dein Vater nicht so schnell zur Stelle gewesen, wärest du jetzt unter den Toten. So wie die Dinge liegen, kannst du von Glück sagen, daß du keinen Gehirnschaden erlitten hast.« Das Grinsen in Janets Gesicht verschwand, und sie wand sich im Bett herum. Als sie zu sprechen begann, war ihr der leichte Tonfall vergangen.

»Ich weiß, daß es nicht zum Spaßen ist«, sagte sie. »Aber augenblicklich ist es für mich die einzige Möglichkeit, damit fertig zu werden. Ich mache keine Witze, aber ich glaube, ich drehe allmählich durch. Wahrscheinlich bin ich sowieso schon verrückt.«

Balsam zog die Augenbrauen zusammen, und sie wertete den Ausdruck als Frage.

»Darum habe ich Sie gerufen. Vermutlich sollte ich mit Dr. Shields reden, aber ich kann es einfach nicht. Er ist ja nett, aber ich kenne ihn nicht, und er kennt mich nicht. Sie haben mich in diesem Semester jeden Tag gesehen...«

»Das gerade erst angefangen hat«, warf Peter dazwischen.

»Gut, auch wenn es gerade erst angefangen hat, aber Sie haben mich doch täglich gesehen, und Sie wissen, wie ich bin. Jedenfalls kennen Sie mich besser als Dr. Shields. Er hält mich bestimmt für eine Idiotin. Ich meine, was soll er sonst von mir halten? Jemand, der so etwas tut wie ich, der muß verrückt sein.«

Peter wollte das Spiel spielen. »Nach deinen eigenen Worten bist du also verrückt.«

Einen Augenblick lang starrte sie ihn an, dann nickte sie.

»Ich weiß. Deshalb habe ich Sie gerufen. Entscheiden Sie, ob ich verrückt bin.«

»Ich bin dafür nicht qualifiziert«, protestierte Peter.

»Das ist mir egal«, sagte Janet, »Sie sind der einzige, mit dem ich reden will. Ich habe niemanden, dem ich mich sonst anvertrauen könnte. Können Sie das verstehen? Dr. Shields muß denken, daß ich verrückt bin, warum sollte er das auch nicht? Und jeder andere auch – Sie wissen ja, wie es hier so ist. Besonders in der Schule. Dort sagen sie mir ständig, daß ich ein Sünder bin und erlegen mir Strafen auf. Aber ich bin *kein* Sünder.«

Peter rückte seinen Stuhl näher an das Bett heran und nahm Janets Hand. »Gut«, sagte er schließlich, »was ist geschehen?«

»Erstens habe ich nicht versucht, mich umzubringen.«

»Nein?«

»Nein. Das heißt, ja, ich hab's versucht, aber nicht echt.« Ihr Gesicht verzerrte sich vor Frustration. »Entschuldigen Sie«, fuhr sie fort, sie bemühte sich um Entspannung, »ich weiß, daß das alles keinen Sinn ergibt. Aber hören Sie mich erst an, und urteilen Sie dann, was geschehen ist. Ich hab's versucht, aber ich schaffe das nicht, und ich habe Angst. Bitte, helfen Sie mir?« Zum ersten Mal, seit Balsam hergekommen war, erlebte Peter Balsam das kleine Kind in der Persönlichkeit von Janet Conally. Er wollte sie halten und trösten. »Ich werde dir zuhören«, sagte er sanft, »erzähl mir, was sich zugetragen hat.«

»Ich sag' Ihnen doch«, sagte Janet, »ich weiß nicht, was geschehen ist. Wo soll ich anfangen?« Ohne eine Antwort abzuwarten, redete sie weiter. »Alles war in Ordnung gestern, jedenfalls so gut es eben ging, wegen Karen und dem Drumherum.

Ich weiß gar nicht, wie ich in die Ereignisse in der Kirche verwickelt wurde. Nein, ich kann mich kaum daran erinnern. Wir müssen wie eine Bande von Holy Rollers geklungen haben. Egal, als es vorbei war, bin ich mit meinen Eltern nach Hause gegangen, und wir haben eine Zeitlang ferngesehen. Dann bin ich nach oben gegangen, um meine Hausaufgaben zu machen.« Sie hörte zu sprechen auf. Peter wartete geduldig auf das Ende der Geschichte. Schließlich drängte er sie.

»Und?«

Sie sah ihn matt an. »Und dann ist es passiert. Ich habe gelernt, und urplötzlich verspürte ich diesen verrückten Drang dazu, mich zu erhängen. Erst redete ich mir ein, daß es albern sei, daß es um nichts in der Welt einen Grund gab, warum ich mich umbringen sollte. Aber ich hatte immer noch das Verlangen danach. Eine

Stunde lang saß ich wohl da und focht mit mir. Aber der Drang verschwand nicht.«

»Aber warum? Es muß doch einen Grund geben, warum du dich umbringen wolltest.«

»Deswegen glaube ich ja, daß ich verrückt sein muß. Es gab keinen Grund. Nur diesen unglaublichen Drang, mich aufzuhängen. Und dann habe ich es getan.«

Balsam nickte bedeutend. »Das klingt irgendwie seltsam, aber kannst du dich daran erinnern, wie es war?«

»Es hatte mit gar nichts Ähnlichkeit. Ich meine einfach, da war ich, ich holte mir einen Stuhl, stellte ihn unter die Lampe in meinem Zimmer, nahm mir ein Verlängerungskabel und band es mir um den Hals. Und die ganze Zeit über fragte ich mich, wieso ich das tat, und versuchte, mich zurückzuhalten. Aber es gelang mir nicht.«

»Es muß schrecklich gewesen sein.«

»Das habe ich auch gedacht. Aber das war es ganz und gar nicht. Da war ständig dieses seltsame Gefühl, daß ich außerstande war, mich zu kontrollieren. Wie eine Marionette. Es war, als ob jemand die Fäden zieht, und ich mußte tun, was man von mir verlangte.« Ihre Stimme bekam mit einem Mal einen verbitterten Unterton. »So stand ich da oben auf dem Stuhl, zog die Schlinge um meinen Hals und stieß den Stuhl weg.« Bei der Erinnerung daran wurde ihr Gesicht blutleer. »Was wäre denn, wenn niemand zu Hause gewesen wäre? Wenn Mama und Papa ausgewesen wären?« Janet Conally schauderte und verstummte.

Peter drehte und wendete im Geiste die Geschichte. Es klang grotesk, und wenn nicht Janet Conally ihm so etwas erzählt hätte, wäre er geneigt gewesen, es nicht zu glauben. Aber bei Janet war das anders. So wie sie sich selbst einschätzte, schätzte auch Balsam sie ein, und die Geschichte trug den Ring der Wahrheit, oder was Janet für die Wahrheit hielt. Dann unterbrach ihre Stimme seine Gedanken.

»Mr. Balsam«, sagte sie beinahe flehend, »bin ich verrückt?«

»Hast du das Gefühl?« entgegnete er.

»Nein.«

»Du siehst auch nicht verrückt aus, und du klingst auch nicht verrückt. Klar, die Geschichte klingt verrückt, aber du nicht.« Etwas lockerer fuhr er fort: »Da du dich nicht fühlst wie eine Ente, nicht aussiehst wie eine Ente oder klingst wie eine Ente, dürfen wir also annehmen, daß du wahrscheinlich keine Ente bist.«

»Wahrscheinlich«, sagte sie und wiederholte das wertende Wort noch einmal.

Peter Balsam zuckte die Schultern. »Würdest du mir glauben, wenn ich ›absolut‹ sagen würde?« Er freute sich, als sie wieder lächelte.

»Nein. Und ›wahrscheinlich‹ ist sogar noch mehr, als man nach meinem Verhalten erwarten könnte.« Sie schwieg, dann sagte sie: »Mr. Balsam, was soll ich tun?« Wieder war dieser kläglich kindliche Eindruck in ihrer Stimme.

Balsam hatte die Frage erwartet. Aber als sie kam, hatte er keine Antwort parat. So konnte er ihr nur ein bißchen Mut machen.

»Mach dir mal keine Sorgen«, sagte er, »entspann dich und hör auf, dir Gedanken zu machen. Ich werde mit Dr. Shields reden und zusehen, ob ich ihn davon überzeugen kann, daß du noch nicht ganz reif für die Klapsmühle bist.« Und noch über ein paar andere Dinge werde ich mit ihm sprechen, fügte er im stillen hinzu. Ein letztes Mal drückte er Janets Hand und stand auf. »Brauchst du irgendwas?«

Janet schüttelte den Kopf. Sie setzte zu sprechen an, hielt inne, und setzte erneut an. »Mr. Balsam? Vielen Dank, daß Sie gekommen sind. Es geht mir schon besser; allein weil ich mit jemandem darüber sprechen kann.«

»Es gibt viele Leute, mit denen du darüber reden kannst«, sagte er.

Janet lächelte schwach: »Das glaube ich, aber nicht hier.« Um einer Antwort vorzubeugen, schaltete sie wieder das Fernsehgerät an. Peter Balsam stand noch ein, zwei Sekunden in der Tür, drehte sich um und verließ das Zimmer. Er ging zum Schwesternzimmer und wartete darauf, daß die Krankenschwester ihre Arbeit an einem Krankenbett beendete. Schließlich sah sie auf und setzte ein geübtes Lächeln auf.

»Können Sie mir bitte sagen, wo das Büro von Dr. Shields ist?«

»Ich glaube, ich zeige es Ihnen besser.« Sie stand auf und führte ihn durch den Gang. »Sie sind doch der Psychologielehrer, nicht?« fragte sie in einem vorsichtigen neutralen Tonfall, und Peter fragte sich, ob die Äußerung als Angriff gedacht war.

»Ja.«

»Und diese Mädchen – die sind doch in Ihrer Klasse, oder?«

»Ich muß gestehen, ja.«

Die Krankenschwester lächelte hintergründig. »Das muß ja ein feiner Unterricht sein«, äußerte sie. Und bevor Peter antworten konnte, wies sie auf eine Tür. »Das Büro von Dr. Shields liegt genau dahinter.« Und weg war sie. Peter sah ihr nach, bis sie um die Ecke gegangen war. Dann ging er in das Vorzimmer, das sie ihm angewiesen hatte, und klopfte an der nächsten Tür, halb hoffte er, Margo würde herauskommen. Statt dessen öffnete Dr. Shields persönlich die Tür. »Entschuldigen Sie«, sagte Peter. »Ich weiß nicht, ob Sie sich noch an mich erinnern. Mein Name ist…«

»Peter Balsam«, sagte Dr. Shields und machte die Tür weit auf. »Ich habe Sie schon erwartet.« Er hielt die Tür so lange, bis Peter eingetreten war, dann machte er sie fest zu. Anstatt hinter seinem Schreibtisch Platz zu nehmen, setzte er sich in einen der Lehnstühle, die um einen kleinen Tisch herumstanden, und bot Peter den anderen an.

»Sie haben mich erwartet?« fragte Balsam.

»Janet Conally. Seit ihrer Einlieferung spricht sie davon, daß Sie der einzige wären, mit dem sie reden wolle. Ich hielt es für einen Akt von – wie soll ich sagen – standesgemäßer Höflichkeit? daß Sie noch bei mir reinschauen, nachdem Sie mit ihr gesprochen haben.«

»Auch ich habe ein paar persönliche Fragen.«

»Ich werde sehen, was ich für Sie tun kann«, sagte Dr. Shields und beobachtete hinter einem Lächeln Balsam.

Balsam berichtete von dem Gespräch, das er mit Janet Conally geführt hatte. Dr. Shields widmete dabei seine ganze Aufmerksamkeit auf das, was das Mädchen gesagt hatte. Als Balsam die Geschichte zu Ende erzählt hatte, war die erste Frage von Dr. Shields: »Wird sie mir die gleiche Geschichte erzählen?«

Balsam nickte. »Ich sagte ihr, daß ich Sie überzeugen wolle, daß sie nicht verrückt ist.«

»Sie glauben nicht, daß sie es ist?«

»Auf keinen Fall.«

»Was ist mit ihrer Geschichte? Glauben Sie sie?«

»Ich weiß nicht«, erwiderte Balsam vorsichtig. »Ich denke schon. Das ist es auch, worüber ich mit Ihnen sprechen wollte. Die Kontroll-Affäre. Es klang, als ob sie sich für das Opfer von einer Art Geisteskontrolle hält.« Peters Miene wurde ernst, und seine Stimme bekam einen dringlichen Unterton. »Ist das möglich? Angenommen, einfach angenommen, daß eine Gruppe von Leuten versucht, ihren Willen anderen aufzuzwingen, ohne daß die anderen erfahren, was da vor sich geht. Wäre das möglich?«

Warum spricht er es nicht aus, fragte sich Dr. Shields. Warum sagte er nicht, daß er an die Gemeinschaft des St. Peter Martyr denkt? Laut sagte er: »Wer weiß? Ich glaube, daß alles möglich ist. Aber ich würde sagen, daß es äußerst unwahrscheinlich ist. Ich glaube nicht, daß etwas Derartiges geschieht.«

»Aber irgend etwas geht da vor«, stellte Balsam fest.

»Natürlich«, stimmte Dr. Shields ihm zu. »Beantworten Sie mir diese Frage: Sind sie alle Freunde? Judy Nelson? Karen Morton? Janet Conally?«

»Gute Freunde. Und da ist noch eine in der Gruppe. Ein Mädchen mit dem Namen Penny Anderson.«

»Nun, dann ist es ja herrlich offensichtlich, was da vor sich geht«, sagte Dr. Shields. »Man nennt das den Selbstmordbazillus.«

Peter Balsam hatte diesen Ausdruck schon einmal gehört, war sich aber nicht sicher, was er bedeutete. »Ein was?«

»Selbstmordbazillus. Mit anderen Worten, der Drang zur Selbstzerstörung wandert von einer Person zur nächsten. An sich nichts Ungewöhnliches, aber das geschieht in den meisten Fällen in institutionellen Einrichtungen. Sprich ›Krankenhaus‹. Und es ist meistens auf Mädchen im Teenageralter beschränkt... Sogar für sie gibt es ein Fachwort – ›Zerfleischer‹. An manchen Orten ist das so schlimm geworden, daß man ganze Mädchenstationen zur Einschränkung der Bewegungsfreiheit einrichten mußte, um die Mädchen davon abzuhalten, sich zu verstümmeln.«

Überrascht sperrte Balsam die Augen auf. »Aber was ist der Grund dafür?«

»Hysterie«, erklärte Dr. Shields. »Soweit ich das beurteilen kann, obwohl es nur in Krankenhäusern geschieht, und die Opfer meist sehr instabile Charaktere sind.« Er überlegte einen Moment. »Aber was sich in St. Francis Xavier abspielt, klingt für mich nach Selbstmordbazillus.«

»Aber könnte da nicht etwas anderes dahinterstecken?« Peter Balsam hatte das Gefühl, sich im Kreis zu drehen. »Sie sagten, daß man sie die ›Zerfleischer‹ nennt. Das trifft ganz sicher auf Judy Nelson und Karen Morton zu. Aber was ist mit Janet? Sie hat sich ja nicht verstümmelt.«

Dr. Shields zuckte vielsagend die Schultern. »Ich weiß es nicht. Bis heute habe ich die Möglichkeit eines Selbstmordbazillus noch nicht einmal erwogen. Jetzt muß ich das. Aber Geisteskontrolle? Daran glaube ich nicht.«

Als Peter Balsam die Praxis des Psychiaters ein paar Minuten später verließ, fühlte er sich noch mehr alleine als je zuvor. Allein und voller Furcht...

»Die ganze Sache klingt zu bizarr, als daß man sie glauben könnte«, sagte Margo.

»Sie ist zu bizarr«, sagte Peter, »aber sie geschehen.«

Margo verstummte und sann nach. Dr. Shields hatte ihr Peters Geschichte bereits erzählt. Aber Dr. Shields war noch weiter gegangen, und Margo fand es an der Zeit, Peter davon zu berichten.

»Du solltest mit Dr. Shields über die Gemeinschaft sprechen«, sagte sie, »zumal er bereits darüber Bescheid weiß.«

»Er weiß davon? Wie ist das möglich?«

Plötzlich fühlte sich Margo schuldig, als ob sie ein Ehrenwort gebrochen hätte. Aber sie hatte nicht mit dem Psychiater gesprochen, um Peter zu hintergehen; sie wollte sich nur ein wenig Klarheit verschaffen.

»Ich habe in letzter Zeit viel mit ihm gesprochen, über dich – über uns.«

»Und über die Gemeinschaft?« Es klang beinahe wie eine Anklage.

»Natürlich auch über die Gemeinschaft. Peter, die Gemeinschaft ist doch eine ziemlich bedeutende Angelegenheit zwischen uns.«

»Wieviel hast du ihm gesagt?« Peter war in einer unangenehmen Lage, als ob ein Stück seines Privatlebens der öffentlichen Neugier preisgegeben worden wäre.

»Nicht viel«, beeilte sich Margo, ihn zu beruhigen. »So wenig wie möglich, ehrlich.« Sie lächelte Peter angestrengt an. »Ich glaube, ich wollte nur nicht, daß er uns beide für verrückt erklärt.«

»Glaubst du das etwa?«

»Du weißt, daß das nicht stimmt.« Da war eine Spur von Verletztheit in Margos Stimme, und Peter tat es sofort leid. Bevor er sich aber entschuldigen konnte, klingelte das Telefon.

»Es ist für dich«, sagte Peter gleich darauf. »Dein Chef. Klingt ziemlich aufgeregt.«

Margo nahm den Hörer und begann eine einseitige Konversation. Obwohl sie nur sehr wenig sagte, wußte Peter, daß etwas nicht in Ordnung war. Ihr Gesicht wurde kreidebleich. Endlich, nach einer Ewigkeit legte sie auf und wandte sich ihm zu.

»Das kann doch nicht wahr sein...«, begann sie.

»Was ist...?«

»Penny Anderson. Man hat sie vor einer halben Stunde gefunden. Peter, sie ist tot.«

»O Jesus«, Peter versank in seinen Sessel und verbarg sein Gesicht in seinen Händen. Dann nahm er sich zusammen und sah wieder zu Margo.

»Wie?«

»Sie hat sich die Adern aufgeschnitten. In der Schule. In der Mädchentoilette.« Margo suchte bereits ihre Sachen zusammen. »Ich muß ins Krankenhaus gehen. Leona ist da – und sie ist sehr schlecht beisammen –, und Dr. Shields sagt auch, daß noch andere Leute da sind. Alle leiden an allen möglichen seltsamen Symptomen. Hysterie ist es, wie er sagt, und sie scheint sich rundum verbreitet zu haben.«

Peter nahm sich zusammen. »Ich werde mit dir kommen.«

»Nein«, sagte Margo scharf, was sie auch sofort bereute. Dr. Shields hatte sie gewarnt. Manche Leute behaupten, das ganze Durcheinander sei Peters Schuld; egal, was sie machte, sie durfte Peter nicht mit ins Krankenhaus bringen. »Ich, äh, ich gehe lieber alleine«, stammelte Margo.

»Ich verstehe«, sagte Peter, mit einem Mal war ihm die ganze Situation klargeworden. »Ja, ich denke, ich sollte besser hierbleiben.« Er sah Margo wortlos an, und sie wollte zu ihm gehen, ihn festhalten, bei ihm bleiben. Statt dessen wandte sie sich ab und rannte aus seiner Wohnung.

Peter wusch ab, dann versuchte er zu lesen. Als nächstes versuchte er es mit fernsehen, dann schaltete er wieder aus und widmete sich erneut seinem Buch. Schließlich ging er zu Bett. Aber bevor er das Licht ausmachte, versicherte er sich, daß die Eingangstür gut verschlossen und verriegelt war. Nachträglich hatte er noch einen Einfall, den er an sich albern fand, und doch rückte er noch einen Sessel vor die Tür. Kurz bevor er die Lichter löschte, fragte er sich, ob er die Vorkehrungen getroffen hatte, damit andere nicht herein konnten, oder um sich selbst einzuschließen. Aber er verdrängte das schnell und legte sich ins Bett.

Am nächsten Morgen erwachte er erschöpfter, als er am Abend zuvor gewesen war. Er fühlte sich ruhelos und verschwitzt, als ob er die ganze Nacht gerannt wäre. Er hatte schlimme Träume gehabt. Träume von der Gemeinschaft des St. Peter Martyr.

In diesen Träumen war er wieder im Pfarrhaus gewesen, bei den Priestern, und sie hatten allerhand mit ihm angestellt. Dinge, an die er nicht denken mochte. Er hatte sich angestrengt, sie zu verhindern, aber sie waren sechs, und er war ganz alleine, und so konnten sie alles machen, was sie wollten. Alles. Und sie machten es auch.

Er lag im Bett und dachte noch über den Traum nach, dann beschloß er, ihn zu vergessen. Er stand auf, zog sich einen Bademantel an und ging ins Wohnzimmer. Der Stuhl war von der Türe weggerückt worden. Die Tür war unverschlossen.

Peter versuchte sich einzureden, daß es nicht wahr war, daß er es selbst getan haben mußte, während einer der ruhelosen Phasen der vergangenen Nacht. Aber er konnte sich an nichts dergleichen erinnern. Nein, etwas anderes war geschehen.

Etwas Unaussprechliches.

Schnell ging er ins Badezimmer und ließ den Bademantel von seinen Schultern fallen.

Sein Rücken war übersät mit den seltsamen roten Striemen.

25

Marilyn Crane hatte die ganze Nacht keinen Schlaf gefunden. Sie verbarg, so gut es eben ging, ihr Gähnen und setzte sich an den Tisch. Ihr Vater sah nicht einmal von seiner Zeitung auf, aber ihre Mutter beobachtete sie kritisch. Marilyn fragte sich, was sie jetzt wieder falsch gemacht hatte.

»Hast du dich für die Schule angezogen?« fragte Geraldine.

Marilyn sah sie fragend an. War heute etwa ein Feiertag? Sie überlegte rasch. »Warum nicht?« Aus irgendeinem Grund fühlte sie sich leicht schuldig.

»Ich verstehe nicht, warum«, sagte Geraldine ein wenig zu scharf. »Du wirst nicht gehen.«

»Selbstverständlich gehe ich in die Schule«, protestierte Marilyn.

Geraldine setzte die Bratpfanne ab, die sie die ganze Zeit gehalten hatte, und sah ihrer Tochter ins Gesicht.

»Heute nicht«, sagte sie. »Nicht nach dem, was gestern passiert ist. Stell dir vor, den ganzen Nachmittag lang hat das arme Kind dagelegen. Es muß fürchterlich gewesen sein.« Sie schnalzte mit der Zunge und schüttelte mitfühlend den Kopf.

Fürchterlich für wen, fragte sich Marilyn. Bestimmt nicht für Penny Anderson. Warum regten sich alle darüber auf, was mit den Leuten geschah, wenn sie bereits tot waren. Es war nicht so, daß Penny Schmerzen erleiden mußte. Wieder erschien ihr Pennys Gesicht vor Augen. Die weit aufgerissenen Augen, die erstarrten Gesichtszüge. Penny hatte beinahe glücklich ausgesehen.

Marilyn behielt ihre Gedanken für sich. Schließlich wußte ja niemand, daß sie Penny noch gesehen hatte.

»Aber ich will in die Schule gehen.«

Ihr Vater senkte die Zeitung und sah sie fragend an.

»Ich würde meinen, daß du so weit wie möglich entfernt davon sein möchtest«, merkte er an. »Es ist aber ohnehin egal, heute ist keine Schule, auf keinen Fall in St. Francis Xavier. Ich weiß nicht, wie man es an der öffentlichen Schule hält.« Er schüttelte seine Zeitung wieder zurecht und wollte das Thema erledigt wissen, aber Marilyn gab keine Ruhe.

»Nur wegen Penny?« Die Zeitung senkte sich wieder, und am Herd erstarrte Geraldine.

»*Nur* wegen Penny?« wiederholte ihr Vater und legte besondere Betonung auf das erste Wort. »Marilyn, sie hat sich umgebracht.«

Zum erstenmal hatte wirklich jemand diese Worte gebraucht, jedenfalls ihr gegenüber, und sie hörte sie noch widerhallen. ›*Sich umgebracht . . . sich umgebracht . . . sich umgebracht . . .*‹ Bis dahin war es nicht so recht wahr gewesen für sie. Jetzt war es das. Penny hatte sich umgebracht. Penny war *tot*. Marilyn sah ihre Eltern an, dann verließ sie ohne ein Wort den Tisch. Gleich darauf hörten sie sie die Treppe hochtrampeln. Geraldine sah zur Decke, als ob ihr Blick Mörtel und Holz durchdringen könnte, um zu entdecken, was im Kopf des Mädchens da oben vor sich ging. Dann richtete sie ihren Blick auf ihren Mann. Sein Interesse galt nur der Zeitung.

»Bill«, sagte sie ruhig, »da stimmt etwas nicht.«

Er sah sie leicht verärgert an. »Da kommst du jetzt erst dahinter?«

Geraldine beachtete seinen sarkastischen Tonfall nicht. »Ich spreche nicht über Karen und Penny«, hob sie an.

»Und Janet Conally und das Nelson-Mädchen«, warf ihr Mann ein.

»Ich spreche von Marilyn«, sagte Geraldine.

»Mit Marilyn ist doch alles in Ordnung«, Bill hatte seine Nase schon wieder in die Zeitung gesteckt. »Es ist nur der Schmerz, der zunimmt . . .«

»Ich weiß nicht«, protestierte Geraldine, »ich glaube, da steckt mehr dahinter.«

»Wenn irgend etwas sie quält, wird sie es uns sagen. So wie Greta das getan hat. Warum sollte Marilyn anders sein?«

Geraldine schüttelte jetzt den Kopf, als ob sie einen festsitzenden Gedanken, der an ihr nagte, loslösen könnte. »Sie sind nicht gleich. Sie sind wirklich recht verschieden. Und irgend etwas geht in Marilyn vor. Vielleicht sollte ich einmal mit dem Monsignore über sie sprechen.«

Bill Crane blätterte seine Zeitung um. »Eine gute Idee, warum machst du das nicht?«

Niemand hatte ihm gesagt, daß heute die Schule ausfiel. Er war wie immer nach St. Francis Xavier gegangen und mußte feststellen, daß alles verlassen war. Die Schwestern waren nirgends zu finden. Wenn er überhaupt in der Umgebung war, dann war Monsignore Vernon auf keinen Fall in seinem Büro. Peter fing gerade an, seine Post durchzusehen, überlegte es sich plötzlich aber anders. Was wäre, wenn eine Nachrticht für ihn da wäre? Eine Nachricht vom Monsignore? Lieber erst gar nicht nachsehen.

Er lief schnell wieder den Hügel hinunter und bemerkte die eigenartige Stille, die sich über Neilsville gesenkt hatte. Wo er auch hinsah, standen die Leute in Trauben zusammen und unterhielten sich gedämpft, argwöhnisch sahen sie hin und wieder auf, als ob sie mit heimlichen Blicken in der Lage wären, einen Hauch des Bösen unter ihnen zu erheischen.

Peter spürte, wie die Blicke ihn durchdrangen. Sie sahen ihn an und stellten sich ihre Fragen. Bevor er nach Neilsville kam, war hier nicht viel passiert. Aber seit seiner Ankunft hatte sich alles zum Schlimmen gewendet. Wie lange würde es noch dauern, bis die ganze Stadt davon angesteckt war, was schon die Mädchen von St. Francis Xavier angesteckt hatte, was immer es auch sein mochte? Der einzige Hinweis war der Außenseiter, Peter Balsam. Der Fremdling. Man durfte ihm nicht trauen.

Beim Vorbeigehen an den einzelnen Gruppen steigerte sich das Schweigen noch, und er hatte die Empfindung, daß er im Brennpunkt stand. Wenn er vorbeigegangen war, hoben die Gespräche wieder an, die Köpfe steckten sie dann noch enger zusammen, die Lippen ganz nahe an die Ohren des anderen, doch die Blicke, nur die Blicke, sie verfolgten ihn den ganzen Weg die Main Street entlang.

Kaum in seiner Wohnung angekommen, rief er Margo an.

»Peter? Bist du es?« Er hatte noch nichts gesagt, und die Angst in ihrer Stimme schmeichelte ihm. Er versuchte, seine Ängste der vergangenen Nacht zu überspielen.

»Möchtest du einen Ausflug machen? Ich habe einen freien Tag.«

»Ich habe die ganze Nacht nicht geschlafen...«, zögerte Margo.

»Wer schlief schon? Aber die Schule fällt heute aus, und ich dachte mir, ich besuche den Bischof. Ich wollte mir deinen Wagen leihen, aber warum kommst du nicht mit?«

Sie wollte absagen, ihm sagen, daß sie den ganzen Tag im Bett verbringen wollte, ließ es aber.

»Ich hole dich in zwanzig Minuten ab«, sagte sie. Dann, in einem Nachsatz: »Nimmst du das Tonband mit?«

»Ich – ich weiß nicht«, sperrte sich Peter. »Ich habe noch nicht darüber nachgedacht.«

Schweigen, dann Margos äußerst zuversichtliche Stimme.

»Du mußt ihm ja nicht erzählen, daß eine der Stimmen die deine ist«, sagte sie liebevoll und traf den Grund für sein Zögern genau. »Die einzige Stimme, die man erkennen kann, ist die des Monsignore.«

Es stimmte, was sie sagte, aber er zögerte immer noch, er wünschte, daß es eine andere Möglichkeit gäbe. Er wußte, daß es keine gab. Wie konnte er ohne das Tonband erwarten, daß ihm der Bischof Glauben schenkte? Er überlegte angestrengt.

»Ich werde auf dich warten«, sagte er. »Mit dem Tonband.«

Er legte den Hörer auf und öffnete die unterste Schublade seines Schreibtisches. Er faßte tief hinein und grapschte nach der Kassette. Seine Finger konnten sie nicht finden. Er zog die Schublade weiter heraus und suchte erneut. Als Margo zwanzig Minuten später eintraf, war er immer noch am Suchen. Alle Schubladen waren ausgeleert, und er suchte ihren Inhalt systematisch ab, obwohl er wußte, daß es zwecklos war. Sobald Margo sah, was geschehen war, wußte sie Bescheid.

»Sie ist weg, nicht wahr?«

Peter nickte stumm.

»War sie versteckt?«

Wieder nickte er. »Aber niemand hat danach gesucht. Man wußte genau, wo sie war.« Margos Gesicht verfinsterte sich: Verdächtigte er sie?

»Nur ein Mensch wußte, wo die Kassette war«, fuhr Peter fort. Er sah sie mit einer Qual an, die ihr weh tat. Woran immer er dachte, sie hatte er nicht in Verdacht.

»Wer?« Sie war nicht sicher, ob sie eine Antwort haben wollte.

»Ich«, sagte Peter verbittert. »Ich bin der einzige, der wußte, wo das Tonband lag. Also muß ich es mir selbst weggenommen haben.«

Er berichtete ihr von der vergangenen Nacht, wie er sich eingeschlossen und die Tür verkettet hatte. Auch davon, daß er einen Sessel vor die Tür gerückt hatte, um ganz sicherzugehen. Auch von seinen Träumen, dem Traum, als er im Pfarrhaus war, wieder bei der Gemeinschaft.

Heute früh war die Tür unverschlossen, endete er. »Die Kette war los, der Sessel stand wieder hier – und ich war am Ende.«

Margo sank auf dem Sofa nieder. Wie eine Welle spülte die Verzweiflung über sie hinweg.

»Dann hast du ihnen das Tonband gegeben?« sagte sie leise. »Ist es das, was geschehen ist?«

»Was sonst?« antwortete Peter und machte mit seinen Händen eine hilflose Geste. »Das einzige, was ich gegen sie in der Hand hatte, und ich gab es ihnen sogar selbst.«

»Vielleicht auch nicht«, sagte Margo plötzlich und stand auf. »Vielleicht hast du sie irgendwo anders versteckt und vergessen, wo.«

Sie begann das Zimmer abzusuchen, zunächst systematisch, dann, während er zusah, immer rasender. So plötzlich sie damit angefangen hatte, so plötzlich hörte sie auch wieder auf. Sie sah ihn an, und zum ersten Mal sah Peter Furcht in den Tiefen ihrer Augen.

»Das ist nicht gut, oder?« sagte sie finster. »Hier werde ich sie nie finden, stimmt's?«

»Nein«, sagte Peter leise. »Ich glaube nicht.« Er ging zu ihr und nahm sie in seine Arme. Sie sträubte sich erst, ließ es dann geschehen, schlang ihre Arme um ihn und hielt ihn ganz fest.

»O Gott, Peter, werden sie dich auch kriegen?«

Sie glaubt mir, dachte er. Wenigstens glaubt *sie* mir. Aber auf ihre Frage wußte er keine Antwort.

Pater Duncan sah zu ihm auf und lächelte.

»Mr. Balsam«, sagte er. »Was für eine freudige Überraschung.«

Aber irgend etwas in seinem Gesicht verriet Peter, daß sie überhaupt nicht freudig war. Eine Überraschung, ja. Aber keine freudige. Er konnte schon sehen, wie der junge Priester einen Blick auf den Kalender auf seinem Schreibtisch warf in der Hoffnung, keinen Fehler gemacht zu haben und seinen Namen dort nicht zu finden.

»Es ist schon gut«, sagte er besänftigend. »Ich habe keinen Termin.«

Er hatte genau das Richtige gesagt. Pater Duncan entspannte sich in seinem Sessel, und sein Lächeln wurde richtig heiter.

»Nun, das macht es schon leichter. Normalerweise kommen die Leute ohne einen Termin hierher, sie wollen Ihre Eminenz sehen, und dann behaupten sie steif und fest, daß sie bereits vor vierzehn Tagen einen Termin vereinbart haben.«

»Dann kann ich ihn also sehen?«

»Das habe ich nicht gesagt«, der Sekretär grinste. »Aufrichtigkeit sollte jedoch belohnt werden.« Er drückte eine Taste der Sprechanlage. »Mr. Balsam ist hier, wegen seines Termins um zehn Uhr«, sagte er sanft. Er zwinkerte Peter zu und schloß auch Margo in das Zwinkern ein. Erst war eine seltsame Stille in der Sprechanlage, dann knatterte die Stimme des Bischofs.

»Ich kann seinen Namen auf meinem Kalender nicht finden«, bellte er.

»Ach, wirklich?« sagte Pater Duncan sanft. »Mein Fehler, ich muß es vergessen haben. Aber wir können das ja nicht Mr. Balsam zur Last legen, oder?«

»Wem *können* wir es dann zur Last legen?« kam die Stimme des Bischofs zurück.

»Ihrem nächsten Termin«, sagte Pater Duncan. »Es ist Mrs. Chambers. Sie will sich mit Ihnen zusammensetzen wegen der spirituellen Führung ihrer Mädchenpfadfinder.«

»Kleine grüne Trolle«, maulte der Bischof. »Gut, führen Sie Balsam herein.«

Margo ließ sich im Sekretariat nieder, um dort zu warten. Duncan bugsierte Peter in das Innere des Büros. Der Bischof stand da und streckte ihm seine Hand entgegen.

»Schön, Sie wiederzusehen, junger Mann, wenn auch etwas unerwartet.« Er bemühte sich darum, Pater Duncan streng anzusehen, es mißlang ihm. »Haben Sie eine Vorstellung, wie lange Sie Mrs. Chambers abwimmeln können?«

»Sie wird nicht länger als zwanzig Minuten warten«, warnte der Sekretär.

»Dann können wir uns auf ein Schwätzchen von wenigstens einer Stunde einrichten, oder? Nehmen Sie Platz, Mr. Balsam, nehmen Sie Platz.« Der Bischof wartete, bis Pater Duncan draußen war, dann wandte er sich mit freudigem Blick Balsam zu.

»Er ist großartig«, sagte er. »Er versteht es, immer die Leute hereinzulassen, die ich sehen will, und die anderen nicht. Aber bei Mrs. Chambers wird das nicht leicht werden.«

»Es tut mir leid«, entschuldigte sich Peter. »Ich hätte mir einen Termin geben lassen sollen, aber bis vor wenigen Stunden wußte ich nicht, daß ich etwas freie Zeit haben würde.«

»Natürlich hätten Sie das tun sollen, aber das macht nichts. Ich wollte ohnehin, daß Pater Duncan Sie heute anruft.« Der Glanz in seinen Augen verblaßte. »Was geht in Neilsville vor?«

»Deshalb wollte ich mit Ihnen reden.«

Peter brauchte annähernd eine halbe Stunde, um die ganze Geschichte für den Bischof zu rekonstruieren. Er versuchte, die Realitäten der Gemeinschaft des St. Peter Martyr so schmackhaft wie möglich darzustellen, aber der Bischof drängte ihn. »Raus mit der Sprache, junger Mann. Ich bin nicht prüde, auch ich bin herumgekommen.«

Peter erzählte ihm alles, woran er sich erinnern konnte. Und alles, was er und Margo aus dem Tonband zusammensetzen konnten. Der Bischof hörte schweigend zu.

»Und Sie glauben, daß die Gemeinschaft etwas mit den Selbstmorden in Neilsville zu tun hat?«

»In der Tat.«

»Das klingt sehr an den Haaren herbeigezogen.«

»Das weiß ich, aber was sich in der letzten Nacht ereignet hat, ist auch an den Haaren herbeigezogen. Ich bin sicher, daß ich mich in der vergangenen Nacht ins Pfarrhaus begeben habe, und ich weiß, daß ich nicht gehen wollte. Ich kann mich nicht daran erinnern, hingegangen zu sein, ich kann mich nicht an meinen Aufenthalt dort erinnern, und ich kann mich nicht daran erinnern, wie ich wieder nach Hause gekommen bin. Aber ich bin davon überzeugt, daß ich dort war.«

»Und Sie glauben, man hat Sie dort durch eine Art Geisteskontrolle hingeholt?« Der Bischof drehte es hin und her. »Offen gesagt, ich halte das nicht für möglich.«

»Das hätte ich bis vor wenigen Tagen auch nicht. Aber wenn nichts zusammenpaßt, muß man den Tatsachen Glauben schenken. Etwas anderes ergibt überhaupt keinen Sinn, es muß eine

Form der Geisteskontrolle sein, oder Hypnose – oder etwas anderes.«

»Das klingt alles recht finster«, bemerkte der Bischof.

»Das ist es auch. Zwei Mädchen sind tot. Zwei andere beinahe tot. Zuerst hielt ich die Gemeinschaft lediglich für einen üblen Zeitvertreib von ein paar unausgeglichenen Priestern. Aber dem ist nicht so, Eure Eminenz. Es ist etwas völlig anderes. Monsignore Vernon glaubt, daß er Peter Martyr *ist* – seine Reinkarnation. Und mich halten sie für die Reinkarnation von St. Acerinus, einen Mann namens Piero da Balsama, den Mann, der St. Peter Martyr umgebracht hat. Zuerst dachte ich, das alles sei harmlos, aber jetzt denke ich anders. Ich halte sie alle für krank, und ich glaube, sie haben einen Weg entdeckt, wie sie ihre Krankheit auf jeden anderen übertragen können.«

Bischof O'Malley beugte sich ein wenig nach vorn.

»Ich würde Ihnen gern zustimmen«, sagte er bedeutend, »aber ich fürchte, das kann ich nicht. Heute morgen sprach ich mit, eh...« Er sah in einen Block auf seinem Schreibtisch. »...Dr. Shields.«

»Ich kenne ihn.«

»Er sagt, in Neilsville geht der Selbstmordbazillus um.«

»Ich weiß«, sagte Peter knapp.

»Dann sollten Sie auch wissen, daß ich mit ihm einer Meinung bin«, sagte der Bischof. »Es scheint mir offensichtlich, daß die Vorgänge in St. Francis Xavier auf einem Phänomen der Hysterie beruhen. Und das überrascht mich, offen gesagt, nicht. Dr. Shields sagte mir, daß so etwas normalerweise – beinahe ausnahmslos – nur in Nervenkrankenhäusern passiert.« Der Bischof machte eine kurze Denkpause. »Leider können in kleinen Städten die kirchlichen Schulen manchmal sehr ähnlich wie geschlossene Anstalten werden. Ich glaube, wir müssen allmählich damit anfangen, einige radikale Änderungen in der Schulstruktur vorzunehmen.«

»Schließt das die Entlassung von Monsignore Vernon mit ein?« fragte Peter. Er hielt die Frage für etwas rüpelhaft, bestenfalls noch frech, aber es war ihm egal. Er spürte, wie sein Magen sich zusammenzog, als der Bischof den Kopf schüttelte.

»Ich glaube nicht, daß ich soweit gehen kann«, sagte er freundlich. »Wenigstens nicht sofort. Es kann sich als nötig erweisen, falls er sich weigert, bei den Änderungen mitzuziehen, die ich vorhabe. Aber jetzt noch nicht.«

Peter starrte den Bischof an. Als er seine Sprache endlich wiedergefunden hatte, sprudelten die Worte nur so heraus.

»Aber er ist jetzt eine Gefahr! Jetzt spielt er seine Macht aus, was immer es sein mag! Ich hatte es alles auf dem Tonband!«

»Aber Sie haben dieses Tonband nicht mehr, oder?«

Peter konnte nur den Kopf schütteln.

Der Bischof stand auf. »Tut mir leid, Mr. Balsam – Peter. Darf ich Sie Peter nennen?« Peter nickte. »Peter, ich glaube nicht, daß irgend jemand auf der Welt diese Geschichte glauben würde, die Sie mir gerade erzählt haben. *Ich* glaube sie jedenfalls nicht. Ich garantiere Ihnen, daß auch ich nicht viel von der Gemeinschaft des St. Peter Martyr halte, aber alles, was Sie mir anbieten, sind viele Eindrücke, an die Ihnen auch noch die rechte Erinnerung fehlt. Immerhin, Sie könnten sich täuschen.«

Es war vorbei. Erstarrt ging Peter durch das Büro von Pater Duncan, und Margo lief ihm hinterher.

»Es lief nicht gut, oder?« fragte sie, sie konnte es an seinem Gesicht ablesen. »Was wirst du tun?«

Lange Zeit beantwortete er die Frage nicht. Statt dessen sah er während der Rückfahrt auf die ausgetrocknete Landschaft und erinnerte sich daran, wie fremd sie auf ihn gewirkt hatte, als er vor nur ein paar Wochen mit dem Zug hergekommen war. Jetzt schien ihm alles schrecklich vertraut. Jetzt sah die Landschaft um Neilsville herum so leer aus, wie er sich fühlte.

Neben ihm bewahrte Margo das Schweigen. Auch sie schaute sich die vorbeiziehende Wüste an und fragte sich, ob es je etwas anderes für sie gäbe. Sie war der Wüste überdrüssig geworden, sie hatte schon zu lange hier gelebt. Sie hatte gehofft, daß Peter Balsam sie hier wegbringen würde. Statt dessen wurde er von ihr gefangengenommen.

Als sie die Randbezirke von Neilsville erreichten, nahm er plötzlich ihre Hand. »Ich weiß, was ich tun werde«, sagte er leise, daß sie beinahe nicht verstand, was er gesagt hatte. Dann sah sie ihn fragend an.

»Ich werde meine Rolle spielen«, sagte Peter ruhig. »Ich werde St. Acerinus sein.«

4. BUCH

St. Acerinus

26

Leona Anderson saß in ihrem Wohnzimmer. Mit leeren Augen starrte sie vor sich hin und versuchte zu verstehen. Den ganzen Tag saß sie so da, wortlos, und hörte die Beileidsbekundungen ihrer Freunde nicht.

Heute morgen hat sie Monsignore Vernon zugehört, warum ihre Tochter nicht in der geweihten Erde bestattet werden konnte. Sie hatte das schon gewußt, natürlich, aber sie hatte es nicht glauben wollen, ehe der Priester es ihr gesagt hatte.

»Es ist dieser Lehrer«, sagte sie verbittert und durchbrach das Schweigen, das sich über das Zimmer gelegt hatte.

Eine der Frauen sah zu Leona, aber sofort wandte sie den Blick wieder ab.

»Genau«, beharrte Leona ruhig, »alle waren sie in seinem Unterricht, alle. Judy und Karen und Janet und – und . . .«, sie hielt inne. Sie wußte, daß sie ihre Beherrschung verlieren würde, wenn sie den Namen ihrer Tochter nannte. Sie durfte nicht weinen. Nicht jetzt. Erst mußte sie diesen Peter Balsam zerstören.

»Schon als ich ihn zum erstenmal traf, wußte ich, daß mit ihm etwas nicht in Ordnung war. Seht her, was uns widerfahren ist.« Völlig am Ende, sah sie einer nach der anderen ins Gesicht.

»Leona, wir wissen nicht, was passiert ist«, sagte eine der Frauen beschwichtigend. Leona Anderson wandte sich nach der Frau, die eben gesprochen hatte um, ihr Blick wurde stählern.

»Etwa nicht, Marie?« Dann, als ihr wieder bewußt wurde, daß erst vor wenigen Tagen Marie Conally beinahe dasselbe durchmachen mußte, sprach sie wesentlich sanfter: »Aber was wäre, wenn Janet gestorben wäre? Wie würdest du dann denken?«

Marie Conally lächelte. »Aber sie ist nicht gestorben, und sie hat das auch nicht vor. Sie ist zu Hause, und es geht ihr gut! Und das ist in erster Linie der Verdienst von Balsam. Tut mir leid, Marie, aber wenn du Mr. Balsam schon angreifen willst, dann nicht in meiner Gegenwart.«

»Glaub, was du willst«, sagte Leona eisig. »Aber merk dir meine Worte: Es ist noch nicht vorbei. Solange dieser Balsam in der Stadt ist, wird es nicht vorbei sein.«

Das Opfer der Verbitterung Leonas trat aus der Kirche in die Dunkelheit der Nacht. Er machte sich auf den Weg den Hügel hinab nach Hause.

Unten waren die verteilten Lichtpunkte von Neilsville zu sehen, die die Nacht spärlich erleuchteten. Es kam ihm in den Sinn, daß die Lichter so schwach waren wie sein Glauben. Auf der Suche nach Führung und Trost hatte er zwei Stunden in der Kirche zugebracht. Er konnte beides nicht finden. Statt dessen hatte er sich selbst gefunden.

Ein paar Minuten später war er auf der Main Street. Aber das war eine andere Main Street als die, die er vor zwei Stunden in der anderen Richtung langgegangen war. Oder aber er war ein anderer.

Jetzt begegnete er den Blicken der Fremden und lächelte sie an. Peinlich berührt wandten sie sich ab. Einmal hörte er, wie eine Stimme ihm aus einer Einfahrt nachrief: »Verschwinde, Lehrer«, schrie eine Frau, »laß uns in Frieden!«

Peter drehte sich um, er wollte der Quelle des Schreies gegenübertreten, aber die Frau war verschwunden, in den Schutzmantel der Nacht. Mitten in der Stadt hämmerte Musik aus der ›Gottesanbeterin‹, und Peter fühlte sich angezogen. An der Tür blieb er kurz stehen, dann gab er sich einen Ruck. Er zog die Tür auf und betrat die schäbige Discothek.

Im flackernden Licht erschienen die Gesichter hager und hohl, und hinter der dröhnenden Musik steckte tiefes Schweigen. Es dauerte einen Augenblick, bis Peter feststellte, daß gar keine Mädchen in dem Raum waren: Die Mädchen schienen wie vom Erdboden verschwunden. Er wußte warum. Keiner von ihnen war es an diesem Abend erlaubt, auszugehen. Sie waren alle zu Hause, wo ihre Eltern ein waches Auge auf sie hatten.

Jemand winkte Peter zu, und er ging quer über die Tanzfläche.

An einem Tisch saßen Jim Mulvey, Lyle Crandall und Jeff Bremmer zusammen. Ohne auf eine Einladung zu warten, nahm Balsam auf dem vierten Stuhl an ihrem Tisch Platz. Die drei Jungen sahen ihn an. In ihren Augen konnte er die Angst sehen.

»Es ist nicht ganz so schlimm«, sagte er leise, »es ist jetzt fast vorbei.«

»Was ist?« fragend sah Lyle Crandall den Lehrer an und dachte, daß der Mann verändert aussah. Es war sein Blick. Irgendwie hatte sich der Blick von Mr. Balsam verändert.

»Das Sterben«, sagte Peter Balsam. »Es dauert nicht mehr lange. Es darf nicht.«

Jeff Bremmer starrte ihn an. »Mr. Balsam, was geschieht hier?«

»Ich wünschte, ich könnte es dir sagen, Jeff.« Peter Balsam lächelte den Jungen an, es war ein warmes Lächeln.

»Aber Sie wissen es, oder?« sagte Jeff, eher als Feststellung denn als Frage.

Balsam zuckte die Schultern. »Nicht mehr als alle anderen, würde ich sagen.«

»Es ist meine Schuld«, sagte Jim Mulvey. Peter rückte seinen Stuhl, um den Jungen offener anzusehen.

»Glaube das nicht«, sagte er. »Glaub das auf keinen Fall. Wer immer der Schuldige ist, du bist es nicht. Es ist keiner von euch. Kinder machen das, was hier getan wurde, nicht.«

»Sie machen es doch«, sagte Jeff Bremmer leise. »Mein Vater sagt, daß man es Selbstmordbazillus nennt und daß es oft passiert.«

»In Nervenkliniken«, sagte Balsam, »das passiert nur in Nervenkliniken.«

»Was ist es dann?« fragte Lyle. Alle drei starrten Balsam an.

»Es ist ein Spiel«, sagte Peter, mehr zu sich selber als zu den Jungen. Ratlos sahen sie einander an.

»Ein Spiel?« Es war Jim Mulvey, und jetzt sah auch er, daß der Lehrer irgendwie verändert war. »Was für ein Spiel?«

»Ein religiöses Spiel, könnte man wohl sagen.« Er wollte noch etwas sagen, aber er wurde unterbrochen.

Der Klang schnitt wie ein Messer durch den Raum, zerschnitt die Musik, die wenigen Gespräche und jeden, der es gehört hatte.

Es war die Sirene, die durch Neilsville heulte.

»O Jesus, nicht schon wieder!«

Niemand wußte, wer da gesprochen hatte, und niemand kümmerte sich darum. Sie alle hatten den gleichen Gedanken, und sie wußten, daß es zu spät war. Irgendwo in Neilsville war es ›wieder‹ geschehen. Wie auf Befehl gingen alle Leute aus der ›Gottesanbeterin‹ auf die Straße, wo sie von der Gruppe geschluckt wurden, die sich wie aus dem Nichts geformt hatte, als Reaktion auf den schrillen Schrei der rasenden Ambulanz.

Peter Balsam sprach mit keinem. Und niemand sprach mit ihm.

Schnell bahnte er sich einen Weg durch die Menge und ging wieder den Hügel hinauf, immer schneller, je weiter es nach oben ging; als er oben ankam, rannte er beinahe. Er hielt nicht an, bevor er am Pfarrhaus war.

Er sah auf.

Rauch kräuselte sich aus dem Kamin. Der Klang der Gesänge hallte durch die Nacht.

Marie Conally trieb ihren Mann auf ihrem Nachhauseweg von den Andersons zur Eile an.

»Kannst du nicht etwas schneller gehen?« fragte Marie und beschleunigte ihren Schritt. Der Arm von Dick Conally hielt sie fester.

»Es ist alles in Ordnung, kein Grund zur Hetze«, sagte er mit einer Überzeugung, die er nicht empfand.

»Aber sie ist erst seit einem Tag aus dem Krankenhaus. Mir gefällt einfach die Vorstellung nicht, sie allein zu lassen.«

»Sie ist ja nicht alleine«, erinnerte Dick sie. »Deine Mutter ist bei ihr.«

»Nun, es gefällt mir einfach nicht. Janet sollte uns haben...«

Sie unterbrach, als sie die Sirene gerade hören konnte. Sie blieben am Bürgersteig stehen und starrten einander an und lauschten. Als dann die Sirene immer lauter wurde, fingen sie an zu rennen.

Aus ihrem Haus schien Licht.

In der Auffahrt parkte die Ambulanz, noch immer flackerte das Blaulicht.

»Gehen Sie nicht hinein«, rief ihnen jemand zu. »Bleiben Sie hier.«

Sie ignorierte die Warnung.

Die Mutter von Marie Conally stand wie versteinert an der Treppe, ihr Gesicht war blaß, und sie zitterte am ganzen Körper.

Leer starrte sie ihre Tochter und ihren Schwiegersohn an, dann streckte sie eine Hand aus und faßte nach ihnen.

»Ich bin eingeschlafen«, murmelte sie. »Ich habe ferngesehen und bin dabei eingeschlafen.« Niemand hörte ihr zu. Dick und Marie waren die Treppe schon fast oben.

Und so sahen sie sie wieder. Es war wie ein wiederkehrender Alptraum. Sie sah genauso aus. Ihr weicher Körper hing von dem Haken an der Decke herab, um ihren Hals war ein Verlängerungskabel geknotet.

Nur dieses Mal war es zu spät. Ihre Haut war bläulich, und ihre

Augen waren herausgetreten. Ihr Gesicht, das ehemals so schön war, war nicht wiederzuerkennen.

Von ihren Handgelenken tropfte noch Blut auf den Fußboden.

Marie Conally fing zu schreien an. Ihr Mann legte die Arme um sie und versuchte, sie aus dem Zimmer zu ziehen. Aber es war zwecklos. Sie blieb wie angewurzelt stehen, starrte Janet an und schluchzte.

So blieb sie beinahe fünf Minuten lang stehen, bis einer der Sanitäter eine Spritze vorbereitet hatte und sie ihr verabreichte.

Der Schuß konnte ihr zwar das Heulen austreiben, nicht aber die Bilder. Den Rest ihres Lebens würde Marie Conally mit der Vision ihrer tot an einem Stromkabel hängenden Tochter fertig werden müssen.

Kurz bevor Marie Conally unter den betäubenden Einfluß des Sedativums geriet, befand sie, daß Leona Anderson doch recht hatte.

Es war Peter Balsam. Es konnte nur er sein. Eine andere Antwort gab es da nicht. In dieser Nacht schlief niemand in Neilsville.

27

Über dem Auditorium lastete eine unerträgliche Stille. Es hatte den Anschein, als ob man alle betäubt hätte und sie nun auf ein Stimulans warteten, das sie wieder aufwecken sollte. Als Monsignore Vernon an das Rednerpult trat, sahen sie ihn voller Erwartung an; seit Jahren waren sie darauf trainiert, bei ihren oberen Religionsfürsten um Führung zu suchen. Jetzt raschelten die lehrenden Schwestern von St. Francis Xavier mit ihren Kutten. Im ganzen Raum wurden schlagartig die Perlen der Rosenkränze aus ihrer festen Umklammerung entlassen.

Monsignore Vernon sah nacheinander in ihre Gesichter, er versuchte die Stimmung der Schwestern auszuloten. Mit wenigen Ausnahmen machten sie einen bestürzten Eindruck. Betroffen und bestürzt. Schwester Elisabeth jedoch schaute wütend drein, ebenso Schwester Kathleen. Und Schwester Marie, aus der Einsamkeit zurückgekehrt, schien völlig entrückt, ihr Gesicht war ausdruckslos, in ihren Augen hatte sie einen Schimmer, der nichts davon verriet, was hinter ihnen vorging.

»Ich wünschte, ich könnte einen guten Morgen sagen«, begann

der Monsignore bedeutsam, »aber an diesem Morgen ist nicht viel Gutes.«

»Monsignore...« Die zögernde Stimme kam aus dem hinteren Ende des Raumes, und der Priester lächelte die ältliche Nonne an, deren Gesicht besonders gezeichnet schien. Seit beinahe vierzig Jahren unterrichtete sie in St. Francis Xavier, und die Eltern der meisten Schüler waren ihre Schüler gewesen. Ja, Leona Anderson hatte sogar ihre Tochter nach der Nonne benannt.

»Ja, Schwester – Penelope?«

»Ich – ich...«, stotterte die alte Schwester, sie kämpfte gegen die Tränen. »Es ist alles so schrecklich. Was geschieht mit uns?«

»Wir wissen es nicht«, sagte der Monsignore besonnen. »Deshalb habe ich euch heute früh hier zusammengerufen. Ich will versuchen, euch das wenige, was wir wissen, mitzuteilen, damit wir uns klarwerden, was wir unternehmen wollen.«

»Penny«, sagte Schwester Penelope, »ich muß wissen, was mit Penny geschah. Sie war mein Liebling – immer.«

Eine der anderen Schwestern tätschelte die Hand von Schwester Penelope und flüsterte ihr etwas ins Ohr.

»Ich wäre froh, euch mitteilen zu können, was geschehen ist«, sagte der Monsignore betroffen. »Alles, was wir wissen, ist, daß sie im Ruheraum ein paar Sachen zurückgelassen hat.«

»Was ist mit Janet?«

Jetzt zuckte Monsignore Vernon leicht zusammen. »Auch hier wissen wir nicht genau, was los ist. Aber Janet hat einen Abschiedsbrief hinterlassen.«

Durch den Raum ging ein Geraschel, die Schwestern sahen einander und und murmelten sich etwas zu. Das war wenigstens etwas.

»Sie schrieb, daß sie nicht genau wüßte, warum sie es tat – was sie tat. Sie sagte, daß sie in letzter Zeit seltsame Empfindungen gehabt hätte, Empfindungen, die sie nicht verstand. Es war beinahe, als ob – ich zitiere sie jetzt – ›jemand von außen mir den Willen aufzwingt, mich umzubringen‹.«

Die Nonnen schauten sich an. Das ergab alles keinen Sinn. Sie wandten ihre Aufmerksamkeit wieder dem Monsignore zu.

»Sie sagte weiter, daß sie sich immer hoffnungsloser fühlte und daß sie gezwungen wurde, sich umzubringen, obwohl sie es wirklich nicht wollte. Sie bat dafür um Vergebung.«

»Vergebung?« fragte Schwester Elisabeth eisig. »Von wem?«

Monsignore Vernons Blick traf sich mit dem der Nonne, und ein Ausdruck des Verstehens wechselte zwischen ihnen. Die Kirche ist ein Fels und darf nicht gebrochen werden. »Ich weiß es nicht«, sagte der Priester leise. »Vielleicht vergaß sie, daß sie nicht im Zustand der Gnade sterben würde.« Eine weitere Welle an Gemurmel surrte durch den Raum, als die Nonnen über den Zustand von Janets Seele nachsannen. Monsignore ließ sie einen Augenblick lang gewähren, dann erlangte er ihre Aufmerksamkeit mit einem Räuspern zurück.

»Natürlich wissen wir nicht, was hier geschehen ist. Ich gestehe, daß ich genauso erstaunt bin wie jede von euch. Und ich bin auch der Meinung, daß ich mich aus der Kirche begeben muß, um zu helfen.«

»Außerhalb der Kirche?« fragte Schwester Kathleen in einer Art, die ihre Meinung klarmachte: Außerhalb der Kirche ist keinerlei Hilfe möglich.

»Ich – wir befinden uns in einer heiklen Situation«, sagte der Priester sorgenvoll. »Mein Glauben ruht selbstverständlich in der Kirche, und die Kirche erlegt dem, der Selbstmord begeht, die volle Verantwortung auf. Und trotzdem sind wir mit einer besonderen Lage konfrontiert. Drei unserer Mädchen sind gestorben, und eine vierte hat versucht, sich umzubringen. Kann es möglich sein, daß jede von ihnen unabhängig voneinander zu demselben Entschluß kam?« Obwohl er die Frage rhetorisch gestellt hatte, fand Schwester Elisabeth eine Antwort.

»Sie waren Freunde«, sagte sie betont. »Enge Freunde. Schon von klein auf. Was eines der Mädchen auch tat, die anderen machten es auch. Darum haben wir uns immer bemüht, sie auseinanderzuhalten.«

»Ich weiß das sehr gut, Schwester Elisabeth«, sagte Monsignore Vernon. »Ich befürchte, daß dieses enge Verhältnis ein Teil des Problems ist. Dr. Shields...«

»Wer?« Es war wieder Schwester Penelope.

»Dr. Shields«, der Priester wiederholte den Namen. »Er ist Psychiater am Krankenhaus. Und er sagte mir, daß es ein Phänomen gibt, das man Selbstmordbazillus nennt, trotz der Lehre der Kirche.«

Plötzlich erstarrten die Nonnen und sahen sich an, während Monsignore Vernon ihnen den Ausdruck erklärte.

»Aber was kann man dagegen tun?« fragte Schwester Elisabeth fordernd.

»Keine Ahnung. Wenn es in einer Nervenheilanstalt vorkommt, ist die Lösung leicht. Man fixiert die Mädchen einfach so lange, bis die Hysterie, die das Syndrom verursacht, sich gelegt hat. Das ist in unserer Lage natürlich unmöglich. Es ist schlicht und einfach nicht machbar, die Mädchen an unserer Schule zu fixieren. Obwohl es Zeiten gegeben hat«, fügte er an, »in denen ich mir genau das gewünscht hätte.«

Ein anerkennendes Glucksen erfüllte den Raum, und die Spannung schien sich ein wenig zu legen. Dann meldete sich Schwester Kathleen.

»Monsignore?«

»Ja, Schwester?«

»Sie haben nur die Mädchen erwähnt. Was ist mit den Jungen?«

»Nach Dr. Shields Aussage betrifft diese Art Hysterie nur heranwachsende Mädchen. Unsere Jungen sind ziemlich in Sicherheit.«

»Aber was wollen wir unternehmen?« fragte eine der Schwestern.

Monsignore Vernon zuckte die Schultern. »Augenblicklich können wir gar nichts machen. Aber«, warnte er, »wir müssen die Ruhe bewahren. Wir müssen so weitermachen wie immer. Morgen wird wieder Unterricht stattfinden, und die Eltern der Kinder, die nicht kommen, werden angesprochen und dringend darum ersucht, ihre Kinder zur Schule zu schicken.«

»Sind Sie sicher, daß das klug ist?« Das war Schwester Marie, und sie ergriff zum erstenmal an diesem Morgen das Wort.

»Es ist das einzige, was wir tun können«, sagte Monsignore Vernon. »Wenn die Kinder hier sind, können wir sie im Auge behalten. Wenn nicht...« Die Stimme des Monsignore Vernon verstummte an dieser Stelle, so als ob die anzusprechenden Konsequenzen zu schrecklich wären, als daß man sie in den Mund nähme. »Wir müssen sie im Auge behalten«, wiederholte er. »Wir müssen die Mädchen im Auge behalten.« Er hielt kurz inne, fügte dann aber forsch an: »Wenn euch etwas Außergewöhnliches auffällt, wünsche ich, daß ihr es mir umgehend berichtet.«

Die Schwestern schluckten das und fragten sich, was man für ›außergewöhnlich‹ halten sollte. Letzten Endes hatte alles den Anschein bekommen, ›außergewöhnlich‹ zu sein.

»Monsignore«, fragte Schwester Marie plötzlich, »warum ist Peter Balsam nicht hier?«

»Ich habe ihn darum gebeten, heute zu Hause zu bleiben, ebenso morgen. Die ganze Geschichte ist für ihn eine große Belastung gewesen, und ich hielt es für das beste, ihm ein bißchen Ruhe zu gönnen.«

Es war, als ob ein Blitz in den Raum eingeschlagen hätte. Die Schwestern unterhielten sich plötzlich aufgeregt, ab und zu sahen sie den Monsignore an, um sich dann wieder etwas zuzuflüstern. Nur Schwester Marie blieb aus dem Gesumme ausgeschlossen. Sie saß beinahe isoliert in dem Tumult, ihren Blick hatte sie starr auf den Monsignore gerichtet. Sie hatte noch immer diesen leicht glasigen, unergründlichen Ausdruck. Und so rasch sie angehoben hatten, so rasch ebbten die Gespräche der Nonnen auch wieder ab. Schwester Elisabeth war aufgestanden. Offensichtlich war sie zur Sprecherin bestimmt.

»Monsignore«, sagte sie, »wir haben da einige Fragen, die Mr. Balsam betreffen. Ich weiß nicht, wo ich anfangen soll«, fing sie an, aber es war offensichtlich, daß sie sehr wohl wußte, wo sie anfangen sollte. »Ich fürchte, Ihnen sagen zu müssen, daß wir alle an eine Verbindung zwischen Mr. Balsam und dem, was unseren Mädchen zustößt, glauben. Besonders im Lichte dessen, was Penny in ihrem Abschiedsbrief geschrieben hat. Von wegen, daß ihr jemand Gedanken in ihren Kopf steckt. Wer sonst könnte das sein, wenn nicht Mr. Balsam? Wir hatten doch nie Probleme wie diese, bevor er herkam. Und bevor er kam, waren diese vier Mädchen niemals in einer Klasse zusammen. Aber jetzt ist er da, und die vier Mädchen waren alle in seiner Klasse, und uns ist sonnenklar, was für eine Art Unterricht er gibt...« Sie unterbrach, als Andeutung, daß der Schluß auf der Hand lag: Der Psychologieunterricht war in irgendeiner Hinsicht für den Tod der Mädchen verantwortlich. »...und der einfachste Weg, mit alldem Schluß zu machen, scheint uns...dieser Unsinn mit Balsam und seinem Psychologieunterricht muß sofort eingestellt werden.«

Sie setzte sich wieder, und ihre Miene bedeutete aller Welt, daß dem aus ihrer Sicht nichts mehr hinzuzufügen sei. Sie und die übrigen Schwestern hatten Balsam in den Mittelpunkt des Grauens um sie herum gestellt, jetzt war Monsignore Vernon an der Reihe, den Sünder aus ihrer Mitte zu vertreiben.

»Ich kann eure Sorgen verstehen«, sagte er rücksichtsvoll, dabei versuchte er, die Stimmung der Schwestern so genau wie möglich zu beobachten. Er würde ganz locker bleiben müssen. »Ja, ich teile sogar einige davon. Es erscheint wirklich seltsam, daß das alles

Mädchen aus seiner Klasse widerfährt, besonders einer Psychologieklasse. Aber wir dürfen nicht vorschnell urteilen – keine eiligen Entschlüsse treffen, die mehr auf dem Gefühl als auf Tatsachen beruhen. Sicher, mir ist klar, daß es euch seltsam vorkommt, jemanden wie Balsam und mit seinem Hintergrund darum zu bitten, heranwachsende Mädchen im Fach Psychologie zu unterrichten...«

»Sein Hintergrund?« Schwester Elisabeth war wieder auf den Beinen. »Was ist mit seinem Hintergrund?«

»Nun, wenn ich es mir recht überlege, ist es schon recht sonderbar, daß Peter Balsam in den Selbstmord so vieler Mädchen verwickelt sein sollte. In Anbetracht seiner Geschichte, meine ich.«

»Was ist das für eine Geschichte?« forderte Schwester Elisabeth. »Und was ist mit seinem Hintergrund? Monsignore, wovon sprechen Sie?«

Der Priester starrte sie an. »Wollt ihr damit sagen, ihr habt das nicht gewußt?« fragte er, als ob er wirklich durcheinander wäre. »Aber ich dachte, das hätte ich euch vor langer Zeit bereits erzählt?«

»Was haben Sie uns erzählt?« Monsignore Vernon sah deutlich den Schwung der Kutte von Schwester Elisabeth aufgrund ihres ungeduldigen Klopfens mit dem Fuß unter ihren schweren Röcken.

»Das tut mir leid«, sagte er reuig. »Ich dachte, ihr wäret alle mit Balsams Hintergrund vertraut. Aber ich kann nicht verstehen, warum ihr das nicht seid.« Als ob er überlegte, ob er weiterreden konnte, sah er ihnen in die Gesichter, in eines nach dem anderen. Er traf seinen Entschluß: »Weil ihr das aber nicht wißt, halte ich es für äußerst unangebracht, wenn ich ausgerechnet jetzt über ihn sprechen würde. Äußerst unangebracht.« Er drehte sich um und verließ gleich darauf den Raum. Die Nonnen, sich selbst überlassen, strömten zusammen und versuchten herauszufinden, wovon der Priester gesprochen hatte.

Alle, außer Schwester Marie. Schwester Marie blieb sitzen, ihr Blick ruhte auf der Tür, durch die der Monsignore gegangen war.

Peter Balsam hatte fast den ganzen Tag alleine in seiner Wohnung verbracht. Am Vormittag war er in die Stadt gegangen, nur weil ihm die Decke auf den Kopf zu fallen drohte. In der Stadt war es noch schlimmer. Dort erschlug ihn Neilsville.

Jetzt gaffte man ihm unverhüllt nach. Man schwieg nicht mehr, wenn er vorbeiging. Jetzt hoben sie ihre Stimmen noch an, damit er sie ganz sicher hören mußte. Das meiste des Geredes bezog sich auf Janet Conally:

»Warum hat man sie aus dem Krankenhaus entlassen?«

»Sie dachten, sie wäre gesund. *Er* sagte, sie sei gesund!« (Ein nicht sonderlich verhohlener Blick galt Peter Balsam.)

»*Er* hat sie besucht, wißt ihr.«

»Und das hat man erlaubt? Mir nicht!«

»Der Herr weiß, was er ihr erzählt hat, aber dem Abschiedsbrief nach...«

Das wenige Geschwätz, das nicht über Janet Conally ging, bezog sich auf ihn.

»Kommt aus Philadelphia...«

»Hat sich zum Priesteramt beworben, aber man warf ihn raus...«

»Wißt ihr, daß er sich mit Margo Henderson trifft?«

»Aber sie ist *geschieden*...«

»Seit er nach Neilsville kam...«

So waren die meisten Stimmen. Wo er auch hinging, hatte Peter Balsam das Gefühl, daß ihn das niederrang. »Seit er nach Neilsville kam...« Dieser Satz wurde nie zu Ende gesprochen, er blieb immer offen, damit ihn der Zuhörer vollenden konnte. Mittags war er wieder in seiner Wohnung zurück, verschloß die Tür und ließ die Jalousien herunter. Er fühlte sich wie ein eingesperrtes Tier. Und er war sicher, daß er sie draußen spüren konnte; Kleinstadtmenschen, die an seinem Haus vorbeigingen und zu der verschlossenen Wohnung blickten, sich fragten, was er drinnen machte, was er in der Finsternis plante.

Er war nicht angeklagt worden. Er hatte keinen Prozeß bekommen.

Er war nicht verurteilt und für schuldig befunden worden.

Peter Balsam wollte Neilsville verlassen, seine Sachen packen und fliehen. Es wäre leicht. Er könnte einfach noch einmal durch die Stadt gehen, zum Bahnhof. Um sechs Uhr gab es einen Zug. Auf einmal war er soweit, daß er seine Koffer von der Schrankdecke holte und sie offen aufs Bett legte.

Aber er konnte es nicht tun. Diesmal nicht. Er war schon vorher weggelaufen. Vor der Priesterschaft, dann vor seiner Ehe. Außerdem galt es diesmal, an mehr zu denken als nur an sich selbst. Da waren noch die Kinder. Wenn er ginge, würde es nicht aufhören, nie und nimmer, niemand würde wissen, wie man es beenden könnte.

Niemand würde es überhaupt begreifen. Und wie sollten sie das auch? Es war einfach zu bizarr.

Zu bizarr. Das Wort setzte sich in seinem Kopf fest. Es *war* zu bizarr. Da mußte noch mehr dahinterstecken. Etwas, was er übersehen hatte. In der Mitte des Nachmittags machte er sich wieder über seine Bücher her.

Zuerst die Geschichte der Heiligen. Er sah alles noch einmal durch, so wenig es auch war.

Er las noch einmal kurz den Abschnitt über Piere da Verona durch, den fanatischen Dominikanerpriester, der in den Jahren der Inquisition in Italien gewütet hatte, Ketzer und Sünder im Namen des wahren Glaubens und der Mutter Kirche verfolgt hatte.

Dann stieß er auf jenen Mann, dessen Namen so eine Ähnlichkeit mit dem seinen hatte – Piero da Balsama, der Ketzer, der am Ende zu weit getrieben wurde und eines Nachts in einem Hinterhalt auf Verona lauerte und mit einem Stein Veronas Schädel einschlug.

Doch dieser Mord hatte nichts erreicht. Die mittelalterliche Kirche hatte ihren ermordeten Inquisitor in den Stand eines Heiligen versetzt, ihn St. Peter Martyr genannt und sein Märtyrertum dazu benutzt, die Inquisition fortzusetzen. Und offensichtlich hatte es auch ganz gut geklappt, denn der Mörder, der arme Piero da Balsama, bereute und schloß sich einem Orden an. Schließlich folgte er seinem Inquisitor in den Heiligenstand nach. Aus Piero da Balsama wurde St. Acerinus.

Sollte sich wirklich alles noch einmal wiederholen? fragte sich Balsam. War sein alter Freund Pete Vernon wirklich zu der Überzeugung gelangt, daß sie beide die Reinkarnation der alten Heiligen seien?

In Gedanken ging er ihre Geschichte noch einmal durch. Sicher, neben der Übereinstimmung in den Namen gab es noch weitere Parallelen. Seit seiner Ernennung zum Monsignore hatte sich Pete Vernon mit Fanatismus der Aufgabe gewidmet, der Kirche den Stempel der dominikanischen Inquisatoren aufzudrücken.

Und Peter Balsam hatte mit Sicherheit einige tiefe Zweifel an seinem Glauben aufkommen lassen, die ihn vor langer Zeit zum Ketzer gebrandmarkt hätten. Aber diese Zeiten waren längst vorbei. In der modernen Kirche waren Fragen wie seine durchaus üblich. Balsam war bekannt, daß viele katholische Theologen viel radikalere Ideen geäußert hatten, als er das je tat. Aber nicht in Neilsville. Mit einem Schaudern, das seinen Körper zu Eis erstarren ließ, dachte

Balsam an die massive, schwarzgekleidete Gestalt des Monsignore, wie er in der Turnhalle stand und auf ihn zeigte. Ihm fiel die Glut in seinem Blick wieder ein und das Wort, das er gebraucht hatte: *Ketzer*.

Ihm fielen die vielen Momente ein, in denen er versucht hatte, den Priester zu stellen, und die vielen Momente, in denen ihn der hypnotische Zorn im Gesicht des Priesters zurückschrecken ließ.

Hypnotisch.

Es war wie ein Licht, das man anknipste und die Dunkelheit vertrieb. Das Wort ging in Balsams Geist um, und Bilder fingen an, sich darin zu drehen.

Das Flackern des Kerzenlichtes.

Der stete Rhythmus der Gesänge.

Die Gedächtnislücken, wenn die Zeit verkürzt wurde und die Stunden zu Minuten komprimiert wurden.

Die Dinge, von denen Janet ihm erzählt hatte. »Man hat mich gezwungen, Dinge zu tun, die ich gar nicht tun wollte. Es ist, als ob jemand die Kontrolle über mich hätte und mich zu Taten veranlaßt.«

Es mußte eine Form der Hypnose sein, aber eine Form, die über das Normale hinausging.

Fiebernd ging Balsam seine Bücher durch. Nicht die Texte, sondern die alten Bände, die er seit Jahren schon sammelte, die Wrackteile und das Treibgut der Parapsychologie, der psychischen Phänomene und der Spekulationen. Er griff mal hier, mal da ein Stück heraus. Es war wie das Zusammenfügen von Teilen verschiedener Mosaike, um daraus ein neues zu bilden. Als er damit fertig war, ergab sich ein gewisser Zusammenhang. Monsignore Vernon hatte einen Weg gefunden, um den Verstand zu kontrollieren.

In seinem Fanatismus hatte er sich zu einer Methode verstiegen, die kombinierte Konzentration verschiedener Charaktere zu benutzen, um damit anderen seinen Willen aufzuzwingen. Und es funktionierte. Die Mädchen starben.

Aber warum? Peter Balsam verbrachte den restlichen Nachmittag damit, über dieses Problem zu grübeln, es immer wieder zu durchdenken, im Versuch, die Motivation des Priesters zu ergründen.

Er wußte, daß es mit den Mädchen zu tun hatte. Aber bis jetzt waren nur diese vier Mädchen zu Opfern geworden, oder sollten andere ihnen folgen?

Und dann war da noch das Problem seiner eigenen Rolle. Er versuchte herauszufinden, wie er sich in dieses Schema einfügte.

Er war sicher, daß er reinpaßte. Zu oft hatte der Monsignore bekräftigt, daß er für die Gemeinschaft des St. Peter Martyr lebenswichtig war, obwohl er ihre fanatischen Ansichten keinesfalls teilte. Es war etwas anderes. Es mußte etwas anderes sein.

Plötzlich fiel der Groschen. Es war etwas aus seiner Vergangenheit, aber sehr weit in seiner Vergangenheit, als er zum erstenmal in das Kloster kam. Mit einem der Jungen war etwas, worüber keiner der anderen zu sprechen wagte. Konnte es mit Pete Vernon zu tun gehabt haben? Seine Gedanken wurden durch das Telefon gestört.

Margos Stimme holte ihn aus seiner Trance, und er sah auf die Uhr. Der Tag war vorbei.

»Möchtest du, daß ich etwas zum Abendessen mitbringe?«

»Ja, und ich möchte, daß du über Nacht bleibst.«

Schweigen. Margo glaubte, etwas Neues an Peters Stimme entdeckt zu haben, eine Sicherheit, die sie nie zuvor gehört hatte.

»Bist du in Ordnung?« fragte sie.

»Mir geht es gut«, antwortete Peter. »Endlich habe ich alles zusammen, Margo. Ich weiß, was hier gespielt wird.«

»Bist du sicher?«

»Ich denke schon. Das einzige, was ich nicht weiß, ist, warum es passiert, aber ich werde auch das noch herausbekommen. Und dann werde ich der ganzen Affäre ein Ende bereiten.«

Die Zuversicht in seiner Stimme machte ihr die Entscheidung leicht. Zum erstenmal klang Balsam so, wie sie es von ihm erhofft hatte.

»Ich bringe ein paar Steaks mit. Und meine Zahnbürste.«

Während Peter Balsam und Margo Henderson an diesem Abend zusammen aßen, sich liebten und eine glückliche Zeit miteinander verbrachten, fand sich Marilyn Crane in größter Unruhe wieder. Sie versuchte es mit Lesen, dann mit Fernsehen. Dann ging sie nach oben in ihr Zimmer und versuchte zu lernen. Sie konnte sich nicht konzentrieren.

In ihrem Geist hörte sie etwas. Sie hörte seltsame Gesänge und Stimmen, die nach ihr riefen. Sie stellte sich vor, daß die Stimmen Engel wären und daß sie wollten, daß sie zu ihnen komme.

Sie wußte, daß sie das nicht konnte. Wenn die Engel sie haben wollten, mußten sie kommen und sie holen. Sie wünschte sich nichts sehnlicher als das. Sie lauschte, wie die Engel sie riefen.

Sie wollte antworten, wollte ihren Ruf befolgen.

Aber es war sündig, und Marilyn wollte sich nicht versündigen. Die Mutter der Erlösten haßte die Sünde.

Marilyn zwang sich, nicht auf die Stimmen zu hören.

Aus dem Kamin auf dem Dach des Pfarrhauses kräuselte sich ganz sacht der Rauch in den Himmel hinauf.

Niemand in Neilsville achtete darauf. Alle waren zu Hause, machten sich Sorgen um ihre Kinder und ließen sie nicht aus den Augen.

28

Über der Stadt lag eine tiefe Schläfrigkeit, die sich um den Kirchhügel konzentrierte, wo die Gebäude der Kirche, der Schule und des Klosters einen festungsartigen Charakter angenommen hatten. Die Menschen bewegten sich langsam durch die Geschicke des Tages, als ob sie durch die Vortäuschung der Normalität dieselbe erreichen könnten.

Alle sahen einander an. In jeder Klasse kam der Unterricht abrupt zu einem Ende, wenn die Lehrer sich die Gesichter der Schüler besahen, um vielleicht ein Zeichen zu sehen, wer von ihnen der nächste sei.

Auch die Schüler beobachteten einander und tratschten während der Zwischenstunden. Aber eine Art Vorahnung herrschte unter ihnen, eine Aufgeregtheit, als ob sie Zuschauer in einem makabren Zirkus wären. Mit der Zuversicht der Jugend war sich jeder einzelne von ihnen sicher, daß die Gewalt, was immer sie auch darstellen mochte, unvermeidlich einen anderen treffen würde. Wen?

Die Übereinstimmung blieb unausgesprochen.

Während sie durch den Tag ging, konnte Marilyn es spüren. Seit sie denken konnte, hatte sie gemerkt, daß die Leute sie beobachteten, über sie redeten, sie im stillen nachäfften. Jetzt hatte sie das sichere Gefühl, daß man sich darauf geeinigt hatte, daß sie nun an der Reihe wäre, und sie fühlte sich mehr denn je von ihnen beobachtet.

Egal, wo sie hinging, sie konnte die neugierigen Blicke auf sich deutlich spüren, die sie wie ein exotisches Insekt prüften. Und es waren nicht nur ihre Klassenkameraden, sondern auch die Schwestern. Sie hörte das Rascheln ihrer Kutten, die Nonnen hatten angefangen, sie zu bewachen. Wann immer sie sich umdrehte, stand eine von ihnen in der Nähe: eine schwarze Gestalt, die hinter einer Ecke verschwand oder vorgab, mit etwas anderem beschäftigt zu sein oder sich nahe zu einer weiteren schwarzen Gestalt herunterbeugte und etwas in ein unsichtbares Ohr flüsterte.

Die Tage vergingen, und die Unruhe wurde größer. Sie wußten, daß ihr Gefühlsleben immer chaotischer und ihre Gedanken immer wirrer wurden. Sie wußten es und warteten. Sie begann, mehr Zeit in der Kirche zu verbringen. Sie aß nicht mehr zu Mittag, sondern zog es vor, diese Stunde im Heiligtum zu verbringen, sich in der Madonna zu verlieren, und die heitere Figur leise um Hilfe anzuflehen.

Sie war selten alleine in der Kirche; zwischen den Bänken saßen immer noch zwei oder drei andere Personen, die in ihre eigene Andacht versunken waren. Oftmals waren es Familienangehörige der Mädchen, die bereits gestorben waren, die Trost für den erlittenen Verlust suchten und um Verständnis beteten.

Peter Balsam war aus eigenem Entschluß schon am Tag nach seiner eintägigen Abwesenheit wieder an die Schule zurückgekehrt. Aber er hatte sich verändert, und jedem war die Veränderung aufgefallen. Man beobachtete ihn so genau, wie man Marilyn Crane beobachtete, und ihm war klar, warum. So wie man glaubte, das nächste Opfer wäre Marilyn Crane, so glaubte man auch, daß er dafür verantwortlich sei. Leona Anderson hatte ihre Arbeit getan.

Wo er auch hinging, die Blicke, das feindliche Starren der Menschen in Neilsville erschreckte ihn. Auch die Nonnen hatten sich verändert, sie waren ihm gegenüber härter geworden. Er hatte versucht, herauszufinden, woran das lag, aber keine der Nonnen wollte es ihm sagen. Sie glotzten ihn einfach nur an, als ob sie damit sagen wollten, ›du weißt es besser als wir‹.

Außer Schwester Marie. Sie kam zu ihm, an dem Tag, als sie wieder in St. Francis Xavier zurück war. Sie bot ihm Hilfe an.

»Hilfe?« fragte er verdutzt. »Hilfe wobei?«

»Bevor ich ging, wollten Sie, daß ich etwas für Sie übersetze. Wenigstens sollte ich es versuchen.«

Peter erinnerte sich. Das Tonband. »Es tut mir leid«, sagte er. »Zu spät.« Darauf: »Schwester Marie, warum sind Sie fortgegangen?«

Sie zog ihre Brauen ein wenig zusammen. »Ich weiß es wirklich nicht«, sagte sie. »Einfach einer von Monsignores komischen Scherzen, denke ich.«

»Monsignore?«

»Er gab mir die Weisung, mich zurückzuziehen.« Das anstekkende Grinsen von Schwester Marie erhellte ihr Gesicht. »Ich glaube, er mag mich nicht. Ich fürchte, ich nehme manches nicht ernst genug, nach seinen Maßstäben. Immer wenn ich über die Stränge schlage – mit meinen Worten, nicht seinen –, schickt er mich für ein paar Tage in die Einsamkeit. Glauben Sie mir, wenn Sie je über drei Tage lang schweigen mußten, kehren Sie mit wesentlich ernsteren Ansichten über alles zurück.«

Peter Balsam versuchte sich genau daran zu erinnern, was ihm der Monsignore wegen der Abwesenheit von Schwester Marie gesagt hatte. Nein, zwischen dem, was der Priester ihm gesagt hatte, und dem, was ihm die Nonne jetzt erklärt hatte, war kein Widerspruch.

»Es tut mir leid, daß ich gerade in dem Augenblick gehen mußte«, hörte er die Nonne sagen. »War es so wichtig, was ich da übersetzen sollte?«

Peter schüttelte kurz den Kopf und bemühte sich zu lächeln. »Ich glaube nicht«, sagte er. »Erst dachte ich ja, aber jetzt bin ich nicht mehr davon überzeugt. Außerdem ist es sowieso zu spät.«

»Peter«, sagte Schwester Marie langsam, als ob ihr die Entscheidung zu sprechen sehr schwergefallen wäre. »Was ich da übersetzen sollte – hatte es etwas mit – mit den Ereignissen zu tun? Mit den Mädchen?«

»Das dachte ich, aber ich bin mir jetzt nicht mehr sicher.«

»Haben Sie eine Ahnung, was hier vorgeht?« fragte Schwester Marie unverblümt.

»Ich denke schon«, sagte Peter unsicher, er überlegte, ob er sie in sein Vertrauen ziehen sollte.

Schwester Marie biß auf ihrer Oberlippe herum. Als sie ihn wieder ansah, war nicht die leiseste Spur der gewohnten Heiterkeit mehr in ihren Augen.

»Viele Leute hier glauben...«, verlegen unterbrach sie sich.

»Daß ich dafür verantwortlich bin, was den Mädchen zugestoßen ist?«

Sie nickte.

»Was glauben Sie denn?« sagte Peter leise.

Sie starrte ihn an, und Peter sah, daß ihre Augen mit Tränen gefüllt waren.

»Ich – ich weiß nicht, was ich glauben soll«, platzte es schließlich aus ihr heraus. Dann drehte sie sich um und rannte davon.

Seitdem hatte Schwester Marie nicht mehr mit ihm geredet, und Peter hatte sich auch nicht darum bemüht.

Von Tag zu Tag wurde er erschöpfter. Nur während der Nächte, in denen Margo bei ihm blieb, ließ er den Schlaf zu, und es hatte erst zwei solcher Nächte gegeben. Wenn sie nicht bei ihm blieb, blieb er auf, hielt sich mit Kaffee wach, weil er sich fürchtete, alleine zu schlafen. An seinem Blick konnte man die Erschöpfung gut sehen, und ihm war klar, daß das in Neilsville nicht unbemerkt bleiben würde.

Er wußte, daß Leona Anderson zum Monsignore gegangen war, um seine sofortige Entlassung zu verlangen; er wußte, daß der Priester dem nicht stattgegeben hatte, aber er wußte nicht, warum. Die Kälte zwischen den beiden Männern war nun bis zu dem Punkt gestiegen, daß sie kaum noch miteinander sprachen. Und die offensichtliche Spannung zwischen ihnen gab nur noch neuen Gesprächsstoff für das Getuschel in der Stadt ab.

Gelegentlich fragte sich Balsam, warum er noch blieb, aber an jedem Tag redete er sich ein, daß er an diesem Tag eine Möglichkeit finden würde, alleine im Pfarrhaus zu sein, um dort im Arbeitszimmer nach dem letzten Stück in seinem Puzzle zu suchen. Wenn es ein solches Stück gab, dachte er, dann würde er es in dem Arbeitszimmer finden, denn es war das Arbeitszimmer, in dem das Grauen stattfand. Denn wenn er erst einmal wüßte, warum das Grauen inszeniert wurde, wüßte er auch, wie man es verhindern konnte.

Sein einziger Trost war Margo Henderson. Allmählich verbrachten sie jeden Abend zusammen, jeden Abend legte Peter von neuem seine Theorie für Margo dar, und Margo hörte geduldig zu.

Aber nichts geschah. Neilsville blieb ruhig. Die Tage nahmen wieder ihre gewöhnliche Stumpfheit an, was Margo als Erlösung betrachtete. Die Stadt war immer noch ruhelos, immer noch redeten die Leute, aber die Spannung legte sich.

Nur Peter erzählte ihr Abend für Abend von neuem, daß es sich nur um einen Aufschub handelte, daß der Schrecken wieder beginnen würde.

»Aber warum bist du davon so überzeugt?« fragte sie ihn eines

Nachts. »Ich meine, warum geschieht es nicht, wenn etwas geschehen soll?«

»Ich weiß es nicht«, sagte Peter verbissen. »Aber ich weiß, daß es noch nicht vorbei ist. Ich werde es nicht beenden können, bevor ich das Motiv nicht kenne.«

Margo besah sich seine fahle Haut und seinen abgehärmten Blick. Es hatte von ihm Besitz ergriffen. Ihre gemeinsamen Abende waren kein Spaß mehr; er war zu sehr in ein Problem verstrickt, das für Margo schon lange nicht mehr existierte. »Selbst wenn du es herauskriegst, was macht dich denn so sicher, daß du etwas dagegen tun kannst?« Sie versuchte, ihre Stimmlage zu halten, aber ihre wachsenden Zweifel an Peter kamen durch.

»Du glaubst mir nicht, oder?« fragte Peter.

Margo sah keinen Grund, es abzustreiten. Ihre Zweifel waren in den letzten Tagen gewachsen.

»Ich weiß nicht«, schloß sie einen Kompromiß. »Peter, ich *will* dir glauben. Aber es klingt alles so...« Sie suchte nach dem richtigen Wort. »...so weit hergeholt. Peter, es klingt einfach nicht rational.«

»Das habe ich nie behauptet«, entgegnete Peter.

»Allerdings nicht«, beklagte sich Margo, »vielleicht hättest du dir Mühe geben sollen, damit die ganze Geschichte etwas glaubwürdiger klingt, das hätte vieles leichter gemacht. Aber im Gegenteil, du bestehst einfach darauf, daß ich dir glaube. Weißt du, zwischen dir und dem Monsignore besteht eigentlich gar kein Unterschied.«

Das saß, und Peter fuhr zusammen. »Es tut mir leid, daß du so denkst«, sagte er steif.

»Mir auch«, sagte Margo kühl. »Aber so empfinde ich nun einmal, daran kann ich auch nichts ändern.«

Peter stand von seinem Stuhl auf und ging in die Küche, um sich einen Drink zu machen. Während er die Eiswürfel lockerte und den Schnaps abmaß, reflektierte er über die Zerbrechlichkeit der Grundzüge des Glaubens. Sein Glaube an die Kirche war zerbrochen, und er wandte sich sich selbst zu. Jetzt waren auch die sorgsam gepflegten Grundzüge zwischen ihm und Margo zerrissen. An wen könnte er sich nun wenden?

Er ging ins Wohnzimmer zurück.

Margo war gegangen.

Balsam war alleine.

Es geschah an einem Dienstag, als Peter Balsam Marilyn Crane belauschte. Er saß in Zimmer 16 hinter seinem Schreibtisch und versuchte, die Lateinarbeiten zu benoten. In der kleinen Kammer neben Zimmer 16 arbeiteten Marilyn Crane und Jeff Bremmer an den Ratten. Peter wurde in der Entfernung ihrer Unterhaltung bei der Arbeit gewahr, aber erst als Marilyn über die Ratten zu sprechen begann, gab Balsam es auf, sich auf seine Arbeit zu konzentrieren, und hörte den beiden Jugendlichen im Nebenzimmer zu.

»Sie sind nicht mehr gut«, sagte Marilyn plötzlich.

Jeff Bremmer sah sie an und bemerkte zunächst, daß er angewiesen worden sei, mit Marilyn an diesem Experiment zu arbeiten, und daß sie ausgerechnet jetzt darauf bestand zu reden, anstatt einfach weiterzumachen.

»Was soll das denn heißen?«

Marilyn überging den beabsichtigten Vorwurf.

»Schau sie dir an. Sie versuchen es gar nicht mehr. Egal, was du machst, sie streifen einfach im Labyrinth herum, um irgendwie durchzukommen. Vor wenigen Tagen noch konnte man sie alle auseinanderhalten. Nun nicht mehr. Jetzt sind sie alle gleich. Als ob ihre Persönlichkeit weg wäre.«

»Sie haben nie eine Persönlichkeit gehabt«, sagte Jeff, dessen Verwirrung größer wurde. »Es sind doch nur Ratten, verdammt noch mal!«

Marilyn warf ihm einen Blick zu. »So sollst du nicht sprechen.«

»Wie?«

»Du sollst nicht fluchen.«

»O Jesus«, sagte Jeff absichtlich.

Diesmal hörte Marilyn ihn nicht; sie hatte ihre Aufmerksamkeit wieder den Ratten zugewandt.

»Warum machen sie das?« grübelte sie. »Warum setzten sie sich einfach in eine Ecke und warten, bis es vorbei ist? Alles, was sie dafür bekommen, wenn sie den Weg durch das Labyrinth finden, ist ein Stück Futter, und das bekommen sie sowieso.«

»Das wissen sie nicht«, sagte Jeff, der Angst hatte, wieder arbeiten zu müssen. »Denn alles, was sie wissen, ist, daß sie verhungern, wenn sie sich hinsetzen und gar nichts machen.«

Marilyn schien ihn nicht zu hören. »Manchmal geht es mir so wie ihnen«, sagte sie. Ihre Stimme klang verträumt, und Jeff wußte nicht mehr, ob sie mit ihm oder eher mit sich selber sprach. »Manchmal habe ich das Gefühl, mein Leben ist ein Labyrinth, und jedesmal, wenn ich herausfinde, was man von mir erwartet, ändert jemand die Regeln, und ich muß wieder ganz von vorne anfangen.«

Nebenan, in Zimmer 16, legte Peter Balsam die Prüfungsarbeit beiseite, die er gerade in Arbeit hatte, und konzentrierte sich ganz auf Marilyn.

»Warum kümmere ich mich überhaupt darum«, sagte sie. »Warum schmeiße ich den ganzen Kram nicht einfach hin? Ich meine, was kann mir schon passieren? Ich bin wie diese Ratten.« Ihre Stimme wurde verbittert. »Sie machen weiter, und ich mache weiter, und sie fangen an, sich zu ähneln, und ich fange an, so wie die übrigen von ihnen zu werden. Für sie muß es das gleiche gewesen sein. Es muß ihnen gegangen sein wie mir. Als ob jemand anderer ihr Leben führte. Aber sie haben alle aufgegeben und tun, was man von ihnen erwartet. Außer Judy. Aber sie macht nie, was man von ihr erwartet.«

Jeff Bremmer hatte zu arbeiten aufgehört und gaffte Marilyn an. Sie schien seine Gegenwart nicht mehr zu bemerken, auch nicht mehr, wo sie sich befand. Obwohl sie weiterhin in das Labyrinth schaute, hatte ihr Blick etwas Endloses, und Jeff war sich nicht sicher, ob sie wenigstens die Ratten noch sah. Ihre Stimme dröhnte weiter durch die plötzliche Stille, die sich über die beiden Räume gesenkt hatte.

»Auch Janet hat versucht, dagegen anzugehen; sie war nicht ganz so stark wie Judy. Aber sie war stärker als ich. Wenn sie sich nicht gegen ihn durchsetzen konnte, wie kann ich es dann? Und warum sollte ich? Es wäre wesentlich leichter, ihm einfach nachzugeben und das Ganze zu beenden.«

Jeff nahm das Stichwort auf. ›Ihm?‹ Sie hatte ›ihm‹ gesagt. Er faßte Marilyn am Arm.

»Wem?« sagte er. »Wem nachgeben?«

Marilyn gab erst keine Antwort, dann aber richtete sie ihren Blick auf Jeff, und ihr Körper erstarrte. Sie hatte gar nicht gemerkt, daß sie laut redete. Sie hatte nur gedacht. Nur gedacht. Aber Jeff hatte sie gehört.

Sie änderte ihre Blickrichtung und sah durch die offene Tür in Zimmer 16. Auch Mr. Balsam starrte sie an. Alles, was sie gedacht – nein, gesagt – hatte, sie hatten es gehört. Jetzt würden sie sie für verrückt halten. Sie mußte heraus. Raus aus dem Zimmer. Raus aus der Schule.

Sie befreite ihren Arm aus Jeffs Griff und stolperte auf die Tür zu.

Im Vorbeigehen an Zimmer 16 begannen ihre Tränen zu fließen, und sie kämpfte verzweifelt gegen das Schluchzen an, das ihr im Hals steckte. Sie fing an zu laufen, raus aus dem Zimmer, den Gang entlang.

Raus.

Sie mußte einfach raus. Bis der quälende Weinkrampf ihrer Kehle entronnen war, war sie schon zur Hälfte den Hügel hinuntergerannt. Nicht einmal der Rauch vom Dach des Pfarrhauses war ihr aufgefallen. Sie achtete nur auf ihr Schluchzen und den Lärm in ihrem Kopf. Diese Klänge, diese üblen, nötigenden Geräusche.

Bis Peter reagieren konnte, war sie schon weg. Er lief zur Zimmertür, aber sie war um die Ecke verschwunden; er konnte nur noch das Trampeln ihrer Füße hören. Langsam ging er in Zimmer 16 zurück. Dort wartete Jeff Bremmer auf ihn.

»Was hat sie damit gemeint?« fragte Jeff. »Es klang wie...«

»Egal, wie es geklungen hat«, schnappte Balsam. Sofort bereute er seinen Tonfall; er hatte nicht gedacht, während er sprach. Er versuchte, den Schmerz, der sich in Jeffs Gesicht niedergeschlagen hatte, zu lindern.

»Tut mir leid«, sagte er. »Ich habe mir Sorgen wegen Marilyn gemacht.«

»Es wird schlimmer mit ihr«, bemerkte Jeff.

»Schlimmer? Was meinst du damit, schlimmer?«

Jeff zappelte nervös herum. Vielleicht hätte er das nicht sagen sollen. »Sie war ja schon immer ein bißchen, Sie wissen schon, schrullig. Aber in letzter Zeit ist es wirklich schlimm geworden. Ich meine, die meisten von uns glauben...«, er hielt inne, er wollte keinen Mitschüler vor einem Erwachsenen ausrichten, auch wenn der Mitschüler Marilyn Crane hieß.

»Glauben was?« fragte Peter. Dann: »Egal, ich weiß, was sie glauben.«

Jeff Bremmer sah seinen Lehrer fragend an, ihm fiel wieder das Wort ein, das Janet benutzt hatte. ›Ihm.‹ Und als sie merkte, daß Balsam sie ansah, war sie weggelaufen.

»Sie«, sagte Jeff plötzlich. »Sie hat über Sie gesprochen, oder?«

»Über mich?« sagte Balsam erstaunt.

»Als sie davon sprach, nachzugeben. Sie sagte etwas wie ›ihm‹ nachzugeben. Sie sprach doch über Sie, oder nicht?«

»Nein«, sagte Peter entschieden, »sie sprach nicht über mich.«

Aber irgendwas an seinem Blick, an seinem Gesichtsausdruck, ließ Jeff das bezweifeln. Als er das Zimmer verließ, war Jeff Bremmer überzeugt, daß, was auch immer geschehen war mit all den Mädchen – was nun auch mit Marilyn Crane geschah –, es allein Balsams Schuld war.

Peter Balsam saß einige Minuten lang alleine im Zimmer und überlegte, was er tun sollte. Egal, was er tat, er mußte es alleine tun. Es gab niemanden mehr, an den er sich hätte wenden können.

Er hatte sich entschieden. Er wollte Marilyns Mutter anrufen. Er wollte sie warnen, ihr sagen, daß sie auf Marilyn aufpassen, mit ihr reden sollte.

Peter packte seine Sachen zusammen, schloß die noch nicht korrigierten Fragebögen in seinem Schreibtisch ein und ging aus dem Zimmer. Er war so damit beschäftigt, sich zu überlegen, was er Mrs. Crane sagen wollte, daß er am Pfarrhaus vorbeiging, ohne überhaupt hinzusehen.

Bis etwa neun Uhr nahm bei den Cranes niemand das Telefon ab, und je später es wurde, desto unruhiger wurde Peter. Vielleicht kam er schon zu spät. Vielleicht war Marilyn schon etwas zugestoßen. Aber als endlich jemand ans Telefon ging, klang die Stimme, die an sein Ohr tönte, völlig normal. »Ja?«

»Mrs. Crane?«

»Ja. Wer spricht denn bitte?«

»Wir kennen uns noch nicht, Mrs. Crane. Ich bin einer der Lehrer von Marilyn.«

Geraldine Crane wollte spontan auflegen. Wie konnte er es wagen, sie anzurufen? Wußte er nicht, was jeder über ihn sagte?

»Mrs. Crane, sind Sie noch dran?«

»Was wollen Sie?« fragte Geraldine frostig.

»Ich rufe wegen Marilyn an. Ist sie zu Hause?«

»Natürlich ist sie da, wo sollte sie sonst sein?«

»Mrs. Crane, ich mache mir große Sorgen wegen Marilyn. Ich glaube, sie schwebt in Gefahr, und ich weiß nicht, was ich tun soll.«

»Gefahr?« Geraldine Crane hielt den Hörer weg von ihrem Ohr und starrte ihn an. Wovon sprach dieser Mann?

»Heute nachmittag arbeitete sie im Labor, und ich, nun, ich weiß nicht, wie ich es genau ausdrücken soll...«

»Ich würde vorschlagen, Sie drücken es so aus, wie es sich zugetragen hat, was immer es gewesen sein mag.«

»Nun, sie führte eine Art Selbstgespräch.«

»Marilyn? Seien Sie nicht albern.« Mit jeder Minute empfand Geraldine den Mann lästiger.

»Tut mir leid, vielleicht habe ich mich unglücklich ausgedrückt.« Er erzählte ihr, was er belauscht hatte und was danach passiert war, als Marilyn merkte, daß sie zu laut gesprochen hatte.

»Ich versuchte noch, ihr nachzugehen«, endete Peter, »aber bis ich auf den Gang trat, war sie schon weg.«

»Ich kann Sie beruhigen, sie ist jetzt ganz in Ordnung«, sagte Mrs. Crane eisig. »Sie kam am Nachmittag nach Hause, und wir sind zum Abendessen ausgegangen. Im Moment ist sie oben und macht ihre Hausaufgaben.«

»Mrs. Crane, es mag wie eine etwas seltsame Bitte klingen, aber ich denke, Sie sollten etwas Zeit mit Marilyn verbringen. Mit ihr reden. Versuchen Sie aus ihr herauszubringen, was sie bedrückt.«

Geraldine Crane verlor ihre Geduld. »Mr. Balsam, offensichtlich wissen Sie nicht, mit wem Sie sprechen. Zufällig bin ich ihre Mutter. Ich rede jeden Tag mit Marilyn. Sie verbringen vielleicht täglich eine Stunde mit ihr, und jetzt schlagen Sie mir vor, wie ich mich meiner Tochter gegenüber verhalten soll. Ich weiß, daß Sie von sich behaupten, ein Psychologe zu sein, aber ich muß Ihnen mitteilen, daß ich an so was keinen Glauben habe. Habe ich nie gehabt, und nach allem, was in Neilsville seit Ihrer Ankunft passiert ist, habe ich ihn noch weniger. Was mich betrifft, so halte ich es für jeden von uns für das beste, wenn Sie erheblich weniger Zeit dafür aufbringen würden, sich in die Angelegenheiten ihrer Schüler zu mischen, sondern sich ausschließlich um Ihren Unterricht kümmern würden.«

»Mrs. Crane...«

»Mr. Balsam, ich fände es nett, wenn Sie mich nicht unterbrechen würden. Marilyn ist nicht wie die anderen Kinder in Neilsville. Schon als sie noch ein Baby war, war sie ein wenig anders. Ich weiß nicht, weshalb, aber so war es immer. Sie sehen also«, fuhr sie mit Sarkasmus fort, »Ihre wunderbaren Wahrnehmungen sind keine Neuigkeiten für mich. Ich bin mir bewußt, daß Marilyn in letzter Zeit ein wenig durcheinander war, aber warum sollte sie das nicht sein? Mein Gott, Mr. Balsam, sie hat drei ihrer besten Freundinnen verloren. Ich weiß nicht, ob Sie sich dessen bewußt sind, aber Marilyn war mit diesen Mädchen sehr eng befreundet. Sie besuchte Judy Nelson im Krankenhaus, und Karen Morton lud Marilyn auf ihre Party ein. Natürlich ist sie da durcheinander. Sie ist ein ganz normaler Teenager, Mr. Balsam. Und ich möchte glauben, daß Sie das verstehen.« Ohne auf Antwort zu warten, warf Geraldine den Hörer fest auf die Gabel.

Peter Balsam starrte auf den toten Hörer in seiner Hand. Er fragte sich, was er tun sollte. Aber da schien es nichts zu geben. Er setzte Kaffeewasser auf und nahm eine der Pillen, die ihm beim Wachbleiben halfen. Es würde eine lange Nacht werden.

Vor Wut kochend, saß Geraldine Crane eine Weile da, nachdem sie Balsam abgehängt hatte und sich dazu gratulierte, wie toll sie mit diesem unverschämten Lehrer umgesprungen war. Als ihr Zorn sich legte, fiel ihr wieder ein, was er gesagt hatte. Könnte er recht haben? Gab es da etwas, was Marilyn quälte?

Marilyn lag auf dem Bett, ein Buch aufgeschlagen vor sich. Als ihre Mutter ins Zimmer kam, sah sie auf, klappte das Buch aber nicht zu.

»Marilyn?« Geraldine war zögernd, als ob sie nicht so recht wüßte, wie sie sich ihrer Tochter nähern sollte.

»Ich lerne, Mutter.« In Marilyns Stimme war Leblosigkeit.

»Ich dachte mir gerade, daß du dich vielleicht ein Weilchen unterhalten möchtest.«

»Nein. Ich rede sowieso zuviel. Kannst du mich nicht einfach alleine lassen?« Marilyn widmete wieder ihre ganze Aufmerksamkeit dem Buch.

Hilflos stand Geraldine an der Tür, sie fragte sich, was sie machen sollte. Sie ging den Weg des geringsten Widerstandes und wollte das Zimmer verlassen.

»Marilyn, wenn du dich aussprechen möchtest, ich bin für dich da.«

»Ich weiß, Mutter.« Aber dies war eine Absage, und Geraldine wußte das. Sie ließ ihre Tochter alleine und ging nach unten.

Marilyn stand auf und machte die Tür zum Zimmer zu. Warum konnte man sie nicht alleine lassen? Alle? Das war Mr. Balsam am Telefon gewesen, sie war sich dessen sicher. Wenn er es nicht war, wer sonst hätte angerufen und ihre Mutter veranlaßt, mit ihr zu reden. Sie konnte nicht mit ihnen reden. Über was sollten sie sprechen? Über die seltsamen Sachen, die sie sich antun wollte? Sie würden nichts verstehen. Sie verstand es ja selbst nicht einmal, wie sollten die anderen es da können?

Vielleicht wollten sie, daß sie durcheinander war. Vielleicht war das alles Mr. Balsams Werk, oder wenigstens teilweise, was immer es war. Aber er? Das war doch nicht möglich? Oder?

Sie wollte beten. Sie wollte um Führung beten, und die Heilige Jungfrau würde ihr sagen, was sie zu tun hätte.

Sie begann zu beten. Sie betete die ganze Nacht lang. Und während der ganzen Nacht heulten in ihrem Inneren die Stimmen, riefen nach ihr, sangen für sie.

Die Nacht war lang, aber für sie war sie beinahe nicht lang genug.

29

Peter Balsam beobachtete den Sonnenaufgang, beobachtete, wie der schwarze Horizont zuerst perlgrau wurde, dann blaßrosa, als die ersten Strahlen über die Hügel gekrochen kamen. Die lange Nacht war vorbei.

Er hatte stundenlang dagesessen und seine schwachen Energien auf den Widerstand gegen die seltsamen Gedanken in ihm konzentriert. Stunde um Stunde hörte er die Gesänge durch seinen Kopf hallen, wie unsichtbare Finger nach ihm fassend, an ihm zerrend, ihn auffordernd, seine Wohnung zu verlassen und zu gehen – wohin?

Er wußte es nur zu genau. Ganz sicher heischte die Gemeinschaft des St. Peter Martyr nach ihm und versuchte, ihn ins Pfarrhaus zu bewegen und all das Böse ein weiteres Mal über ihn zu bringen. Mehrere Male während der Nacht hatte das Telefon geklingelt, das schrille Klingeln durchbrach seine intensive Konzentration und sandte Wellen der Angst durch ihn hindurch. Er wollte nicht abheben, wollte den Sessel, in dem er klebte, nicht verlassen. Jedesmal, wenn es klingelte, schien es lauter als das letztemal und länger. Der letzte Anruf war kurz vor der Dämmerung gewesen, das Klingeln hatte sich endlos hingezogen, der stete Rhythmus der Glocke brach auf ihn herein, trampelte auf seinen Nerven herum, schüttelte ihn. Jetzt, wo die Sonne sich über Neilsville erhob, schleppte sich Peter Balsam in sein kleines Badezimmer. Er schaute sich im Spiegel an und fragte sich, ob das Bild, das er sah, wirklich er selber war oder ob jemand anders von dort reflektiert wurde.

Aus Schlafmangel hatten seine Augen rote Ränder, und in den

Augenwinkeln begannen sich Krähenfüße gegen seine blasse Haut abzuzeichnen. Sein ganzes Gesicht schien unter der Müdigkeit, die er spürte, zusammenzusacken. Er fragte sich, wie lange er das noch aushalten würde.

Heute, entschied er. Heute mußte er irgendeine Möglichkeit finden, ins Pfarrhaus eindringen zu können, um das Arbeitszimmer zu durchsuchen. Was immer er dort zu finden hoffte, es mußte da sein. Wenn nicht, hatte er keine Hoffnung mehr.

Im Kampf gegen die Müdigkeit begann er sich anzuziehen. In ihm entstand eine irrationale Idee, und er langte in das oberste Schrankfach und zog aus seinen Tiefen eine große Schachtel hervor. Er legte sie auf das Bett und öffnete sie. Darin lag seine Mönchsrobe, Relikte einer sicheren Vergangenheit. Er legte die ungewohnten Kleidungsstücke an. Eines nach dem anderen.

Er wußte, daß die Erschöpfung ihn überkam, wußte, daß er das nicht tun sollte. Er versuchte, sich zu überreden, die Verkleidung auszuziehen und seine gewöhnlichen Sachen anzuziehen. Aber sein Verstand wollte nicht gehorchen, und wieder hörte er die Gesänge, wie sie nach seiner Seele trachteten. Nur, jetzt hatte er keine Reserven mehr. Sein Kampf war aus. Stumpfsinnig gehorchte sein Körper den ungesprochenen Kommandos, die in seinen Verstand fluteten.

In einer schwarzen Robe, mit einem Kruzifix, das um seinen Hüften baumelte, verließ Peter Balsam seine Wohnung und ging in Richtung Main Street.

Auch Marilyn hatte die ganze lange Nacht hindurch gegen die Stimmen angekämpft; ihren Rosenkranz fest in ihrer Hand umklammert, zählte sie eine Dekade nach der anderen ab und betete für ihre Seele. Während die Sonne den Himmel erklomm, legte Marilyn den Rosenkranz beiseite und sah ihre Finger an. Sie waren in der Nacht rot geworden und angeschwollen. Blasen zeigten an, wo sie die Perlen gedrückt hatte, als ob sie allein durch Druck Stärke finden könnte. Ihre Beine schmerzten, und zuerst konnte sie sich kaum rühren. Sie saß an der Bettkante, beugte zuerst ein Knie, dann das andere. Sie versuchte, das Chaos, das immer noch in ihrem Geist tobte, zu vertreiben und konzentrierte sich statt dessen auf die Geräusche, die ihre Familie während des Morgenrituals machte.

Sie hörte, wie ihre Mutter sie rief, und zwang sich, vom Bett aufzustehen, durch die Tür ihres Zimmers zu gehen und dann die Treppen hinunter. Ihre Mutter starrte sie in der Küche an.

»Du bist nicht angezogen«, rügte die Stimme. Noch eine anklagende Stimme. Ein weiteres Fragment der Mißbilligung, das sich noch zur Verwirrung gesellt.

»Ich bleibe heute zu Hause«, ihre Stimme war flach, ausgelaugt von den langen Stunden des geflüsterten Gebets.

»Sei nicht kindisch.« Geraldine sah ihre Tochter scharf an. »Bist du krank?«

»Nein. Nur müde.«

»Nun, tut mir leid. Du hättest nicht bis tief in die Nacht lernen sollen. Aber das ist deine Schuld, und nur deine. Du gehst mir in die Schule.«

Die Worte drangen in Marilyns Verstand, während sie sich langsam die Treppen hochmühte. ›Deine Schuld. Deine Schuld. Deine Schuld.‹ Alles war ihre Schuld. Alles, was danebenging, war ihre Schuld. Das Chaos in ihrem Kopf wurde schlimmer, und Marilyn hörte zu denken auf.

Sie zog sich langsam an, beinahe im Traum, und als sie fertig war, schaute sie in den Spiegel hinein.

Ich bin hübsch, dachte sie. Ich bin wirklich sehr hübsch.

Sie ging nach unten und präsentierte sich ihrer Mutter. Kritisch beäugte Geraldine ihre Tochter.

»Weiß?« fragte sie. »Für die Schule? Das ist ein Sonntagskleid.«

»Aber ich will es heute tragen.«

Warum eigentlich nicht, fragte sich Geraldine. Sie sieht so müde aus, und wenn sie sich darin wohler fühlt, warum nicht. Sie gab ihrer Tochter einen Kuß auf die Wange, und Marilyn ging aus dem Haus. Sie ging langsam, beinahe ohne ihre Umgebung wahrzunehmen. Plötzlich fühlte sie sich in Frieden, und die Stimmen in ihrem Kopf riefen jetzt nicht mehr kreischend nach ihr. Jetzt sangen sie ihr etwas vor, besänftigten sie ihr Gemüt.

Sie kam an die Main Street, aber anstatt sich auf den Weg zu dem langgestreckten Hügel zu machen, bog sie nach der anderen Seite ab und ging nach Neilsville hinein, ihr weißes Kleid wogte um sie herum, und die Sonne badete ihr Gesicht.

Weit entfernt, wie am Ende eines Tunnels, sah sie einen Umriß, der auf sie zuging. Sie konzentrierte sich auf diesen Brennpunkt und stellte ihren Brennpunkt so genau ein, daß sie außerdem nichts mehr wahrnahm: nur noch die langsam näher kommende Gestalt.

Marilyn klammerte mit einer Hand ihre Tasche vor den Unterleib und begann mit der anderen schon wieder die Dekaden des Rosenkranzes zu zählen.

Peter Balsam schleppte sich langsam die Main Street entlang, er merkte kaum, daß ihm die Leute nachstarrten. Er wußte, daß er in seiner Robe ein komisches Spektakel abgeben mußte. Außerdem war er unrasiert, und seine Augen waren rot und angeschwollen. Er wollte zurückgehen, nach Hause, und sich wieder einschließen. Aber es war zu spät. Jetzt hatten ihn die Gesänge fest im Griff, und er konnte nur weitergehen, mit stetem Schritt, vorsichtig einen Fuß vor den anderen setzend.

Dann sah er in weiter Ferne eine Person auf sich zukommen. Er merkte, wie er seinen Schritt beschleunigte, und er fragte sich, warum. Die weiße Gestalt vor ihm winkte, aber dann merkte er, daß nicht sie winkte, sondern er selbst. Er stützte sich einen Moment lang ab, er brauchte eine Pause, um sein Gleichgewicht wiederzuerlangen. Die Figur in Weiß schien auch stehenzubleiben.

Peter strengte seine Augen an, er wollte wissen, wer das war. Dann wußte er es.

Es war Marilyn Crane.

Sie sollte eigentlich den gleichen Weg gehen wie er, den Hügel hinauf. Statt dessen kam sie ihm entgegen.

Da stimmte doch etwas nicht. Er zwang seinen erschöpften Verstand, wieder zu funktionieren. Marilyn kam ihm entgegen, und irgend etwas stimmte nicht. Jetzt versuchte er, bewußt zu laufen; seine Füße verweigerten den Gehorsam. Aber er mußte zu ihr.

Er erhob seinen von der schwarzen Robe umhüllten Arm und winkte.

Marilyn sah, wie die dunkle Gestalt näher kam. Und dann sah sie den erhobenen Arm. Er winkte ihr zu. Er winkte ihr zu, so wie die Stimmen in ihrem Kopf ihr zugewunken hatten.

Mit einem Mal wußte sie, wer die Gestalt war.

Ganz in schwarzen Kleidern kam der Tod, um sie zu holen.

Sie wollte rennen, sich dem Gespenst in die Arme werfen und von ihm davontragen lassen.

Aber vorher mußte sie etwas anderes tun. Sie mußte noch eine Handlung begehen, eine symbolische Geste war nötig, damit die Gestalt wußte, daß sie bereit war, ihn zu akzeptieren.

Ihre rechte Hand warf den Rosenkranz davon, und das Kruzifix schlug klappernd auf den Gehsteig. Marilyn kniete sich hin, langte in ihre Tasche, den Blick fest auf die Gestalt vor ihr gerichtet. Ihre Finger umschlossen das kleine Päckchen. Die Rasierklingen, die sie schon seit langem bei sich hatte. Sie fühlte sie.

Peter blieb schlagartig stehen, als er merkte, daß Marilyn nicht mehr auf ihn zukam. Er sah, wie das Kruzifix und der Rosenkranz auf den Bürgersteig fielen, und seine Hände faßten an die Hüften, seine Finger umklammerten seinen eigenen Rosenkranz.

Jetzt kniete sie und hatte ihre Tasche neben dem Rosenkranz hingelegt. Und dann begann es rot aus ihren Handgelenken zu fließen. Peter wußte sofort, was los war. Er begann zu rennen.

Marilyn sah zu, wie ihr das Blut aus dem linken Handgelenk spritzte, und wechselte die Rasierklinge rasch in die andere Hand. Unbeholfen hackte sie auf ihren Arterien der rechten ein. Plötzlich setzte die Klinge ihre Wunde; Haut und Fleisch wichen auseinander. Für Bruchteile einer Sekunde starrte sie auf die pulsende Arterie, dann trieb sie die Rasierklinge tiefer hinein. Eine samtrote Fontäne ergoß sich, spritzte gegen das Weiß ihres Kleides und tröpfelte langsam auf das Pflaster neben ihr.

Sie schaute auf, weg von dem Blut. Sie hatte recht gehabt. Jetzt kam der Tod zu ihr, rannte ihr entgegen, und sie mußte losgehen, um ihm zu begegnen. Sie fing an zu rennen, ihre Arme streckte sie dem herannahenden Tod entgegen, das Blut schoß aus ihren Handgelenken.

Aus der First Street fuhr der Lastwagen auf die Main Street zu. Ausnahmsweise war die Ampel – Neilsvilles einzige – grün. Der Fahrer trat aufs Gas, und der Motor heulte auf. Er wollte die Ampel noch passieren.

Es geschah alles so schnell, daß der Fahrer keine Zeit zu reagieren fand.

Von links rannte eine Figur vor den Lastwagen, ein Schatten, rot und blendend weiß. Er stieg auf die Bremse, aber noch bevor der Lastwagen langsamer wurde, hörte er den dumpfen Aufprall und den Schrei.

Er brachte den Lastwagen zum Stehen und sprang aus dem Führerhaus. Er warf sich auf das Pflaster.

Ihr Kopf war unter dem linken Vorderrad eingeklemmt, das Genick gebrochen. Marilyn Crane lag in einem samtroten Haufen. Nur das Blut, das immer noch aus ihren Handgelenken gepumpt wurde, zeigte an, daß sie noch am Leben war. Peter Balsam hatte es kommen sehen. Er sah, wie Marilyn über die Straße auf ihn zulief, nur auf ihn gerichtet, und deshalb sah sie nicht, daß die Ampel rot war und der Lastwagen ankam. Falls sie ihn sah, bevor er sie erfaßte, so zeigte sie keine Reaktion. Sie versuchte nicht, auszuweichen, sie versuchte nicht, stehenzubleiben.

Einmal schrie sie auf, aber das war ein Reflex.

Er wußte nicht, ob er stand oder die Szene im Laufen mitbekam. Aber plötzlich war er neben ihr, kniend. Das schwere Tuch seiner Robe saugte sich mit ihrem Blut voll.

Mit rasendem Verstand stimmte Balsam ein Gebet für den verletzten und sterbenden Körper von Marilyn Crane an.

Aus seiner Vergangenheit, aus seiner Erinnerung heraus, verabreichte Peter Marilyn die Letzte Ölung.

Langsam strömte die Menge zusammen, bis schließlich eine ziemlich große Menschengruppe Peter umstellte, während er für die Seele von Marilyn betete. Die Menge war geschockt, aber endlich löste sich einer von ihnen und suchte nach einem Telefon.

Wenige Augenblicke danach heulte die Ambulanz durch Neilsville.

Im Pfarrhaus starrte Monsignore Vernon in die letzten glühenden Kohlen des erlöschenden Feuers. Eine tiefe Selbstbefriedigung erfüllte ihn, und er stand auf. Er ging ans Fenster und öffnete den Vorhang, um die Sonne hereinzulassen. Gleichzeitig mit dem Sonnenschein ertönte das Heulen der Sirene.

Der Priester lächelte leicht. Endlich war die lange Nacht vorbei.

Er begann, sich für den kommenden Tag vorzubereiten.

30

Die Geschichte fegte durch Neilsville, noch bevor die Ambulanz Marilyn Crane und Peter Balsam ins Krankenhaus eingeliefert hatte.

Neilsville hörte auf zu funktionieren. Zum ersten Male fühlte sich jeder persönlich betroffen, als er von der Geschichte hörte. Bis zu diesem Tag hatten alle nur über die Mädchen, die gestorben waren, geredet oder geflüstert. Aber an diesem Tage hatten sie es mit angesehen, hatten vom Bürgersteig oder aus ihren Fenstern beobachtet, wie das Böse unter ihnen sich auf die Straße ergoß. Bis zum Mittag hatte jeder in der Stadt die Geschichte gehört, sie erzählt und von neuem gehört. Für jeden von ihnen schien es, als hätten sie es selbst gesehen; bis zum Mittag glaubten alle, es gesehen zu haben.

An diesem Tag fiel die Schule aus, noch ehe sie begonnen hatte. Die Schwestern zogen sich in ihre private Kapelle zurück, um den Tag im Gebet zu verbringen. Die Kinder gingen nach Hause, aber auf ihrem Heimweg redeten sie, und bis sie schließlich zu Hause ankamen, waren sie sich sicher, Marilyn Crane sterben gesehen zu haben.

Sie war bereits tot, als der Krankenwagen in der Klinik ankam, aber immer noch bemühte man sich, wie es für Krankenhäuser typisch ist, so zu tun, als ob sie noch lebte. Beinahe eine Stunde arbeitete man an ihr herum, und die ganze Zeit über saß Peter Balsam stumpf da und schaute vor sich hin. Er wußte, daß sie nicht Marilyn behandelten, sondern eigentlich mehr sich selber, indem sie durch ihre Aktivität die Wahrheit verdrängten. Die Wahrheit darüber, was geschehen war und was sich noch ereignen sollte.

Forsch ging Margo Henderson ins Nothilfezimmer, aber als sie sah, weshalb man sie gerufen hatte, blieb sie auf der Stelle stehen. Sie starrte das Gespenst, das vor ihr stand, an. Sie traute ihren Augen nicht. Aber dann brach die Berufsroutine von vielen Jahren Krankenhaus durch, und sie nahm sich zusammen. Sie näherte sich Peter Balsam.

»Peter?« Er gab keine Antwort, und sie merkte, daß er unter Schock stand. Sie wiederholte seinen Namen: »Peter?«

»Ich muß es zu Ende bringen«, murmelte er. »Ich muß es zu Ende bringen!« Er wiederholte diesen Satz mehrere Male, während Margo ihn durch die Gänge führte.

Dr. Shields hatte ihm eine Beruhigungsspritze verpaßt, und langsam erwachte er daraus. Zuerst blickte er Margo an, dann den Arzt. »Sie ist tot«, sagte er.

»Was ist geschehen?« fragte Dr. Shields freundlich. »Können Sie darüber sprechen?«

»Da gibt es nicht viel zu reden«, sagte Peter heiser. »Ich muß es beenden, das ist alles.«

»Peter, da ist nichts, was du tun kannst«, sagte Margo. Mit einem Mal hatte sie ein Bild vor Augen, das Bild jenes attraktiven jungen Mannes, den sie erst vor kurzem im Zug kennengelernt hatte. Konnte dieses hagere Wesen, dem eine blutige Robe wie ein Lumpen von den gebeugten Schultern hing, noch derselbe Mann sein?

Nein, sagte sie sich, auf keinen Fall. Sie biß sich auf die Lippen, um ihre Tränen zurückzuhalten, dann rannte sie aus dem Zimmer. Peter sah, wie sie ging, und ihm war klar, daß sie dieses Mal für immer ging. Es machte nichts aus. Das einzige, was zählte, war, daß er das Grauen beenden mußte. Er versuchte, sich auf den Arzt zu konzentrieren.

»Ich muß schlafen«, sagte er. »Können Sie mir etwas geben, damit ich schlafe? Wenn ich schlafe, wird es mir schon wieder besser gehen.«

Dr. Shields nickte. »Ich möchte Sie im Krankenhaus behalten.«

»Wird man mich beobachten?« fragte Peter.

»Sie beobachten?«

»Während ich schlafe. Wird man mich beobachten, während ich schlafe?«

Dr. Shields nickte.

»Wenn man mich beobachten wird«, sagte Peter unklar, »ich kann nicht alleine schlafen, verstehen Sie?«

Dr. Shields nickte verständnisvoll, obwohl er nicht die leiseste Vorstellung hatte, wovon der junge Mann sprach.

»Ich werde es veranlassen«, versprach er.

Dreißig Minuten später lag Peter Balsam tief schlafend im Neilsville Memorial Krankenhaus. An seinem Bett saß eine Krankenschwester. Etwa eine Stunde lang beobachtete sie ihn, überprüfte seine Atmung und seinen Pulsschlag. Dann fand sie, daß alles soweit gut stand mit ihm, und verließ das Zimmer auf Zehenspitzen, um ihren anderen Pflichten nachzukommen.

Der Klang der schlagenden Kirchenglocken ließ ihn erwachen, und er wußte, was das bedeutete.

In ganz Neilsville hielten die Kirchen Sondergottesdienste ab. Die Menschen hatten danach verlangt, sie brauchten etwas, das sie vom Grauen des Tages befreite, sie brauchten die Zuversicht, daß eines Tages alles wieder gut sein würde unter ihnen.

Peter lag in seinem Krankenhausbett und fand es sonderbar. Die Glocken läuteten für Marilyn, alle, mit Ausnahme derer von St. Francis Xavier. Die Glocken von St. Francis Xavier klangen wie gewöhnlich, sie riefen die Gläubigen zur Abendmesse. Für gewöhnlich würde an einem Wochentag der Besuch mager ausfallen. Aber nicht heute abend, da war er sicher. Heute abend würden sie alle kommen, schuldbewußt für die Seele von Marilyn Crane beten, in dem Bewußtsein, daß sie das eigentlich nicht tun sollten, daß Marilyn ihre Gebete nicht mehr verdiente, aber trotzdem beteten sie für sie.

Er sah auf die Uhr. Noch dreißig Minuten, dachte er, dann sind sie alle in der Kirche. Alle von uns, außer denen, die hier sind oder unter der Erde.

Alle von uns. Peter wiederholte die Worte im Geiste. Alle von uns.

Peter Balsam saß aufrecht im Bett, die letzten Spuren des Schlafes fielen von ihm ab, und sein Verstand erwachte auf einmal. Jetzt war es an der Zeit. Wenn es je einen günstigen Zeitpunkt gab, dann jetzt.

Er stand von seinem Bett auf und schleppte sich in das kleine Badezimmer, das aus Platzgründen zwischen seinem Zimmer und dem danebenliegenden untergebracht war. Er spritzte sich kaltes Wasser ins Gesicht und schaute in den Spiegel.

Seine Augen sahen besser aus, die Krähenfüße waren verschwunden. Er hatte eine Rasur nötig, aber es war ihm egal. Es sah ihn sowieso niemand.

Im Schrank fand er die blutbefleckte Robe. Obwohl ihn davor ekelte, zog er sie an. Dann setzte er sich hin und wartete.

Er wartete, bis die Glocken verstummten und Ruhe sich über Neilsville legte. Dann verließ er sein Zimmer. Ohne mit jemandem zu sprechen, ging Peter Balsam aus dem Krankenhaus.

Niemand versuchte ihn aufzuhalten. Vielleicht wegen der eigenartigen Figur, die er abgab, barfuß, die blutbefleckte Robe am Boden nachschleifend, sein Kruzifix fest in der Hand haltend. Die Pfleger sahen die Schwestern an, die Schwestern sahen den diensthabenden Arzt an, aber keiner sagte etwas. Dr. Shields hatte ihn eingewiesen, hatte aber nichts davon gesagt, ihn dazubehalten. »Achten Sie darauf, daß er schläft.« Das hatte der Arzt verordnet, und das hatten sie auch getan. Peter Balsam hatte geschlafen, und jetzt ging er nach Hause.

Aber er ging nicht nach Hause. Er ging langsam den Hügel hinauf und lauschte dabei den Klängen der Chöre, die ihre Stimmen in ganz Neilsville zu Gott erhoben. Niemand war zu sehen, aber er konnte sie spüren, wie sie still in den Kirchen beteten.

Er erklomm die Stufen zum Pfarrhaus und trat in die Eingangstür. Er nahm die silberne Glocke in die Hand und läutete, er läutete noch einmal. Das Klingeln hallte durch das spärlich erleuchtete Haus, und Peter wußte, daß er alleine war. Schnell lief er durch den Flur zur Tür des Arbeitszimmers.

Dort blieb er stehen. Mit einem Male bekam er es mit der Angst. Er mußte sich in Erinnerung rufen, daß das Zimmer hinter der Tür leer war, daß keine eigenartigen Rituale zelebriert wurden und daß an diesem Abend niemand versuchen würde, ihn in dieses Zimmer zu locken. Heute kam er aus freien Stücken.

Er öffnete die Tür und trat in den kleinen Raum ein. Er fand den Lichtschalter, und der Raum wurde von einem gelblichen Glanz erfüllt. Der ganze Raum schien sich zu verändern, als die Düsternis weggeschwemmt wurde.

Im Schreibtisch fing er zu suchen an, rasch öffnete und schloß er die Schubladen. Er wußte nicht genau, wonach er suchte. Er würde es erkennen, wenn er es sah.

Im Schreibtisch war nichts. Er ging zu einem kleinen Aktenschrank, der in eine der Wände eingelassen war. Er öffnete die oberste Schublade und begann, die Akten durchzugehen. Nichts.

In der zweiten Schublade ebenfalls nichts.

In der dritten fand er, wonach er suchte.

Es war ein großer, versiegelter Umschlag, der hinter den letzten Ordner geklemmt war. Peter zog den Umschlag aus seinem Versteck hervor und riß ihn auf. Ein Sammelalbum. Ein Sammelalbum und ein Schnellhefter. Er schlug den Schnellhefter auf.

Obenauf lag ein einzelnes Blatt Papier; darauf war eine Namensliste geschrieben. Fünf Namen waren durchgestrichen.

JUDY NELSON

KAREN MORTON

PENNY ANDERSON

JANET CONALLY

MARILYN CRANE

Am Ende der Liste tauchte der Name von Judy Nelson noch einmal auf, diesmal nicht durchgestrichen.

Peter Balsam hatte gefunden, was er suchte.

Er steckte den Schnellhefter in den Umschlag zurück und schloß die Schublade des Aktenschrankes. Bevor er das Arbeitszimmer verließ, knipste er das Licht aus. Dann trat er mit dem Umschlag aus dem Pfarrhaus in die beginnende Abenddämmerung.

Zum ersten Mal seit vielen Tagen wurde Peter in der Dämmerung nicht bange. In dieser Nacht wollte er sein Mosaik beenden. Diese Nacht sollte den Terror für ihn und für Neilsville beenden. Als er den Hügel hinunterlief, schlugen wieder die Glocken von St. Francis Xavier. Die Messe war vorbei.

Zurück in seiner Wohnung, fing Balsam an, das Sammelalbum durchzusehen. Rasch blätterte er die Seiten um. Sie waren mehr oder weniger gleichen Inhalts: beklebt mit vergilbten Zeitungsausschnitten, jeder Ausschnitt mit einer Schlagzeile in Riesenlettern

Mädchen schlachtet Eltern, Selbstmord
Die Moderne Lizzy Borden wird ihren Prozeß nicht erleben
Kind sieht zu, wie Eltern sterben

Es waren annähernd fünfzig Ausschnitte in dem Sammelalbum, kurze, einspaltige Artikel und mehrseitige Titelgeschichten. Alle handelten sie vom selben Verbrechen, alle stammten aus derselben Zeit. Peter Balsam überflog sie schnell. Er mußte drei oder vier Jahre alt gewesen sein, als das Verbrechen stattfand.

Er schlug wieder die erste Seite des Sammelalbums auf und begann, die Artikel sorgfältig durchzulesen.

Die meisten gaben lediglich die nackten Tatsachen wieder:

Ein Mann und seine Frau waren in ihrem Bett ermordet aufgefunden worden. Im selben Zimmer hatte man die Tochter entdeckt, an einem Lampenhaken erhängt. Als man den Raum sorgfältig absuchte, fand man den kleinen Sohn des Paares im Schlafzimmerschrank versteckt, er stand unter Schock.

Die Illustrierten hatten die Geschichte auf vielen Seiten aufgeblasen, und aus diesen Artikeln bezog Peter Balsam Einzelheiten des bizarren Verbrechens.

Das Paar war beim Liebesakt ermordet worden. Ihre Tochter war zu ihnen hereingekommen und hatte sie mit einem Fleischbeil erschlagen. Die Art der Waffe wies auf Vorsatz hin. Das Motiv war unklar. Es gab einige Spekulationen darüber, daß das Mädchen nicht mit ihrem eigenen Schicksal fertig wurde – eine Autopsie hatte ergeben, daß sie schwanger war.

Was die Illustrierten jedoch am meisten herausstellten, war der Junge – der kleine Junge, von dem man glaubte, daß er aus dem Schrank alles mit angesehen hatte, von dem Augenblick an, als seine Eltern ins Schlafzimmer kamen, um sich zu lieben – ohne daß sie von seiner Anwesenheit wußten –, bis zu dem Augenblick, als seine Schwester das Fleischbeil ins Zimmer brachte, ihre Eltern erschlug und sich dann selbst am Lampenhaken erhängte.

Als man ihn fand, stand er unter Schock, und man brachte ihn ins Krankenhaus. Dort stellte man fest, daß das Kind keine lebenden Angehörigen mehr hatte. Schließlich brachte man ihn anonym in ein Kloster.

Das Kloster blieb ungenannt, aber Balsam wußte Bescheid, welches es war. Was er gerade gelesen hatte, war die Geschichte, die man sich zuflüsterte, als er ein Kind war. Keines der Kinder im Kloster hatte die Tatsachen gekannt. Jetzt kannte Peter sie alle.

Er suchte die Zeitungen durch.

Der Name. Wo war der Name der Familie?

Der Name wurde nicht genannt. Nirgends. In jeder Geschichte waren die Namen aller an dem Verbrechen Beteiligten sorgfältig ausgelöscht worden, als ob der, der das Sammelalbum zusammengestellt hatte, zwar wollte, daß man die Geschichte erfuhr, aber Identitäten geheimhalten wollte. Auch die Zeitungen an sich waren nicht zu identifizieren. Zu sorgfältig waren die Artikel aus den Seiten herausgeschnitten worden.

Nur in einem Abschnitt gab es einen Hinweis. In einer Geschichte war das übersehen worden. Der Name des Kindes war Peter.

Mit einem Mal war alles klar. Er war nie über den Schock weggekommen. Die ganze Zeit über, während er aufgewachsen war, hatte es in ihm gegärt, die ganze Zeit über, während der er sich auf seine Priesterschaft vorbereitet hatte. Und dann, vor nicht allzu langer Zeit, hatte der Schock ihn eingeholt.

Er hatte begonnen, heranwachsende Mädchen zu hassen. Hatte er denn keinen Grund dazu? Hatte nicht eine von ihnen ihm die Eltern weggenommen? Ihm sein Heim weggenommen? Ihn mit nichts zurückgelassen? Wenn eine zu so etwas fähig war, warum nicht alle? Sein Haß war größer geworden und hatte sich in Besessenheit verwandelt.

Und Peter Vernon – heute Monsignore Vernon – hatte seine Besessenheit eingesetzt. Er hatte sich diese Kräfte zunutze gemacht und angefangen zurückzuschlagen, seine verletzte Seele wollte sich für den Verlust der Eltern an den Kindern rächen.

Balsam blätterte das Album weiter durch. Nun konnte er, zum ersten Male, eine gewisse Sympathie für den Priester empfinden.

Er fragte sich, was er mit der Mappe tun sollte. Sollte er es der Polizei geben? Aber was würden sie tun? Gut, der Monsignore bewahrte ein Sammelalbum über ein Verbrechen, das mehr als dreißig Jahre zurücklag, auf. Na und? Wenn es in ihrer Familie passiert wäre, hätte sie nicht auch ein Sammelalbum? Diese Mädchen haben sich umgebracht, mein Herr, und die Tatsache, daß die ältere Schwester des Priesters vor dreißig Jahren das gleiche tat, ist nur eine dieser Übereinstimmungen.

Der Bischof. Er könnte es dem Bischof bringen. Auch wenn der Bischof nicht glaubte, daß Monsignore etwas mit den Selbstmorden zu tun hatte, würde das Album wenigstens beweisen können, daß während der Kindheit des Monsignore etwas schiefgelaufen war und daß man den Priester wenigstens sorgfältig im Auge behalten sollte. Der Bischof könnte anordnen, daß sich der Monsignore einer Beobachtung unterzog. Dann könnten die Psychiater den Fall übernehmen. Alles würde herauskommen.

Plötzlich ging die Tür auf.

Der Monsignore stand im Türrahmen, um seine Mundwinkel spielte ein kleines Lächeln; ein Lächeln, das von dem in seinen Augen lodernden Feuer Lügen gestraft wurde.

»Ich wollte dich im Krankenhaus besuchen«, sagte er, »aber du warst schon weg.«

»Ja«, sagte Peter verdutzt, in seinem Kopf drehte sich alles.

»Darf ich reinkommen?« Die glühenden Blicke drangen in Peter ein, und ohne die Antwort abzuwarten, trat der Priester ein und machte die Tür hinter sich zu. »Du hast mein Sammelalbum gefunden«, sagte er leise. Sein Blick peilte durch den Raum und legte sich schließlich auf die geöffnete Mappe auf dem Tisch.

»Das warst du damals, über den wir immer geredet haben, stimmt's? Als wir noch klein waren?«

»Ja, ich war es«, sagte der Priester. »Aber bis vor fünf Jahren wußte ich das nicht.«

»Vor fünf Jahren?«

»Irgend jemand schickte mir das Sammelalbum. Ich weiß nicht wer, und ich weiß auch nicht warum. Aber es hat mir viel erklärt. Es ließ mich erkennen, was ich zu tun hatte.«

»Zu tun?« Peter Balsam spürte, wie sein Herz schneller schlug.

»Ich mußte sie bestrafen. Alle.«

»Du meinst die Mädchen?«

»Sie sind böse«, sagte der Priester. »Sie sind böse, mit ihrem Verstand und mit ihrem Körper. Der Herr will, daß ich sie bestrafe.«

»Ich dachte, es sei St. Peter Martyr«, sagte Balsam leise.

»Natürlich, das mußtest du auch. Ich wollte, daß du das glaubst. Ich wollte auch, daß die Mitglieder der Gemeinschaft das glaubten. So ist es wesentlich einfacher.«

»Ich verstehe«, sagte Peter. »Die Gemeinschaft hatte nie etwas mit Religion zu tun, oder?«

»Was ist Religion? Es hat mit meiner Religion zu tun und mit der von St. Peter Martyr. Aber nicht mit der Religion der Kirche. Die Kirche hat keine Religion mehr. Sie ist schwach geworden. Sie toleriert zuviel.«

»Und du nicht.«

»Das habe ich nicht nötig«, sagte der Priester. Die Glut in seinem Blick flackerte heftig auf, und plötzlich bekam Peter Balsam Angst. Aber er mußte es wissen.

»Und ich«, sagte er, »warum brauchtest du mich?«

Jetzt lächelte Monsignore Vernon.

»Du glaubst, ich bin verrückt, nicht wahr?« fragte er.

»Bist du's?«

»Wenn ich es wäre, dann hätte ich nicht so gehandelt.«

Wieder brach die Angst auf Balsam herein. »So gehandelt? Was meinst du damit?«

»Alles andere hast du herausbekommen«, sagte der Priester einfach, »aber nicht deine Rolle dabei, oder?«

»Ich soll St. Acerinus darstellen«, sagte Peter. »Ich soll dich töten und anschließend bereuen. Aber das werde ich nicht tun.«

»Nein«, erwiderte der Monsignore. »Du hast alles andere hervorragend gemacht, aber ich erwarte nicht von dir, daß du mich tötest. Das war nie Teil meines Planes. So ist es beim ersten Mal gewesen. Dieses Mal nimmt St. Peter seine Rache.«

»Ich glaube, ich verstehe nicht«, sagte Balsam. Glaubte der Priester tatsächlich, die Reinkarnation von St. Peter zu sein? Dann überwältigte ihn die Wahrheit. Natürlich glaubte er das. Er mußte das, sonst wäre die Schuld für ihn zu groß gewesen. Wenn er nicht Peter Vernon war, sondern St. Peter Martyr, dann war alles anders. Er bestrafte Sünder und Ketzer, führte die Arbeit des Herrn durch und schützte die Mutter Kirche. Er war nicht länger einfach Peter Vernon, der wie ein Verrückter den Tod seiner Eltern rächte.

»Ich werde dich töten«, sagte Monsignore Vernon mitten in die Stille hinein.

Balsam starrte ihn an. »Das kannst du nicht«, protestierte er.

»Kann ich nicht?« Der Blick des Priesters war kühl. »Was wird passieren, wenn ich es tue? Man wird es für Selbstmord halten.« Während er dies sagte, spielte er mit einem Brieföffner, den er von Balsams Schreibtisch genommen hatte, zwischen seinen Händen herum. »Was wird man finden, wenn man dich findet? Einen jungen Mann, Psychologen, Lehrer, der eine blutbefleckte Mönchsrobe trägt.«

Der Brieföffner blitzte auf. Als die Lichtblitze in seine Augen trafen, mußte Balsam blinzeln.

»Und wer ist dieser junge Mann? Sein Name ist Peter. Aufgewachsen in einem Kloster, wegen einer Tragödie in seiner Kindheit.« Mit der Spitze des Brieföffners deutete der Priester auf das Sammelalbum. »Und er hat fast überall versagt.«

Der Brieföffner blitzte wieder auf. Peter Balsam sah es, aber er war außerstande, seinen Blick von der Klinge zu wenden.

»Seine Schüler starben der Reihe nach«, fuhr der Monsignore mit unerbittlicher Stimme fort. »Aber hat er versucht, ihnen zu helfen? Nein. Statt dessen hat er sich damit beschäftigt, widersinniges Geschwätz über eine religiöse Arbeitsgruppe zu verbreiten. Und er hat sich sonderbar verhalten.«

Der Lichtstrahl schien direkt von der Klinge in Balsams Gehirn zu treffen.

Er merkte, wie die Schläfrigkeit ihn übermannte, er spürte, wie seine Glieder schwer wurden, und er wußte, daß dies die ersten Anzeichen einer Hypnose waren.

Er versuchte, dagegen anzukämpfen, versuchte, sich mit letzter Kraft wachzuhalten, von dem gleißenden Licht wegzusehen und die Stimme des Priesters abzublocken. Aber er konnte seinen Blick nicht von der Klinge trennen; die Stimme war unbarmherzig.

»Natürlich wird man das Album finden, und man wird über das Schicksal des kleinen Jungen lesen – des kleinen Peter –, der aufwuchs und ein Psychologe wurde und dessen Schüler damit begonnen hatten, sich umzubringen. Man wird sich ein genaues Bild machen, Peter. Deinen Tod wird man für einen Selbstmord halten. Deine Arbeit ist getan, Peter. Die meine fängt erst an.«

Peter sah, wie der Priester auf ihn zukam. Den Brieföffner hielt er beinahe achtlos in der rechten Hand. Noch immer blendete ihn das Licht in den Augen. Er befahl seinem Körper, etwas zu tun, sich zu bewegen, zu reagieren, aber es war unmöglich. Sein Gehirn schrie in seiner Müdigkeit geradezu heraus, aber sein Körper wollte nicht antworten.

»Möchtest du dir beim Sterben zusehen, Peter? Es wird nicht weh tun, das verspreche ich. Du wirst keine Schmerzen haben, Peter. Überhaupt keine Schmerzen. Die Klinge wird ganz leicht in dich hineingleiten, und dann ist es zu Ende.«

Die Spitze des Brieföffners saß ihm jetzt auf der Brust, drückte sich in die Falten seiner Robe. Und immer noch sah er zu, fasziniert wurde sein Blick auf die Klinge gelenkt.

Ist das das Ende, fragte er sich und starrte auf die polierte Klinge. Ist das das Gefühl, daß Karen und Penny und Janet und Marilyn hatten? Haben sie gesehen, wie das glänzende Metall ihnen den Tod brachte? Er versuchte, aus der schrecklichen Erstarrung zu erwachen, die von ihm Besitz ergriffen hatte.

Es war bereits zu spät.

Er fühlte einen leichten Druck, aber Monsignore Vernon hatte recht gehabt. Er hatte tatsächlich keine Schmerzen. Was er die letzten Tage empfunden hatte, das waren Schmerzen gewesen. Das hier war eine Erlösung.

Er gab sich hin und betete still um Vergebung.

Peter Balsam sah, wie die Klinge in seine Brust drang, aber er spürte nichts. Nur eine Art Vorahnung, und eine innere Fröhlichkeit. Das Grauen war für ihn endlich vorbei.

Zehn Minuten später verließ Monsignore Vernon Peter Balsams Wohnung. Zu Fuß ging er ins Pfarrhaus zurück. Er ging durch die Seitenstraßen. Niemand sah ihn, wie er andächtig durch Neilsville ging. Nicht, daß es etwas ausgemacht hätte, wenn man ihn gesehen hätte; die große, Autorität ausstrahlende Gestalt des Monsignore war ein vertrauter Anblick in Neilsville. Man glaubte an ihn. Man suchte Halt bei ihm.

31

Eine Woche später begrub man Peter Balsam in einem Grab, das nicht gekennzeichnet wurde. Sie versuchten, seine Frau zu erreichen, aber sie war verschwunden. Man wußte auch nicht, ob sie seinen Sarg überhaupt wollte, falls man sie fand. Nicht, wenn sie erfuhr, was man ihr zu sagen hatte.

Wie es für Kleinstädte typisch ist, wußte jeder in Neilsville, wo das Grab lag. Und man besucht es; die Katholiken heimlich, die anderen offen. Man bedeckte es mit Dreck, als ob man die Erinnerung an ihn dadurch auslöschen könnte, daß man sein Grab entweihte. Täglich wurde der Schmutz beseitigt, doch über Nacht war er wieder da.

Es dauerte fast ein Jahr, schließlich vergaß oder begrub man seine Erinnerungen in den hintersten Winkeln des Gedächtnisses. Peters Grab lag sauber, unbesucht und unbeachtet da. Eine Zeitlang.

Für Judy Nelson war dieses Jahr das schwierigste in ihrem Leben. Sie hatte immer das Gefühl gehabt, außerhalb der Gemeinschaft zu stehen, aber während dieses Jahres war es noch schlimmer geworden. Ihre Freunde waren weg, und sie konnte sich keine neuen schaffen. Es war, als ob sie eine ansteckende Krankheit hätte; als ob das, was ihr widerfahren war und dann ihre Freunde erwischt hatte, noch immer in Neilsville steckte und jederzeit wieder zuschlagen könnte.

Judy wurde von der Erinnerung an Marilyn Crane heimgesucht. In der letzten Nacht, als sie eigentlich längst schlafen sollte, erinnerte sie sich. Sie hatte nicht gewollt, daß die Streiche so weit gingen. Sie hatte Marilyn nur ein bißchen geneckt. Sie wollte nicht, daß Marilyn starb. Aber Marilyn war gestorben, und Judy wußte, daß es bei Marilyn anders gewesen war, egal, wie es mit den anderen Mädchen passiert war. Sie, Judy, hatte Marilyn in den Tod getrieben. Ihr Verstand würde sie das niemals vergessen lassen.

Am ersten Jahrestag von Peter Balsams Tod war Judys Erinnerung an Marilyn Crane bedeutender als je zuvor. Sie erwachte aus einem Schlaf, in dem sie Geräusche gehört hatte. Marilyn sang ihr zu, rief sie. Sie ging aus dem Bett und begab sich zum Schrank. Vom obersten Fach holte sie eine Schachtel herunter, in der ihr Konfirmationskleid lag. Sie öffnete die Schachtel und schüttelte das Kleid heraus.

Sie zog es an.

Leise schlich sie aus dem Haus und ging durch die Straße von Neilsville. Sie betrat den Friedhof und ging an die Stelle, wo Marilyn begraben lag. Lange stand sie da, starrte auf das Grab hinab und betete. Als das erste Morgengrauen sich am östlichen Himmel abzeichnete, ging Judy an das Grab von Peter Balsam. Auch dort stand sie sehr lange und betete noch einmal. Beim Beten schwoll in ihren Ohren die Musik an – eine Art von Gesängen.

Sie suchte in dem Schutt um das Grab herum, bis sie eine Glasscherbe fand.

Mit dieser Scherbe begann sie, sich aufzuschlitzen.

Man fand sie später am selben Morgen. Sie lag mit dem Gesicht nach unten und weit ausgebreiteten Armen auf dem Grab von Peter Balsam, so als ob sie die verfaulenden Reste, die darunter lagen, umarmen wollte. Lachen von Blut sickerten in die Erde um ihre Handfläche, und ihr Rosenkranz war zerrissen und lag im Schlamm; etwa an der Stelle, wo der Grabstein hingehörte, lagen weit verstreut die Perlen im Schlamm.

Man exhumierte Peters Skelett und verbrannte es.

Aber es geschah immer und immer wieder.

Die Menschen in Neilsville wunderten sich und waren in Furcht.

Ihre Erwartung wuchs, und jedes Jahr um dieselbe Zeit beobachteten sie ihre Töchter und suchten nach irgendwelchen Anzeichen. Aber es gab nie ein Anzeichen, nie einen Hinweis. Doch in jedem Jahr, irgendwann im Herbst, wurde eines der Kinder zu Hause vermißt. Man fand es immer an der gleichen Stelle, mit ausgebreiteten Armen, als ob es das leere Grab umarmen wolle.

Und jedes Jahr um dieselbe Zeit traf sich im Pfarrhaus der Kirche von St. Francis Xavier die Gemeinschaft des St. Peter Martyr.

Sechs Priester, die sich im Schein des Feuers versammelten, um zu ihrem Namensheiligen zu beten.

In jeder dieser Nächte fingen die Flammen zu später Stunde in einem langsamen Rhythmus zu tanzen an, und eine Stimme sprach zu ihnen.

»Lobet den Herren, meine Diener. Erschlagt die Ketzer und bestraft die Sünder.«

Jedes Jahr wurde der Wille von St. Peter Martyr ausgeführt, und die Sünden der Gläubigen wurden bestraft.

Das Gott-Projekt

1

Sally Montgomery beugte sich hinab, um ihr Töchterchen zu küssen. Sie zog die rosa gemusterte Bettdecke, ein geschmackloses Geschenk von Großmutter, gerade. Julie, sechs Monate alt, räkelte sich im Halbschlaf.

»Bist du mein kleiner Engel?« Sally streichelte dem Baby die Nase. Das Kind genoß die Liebkosung, etwas Speichel trat aus dem Mund und floß das winzige Kinn hinunter. Sally wischte die nasse Spur ab, gab Julie noch einen Kuß und verließ das Zimmer.

Wie ein Kinderzimmer sah der Raum nicht aus, das konnte man wirklich nicht sagen. Zwar hatte Sally ursprünglich vorgehabt, das Zimmer in der Art einzurichten, wie es die anderen Familien für ihre Kinder taten. Vor acht Jahren, als Jason, ihr erstes Kind, zur Welt kam, hatte sie mit ihrem Mann Steve eine völlig neue Einrichtung geplant. Sie hatten sogar frische Tapeten ausgesucht und die Vorhänge ausgemessen. Aber dabei war es auch geblieben. Sally Montgomery war nicht die Frau, die alle paar Jahre die Wohnung umkrempelte. Sie hatte mit Steve nie darüber gesprochen, aber die Vorstellung, einen Raum für die besonderen Bedürfnisse eines Kleinkindes herzurichten, schien ihr albern und abwegig. Wenn man das tat, dann mußte man das Zimmer immer wieder umräumen, gemäß dem fortschreitenden Alter des Kindes.

Der Lichtkegel der Nachttischlampe ließ den Raum heimelig und gemütlich erscheinen. Sallys Blick blieb an den Vorhängen haften. Ich habe recht gehabt, daß ich nicht alles umgemodelt habe, ging es ihr durch den Kopf. Die Vorhänge waren frisch gewaschen, erstrahlten in dem heiteren Hellblau, das sie so liebte. Die Wände waren weiß, so wie sie vor neun Jahren gewesen waren, als Steve das Haus kaufte. Eine Reihe von Drucken und Bildern hingen an der Wand, auch ein Mickey Mouse-Poster. Sie lächelte. Das Zimmer war schon so, daß ein Baby sich darin wohlfühlen konnte. Sehr schön das Mobile, das über der Wiege hing. Der Verkäufer im Geschäft hatte die günstigen Auswirkungen ausgemalt, die solche abstrakten Gebilde auf die Vorstellungskraft des Babys haben würden, und Sally hatte sich das eher skeptisch angehört. Inzwischen mochte sie die merkwürdigen Formen recht gern. Wenn die Kinder einmal groß waren, würde sie das Mobile und die Bilder abnehmen. Alles würde unter Jason und Julie aufgeteilt werden, die beiden konnten diese Dinge dann für ihre eigenen Kinder verwenden.

Wie praktisch ich bin. Sie lächelte selbstgefällig. Zu praktisch vielleicht. Sally verließ den Raum, zog die Tür hinter sich zu und machte sich auf den Weg zum Erdgeschoß. Sie kam an ihrem Schlafzimmer vorbei. Steves leises Schnarchen war zu hören. Sie blieb stehen. Am liebsten wäre sie jetzt zu ihm ins Bett geschlüpft. Sie verwarf den Einfall.

Sie öffnete die Tür des Arbeitszimmers und trat an den Schreibtisch. Es war wohl am besten, wenn sie die Arbeit, die sie sich vorgenommen hatte, noch heute abend erledigte. Wenn Steve morgen früh ins Arbeitszimmer kam und den Tisch voller Papiere vorfand, würde es Krach geben. Sie schüttelte den Kopf. Schon vor Jahren hatte sie es aufgegeben, Steve von ihren Vorstellungen zu überzeugen. Er hielt beharrlich an der Idee fest, daß es ›sein‹ Schreibtisch war. Überhaupt hatte Steve ziemlich eng umrissene Anschauungen über mein und dein. Die Küche zum Beispiel hatte er zu ›ihrer‹ Küche erklärt, dieser Raum gehörte Sally. Bad und Toiletten gehörten ebenfalls Sally. Das Wohnzimmer war, seinem unerforschlichen Ratschluß zufolge, ›sein‹ Wohnzimmer. Das Schlafzimmer wiederum, wo sie sich beide überaus gern aufhielten, gehörte keineswegs beiden, sondern nur ihr. Die Garage schließlich, die sowohl ihm als ihr ziemlich egal war, erklärte er zu ›seiner‹ Garage.

Was den Hof anging, so war man mit der Zeit übereingekommen, daß er Gemeineigentum darstellte. Die Sache hatte einen Haken. Wenn es Sally nicht paßte, daß im Hof ein Durcheinander herrschte, mußte sie ihn aufräumen. Sie war in der Küche angekommen und stellte den Wasserkessel auf den Herd. Alles in allem, so resümierte sie, funktionierte die Aufteilung der Verantwortungsbereiche in Haus und Hof ganz gut. Wie überhaupt in ihrer Ehe alles in ein ruhiges Fahrwasser eingemündet war. Sie starrte auf den Kessel. Ob es eigentlich stimmte, daß das Wasser nicht zu kochen begann, während man den Kessel betrachtete? Um sich die Zeit zu vertreiben, nahm sie den Block, der neben dem Telefon lag, und notierte ein paar Zahlen. Wenn man die Wassermenge und die eingespeiste Energie des Herdes zueinander in Beziehung setzte, so errechnete sie, dann mußte das Wasser innerhalb acht Minuten plus minus fünfzehn Sekunden zu kochen beginnen. Ob sie den Topf nun ansah oder nicht.

Acht Minuten waren vergangen, als das Wasser zu brodeln begann. Sie nickte. Es hatte schon seine Vorteile, wenn man einen mathematisch geschulten Verstand besaß. Sie nahm den Kessel von der Flamme und goß das siedende Wasser über die Teebeutel in der Kanne. Dann trug sie die volle Kanne und eine Tasse ins Arbeitszimmer. Ein Stapel Computerprogramme lag auf dem Schreibtisch. Sallys Arbeit bestand in der Analyse der Ergebnisse, die jeweils am unteren Rand der Formulare ausgeworfen waren. Es gab einen Zahlendreher in der Schreibung, einen Fehler. Sally hatte den Auftrag erhalten, den Fehler ausfindig zu machen. Das Sekretariat der High School war der Auftraggeber. Dem Direktor der Schule war aufgefallen, daß der Schreibung zufolge kein einziger Schüler den notwendigen Notendurchschnitt fürs Herbstsemester erreicht hatte. Sally hatte sich die Bemerkung erlaubt, daß die Schreibung möglicherweise ganz in Ordnung sei, daß es vielleicht an den miserablen schulischen Leistungen der Aspiranten lag, wenn der Notendurchschnitt so schlecht ausfiel. Der Leiter des Aufnahmegremiums hatte die Bemerkung nicht besonders lustig gefunden. Er hatte Sally die Schreibung und das dazugehörige Computerprogramm in die Hand gedrückt und sie gebeten, das Problem bis Montag früh aus der Welt zu schaffen.

Sie zweifelte keinen Augenblick daran, daß sie den Fehler finden würde. Und die Aussichten waren gut. Sally Montgomery war nicht nur eine äußerst attraktive Frau. Sie hatte auch Grips. Zuviel Grips vielleicht für eine Frau. Das jedenfalls war die Meinung ihrer Mutter. Sally stellte sich vor, was Mutter sagen würde, wenn sie sie jetzt sähe. Es gehörte sich nicht, daß eine Frau am späten Abend noch am Schreibtisch hockte und arbeitete. Eine Frau gehörte ins Bett, zu ihrem Mann.

Phyllis Paine hatte ihrer Tochter wieder und wieder den Kopf gewaschen, ohne je auf Verständnis zu stoßen. »Eine Frau gehört in die Küche und ins Schlafzimmer, sie hat sich um ihren Mann und um die Kinder zu kümmern. Es ist nicht recht, daß du nebenher einen Beruf ausübst.«

»Warum habe ich dann das College besucht?« hatte Sally erwidert.

»Jedenfalls nicht, um dich zu einem As in Mathematik zu mausern. Ich habe immer gehofft, du würdest deine musikalischen Talente vertiefen. Musik ist gut für den Charakter einer Frau. Besonders Klaviermusik. Zu meiner Zeit spielten die Frauen Klavier.«

So war das jahrelang hin und her gegangen. Irgendwann hatte Sally es aufgegeben, ihrer Mutter zu erklären, daß sich die Zeiten geändert hatten. Sie hatte mit Steve von Anfang an festgelegt, daß sie berufstätig sein würde. Ihre Karriere war genauso wichtig wie seine. Aber ihre Mutter verstand das nicht. Sie ließ keine Gelegenheit aus, Sally zu kritisieren. Der Platz einer Frau, darauf lief alles hinaus, war in ihren eigenen vier Wänden. »In New York ist das etwas anderes, Sally, aber in Eastbury, Massachusetts, geht man nicht arbeiten als verheiratete Frau, es schickt sich einfach nicht.«

Sally hatte den Fehler in der Schreibung gefunden. Sie begann die Korrektur. Vielleicht hat Mutter sogar recht, dachte sie. Vielleicht hätten wir letztes Jahr, als Steve das Angebot bekam, wegziehen sollen. Ich hätte in Phoenix einen besseren Job gefunden als hier. Vor allem hätte mir niemand mehr Vorhaltungen gemacht, daß ich berufstätig bin. Aber sie waren dageblieben. Solange Sally die Arbeit am College Spaß machte und solange der Boom in der Elektronikindustrie anhielt, würden sie in Eastbury ausharren.

Bis vor wenigen Jahren noch war Eastbury einer jener Orte gewesen, wo die älteren Bürger über die guten alten Zeiten sprachen, während die jungen Leute sich den Kopf darüber zerbrachen, wie sie am schnellsten aus dem Ort fortkommen konnten. Aber dann, vor fünf Jahren, war die große Wende eingeläutet worden. Die Stadtväter hatten sich massive Steuererleichterungen für die Firmen einfallen lassen, die sich in Eastbury ansiedeln würden. Und der Trick hatte funktioniert. Neues Leben erfüllte die Fabrikhallen und Bürogebäude, die -zig Jahre leergestanden hatten. Die Menschen hatten Arbeit. Keine Jobs, wo sie nur mit Sonderschichten auf ein menschenwürdiges Einkommen kamen. Jetzt gab es gleitende Arbeitszeit in Eastbury. Es gab Firmen, die ihren Beschäftigten Gewinnbeteiligungen und Prämien zahlten. Die Elektronikindustrie hatte der Gegend ein neues Gesicht gegeben.

Das Bild der Innenstadt freilich hatte sich nicht sonderlich verändert. Eastbury war nach wie vor eine Kleinstadt. Die einzige Auflockerung in der Reihe der wohlbekannten Gebäude war ein neues Bürgerzentrum, über dessen Architektur recht geteilte Meinungen herrschten. Ein Zwischending zwischen Bankgebäude und Herrenhaus im Kolonialstil, fanden manche. Ähnlich unglücklich war das Problem des kleinen Parks in der Stadtmitte gelöst worden. Man hatte die Grünfläche von allen vier Seiten mit einem erdrückenden schmiedeeisernen Gitter eingezäunt. Andererseits, Eastbury war eine Stadt, wo Recht und Ordnung herrschten. Es gab keine Überfälle und kaum Einbrüche. Die Stadt war so klein, so überschaubar, daß Sally Montgomery und ihr Mann eigentlich jeden Einwohner von Angesicht zu Angesicht kannten. Und doch groß genug, um sich ein richtiges College leisten zu können. Eben jene Schule, an der Sally Arbeit gefunden hatte.

Sie goß sich nach. Der Tee war kalt geworden. Sally warf einen Blick auf die Uhr. Eine Stunde war vergangen. Immerhin, die Arbeit war getan. Morgen früh würde Sally dem Leiter des Aufnahmegremiums die korrigierte Schreibung übergeben. Der Schulbetrieb am Eastbury College konnte weitergehen.

Sie begann den Schreibtisch aufzuräumen. Steve liebte peinliche Sauberkeit. Ganze Vormittage pflegte er am Schreibtisch zu verbringen. Gewöhnlich begann der Tag für ihn mit einer wahren Lawine von Anrufen. Es gab Hunderte von Kontakten, die Steve in Geschäfte umzuwandeln wußte. Sally mußte es ihm neidlos zugestehen, er war ein begnadeter Vermittler. Es war ihm gelungen, Eastbury in seine ganz private Goldmine zu verwandeln. So hatte es sich mit der Zeit ergeben, daß er den Vormittag daheim im Arbeitszimmer verbrachte und die Nachmittage in seinem Büro im Ortszentrum. Nicht selten begab er sich in den Athletic Club, dessen Mitbegründer er war. Dort verkehrten die leitenden Angestellten der Computerfirmen. Steve hatte eine ebenso einfache wie wirksame Philosophie entwickelt. Er beschaffte den Leuten, was sie brauchten. Im Austausch erhielt er von den Leuten, was er brauchte. Und das war immer das gleiche: eine kleine Beteiligung an der neuen Handelsfirma, an dem Dienstleistungsunternehmen, an der Agentur, die mit Hilfe der von Steve geschaffenen Kontakte gegründet wurde. Wenn man ihn nach seinem Beruf fragte, gab Steve Montgomery ›Unternehmer‹ an. Was eigentlich nich den Kern der Sache traf. Steve war Vermittler. Er brachte die Leute zusammen und kassierte. Recht ordentlich war das all die Jahre gelaufen. Nicht nur Steves Bankkonto, das ganze Städtchen hatte profitiert. Unter anderem war es Steves Fürsprache zu verdanken, daß die Firma Inter-Technics der Stadtverwaltung einen Zentralcomputer vermacht hatte, der die Informationen der einzelnen Dienststellen speichern und auswerten konnte. Wobei offenblieb, ob das überhaupt wichtig war. Sally war keineswegs überzeugt, daß Steve der Stadt damit einen Dienst erwiesen hatte.

Inzwischen hatte Steve an dem täglichen Einerlei, mit dem er ihren gemeinsamen Wohlstand begründete, die Lust verloren. Er hatte eine neue Idee entwickelt und mit Sally durchgesprochen. Der Plan sah vor, daß sie sich selbständig machte. Sally würde den Firmen und öffentlichen Auftraggebern ihre Beratung bei Computerprogrammen verkaufen. Steve würde dafür sorgen, daß sie genügend Aufträge bekam.

Wenn Mutter davon erfuhr, sie würde Steve als Zuhälter bezeichnen. Sally zuckte die Schultern, stand vom Schreibtisch auf und ging in die Küche. Sie hatte begonnen, den restlichen Tee in den Ausguß zu kippen, als sie sich eines anderen besann. Sie füllte den Rest in den Kessel, um ihn noch einmal anzuwärmen. Die Arbeit war erledigt, und sie fühlte sich keineswegs müde. Steve und die Kinder schliefen. Sie würde völlig ungestört sein, wenn sie über Steves Plan nachdachte.

In mancher Hinsicht war die Idee verlockend. Sie würden Hand in Hand arbeiten, konnten sich die Bälle zuspielen. Freilich bedeutete das auch, daß sie Tag und Nacht zusammen waren. Sally war nicht sicher, ob ihr das gefallen würde.

Es gab Bindungen, die an zu großer Nähe zerbrachen. Ihre Ehe war ein Erfolg. Sally hatte nicht vor, das Ergebnis aufs Spiel zu setzen. Tief in ihrem Herzen spürte sie die Ahnung, daß ihre Ehe von Glück gesegnet war, weil sie beide sich immer dieses Mindestmaß an Eigenleben bewahrt hatten, das notwendig war. Beide hatten sie Interessen, die über die Ehe hinausgingen. Wenn Geschäft und Ehe ineinanderflossen, würde das verlorengehen. Und das war schlecht.

Sie goß sich heißen Tee nach. Einmal mehr wog sie die Vor- und Nachteile ab, die sich bei der neuen Konstellation ergaben. Im Geiste sah sie Steve vor sich, wie er ihr die Vorzüge seines Plans schilderte. Er strahlte sie an. »Man weiß es eigentlich erst genau, wenn man's ausprobiert hat«, hörte sie ihn sagen. Sie saß mutterseelenallein in der Küche und lächelte. Ich wer's probieren, dachte sie. Wenn es nicht so lief, wie sie beide hofften, konnte man das Steuer immer noch herumwerfen. Sie trank die Tasse aus, stellte sie in den Ausguß und ging die Treppe hinauf.

Vor der Tür des Schlafzimmers angekommen, blieb sie stehen und lauschte.

Nichts. Vollkommene Ruhe herrschte im Haus. Sie trat ins Zimmer und begann sich auszukleiden. Nur langsam gewöhnten sich ihre Augen an das Dunkel. Der Schein der Straßenbeleuchtung zeichnete sich an der Decke als blasser Schimmer ab, die Laterne stand einen halben Häuserblock entfernt.

Sie schlüpfte ins Bett, kuschelte sich an ihren Mann. Er regte sich im Halbschlaf, schlang seine Arme um sie. Sally schmiegte ihren Kopf an seine Schulter. Ihre Fingerspitzen spielten an seiner behaarten Brust.

Sie spürte, wie der Druck seiner Arme fester wurde. Alles war gut. Sie schloß die Augen und wartete auf den Schlaf. Eigentlich ist alles so, wie ich es mir immer gewünscht habe, dachte sie. Dann fielen ihr die Worte ihrer Mutter ein. Sie verdrängte den Gedanken. Es war nicht wichtig, was Mutter sagte. Es war ihr Leben, nicht das von Mutter.

Sie fuhr aus ihren Gedanken hoch. Plötzlich war sie hellwach.

War da nicht ein Geräusch gewesen?

Vielleicht sollte ich Steve wecken.

Besser nicht. Es war schließlich nicht seine Schuld, daß sie nicht einschlafen konnte.

Sie entwand sich seiner Umarmung, stand auf und zog sich den leichten Morgenmantel über. Sie ging auf den Flur hinaus und lauschte.

Ob sie die Haustür verriegelt hatte?

Nach einigem Nachdenken fiel ihr ein, daß sie den Schlüssel herumgedreht hatte. Es war vor zwei oder drei Stunden gewesen, als Steve sich schlafenlegte. Sie hatte die Runde durch das Haus gemacht, hatte die Fenster geschlossen und die Riegel vorgeschoben. Eine Maßnahme, die sie aus Steves Vertreterzeit übernommen hatte. Damals hatte sie viele Nächte allein verbringen müssen, allein mit dem kleinen Jason.

Die Stille um sie war beängstigend. Sally hörte ihr Herz schlagen. Warum?

Wenn es keine ungewohnten Geräusche gab, wovor hatte sie dann Angst?

Wie töricht ich bin, dachte sie. Sie ging ins Schlafzimmer zurück. Das unheimliche Gefühl blieb.

Ich werde nach den Kindern sehen, beschloß sie.

Auf Zehenspitzen tapste sie den Flur entlang und öffnete die Tür zu Jasons Zimmer. Er lag in seinem Bett und schlief. Die Decke hatte sich um seine Beine gewickelt. Er hielt seinen Teddybär im Arm. Sally zog ihm die Decke hoch. Er räkelte sich im Schlaf, legte sich auf die andere Seite. In dem schwachen Schein, der durch das

Fenster fiel, betrachtete sie sein Gesicht. Steves Ebenbild. Blondes Haar, kantiges Kinn, Grübchen. Steve sah sexy aus, fand Sally. Und sein Sohn würde einmal ein gutaussehender junger Mann werden. Ein Herzensbrecher. Sie beugte sich hinab und küßte ihn.

Er schlug die Augen auf. »Ach, du bist es, Mutti.«

Sally gab sich Mühe, streng zu erscheinen. »Ich dachte, du schläfst schon.«

»Ist was, daß du noch mal kommst?«

»Ich komme, um dir gute Nacht zu sagen, wie es sich gehört.«

»Ich mag das nicht, du küßt mich so oft.«

Sally beugte sich über ihn, um ihm einen weiteren Kuß zu geben. »Sei froh, daß du eine Mutter hast, die dich küßt. Nicht jedes Kind kann das von sich sagen.« Sie richtete sich auf.

»Strample dich nicht wieder bloß«, ermahnte sie ihn, schon fast an der Tür. »Du wirst dir noch eine Lungenentzündung holen.« Sie zog die Tür hinter sich zu. Natürlich würde er sich wieder bloßstrampeln. Und natürlich würde er sich keine Lungenentzündung holen. Sie mußte lächeln. Wenn Julie genauso gesund heranwuchs wie Jason, dann konnte sie von Glück sagen. Ich habe ein unheimliches Glück, dachte sie. Die Kinder sind eigentlich noch nie richtig krank gewesen.

Sie öffnete die Tür zu Julies Zimmer. Im gleichen Augenblick war die Angst wieder da.

Sie trat vor das Bettchen. Wie verschieden die beiden Kinder doch waren. Das Baby hatte schwarze Haare, wie Sally. Die Augen waren dunkel, der Körper, selbst für ein Kind dieses Alters, zierlich. Wie eine Puppe, dachte Sally. Das Gesicht sah bleich aus, fast weiß. Den Bruchteil einer Sekunde lang erinnerte sie der Anblick an eine Kindermumie. Aber es mußte wohl alles in Ordnung sein. Die Decke lag noch so um die Schultern der Kleinen, wie sie es verlassen hatte.

Sally wurde nachdenklich.

Es war ungewöhnlich, daß Julie länger als fünf Minuten stille lag. Wie es schien, hatte sich das Kind seit einer Stunde nicht bewegt.

Sie tastete nach Julies Stirn.

Die Stirn fühlte sich so kalt an, wie sie aussah.

Als Sally Montgomery ihre kleine Tochter aufnahm, brach eine Welt für sie zusammen.

Es konnte ganz einfach nicht wahr sein.

Alles war in bester Ordnung.

Das Kind fror, das war alles. Einfach die Kälte. Sie brauchte die Kleine nur in ihre Arme zu nehmen und zu wärmen, dann war alles wieder gut.

Sally Montgomerys Schmerz brach sich Bahn in einem furchtbaren Schrei, der die Stille der Nacht zerschnitt wie ein Messer.

Steve Montgomery kam ins Zimmer gestürzt. »Sally! Mein Gott, Sally! Was ist denn los?« Mit vorsichtigen Schritten kam er auf sie zu. Sie stand von der Tür abgewandt, starrte auf die nächtliche Straße hinaus, wiegte das Baby in ihren Armen. Er versuchte ihr das Kleine aus den Armen zu nehmen, aber Sally gab den kalten Körper nicht frei. Ihre Blicke trafen sich.

»Ruf sofort das Krankenhaus an!« flüsterte sie. In ihren Augen stand Verzweiflung. »Julie ist krank, Steve. Sie ist sehr krank.«

Er berührte die Stirn des Babys und hatte das Gefühl, wahnsinnig zu werden. Nein! Sie darf nicht tot sein! Er rannte zur Tür und blieb vor Jason stehen, der auf der Schwelle stand. Jason sah neugierig aus.

»Was ist?« Er sah seinem Vater in die Augen. Schließlich legte er den Kopf zur Seite und musterte seine Mutter. »Ist Julie was passiert?«

»Sie ist . . . krank«, brachte Steve stockend hervor. Er sagte es, als könnte er damit ihren Tod ungeschehen machen. »Julie ist krank, wir müssen den Arzt rufen. Komm!« Er zog Jason hinter sich her, ging ins Nebenzimmer und wählte die Nummer des Krankenhauses. Der Ruf ging durch, zweimal, dreimal. Steve zog seinen Sohn an sich. Der machte sich von ihm frei.

»Ist sie tot?« fragte er. »Ist Julie tot?«

Steve nickte. Und dann war die Vermittlung des Krankenhauses am Apparat. Während er den Notarztwagen anforderte, hielt er seinen Blick auf den Jungen gerichtet. Jason verzog keine Miene. Nach einer Weile machte er auf dem Absatz kehrt und ließ seinen Vater allein im Schlafzimmer zurück.

2

Das Eastbury Community Hospital war kein kommunales Krankenhaus, sondern eine Privatklinik. Es war Dr. Arthur Wiseman,
der die Klinik vor dreißig Jahren gegründet hatte. Inzwischen war
die Einwohnerzahl des Ortes gewachsen. Es gab mehr Arbeit. Dr.
Wiseman hatte sich sechs Ärzte als Teilhaber genommen. Ein
neues Gebäude war errichtet worden. Die Teilhaber waren Ärzte,
die neben dem Dienst im Krankenhaus ihre private Praxis im Ort
betrieben. Das Krankenhaus verfügte über eine Intensivstation
und über einen nach modernen Erkenntnissen ausgestatteten Operationssaal. Mit der Zeit war das Eastbury Community Hospital zu
einer anerkannten Institution geworden. Wer krank wurde, fühlte
sich hier gut aufgehoben. Dem einweisenden Arzt standen im Be-
darfsfall nicht weniger als sechs Kollegen der verschiedenen Fach-
richtungen zur Seite. Was nichts daran änderte, daß es sich um ein
kleines Krankenhaus mit beschränkten Möglichkeiten handelte.

Dr. Mark Malone stand im OP. Er war zweiundvierzig. Immer
noch nannte man ihn ›den jungen Dr. Malone‹. Er mußte lächeln,
wenn er daran dachte. Er betrachtete das Kind, das auf dem OP-
Tisch lag. Die Zehnjährige war mit einer akuten Blinddarmentzün-
dung eingeliefert worden. Die Operation war zu Ende. Er gab der
OP-Schwester ein Zeichen, dann schnitt er ein Stückchen von dem
herausoperierten Wurmfortsatz ab. Die Schwester fing das Präparat in einer kleinen Schale auf.

»Die üblichen Tests«, ordnete er an. Er warf einen fragenden
Blick zum Anästhesisten. Der nickte, Alles in Ordnung. Dr. Malone
verließ den OP, streifte die Handschuhe ab und wusch sich die
Hände. Sein Blick war auf die Wanduhr gerichtet. Wie kam es
wohl, daß so viele Blinddarmentzündungen ausgerechnet in den
frühen Morgenstunden in ihr kritisches Stadium traten? Noch ehe
er dem Gedanken weiter nachhängen konnte, ertönte sein Name
im Lautsprecher.

»Dr. Malone, bitte. Dr. Malone.«

Er trocknete sich die Hände ab und griff nach dem Telefon. »Hier
Dr. Malone.«

»Kommen Sie bitte sofort zur Nachtaufnahme.«

»Verdammter Mist!« Dr. Malone versuchte sich an den Namen
des Kollegen zu erinnern, der in dieser Nacht für den Dienst auf der
Intensivstation eingeteilt war.

Das Mädchen in der Vermittlung kam seiner Frage zuvor. »Ich rufe Sie, weil es ein Patient von Ihnen ist, Herr Dr. Malone.«

Er beendete das kurze Gespräch mit einem undefinierbaren Grunzen. Dann zog er sich den grünen OP-Kittel aus, streifte sich einen weißen Kittel über und machte sich auf den Weg zur Nachtaufnahme. Er glaubte zu wissen, was ihn dort erwartete.

Der diensthabende Arzt hatte den Patienten behandelt. Der Patient war gestorben. Da es sich um einen von Dr. Malones Patienten handelte, fiel ihm die undankbare Aufgabe zu, die Angehörigen zu benachrichtigen. Er seufzte. Den Menschen zu sagen, daß alle Bemühungen umsonst gewesen waren, das war eigentlich das Schlimmste am Arztberuf.

Vor der Nachtaufnahme traf er auf die diensthabende Schwester. Sie war bleich wie die Wand. »Was ist denn passiert?« erkundigte er sich.

»Ein totes Baby ist eingeliefert worden.« Ihre Stimme zitterte. Sie deutete auf die Tür. »Die Mutter ist bei dem Kind.«

»Wer?«

»Es ist die kleine Julie Montgomery. Sally will das Kind nicht hergeben. Sie sagt, das Baby hat sich nur erkältet. Sie will es wärmen, verstehen Sie . . .« Sie schlug den Blick nieder. »Ich . . . ich habe Dr. Wiseman angerufen.«

Dr. Malone nickte. Recht so. Die kleine Julie, sie war bei ihm in Behandlung gewesen. Aber die Mutter des Kindes war Patientin von Dr. Wiseman. »Und hat er gesagt, er kommt?«

»Er müßte jeden Augenblick hier sein.« Sie hatte den Satz kaum beendet, als Dr. Malone die vertraute Gestalt seines Kollegen vom Parkplatz auf das gläserne Portal zugehen sah.

Sally Montgomery saß auf einem Stuhl. Sie hielt Julie an sich gepreßt. Als Dr. Wiseman zu ihr trat, sah sie auf. Ihre Augen waren weit aufgerissen, der Blick seltsam leer.

Schock, dachte Dr. Wiseman. Sie steht unter Schock. Er nickte ihr zu und versuchte ihr die Leiche des Babys aus dem Arm zu nehmen. Sally machte eine Seitwärtsbewegung.

»Sie friert, Herr Doktor«, flüsterte sie. »Sie friert ganz fürchterlich. Ich muß sie wärmen.«

»Ich weiß, daß sie friert«, sagte er gütig. »Deshalb sind Sie ja mit dem Baby zu uns gekommen. Möchten Sie denn nicht, daß wir uns um die Kleine kümmern?«

Sie starrte ihn eine Weile an. Schließlich nickte sie. »Doch. Sie können das Kind wärmen, Dr. Wiseman. Sie ist nicht krank, wirklich nicht. Sie ist nur so kalt...« Ihre Stimme erstarb. Sie reichte ihm das Baby und brach in Tränen aus. Dr. Wiseman legte die Kleine Dr. Malone in die Arme.

»Versuchen müssen wir's wohl«, sagte er leise.

Sally blieb in der Obhut Dr. Wisemans zurück. Dr. Malone war, den Leichnam des Kindes auf den Armen, in die Ambulanz geeilt. Er legte die Kleine auf den Behandlungstisch. Er wußte, daß es keine Chance mehr gab, das Kind wiederzubeleben. Trotzdem versuchte er es. Er blickte auf, als sich ein Schatten an der Wand abzeichnete. Dr. Wiseman stand hinter ihm.

»Nichts zu machen, wie?«

Dr. Malone nickte. »Wir können dem Kind nicht mehr helfen«, sagte er. »Die Kleine ist schon mindestens eine Stunde tot.«

Dr. Wiseman seufzte. »Vermutliche Todesursache?«

»Ich bin mir nicht sicher. Sieht ganz so aus wie ein Fall von SIDS.«

Dr. Wiseman schloß die Augen. Er wischte sich das Haar aus der Stirn. Warum? dachte er. Warum sterben uns die Kinder weg? Warum?

»Ist der Vater des Kindes im Warteraum?« hörte er Dr. Malone fragen.

»Er ist gerade beim Telefonieren, glaube ich. Er sagt, er will seine Schwiegermutter bitten, daß sie der Tochter zur Seite steht. Ich habe Sally Montgomery etwas Valium injizieren lassen.«

»Gut. Möchten Sie, daß ich mit Steve spreche?«

Dr. Wisemans Blick war auf den kleinen weißen Leichnam geheftet. »Das übernehme ich«, sagte er nach kurzem Nachdenken. »Ich kenne Steve recht gut. Fast so gut wie Sally.« Er hielt inne. »Werden Sie eine Autopsie durchführen lassen?«

»Das werde ich«, gab Dr. Malone zur Antwort. »Ich fürchte allerdings, daß uns das keinerlei Aufschluß bringen wird. Julie Montgomery war eines der gesündesten Babys, das mir in meiner Zeit als Arzt untergekommen ist. Ich habe sie erst vor zwei Tagen zur Vorsorge auf dem Tisch liegen gehabt. Ohne Befund. Das Kind war kerngesund, Verdammte Scheiße!«

Dr. Malone sah in das bleiche Antlitz der Kleinen. Julie schien zu schlafen. Keine Spur von Gewaltanwendung. Kein Anzeichen einer Krankheit. Nur diese geisterhafte Blässe.

Der Tod.

»Ich bring' sie runter in die Leichenkammer«, sagte Dr. Malone.

Er wandte sich ab. Dr. Wiseman sah ihm nach, bis er um die Ecke verschwunden war. Dann kehrte er ins Wartezimmer zurück, wo er Steve Montgomery neben seiner Frau sitzend antraf.

Dr. Wiseman schüttelte traurig den Kopf. Er ergriff Steve am Arm. »Es ist alles umsonst gewesen«, sagte er. »Wir haben nichts mehr für die Kleine tun können. Rein gar nichts!«

»Aber an was ist sie denn gestorben?« brachte Steve hervor. »Das Kind war doch völlig gesund.«

»Ich weiß es nicht«, antwortete Dr. Wiseman. »Wir müssen die Autopsie abwarten. Ich habe aber wenig Hoffnung, daß wir irgend etwas finden.«

»Was sagen Sie da?« Sallys Gesicht war schmerzverzerrt. Sie schien den Schock überwunden zu haben. Was sich jetzt in den Gedanken dieser Frau abspielte, war schlimmer als jene Lähmung der Gefühle, die vorher zu beobachten gewesen war. Sie wird darüber hinwegkommen, dachte er. Es wird nicht leicht für sie sein, aber sie wird darüber hinwegkommen.

»Es wird am besten sein, wenn Sie jetzt beide nach Hause fahren«, sagte er, mit einer Geste zu Steve Montgomery. »Ich schlage vor, daß wir das weitere dann morgen früh in meiner Praxis durchsprechen. Einverstanden?«

Sally war aufgestanden. Sie hielt den Arm ihres Mannes umklammert. »Was ist denn passiert?« fragte sie. »Ein Kind stirbt doch nicht einfach so, oder?«

Dr. Wiseman betrachtete sie aus den Augenwinkeln. Bei einer anderen Frau hätte er bis morgen gewartet. Aber diese Patientin kannte er seit Jahren. Sie war hart im Nehmen. Außerdem hatte ihr die Schwester eine Valiumspritze gegeben. Sie würde wohl kaum noch Schwierigkeiten machen heute nacht.

»Manchmal doch«, sagte er und lauschte dem Klang seiner Stimme nach. »Manchmal sterben Kinder einfach so. Wir nennen das SIDS. Sudden infant death syndrome. Dr. Malone vermutet, daß sie daran gestorben ist.«

»Oh, mein Gott!« entfuhr es Steve Montgomery. In seiner Vorstellung entstand Julies kleines Gesicht, ihre munter blitzenden Äuglein, ihre winzigen Fingerchen, die sich um seinen Daumen legten, ihr Lachen, wenn er sie am Hals kitzelte.

Vorbei.

Die Tränen rannen ihm über die Wangen. Er ließ seinem Schmerz freien lauf.

Die Dämmerung war heraufgezogen. Der Morgennebel hüllte East-bury ein. Steve Montgomery erhob sich aus seinem Sessel und trat ans Fenster. Sie hatten den Rest der Nacht im Wohnzimmer ver-bracht. Weder Sally noch er hatten schlafen können nach dem, was passiert war. In den Schatten der Nacht verbargen sich Gedanken, vor denen sie sich fürchteten. Aber jetzt waren die Schatten vom Schein des nahenden Tages verdrängt worden. Steve ging zum Lichtschalter und knipste die Lampen aus.

»Nicht«, flüsterte Sally, »bitte nicht.«

Er verstand. Er knipste das Licht wieder an, dann setzte er sich zu ihr. Schweigend hielten sie sich umschlungen. Plötzlich waren Schritte auf der Treppe zu hören. Die Tür ging auf. Sallys Mutter betrat den Raum. Als sie ihre Tochter auf dem Sofa erblickte, lief sie auf sie zu und zog sie in die Arme.

»Mein armes Baby«, sagte sie. »Mein liebes armes Baby! Sag mir bloß, wie ist das passiert?«

Es war, als hätten ihre Worte den Riegel von der Schleuse fortge-stoßen, hinter der sich Sallys Tränen stauten. Schluchzend lehnte sie sich an ihre Mutter. Phyllis Paine umfing sie tröstend. Schließ-lich hob sie den Blick.

»Woran ist das Kind gestorben, Steve?« Sie sprach über Sallys Schulter hinweg.

Ich muß jetzt stark sein, dachte Steve. Das schulde ich Sally. Ich muß stark sein. Ich muß die Fragen der Freunde beantworten. Ich muß ihrer Mutter Rede und Antwort stehen. Ich muß mich um Sally kümmern. Um sie und um meinen Sohn. Dann schoß ein furchtbarer Gedanke durch seinen Kopf. Ich habe die Kraft nicht. Ich werde an dieser Prüfung zerbrechen. O Gott, warum hast du Ju-lie von uns genommen? Sie war doch nur ein Baby!

Wie gern hätte er geweint, hätte seinen Kopf am Busen seiner Frau geborgen. Er wußte, das war nicht möglich. Nicht jetzt. Viel-leicht nie. Er sah seiner Schwiegermutter in die Augen.

»Wenn du meinst, das Kind hat einen Unfall gehabt, so war es das nicht«, sagte er. Er zwang sich zur Ruhe. »Sie ist gestorben, ein-fach so. Die Ärzte nennen es den *SIDS-Faktor*. Sudden infant death syndrome.«

Phyllis Paine kniff die Augen zusammen. »Der größte Unsinn, den ich je gehört habe«, sagte sie. »Das heißt doch im Klartext, die Ärzte wissen nicht, an welcher Krankheit das Kind gestorben ist. Ich möchte wissen, was dahintersteckt.«

Sally hatte sich von ihrer Mutter losgemacht. »Wie meinst du das?« Ihre Frage kam kühl und schneidend.

Phyllis dachte nach, suchte nach den richtigen Worten. Jawohl, es gab jemanden, der am Tod des Kindes die Schuld trug, aber sie würde zu diesem Zeitpunkt keine Beschuldigung aussprechen. Dazu war es noch zu früh. Wenn Sally über den Berg war, würde sie mit ihr unter vier Augen reden. Zunächst einmal mußte sie ihrer Tochter beistehen. So wie ihre Tochter der kleinen Julie hätte beistehen müssen.

»Ich sage nur, daß jeder Tod eine Ursache hat, Sally. Bei den Ärzten vertuscht einer die Fehler des anderen. Kinder sterben nicht einfach so. Wenn die Ärzte zu faul sind, den wahren Grund herauszufinden, lassen sie sich einen geheimnisvollen Namen einfallen. SIDS!« Ihr Blick wanderte zwischen der Tochter und dem Schwiegersohn hin und her. Schließlich legte sie Sally den Arm um die Schulter. Als sie weitersprach, klang Güte durch. »Ich werde ein paar Tage bei euch bleiben. Ich kümmere mich um Jason und um die Arbeit im Haus. Ihr beide habt jetzt genug um den Kopf.«

»Danke, Phyl«, sagte Steve. »Ich danke dir von Herzen.«

Phyllis Paine zuckte die Schultern. »Wozu wären Mütter denn da, wenn sie sich nicht um ihre Kinder kümmerten.« Ihr Blick blieb auf Sally haften. Sie sahen ihr nach, wie sie zur Treppe ging, die zu den Schlafzimmern hinaufführte.

Wenig später war Jasons Stimme zu hören. Er bestürmte seine Großmutter mit Fragen. Sally hielt den Blick gesenkt. Einige Herzschläge lang saßen sie still nebeneinander. Dann brach sie das Schweigen.

»Sie glaubt, ich bin schuld an Julies Tod«, sagte sie schleppend. »Sie glaubt, ich habe nicht gut genug aufgepaßt.«

Wie hoffnungslos, wie verloren ihre Stimme klang. Steve tastete nach ihrer Hand, versuchte sie zu trösten. »Das glaubt sie in gar keinem Fall«, widersprach er ihr. »Aber du kennst doch Phyllis. Sie spricht, wie ihr der Schnabel gewachsen ist. Das ist einfach ihre Art.«

Sally nickte. Ich kenne meine Mutter, dachte sie. Aber kennt meine Mutter mich? Sie fuhr aus dem Grübeln hoch, als Jason die Treppe heruntergepoltert kam. Er blieb mitten im Zimmer stehen. Er war noch im Schlafanzug.

»Was ist mit Julie passiert?« fragte er.

Steve biß sich auf die Lippen. Was konnte er ihm antworten? Wie konnte er einem Achtjährigen den Tod erklären, wenn nicht einmal die Erwachsenen den Tod verstanden? »Julie ist tot«, sagte er. »Wir wissen nicht, woran sie gestorben ist. Sie ist einfach von uns genommen worden.«

Jason schwieg. Er schien nachzudenken. »Muß ich heute in die Schule gehen?« fragte er.

Was als unschuldige Frage gemeint war, klang in Sallys Ohren wie eine gezielte Gefühllosigkeit. Sie brach in Tränen aus. »Natürlich mußt du heute in die Schule gehen«, schrie sie. »Glaubst du, ich kann mich an einem Tag wie diesem um dich kümmern? Glaubst du eigentlich, ich bin aus Eisen? Glaubst du...« Sie brach auf dem Sofa zusammen. Ihr schlanker Körper wurde von Schluchzen geschüttelt.

Ihre Mutter kam die Treppe heruntergeeilt. Jason stand da, wußte nicht, was er sagen sollte.

Phyllis Paine zog den Jungen an sich. »Ist schon gut, mein Kleiner«, sagte sie. »Natürlich brauchst du heute nicht zur Schule zu gehen. Geh rauf und zieh dich an. Ich mach dir inzwischen ein Frühstück, okay?« Sie drückte ihm einen Kuß auf die Wange, dann gab sie ihn frei.

»Einverstanden, Grandma«, sagte Jason leise. Er warf seinen Eltern einen neugierigen Blick zu, dann rannte er die Stufen hinauf.

Als er verschwunden war, legte Steve den Arm um seine Frau. »Geh' ins Bett, Liebling«, sagte er. »Du brauchst jetzt Ruhe. Phyllis wird sich um alles kümmern. Das ist am besten so. Ruh dich erst einmal aus, mir zuliebe!«

Sally war zu erschöpft, um ihm zu widersprechen. Sie ließ sich von ihm ins Schlafzimmer führen, ließ es zu, daß er sie entkleidete und ins Bett legte. Er beugte sich zu ihr und küßte sie, dann ging er hinaus.

Der ersehnte Schlaf wollte nicht kommen. Die Worte ihrer Mutter klangen Sally in den Ohren. Wozu wären *Mütter* denn da, wenn sie sich nicht um ihre Kinder kümmern. Es war als Anschuldigung gemeint, die Bemerkung war an Deutlichkeit nicht zu überbieten. Tief in ihrem Inneren wußte sie, daß es keine Antwort gab, mit der sie die Beschuldigung entkräften konnte. Wie hätte sie nachweisen können, daß sie wirklich auf das Kind aufgepaßt hatte! Vielleicht war sie wirklich schuld an Julies rätselhaftem Tod.

Hatte sie nicht einst mit dem Gedanken gespielt, Julie abzutreiben? Wochenlang war eine mögliche Abtreibung das Hauptgesprächsthema zwischen Sally und Steve gewesen. Eigentlich wollten sie kein zweites Kind. Sie hatten das Problem in langen Gesprächen hin- und hergewälzt, bis es zu spät war.

Immerhin, als Julie dann geboren war, hatten sie dem Kind ihre ganze Liebe angedeihen lassen. Sie mochten Julie ebenso gern wie Jason, vielleicht sogar mehr.

Oder war das alles nur Einbildung gewesen?

Vielleicht bildete man es sich nur ein, daß man ein solches Kind liebte. Man war schließlich die Mutter. Du sollst deine Kinder lieben.

Vielleicht habe ich Julie nicht genug geliebt, dachte sie.

Vielleicht habe ich das Kind spüren lassen, daß es kein Wunschkind ist.

Sie sah die anklagenden Augen ihrer Mutter vor sich, während ihre Gedanken die Grenze vom Wachen zum Traum passierten.

Meine Tochter ist tot. Vielleicht bin ich daran schuld. Jedenfalls kann ich meine Unschuld nicht beweisen.

Ich werde Mutter nie im Leben überzeugen können, daß ich schuldlos bin. Nicht einmal mich selbst werde ich überzeugen können.

Die Schuld hatte Einzug gehalten in Sally Montgomerys Seele, ein Gefühl so tödlich für die Gedanken eines Menschen wie Krebs für den Körper.

Glück und Tod. In einer einzigen Nacht war alles anders geworden.

3

Lustlos stocherte Randy Corliss in seiner Schale mit Maisflocken herum. Er war insgeheim entschlossen, die Portion nicht aufzuessen.

Noch fünf Minuten, dann würde seine Mutter das Haus verlassen.

Dann konnte er das Essen in den Mülleimer kippen, eine Nougatstange aus dem Vorratsschrank stibitzen und sich auf den Schulweg machen. Er starrte sehnsüchtig auf den großen Zeiger der Küchenuhr. Er war nicht sicher, ob sich der Zeiger überhaupt bewegte. In der Schule war das anders. Da sah man, wie der Zeiger von einer Minute zur anderen sprang. Wie schön wäre es doch, wenn Mutter auch eine solche Uhr kaufte. Aber er wußte, diese Chance war gleich null. Er beschloß, am nächsten Wochenende mit seinem Vater zu sprechen. Vielleicht gelang es ihm, Vater zu dem Kauf zu überreden.

Er hing dem Gedanken nach, während seine Mutter ihn ermahnte, unmittelbar nach der Schule nach Hause zu kommen, die Wohnungstür nur für Besucher zu öffnen, die er kannte, und sich vor allem bei Mrs. Willis, der Nachbarin, zu melden, wenn er von der Schule zurückkehrte. Schließlich nahm sie ihn in die Arme, drückte ihm einen Kuß auf die Wange und verschwand in der Garage, die unmittelbar neben der Küche lag. Er hörte, wie sie den Wagen anließ. Erst als das Motorengeräusch in der Ferne erstarb, stand er auf und schüttelte den Rest des Essens in den Mülleimer.

Es war fünf nach acht, als Randy Corliss, neun Jahre, in den frischen Frühlingsmorgen hinaustrat. Sein Schulweg war lang, er würde ihn bei Jason Montgomery vorbeiführen. Unterwegs traf er die anderen Kinder. Sie gingen zu zweit oder zu dritt, unterhielten sich, flüsterten und kicherten. Jeder Junge, so schien es, hatte eine ganze Reihe von Freunden.

Jeder außer Randy Corliss.

Randy wußte nicht, woran es lag, daß er so wenig Freunde hatte. Vor Jahren, er war damals sechs, hatte er auch viele Freunde gehabt. Aber die hatten sich verflüchtigt, einer nach dem anderen.

Warum eigentlich? Er war schließlich nicht der einzige, dessen Eltern geschieden waren. Es gab eine Menge Jungen, die bei ihrer Mutter lebten. Einige waren sogar ihrem Vater zugesprochen worden. Dies waren die Jungen, die Randy nach Kräften beneidete. Er beschloß, am kommenden Wochenende mit seinem Vater darüber zu sprechen. Vielleicht kriegte er ihn diesmal soweit, daß er ihn zu sich nahm. Seit einem Jahr schon sehnte sich Randy danach, bei seinem Vater zu leben.

Vergangenen Sommer war er seiner Mutter weggelaufen. Der Sommer war ganz besonders langweilig gewesen. Niemand spielte mit ihm. Der erste Ferienmonat war mit Zuschauen dahingegangen. Randy hatte dagestanden und zugeschaut, wie die anderen Jungen sich vergnügten. Er hatte darauf gehofft, der eine oder der andere werde ihn zum Ballspiel einladen, zum Schwimmen oder auf eine Fahrradtour.

Aber diese Hoffnung hatte sich nicht erfüllt. Schließlich hatte er

Billy Semple, seinen letzten Freund, ganz offen gefragt, was eigentlich los war. Billy hatte ihn nur lange angestarrt. Dann hatte er auf sein Gipsbein gedeutet und die Schultern gezuckt. Gesagt hatte er kein Wort.

Trotzdem hatte Randy verstanden. Das Gipsbein. Er und Billy hatten in Semples' Hinterhof gespielt. Und Randy hatte die Idee gehabt, vom Dach zu springen. Zuerst vom Garagendach, das war recht leicht. Randy war als erster gesprungen, er war weich im Komposthaufen gelandet. Billy folgte.

Dann hatte Randy vorgeschlagen, sie sollten das gleiche vom Hausdach versuchen. Billy hatte es mit der Angst zu tun bekommen. Um nicht als Feigling dazustehen, machte er trotzdem mit. Die beiden hatten eine Leiter herangeschleppt, an die Traufe gelehnt und waren hinaufgeklettert. Oben hatten sie eine Weile auf den Schindeln gehockt und hinabgesehen. Wieder war es Randy, der als erster sprang.

Ein Schmerz durchzuckte ihn, als er auf dem Boden aufkam. Aber als er sich aufrichtete, war der Schmerz weg. Er grinste zu Billy hinauf.

»Los doch!« schrie er. »Es ist kinderleicht.« Billy hatte gezögert, und Randy hatte ihn als Feigling verspottet. Schließlich hatte sich Billy doch noch zum Sprung entschlossen. Seine Mutter kam gerade rechtzeitig auf den Hof, um zu sehen, wie er sich das Bein brach. Sie war fuchsteufelswild geworden und hatte Randy verboten, je wieder das Grundstück zu betreten. Noch am gleichen Abend hatte sie Randys Mutter angerufen. Der Sohn solle sich nie wieder bei ihr sehen lassen.

Zuviel wäre eben zuviel. Sie hätte nicht gehofft, daß es soweit kommen würde, aber nach dem Vorgefallenen sei sie gezwungen, sich den Nachbarn anzuschließen und ihrem Sohn das Spielen mit Randy Corliss zu verbieten.

Daß es ein Unfall war, davon wollte sie nichts hören. Randy war der Teufel in Menschengestalt. Schlechter Umgang für ihren Sohn.

Quälend langsam war der Sommer verstrichen. Randy war sich selbst überlassen gewesen. Er hatte sich einsam gefühlt wie noch nie. Er war dann viel in den Wäldern herumgestromert, von denen Eastbury umgeben war. Er hatte darüber nachgegrübelt, was eigentlich an ihm war, daß ihn die anderen Jungen mieden wie die Pest.

Und dann hatte er Jason Montgomery kennengelernt. Obwohl

Jason ein Jahr jünger war, hatten sie sich sofort gemocht. Jason was anders als die Jungen in der Schule. Die Mitschüler, das waren alles Feiglinge. Nicht so Jason. Schon einen Tag später waren sie dicke Freunde. Randy machte es sich zur Regel, auf dem Schulweg bei Jason vorbeizugehen.

Er war vor dem Haus der Familie Montgomery angekommen. Er betrat das Grundstück und ging in den Hof.

»Jason!« Die rückwärtige Tür wurde geöffnet. Jasons Großmutter erschien im Türrahmen. »Kommt Jason nicht?« fragte er.

»Der geht heute nicht zur Schule«, wurde ihm gesagt. Sie wollte die Tür schließen, als Jason plötzlich hinter ihr erschien. Er schlüpfte an ihr vorbei in den Hof.

»Tag«, sagte Jason.

Randy betrachtete seinen Freund voller Neugier. »Bist du krank?« erkundigte er sich.

»Nein.« Er hob den Blick. »Vergangene Nacht ist meine kleine Schwester gestorben, deshalb darf ich heute zu Hause bleiben.«

Randy ließ die Mitteilung in sein Bewußtsein einsickern. Er wußte nicht recht, was er seinem Freund antworten sollte. Er hatte Jasons Schwesterchen nur ein einziges Mal zu sehen bekommen. Ein Baby, das sich in nichts von anderen Babys unterschied. Wie Jason damals gesagt hatte, plärrte das Kind den ganzen Tag, dauernd mußte man ihm die Windeln wechseln. »Deine kleine Schwester ist gestorben? Wie ist das denn passiert?« brachte er schließlich hervor.

Jason zögerte. »Keine Ahnung. Mein Vater sagt, sie ist einfach so gestorben. Jedenfalls brauche ich heute nicht zur Schule zu gehen.«

»Wie schön für dich«, sagte Randy. Ein fragender Blick. »Hast du der Kleinen was getan? Sag's mir ehrlich.«

»Warum sollte ich meiner Schwester was tun?« entgegnete Jason.

Randy trat ungemütlich von einem Bein aufs andere. »Weiß nicht. War nur so eine Idee. Billy Semples Mutter meint nämlich...« Er verstummte. Vielleicht war es nicht gut, wenn er so offen mit seinem Freund sprach. Billys Mutter gab Jason die Schuld an dem Unfall ihres Sohnes. Sie behauptete, Jason hätte ihren Jungen vom Dach gestoßen.

»Hast du's getan?«

»Was?«

»Hast du Billy vom Dach geschubst?«

»Nein.«

»Siehst du. Genauso ist es mit mir und Julie. Ich hab' ihr auch nichts getan. Jedenfalls glaube ich nicht, daß ich ihr was getan habe...«

Bevor er den Gedanken weiter ausführen konnte, ging die Tür wieder auf. Jason wurde von seiner Großmutter ins Haus zurückbeordert. Randy starrte ihm nach, bis er in der Düsternis des Hausinneren verschwunden war. Dann ging er auf die Straße zurück und setzte seinen Schulweg fort.

Er hatte wirklich keine Lust, heute am Unterricht teilzunehmen. Der Schulweg mit Jason war die einzige Abwechslung. Wenn Jason ausfiel, erwartete ihn die gleiche Langeweile wie vergangenen Sommer. Warten und Hoffen. Warten, daß einer der anderen Jungen mit ihm spielte.

Warten ist schwer, wenn man erst neun ist. Randy vertrieb sich die Zeit, indem er zu stehlen begann. Keine großen Sachen. Was sich so mitnehmen ließ, wenn man durch den Kramladen an der Ecke schlenderte.

Es konnte nicht gutgehen. Eines Tages ertappte ihn Mr. Higgins, der Ladenbesitzer, auf frischer Tat.

Randy würde den Augenblick nie mehr vergessen. Er war schon fast wieder draußen, als er spürte, wie sich eine Hand auf seine Schulter legte. Er fuhr herum. Da stand Mr. Higgins. »Und jetzt leerst du deine Taschen aus, mein Junge.«

Das Jojo-Spiel hatte kein Preisschildchen mehr. Aber Randy wußte, es war sinnlos, das Ding als sein Eigentum auszugeben. Er war bleich geworden, die Tränen schossen ihm in die Augen. Er stammelte eine Entschuldigung. Ich will es nie mehr wieder tun, versprach er.

Aber Mr. Higgins ließ es dabei nicht bewenden. Er hatte die Polizeistation in Eastbury angerufen. Nein, er wollte keine Anzeige erstatten wegen des Diebstahls. Aber dem Jungen gehörten die Leviten gelesen. »Ich will, daß Sie diesem Randy Corliss einmal klarmachen, was Stehlen bedeutet.« Randy stand dabei, wie der Ladeninhaber telefonierte. »Jawohl, Sie sollen ihm Angst einjagen, damit er wieder auf den rechten Weg kommt.« Ein Polizeiwagen fuhr vor. Randy wurde zur Polizeiwache gebracht. Der Officer zeigte ihm eine der Arrestzellen. Möglicherweise, so kündigte er an, werde er die Nacht in der Zelle verbringen müssen. Dann hatten die Beamten seine Fingerabdrücke abgenommen und ein Foto von ihm gemacht. Erkennungsdienstliche Behandlung, hatte der Officer das genannt. Wenn er, Randy, sich je wieder etwas zuschulden kommen ließ, würde er mit Sicherheit hinter Gittern landen.

Schließlich hatten sie ihn gehen lassen. Randy zitterte vor Furcht, als er nach Hause kam. An jenem Abend hatte er den Entschluß gefaßt, wegzulaufen.

Niemand mochte ihn, seine Mutter hatte keine Zeit für ihn. Blieb sein Vater. Randy kam zu dem Schluß, daß die Rettung bei seinem Vater lag. Er hatte ihn dann angerufen, hatte seinen Vater angefleht, ihn zu sich zu nehmen. Aber Jim Corliss hatte seinen Sohn vertröstet. Später einmal könnte er zu ihm ziehen. Schließlich hatte er Randys Mutter zu sprechen verlangt. Randy war Zeuge des Gesprächs der beiden geworden. Nein, sie würde Randy nie hergeben, hatte Mutter gesagt. Jim Corliss sollte gar nicht erst versuchen, ihr den Jungen wegzunehmen. Dann, als die beiden sich zu Ende gezankt hatten, durfte Randy noch einmal an den Apparat.

»Ich will sehen, was sich machen läßt«, hatte sein Vater ihm versprochen. »Aber es gibt Gesetze, Randy, die dabei zu beachten sind. Ich kann nicht einfach dort vorfahren und dich im Auto mitnehmen. Das wäre illegal. Verstehst du das?«

Randy verstand das keineswegs. Er haßte Eastbury. Er haßte seine Mutter und er haßte die Freunde, die keine Freunde mehr waren. Er wünschte sich inständig, er könnte mit seinem Vater zusammenleben. Und dann kam ihm die Idee, wie er das Problem lösen konnte. Es war illegal, wenn sein Vater ihn holen kam. Nun gut. Aber es war sicher nicht illegal, wenn er zu seinem Vater flüchtete.

Nach zwei Tagen Nachdenken stand sein Entschluß fest. Er wartete, bis es dunkel wurde. Als seine Mutter eingeschlafen war, zog er sich an und stahl sich aus dem Haus. Er wußte ja, wo sein Vater wohnte. Fünf Meilen von Eastbury, wenn man quer durch den Wald ging. Randy kannte die Gegend, hier war er aufgewachsen. Er veranschlagte zwei Stunden für die Strecke bis zu seinem Vater.

Er hatte seine Rechnung ohne den Wirt gemacht. Der Wald sah nachts ganz anders aus als bei Tage. Zunächst war er zügig vorangekommen. Er ließ den Kegel der Taschenlampe über die düster rauschenden Baumkronen tanzen. Dann aber gabelte sich der Weg.

Was tun? Bei Tag wäre das alles kein Problem gewesen. Aber in dieser Finsternis erkannte er keines der Wahrzeichen mehr wieder, an denen er sich sonst immer orientiert hatte.

Er wählte den Weg, der am Fluß entlangführte, redete sich ein, daß ihm nichts passieren konnte. Aber es gelang ihm nicht, die aufkommenden Zweifel zu verdrängen.

Wenig später kam er an eine zweite Wegkreuzung. Dieses Mal war er wirklich ratlos. Er blieb stehen, lauschte den Geräuschen der Nacht. So verstrich eine Viertelstunde. Er beschloß aufzugeben. Es war wohl keine gute Idee, mitten in der Nacht quer durch den Wald zu marschieren. Er machte kehrt.

Als er nach fünf Minuten an eine Weggabelung geriet, spürte er, wie die Verzweiflung an ihm hochkroch. Er erinnerte sich nicht an diese Abzweigung. War er auf dem Hinweg wirklich hier vorbeigekommen?

Die Geräusche des Waldes hatten eine andere Färbung bekommen. Ihm schien, als würde er aus leuchtenden Augen beobachtet. Das Wesen verbarg sich hinter dem Blattwerk des Unterholzes, so daß er es mit dem Strahl seiner Taschenlampe nicht erreichen konnte.

Dann glitzerten Lichter zwischen den Zweigen. Er rannte darauf zu. Die Lichter verloschen. Randy lief weiter. Als zwischen den Baumstämmen der Nachthimmel sichtbar wurde, atmete er auf. Dort mußte eine Straße verlaufen. Aber welche Straße? Er hatte jede Orientierung verloren.

Er blieb in der Hocke und dachte nach. Was konnte er tun? Ja, er würde nach Hause zurückkehren. Aber in welcher Richtung lag das Haus? Er fühlte, wie die Kälte an seinen Beinen hochwanderte. Er entschloß sich zur Flucht nach vorn. Er zwängte sich durch die Sträucher, gelangte auf die Straße und wandte sich nach links. Die Taschenlampe in der Faust marschierte er am Straßenrand entlang.

Das Geräusch eines Autos. Das Geräusch kam näher, erstarb ganz plötzlich. Der Wagen hatte angehalten. Ein Streifenwagen mit der Aufschrift ›Eastbury Police‹.

»Wo willst du denn hin?« fragte der Polizist, der am Steuer saß.

»Nach Hause«, stotterte Randy.

»Wo wohnst du denn?«

»In Eastbury.«

»Dann gehst du aber in die falsche Richtung.« Der Polizist lehnte sich quer über den Sitz und öffnete die Beifahrertür. »Komm rein.«

Vor Randys Augen erstanden die Gitterstäbe der Zelle, die ihm gezeigt worden war. »Bin ich verhaftet?« fragte er kleinlaut.

Der Polizist musterte ihn interessiert. Ein Lächeln stand in seinen Mundwinkeln. »Bist du ein Verbrecher?«

Randy riß die Augen auf. Sein Herz schlug wie wild. »Ähm... nein. Ich wollte nur meinen Vater besuchen.«

»Vorhin hast du gesagt, du wolltest nach Hause.«

Randy wand sich auf dem Sitz. »Das ist dasselbe. Ich will nach Haus, zu meinem Vater.«

»Du wohnst aber gar nicht bei deinem Vater, stimmt's? Bist du von zu Hause weggelaufen?«

Randy starrte aus dem Fenster. Er war jetzt sicher, daß der Streifenpolizist ihn ins Gefängnis einliefern würde. »Ja.«

»Ist es so schlimm bei dir zu Hause?«

Randy sah auf. Der Polizist lächelte ihm zu. Vielleicht läßt er Gnade vor Recht ergehen, dachte Randy. Er beantwortete die Frage mit einem Nicken.

Der Polizist machte dann ein finsteres Gesicht, aber Randy hatte keine Angst mehr vor ihm. Als er dann zu sprechen begann, waren alle Sorgen verflogen. »Ich bin Sergeant Bronski«, hörte er ihn sagen. »Ich werd' dich jetzt zu einem Coke einladen, und dann sprechen wir alles in Ruhe durch.«

»Wo fahren wir denn hin?« wollte Randy wissen.

»Hier in der Nähe gibt's ein Straßenrestaurant, das die ganze Nacht offen hat.« Sergeant Bronski wendete auf der Straße und schlug die Richtung nach Eastbury ein. »Soll ich nicht besser deine Mutter anrufen?«

»Bitte nicht.«

»Und deinen Vater!«

»Würden Sie das tun?«

»Aber sicher.« Sergeant Bronski verlangsamte das Tempo und bog auf den Parkplatz des Restaurants ein. Er bestellte Randy ein Glas Coke und für sich einen Becher Kaffee. Und dann erzählte Randy von dem Zwist zwischen seinen Eltern, von dem Gezänk am Telefon. Als er fertig war, musterte ihn der Polizist aus zusammengekniffenen Augen.

»Ich glaube, es ist besser, wenn wir deine Mutter anrufen, Randy«, sagte er.

»Warum ist das besser?«

»Weil du bei deiner Mutter wohnst, darum. Wenn wir deinen Vater anrufen, muß er deine Mutter benachrichtigen, und dann kommt sie vielleicht noch auf die Idee, er hätte das alles so eingefädelt. Dann verbietet sie dir, deinen Vater überhaupt noch zu treffen. Kapiert?«

»Ich glaube schon«, sagte Randy unsicher. Sergeant Bronski war aufgestanden und ans Telefon gegangen. Er hatte Randys Mutter verständigt, und dann hatte er ihn heimgefahren.

Seine Mutter hatte ein Donnerwetter auf ihn niedergehen lassen. Es sei schon schwierig genug mit ihm, da müsse er sie nicht noch in Angst und Schrecken versetzen, indem er nachts weglief. Schließlich war Randy ins Bett geschickt worden. Er hatte lange wachgelegen und nachgedacht.

Seitdem war alles in der Schwebe geblieben. Randy zermarterte sich den Kopf, was künftig sein würde. Immer wenn er sich mit seinem Vater traf, bestürmte er ihn, er wollte fort von Mutter. Vater sagte nie nein. Aber er sagte auch nie wirklich ja. Du mußt abwarten, Randy, das war der Tenor. Kommt Zeit, kommt Rat.

Monate waren vergangen, ohne daß sich eine Wende zum Besseren abzeichnete. Es war Frühling geworden. Der Sommer würde fürchterlich werden. Randy würde wie falsches Geld herumlaufen und nach Spielgefährten suchen, die es nicht gab, würde den Jungen nachsehen, die nichts mit ihm zu tun haben wollten. Was jetzt im Hause der Familie Montgomery passiert war, machte die Sache nicht besser. Nachdem Jasons kleine Schwester gestorben war, würden die Eltern Jason den Umgang mit Randy untersagen. Er würde wieder allein sein. Allein wie schon immer.

Das Hupen eines Autos riß ihn aus seinen Träumen. Er sah, daß er allein auf dem Bürgersteig ging. Die anderen Kinder waren wohl vorausgelaufen. Er sah auf die Armbanduhr, die ihm Vater zum neunten Geburtstag geschenkt hatte. Es war halb neun. Wenn er sich nicht beeilte, kam er noch zu spät zur Schule. Plötzlich hörte er seinen Namen.

»Randy! Randy Corliss!«

Kurz vor der Einmündung der nächsten Querstraße war ein blaues Auto zum Stehen gekommen. Er kannte den Wagen nicht. Eine Frau saß am Steuer. Er kam näher. Die Frau lächelte ihm zu. Zögernd ging er weiter.

»Tag, Randy«, sagte die Frau.

»Wer sind Sie?« Randy hielt sein Schulbrot umklammert. Er war stehengeblieben. Als die Frau sich zur Seite neigte, trat er einen Schritt zurück. Die Ermahnungen seiner Mutter schossen ihm durch den Kopf. Sie hatte ihm strikt verboten, mit Fremden zu sprechen.

»Ich bin Miß Bown. Louise Bown. Ich soll dich abholen.«

»Mich abholen? Wohin denn?«

»Zu deinem Vater«, sagte die Frau, und Randys Herz begann schneller zu schlagen. Zu seinem Vater? Kam diese Frau wirklich von seinem Vater? Würde er endlich bei seinem Vater leben dürfen? »Dein Vater wollte, daß ich dich zu Hause abhole«, hörte er die Frau sagen. »Aber ich habe mich verspätet. Es tut mir leid.«

»Das macht doch nichts«, sagte Randy. Er trat an das heruntergekurbelte Fenster des Wagens. »Fahren wir gleich zu meinem Vater?«

Die Frau hatte die Wagentür geöffnet. »Etwas später«, versprach sie. »Steig ein.«

Randy wußte, daß er nicht einsteigen durfte. Seit er denken konnte, warnte ihn seine Mutter vor Fremden, die einen zu einer Fahrt in ihrem Auto einluden.

Aber hier lag die Sache anders. Es handelte sich um eine Frau, die mit seinem Vater befreundet war. Ganz sicher sogar. Die Frau wußte sogar von Vaters Plan, ihn seiner Mutter wegzunehmen. Und dann waren es auch immer Männer gewesen, vor denen ihnen seine Mutter gewarnt hatte. Nie Frauen. Er sah ihr in die Augen. Sie lächelte. Plötzlich hatte er das Gefühl, mit dieser Frau ein Geheimnis zu teilen. Er stieg ein und zog die Tür hinter sich zu. Die Frau startete den Wagen und fädelte sich in den Verkehr ein.

»Wohin fahren wir?« fragte Randy.

Louise Bown betrachtete den Jungen von der Seite. Kein Zweifel. Das war der gutaussehende Junge, den man ihr auf Fotos gezeigt hatte. Grüne Augen, dunkles, leicht gewelltes Haar, Stupsnase. Großgewachsen für sein Alter. So stark, daß sich selbst eine Frau wie sie bei ihm geborgen fühlte. Er schien überhaupt keine Angst vor ihr zu haben, obwohl sie für ihn doch eine Fremde war. Instinktiv hatte sie Randy Corliss liebgewonnen.

»Wir fahren zu deiner neuen Schule, Randy.«

Randy dachte nach. Eine neue Schule? Wenn sein Vater ihn in eine neue Schule stecken wollte, warum hatte er nie davon gesprochen? Die Frau schien seine Frage erraten zu haben.

»Du wirst deinen Vater bald zu sehen bekommen«, sagte sie. »Aber er braucht noch ein paar Tage, bis er die Dinge mit deiner Mutter geregelt hat. Diese Zeit wirst du in der Schule verbringen. Ich bin sicher, es wird dir gefallen. Es ist eine ganz besondere Schule. Speziell für Jungen wie dich. Du wirst viele neue Freunde kennenlernen. Na, was sagst du dazu?«

Randy nickte. Inzwischen fragte er sich, ob es klug gewesen war, zu der Frau in den Wagen zu steigen. Aber dann, als er über ihre Worte nachdachte, wurde ihm klar, daß die Frau wohl die Wahrheit sagen mußte. Sein Vater hatte ja auch gesagt, daß es Probleme geben würde, wenn er von Mutter wegzog. Es war klar, daß er auf eine neue Schule gehen mußte, wenn er nicht mehr bei Mutter wohnte. Heute bot sich die Gelegenheit.

Er machte es sich auf dem Beifahrersitz bequem. Sie hatten das Stadtgebiet von Eastbury verlassen, die Frau fuhr in Richtung Langston, wo Vater wohnte. Es war also alles in Ordnung.

Allerdings gab es da ein Gefühl, das ihn vor dieser Frau warnte. Irgend etwas stimmte nicht. Randy stand vor einem Rätsel.

4

Lucy Corliss hätte nicht behaupten können, daß sie an diesem Tag besonders guter Laune war. Der ganze Vormittag war mit der Lektüre der neuen Ausschreibungen vergangen. Die Agentur, für die sie arbeitete, hatte eine Reihe neuer Objekte ins Programm genommen. Häuser, die nach Lucy Corliss' Meinung nicht einmal das Grundstück wert waren, auf dem sie standen. Trotzdem stellten sich die Besitzer vor, daß sie hunderttausend Dollar und mehr für solch ein Objekt erzielen konnten. Der Verkauf würde sich entsprechend schleppend gestalten. Die monatliche Hypothek für solch ein Objekt war so hoch, daß Lucy sich fragte, wer sich das überhaupt noch leisten konnte. Sie rechnete damit, daß ihre Kommissionen stark zurückgehen würden. Lucy hatte verschiedene Überlegungen angestellt, wo sie einsparen konnte. Im Augenblick sah es nicht besonders brenzlig aus. In den nächsten Monaten kamen die Verhandlungen für eine Reihe von Objekten zum Abschluß. Mit den Kommissionen, die sich aus diesen Verkäufen ergaben, konnte sie ein Jahr durchhalten. Aber dann?

Sie beschloß, das Problem beim Mittagessen mit Bob Owen durchzusprechen. Bob war nicht nur ihr Arbeitgeber, er war auch ihr Freund. Sie kannten sich von Kind an, er hatte ihr schon oft aus der Patsche geholfen.

Als in der Ehe mit Jim die ersten dunklen Wolken auftauchten, war Bob Owen dagewesen. Geduldig hatte er sich ihre Klagen angehört und ihr schließlich geraten, die Dinge nicht weiter treiben-zulassen. Als es dann zum Bruch mit Jim kam, war sie zu Bob gelaufen, um seinen Rat einzuholen.

Es gab damals zwei Probleme. Zum einen war sie schwanger. Und zum anderen hatte ihr Mann sie verlassen. Er war einfach weggelaufen. Nicht obwohl, sondern *weil* sie ein Kind erwartete. Zumindest vermutete Lucy, daß dies der Grund war. Jim nahm ihr übel, daß sie schwanger geworden war. Er fühlte sich in eine Falle gelockt. Die Falle war zugeschlagen.

»Ist nicht vielleicht ein Körnchen Wahrheit an dem Vorwurf?« hatte Bob Owen gefragt. Es war Lucy sehr schwergefallen, die Frage wahrheitsgemäß zu beantworten. Schließlich hatte sie sich zu dem Eingeständnis bereitgefunden, daß sie wohl unbewußt bestimmte Hoffnungen mit der Schwangerschaft verband. Vielleicht würde Jim auf seine Eskapaden verzichten, wenn erst einmal ein Kind da war. Angesichts der Verantwortung, die dann auf ihm lag, würde ihm wohl aufgehen, daß es noch andere Dinge auf der Welt gab als schnelle Autos und der Traum vom großen Geld.

Bob, der gute praktische Bob hatte ihr geraten, die Scheidung einzureichen und einen Beruf zu ergreifen. Es war seine Idee gewesen, noch während der Schwangerschaft eine Ausbildung als Immobilienkaufmann zu beginnen. Das würde ihr ein Einkommen verschaffen, wenn das Kind auf der Welt war. Nach der Niederkunft war Lucy in Bob Owens Maklerbüro eingetreten. Neun Jahre arbeitete sie jetzt dort. Sie hatte sich zu einer tüchtigen Kraft gemausert. In den ersten Jahren hatte sie Randy von einem Babysitter versorgen lassen. Im letzten Jahr war es dann soweit, daß sie ohne das Mädchen auskommen konnte. Es lagen nur zwei Stunden zwischen Randys Rückkehr aus der Schule und Lucys Büroschluß. Und Randy war vernünftig genug, um diese beiden Stunden ohne seine Mutter verbringen zu können. Margaret Willis, die Nachbarin, hatte versprochen, ein Auge auf den Jungen zu haben. Es hatte eigentlich immer ganz gut geklappt. Heute allerdings hatte Lucy eine ungute Vorahnung.

»Meinem Mädchen ist eine Laus über die Leber gelaufen«, stellte Bob mit einem Seitenblick fest. »Sag, was los ist.« Er schob die umfangreiche Speisenkarte zur Seite und bestellte einen Salat. Er war neidisch auf Lucy, die enorme Portionen vertilgen konnte, ohne je ein Kilo zuzunehmen.

»Dein Mädchen hat Sorgen«, sagte Lucy.

»Im allgemeinen oder im besonderen?«

»Beides. Zunächst einmal finde ich, wir haben die falschen Häuser im Programm. Ich frage mich, wer die teuren Dinger kaufen soll.«

»Irgend jemand wird sie kaufen, verläß dich drauf«, sagte Bob gutgelaunt. »Die Leute brauchen ein Dach über dem Kopf, also müssen sie ein Haus kaufen. Wir müssen uns eben einen Weg einfallen lassen, wie man die Häuser finanziert.«

»Aber die Objekte in der neuen Liste sind ihr Geld nicht wert«, widersprach ihm Lucy.

Sein Gesicht verfinsterte sich. »Wenn du mit dieser Einstellung an die Dinge herangehst, wirst du kein einziges Haus verkaufen.«

Lucy zauberte ein Lächeln auf ihre Lippen. Sie strich sich das fahlblonde Haar aus dem Gesicht. »Ich bin nicht sicher, ob ich überhaupt eines dieser Häuser verkaufen will. Bei den letzten Abschlüssen habe ich immer das Gefühl gehabt, ich lasse die Leute ein Dokument unterschreiben, womit sie sich für die nächsten dreißig Jahre zur Sklavenarbeit verplichten.«

»Wenn es so schlimm ist, Lucy, dann solltest du dich nach einem anderen Job umsehen.«

»Geschenkt, Bob. Vergiß es. Es ist eigentlich nicht so sehr der Laden, der mich bedrückt, sondern Randy.«

»Randy? Was ist denn mit ihm?«

»Der Junge ist kreuzunglücklich, Bob. Er hat kaum noch Freunde. Er haßt die Schule. Er haßt die Wohnung. Er haßt mich. Ich glaube, er haßt die ganze Welt. Ich habe schon darüber nachgedacht, ob ich ihn vielleicht zu Jim gebe, zumindest für ein oder zwei Jahre. Aber ich traue Jim nicht.«

»Du kannst doch kaum beurteilen, ob er dem Kind ein guter Vater sein würde«, gab Bob zu bedenken. »Du hast doch kaum noch Kontakt zu ihm.« Es war nicht das erste Mal, daß Bob ihren geschiedenen Mann verteidigte. Lucy hatte ihn im Verdacht, daß er insgeheim eine Wiederannäherung, eine neue Heirat mit Jim befürwortete. Wann immer sie in den letzten beiden Jahren auf Jim zu sprechen kamen, hatte Bob ihr zugeraten, den Kontakt mit ihm zu pflegen. Sie hatte den Rat nie befolgt. »Kannst du dir eigentlich nicht vorstellen, daß dein Mann sich verändert hat?«, sagte Bob. »Seit eurer Scheidung sind fast zehn Jahre ins Land gegangen. Junge Männer werden erwachsen.«

»Aber nicht Jim Corliss!« fauchte Lucy. »Weißt du, wie oft er in den neun Jahren seit unserer Scheidung die Stellung gewechselt hat? Sieben Mal! Sieben Jobs in neun Jahren, Bob. Findest du das erwachsen?«

»Jim ist jetzt seit vier Jahren in der gleichen Stellung, Lucy. Und er ist gut zu Randy.«

»Als ich schwanger war, hat er das Kind zum Teufel gewünscht«, entgegnete sie voller Bitterkeit. »Für Jim ist Randy doch nur eine Zerstreuung am Wochenende. Wenn er den Jungen Tag für Tag bei sich hätte, ja, Herrschaften! Du weißt genau, Bob, daß Jim mir den Jungen nach einer Woche wieder zurückbringen würde. Was glaubst du, wie sich das auf das Gemüt des Jungen auswirken würde! Es geht ihm schon jetzt herzlich schlecht. Wenn er erlebt, wie ihn der eigene Vater davonjagt, ich glaube, das würde ihm den Rest geben. Nein, das kommt nicht in Frage!« Ob ich Bob sagen soll, daß Jim möglicherweise um das Sorgerecht für den Jungen prozessieren wird? Besser nicht. Sie wußte jetzt schon, was er antworten würde. Der gute, vernünftige Bob würde ihr den Rat geben, jede gerichtliche Auseinandersetzung im Interesse des Kindes zu vermeiden. Er würde ihr raten, den Jungen längere Zeitspannen bei seinem Vater zu lassen. Und dazu war sie unter keinen Umständen bereit.

Das Essen wurde serviert. »Es tut mir leid, Bob«, sagte Lucy. »Immer wenn ich Sorgen habe, weine ich mich bei dir aus. Es muß dir geradezu zum Halse heraushängen. Laß uns über etwas anderes reden. Zum Beispiel würde ich dich und Elaine gern zu einem meiner berühmten Barbecues einladen, wo es die schmackhaften verkohlten Steaks gibt. Das Wetter sieht so aus, als ob es sich halten wird. Hättet ihr beiden dieses Wochenende Zeit?«

Sie trafen eine Verabredung. Nach dem Mittagessen kehrte sie in die Agentur zurück. Lucy stürzte sich in die Arbeit. Aber es gelang ihr nicht, die Sorgen um Randy zu verdrängen.

Es war fünf, als sie sich auf die Heimfahrt machte. Als sie in die Garageneinfahrt des Hauses einbog, das sie vor fünf Jahren gekauft hatte, verstärkte sich das unangenehme Gefühl in ihrer Magengrube. Normalerweise stand Randy am Fenster und winkte, wenn sie heimkam. Diesmal stand er nicht da.

Sie lenkte den Wagen in die Garage, ging ins Haus und rief nach Randy. Keine Antwort. Sie inspizierte Zimmer für Zimmer. Nichts. Sein Zimmer war noch so, wie er es heute früh verlassen hatte. Von seinen Schulbüchern, die er nach der Rückkehr aus der Schule in einer Pyramide auf dem Boden aufzuhäufen pflegte, war keine Spur zu sehen. Als sie sicher war, daß er sich nicht im Haus befand, lief sie zu Margaret Willis.

»Warum haben Sie mich denn nicht angerufen?« fragte Lucy. Die alte Dame war rot geworden. Sie erzählte ihr, daß Randy den ganzen Nachmittag nicht aufgetaucht sei. »Ich dachte, er wäre mit den anderen Kindern spielen gegangen.«

Lucy schüttelte den Kopf. Randy war immer Stunden vor ihr zu Hause. Er hatte keine Freunde, mit denen er spielen konnte.

Mrs. Willis' Doppelkinn begann zu zittern. »Ich fürchte, da habe ich was nicht richtig gemacht«, gab sie zu. »Aber Sie glauben doch nicht, daß dem Jungen etwas passiert ist, oder? Es ist ja gerade erst halb sechs. Vielleicht kommen Sie erst mal herein und trinken eine Tasse Tee mit mir.« Sie versuchte Lucy ins Haus zu ziehen. Lucy wich zurück.

»Vielen Dank, nein, Mrs. Willis. Ich muß erst einmal herausfinden, wo der Junge steckt.« Sie versuchte, ruhig und beherrscht zu erscheinen, aber ihre Stimme verriet sie. Margaret Willis war vor die Haustür getreten. Sie ergriff ihren Arm.

»Hier kann ihm ja wirklich nichts zustoßen, wissen Sie. Wir sind hier schließlich nicht in Boston oder New York. In Eastbury ist noch nie etwas passiert, nicht wahr. Ich sage Ihnen, wie wir's machen. Ich braue den Tee, und dann komme ich mit der Kanne zu Ihnen rüber.«

Tee, dachte Lucy. Warum glauben die Menschen, alles wird besser, wenn sie eine Tasse Tee trinken? Doch sie war zu müde, um die Einladung auszuschlagen. »Einverstanden«, sagte sie. »Ich lasse die Vordertür offen.«

Sie lief quer über den Rasen auf ihr Haus zu, stolperte in die Küche und setzte sich an den Tisch, der noch mit Essensresten vom Frühstück bekleckert war. Es gelang ihr, die aufkommende Panik zurückzudrängen. Höchstwahrscheinlich hatte Mrs. Willis recht. Randy hatte sich verspätet, weil er mit irgendeinem Kind spielte. Noch bevor es dunkel wurde, würde der Junge auftauchen. Wie albern von ihr, daß sie sich wegen einer alltäglichen Begebenheit Sorgen machte. Jungen in diesem Alter erzählten nicht jedem, was sie vorhatten. Sie verspäteten sich beim Spielen. Na und?

Ihre Eingebung sagte ihr jedoch, daß sie sich selbst betrog. Sie ging zum Telefon und blätterte ihr Adreßbuch durch. Die Namen der Familien, mit deren Kindern Randy früher befreundet gewesen war. Sie hatte den dritten Anruf hinter sich gebracht, als die Nachbarin plötzlich in der rückwärtigen Tür erschien. Mrs. Willis hielt einen dampfenden Teekessel in der Rechten. Warum benutzte sie eigentlich die rückwärtige Tür, wenn man ihr ausdrücklich sagte, daß man die Vordertür offen ließ? Sie sprach den Vorwurf nicht aus, und Sekunden später nahm sie ihn in Gedanken zurück. Die Leute in Eastbury benutzten immer die Hintertür, auch wenn sie das eigene Haus betraten. Nur sie, Lucy Corliss, machte eine Ausnahme. Die alte Frau sah sie fragend an. Lucy zuckte die Schultern. Nichts. Sie wollte auflegen, als sich Emily Harris meldete.

»Mein Sohn sagt, Randy ist heute nicht in der Schule gewesen, Lucy.«

»Überhaupt nicht in der Schule? Sind Sie sicher?«

»Ganz sicher. So hat's mir Georgie erzählt. Sie wissen ja, die beiden sind in der gleichen Klasse.«

»Ich... ich verstehe.« Schweigen. Schließlich war Emily Harris' Stimme am Telefon zu hören.

»Lucy, haben Sie eigentlich schon mit Sally Montgomery gesprochen?«

Wie vergeßlich ich bin, dachte sie. Natürlich, Sally Montgomery. Sie hätte ich als erste anrufen müssen. Gut möglich, daß sich Randy bei Jason aufhielt. »Tut mir leid, daß ich Sie belästigt habe, Emily«, stammelte sie. »Ich hätte es gleich bei Sally versuchen sollen.«

»Diese Frau tut mir leid«, hörte sie Emily Harris sagen. »Ich meine, wie würden Sie reagieren, wenn Ihnen so etwas passiert?«

Lucy war es, als drehte sich eine rostige Klinge in ihren Eingeweiden herum. »Wovon sprechen Sie eigentlich?« fragte sie. »Was ist Sally Montgomery denn passiert?«

Es dauerte eine Weile, bis sich Emily zu einer Antwort bequemte. Sie sprach im Flüsterton. Wie immer, wenn sie schlechte Nachrichten verbreitete. »Das wissen Sie nicht? Heute nacht ist Sallys kleine Tochter gestorben. Todesursache unbekannt. Wenn Sie wissen, was das bedeutet...« Sie ließ die Worte einträufeln wie Gift, das mit der Pipette auf einen Köder aufgebracht wurde. Dann hellte sich ihre Stimme plötzlich auf. Lucy wurde klar, warum sie Emily Harris nie gemocht hatte. Diese Frau weidete sich am Unglück der anderen. »Ich bin sicher, alles wird sich aufklären«, hörte sie Emily sagen. »Randy ist nicht in der Schule gewesen. Wahrscheinlich stromern die beiden im Wald herum. Jungen sind eben so.« Sie entschloß sich, eine bewußte Lüge hinzuzufügen. »Mein Georgie ist da keine Ausnahme. Ich bin sicher, Ihr Junge ist zum Abendessen wieder zu Hause.«

»Das denke ich auch«, sagte Lucy leise. Sie beschloß, das Gespräch zu beenden. »Danke, Emily. Tut mir leid, daß ich Sie mit meinen Problemen belästigt habe.«

»Aber das macht doch nichts«, sagte Emily Harris. »Rufen Sie mich bitte an, wenn Ihr Junge daheim ist, sonst mache ich mir noch Sorgen.«

Du und dir Sorgen machen, dachte Lucy. Du willst, daß ich dich über die Katastrophe auf dem laufenden halte, damit du es brühwarm am Telefon herumerzählen kannst.

Sie legte auf. Sie nippte an der Tasse Tee, die Mrs. Willis ihr eingeschenkt hatte. Dann erzählte sie ihr, was sie von Emily Harris erfahren hatte.

»O mein Gott«, entfuhr es der alten Frau. »Dann wäre es vielleicht wirklich besser, wenn Sie Mrs. Montgomery anrufen.«

»Und was soll ich ihr sagen? Herzliches Beileid zum Tod Ihrer Tochter, aber haben Sie zufällig meinen Jungen gesehen?«

»Wenn Sie nicht anrufen, dann werde ich es tun«, sagte Margaret Willis mit mütterlicher Entschlossenheit. Sie begann im Telefonbuch zu blättern. Noch bevor sie die Nummer gefunden hatte, schlug Lucy mit der Faust auf den Tisch.

»Der Vater!« zischte sie. »Ich weiß jetzt, was passiert ist. Jim hat Randy geholt.« Sie riß den Hörer von der Gabel und wählte mit fliegenden Fingern seine Nummer. »Dieser verdammte Kerl!« entfuhr es ihr. Sie hielt den Hörer an ihr Ohr gedrückt, vernahm das Rufzeichen, jenes merkwürdig veränderte Signal, das im Telefon zu hören ist, wenn man weiß, daß der andere nicht abnehmen wird. Schließlich drückte sie auf die Gabel und wählte die Notrufnummer der Polizei. Ein Beamter meldete sich. »Mein Sohn ist gekidnappt worden«, begann sie ihre Schilderung.

Zehn Minuten später legte sie den Hörer resigniert auf die Gabel zurück. Sie ließ sich in einen Sessel sinken und schloß die Augen. Mrs. Willis' Neugier war mit den Händen zu greifen. Lucy beschloß, sie ins Vertrauen zu ziehen, auch wenn das bedeutete, daß morgen halb Eastbury über die Sache Bescheid wußte. Sie brauchte jetzt einfach jemanden, mit dem sie sich aussprechen konnte.

»Sie sagen, sie können nichts tun«, berichtete sie. Ihre ganze Hilflosigkeit klang in ihrer Stimme durch. »Die Polizei sagt, so früh können sie noch keine Vermißtenmeldung aufnehmen. Sie sagen, wenn sein Vater ihn abgeholt hat, dann muß ich das über ein Gericht klären, nicht über die Polizei.«

»Bedeutet das, Sie sollen einfach abwarten?«

»Der Beamte, mit dem ich zuletzt gesprochen habe, sagte, ich soll vor allem versuchen, Jim zu erreichen. Wenn ich Jim nicht erwischen kann und wenn Randy morgen früh noch nicht zurück ist, soll ich wieder anrufen.« Sie ließ den Kopf auf die Brust sinken. »Wie die sich das vorstellen! Ich kann doch nicht hier herumsitzen und darauf hoffen, daß der Junge wieder auftaucht!«

»Ich werde bei Ihnen bleiben«, sagte Margaret Willis mit fester Stimme. Sie war aufgestanden und begann das Frühstücksgeschirr abzuräumen. »Wir beide werden jetzt als erstes die Küche saubermachen. Dann gibt's Abendessen. Und nachher werden wir die Wohnung putzen.«

»Aber die Wohnung ist blitzsauber«, versuchte Lucy zu protestieren. Die alte Frau schüttelte lächelnd den Kopf.

»Dann machen wir sie eben noch sauberer«, verkündete sie. »Eine Wohnung kann gar nicht sauber genug sein, Lucy. Vor allem habe ich die Erfahrung gemacht, beim Putzen vergeht die Zeit wie im Fluge. Wenn es nötig ist, werden wir bis morgen früh putzen. Aber ich bin sicher, der Lausejunge wird spätestens in einer oder zwei Stunden vor der Tür stehen, müde, hungrig und schmutzig. Dann werden wir ihm was Anständiges zu essen geben und als nächstes wird er ins Bett gesteckt.«

Es hatte wohl keinen Sinn, Margaret Willis zu widersprechen. Wenn die Frau jetzt ging, würde sie allein dasitzen, auf die Uhr starren und sich die fürchterlichsten Dinge ausdenken. Da war es schon besser, Margarets aufgesetzte Fröhlichkeit zu ertragen. Sie nickte. Und dann begann sie zu putzen.

Es wurde Mitternacht, bis Jim Corliss endlich antwortete.

»Jim? Hier spricht Lucy. Ich will sofort den Jungen zurück. Du bringst mir den Jungen, oder ich rufe meinen Anwalt an.«

Die Hysterie, die in ihrer Stimme klang, verriet ihm, daß etwas Außergewöhnliches passiert sein mußte. Sonst rief sie nur an, wenn sie mehr Geld wollte. Wie kam sie auf die Idee, daß der Junge bei ihm war? Das Treffen war doch erst in der nächsten Woche verabredet. »Meinst du Randy?« fragte er vorsichtig.

»Natürlich meine ich Randy!« schrie sie in die Muschel. »Wen sollte ich sonst wohl meinen!«

»Ist Randy denn nicht bei dir?«

Sie schwieg. Als sie wieder zu sprechen begann, war ihre Stimme nur noch ein Flüstern. »Du hast den Jungen nicht abgeholt, Jim?«

»Nein, wirklich nicht.« Sein Herz begann zu rasen, als er den Sinn ihrer Fragen begriff. »Was ist passiert, Lucy? Sag' mir, was los ist!«

»Der Junge ist verschwunden.«

»Wie meinst du das, verschwunden. Ist er weggelaufen?«

»Ich – ich weiß es nicht«, stotterte sie. Ihre Wut war verflogen, die Angst war zurückgekommen. »Ich hatte gedacht, du hättest ihn zu dir geholt, Jim. Ich weiß, daß er dich drum gebeten hat.«

»Das würde ich doch nicht ohne dein Einverständnis tun, Lucy.«

»Wirklich nicht?«

»Ich komme gleich rübergefahren«, hörte sie ihn sagen. »In zwanzig Minuten bin ich bei dir.«

»Bitte, nicht«, protestierte sie. »Ich möchte nicht, daß wir uns ...«

»Es ist auch *mein* Sohn«, sagte Jim Corliss und legte auf. Drei Minuten später saß er in seinem Wagen. Er schlug die Richtung nach Eastbury ein.

Sie trafen sich auf der Schwelle und musterten sich voller Mißtrauen. In den Jahren der Trennung hatte Lucy unnötige Worte vermieden. Wenn ihr geschiedener Mann den Jungen abholen kam, wechselte man einige gestelzte Sätze. Was eben nötig schien, um die Modalitäten der Rückgabe zu besprechen. Als Lucy Corliss ihrem Mann an diesem Abend in die Augen sah, gewahrte sie so etwas wie männliche Reife, eine Eigenschaft, die sie während der Ehe mit ihm bitterlich vermißt hatte. Das Alter? Nein, daran lag es wohl nicht. Er schien eigentlich kaum älter geworden. Kaum Falten. Das Haar war voll.

»Kann ich reinkommen?«

Lucy machte einen Schritt zurück. Sie geriet ins Stolpern und entschuldigte sich. »Tut mir leid. Komm rein.« Sie hielt ihm die Tür auf.

Er trat ein und wurde von Mrs. Willis begrüßt. Wie geht es immer. Es ist schon spät. Ich bin ganz sicher, daß ... Und was der Allgemeinsätze mehr sind. Mrs. Willis verabschiedete sich. Und dann waren die beiden mit sich und ihren Sorgen allein. Ein gespanntes Schweigen erfüllte den Raum.

Jim Corliss sah sich im Wohnzimmer um. Ein scheues Lächeln erschien in seinen Mundwinkeln. »Habe ich dir schon gesagt, daß du diesen Raum sehr gemütlich eingerichtet hast? Das Zimmer ist wie du. Hübsch, warm und sauber.«

Sie antwortete mit einem gezwungenen Lächeln. Dann nahm sie in einem Sessel Platz, der ihr die größtmögliche Entfernung zu ihrem Exmann bot. Er sieht immer noch gut aus, dachte sie. Sie verdrängte den Gedanken. Sie erzählte ihm, daß Randy nicht aus der Schule heimgekehrt war. Schlimmer noch, er war überhaupt nicht in der Schule gewesen. »Sie haben ihn gekidnappt, Jim.«

»Letzten Sommer ist er weggelaufen. Wie kommst du darauf, daß er jetzt gekidnappt worden ist?«

»Letzten Sommer, das war ganz etwas anderes. Er ist mitten in der Nacht verschwunden, nach der Sache mit dem Sohn von Mrs. Semple. Aber heute morgen war gar nichts, Jim. Er hatte überhaupt keinen Grund, wegzulaufen, verstehst du? Ich hätte das bestimmt bemerkt. Aber er hat sich beim Frühstück völlig normal benommen.« Sie sah ihm in die Augen. »Er ist entführt worden, Jim. Frag mich nicht, warum ich so sicher bin, aber ich weiß ganz einfach, Randy ist nicht weggelaufen. Jemand hat ihn sich geholt.« Ihre Augen wurden zu Schlitzen. »Und ich bin noch immer nicht sicher, ob du dahintersteckst.«

»O mein Gott«, stöhnte Jim Corliss. Der Ernst der Lage begann sich vor ihm aufzutun wie ein unauslotbarer Abgrund.

»Es wäre genau deine Masche, Jim. Den Jungen zu entführen und ihn irgendwo zu verstecken. Wenn du das getan hast, dann schwöre ich dir, ich werde...«

»Ich hab's nicht getan«, sagte er mit ehrlicher Entrüstung. »Lucy, so etwas würde ich einfach nicht übers Herz bringen. Paß mal auf, wir rufen jetzt noch einmal die Polizei an. Die müssen in einem solchen Fall doch eine Vermißtenmeldung entgegennehmen. Schließlich hat den Jungen seit heute früh niemand mehr gesehen.«

»Sie haben mir gesagt, vor vierundzwanzig Stunden können sie nichts tun.«

»Vierundzwanzig Stunden? Mein Gott, es ist doch kein Erwachsener, der da verschwunden ist. Der Junge ist erst neun! Vielleicht hat er sich verirrt. Oder er hat sich ein Bein gebrochen.« Jim sprang auf und stürmte in die Küche. Sie hörte, wie er wählte. Seine Stimme schwoll an, steigerte sich zum Schreien, verebbte wieder. Sie konnte nicht verstehen, was er sagte. Schließlich kam er ins Wohnzimmer zurück.

»Sie schicken einen Beamten her«, sagte er. »Sie werden den Fall aufnehmen, aber der Beamte sagt, er ist ziemlich sicher, der Junge ist ganz einfach weggelaufen.« Er verstummte.

»Und das bedeutet?«

Er mied ihren Blick. »Ich weiß nicht, Lucy. Es gibt viele Kinder, die von zu Hause weglaufen. Früher taten sie das, wenn sie zwölf oder fünfzehn waren. Heute schon mit acht oder zehn. Der Beamte sagt, wenn Jim etwas älter wäre, dann wären die Chancen gering, daß wir ihn je wiedersehen. Auch wenn ihm nichts passiert, solche Kinder kommen nur zurück, wenn sie selbst wollen.«

»Ich verstehe nicht, was der Beamte damit sagen will.«

»Er will damit sagen, daß die Ausreißer sich unterschiedlich verhalten, je nach ihrem Alter. Die älteren verschwinden und bleiben weg. Jungen im Alter von Randy, die verlieren oft nach ein oder zwei Tagen den Mut. Sie stellen sich dann der Polizei.«

»Und wenn Randy nicht von sich aus zur Polizei geht?« fragte sie ruhig.

»Ich weiß nicht, was dann ist. Der Beamte sagte, daß sie im gegebenen Fall nach ihm fahnden werden. Sie werden die ganze Gegend durchkämmen. Er hat aber auch gesagt, daß das meistens nicht viel bringt. Wenn ihm etwas zugestoßen ist, dann – dann wird er irgendwann durch Zufall gefunden.«

»Wenn ihm etwas zugestoßen ist...«, sagte sie leise. »Du willst sagen, wenn er tot ist.« Der Blick aus ihren Augen war so kalt, daß es ihm die Sprache verschlug. Er nickte.

»Aber er ist nicht tot«, sagte Lucy. »Ich weiß, daß er nicht tot ist.«

Jim mußte schlucken. Es gab noch eine Möglichkeit, auf die der Beamte hingewiesen hatte. »Er hat gesagt, vielleicht ist der Junge nach Boston gefahren.« Er ließ es bei der vagen Anspielung. Die Polizei konnte Lucy immer noch erklären, welche Gefahren auf einen Jungen wie Randy in Boston lauerten.

5

Während sich Jim und Lucy Corliss den Kopf zerbrachen über den Verbleib ihres Sohnes, versuchten Steve und Sally Montgomery über den Tod ihres Babys hinwegzukommen.

Nach der Unterredung mit Dr. Malone war Sally in ein merkwürdiges Schweigen verfallen. Steve hatte ein paarmal angesetzt, um die Mauer zu überwinden, die sich aufzubauen schien. Vergeblich. Sie schien gar nicht zu hören, was er sagte.

Steve hatte stundenlang mit Jason zusammengesessen. Er hatte versucht, dem Jungen den Tod seiner Schwester zu erklären. Jason hatte ihm ruhig zugehört, mit einem neugierigen Blinzeln, den Kopf auf die Seite gelegt. Es schien, als habe er sich mit der traurigen Tatsache abgefunden.

In der Tat war es nicht so sehr Julies Tod, der Jason beunruhigte, sondern das Geheimnis, das den Vorfall umgab. Wieder und wieder hatte er seinem Vater dieselbe Frage gestellt.

»Wenn das Baby nicht krank war, warum ist es dann gestorben?«

Es war eine Frage, auf die Steve keine Antwort wußte. »Niemand kann sagen, warum Julie gestorben ist«, erwiderte er. »Man weiß nur, daß so etwas vorkommt.«

»Aber warum Julie? War sie denn ein böses Kind?«

»Nein. Julie war ein gutes Kind.«

Jason runzelte die Stirn. »Wenn sie ein gutes Kind war, warum hat Gott sie dann getötet?«

»Ich weiß es nicht, mein Sohn«, sagte Steve. Etwas würgte in seiner Kehle. »Ich weiß es wirklich nicht.«

»Wird Gott mich auch töten?«

Steve zog seinen Sohn in die Arme. »Natürlich nicht. Daß Julie gestorben ist, das hat nichts mit uns zu tun. Dir kann nichts passieren.«

»Wieso bist du so sicher?« fragte Jason herausfordernd. Er hatte sich aus der Umarmung des Vaters freigemacht. Steve stand auf und breitete die Decke über die Schulter seines Sohnes.

»Ich kann dir nicht mehr sagen, als ich weiß«, sagte er müde. »Du mußt jetzt schlafen, ja?«

»Okay«, sagte Jason. Sein Blick wanderte in die Ecke, wo das Meerschweinchen Fred in seinem Käfig spielte. »Darf ich Fred heute nacht bei mir behalten?« fragte er.

Steve lächelte. »Aber sicher.« Er ging in die Zimmerecke, hob den Käfig hoch und trug ihn an Jasons Bett. Fred spazierte am Gitter entlang und betrachtete die neue Umgebung. Schließlich vergrub er die Nase in einer Hautfalte. Er schien zu schlafen. »Und das solltest du jetzt auch tun«, sagte Steve. »Du steckst die Nase ins Kissen und schläfst.« Er gab ihm einen Gutenachtkuß. Dann löschte er das Licht und verließ den Raum.

Als er ins Wohnzimmer kam, wurde er von seiner Schwiegermutter empfangen. Die beiden führten ein langes Gespräch. Thema war der Tod des Babys. Nachdem er ihr lang und breit erklärt hatte, daß es keine neuen Erkenntnisse gab, schüttelte Phyllis Paine mit Entschiedenheit den Kopf.

»Es will mir einfach nicht einleuchten, daß ein völlig gesundes Kind stirbt, Steve. Es muß eine Ursache geben. Für alles, was geschieht, gibt es einen Grund.«

Aber Steve Montgomery wußte, daß es keinen Grund gab. Jedenfalls waren die Ärzte nicht in der Lage gewesen, die Ursache herauszufinden. Typisch für den Tod, der sich SIDS nannte, war die Tatsache, daß es keine Bakterien, keine Viren gab, die man verantwortlich machen konnte. Der Organismus hörte auf zu atmen, das Leben entwich, ohne daß die Ärzte dem furchtbaren Geschehen Einhalt gebieten konnten. Es war etwas, womit sich die Überlebenden abzufinden hatten. Ich muß aufhören, darüber nachzugrübeln, nahm Steve sich vor. Ich muß irgendwie über die Sache hinwegkommen. Selbst wenn ich zu diesem Zweck Julie aus meinem Gedächtnis verbannen muß.

»Das Leben geht weiter.«

Es war Dr. Malone, der diese Feststellung am Ende seiner Erklärungen formuliert hatte. Und Steve spürte, daß er recht hatte. Aber warum tat ihm der Verlust dann noch so weh? Warum war da dieses Gefühl von Kälte und Tod in seinem Herzen, dieser wahnwitzige Wunsch, sich mit Julie ins Grab zu legen? Nein, er durfte nicht zulassen, daß seine Gedanken sich weiter in diese Richtung verirrten. Er war es Sally und Jason schuldig, daß er gesund blieb. Ich muß meine Frau und meinen Sohn beschützen, dachte er. Aber hatte er es vermocht, seine kleine Tochter vor dem Tod zu bewahren?

Es gelang ihm, den Gedanken an das entsetzliche Ereignis abzukapseln. Von jetzt ab würde es Fächer in seinem Gedächtniss geben, die niemand öffnen durfte. Nicht einmal er selbst.

Er sah Sally an. Innerhalb von vierundzwanzig Stunden war sie ein anderer Mensch geworden. Der Ausdruck in ihren großen braunen Augen, die er so liebte, hatte sich verändert. Sie hatte jetzt eine Ausstrahlung, die ihm Angst machte.

»Sie ist nicht einfach so gestorben«, sagte sie. Sie schien in eine unwirkliche Ferne zu starren. Sie griff nach seiner Hand. »Es gibt einen Grund, Steve! Wir müssen irgend etwas getan haben, das den Tod herbeigeführt hat.«

Steve zuckte zusammen. Er hatte den gleichen quälenden Gedanken gehabt, aber hatte Sally seine Befürchtungen verschwiegen. Es hatte keinen Zweck, sich in solchen Beschuldigungen zu zerfleischen. »Nein«, sagte er mit fester Stimme. »Du irrst dich, Sally. Wir haben Julie liebgehabt, beide. Wir haben dem Kind alle Sorgfalt zukommen lassen, die überhaupt möglich war.«

»Haben wir das wirklich?« Sallys Stimme klang bitter. »Seien wir doch ehrlich mit uns selbst, Steve! Du weißt so gut wie ich, daß Julie kein Wunschkind war. Wir wollten das Kind sogar abtreiben. Wir wollten nur ein Kind haben, das war uns genug. Da war Jason. Er war etwas früher gekommen, als wir wollten, aber gut, er war das erste Kind. Danach ist irgend etwas schiefgelaufen. Ich hatte eine zweite Schwangerschaft. Julie kam zur Welt, obwohl wir dieses Kind nicht wollten. Jetzt ist sie tot.«

Er war bleich geworden. Seine Hände zitterten. »Was sagst du da, Sally?« flüsterte er. »Glaubst du allen Ernstes, wir hätten Julie getötet?«

Sally weinte. »Ich weiß es nicht, Steve«, schluchzte sie. »Ich weiß nur, daß kein Kind ohne Grund stirbt.«

»Du irrst dich«, widersprach er ihr. »Dr. Malone hat gesagt...«

»Es interessiert mich nicht, was Dr. Malone sagt!« schnitt sie ihm das Wort ab. »Es gibt einen Grund für Julies Tod, und wir müssen ihn herausfinden.«

Sie lief aus dem Zimmer. Er hörte sie die Treppe hinaufstapfen.

Er folgte ihr wenig später. Sally hatte sich bereits zu Bett gelegt. Schweigend zog er sich aus. Er legte sich zu ihr. Dann griff er hinter sich und knipste die Nachttischlampe aus. Erst als er ihre Tränen auf seinen Wangen spürte, wurde er gewahr, daß sie weinte. Er umfing sie mit seinen Armen.

Es war das erste Mal in all den Jahren ihrer Ehe, daß sie sich seiner Umarmung entzog.

Jason war noch wach. Er starrte an die Zimmerdecke und lauschte der Stille der Nacht. Wie das Leben im Haus wohl weitergehen würde? Ob sich alles wieder einspielt?

Es gefiel ihm nicht, daß Mutter jetzt so oft weinte. Vor gestern abend hatte er sie nie weinen gesehen.

Er hatte sich erschrocken, als er sie dastehen sah, Julie im Arm, tränenüberströmt. Sonst hatte sie immer gelacht, wenn sie Julie in die Arme nahm.

Zuerst hatte er gemeint, sie hätte herausgefunden, was er mit Julie getan hatte. Sie ist mir böse, dachte er. Aber dann stellte sich heraus, das war nicht der Grund. Sie weinte, weil Julie tot war.

Das Baby hatte geschlafen. Er kannte das Geräusch. Jenes leise, aber regelmäßige Schnaufen. Mutter atmete so, wenn sie erkältet war. Er hatte sich zu dem Baby hinabgebeugt und ihm die Nase mit dem Zipfel des Bettuchs abgewischt.

Das konnte ihr ja wohl nicht wehgetan haben.

Immerhin hatte es genügt, um sie aufzuwecken. Das Baby hatte zu schreien begonnen.

Und dann hatte er ihm die Decke über den Kopf gezogen. Nur damit man sie nicht schreien hörte.

Erstickt war das Baby daran nicht. Er hatte die Decke recht bald wieder weggezogen und sie so hingelegt, wie er sie vorgefunden hatte.

Ob das Kind da noch geatmet hatte?

Er versuchte sich zu erinnern.

Er war sicher, ja. Noch jetzt meinte er, den Atem des Baby zu hören, in der Stille des Hauses, obwohl er doch wußte, daß es tot war.

Er versuchte sich zu konzentrieren. Ja, wirklich. Ganz leise Atemzüge waren da. Nicht seine eigenen.

Dann fiel es ihm ein. Das Meerschweinchen. Der Käfig stand unmittelbar neben seinem Bett.

Er stand auf und kniete sich neben den Käfig. Der Atem des Tieres erinnerte ihn an Julie. So hatte sich die Kleine angehört, als sie zu schreien aufhörte.

Das Geräusch war sehr leise, aber es gab keinen Zweifel, es waren Atemzüge.

Er schob die kleine Gittertür des Käfigs auf. Das Tier erwachte und starrte ihn an. Jason streckte die Hand in den Käfig und nahm das Meerschweinchen heraus. Er ging ins Bett zurück, barg das Tier in seiner Armbeuge. Wenig später war es eingeschlafen.

Ich habe Julie nichts getan, dachte er. Wirklich nicht.

Er beschloß, mit Randy über die Sache zu sprechen. Es gab gewisse Ähnlichkeiten. Randy war beschuldigt worden, Billy vom Dach hinuntergestoßen zu haben. Aber das stimmte gar nicht.

Ob man mir Julies Tod anhängen wird? Er dämmerte in den Schlaf hinüber.

Wenn Randy ihn besuchen kam, so nahm er sich vor, würden sie ein Experiment anstellen. Sie würden mit Fred das gleiche tun, was er, Jason, mit Julie getan hatte. Es würde sich herausstellen, ob das Tier das Experiment überlebte.

6

Randy Corliss hatte sich die Bettdecke über den Kopf gezogen. Draußen war die Sonne aufgegangen, ihre Strahlen fielen durch das Fenster. Er fror. Die Erinnerung an die Alpträume war wieder da, die ihn während der ganzen Nacht gequält hatten. Am liebsten wäre er wieder eingeschlafen, um das Gefühl von Verlorenheit abzuschütteln, das ihn seit gestern bedrückte. Er hatte darauf gewartet, daß sein Vater ihn abholen würde. Aber Vater war nicht gekommen.

»Es wird alles wieder gut«, hatte ihn Miß Bown beruhigt. »Mach dir keine Sorgen. Dein Vater hat sehr viel zu tun, er möchte, daß wir uns um dich kümmern.«

»Warum?« hatte Randy gefragt. Ihm war der hohe Zaun aufgefallen, der das Internat umgab. Warum hat mich Vater hierhergebracht. Ein merkwürdiges Gebäude. Wie eine Internatsschule sah es wirklich nicht aus. Die Fenster waren von der Straße nicht einsehbar. Es gab eine Auffahrt, die das Gelände mit der Durchgangsstraße verband. Schließlich gelangte man an ein Tor. Kein Schild, keinerlei Hinweise. Randy erinnerte das Gebäude an ein altes Schloß. Die Fenster in der ersten Etage waren vergittert.

Es gab eine Reihe von Jungen in Randys Alter, aber er hatte noch nicht mit ihnen sprechen können. Gleich zu Anfang hatte ihn Miß Bown in ihr Büro geholt. Sie hatte ihm zu erklären versucht, warum er überhaupt hier war.

»Es ist eine ganz besondere Schule«, sagte sie. »Für besondere Kinder. Für Jungen wie dich, die in der normalen Schule Schwierigkeiten haben.«

»Aber ich hab' doch gar keine Schwierigkeiten«, widersprach ihr Randy.

»Ich meine Schwierigkeiten im Kontakt mit den anderen Kindern«, verbesserte sich Miß Bown. Sie lächelte ihm zu. Sein Mißtrauen schwand. »Es ist nicht einfach für einen Jungen in deinem Alter, sich in der Schule Freunde zu machen«, fuhr sie fort. »Es gibt viele Jungen, die in diesem Punkt Probleme haben. Es sind besondere Jungen. Wie du.«

»Ich bin was Besonderes?«

»Alle Jungen in unserer Schule sind etwas Besonderes, wenn du sie fragst.« Sie zögerte. »Sie kommen aus Familien wie deiner.«

»Sie meinen, es sind Jungen, wo die Eltern geschieden sind?«

»Genau. Die meisten Jungen, die du hier findest, wollten nicht mehr bei ihrer Mutter leben. Und dann gefiel es ihnen auch nicht mehr in der Schule, wo ihre Mutter sie hineingesteckt hatte. Da haben dann die Väter die Sache in die Hand genommen. Ganz wie in deinem Fall.«

»Aber wo ist Vater?« Randy war wütend, weil die Frau ihm auswich. Ihm war klargeworden, daß er keine klare Antwort von ihr erhalten würde. Das war das Problem mit den Erwachsenen. Bei seinem Vater war es genauso. Wenn er eine Frage nicht beantworten wollte, dann schwieg er einfach. Oder er sagte, das seien Dinge, die er, Randy, noch nicht verstehen konnte. Manchmal tat er auch so, als hätte er die Frage nicht verstanden.

»Möchtest du die anderen Jungen nicht erst einmal kennenlernen?« schlug sie vor. Die Art und Weise, wie sie das Gespräch in eine andere Richtung lenkte, bestätigte seine Befürchtungen.

»Ich möchte meinen Vater sprechen«, sagte er stur. Er hatte auf einem brettharten Stuhl mit hoher Rückenlehne Platz nehmen müssen. Er verschränkte die Arme und starrte Miß Bown feindselig an. »Warum kann ich meinen Vater nicht anrufen? Ich weiß die Büronummer auswendig.«

»Aber dein Vater ist doch gar nicht im Büro. Er hat ein paar Tage auswärts zu tun. Deshalb hat er ja mich geschickt. Er konnte dich nicht selbst herbringen, verstehst du? Aber er wird nur ein paar Tage fort sein.«

»Wie lange genau?« fragte Randy. Er wand sich ungeduldig auf dem Stuhl hin und her. Eine sanfte Röte überzog sein Gesicht. Die Frau zog die Schreibtischschublade auf. Er sah, wie sie ein Fläschchen mit Tabletten herausnahm. »Was ist das?« fragte Randy.

»Ein Medikament. Ich möchte, daß du das jetzt einnimmst.«

»Ich bin aber nicht krank. Ich nehme nie Medikamente.«

»Das ist doch nur ein Beruhigungsmittel. Ich weiß, daß dir das hier alles sehr merkwürdig vorkommt. Du hast Angst. Dieses Medikament soll dir die Angst nehmen.«

»Was passiert, wenn ich eine solche Tablette nehme?« Randy betrachtete das Fläschchen mit unverhohlenem Mißtrauen. »Schlafe ich dann ein?«

»Aber nein. Nur deine Angst geht weg.«

»Ich nehme das Mittel nicht, Sie können mich nicht dazu zwingen.« Randy saß da, stocksteif, mit verkniffenen Lippen. Sein Blick irrte durch den Raum. Ob es wohl eine Möglichkeit gab, sich der unangenehmen Situation durch die Flucht zu entziehen? Nein, entschied er. Sie befanden sich in einem fensterlosen Büro. Und auf dem Weg zur Tür gab es ein unüberwindbares Hindernis: die Frau.

»Du bleibst hier sitzen, bis du vernünftig wirst«, sagte sie. »Ich überlasse dir die Entscheidung. Entweder du nimmst die Tablette, dann bringe ich dich mit den anderen Jungen zusammen. Oder du setzt deinen Dickkopf durch, dann bleibst du hier eingesperrt.« Sie nahm eine Tablette aus dem Fläschchen und legte sie auf die Schreibtischplatte. Dann holte sie einen Ordner hervor und begann darin zu blättern. Fünf Minuten verstrichen.

»Sie sagen, ich werde wirklich nicht davon einschlafen?« Er war an den Schreibtisch getreten und beäugte die Tablette, als wäre es ein gefährliches Insekt.

»Wirklich nicht.« Die Frau war aufgestanden und zum Trinkwasserautomaten gegangen. Sie füllte ein Glas, ohne Randy aus den Augen zu lassen.

Sie reichte ihm das Glas und beobachtete ihn aus nächster Nähe, wie er die Tablette nahm. Er spülte mit ein paar kräftigen Schlucken nach. Zehn Minuten waren vergangen, als Randy ruhiger wurde. Sie hieß ihn aufstehen und begleitete ihn zu den anderen Jungen, zu seinen Schulkameraden.

Es waren fünf. Sie empfingen ihn in abwartender Haltung. Er hätte sich nicht gewundert, wenn sie sich auf ihn gestürzt und eine Rauferei vom Zaun gebrochen hätten. Aber das taten sie nicht.

Sie warteten, bis Miß Bown gegangen war. Es war dann ein Junge namens Peter Williams, der die erste Frage an den Neuankömmling richtete. »Hat sie dir auch eine Tablette gegeben?«

»Hat sie«, bestätigte Randy. »Was sind das für Tabletten?«

»Vermutlich Valium«, sagte einer der Jungen. »Meine Mutter hat das immer genommen, wenn sie nervös war.«

»Kriegen wir jeden Tag Tabletten?«

»Nein. Nur am ersten Tag. Nachher braucht man nichts mehr einzunehmen. Warum haben sie dich hergeschickt?«

Randy dachte nach. Als er die Antwort gab, tat er es mit niedergeschlagenem Blick. »Mein Vater hat mich hergeschickt. Ich glaube, er wollte nicht, daß ich weiter bei meiner Mutter lebe.«

Die Jungen tauschten beziehungsreiche Blicke aus. »Yeah«, sagte Peter schließlich. »Das gleiche wie bei uns allen. Außer Billy, heißt das. Bei ihm war's umgekehrt.«

»Umgekehrt?«

Billy, ein magerer, braunhaariger Junge, vermied es, Randy anzusehen. Es war dann Peter, der für ihn antwortete. »Den hat seine Mutter hergeschickt. Sie wollte ihn unbedingt von seinem Vater wegkriegen. Na ja, ist ja auch egal. Hier ist es jedenfalls schöner als zu Hause.«

Das Gespräch hatte gestern stattgefunden. Inzwischen war Randy nicht mehr so sicher, daß dieses Internat dem Elternhaus vorzuziehen war. Er fühlte sich unendlich einsam. Wenn er zum Fenster hinaussah, ging der Blick auf den hohen Zaun, mit dem das Internatsgelände eingefriedet war. Dahinter begann ein undurchdringlicher Wald. Randy spürte, wie ihm ein kalter Schauer über den Rücken kroch. Er fuhr hoch, als an die Tür geklopft wurde. Die Tür ging auf. Adam Rogers streckte den Kopf herein.

»Zieh dich an, beeil dich. Wenn du nicht in fünf Minuten unten bist, kriegst du kein Frühstück mehr.«

Er kam ins Zimmer und stand dabei, während Randy sich anzog. »Kommst du aus der Gegend?«

»Aus Eastbury«, antwortete Randy. Er band sich die Schuhriemen zu. Der Junge, der vor ihm stand, war jünger als er. Etwas kleiner auch. Ein schneller Sprinter, wie Randy vermutete. »Und du?« fragte Randy. »Wo kommst du her?«

»Aus Georgia, aus dem Süden.«

»Ich weiß, daß Georgia im Süden liegt. Ich bin ja kein Idiot.«

»Das hat ja auch niemand gesagt«, erwiderte Adam. »Ich hab' das nur erwähnt, weil viele Jungen hier keinen blassen Schimmer haben, wo die einzelnen Bundesstaaten liegen.« Er ging zur Tür. »Nun komm schon, wir sind spät dran.« Randy folgte ihm. Sie verließen das Zimmer, gingen den Flur entlang und die Treppe zum Erdgeschoß hinunter. Adam führte ihn in den Speisesaal. Es gab zwei Tische in der Mitte des Raumes. An einem der beiden Tische saßen vier Jungen. Louise Bown hatte an einem Tisch an der Wand Platz genommen. Die beiden zwängten sich an ihr vorbei. »Sie ist so eine Art Herbergsmutter«, flüsterte Adam, nachdem sie Platz genommen hatten. »Das Komische ist, den ganzen Vormittag sagt sie kein Wort. Sitzt nur da und beobachtet uns.«

»Warum?«

»Keine Ahnung. Das ist typisch für dieses Internat. Man wird die ganze Zeit beobachtet, aber sie geben einem keine Anweisungen.«

»Yeah«, sagte Peter Williams und grinste. »Nicht so wie zu Hause, wo man dauernd rumkommandiert wird. Wenn ich an das Theater mit meiner Mutter denke! Tu dies nicht, tu das nicht, du wirst dir wehtun. Sie hat es soweit getrieben, daß ich eines Tages von zu Hause ausgerissen bin. Die Polizei hat mich dann wieder eingefangen, und seitdem war der Ofen natürlich ganz aus.«

Danach hatten die anderen Jungen ausgepackt. Die Geschichte kam Randy irgendwie bekannt vor. Es waren Jungen, die in ihrem Elternhaus sich selbst überlassen waren. Einige hatten ernsthafte Probleme in der Schule gehabt.

»Und wie verbringt man hier den Tag«? erkundigte sich Randy.

»Schule und spielen«, gab Peter zur Antwort. »Aber es gibt nicht so viele Schulstunden wie in einer regulären Schule. Statt dessen jede Menge Sport. Wir lernen boxen und ringen. Meistens lassen sie uns ganz einfach tun, was wir wollen.«

»Wirklich?« vergewisserte sich Randy.

Peter blickte in die Runde. Die Jungen nickten. »Wirklich«, sagte er. »Jedenfalls haben sie uns noch nie irgendwas verboten.« Er hielt inne und dachte nach. »Das einzige, was mir auffällt, ist, sie beobachten uns den ganzen Tag. Als ob sie neugierig wären, was wir mit unserer Zeit anfangen. Sie sprechen kaum mit uns. Außer in der Schule, da geht's eigentlich ganz ähnlich zu wie draußen.«

»Wenn das eine Internatsschule ist«, sagte Randy, »wieso sind wir dann nur sechs Schüler?« Ihm schien, als sei das Haus für Hunderte von Schülern eingerichtet.

Adam Rogers warf einen verstohlenen Blick auf Louise Bown. Dann lehnte er sich zu Randy. »Als ich ankam, waren wir mehr«, flüsterte er. »Zehn.«

»Und was ist aus den anderen geworden?« fragte Randy.

Peter runzelte die Stirn. »Sie sind fort«, sagte er knapp.

»Du meinst, sie sind von ihren Vätern abgeholt worden?«

Der Junge, der Randy gegenübersaß, ein rothaariger Bursche mit Sommersprossen auf der Nase, schüttelte den Kopf. »Nein, Sie...«

»Halt den Mund, Eric«, schnitt ihm Peter das Wort ab. »Du weißt genau, daß wir darüber nicht reden sollen.«

»Worüber sollt ihr nicht reden?« hakte Randy nach.

»Ach, nichts«, sagte Peter.

Randy wandte sich zu Eric. »Worüber sollt ihr nicht reden?« beharrte er. Eric setzte zu einer Erklärung an. Dann verließ ihn der Mut. »Sag's mir, Eric«, bat Randy.

Eric äugte zu Miß Bown hinüber. Sie schien von der Unterhaltung der Jungen nichts wahrzunehmen. Erics Antwort kam so leise, daß Randy sie kaum verstehen konnte.

»Wie soll ich sagen, die Jungen – verschwinden einfach. Ich glaube, sie werden getötet.«

»Sie werden getötet?« stammelte Randy entsetzt.

»Wir wissen darüber nichts Genaues«, schaltete sich Peter ein. »Wir wissen nicht, was mit den anderen geschehen ist.«

»O doch!« flüsterte Eric. Die Verzweiflung spiegelte sich in seinem jungen Gesicht. »Kein Junge bleibt hier länger als ein paar Monate. Wenn sie einen dann abholen, wird man getötet. Wir sind Todeskandidaten, ein jeder von uns.«

»Du hältst jetzt aber wirklich den Mund, Eric«, sagte Peter. »Keiner von uns weiß, was aus David und Kevin geworden ist. Vielleicht sind sie von ihren Vätern abgeholt worden.«

»Das hoffe ich«, sagte Adam Rogers. Er war bleich geworden. »Ich bin jetzt schon sechs Monate hier. Länger als alle andern. Ich hoffe...« Er verstummte. Schweigend beendeten die sechs Jungen ihr Frühstück.

Lucy Corliss saß am Küchentisch und dachte nach. Die ganze Nacht hatte sie wachgelegen, in der Hoffnung, das vertraute Klikken der Wohnungstür zu hören. Wenn Randy wirklich fortgelaufen war, dann würde er heimkehren, sobald es draußen kalt wurde. Und es war ja auch möglich, daß die Polizei den Jungen fand. Jedenfalls hatte dieser Sergeant Bronski ihr versprochen, einen Suchtrupp zusammenzustellen und das Waldstück durchzukämmen, wo Randy sich vor einem Jahr verirrt hatte. Die Chancen, den Jungen in der Dunkelheit zu finden, so hatte Sergeant Bronski hinzugefügt, waren dünn.

Als die Dämmerung heraufkroch, hatte Lucy ihre Hemmungen überwunden und die Polizei angerufen. Nichts. Es gab keine Spur von Randy, hatte der Beamte gesagt. Danach war Lucy in einen Schlaf der Erschöpfung gesunken. Schon eine Stunde später war sie wieder aufgewacht. Sie war in die Küche gegangen. Grübeln. Soll ich noch einmal bei der Polizei anrufen? Sie wußte, wie sinnlos das war. Wenn es Neuigkeiten gab, würde die Polizei sie anrufen.

Als kurz vor neun das Telefon klingelte, war sie so aufgeregt, daß sie beinahe die Kaffeetasse umgestoßen hätte. Sie hastete zum Apparat und riß den Hörer von der Gabel.

»Hallo?«

»Ich bin's, Jim.« Aus seiner Stimme klang die ganze Hoffnungslosigkeit. Sie wußte sofort, daß die Suche erfolglos geblieben war. Trotzdem stellte sie die Frage. »Habt ihr den Jungen gefunden?«

»Nein.«

»O mein Gott, Jim, was soll ich nur tun? Ich komme mir so ausgeliefert vor. Ich wage gar nicht zu Ende zu denken, was...« Sie kämpfte mit den Tränen.

»So beruhige dich doch«, kam es aus dem Apparat. »Noch wissen wir nicht, ob dem Jungen etwas passiert ist.« Ein paar Sekunden vergingen. »Gehst du heute nicht zur Arbeit?«

»Zur Arbeit?« Lucy Corliss spürte, wie sie ein Gefühl von Panik überkam. »Ich kann doch in diesem Zustand nicht zur Arbeit gehen! Mein Sohn ist verschwunden. Glaubst du, ich könnte jetzt einen vernünftigen Gedanken fassen?« Sie fingerte an der Zigarettenpackung. Es gelang ihr, sich eine Zigarette anzuzünden, ohne den Hörer aus der Hand zu legen. Nachdem sie ein paar Züge geraucht hatte, wurde sie ruhiger.

»Ich hab' das nicht so gemeint«, hörte sie Jim sagen. »Ich wollte nur sagen, du kannst in dieser Situation nichts bewirken, wenn du dich zu Hause verkriechst und durchdrehst. Damit tust du weder dir noch Randy einen Gefallen.«

»Du hast gut reden«, giftete sie sich. »Du hast dich neun Jahre lang weder um den Jungen noch um mich gekümmert, und jetzt kommst du und willst mir erzählen, was gut für ihn und für mich ist. War es etwa gut für Randy, daß du mich damals mit dem Kind hast sitzenlassen?«

Wenn er verletzt war, dann ließ er es sich nicht merken. »Mach, was du willst«, sagte er in ruhigem Ton. »Ich bleibe mit der Polizei in Verbindung. Das ist alles, was man in diesem Augenblick tun kann. Okay?«

Lucy nahm einen tiefen Zug aus ihrer Zigarette und nickte, obwohl ihr bewußt war, daß er sie nicht sehen konnte. »Okay. Aber ruf mich an, wenn du irgend etwas erfährst. Versprichst du mir das?«

»Versprochen.« Ein langes Schweigen folgte. »Lucy? Ist dir nicht wohl? Soll ich rüberkommen?«

»Nein. Ich möchte auf keinen Fall, daß du kommst.«

»Verstanden«, sagte Jim. Sie mußte lächeln. *Verstanden*. das hatte er immer gesagt, wenn sie in Streit geraten waren und wenn er sich entschuldigen wollte. »Wenn du Hilfe brauchst, ruf mich an.« Es klickte. Er hatte aufgelegt. Lucy Corliss goß sich eine zweite Tasse Kaffee ein.

Jim hat recht, dachte sie. Es hat keinen Zweck, wenn ich zu Hause rumsitze und mir den Kopf zerbreche. Sie stellte das Geschirr weg und ging ins Schlafzimmer, um sich anzuziehen.

Sally Montgomery betrachtete sich im Spiegel. Sie war von einer Kühle umfangen, gegen die selbst die Strahlen der Frühlingssonne machtlos blieben. Wie hager ich aussehe, dachte sie. Die Frau im Spiegel hielt ihren Leib umfangen. Das Gesicht wirkte entstellt, trotz des mit großer Sorgfalt aufgebrachten Make-up. Der Tag, der vor ihr lag, schien ihr wie ein dunkles Zimmer, vor dessen Betreten sie sich fürchtete.

Unwirklich die Geräusche, die aus der Küche drangen. Eigentlich hätte sie es sein müssen, die dort mit Tellern und Tassen hantierte, die sich beim Frühstück mit Steve und Jason unterhielt. Statt dessen hatte ihre Mutter die Regie übernommen. Sally hörte, wie die gläserne Kaffeekanne auf den Herd gestellt wurde. Das Geräusch der Pfanne war zu erkennen, als der Pfannenboden mit dem Metall der Spüle zusammenkam.

Sie ging zum Schrank. Was werde ich heute anziehen? Ein schwarzes Kleid hatte sie nicht. Sie hatte nie eines besessen. Vielleicht ein dunkelblaues? Ihre Hand zitterte, als sie das Kleid vom Bügel streifte. Das Kleidungsstück verfing sich mit einer Schlaufe. Statt die Schlaufe auszuhaken, riß Sally so lange, bis die Naht nachgab. Das Geräusch schnitt wie ein Messer in ihre Gedanken. Sie war den Tränen nahe. Ich darf nicht weinen, dachte sie. Nicht jetzt. Nicht über eine gerissene Naht. Später werde ich weinen. Wenn ich einen Grund dazu habe. Sie starrte auf die gekräuselten Fäden am Futter ihres Kleides.

Sie wollte gerade eine Bluse herausnehmen, als ihr Blick auf Julies Foto fiel. Der Gesichtsausdruck lag irgendwo zwischen Lachen und Wut. Das Bild schien sich über sie lustig zu machen. Zugleich empfand Sally den Vorwurf, der in den Augen des Kindes lag. Jetzt konnte sie ihre Tränen nicht länger zurückhalten. Sie wankte zu ihrem Bett, vergrub das Gesicht in den Händen und schluchzte.

So fand sie Steve, als er wenig später das Zimmer betrat. Er blieb stehen und betrachtete sie mit stillem Bedauern. Nicht nur, daß es ihm wehtat, sie leiden zu sehen. Er wußte auch und litt darunter, daß er ihr nicht helfen konnte. Er durchquerte den Raum und setzte sich auf die Bettkante. »Liebling, wie kann ich dir...« Er ließ den Satz unvollendet.

»Wie du mir helfen kannst, Steve?« Ich weiß es nicht, ich weiß es wirklich nicht. Ich habe gerade das Bild der Kleinen angesehen, und alles war wieder da, verstehst du? Sie hat mich angeschaut, als wollte sie fragen, warum wir ihr das angetan haben. Ob das alles vielleicht nur ein Spiel sei.«

Steve hielt seine Frau umfangen. Es gab nichts, was er ihr hätte antworten können. Er spürte, wie sie sich aus seinen Armen freimachte. Sie stand auf. »Ich werde mich jetzt anziehen«, sagte sie gefaßt. »Ich komm' dann gleich hinunter zum Frühstück.« Sie hatte sich von ihm abgewandt. »Man muß wohl alles nehmen, wie es kommt. Ich werd's schon schaffen.« Sie holte tief Luft, ging zum Schrank zurück und achtete darauf, daß ihr Blick nicht zu Julies Foto abirrte. Sie nahm eine Seidenbluse aus der Schublade. Er sah ihr nach, wie sie mit ihren Kleidern im Schlafzimmer verschwand.

Steve stand an den Türrahmen gelehnt. Er betrachtete das Foto seiner kleinen Tochter. Als er Julies Augen nicht länger ertragen konnte, ging er zur Kommode und legte das Foto mit dem Gesicht nach unten auf die Glasplatte. Dann ging er in die Küche, wo er von seinem Sohn erwartet wurde.

7

Langsam waren sie durch Eastbury gefahren. Sally schaute hinaus, auf die vorüberhuschenden Bürgersteige. Eine merkwürdige Entfremdung war zwischen sie und die Menschen dieses Ortes getreten. Wann habe ich dieses Gefühl schon einmal gehabt? Die Erinnerung kehrte zurück. Es war an dem Tag gewesen, als ihr Vater beerdigt wurde. Sie hatte im Fond eines Wagens gesessen. Die Leute draußen hatten sie erkannt. Man hatte ihr und ihrer Mutter freundlich zugenickt. Alle schienen zu wissen, daß sie zur Beerdigung fuhren. Jeremiah Paine war ein angesehener Bürger gewesen. Man bewahrte ihm Anhänglichkeit und Respekt über den Tod hinaus.

Eastbury hatte sich verändert. Nicht die Häuser, die Menschen. Was Sally früher am Wesen der Mitbürger als angenehme Zurückhaltung empfunden hatte, war zur unpersönlichen Kühle geworden. Die Menschen, die man in den Straßen sah, hatten neue Gesichter. Gesichter, die nach der gleichen Form geprägt zu sein schienen. Eine neue Rasse, dachte sie bitter. Eine Rasse ohne Herz, ohne Lebenskraft. Sie sah auf, als Steve den Wagen auf den Parkplatz am Friedhof der First Presbyterian Church lenkte. Ob ich wohl auch schon bin wie die Menschen in Eastbury? dachte sie. Habe auch ich ein Herz aus Eis?

Wenig später standen sie auf dem Friedhof, wo auch Sallys Vater beigesetzt worden war. Eines Tages werde auch ich hier liegen. Sally Montgomery spürte, wie sie von einem kalten Hauch eingehüllt wurde, der aus einer anderen Welt zu kommen schien. Es war ein warmer Tag. Trotzdem dieses Gefühl, von Eis umschlossen zu sein. Nur wenige Menschen hatten sich an dem kleinen Grab versammelt, das für das Kind ausgehoben worden war. Die Freunde, so schien es, waren ganz einfach unfähig, das Unglück zu begreifen, das aus heiterem Himmel über diese Familie gekommen war. Sie können es ebensowenig verstehen wie ich, dachte Sally. Und deshalb kommen sie auch nicht zu Julies Begräbnis. Man ging zu einer Beerdigung, um den Tod eines Menschen zu betrauern, den man seit Jahren kannte. Man tröstet die Angehörigen. Aber was sagte man zu einer Mutter, die ihr Kind verloren hatte?

Es gab Formeln, die beim Begräbnis eines Kranken gesagt wurden. »Der Tod hat ihn erlöst. Es war vielleicht besser so.«

Starb ein Mensch in der Fülle seines Lebens, dann sagte man: »Er hat einen schönen Tod gehabt. Keine Schmerzen...«

Und wenn jemand das Dahinscheiden seiner Mutter zu betrauern hatte, dann sagte man: »Ich weiß, wie sehr du sie vermissen wirst.« Was aber sagte man, wenn ein sechs Monate altes Baby gestorben war? Es gab einfach keinen Trost, den man den Eltern in einem solchen Fall spenden konnte. Und das war, wie Sally meinte, der Grund, warum kaum jemand ihrer Freunde und Bekannten zur Beerdigung erschienen war.

Sie stand da, sah zu, wie der kleine Sarg ins Erdreich gesenkt wurde. Der Priester vertraute Julie Montgomery der Obhut des Herrn an. Und dann sah Sally sich selbst mit hölzernen Schritten ans Grab treten und die erste Schaufel Erde hinabwerfen. Sie wandte sich zum Gehen.

Dr. Wiseman stand nur wenige Schritte von ihr entfernt. Sie hatte ihn nicht bemerkt. Er sah ihr nach, wie sie langsam den Weg entlangging. Warum bin ich zu dieser Beerdigung gekommen? dachte er. Es war ungewöhnlich, daß er zu einer Beisetzung ging. Vor allem nicht, wenn es sich um ehemalige Patienten handelte. Am Grab eines Patienten zu stehen, das erinnerte einen immer sehr daran, wie wenig man als Arzt für die Menschen tun konnte.

Allerdings, die kleine Julie Montgomery war nicht seine Patientin gewesen. Er hatte die Mutter behandelt, während der Schwangerschaft. Und die war noch am Leben. Er selbst war es gewesen, der Sally einst auf die Welt befördert hatte, er hatte ihre Mutter entbunden. Später dann war sie seine Patientin gewesen, bei der Geburt der beiden Kinder. Mit den Jahren hatte er für diese Frau so etwas wie väterliche Gefühle empfunden. Sie war schon etwas Besonderes, diese Sally Montgomery.

Das war wohl der Grund, warum er von seiner Regel, Begräbnisse zu meiden, abgegangen war. Inzwischen bedauerte er seinen Entschluß. Es genügte ja nicht, daß man am Grab erschien. Man mußte auch mit den Trauernden sprechen. Dr. Wiseman wußte, daß ihm die Worte für Sally Montgomery nicht leicht über die Lippen kommen würden. Das war sonst anders. Wenn er mit einer trauernden Familie sprach, dann wußte er, was er zu sagen hatte. Hier aber lag ein Fall vor, der sich jenseits aller ärztlichen Erfahrung ereignet hatte. Er verließ das Grab und folgte der kleiner werdenden Gestalt.

Sally hatte fast den Wagen erreicht, als sie eine Hand auf ihrer Schulter spürte.

»Sally, ich wollte Ihnen sagen...«

»Es ist lieb von Ihnen, daß Sie gekommen sind, Dr. Wiseman.«

»Ich weiß, was Sie jetzt durchmachen, Sally. Ich bin gekommen, um...«

Sally hob den Blick. Sie sah ihm in die Augen. »Sie wissen, was ich durchmache, sagen Sie?« Plötzlich spürte sie, wie der Zorn von ihr Besitz ergriff. Warum fand er nicht die rechten Worte, um sie zu trösten? Er war doch Arzt, *ihr* Arzt. Es gehörte einfach dazu, daß so ein Mann wußte, was man zu den Angehörigen sagte. »Wissen Sie wirklich, was eine Mutter durchmacht, wenn ihr Kind stirbt? Was eine Mutter empfindet, wenn sie nicht einmal weiß, woran ihr Kind gestorben ist?«

Die Anschuldigung traf ihn wie ein Schlag. Er blickte sich um, als suchte er nach dem schnellsten Weg, um ihren Fragen zu entrinnen. Als er sich wieder umwandte, stellte er fest, daß ihr Blick immer noch auf ihn gerichtet war. »Natürlich kann ich nicht nachempfinden, was Sie in diesem Augenbick fühlen, Sally«, sagte er. »Ich will nur sagen, ich kann Ihren Schmerz so gut verstehen.« Sie hörte ihm nicht mehr zu. Sie schien auf jemanden zu warten. Ihre Augen suchten den Friedhof ab. Wie Dr. Wiseman vermutete, wartete sie auf Steve, ihren Mann. »Ich weiß, wie weh das tut, Sally, glauben Sie mir. Wir Ärzte werden oft mit dem Tod konfrontiert, aber man gewöhnt sich nicht daran. Es ist jedes Mal ein schmerzlicher Schnitt. Besonders in einem Fall wie Julie...«

»Wie bei Julie?« echote sie.

Er dachte nach, suchte nach Worten, die sie nicht verletzen würden. »Wir Ärzte lernen dazu, Sally. Jedes Jahr lernen wir ein bißchen dazu. Ich weiß, das macht Ihre Julie nicht wieder lebendig, aber eines Tages werden wir wissen, was der Erreger von SIDS ist.«

»Julie ist nicht an SIDS gestorben«, sagte Sally. »Dem Kind ist etwas – zugestoßen.« Ihre Stimme wurde schrill. »Ich weiß nicht, was es war«, fuhr sie fort, »aber ich werde es herausfinden. Jedenfalls war es nicht SIDS. Julie war kerngesund.«

Er ließ ihre Worte über sich ergehen wie einen Regenguß, den man nicht abwehren konnte. Es war ein Fehler gewesen, zu der Beerdigung zu gehen. Es war ein Fehler gewesen, mit Sally Montgomery zu sprechen. Dabei stand das Schlimmste dieser Frau noch bevor. Erst in den Wochen, die nun folgten, würde ihr klarwerden, was der Verlust des Kindes bedeutete. Er war froh, als Steve Montgomery zu ihnen trat. Er hielt Jason an der Hand. Neben ihm ging Sallys Mutter.

»Sally, ist dir nicht gut?« Jetzt hatte auch Steve das Flackern in Sallys Augen bemerkt.

»Fahr mich nach Hause«, flüsterte Sally. Alle Kraft war von ihr gewichen. »Bring mich weg von hier, so schnell wie möglich.« Sie ging auf den geparkten Wagen zu. Steve hatte ihren Arm ergriffen und stützte sie. Jason lief hinter ihnen her. Sallys Mutter war bei Dr. Wiseman zurückgeblieben. Sie gab sich keine Mühe, ihren Unmut hinter freundlichen Allgemeinplätzen zu verbergen.

»Herr Dr. Wiseman, worüber haben Sie mit meiner Tochter gesprochen?« fragte sie schroff.

Er spürte, wie ihn die Müdigkeit überkam. Er wischte sich mit dem Handrücken über die Stirn. »Über nichts Besonderes, Phyllis.

Ich habe ihr nur gesagt, eines Tages werden wir herauskriegen, was es mit SIDS auf sich hat.«

»Und darüber sprechen Sie mit ihr, beim Begräbnis ihres Kindes? Sie kommen zur Beerdigung und unterhalten sich mit meiner Tochter über die Ursachen von Julies Tod?«

Er hatte Mühe, sich zu beherrschen. »Darum ging es nicht, Phyllis. Sie sollten mich gut genug kennen, um zu wissen, daß ich nichts sagen würde, was Ihre Tochter verletzten könnte. Aber wir dürfen bei allem Kummer eines nicht aus den Augen verlieren. Es ist wichtig für Ihre Tochter, daß sie die entstandene Situation bewältigt. Und das kann sie nicht, wenn man alles ausspart, was ihr jetzt im Kopf herumgeht. Ich habe Sally nur meinen Rat und meine Hilfe angeboten, das ist alles.«

Steve Montgomery hatte seine Frau zum Wagen begleitet. Er kam zurück, um seine Schwiegermutter zu holen. »Es *gibt* eine Hilfe, für die wir Ihnen alle sehr dankbar wären, Dr. Wiseman«, sagte er gereizt. »Wenn Sie das Thema nicht immer wieder aufrühren. Wir möchten das Geschehene vergessen können. Das Kind ist tot, daran kann niemand mehr etwas ändern.«

Brüsk wandte er sich ab. Er bot seiner Schwiegermutter den Arm. »Das verstehen Sie doch, Dr. Wiseman«, sagte er im Gehen. So düster, so verbissen hatte der Arzt – Steve hatte seine Frau gelegentlich zur Untersuchung in die Praxis begleitet – den Ehemann seiner Patientin all die Jahre über nicht erlebt. »Das Kind ist nicht mehr auf der Welt. Man kann nichts machen. Wirklich nichts.« Steve Montgomery hatte den Wagen erreicht. Er half seiner Schwiegermutter beim Einsteigen, dann setzte er sich ans Steuer und schlug die Tür hinter sich zu. Dr. Wiseman sah dem Fahrzeug nach, bis es im Dunst der Mittagshitze verschwunden war. Traurigkeit blieb zurück. Was Sally und ihr Mann gesagt hatten, war dem Arzt nähergegangen, als er zunächst wahrhaben wollte.

Arme Menschen, dachte er. Für Julie war die Tragödie vorüber. Für die Eltern des Kindes hatte sie erst begonnen.

Jason Montgomery hatte die Sandschaufel ergriffen. Mit aller Kraft stieß er sie in die aufgehäufte Erde. Es dauerte eine Stunde, dann hatte er das Rechteck ausgehoben, das die Grundfläche seiner Abenteuerhütte abgeben würde. Er trat einen Schritt zurück, um sein Werk zu betrachten.

Er hatte die Grasnarbe säuberlich ausgestochen und zur Seite geworfen. Gleich nach der Heimkehr von der Beerdigung seiner kleinen Schwester hatte er mit dem Schaufeln angefangen. Niemand war gekommen, um ihn daran zu hindern. Wenn er Glück hatte, konnte er die Erwachsenen vor vollendete Tatsachen stellen. Unwahrscheinlich, daß die Eltern ihn zwingen würden, die Hütte wieder abzureißen. Bis zum Abendessen würde das kleine Bauwerk fertig werden. Keine Hütte eigentlich, sondern ein Erdloch, das er mit einem Rest Wellblech abdecken würde, das er vergangene Woche in der Garage gefunden hatte. Sein Vater hatte ihm von seinem Plan erzählt, das Wellblech zum Bau eines Hühnerstalls zu verwenden. Jason hatte über diese Mitteilung nachgedacht und war zu dem Ergebnis gekommen, daß der Hühnerstall von zweitrangiger Bedeutung war. Sie hatten keine Hühner. Wozu also einen Stall? Zudem konnte die Planke jederzeit wieder von der Erdhöhle entfernt werden. Er würde sie nicht festnageln, sondern an den Kanten mit Erde abdecken. Arbeit machte bei dieser Höhle eigentlich nur das Graben. Schade, dachte er, daß Randy Corliss nicht da war. Der hätte mit anpacken können. Aber seine Eltern hatten ihm nicht erlaubt, bei Randy anzurufen. So lag die ganze Arbeit allein auf seinen Schultern.

Er nahm die Schaufel und rammte die Spitze in das weiche Erdreich auf dem Grund der Grube. Es gab einen hellen Laut, als sei das Metall auf Stein gekommen. Er legte die Schaufel hin, kniete sich in die Grube und versuchte das Hindernis mit den bloßen Händen zu entfernen.

Als er auf die zersplitterte Flasche stieß, zog er die Hand zurück. Aber es war zu spät. Er hatte sich einen tiefen Schnitt am Zeigefinger der linken Hand zugezogen. Die Flasche, die irgend jemand vor Jahrzehnten im Erdreich vergraben hatte, war ganz gewesen, als er mit der Schaufel darauf stieß. Aber jetzt war die Schnittkante der bauchigen Wandung scharf wie ein Messer. Jason steckte den blutenden Finger in den Mund und begann zu saugen. Es schmeckte wie ein Stück Würfelzucker, das jemand mit Salz bestreut hatte. Er spuckte aus.

Er betrachtete den blutenden Finger aus der Nähe. Das Blut rann in einer breiten Bahn über die Handballen und tropfte von dort in das aufgeworfene Erdreich. Jason quetschte, bis der Strom dicker und kräftiger floß. Irgend jemand hatte ihm einmal erzählt, eine Wunde müßte soviel wie irgend möglich bluten, damit keine Entzündung entstand.

Als die Blutung nach einer Minute nachließ, sah er sich den Schnitt noch einmal aus nächster Nähe an. Die Wunde war etwa eineinhalb Zentimeter lang und ziemlich tief. Er beschloß, ins Badezimmer zu gehen, um sich zu waschen.

Er ging durch die Küche und durchs Speisezimmer. Im Wohnzimmer saßen seine Eltern. Es war nicht gut, wenn sie ihn so sahen. Er wußte, daß sie immer noch um die kleine Julie trauerten. Die Sache mußte ihnen wohl sehr nahe gegangen sein. Jedenfalls wäre es falsch gewesen, sie zu stören und Fragen zu provozieren. Er war entschlossen, die Wunde in eigener Regie zu versorgen. Wenn irgend etwas schief lief, konnte er immer noch seine Großmutter um Hilfe bitten.

Er huschte die Treppe hinauf, betrat das Bad und begann sich die Hände zu waschen. Er sah, wie das verkrustete Blut und die Lehmreste sich in einem kleinen Strudel zusammenfanden, bevor alles im Abfluß verschwand. Dann ergriff er den verletzten Finger, um noch mehr Blut aus der Wunde zu quetschen.

Es kam kein Blut mehr.

Verwundert hielt er die Hände ans Licht und suchte die Wunde.

Sie war verschwunden.

Er starrte seinen Zeigefinger an. Schließlich gelang es ihm, die schwache Spur einer Narbe zu entdecken. Die Narbe verlief genau dort, wo vor wenigen Augenblicken noch die Wunde zu sehen gewesen war.

Er dachte nach.

Die Wunde hatte stark geblutet.

Und jetzt gab es auf einmal keine Wunde mehr.

War es möglich, daß ein Schnitt so schnell verheilte? Es war nicht das erste Mal, daß er sich eine Verletzung zufügte. Es hatte immer ein paar Tage gedauert, bis er das Heftpflaster abnehmen konnte.

Natürlich konnte niemand sagen, was eigentlich unter einem solchen Heftpflaster vor sich ging. Jedenfalls hatte ihm seine Mutter nie erlaubt, zwischendurch nachzusehen und das Pflaster wieder draufzukleben.

Vielleicht heilten alle Wunden so schnell.

Vielleicht war der Schnitt auch nicht so tief gewesen, wie es ihm zunächst erschienen war.

Er versuchte sich zu erinnern, ob er überhaupt einen Schmerz empfunden hatte. Ganz im Gegensatz zu den Verletzungen an Knien und Ellbogen, an die er sich von früher erinnerte. Er hatte dann immer einen beißenden, stechenden Schmerz gefühlt. Diesmal war alles anders. Wenn die Wunde nicht geblutet hätte, sie wäre ihm wohl gar nicht aufgefallen.

Er drehte den Hahn zu, trocknete sich die Hände ab, ging die Treppe hinunter und lief zu seinem Erdloch. Von dem Blut, das ins Erdloch getropft war, war kaum noch etwas zu sehen. Er war in die Betrachtung der kleinen dunklen Flecke vertieft, als er seinen Namen hörte.

Er fuhr herum. Joey Connors stand in der Eingangstür des Nachbarhauses. Sie winkte ihm zu.

»He, Jason, möchtest du nicht rüberkommen und dir die Jungen ansehen?«

»Die Jungen? Was für Jungen?« Die Sache mit der Schnittwunde war auf einmal überhaupt nicht mehr wichtig.

»Daisy hat vorgestern Junge geworfen. Aber meine Mutter hat gesagt, ich darf dich nicht anrufen.«

»Warum denn nicht?« fragte Jason. Er war über den Zaun geklettert, der die beiden Grundstücke voneinander trennte, und ging auf Joey zu.

»Wegen der Sache mit deiner Schwester. Bist du mitgegangen zur Beerdigung?«

»Ja.«

»Wie war's denn?«

Jason legte den Kopf auf die Seite. »Ich weiß nicht. Wie Beerdigungen eben sind.« Und dann: »Läßt du mich mit den Jungen spielen?«

Ein Erwachsener, wäre er Zeuge dieser Unterhaltung geworden, hätte sich gewundert über die Beiläufigkeit, mit der Jason Montgomery den Tod seiner kleinen Schwester hinnahm. Dazu ist zu sagen, daß für ihn alles, was mit Tod zusammenhing, so unwirklich war wie ein Traum oder ein Fernsehfilm. Das Verschwinden der Schwester hatte auf sein tägliches Leben keinen Einfluß. Hätte man ihn gefragt, was am Tage der Beerdigung eigentlich Wichtiges vorgefallen sei, so hätte er vermutlich von seiner Schnittwunde erzählt, die innerhalb von wenigen Minuten abgeheilt war.

Phyllis Paine stand in dem Gästezimmer, das ihr von ihrer Tochter zum Schlafen angewiesen worden war. Sie hatte ihren Koffer gepackt, jetzt drückte sie die Schlösser zu. Sie ließ ihre Blicke suchend durch den Raum streifen. Nein, ich habe wohl nichts vergessen, dachte sie. In Gedanken war sie bereits wieder zu Hause, knüpfte an das geordnete Leben an, das sie führte. Nicht, daß man Phyllis Paine als übertrieben nüchtern oder gar gefühlskalt hätte bezeichnen können. Der Tod ihrer kleinen Enkeltochter hatte sie tief getroffen. Aber sie hatte sich von der Trauer nicht in die Knie zwingen lassen. Sie war ins Haus der Tochter gekommen, hatte die täglichen Pflichten übernommen, mit jener Ruhe, mit dem Ernst, der ihr Wesen ausmachte. Sally hatte sich um gar nichts mehr kümmern müssen. Jetzt aber, nach dem Begräbnis, war es notwendig, daß sie in ihr normales Leben zurückfand. Der Instinkt sagte Phyllis, daß sie ihre Tochter jetzt mit ihren Problemen alleinlassen mußte. Sie verstand sehr gut, was in Sally vorging. Sie hatte das gleiche durchgemacht, als ihr erstes Kind tot zu Welt kam. Damals hatte ihr niemand die Arbeit des Alltags, die Formalitäten, das Einerlei des Haushalts abgenommen. Sie hatte sich durchboxen müssen, hatte sich der Herausforderung gestellt. Sie hatte ihr totes Kind begraben, so wie Sally jetzt ihre tote Tochter ins Grab gelegt und eine Schaufel Erde auf den Sarg geworfen hatte.

Sie nahm ihren Koffer und ging die Treppe hinunter. Sally und Steve saßen im Wohnzimmer.

»Steve, würdest du mir bitte ein Taxi bestellen?«

Sally fuhr herum. In ihren Augen schimmerten die Tränen. »Ein Taxi, Mutter? Wo möchtest du denn hinfahren?«

»Nach Hause, Sally«, sagte Phyllis Paine. Sie zwang sich zu einer gleichmütigen Miene. Steve betrachtete sie prüfend. Als sich ihre Blicke trafen, nickte sie ihm zu. Er verstand. Nachdem er gegangen war, setzte sie sich zu ihrer Tochter aufs Sofa. Sie ergriff Sally bei der Hand. Schweigen. Es war Phyllis, die den ersten Satz sprach. »Vergiß, was ich gestern gesagt habe, Kleines.«

Sallys Tränenfluß verebbte. »Was meinst du?«

»Was ich über Julies Tod gesagt habe«, antwortete Phyllis. »Ich habe dir eingeredet, daß es mit Julies Tod etwas Besonderes auf sich hat. Wie dumm von mir.«

Sally schüttelte den Kopf. »Ich verstehe immer noch nicht recht, was du meinst, Mutter.«

»Ich hatte gemeint, daß Julie durch irgendeine äußere Einwirkung gestorben ist, daß ihr etwas zugestoßen sei. Ich weiß jetzt, daß ich mich da in eine unsinnige Theorie verrannt habe. Das Kind ist gestorben, und es ist nicht das einzige Kind, dessen genaue Todesursache man nicht kennt, wir müssen uns damit abfinden.«

»So wie du dich mit dem Tod meines Bruders abgefunden hast, wie?« Sie sprach leise und kühl. Es war ihr Ton, nicht so sehr der Inhalt ihrer Bemerkung, der Phyllis schockierte.

»Wie hast du davon erfahren?«

»Daddy hat's mir erzählt.«

»Dazu hatte er kein Recht.«

»Er hatte sehr wohl das Recht dazu«, widersprach ihr die Tochter. »Er hat mir damals ganz einfach erklärt... Wir haben über dich gesprochen, und er hat mir klargemacht, wie du geworden bist, was du bist.«

»Ich verstehe«, sagte Phyllis. Sie lehnte sich zurück und schloß die Augen. Es war das erste Mal, daß sie mit ihrer Tochter über den tot geborenen Sohn sprach. »Was Daddy dir damals gesagt hat, hat dir das geholfen, mich und meine Lebensart zu verstehen?«

»Nein«, sagte Sally. Ihre Stimme schien von weit her zu kommen.

»Dann will ich dir erklären, was ich damals empfunden habe«, sagte Phyllis. Sorgfältig wählte sie die Worte, mit denen sie das Geschehen beschreiben würde, das damals, vor dreißig Jahren, ihr Leben entscheidend verändert hatte. »Ich habe mir im ersten Moment große Vorwürfe gemacht. Ich habe allen Ernstes geglaubt, ich wäre schuld am Tod meines Kindes. Bis die Ärzte mir gesagt haben, daß mich wirklich keine Schuld traf. Es war genauso wie heute, wo du dich mit Selbstvorwürfen wegen Julie quälst. Ich habe nie davon gesprochen, aber damals war ich drauf und dran, Selbstmord zu begehen. Ich weiß nicht mehr, was mich schließlich davon abbrachte. Irgendwie muß ich verstanden haben, daß ich eine Verantwortung gegenüber deinem Vater hatte. Gegenüber ihm, und dann, Jahre später, gegenüber dir. Ich habe dann die Zähne zusammengebissen und weitergemacht. Jeder Tag war ein Kampf. So wie das ganze Leben ein Kampf ist, Sally. Eines Tages wirst du das einsehen, wie ich es habe einsehen müssen. Du mußt nicht darüber nachdenken, was vielleicht einmal aus Julie geworden wäre. Du mußt überhaupt nicht mehr über das Kind nachdenken. Arbeite und lebe, bring hinter dich, was getan werden muß, das ist die beste Methode, um solche Probleme zu bewältigen. Menschen sterben. Das Leben geht weiter. Du und ich, wir leben, wir sind nicht tot. Ich weiß, wie weh dir das alles tut, Sally, aber vergiß nicht, du bist immer noch unter den Lebenden.«

Was ihre Mutter sagte, klang so kalt, so unbeteiligt. Vor Sallys

Augen erstand das Bild ihrer Tochter, die schlafend in der Wiege lag. Nein, Julie schlief nicht mehr. Sie war...

Sie lag im Sterben. Und dann fiel der kleine Kopf zur Seite.

Das Kind war tot. Gestorben an was? Und tot für wie lange?

Sally riß die Augen auf. Sie versuchte das Bild aus ihren Gedanken zu verdrängen. Es gelang ihr nicht. Plötzlich bemerkte sie Steve. Er war zurückgekommen und beobachtete sie. Wie lange stand er schon dort? Hatte er mitbekommen, was sie gesagt hatte?

»Deine Mutter hat recht«, hörte sie ihn sagen. Er hatte also doch gelauscht. Sally kam sich auf einmal verraten vor. »Wir dürfen uns wegen der Sache nicht so gehen lassen, Liebling. Es ist wichtig, daß jeder von uns seine Pflichten wieder ausfüllt.«

»Aber ich brauche...«

»Du brauchst Ordnung in deinem Leben. Du mußt deinen Rhythmus wiederfinden. Und das ist nicht möglich, solange deine Mutter hier ist und dir jeden Handschlag abnimmt, verstehst du das denn nicht?«

Sally rückte von ihrer Mutter ab. »Du möchtest, daß ich Julie vergesse«, sagte sie, zu ihrem Mann gewandt. »Ich soll mich so verhalten, wie Mutter es beim Tod meines Bruders getan hat. Ich soll so tun, als hätte es nie eine Julie gegeben. Aber das kann ich nicht. Ich will es auch nicht. Julie war meine Tochter, Steve. Sie war mein kleines Mädchen, und sie ist durch äußere Einwirkung ums Leben gekommen, davon lasse ich mich nicht abbringen. Ich werde herausfinden, wer an ihrem Tod schuld ist. Das ist meine Pflicht, und diese Pflicht werde ich erfüllen.«

»Aber Sally, du weißt doch selbst...« Er hielt inne, als das Telefon zu läuten begann. Ein paar Sekunden lang blieb sein Blick auf Sally haften. »Armes Kleines«, flüsterte er. Dann eilte er in die Küche, um den Anruf entgegenzunehmen. Sally und ihre Mutter blieben in gespanntem Schweigen zurück. Und dann war Steve wieder da.

»Sally, jemand möchte dich sprechen.«

»Nicht jetzt«, sagte sie ausweichend.

»Du solltest den Anruf schon entgegennehmen, finde ich. Es ist wichtig.«

Sie wollte widersprechen, aber etwas im Gesichtsausdruck ihres Mannes warnte sie. Mit schmerzenden Gliedern stand sie auf und schleppte sich in die Küche.

»Hallo?«

»Spricht dort Mrs. Montgomery? Mein Name ist Lois Petropoulous. Sie kennen mich nicht, aber...«

»Mein Mann sagte mir, Sie hätten mir etwas Wichtiges mitzuteilen«, schnitt Sally der Anruferin das Wort ab. »Ich muß Ihnen sagen, Ihr Anruf kommt sehr ungelegen.«

»Ich weiß. Es tut mir sehr leid, was mit Ihrem Baby passiert ist. Ich weiß, wie Sie empfinden. Ich habe das gleiche vor einem halben Jahr durchgemacht.«

»Wie bitte?«

»Wir sind eine Gruppe von sechs Ehepaaren, Mrs. Montgomery. Wir treffen uns einmal in der Woche. Jedes Ehepaar hat den Tod eines Kindes zu überwinden, und wir glauben, das ist in der Gruppe besser möglich als allein.«

Sally war unsicher geworden. Was erzählte die Frau da? Eine Gruppe von Ehepaaren, die sich über den Tod ihrer Kinder unterhielten? »Tut mir leid«, sagte sie, »aber ich sehe wirklich nicht, was ich...«

»Bitte, Mrs. Montgomery, legen Sie nicht auf. Hören Sie sich doch erst einmal an, wer wir sind. Wir werden von der SIDS-Stiftung unterstützt. Es gibt eine ganze Reihe von Gruppen wie die unsere, diese Gruppen werden von einer zentralen Stiftung betreut. Wir treffen uns jeden Dienstag, so auch heute abend. Wir würden uns freuen, wenn Sie und Ihr Mann dazukommen.«

Sie mußte sich beherrschen, um die fremde Frau nicht anzuschreien. Warum konnte man sie nicht in Ruhe lassen? Da war schon ihr Mann, der ihr zusetzte. Dann ihre Mutter. Und jetzt mischten sich auch noch wildfremde Leute ein. Sie war entschlossen, das Problem, das durch Julies Tod entstanden war, allein durchzustehen. »Vielen Dank, daß Sie mich anrufen«, sagte sie förmlich, »aber unser Kind ist nicht an SIDS gestorben. Es hätte also wenig Sinn, wenn wir zu Ihrem Treffen kommen.« Sie wartete die Antwort nicht ab, sondern legte auf und ging ins Wohnzimmer zurück. Sie sah durchs Fenster. Vor dem Haus war ein Taxi vorgefahren. Ihre Mutter war aufgestanden. Sally versuchte das Gefühl der Abneigung zu verbergen, das sie auf einmal gegen ihre Mutter und ihren Mann empfand.

»Ich bring' dich raus zum Wagen, Mutter«, bot sie an.

Phyllis Paine ignorierte das Angebot. »Wer hat angerufen?« fragte sie. »Hatte es etwas mit Julie zu tun?«

»Nein, Mutter. Nichts dergleichen.« Sie geleitete ihre Mutter zur

Tür. »Es tut mir leid, was ich vorhin gesagt habe. Die Sache hat mich mehr mitgenommen als ich dachte, entschuldige bitte. Du hast recht. Das Leben geht weiter. Ich werde schon darüber wegkommen.« Sie gab ihr einen Abschiedskuß. »Mach dir keine Sorgen, alles wird gut werden.«

Sie standen an der Haustür, sahen sich an. Es gab nichts weiter zu sagen. Und dann war Phyllis Paine fort. Sally kehrte zu ihrem Mann zurück.

Er empfing sie mit einem ernsten Blick. »Wir werden zu diesem Treffen gehen, Sally!«

Sie musterte ihn erstaunt. »Wozu das denn? Dort treffen sich doch nur SIDS-Eltern. Wir haben damit doch gar nichts zu tun.«

»Oh, doch, das haben wir«, sagte er ruhig. »Ich gehe hin, und du kommst mit mir. Hast du mich verstanden?«

Die Härte in seiner Stimme traf sie wie ein Peitschenhieb. Vergeblich versuchte sie in seinem Gesicht zu lesen. Noch nie hatte er in diesem Ton mit ihr gesprochen. Es war keine Bitte gewesen, es war ein unmißverständlicher Befehl. Als sie ihm antwortete, tat sie es mit einer Kälte, die ihr selbst fremdartig vorkam. »Also gut. Wir werden hingehen. Obwohl ich das für sinnlos halte.«

Wenige Minuten später stand sie im Kinderzimmer. Sie würde alle Gegenstände entfernen, die sie an Julie erinnerten. Sie zog die Bettwäsche ab, dann faltete sie die zerlegbare Krippe zusammen. Sie durchsuchte den Schrank und die Kommode, nahm die Babysachen heraus. Das meiste waren Kleidungsstücke, die Julie noch nicht getragen hatte. Als letztes entfernte sie das Mobile, das über der Krippe hing. Sie betrachtete die Figuren, mit denen die Drahtbügel ausbalanciert waren, dann ließ sie das ganze Gebilde zögernd in den Papierkorb sinken.

Alles war verändert.

Ihre Familie war verändert.

Ihr Mann war verändert.

Auch sie selbst war verändert.

Nichts mehr würde je so sein wie vorher.

Sie war entschlossen, dem Beispiel ihrer Mutter nachzueifern. Sie würde die Verantwortung ausfüllen, die auf ihr lag. Sie würde sich zu den Lebenden schlagen, nicht zu den Toten.

Tief in ihrem Herzen war sie trotz alledem überzeugt, daß Julie keines natürlichen Todes gestorben war. Eines Tages würde sie das Rätsel lösen. Als sie mit dem Ausräumen der Babysachen fertig war, blieb sie in der Tür stehen. Ich kann es nicht, dachte sie. Ich werde nie sein können wie meine Mutter.

8

EASTBURY ELEMENTARY SCHOOL stand auf dem Schild, das an der Fassade der Grundschule befestigt war. Das Gebäude duckte sich zwischen einen Hain von Ahornbäumen, als schämte es sich des ungepflegten Rasens und der abblätternden Farbe. Lucy Corliss trat näher. Es machte sie traurig, das Bild von Verfall zu betrachten. Fast schien es, als versuchte sich das Gebäude zwischen den Bäumen zu verbergen, um auf diese Weise dem Abriß zu entgehen.

Sie passierte das Portal. Innen sah es nicht viel besser aus. Düstere Korridore. Es war Dienstag, vier Uhr nachmittags. Kein Laut war zu vernehmen. Lucy Corliss ging mit klappernden Absätzen den Flur entlang. Sie betrat Randys Klassenzimmer.

Harriet Grady, die Lehrerin, wäre beinahe mit ihr zusammengestoßen. Die Frau, Ende Fünfzig, hielt einen Stapel Hefte unter den Arm geklemmt. Offenbar hatte sie noch Arbeiten korrigiert und war jetzt im Begriff, heimzugehen. »Mrs. Corliss«, sagte sie herzlich, »kommen Sie doch bitte herein. Gibt es irgend etwas Neues wegen Randy?«

Lucy ließ ihre Blicke über die schäbigen Wände wandern. Einige Scheiben in dem großen Kästchenfenster auf der Westseite hatten Sprünge. Es gab wohl kein Geld, um neue Scheiben einzusetzen. Sie trat an die Fensterbrüstung und sah auf den leeren Schulhof hinaus. »Ich bin gekommen, um mit Ihnen über Randy zu sprechen«, sagte sie schließlich. »Könnten Sie sich vorstellen, daß Randy weggelaufen ist?«

Die Lehrerin trat zu ihr. Sie berührte Lucys Arm. »Ich weiß es nicht. Es ist heutzutage sehr schwer, ein Kind zu beurteilen. Die Schüler sind alle . . . wie soll ich sagen, sie sind altklug und fürchterlich unreif zur gleichen Zeit. Ich habe oft den Eindruck, wir wissen wenig von dem, was Kinder denken.«

Lucy zuckte die Schultern. »Was Randy angeht, so ist er ein verschlossener Junge. Er war so von klein auf an. Ich habe oft gedacht, ich kenne ihn gar nicht richtig. Wahrscheinlich bin ich selbst schuld, weil ich nicht genügend Zeit für ihn aufbringe.«

»Die wichtigsten Bezugspersonen für ein Kind sind und bleiben die Eltern«, sagte Mrs. Grady. In Lucys Ohren klang es wie ein Vorwurf.

»Leider entwickelt sich eine Ehe nicht immer so, wie man es sich zu Beginn erhofft.«

»Die Schuld liegt meist auf beiden Seiten«, stellte die Lehrerin fest.

Lucy betrachtete sie mit demonstrativem Mißbehagen. »Mrs. Grady«, sagte sie kühl, »ich bin nicht gekommen, um mich von Ihnen wegen meiner Ehe beraten zu lassen. Ich möchte mit Ihnen über meinen Sohn sprechen.«

Ihre Blicke trafen sich. Harriet Gradys Gesichtsausdruck war weich geworden. »Es tut mir leid«, sagte sie. »Ich fürchte, ich benehme mich wie eine verknöcherte alte Dame, die nur noch an den jungen Leuten herumkrittelt. Ich kann mich einfach nicht an die Tatsache gewöhnen, daß die meisten Schüler keinen Vater oder keine Mutter mehr haben, sie leben bei einem Elternteil. Es ist so traurig, das zu sehen. Ich fürchte, das ist auch der Grund, warum manche Kinder in der Schule Schwierigkeiten machen.«

»Wollen Sie damit andeuten, daß Randy Ihnen Schwierigkeiten gemacht hat?«

»Er ist nicht der einzige.« Sie umfing Lucy Corliss mit einem prüfenden Blick und beschloß, die Katze aus dem Sack zu lassen. »Sie wissen vermutlich, daß Randy eines meiner Sorgenkinder ist.«

»Das weiß ich nicht.«

Harriet Grady war zu ihrem Pult zurückgegangen. Sie zog eine Mappe aus der Schublade und faltete sie auf.

»Es hapert mit dem Betragen, in einer Weise, die das Maß des Erträglichen überschreitet.«

»Was soll das heißen?« Lucy versuchte die Mappe an sich zu nehmen. Mrs. Grady entzog sie ihr.

»Das geht nicht«, sagte sie. »Der Inhalt ist nicht für Sie bestimmt.«

Lucy Corliss sah sie verständnislos an. »Nicht für mich bestimmt? Ich will Ihnen mal etwas sagen. Mein Sohn ist verschwunden, und wenn in dieser Mappe irgendwelche Informationen sind, die mir bei der Suche nach ihm nützlich sein können, dann habe ich das Recht, die Mappe einzusehen. Ich bin die Mutter, Mrs. Grady. Ich habe einen Anspruch darauf, alles über meinen Sohn zu erfahren.«

»Ich weiß nicht recht«, wand sich Harriet Grady. »Sie werden verstehen, Mrs. Corliss, in den Schülerakten befinden sich unter anderem ganz persönliche Eintragungen. Ich meine das, was der einzelne Lehrer von dem Schüler hält. Wir lassen uns da nicht gern in die Karten gucken.«

»Aber die anderen Lehrer, die lassen Sie schon in die Akten gukken, nicht wahr?«

»So ist es«, gab Mrs. Grady zu. Sie hatte hinter dem Pult Platz genommen und strich sich eine Haarsträhne aus der Stirn. »Ich weiß, wie Ihnen zumute ist, Mrs. Corliss. Wie gern würde ich etwas Tröstliches zu Ihnen sagen. Aber ich glaube, wir müssen uns an die Tatsachen halten. Es ist nicht das erste Mal, daß Randy wegläuft.«

»Ich weiß, was Sie meinen«, protestierte Lucy Corliss. »Der Junge wollte damals zu seinem Vater gehen. Er war schließlich nur ein paar Stunden weg.«

»Aber er war verschwunden«, beharrte die Lehrerin. »Er ist weggelaufen, ohne irgend jemandem zu sagen, wohin er geht. Randy hat so etwas Unkontrolliertes an sich. Wie soll ich es Ihnen begreiflich machen, der Junge ist wild.«

»Sie übertreiben«, erwiderte Lucy. »Er ist schließlich erst neun Jahre alt. In diesem Alter können Sie nicht erwarten, daß er gehorcht wie ein Soldat.«

Harriet Grady seufzte. »Wenn Sie mich doch nur verstehen würden. Randy scheint der Ansicht zu sein, daß er sich alles und jedes erlauben kann. Er hat vor nichts Angst und er hat vor niemandem Respekt. Und so etwas führt zu Schwierigkeiten.«

Lucy sah die Lehrerin stirnrunzelnd an. »Zu Schwierigkeiten?«

»Bisher ist nichts Ernsthaftes passiert«, beruhigte sie die Lehrerin. »Aber wir Lehrer fürchten, daß dem Jungen eines Tages etwas zustoßen könnte, weil er so unvorsichtig ist.«

»Daß ihm etwas zustoßen könnte? Würden Sie mir das bitte erklären?«

Harriet Grady saß da und dachte nach, die Fingerspitzen auf der Schülerakte. Sie hob die Hände. Mit einer zögernden Bewegung reichte sie Lucy die Akte. »Sehen Sie sich das einmal an.«

Lucy überflog die engbeschriebenen Seiten. Als sie fertig war, zitterten ihr die Hände. Sie gab der Lehrerin die Akte zurück.

»Ich möchte jetzt von Ihnen genau wissen, was damals vorgefallen ist«, flüsterte sie.

Harriet Grady räusperte sich. »Es war vergangenes Jahr, im September. Die Kinder hatten draußen auf dem Rasen eine Schwarze Witwe gefunden. Wir steckten das Tier in ein Einmachglas. Das Glas stand auf meinem Pult. Ich hatte die Kinder gewarnt, diese Spinne ist giftig. Sie waren alle recht vorsichtig, die meisten trauten sich nicht einmal, das Glas in die Hand zu nehmen. Randy nahm das Glas nicht nur in die Hand, er steckte auch seine Hand hinein.«

»Um Gottes willen«, flüsterte Lucy. »Und dann?«

»Er hat nach dem Tier getastet, und die Spinne hat versucht zu flüchten. Als sie keinen Ausweg mehr sah, ging sie zum Angriff über. Ich habe versucht, Randy das Glas wegzunehmen, aber dagegen hat er sich mit aller Macht gewehrt. Er hatte überhaupt keine Angst. Die Spinne faszinierte ihn.«

»Hat das Tier ihn denn nicht gebissen?«

»Gott sei Dank, nein. Ich habe ihm zum Schluß das Glas aus der Hand geschlagen und die Spinne zertreten. Dann habe ich ihn zur Schulschwester gebracht, um ihn untersuchen zu lassen. Auf seiner Hand waren keine Bißmale zu erkennen.

»Wie ist das möglich?«

»Ich weiß es nicht, Mrs. Corliss. Was mich an der Sache so schockiert hat, war seine Uneinsichtigkeit. Er war überhaupt nicht beeindruckt, nicht einmal, als die Schulschwester ihm erklärte, in welcher Gefahr er geschwebt hatte. Er sagte nur, er hätte schon oft mit Spinnen gespielt und sie hätten ihm nie etwas getan.«

Lucy spürte, wie etwas ihre Kehle zuschnürte. »Warum haben Sie mir damals nicht Bescheid gesagt?« fragte sie.

Harriet Grady verzog ihren Mund zu einem frostigen Lächeln. »Wie stellen Sie sich das wohl vor, Mrs. Corliss? Hätte ich Ihnen einen Boten schicken sollen mit einem Brief, worin steht: Liebe Mrs. Corliss, Ihr Sohn Randy ist heute nicht von einer Spinne gebissen worden? Sie hätten mich für verrückt erklärt.«

Lucy schloß die Augen. Sie nickte. »Sie haben recht.« Eine Weile dachte sie über die Bedeutung von Mrs. Gradys Eröffnungen nach. In der Akte des Jungen war eine Reihe von Vorfällen vermerkt, wo Randy beinahe verletzt worden wäre. Aber wirklich passiert war ihm nie etwas. Als sie die Augen öffnete, sah sie den Blick der alten Lehrerin auf sich ruhen.

»Was ich befürchte, Randy hat sich wieder auf eines seiner Abenteuer begeben, und diesmal ist die Falle zugeschlagen.« Die Lehrerin war aufgestanden. Sie brachte sie zur Tür. »Ich bedaure, daß ich Ihnen nicht helfen kann, Mrs. Corliss. Randy hat mir nie gesagt, was er vorhatte. Ich weiß nicht, was ich von dem Ganzen halten soll.« Sie gab ihr die Hand. »Aber ich bin sicher, daß man Randy finden wird. Er hat sich bisher noch aus jeder Klemme herausgewunden.«

Als Lucy Corliss das Klassenzimmer verlassen hatte, schlug Harriet Grady Randys Akte auf. Ein hoffnungsloser Fall, dachte sie. Wenn es einen Jungen gab, der sein Leben lang Probleme bereiten und selbst Probleme haben würde, dann er. Sie schlug die Mappe zu, legte sie in den Schreibtisch zurück und verschloß das Fach.

Lucy war am Ende des Flurs angelangt, als ihr Blick auf das Schild ›Krankenschwester‹ fiel. Sie blieb stehen. Dann ging sie auf die Glastür zu und klopfte an.

»Herein!« sagte eine Stimme. Lucy öffnete die Tür und betrat den Raum. Die Schulschwester war in Lucys Alter. Sie trug einen weißgestärkten Schwesternkittel. Als Lucy nähertrat, legte sie das Taschenbuch aus der Hand, in dem sie gelesen hatte. Sie grinste.

»Ich bin nicht im Dienst, wenn Sie das glauben sollten. Ich bin nur hiergeblieben, falls sich ein Kind beim Spielen verletzt. Zur Abwechslung mal eine fleißige Schulschwester.«

Lucy mußte lachen. Die Offenheit der Frau gefiel ihr.

»Ich bin Mrs. Corliss«, sagte sie.

Der Ausdruck der anderen wurde ernst. Sie stand auf. »Wir machen uns alle große Sorgen wegen Randy«, sagte sie. »Kann ich Ihnen in irgendeiner Weise behilflich sein?«

»Schwer zu sagen. Ich wollte einfach einmal mit Ihnen sprechen. Mrs. Grady hat mir den Vorfall mit der Spinne erzählt.«

»Die Schwarze Witwe.« Die Krankenschwester nickte. »Ihr Sohn hat damals großes Glück gehabt.«

»Das sagt Mrs. Grady auch. Sie meint übrigens, Randy ist weggelaufen. Jeder meint das.«

»Außer Ihnen, habe ich recht?« Sie deutete auf einen Stuhl. »Setzen Sie sich doch. Ich bin Annie Oliphant, und ich kenne garantiert alle Witze, wo Elefanten vorkommen.« Ihr Lächeln verschwand. »Ich fürchte, ich werde bei der Suche nach Ihrem Jungen nicht viel beitragen können, Mrs. Corliss. Ich habe Randy nur sehr sporadisch zu sehen bekommen.« Sie ging zum Aktenschrank, zog eine Schublade auf und suchte die Akte des Jungen heraus.

»Darf ich die Akte sehen, oder ist der Inhalt geheime Verschlußsache?« fragte Lucy sarkastisch.

Annie Oliphant gab ihr die Mappe. »Der Inhalt ist nicht besonders brisant«, sagte sie. »Und was die übrigen Aufzeichnungen angeht, die in der Schule über Ihren Sohn vorliegen, glaube ich nicht, daß Randy ein Sicherheitsrisiko für die Vereinigten Staaten darstellt.« Die Grübchen in ihren Mundwinkeln zuckten. »Die Lehrkräfte in dieser Schule umgeben die einfachsten Sachen mit einem Schleier des Geheimnisses. Ich glaube, das tun sie, um sich interessant zu machen.«

Lucy las die Eintragungen auf Randys Karteikarte. Nichts von Belang. »Sehen Sie irgendeinen Schlüssel für das Verschwinden meines Sohnes?« fragte sie schließlich.

Die Krankenschwester schüttelte den Kopf. »Aus den Unterlagen geht nur hervor, daß er ein geradezu unnatürlich gesundes Kind ist. Wenn alle Schüler so gesund wie Randy wären, müßte ich meinen Job an den Nagel hängen.« Sie nahm ihr die Akte aus der Hand. »Schauen Sie sich das doch nur an. Keine ernsthaften Krankheiten. Keinerlei gesundheitliche Störungen. Keine Verletzungen. Nicht einmal eine Schramme. Mandeln: gesund. Blinddarm: gesund. Sogar die Zähne: gesund. Na ja, die unteren Schneidezähne sind ein bißchen schief gewachsen, aber nicht so schief, daß er eine Spange bräuchte. Keine Karies, nicht ein einziges Loch. Wie haben Sie das geschafft, Mrs. Corliss? Ist der Junge bei Ihnen unter einer Glasglocke aufgewachsen?«

Wieder mußte Lucy lachen. »Aber nein. Ich glaube, wir haben mit dem Jungen ganz einfach Glück gehabt. Bis jetzt jedenfalls.« Sie hielt inne, um nachzudenken. Als sie weitersprach, flüsterte sie. »Ist es wirklich wahr, daß Sie Randy nur selten zu Gesicht bekommen haben?«

Die Schulschwester nickte. »Nur bei der jährlichen Reihenuntersuchung. Wissen Sie, Randy gehört nicht zu den Kindern, denen beim Mittagessen plötzlich schlecht wird. Und auch nicht zu den Raufbolden, die man alle paar Tage verbinden muß.«

Lucy hielt die Mappe hoch. »Könnten Sie mir von dem Inhalt eine Kopie machen?« bat sie.

»Aber gern.« Sie ging voraus, Lucy folgte ihr auf den Flur, wo das Kopiergerät stand. Sie stand dabei, als die Schwester die einzelnen Schriftstücke auf die Glasplatte legte.

»Ich hoffe, Sie können etwas damit anfangen«, sagte die Schwester, als sie fertig war. »Obwohl ich nicht recht sehe, was Ihnen die Aufzeichnungen nützen könnten.« Sie reichte Lucy die Kopien.

»Ich auch nicht«, erwiderte Lucy. Ihre Stimme zitterte. »Vielleicht will ich mich auch nur selbst beruhigen. Daß ich überhaupt etwas unternommen habe, verstehen Sie? Sie können sich gar nicht vorstellen, wie das ist, wenn das eigene Kind verschwunden ist. Man weiß einfach nicht, wo man suchen soll. Ich bin auf's Geratewohl hierher gekommen. Vielleicht, daß in der Schule...« Sie spürte, wie die Tränen kamen.

»Es tut mir so leid um Sie, Mrs. Corliss.« Sie sagte es voller Wärme und Anteilnahme. Sie waren am Portal der Schule angekommen. Mrs. Oliphant blieb stehen. »Es ist eine Folge der Zeit, in der wir leben. Alles geschieht früher, als man es gewohnt ist. Die meisten Kinder sind frühreif. Vor einigen Jahren noch, da liefen höchstens Teenager weg. Heutzutage wollen schon die I-Männchen ausbrechen. Es gibt in allen Altersgruppen das Problem Alkohol und Drogen. Wenn Sie mich fragen: Ich weiß nicht, warum die Kinder so was nehmen.«

»Randy trinkt nicht und er nimmt auch keine Drogen. Und weggelaufen ist er auch nicht!« Ihre Stimme war schrill geworden. »Dem Jungen ist etwas zugestoßen, und ich werde herausfinden, was.«

Sally stürmte zum Portal hinaus. Sie rannte die Stufen hinunter, riß den Wagenschlag auf und schwang sich hinter das Steuer. Sie konnte die Blicke der Krankenschwester in ihrem Nacken spüren. Sie sah sich nicht um, sondern betätigte den Anlasser, legte den Vorwärtsgang ein und gab Gas.

»Irgend etwas Neues?«

»Nein, leider nicht.«

Jim stand vor der Tür. Lucy ließ drei oder vier Sekunden verstreichen, bevor sie den Weg freigab. Er kam ihr nach ins Wohnzimmer. Ohne Zögern ging er zum Fenster und zog die Vorhänge auf. Das Licht der Abendsonne fiel in den Raum.

»Du lebst ja wie in einer Höhle«, sagte er. »Warum hältst du tagsüber die Vorhänge geschlossen?«

Sie seufzte und ließ sich in einen Sessel fallen. »Ich habe gar nicht gemerkt, daß die Vorhänge noch zugezogen waren. Habe heute morgen vergessen, sie aufzuziehen.«

»Du mußt...«

»Bitte, Jim, keine Belehrungen. Gibt es irgendeine Spur von Randy?«

Jim schüttelte den Kopf. »Nicht die geringste. Die Polizei tut, was in ihrer Macht steht, Lucy, das kannst du glauben. Ich bin bei der Suche nach dem Jungen dabeigewesen. Wir haben die Waldstücke durchkämmt, wo Randy sich letztes Jahr verirrt hat. Wir haben auch mit allen Personen gesprochen, mit denen er auf dem Weg zur Schule Kontakt gehabt haben könnte. Das Komische ist, niemand hat Randy gesehen. Die Polizei wird morgen weitersuchen. Aber dann...« Er hob resigniert die Schultern.

»Du willst sagen, dann werden sie die Suchaktion abbrechen, habe ich recht? Aber es ist doch nur ein hilfloser kleiner Junge, Jim. Sie dürfen die Suche nicht einstellen!«

Er ging zur Hausbar und goß sich einen Drink ein. Sie sah, wie er Sodawasser dazugab. Überraschend viel Sodawasser, wie Lucy fand. »Gibst du mir auch einen Drink?« bat sie.

»Gern.« Er füllte ein Glas mit Whisky und Soda, reichte es ihr und nahm in einem Sessel Platz. »Du mußt das verstehen, Lucy«, sagte er. »Es ist ja nicht so, daß sich die Polizei nicht um die Sache kümmern würde. Sie suchen nach dem Jungen, und sie werden natürlich auch in der Zukunft nach Randy Ausschau halten. Aber sie können nicht die ganze Gegend nach unserem Sohn durchkämmen, es sei denn, daß irgendwelche Anzeichen für eine Entführung auftauchen. Wenn keine Lösegeldforderung eingeht, wird die Polizei davon ausgehen, daß der Junge weggelaufen ist.«

»Aber er ist nicht weggelaufen«, beharrte Lucy. »Frag nicht wieso, aber ich weiß ganz einfach, daß er nicht weggelaufen ist.«

Er nickte ihr zu. »Ich mach' dir einen Vorschlag«, sagte er. »Laß uns zusammen zum Abendessen gehen.«

Sie sah ihn von der Seite an. Ein lauernder Ausdruck war in ihre Augen getreten. »Bevor du dir den Kopf zerbrichst, was dahintersteckt«, sagte er, »es steckt gar nichts dahinter. Lucy, wir haben unseren Sohn verloren, und ich habe niemanden, mit dem ich über das Problem sprechen kann. Niemanden außer dich. Außerdem mache ich mir Sorgen um dich.«

»Um mich?« Sie gab sich keine Mühe, ihre Skepsis zu überspielen.

»Ich weiß, ich weiß. Ich bin ein großer Egoist gewesen, und wahrscheinlich verdiene ich, gerädert und geviertelt zu werden. Was übrigbleibt, könnte man dann den Geiern zum Fraß vorwerfen. Vielleicht sollte man mich vorher aber noch kielholen oder auf einer einsamen Insel aussetzen.«

»Bis zum Kielholen würde ich sagen, ja.« Sie hielt inne und biß sich auf die Lippen. Wie gern hätte sie ihm geglaubt, daß er die Wahrheit sagte, daß er wirklich nur mit ihr zusammen essen und sich aussprechen wollte.

Sie bezwang ihr Mißtrauen.

»Gehen wir ins Speckled Hen«, schlug sie vor. Gemeint war ein kleines Restaurant draußen vor der Stadt. Als jungvermähltes Ehepaar waren sie dort oft essen gegangen.

»Das Spekled Hen«, sagte er nachdenklich. »Gibt's das noch?«

»Ich bin letzte Woche draußen gewesen«, sagte Lucy. »Ich hatte dort in der Gegend zu tun. Ich war drauf und dran, zum Mittagessen dazubleiben.«

»Und warum hast du's nicht getan?«

In seinen Augen lag ein Ausdruck, der sie zur Vorsicht zwang. »Ich hab's mir im letzten Augenblick anders überlegt«, sagte sie. Sie hatte ihr Glas geleert und stand auf. »Gehen wir! Ich werde zwar nicht sehr unterhaltsam sein heute abend, aber so oder so, ich muß etwas essen, und ich brauche jemanden, mit dem ich sprechen kann.«

»Und du hast nichts dagegen, daß ich dieser *jemand* bin?«

»Nein. Heute abend nicht.«

Während sie zum Restaurant fuhren, dachte Lucy darüber nach, inwieweit Jim sich eigentlich verändert hatte. Sie ertappte sich einige Male dabei, daß sie ihn aus den Augenwinkeln musterte. Sein Profil war vollkommen. Sein Kinn war stärker geworden.

Aber es waren nicht solche kleinen Veränderungen, die einen anderen Menschen aus ihm gemacht hatten.

Sein Benehmen war anders als früher. Zum erstenmal schien er die Menschen um sich wahrzunehmen. Er schien ihr fester geworden, verläßlicher. Und noch eins. Früher war er recht humorlos gewesen. Das war jetzt anders. Wenn er früher etwas Lustiges gesagt hatte, dann war der Witz immer auf Kosten eines anderen, eines Wehrlosen gegangen. Meist war sie, Lucy, die Zielscheibe seines Spotts gewesen.

»Du bist anders geworden«, hörte sie sich sagen. »Was hat dich so verändert?«

Wenn ihn die Frage überrascht hatte, so ließ er es sich nicht merken. »Das Leben«, sagte er. »Ich glaube, ich bin es ganz einfach leid, auf die Schnauze zu fallen. Vielleicht war es ganz gut, daß du mich damals rausgeschmissen hast. Ich hatte auf einmal niemanden mehr, an den ich mich anlehnen konnte. Es ist mir gar nichts anderes übriggeblieben, als selbständig zu werden.«

Ein langes Schweigen folgte diesen Worten. Dann waren sie vor dem Restaurant angelangt. Er bog auf den Parkplatz ein.

»Jim?«

Er wandte sich ihr zu. Und wieder war es, als hätte er ihre Gedanken gelesen.

»Du mußt dir keine Sorgen machen wegen mir«, sagte er. »Ich bin durchaus in der Lage, für uns beide zu sorgen. Wir sollten es zumindest miteinander versuchen. Wenn du dann meinst, du kommst besser ohne mich aus, das liegt ganz bei dir. Aber im Augenblick bin ich alles, was du hast. Du kannst dich auf mich verlassen, Lucy. Okay?«

Sie ließ ihren Tränen freien Lauf. Er saß neben ihr und hielt ihre Hand in der seinen.

Das Restaurant hatte sich kaum verändert. Die Erinnerungen an die ersten Monate ihrer Ehe kamen wieder.

Sie sprachen von vergangenen Zeiten, als alles noch gut zwischen ihnen gewesen war. Sie sprachen auch über jene Jahre, wo nichts mehr lief.

Meist schwiegen sie. Ein Fremder, der sie so betrachtete, wäre nicht auf die Idee gekommen, daß hier zwei Menschen miteinander zu Abend aßen, die seit zehn Jahren geschieden waren. Sie sahen aus, wie ein Ehepaar, das Sorgen hat.

Als sie heimfuhren, war zwischen Jim und Lucy so etwas wie Freundschaft entstanden.

9

Der Abend war schwül. Steve Montgomery hatte das Wagenfenster heruntergekurbelt. Langsam fuhren sie an den dunklen Fassaden der Einfamilienhäuser entlang. »Hier irgendwo müßte es sein«, sagte er, zu Sally gewandt. Er streckte den Kopf zum Fenster hinaus. Die Hausnummern waren kaum zu erkennen. Als ob die Besitzer sie absichtlich so anbrachten, daß sich niemand orientieren konnte.

»Ich verstehe immer noch nicht, warum wir an diesem Treffen

teilnehmen«, sagte Sally. Steif und mißmutig saß sie neben ihm. Sie hielt die Arme verschränkt und massierte sich die Haut oberhalb der Ellbogen mit den Fingerspitzen. Steve verlangsamte die Fahrt und hielt an. Er drehte die Zündung ab, zog die Handbremse und wandte sich seiner Frau zu.

»Es kann jedenfalls nichts schaden, wenn wir zu einem solchen Treffen gehen«, sagte er. Als er seine Frau mit einer zutraulichen Geste berühren wollte, entzog sie sich ihm. »Schau doch mal, Sally«, sagte er und gab sich Mühe, keinerlei Ungeduld durchklingen zu lassen, »wir gehen doch gar kein Risiko ein. Wenn wir nicht wollen, brauchen wir keinen Ton zu sagen. Diese Menschen haben das gleiche durchgemacht wie wir. Wenn uns jemand helfen kann, die Situation zu bewältigen, dann solch eine Gruppe.«

Er betrachtete sie prüfend. Immer noch schien sie nicht gewillt, den traurigen Tatsachen ins Auge zu sehen.

Steve ahnte, was in den Gedanken seiner Frau vor sich ging. Immer noch suchte sie nach dem Schlüssel für das Rätsel. Warum hatte Julie sterben müssen? Am Tag nach Julies Tod hatte er Sally im Wohnzimmer bei der Lektüre eines medizinischen Buches angetroffen. Steve war sicher, daß sie nur einen Bruchteil von dem verstand, was auf den reich illustrierten Seiten an Wissen ausgebreitet wurde.

Aber eines war klar. Sie würde nicht aufgeben, bis das Rätsel gelöst war. Sie suchte nach dem *wirklichen* Grund für Julies Tod.

Steve erinnerte sich an die Nacht vor der Beerdigung. Er hatte sich schlaflos in den Kissen gewälzt. Auch Sally hatte keine Ruhe gefunden. Schließlich war sie aufgestanden. Sie hatte begonnen, das Haus zu inspizieren. Er hörte, wie sie wieder und wieder den Wohnbereich durchquerte. Sie hatte die Tür zu Jasons Zimmer geöffnet. Mehrmals hintereinander. Er wußte auch, warum. Sie wollte sich überzeugen, daß Jason nichts zugestoßen war. Zweimal war Steve ins Wohnzimmer hinuntergegangen. Er hatte versucht, mit ihr zu sprechen. Aber sie hatte ihn nicht einmal angeschaut. Sie kauerte auf dem Sofa, das medizinische Buch auf den Knien, ihre Augen schienen in eine unwirkliche Ferne zu starren.

Auf seine Bitte, mit ihm ins Schlafzimmer zurückzugehen, hatte sie mit der alten Litanei geantwortet. Babys sterben nicht einfach so. Wie Steve hoffte, würde die Begegnung mit anderen SIDS-Eltern seine Frau zur Besinnung bringen. Er stieg aus dem Wagen, ging um die Kühlerhaube herum und öffnete ihr die Tür.

Er geleitete sie zum Haus, dessen Umrisse sich gegen einen violett schimmernden Abendhimmel abzeichneten, und drückte auf die Türklingel. Wenig später wurde die Tür geöffnet. Eine Frau mittleren Alters hieß sie willkommen.

»Sie müssen das Ehepaar Montgomery sein«, sagte sie und lächelte. »Ich freue mich, daß Sie gekommen sind. Wir haben miteinander telefoniert. Mein Name ist Lois Petropoulous.«

Sally und Steve wurden ins Wohnzimmer geführt und den zwölf dort versammelten Personen vorgestellt. Es war, wie Steve fand, eine bunt zusammengewürfelte Gesellschaft. Es gab ein schwarzes Ehepaar. Es gab Orientalen. Es gab zwei Frauen ohne Mann. Ein Ehepaar fiel Steve wegen seiner ärmlichen Kleidung auf. Der Gesichtsausdruck der beiden war verwirrt. Alle Hoffnung war aus den Augen dieses Paares gewichen. Jedenfalls gab es keinen gemeinsamen Nenner, auf den sich die Menschen bringen ließen. Das einzige, was sie zueinander geführt hatte, so folgerte Steve, war die Tatsache, daß jeder dieser Menschen den Tod eines Kindes zu beklagen hatte. Eines Kindes, das an SIDS gestorben war.

Die Frau hatte ihnen einen Platz auf dem Sofa angewiesen. Sally nahm neben ihrem Mann Platz. Sie saß stocksteif, die Hände im Schoß gefaltet.

»Es gibt in unserer Gruppe keinen Vorsitzenden«, erklärte Mrs. Petropoulous. »Wir haben nicht einmal ein festes Klublokal. Wir versammeln uns reihum, jedes Mal bei einem anderen Mitglied.«

»Wie lange bleiben die Paare denn jeweils in der Gruppe?« erkundigte sich Steve.

»Jeder, solange er will.« Es war die ärmlich aussehende Frau, die seine Frage beantwortet hatte. »Kevin und ich sind jetzt seit einem Jahr dabei.« Sie deutete auf ihren Mann.

Eine Frau, an deren Namen sich Steve später als Muriel erinnern würde, mischte sich in die Unterhaltung ein. »Ich glaube, Irene und Kevin kommen nur, weil sie Langeweile haben«, sagte sie mit gutmütigem Spott. Steve spürte, wie ihm die Schamröte ins Gesicht stieg. Er war überrascht, als seine Sitznachbarn auf die Bemerkung der Frau mit einem herzlichen Lachen reagierten.

»Sie müssen sich über solche Bemerkungen in diesem Kreis nicht wundern«, sagte Lois. »Jeder von uns versucht auf seine Weise, mit dem Tod seines Kindes fertigzuwerden. Manchmal ist das der einzige Ausweg. Natürlich geht's nicht immer lustig zu. Es werden viel Tränen vergossen in dieser Runde. Und manchmal gehen uns die Nerven durch, wir schreien uns an. Man macht sich keine Vorstellung, wieviel Aggressionen sich in einem Menschen ansammeln, wenn er den Tod seines Kindes zu verarbeiten hat. Das ist eigentlich die Hauptfunktion unserer Gruppe. Dampf ablassen, damit man nicht verzweifelt. Es gibt keine Tabus. Jeder darf sagen, was er fühlt. Am wichtigsten ist, Sie beide verstehen, daß Sie mit Ihrem Schmerz nicht allein sind.« Sie sah in die Runde. »Das Treffen ist ja praktisch schon eröffnet. Ich möchte jetzt verkünden, was ich eigentlich ganz an den Anfang des heutigen Abends stellen wollte. Ich bin schwanger.«

Aller Augen waren jetzt auf Lois gerichtet. »Ich weiß auch, was für eine Bemerkung Ihnen jetzt auf den Lippen liegt«, fügte sie hinzu. »*Wieso wagen Sie das, nach dem, was passiert ist?*«

In der Tat wurde Lois dann mit Fragen dieses Inhalts bestürmt. Und dann meldete sich Muriel Flannery zu Wort. »Haben Sie denn gar keine Angst, Lois?«

»Natürlich habe ich Angst«, gab Lois zu. »Fürchterliche Angst sogar. Ich glaube, ich werde kaum noch zum Schlafen kommen, wenn das Kleine erst einmal auf der Welt ist. Ich werde es wie ein Habicht bewachen. Ich habe sogar vor, das Kind mit einem Monitor auszustatten.«

»Ich finde das grausam«, sagte eine Frau. »Mir kommt das vor wie ein Experiment im Laboratorium.«

»Ich würde wohl keine Ruhe haben, wenn das Kind nicht mit einem solchen Monitor ausgestattet ist«, beharrte Lois.

Steve war ratlos. Von einem Monitor für Kleinkinder hatte er noch nie gehört. Was war das? Kevin lieferte die Erklärung. »Es ist eine Art Detektor, den man auf der Brust des Kindes festheftet. Sobald das Kind zu atmen aufhört, ertönt eine Alarmglocke. Allerdings vermag niemand zu sagen, ob das Ding auch im Falle von SIDS funktioniert.«

»Das müßte es eigentlich«, sagte Steve. »Aus welchem Grund auch immer das Kind zu atmen aufhört, das Gerät würde darauf ansprechen.«

»So einfach liegt die Sache nicht«, sagte einer der Männer. »Soweit man festgestellt hat, ist es nicht die Funktion der Lungen, die erlahmt. Die Kinder sterben an einer Kontraktion der oberen Atemwege. Es ist, als ob eine unsichtbare Hand ihnen die Gurgel zusammendrückt. Die Kinder versuchen zu atmen, aber es geht nicht. Wenn dann die Alarmanlage losgeht, ist es zu spät.«

Das Gespräch ging weiter. Man erörterte die Maßnahmen, die zur Vorbeugung gegen SIDS angewandt werden konnte. Überzeugend war keine der vorgeschlagenen Lösungen. Steve machte eine interessante Beobachtung. Hatte er zunächst befürchtet, eine Ansammlung merkwürdiger, vielleicht gar hysterischer Individuen anzutreffen, so stellte sich jetzt heraus, daß dies Menschen wie du und ich waren. Keiner der Eltern hatte sich vorstellen können, daß ihr Kind von SIDS dahingerafft werden würde. SIDS, das war etwas, das *anderen* Kindern widerfuhr, nicht den eigenen. Jeder in der Runde hatte einsehen müssen, daß er Teil der Gesellschaft war. Wobei die Menschen auf diese Erkenntnis sehr unterschiedlich reagierten. Einige waren schlicht ratlos, andere zutiefst verunsichert, wütend, mißtrauisch. Wieder andere blieben in wortloser Trauer befangen.

Sally Montgomery schien nicht zu hören, was die Menschen in dieser Runde sagten. Warum bin ich überhaupt hergekommen? fragte sie sich. Hilfe war von diesen Leuten nicht zu erwarten. Sie und Steve vertaten nur ihre Zeit. Viel wichtiger war, daß sie sich um Jason kümmerten. Und um die Aufklärung des Rätsels, das den Namen SIDS trug.

Als inmitten des Stimmengewirrs die Stimme eines Mannes erklang, der bisher kein einziges Wort gesagt hatte, sah sie auf. Alex, der Ehemann der Gastgeberin, hatte sich neben sie gesetzt. »Sie nehmen an unserer Diskussion überhaupt nicht teil, Mrs. Montgomery«, sagte er. »Mir kommt es vor, Sie sind in Gedanken ganz woanders.«

Sie lehnte sich zurück und glättete die Falten ihres Kleides. »Ich bin in der Tat mit meinen Gedanken ganz woanders«, sagte sie. »Ich denke an mein totes Kind. Meine Tochter ist nicht an SIDS gestorben. Es muß etwas anderes gewesen sein.«

Eine Frau, die ein paar Schritte entfernt von ihr saß, beugte sich vor. »Ich heiße Jan Ransom«, sagte sie. »Sagen Sie uns doch bitte, Mrs. Montgomery, welche Todesursache vermuten Sie bei Ihrer Tochter?«

»Das weiß ich nicht«, antwortete Sally. »Aber ich werde es herausfinden.«

»Gewiß werden Sie das«, pflichtete ihr Jan Ransom bei. »Es wird Ihnen dabei gehen wie mir. Ich habe ein Jahr lang allen möglichen Ursachen nachgespürt, bis das Resultat schließlich feststand.«

»Und?«

Jan zuckte die Schultern. »Das Ergebnis war, mein Kind ist an SIDS gestorben. Was das Schwierige bei einem solchen Todesfall ist, niemand kann einem sagen, was es damit eigentlich auf sich hat. Ich habe lange nicht begreifen können, daß die Ärzte diesem Problem völlig ratlos gegenüberstehen. Ich habe -zig Bücher gelesen, um mich sachkundig zu machen. Ich habe mich mit allen möglichen Leuten unterhalten, von denen ich Aufklärung erhoffte. Niemand wußte Bescheid. Zum Schluß habe ich verstanden, daß ich die ganze Zeit den Kopf in den Sand gesteckt hatte. Ich habe dann auch begriffen, wovor ich solche Angst hatte. Wenn es keine natürliche Erklärung für den Tod meines Kindes gab, dann blieb nur eine Lösung. Ich mußte den Tod selbst verschuldet haben.«

»Niemand von uns brächte es übers Herz, sein Kind zu töten«, gab Muriel Flannery zu bedenken.

»Wirklich nicht?« fragte Ran Ransom bitter. »Die Zeitungen sind voll von Berichten über Menschen, die ihre Kinder umbringen. Ich muß dazu sagen, mein Kind war nicht gerade das, was man ein Wunschkind bezeichnet.« Jetzt hörte Sally Montgomery hin.

»Mein Leben war genau vorgeplant«, fuhr Jan fort. »Nach der Beendigung meines Studiums wollte ich nach New York gehen und in einer Werbeagentur arbeiten. Wenn ich dann dreißig war, wollte ich heiraten. Und zwar einen Mann, der genauso zielstrebig war wie ich. Vor allem keine Kinder. Kinder sind einem nur im Wege. Und außerdem, kann man es überhaupt noch verantworten, ein Kind in die Welt zu setzen? Die Welt ist voll ungelöster Probleme. Es gibt Überbevölkerung, es gibt einen weltweiten Engpaß bei der Energieversorgung. Und da soll man noch Kinder kriegen? Eines Tages stellte sich heraus, ich war schwanger.«

»Warum haben Sie Ihr Kind denn nicht abgetrieben?« kam die Frage aus der Runde.

Jan Ransom verzog ihren Mund zu einem traurigen Lächeln. »Weil ich katholisch erzogen wurde. Ich hatte gedacht, das macht mir gar nichts mehr aus, aber ich habe mich getäuscht. Das dicke Ende kam, als ich vor der Entscheidung stand, treibst du ab oder nicht. Ich habe es nicht übers Herz gebracht. Als das Baby auf der Welt war, da war ich nicht einmal mehr bereit, es zur Adoption freizugeben. Das wäre vielleicht besser gewesen.«

»Was SIDS angeht, hätte das überhaupt nichts geändert«, warf Lois Petropoulous ein. »Die Kinder sterben an SIDS, egal wer sie aufzieht.«

»Wie können Sie so etwas sagen!« herrschte Jan sie an. »Niemand weiß, was SIDS eigentlich ist. Dann kann auch niemand behaupten, die Krankheit befällt die Kinder unabhängig davon, in welcher Familie sie aufwachsen.« Ihre Stimme zitterte, als sie weitersprach. »Vielleicht spürt das Baby, daß seine Mutter es nicht mag. Es stirbt, um die Mutter für ihre Lieblosigkeit zu bestrafen.«

Jan Ransom hatte ausgesprochen, was Sally dachte. Seit Julie tot war, hatte sie sich in Selbstvorwürfen zerfleischt.

»Nicht daß wir uns falsch verstehen, Mrs. Montgomery«, hörte sie Jan sagen. »Inzwischen glaube ich nicht mehr, daß ich den Tod meines Kindes verschuldet habe. Und Sie, Mrs. Montgomery, sind ebenso unschuldig. Es ist wirklich am besten, wenn wir uns an das halten, was die Ärzte sagen. Wir können nicht unser ganzes Leben lang Antworten nachspüren, die es nicht gibt. Wir müssen die Tatsachen akzeptieren, und damit basta.«

»Ich glaube nicht, daß ich das kann«, erwiderte Sally. Sie war aufgestanden. »Wie dem auch sei, ich sehe keine Gemeinsamkeiten zwischen Ihrem Schicksal und dem meinen.« Sie tippte ihrem Mann auf die Schulter. »Steve?« Sie war schon zur Tür unterwegs. Steve stammelte eine Entschuldigung.

»Schon gut«, beruhigte ihn Lois Petropoulous. »Es ist nicht das erste Mal, daß jemand einfach wegläuft, und es wird nicht das letzte Mal sein. Wenn Ihre Frau uns braucht, stehen wir zur Verfügung. Ich bin überzeugt, sie wird Hilfe finden, in diesem Kreise oder anderswo. Sie sollten gut auf sie aufpassen, Steve. Ihre Frau braucht sie jetzt mehr, als Sie vielleicht denken.«

Sie stand im hellerleuchteten Türrahmen und sah den beiden nach, wie sie zum Wagen gingen. Schließlich ging sie ins Wohnzimmer zurück. Sie war nachdenklich geworden. Ob Sally Montgomery wohl zurückkommen würde? Oder würde sie den Dingen ihren Lauf lassen, bis sie eines Tages von der Woge des Unheils überrollt wurde?

Jason Montgomery hatte sich auf den Boden gesetzt. Er sah seinem Meerschweinchen zu, das im Kinderzimmer umhersprang. Das Tier war glücklich, der Gefangenschaft des Käfigs entronnen zu sein. Das Dröhnen des Fernsehgeräts im Erdgeschoß war zu hören. Der Babysitter, ein Mädchen, war eingeschlafen. Vor ein paar Minuten war Jason runtergegangen. Als er das Mädchen schlafend antraf, hatte er überlegt, ob er sie wecken sollte. Er hatte sich dagegen entschieden. Er mochte das Mädchen nicht besonders gern. Im Unterschied zu den anderen Mädchen, die ihn in der Abwesenheit seiner Eltern beaufsichtigten, war dieses Mädchen noch nie dazu zu bewegen gewesen, Karamelbonbons in der Pfanne zu brutzeln. Sie wollte vor allem eines: in Ruhe gelassen werden. Und so hatte Jason eine volle Minute lang in der Tür gestanden, hatte die Schlafende betrachtet und war dann ins Kinderzimmer, zu seinem Meerschweinchen Fred, zurückgekehrt.

Seine Eltern, das wußte er, waren zu einer Veranstaltung gegangen. Sie trafen sich mit irgendwelchen Leuten. Worum es bei dem Treffen ging? Es mußte wohl etwas mit seiner toten Schwester zu tun haben. Warum Julie gestorben war oder so. Jason verstand nicht recht, warum man sich darüber mit anderen Menschen unterhalten mußte. Das Kind war tot und begraben. Er hatte gedacht, wenn ein Mensch begraben war, dann konnte man ihn vergessen. Offenbar hatte er sich geirrt.

Er nahm sich vor, mit Randy Corliss über die Frage zu sprechen. Gleich beim nächsten Mal, wenn sie sich trafen.

Es gab ein Hindernis. Von Joey Connors hatte er erfahren, daß Randy von zu Hause weggelaufen war. Die Sache war das große Gesprächsthema bei den Kindern. Wenn Randy überhaupt wieder auftauchte, so sagten die meisten, dann würde er wohl von den Fürsorgebehörden in Obhut genommen werden.

Fred hatte den Raum durchquert, jetzt schnupperte er an Jasons Arm. Jason kraulte das Tier hinter den Ohren.

»Ob ich wohl auch bei der Fürsorge lande?«, sagte er zu seinem vierbeinigen Spielgefährten. »Dabei habe ich Julie doch gar nichts tun wollen. Ich habe ihr nur die Decke über den Kopf gezogen, eine Minute lang.« Er starrte dem Meerschweinchen in die punktförmigen Augen. Zum hundertstenmal fragte er sich, ob er Julie getötet hatte oder nicht. Nein, dachte er. Ich war es wirklich nicht.

Wie aber, wenn er doch der Mörder war?

Er nahm das Meerschweinchen vom Boden hoch und barg es in seinen Armen.

»Du bist jetzt Julie«, sagte er. Er legte Fred auf den Rücken. Das Tier strampelte mit den Beinen, bis er es am Bauch zu kraulen begann.

»Das gefällt dir, wie?« Er zog die Hand weg. Das Tier blieb ruhig liegen. Offenbar wartete es darauf, daß er die Liebkosung fortsetzte.

Er begann das Tier in die Decke einzurollen. Dann begann er zu zählen.

Er sah, wie Fred, in den Falten des Stoffes gefangen, hin und her sprang. Aber es gelang ihm nicht, sich zu befreien.

Als Jason bei hundert angelangt war, rührte sich Fred nicht mehr.

Jason versuchte sich zu erinnern. Wie war das bei Julie gewesen? Hatte die Kleine überhaupt gestrampelt? Nein, entschied er. Allerdings war sie länger bedeckt gewesen als Fred.

Sorgsam faltete er die Decke auf. Er war sicher, daß Fred, sobald das Hindernis beseitigt war, unter das Bett flitzen würde.

Aber das Meerschweinchen rührte sich nicht mehr, auch nicht, als Jason ihm mit dem Fingernagel in den Bauch piekte.

Vielleicht habe ich Julie doch getötet. Wenn es so war, nun, dann war es unabsichtlich geschehen. So unabsichtlich wie jetzt die Sache mit dem Meerschweinchen.

Er hob den kleinen Kadaver auf und wog ihn in der Hand.

Vielleicht reagierten Meerschweinchen ganz ähnlich wie Kinder, dachte er. Vielleicht starben diese Kleinen einfach so, ohne äußeren Anlaß.

Er legte das Meerschweinchen in den Käfig zurück. Dann ging er zu Bett. Als seine Eltern zurückkehrten, war er eingeschlafen.

Es war seine Mutter, die das Tier tot auffand.

Steve war mit dem Mädchen hinausgegangen, um es heimzufahren. Sally huschte in Jasons Zimmer, beugte sich über ihren Jungen, lauschte seinen Atemzügen. Sie küßte ihn auf die Stirn. Sie wollte gerade den Raum verlassen, als sie das Gefühl beschlich, daß irgend etwas nicht stimmte.

Die typischen Atemgeräusche des Meerschweinchens fehlten. Sally knipste die Nachttischlampe an Jasons Bett an und ging zu dem kleinen Käfig, der in der Ecke des Zimmers stand. Das Meerschweinchen lag reglos auf dem Rücken. Sally kniete sich hin, öffnete die Käfigtür und nahm den kleinen Körper heraus. Ein Ausruf des Entsetzens entfuhr ihr, als sie merkte, daß sie einen Kadaver in der Hand hielt.

»Was ist?« murmelte Jason. Er rieb sich verschlafen die Augen. »Stimmt was nicht mit Fred?«

»Fred ist tot.« Vergeblich versuchte sie die Ängste zu verdrängen, die ihr Herz umkrallten. Es ist schließlich nur ein Meerschweinchen, redete sie sich ein. Ein Tier. Nicht Jason ist gestorben, sondern ein wertloses, unbedeutendes Meerschweinchen.

Trotzdem. Die Sache erinnerte sie an den Tod ihrer kleinen Tochter. Als ihr die Tränen kamen, ließ sie das Tier fallen und stürmte aus dem Zimmer. Jason rief hinter ihr her: »Was ist mit Fred passiert, Mutter? Ist er an der gleichen Krankheit gestorben wie Julie?«

10

Sally Montgomery saß im Wohnzimmer. Das Buch, in dem sie las, wurde vom gemütlichen Schein einer Schirmlampe erhellt.

Sie las, ohne den Sinn der Zeilen zu erfassen. Sie blätterte weiter. Bilder, Worte, Buchstaben ohne logische Verbindung.

Als Steve zurückgekommen war, hatte sie ihm von der Sache mit dem Meerschweinchen erzählt. Denk nicht weiter drüber nach. Das war seine Antwort gewesen. Er war hinaufgegangen, hatte das tote Tier in den Garten getragen und dort verscharrt.

Sally ging die Frage ihres Sohnes im Kopf herum. Ist das Tier an der gleichen Krankheit gestorben wie Julie?

Woran war Julie gestorben?

Widerstrebend ließ sie die Bilder der Erinnerung an sich vorüberziehen. Da war Jason. Er stand im Türrahmen. Das Kinderzimmer. Julie. Sie, Sally, stand in der Mitte des Raumes. Sie hielt den Leichnam ihrer Tochter an sich gepreßt.

Jason am offenen Grab. Der winzige Sarg wurde in die Finsternis hinabgelassen. Jasons gefühlloser Blick.

Als ob ihn das ganze gar nichts anging, dachte Sally.

Es sollte eine lange Nacht werden. Sally konnte keinen Schlaf finden. Zweimal war sie aufgestanden, um nach Jason zu sehen. Jedesmal fand sie ihn ruhig schlafend. Er hielt einen Arm über die Brust gelegt. Der andere Arm baumelte von der Bettkante herunter. Ob ihn der Tod seiner Schwester oder der Tod seines Meerschweinchens wohl bedrückte? Wenn es so war, dann gelang es ihm, seine Gefühle meisterhaft zu verbergen. Sally hatte am Fußende von Jasons Bett gestanden. Sie war versucht, ihren Sohn zu rütteln und zu schütteln, damit er aufwachte. Aber sie hatte sich beherrscht.

Es gab Fragen, die zu stellen er sich fürchtete. Sie fürchtete sich, weil die Antworten den Blick in den Abgrund freigeben würden.

Sie schloß das Buch mit dem Titel ›Kinderkrankheiten‹, in dem sie gelesen hatte. Plötzlich waren Jan Ransoms Worte wieder da. Mein Kind war nicht gerade das, was man ein Wunschkind bezeichnet. Vielleicht spürt das Baby, daß seine Mutter es nicht mag. Es stirbt, um die Mutter für ihre Lieblosigkeit zu bestrafen.

Sie nahm das Telefonbuch und schlug den Buchstaben R auf. Nach kurzem Suchen fand sie den Namen.

RANSOM, JANELLE 504 ALDER ESTBY 555–3624

Der Ruf ging sieben mal durch, bevor abgenommen wurde.

»Ist dort Miß Ransom? Hier spricht Sally Montgomery. Wir haben uns heute bei Mrs. Petropoulous kennengelernt, erinnern Sie sich?«

»Sally. Ja, natürlich erinnere ich mich. Ich... ich wußte, daß Sie anrufen würden. Ein Vorgefühl.«

Sally wußte nicht, was sie jetzt sagen sollte. Sie hatte auf einmal das Gefühl, belauscht zu werden. Sie drehte sich um. Steve stand auf der Türschwelle. Sie schluckte.

»Ich habe überlegt. Wie wäre es, wenn wir uns nächste Woche zum Mittagessen treffen?«

»Gern«, kam Jan Ransoms Antwort. »An welchem Tag?«

»Wann es Ihnen am besten paßt.«

»In diesem Fall brauchen wir nicht bis nächste Woche zu warten. Ich schlage vor, wir treffen uns noch diese Woche. Freitagmittag, würde ich sagen. Kennen Sie das Restaurant Speckled Hen?«

Ja. Sally kannte das Restaurant. Sie bestätigte die Verabredung. Dann legte sie den Hörer auf die Gabel zurück. Warum will ich mit Jan Ransom sprechen? Sie vermochte sich die Frage nicht zu beantworten.

Steve war zu ihr getreten. Er setzte sich neben sie. »Darf ich fragen, mit wem du telefoniert hast?«

»Lieber nicht.«

Er sah sie an. Sie sah erschöpft und übermüdet aus. Er beschloß nicht weiter in sie zu dringen. Er stand auf und knipste das Licht aus. »Laß uns jetzt schlafen gehen, Liebling«, sagte er.

Sie ließ sich von ihm nach oben führen. Als sie im Bett lagen, zog er sie an sich. »Es ist vielleicht am besten, wenn wir noch ein Kind bekommen«, hörte sie ihn sagen.

Sie wandte sich von ihm ab. Während sie einschlief, spürte sie, wie die Kluft zwischen ihnen tiefer und tiefer wurde.

11

Lucy Corliss schielte zur Uhr. Es war fast elf. Der Tag war verstrichen, ohne daß irgendein Anruf gekommen war. Drei Tage war Randy jetzt schon verschwunden. Sie sah Jim in die Augen. »Möchtest du noch eine Tasse Kaffee?«

Jim schüttelte den Kopf. Sie saßen in der Küche. Den ganzen Abend hatten sie in der Küche verbracht. Es war gegen sechs gewesen, als Jim an das Haustür auftauchte.

»Was gibt's?« hatte sie gefragt. »Irgendeine Spur von Randy?«

»Nein. Leider nicht. Darf ich reinkommen?«

Sie hatte ihn in die Küche geführt, und bei Jim hatte das Erinnerungen an zuhause wachgerufen. Seine Mutter hatte ihren Besuch immer in der Küche bewirtet. Das Wohnzimmer war dem Besuch des Pfarrers vorbehalten.

»Ich komme gerade von der Polizei«, hatte er berichtet. »Ich habe mit Sergeant Bronski gesprochen.«

»Und?«

»Er hat mir einige Statistiken erklärt.«

»Statistiken?«

»Die Polizei hat ihre Erfahrungen. Sie werten das statistisch aus. Wir müssen uns darauf gefaßt machen... Ich meine, wenn Randy aufgefunden wird, dann wahrscheinlich...« Er wandte sich ab, um seine Tränen zu verbergen.

»Dann wahrscheinlich tot«, vollendete sie seinen Satz. »Ich weiß, Jim. Das hat mir die Polizei auch gesagt. Aber ich glaube ihnen nicht. Ich habe das Gefühl, Randy ist noch...«

»Du machst dir Hoffnungen, Lucy«, unterbrach er sie. »Aber die Chancen sind dünn. Sergeant Bronski sagt, es sieht besser aus in jenen Fällen, wo Lösegeldforderungen eingehen. Wenn zumindest ein Telefonanruf kommt. *Irgend etwas.* Entweder Randy ist weggelaufen. Oder aber er ist entführt worden, und der Entführer hat kein Interesse an einem Lösegeld.«

»Du meinst, jemand hat sich an dem Jungen vergangen und ihn dann umgebracht?«

»Ja, das befürchte ich«, sagte Jim.

»Das ist unmöglich«, sagte Lucy mit fester Stimme. »Wenn Randy umgebracht worden wäre, würde ich das spüren. Ich weiß genau, daß er noch lebt, das fühle ich. Er ist nicht tot, Jim, und er ist auch nicht weggelaufen.«

»Wo steckt er dann? Warum meldet er sich nicht?«

Lucy hatte nur den Kopf geschüttelt. »Jim, ich habe mit allen möglichen Leuten gesprochen, um irgendeine Spur zu finden. In einem Film oder im Roman, da geht das ganz anders. Die Mutter sucht ihr Kind, und sie findet das Kind. Ich aber habe nichts gefunden. Überhaupt nichts. Außer das hier.«

Sie gab ihm die Fotokopien, die sie aus der Schule mitgebracht hatte. Er las.

Ein bemerkenswert gesunder Junge sei Randy, stand da. Zu gesund.

Was sollte das denn heißen? *Zu gesund?*

Er überflog die Seiten ein zweites Mal.

Es gab keine Fehltage. Randy hatte keinen einzigen Tag gefehlt.

Es gab keinerlei Eintragungen über Krankheiten. Kein verdorbener Magen. Keine Schürfwunde. Kein Heftpflaster. Keine Tabletten gegen Husten und Heiserkeit. Keine Erkältung.

Er schloß die Mappe und sah Lucy an.

»Ist dir beim Durchlesen irgend etwas aufgefallen?« fragte er sie.

»Wie meinst du das?«

»Diesen Unterlagen zufolge ist Randy während der ganzen Schulzeit kein einziges Mal krank gewesen. Er hat in der ganzen Zeit nicht einmal eine Schramme davon getragen. Er hatte nicht einmal einen kranken Zahn.«

»Na und?«

Jim zog sie Stirn kraus. »Ich finde das sehr ungwöhnlich.« Er öffnete die Akte, um ihr daraus vorzulesen. Er endete mit einer Eintragung auf der unteren Hälfte der ersten Seite:

CHILD Nr. 0263

»Hast du eine Ahnung, warum das Wort mit Großbuchstaben geschrieben ist?« fragte er sie.

»Ich habe mich auch gewundert, als ich auf diese Eintragung stieß«, sagte sie. »Ich habe dann die Schulschwester angerufen und gefragt, ob das eine besondere Bedeutung hat. Sie hat mir erklärt, CHILD ist die Abkürzung für Children's Health Institute for Latent Diseases. Das ist ein medizinisches Institut, irgendwo in Boston. Und 0263 ist die Nummer, die sie Randy zugeteilt haben.«

»Hat denn jedes Schulkind eine solche Nummer?«

»Das weiß ich nicht«, sagte Lucy. »Die Schulschwester hat mir nur gesagt, daß die Schule diesem medizinischen Institut alle paar Monate Auskunft über Randys gesundheitliche Entwicklungen gegeben hat.« Sie dachte nach. »Wir sollten die Schulschwester fragen, ob die anderen Kinder in der gleichen Weise überwacht werden, da hast du völlig recht.« Sie stand auf, ging zum Telefon und wählte.

»Aber Lucy, es ist schon Mitternacht«, sagte er.

»Es ist aber wichtig, das in Erfahrung zu bringen«, widersprach sie ihm. Sie gab ihm ein Zeichen zu schweigen. »Mrs. Oliphant? Hier spricht Lucy Corliss. Tut mir leid, daß ich Sie so spät noch störe. Aber es gibt da eine Sache, die ich unbedingt in Erfahrung bringen muß. Werden alle Kinder in der Schule in der Weise überwacht, wie es bei Randy geschah? Ich meine, mit regelmäßigen Meldungen an dieses CHILD-Institut?«

Sie schwieg, lauschte, stellte ein paar Gegenfragen. Schließlich legte sie den Hörer auf die Gabel zurück.

»Nun Lucy?«

»Es ist merkwürdig. Die Schulschwester sagt, sie weiß keine Einzelheiten über dieses Untersuchungsprogramm. Sie weiß nur, daß die Daten von etwa einem Dutzend Kindern aus Eastbury nach Boston gemeldet werden. Randy ist das älteste Kind. Jeden Monat fertigt die Schulschwester Fotokopien von den Karteikarten der erfaßten Kinder. Das Institut versorgt sie mit voradressierten und freigestempelten Umschlägen. Sie haben ihr allerdings nie erklärt, zu welchem Zweck die Daten in Boston erfaßt werden und was die Auswertung ergeben hat.«

»Wieso dürfen denn solche Daten überhaupt an andere Stellen weitergemeldet werden?« wunderte sich Jim. »Hast du irgend etwas unterschrieben, womit du dein Einverständnis bekundet hast?«

»Ich kann mich nicht erinnern«, sagte Lucy. »Es kann schon sein, daß ich so einen Wisch unterschrieben habe. Die Kinder legen einem ja alle paar Wochen etwas zum Unterschreiben für die Schule vor. Du kannst dir ja vorstellen, wie das geht. Sie zeigen es einem immer erst beim Frühstück, so daß man keine Zeit mehr hat, die ganzen Formulare zu lesen. Der Schulbus wartet, und ab geht die Post.«

»Ich hab' von diesen Dingen nicht viel Ahnung«, sagte er ausweichend.

»Die Schulschwester hat noch etwas Interessantes gesagt. Die

Kinder, deren Daten in Boston erfaßt sind, haben eines gemeinsam. Sie sind kerngesund, wie Randy.«

Er starrte sie an. »Alle?«

Sie nickte. »Alle.«

»Wie ist das möglich, Lucy?«

»Ich verstehe deine Frage nicht.«

»Seit wann werden die Daten schon übermittelt?«

»Seit dem ersten Schuljahr.«

»Und alle Kinder, die in Boston erfaßt sind, zeichnen sich durch einen blendenden Gesundheitszustand aus, sagst du?«

»Ja. Das behauptet jedenfalls Mrs. Oliphant.« Sie verstand nicht, auf was er mit seinen Fragen hinauswollte.

»Lucy, findest du es nicht merkwürdig, daß diese Art von Überwachung schon seit dem ersten Schuljahr stattfindet? Sieh einmal, ich könnte mir noch vorstellen, daß ein solches Institut auf ein Schulkind aufmerksam wird, das jahrelang keinen Fehltag wegen Krankheit hat. Nehmen wir an, Randy ist zehn, und das Institut stellt fest, er ist seit vier Jahren kein einziges Mal krank gewesen. Sie gehen dann Jahr für Jahr zurück und durchleuchten die Unterlagen der Vergangenheit. Hier aber ist es genau umgekehrt. Dieses Institut hatte Grund zu der Annahme, daß der Junge und die anderen Kinder dieser Gruppe jahrelang nicht erkranken würden, und das ist auch der Grund, warum sie die Kinder von Anfang an überwacht haben.«

»Was willst du damit sagen?«

»Ich will damit sagen, daß uns das vielleicht bei der Suche nach Randy helfen könnte. Wir werden uns mit diesem Institut in Verbindung setzen, gleich morgen. Wir werden herausfinden, was es mit dieser langjährigen Überwachung auf sich hat und warum Randy zu den wenigen gehört, die dabei erfaßt wurden.«

Als Lucy allein in ihrem Bett lag, dachte sie über Jims Worte nach. Was konnte schon dabei herauskommen, wenn man sich mit dem Children's Health Institute for Latent Diseases in Verbindung setzte? War es nicht eine Spur, die mit großer Sicherheit im Sande verlaufen würde?

Andererseits war es die einzige Möglichkeit, die ihnen blieb.

Wenn ich nichts unternehme, werde ich verrückt, dachte sie.

Ich werde nicht aufgeben. Ich werde herausbekommen, was mit meinem Sohn geschehen ist.

12

Randy Corliss war jetzt drei Tage im Internat, und schon war ihm der Tagesablauf in Fleisch und Blut übergegangen. Erstmals in seinem Leben fühlte er sich einer Gruppe zugehörig. Daheim war er allein gewesen. Anders. Ausgesperrt. Im Internat wurde er behandelt wie die anderen. Er war einer von vielen.

Freilich gab es, was den Schulunterricht anbetraf, große Unterschiede zum Schulplan der Eastbury Elementary School. War das andere eine Ganztagsschule gewesen, so wurde hier nur vormittags unterrichtet, wenn man von den Sportstunden absah. Der Lehrplan war abwechslungsreicher, als Randy es von der bisherigen Schule in Erinnerung hatte. Es war den Lehrern im Internat auch nicht gleich, ob man etwas lernte oder den Unterricht verschlief. Ganz anders als auf der Volksschule. Dort hatten die Lehrer einfach weitergeredet, auch wenn offensichtlich wurde, daß jedes Interesse der Schülerschaft erloschen war.

Gewissermaßen ging im Internat alles schneller vor sich. Zügiger. Die Lehrer erwarteten von einem, daß man etwas lernte, und die Schüler bemühten sich, dieser Erwartung zu entsprechen. Die Lehrer lehrten die Fächer, an denen die Schüler besonderes Interesse hatten. Geschichte zum Beispiel. Randy hatte sich immer für Kriege und Schlachten interessiert. Es war Miss Bown, die den Geschichtsunterricht erteilte. Randy empfand das alles wie ein Spiel. Ein wundervolles Spiel, bei dem man die Regeln zu beachten hatte. Tat man das, dann gewann man das Spiel. Im Geschichtsunterricht erfuhr er, daß viele Schlachten der Vergangenheit ganz einfach verloren wurden, weil die Truppen den Befehlen ihrer Anführer nicht gehorcht hatten. Was Randy sehr logisch erschien. Wenn er die Jahre seines Lebens an sich vorbeiziehen ließ – er war jetzt neun –, dann war er immer nur in Schwierigkeiten geraten, wenn er erhaltene Anweisungen nicht beachtet hatte.

Im Internat war es genauso. Solange die Schüler mitmachten, war alles in Ordnung. Man bekam einen Befehl. Man führte diesen Befehl aus. Gelang einem das nicht, dann versuchte man es noch einmal, bis es klappte. Die Hauptsache war, man widersprach nicht.

Nur ein einziges Mal war Randy gemaßregelt worden. Er hatte sich zum Abendessen verspätet. Fünf Minuten zu spät. Als er sich an den Tisch setzen wollte, mußte er feststellen, daß sein Gedeck bereits abgeräumt war. Auch der Stuhl war fortgenommen worden. Keiner der Jungen sah von seinem Teller auf. Miss Bown war aufgestanden. Das Abendessen, so bedeutete sie ihm, beginne um sechs Uhr. Nicht um fünf nach sechs, sondern um sechs. Er wurde auf sein Zimmer zurückgeschickt und verbrachte den Abend und die Nacht mit knurrendem Magen. Seitdem hatte er sich angestrengt, zum Abendessen immer pünktlich zu erscheinen. Insgesamt gesehen war die Aufsicht vormittags strenger als nachmittags. Nach dem Sport hatten die Jungen frei. Sie konnten machen, was sie wollten. Manchmal hatte Randy das Gefühl, beobachtet zu werden. Allerdings hatte er nie eine Aufsichtsperson entdeckt, die den Verdacht bestätigte.

Es war am Donnerstag. Randy und Peter waren mit der Gymnastik fertig. Der ganze Nachmittag lag noch vor ihnen. Sie befanden sich auf dem parkartigen Gelände, das die Internatsgebäude umgab.

»Spielen wir ›König der Berge‹«, schlug Peter unvermittelt vor.

Randy ließ seine Blicke über das Gelände schweifen. »Und wo sind die Berge?«

»Komm«, sagte Peter nur. Er führte seinen Gefährten in ein nahes Waldstück. Sie waren wenige Minuten gegangen, als sie an eine Lichtung gelangten. In der Mitte der Lichtung erhob sich ein etwa zehn Meter hoher Granitblock.

»Was ist das?« fragte Randy ahnungslos.

»Ein Felsen, du Dummkopf«, gab Peter zurück.

»Und du meinst, wir können da raufklettern?«

»Das meine ich nicht nur, das weiß ich. Ich bin viele Male raufgeklettert.«

»Allein?«

»Mit Jeff Grey.«

Randy hatte den Namen noch nie gehört. »Wer ist Jeff Grey?«

»Du kennst ihn nicht. Das war vor deiner Zeit.«

»Wo ist Jeff jetzt?«

»Woher soll ich das wissen?« Es war leicht dahingesagt, aber Randy spürte, daß Peter ihm nicht alles gesagt hatte. Das Gespräch am Tag seiner Ankunft fiel ihm wieder ein.

Es gibt Kinder, die verschwinden ganz einfach. Wir glauben, daß diese Kinder sterben.

Was war mit Jeff Grey geschehen? Ehe er weitere Fragen an Peter stellen konnte, hatte jener das Spiel begonnen. »Wer zuerst oben ist, muß den anderen daran hindern, die Spitze zu erklettern!« Er rannte über den Geröllhaufen und begann den Felsen zu erklimmen. Randy stand ein paar Sekunden unschlüssig da. Dann lief er seinem Freund nach und machte sich ebenfalls an die Besteigung des Granitfelsens.

Die ersten drei Meter waren nicht schwer. Es gab Kanten und Vertiefungen, wo Hände und Füße Halt fanden. Randy achtete nicht auf Peter, der einen oder zwei Meter über ihm kletterte. Er war im oberen Drittel angekommen, als sich plötzlich eine Hand auf seine Schulter legte. Er blickte auf. Es war Peter.

»Auf Wiedersehn, Randy.« Der Druck auf die Schulter verstärkte sich. Er hätte beinahe das Gleichgewicht verloren. Im letzten Augenblick gelang es ihm, einen Lorbeerstrauch zu erfassen, der aus einer Spalte wuchs. Peter gab ihm einen Stoß. Seine Füße verloren den Halt, auch der Lorbeerbusch gab nach. Randy rutschte, Arme und Beine von sich gestreckt, auf der steilen Felswand dem Abgrund zu. Mit einem dumpfen Ruck kam er auf dem Geröllhaufen auf. Er wälzte sich auf den Rücken, reckte und streckte sich. Wie es schien, war er unverletzt geblieben. Er rappelte sich auf. Von oben war Peters Lachen zu hören.

Randy schlich sich in den toten Winkel. Diesmal wählte er eine steilere, auch kürzere Route zur Besteigung. Es gab keine Chance mehr, Peter beim Aufstieg zu überholen. Wenn er die Spitze der Felsnadel erreichte, würde es zum Zweikampf kommen.

Mit bedächtigen Bewegungen begann er den Aufstieg. Er prägte sich die Vorsprünge und Vertiefungen ein. Wenn er ein zweites Mal ins Rutschen geriet, würde er wissen, wo er sich festklammern und den Fall bremsen konnte. Auf halber Höhe angekommen, visierte er eine schmale Plattform unterhalb des Gipfels an. Dort würde er sich hinstellen, um den Ringkampf mit Peter zu beginnen. Jener würde seinen Platz auf der Spitze verteidigen.

Als er auf der Plattform abgekommen war, wurde ihm klar, wie aussichtslos sein Beginnen war. Peter stand breitbeinig auf dem höchsten Punkt des Granits. Randys Kopf befand sich auf einer Ebene mit den Knien seines Spielgefährten.

»Keinen Schritt weiter!« hörte er Peter sagen.

Randy klammerte seine Finger in eine Felsspalte und versuchte sich hinaufzuziehen. Peter stieß ihn zurück. »Gibst du auf?«

»Nein«, sagte Randy wütend. »Du hast gemogelt.«

»Wieso?«

»Du hast mich auf halber Höhe runtergestoßen.«

»Na und? Das Spiel heißt, wer am ersten oben ist. Es gibt keine Regeln, *wie* man raufkommt.«

Randy verstärkte seine Bemühungen, den Gipfel zu erklimmen. Aber Peter hatte ihm den Fuß auf die Hand gestellt. Es gelang Randy, die Hand freizubekommen. Er leckte sich das Blut von den Fingerknöcheln. Dann dachte er über eine neue Strategie nach. Er sah sich um. Zwischen den Baumwipfeln war der angsteinflößende Block des Internatsgebäudes zu erkennen. Ob man sie von dort beobachtete? Nicht ausgeschlossen, daß man sie beide zur Rede stellte, wenn sie verschrammt und abgerissen von ihrem Kletterunternehmen heimkehrten. Sein Blick fiel auf den Geröllhaufen am Fuß des Felsblocks. Wenn es Peter gelang, ihn hinunterzustoßen, blieb ihm nur eine Chance. Er mußte sich irgendwo im oberen Bereich des Felsens festklammern. Weiter unten fiel das Gestein steil ab. Nichts, womit sich der Sturz in die Tiefe dann noch bremsen ließ. Er würde...

Er hob den Blick.

»Gibst du auf?« Peter wiederholte die Aufforderung im herablassenden Tonfall.

»Nein!« schrie Randy. Er versuchte mit der rechten Hand einen Felsvorsprung zu umfassen. Als er sah, wie Peter den Fuß hob, zog er die Hand rasch wieder weg.

Dann hatte er seinen Gegner mit beiden Händen am Fußknöchel ergriffen. Es war ein gewagtes Manöver. Wenn Peter jetzt den Halt verlor, würden sie beide in die Tiefe stürzen.

Peter wurde durch den Angriff völlig überrascht. Vergeblich versuchte er freizukommen.

Randy verstärkte seinen Griff.

Als der andere mit dem freien Fuß nach ihm zu treten versuchte, bog er ihm den Fuß zur Seite. Peter bückte sich und hob einen Felsbrocken auf.

»Laß meinen Fuß los, oder...«

»Nein.«

»Wenn du nicht losläßt, schlage ich dir den Schädel ein.«

»Nein.«

Randy sah auf. Plötzlich verstand er, daß aus dem Spiel Ernst geworden war. Peter hatte die Hand, die den Felsbrocken hielt, erhoben. Als er sah, wie die Hand sich senkte, riß er mit aller Kraft am Fuß seines Spielgefährten. Er sah, wie sich Peters Hand öffnete. Der Stein polterte über die Felswand und verschwand in die Tiefe.

Peter hatte die Balance verloren. Als Randy den Schatten über sich sah, wußte er, daß der Fall seines Freundes nicht mehr aufzuhalten war.

»Fang mich auf!« schrie Peter.

Es war zu spät. Zwar bekam er Peters Hosenbeine zu fassen. Aber der Schwung des Fallenden war so groß, daß er den Stoff wieder freigeben mußte. Mit dem Kopf voraus stürzte Peter in die Tiefe.

Louise Bown kniete neben dem reglos daliegenden Jungen. Sie hielt sein Handgelenk umfaßt und sah auf ihre Armbanduhr. Schließlich nickte sie. Randy sah, wie sie Peter das Augenlid hochschob.

»Ist er tot, Mrs. Bown?«

»Er ist bewußtlos, Randy.«

»Ich habe es nicht mit Absicht getan«, heulte Randy los. »Wirklich nicht, Mrs. Bown. Wir haben ›König der Berge‹ gespielt, und da...«

»Ich *weiß*, wie es passiert ist, Randy.«

Der Tonfall, in dem sie ihm antwortete, war gereizt. Randy malte sich aus, welche Strafen ihn jetzt erwarteten.

Er erinnerte sich an den Vorfall mit Billy Semple. Der Freund war vom Dach gesprungen und hatte sich dabei ein Bein gebrochen. Er, Randy, hatte ihn nicht einmal gestoßen, er war nur Zeuge des Unfalls gewesen. Und trotzdem hatte es ein Riesentheater gegeben. Mit Peter lagen die Dinge anders. Er hatte Peter am Fuß gezogen, und das hatte seinen Sturz zur Folge gehabt. Was würde mit ihm geschehen, wenn der Freund an dem Sturz starb? Würde er im Gefängnis landen?

Louise Bown hatte den reglosen Körper behutsam auf die Seite gewälzt. Jetzt sah Randy die Wunde. Peter war mit dem Kopf auf dem Geröll aufgekommen. Ein blutiges Loch bezeichnete die Stelle, wo Steinsplitter ins Gehirn gedrungen waren.

Nachdenklich betrachtete Louise Bown die Verletzung. Unverständlich, daß der Junge den Sturz lebend überstanden hatte.

Während Randy sich übergab, hatte die Lehrerin den Körper seines Spielgefährten hochgehoben. Er sah aus den Augenwinkeln, wie sie Peter zum Gebäude schleppte.

Voll der schlimmsten Erwartungen folgte er ihr.

Die Uhr im Erdgeschoß schlug Mitternacht. Als der zwölfte Schlag verklungen war, richtete Randy sich auf und setzte sich auf die Bettkante.

In seinem Kopf jagten sich die Gedanken. Es war jetzt geisterhaft still im Haus. Frieden, Schweigen, Einsamkeit. Aber die Stille war anders als sonst.

Peter.

Beim Abendessen war für Peter Williams, den verletzten Freund, kein Gedeck mehr aufgelegt worden. Keiner der Jungen hatte eine Bemerkung gemacht. Sie hatten gegessen. Dann war jeder in seinem Zimmer verschwunden, grußlos, im stillschweigenden Einvernehmen der Angst.

Randy hatte gewartet, bis der Speisesaal sich leerte. Dann war er zu Mrs. Bown gegangen.

»Wird Peter wieder gesund werden?« hatte er gefragt.

Mrs. Bowns Antwort kam zögernd. Sie streichelte ihm über die Wange.

»Man hat Peter fortgebracht«, sagte sie leise. »Du mußt nicht weiter über die Sache nachdenken. Wir wissen, wie sich der Unfall zugetragen hat. Niemand macht dir einen Vorwurf. Es war ein ganz normaler Unfall, wie er beim Spielen vorkommt, verstehst du?«

Randy nickte. Er zog sich in sein Zimmer zurück und dachte über Mrs. Bowns Worte nach.

»Man hat Peter fortgebracht.« Was meinte sie damit? Bedeutete es, daß Peter gestorben war?

Unwahrscheinlich, daß sich Peter nicht mehr im Internat befinden sollte. Gleich nach dem Unfall war Randy ins Haus gegangen. Er hatte den ganzen Nachmittag und den nachfolgenden Abend in seinem Zimmer verbracht, hatte auf die Freifläche vor den Wirtschaftsgebäuden hinausgestarrt. Kein Krankenwagen war vorgefahren, auch kein anderes Fahrzeug. Wie also hätte man Peter fortbringen können? Wo war er?

Randy spürte, wie die Dunkelheit und die Stille ihm die Kehle zuschnürten. Er stand auf, ging zur Tür, öffnete sie und spähte in den Gang. Sein Blick fiel auf den Tisch neben dem Treppengeländer. Dort saß normalerweise eine Aufsichtsperson, eine Wächterin. Auch nachts. Aber jetzt war der Stuhl leer.

Auf Zehenspitzen ging er zum Treppengeländer. Er blieb stehen und lauschte.

Nichts. Nur das Ticken der Standuhr.

Stufe für Stufe ging er die Treppe hinunter. Er war darauf gefaßt, daß Mrs. Bown oder eine andere Aufsichtsperson in irgendeiner Tür erscheinen und ihn ins Bett zurückbeordern würde. Aber alles blieb still. Unangefochten gelangte er ins Erdgeschoß.

Er blieb stehen und äugte ins Halbdunkel. Der Aufenthaltsraum und der Speisesaal waren leer. Er ging den Flur entlang, der zu den Büros führte. Er kam an der Tür mit dem Namensschild von Mrs. Bown vorbei. Er wollte schon wieder in sein Zimmer im Obergeschoß zurückkehren, als er Stimmen hörte. Er ging dem Geräusch nach. Es schien aus einem der Büros zu kommen.

Auf Zehenspitzen trat er näher. Dann ergriff er den Türknopf und drehte ihn herum. Keine Veränderung bei den Stimmen. Er öffnete die Tür einen Spalt.

Ein weißgekachelter Operationssaal. Eine Operationsliege stand in der Mitte des Raumes. Glastischchen mit Skalpellen, Scheren und Watte. Ein Galgen mit Tropf. Es sah aus wie einer jener OP-Säle, die Randy aus dem Fernsehen kannte. Fünf Personen waren um die Operationsliege versammelt.

Sie trugen weiße Kittel, die Züge waren von Masken verhüllt. Randy erkannte Mrs. Bown an den Locken, die unter ihrer Leinenkappe hervorschauten. Der Mann am Kopfende der Liege, da war er sicher, war Mr. Hamlin, der Leiter des Internats.

Als die Krankenschwester, die ihm den Rücken zukehrte, zur Seite trat, erkannte er die Gesichtszüge des Jungen, der auf dem Tisch lag.

Peter Williams. Sein Kopf war in einem Metallrahmen festgeschraubt worden. Man hatte ihm das Haar abrasiert. Ein Teil der Hirnschale war weggefräst worden. Das Gehirn lag frei.

Randy war so erschrocken, daß er zu atmen vergaß. Sein Herz klopfte wie wild.

Mrs. Bown hatte ihn also belogen. Man hatte Peter nicht fortgebracht. Er war auch nicht gestorben. Dort lag er auf dem OP-Tisch.

Was hatten sie mit ihm vor? Waren Mr. Hamlin und Mrs. Bown denn Ärzte, die sich auf Operationen verstanden?

Es mußte wohl so sein, anders war die Szenerie, die sich ihm darbot, nicht zu erklären.

Er schrak zusammen, als er Mrs. Bowns Stimme vernahm.

»Was tun Sie da, Dr. Hamlin? Sie werden ihn umbringen.«

Die Antwort kam klar und kühl. »Wenn ich ihn umbringen würde, wäre er schon längst tot.«

Drei oder vier Minuten lang beobachtete Randy das gespenstische Geschehen. Er verstand kaum einen der medizinischen Fachausdrücke, die im Gespräch des OP-Personals vorkamen. Aber ihm war klar, daß dies keine richtige Operation war. Etwas stimmte nicht bei dem Eingriff, den diese Menschen an seinem Spielkameraden vornahmen. Als er spürte, wie ihm die Tränen kamen, zog er die Tür hinter sich zu und huschte in sein Zimmer zurück.

Dr. Hamlin – er war zugleich der Leiter des Internats und Chirurg, obwohl das keiner der Jungen wußte – sah in die Runde. Louise Bown, so vermutete er, war wohl die einzige im OP-Team, die Vorbehalte gegen den geplanten Eingriff hatte. Die anderen Mitglieder des Teams waren Ärzte und Ärztinnen. Es gab eine ausgebildete OP-Schwester, es gab einen Anästhesisten. Im Unterschied zu Louise Bown handelte es sich um Personen, die den Forschungsaufgaben dieses Instituts alles andere, auch die menschliche Rücksichten, unterordneten. Louise Bown hingegen machte ihm Sorgen. Dieser Frau mangelte es ganz einfach an der nötigen Sachlichkeit. Das Projekt war geheim. Wäre es nicht wegen der Geheimhaltung gewesen, Dr. Hamlin hätte Louise Bown längst gefeuert. Aber sie wußte zuviel. Es gab wohl keine andere Möglichkeit, als die Widerstände und Schwierigkeiten, die sie in die Arbeit einbrachte, hinzunehmen.

»Das wär's dann wohl«, sagte er und ließ das Skalpell sinken. Die Operation hatte drei Stunden gedauert. Peter Williams war die ganze Zeit im Koma gewesen, der Anästhesist hatte nicht einzugreifen brauchen.

Dr. Hamlin hatte den anderen Ärzten jede einzelne Operationsphase erklärt.

»Die Blutung hat aufgehört.«

Dr. Hamlin hatte die Knochensplitter entfernt, die ins Gehirn gedrungen waren. Es gab fünf Splitter, die aus den Windungen des Großhirns entfernt werden mußten.

»Mein Gott«, hatte die OP-Schwester geflüstert. »Das sieht ja furchtbar aus.«

Dr. Hamlin war auf diese Bemerkung nicht eingegangen. Mit raschen, geschickten Bewegungen hatte er das beschädigte Gewebe herausgeschnitten und in ein Gefäß mit einer Salzlösung sinken lassen.

»Gibt es irgendwelche Hinweise darauf, daß die Regeneration

des Gewebes bereits begonnen hat?« fragte Dr. Garner, der ältere der Assistenten.

»Dazu ist es noch zu früh«, hatte Dr Hamlin knapp geantwortet. Er betrachtete die blutende Schnittfläche. Er war jetzt nur noch Forscher, Wissenschaftler, Chirurg.

Der Einschnitt ins Kleinhirn geriet tief, wie er es beabsichtigt hatte. Louise Bown war hinter den Chirurgen getreten. Er war nicht überrascht, als sie ihn am nächsten Schnitt zu hindern versuchte. Die Worte, die Randy Corliss einen Schrecken eingejagt hatten, waren für ihn nichts als die Gefühlsäußerung einer wohlmeinenden, aber unzuverlässigen Fachkraft.

»Was tun Sie da, Dr. Hamlin? Sie werden ihn umbringen.«

»Wenn ihn das umbringen würde, wäre er schon längst tot.«

Die Operation war zu Ende. Peter Williams' Brust hob und senkte sich in ruhigen Atemzügen. Blutdruck und Herzschlag waren normal.

Ein Teil des Gehirns war herausoperiert worden.

Die Wunde war nicht verschlossen worden.

»Soll ich das Nähen für Sie übernehmen, Dr. Hamlin?« bot Dr. Garner an.

»Die Wunde wird nicht vernäht. Bringen Sie den Jungen ins Laboratorium und beobachten Sie ihn rund um die Uhr.«

»Wozu das?« warf der jüngere Assistent ein. »Er wird schon in wenigen Stunden tot sein.«

»Warten wir's ab«, sagte Dr. Hamlin ruhig. »Mir kommt es vor allem auf die Frage an, ob sich das Gehirn von selbst regeneriert. Wenn das der Fall ist, möchte ich sofort benachrichtigt werden.«

»Und wenn er aufwacht?« fragte Louise Bown leise, aber bestimmt.

Dr. Hamlin musterte sie aus kühlen grauen Augen. »Wenn er aufwacht«, sagte er, »dann fragen Sie ihn ganz einfach, wie er sich fühlt. Wobei sich dann die Frage klärt, ob er überhaupt noch irgend etwas fühlt.« Und dann hatte Dr. Hamlin sich umgewandt und den OP-Raum verlassen.

Der Mensch Peter Williams hatte für diesen Mann nie existiert.

Peter war Untersuchungsgut. Kind Nr. 0168. Gegenstand einer Versuchsreihe, die allem Anschein nach als Fehlschlag abgeschrieben werden mußte. Vielleicht würde sich Kind Nr. 0263 als widerstandsfähiger erweisen. Wie war noch der Name des Kindes?

Dr. Hamlin dachte nach.

Corliss. Richtig. Randy Corliss.

Er würde Kind Nr. 0263 ab sofort erhöhte Aufmerksamkeit zuwenden.

13

Sally Montgomery hatte das Restaurant ›Speckled Hen‹ betreten,
als sie von der Anwandlung befallen wurde, zu ihrem Auto zurück-
zulaufen. Sie sah in den großen Spiegel, der das Foyer beherrschte.
Nein, beschloß sie. Ich werde durchhalten. Die Frau, die ihr aus
dem Spiegel entgegensah, verriet mit keinem Wimpernzucken die
Nervosität, die sie seit dem Telefongespräch mit Jan Ransom
fühlte. Wer sie so sah, mußte sie für eine berufstätige junge Frau
halten, die sich hier im Restaurant mit einem Kunden oder einem
Handelsvertreter traf. Sie trug einen roten Hosenanzug. Mit Be-
dacht hatte sie eine auffällige Farbe gewählt. Das würde den Blick
von ihrem Gesicht weglenken.

»Ich bin Mrs. Montgomery«, sagte sie zu der Empfangsdame, die
ihr entgegenkam. »Ich bin mit Mrs. Ransom verabredet.«

»Ich weiß Bescheid«, sagte die Empfangsdame. »Würden Sie mir
bitte folgen?« Sie wurde an den besetzten Tischen vorbei zu einer
Nische geführt. Unweit davon war die Schwingtür zu erkennen,
die das Restaurant mit der Küche verband. Jan Ransom hielt einen
Drink umklammert. Sie nahm einen Schluck. Erst als die Empfangsdame wieder im Gang verschwunden war, richtete sie das
Wort an Sally Montgomery.

»Ich habe einen Tisch in der Nische reservieren lassen, damit wir
uns ungestört unterhalten können. Was wir einander zu sagen haben, ist schließlich nicht für jedermann bestimmt.«

Sally ließ sich auf dem Polsterstuhl nieder. Sie warf einen prüfenden Blick auf die anderen Tische. Niemand, den sie kannte. Ein
Kellner erschien. Sie bestellte sich ein Glas Wein. Dann wandte sie
sich Janelle Ransom zu.

»Sie müssen gedacht haben, ich bin verrückt. Ich meine, als ich
Sie mitten in der Nacht angerufen habe.«

Jan Ransom machte eine abwehrende Handbewegung. »Aber
nein. Wir haben uns in den ersten Wochen alle so benommen. Ich
weiß noch ganz genau, ich habe damals Menschen angerufen, die

ich kaum kannte. Ich habe meinen Gesprächspartnern lang und breit dargelegt, was meiner kleinen Tochter passiert war. Bis ich verstand, ich tat das eigentlich nur, um selbst über die ganze Sache ins klare zu kommen.« Der Kellner kam und brachte das Glas Wein. Jan Ransom schwieg, bis er außer Hörweite war. Dann hob sie ihr Glas. »Auf uns!« sagte sie. Sie tranken.

Nachdem der Kellner zurückgekommen war und die Bestellung für das Essen aufgenommen hatte, neigte sich Jan zu Sally hinüber. »Darf ich Sie was fragen? Warum haben Sie gerade mich angerufen? Habe ich an dem Abend etwas Besonderes gesagt, was Ihnen Vertrauen eingeflößt hat?«

Sally zögerte. »Sie haben da eine Bemerkung gemacht. Sie sagten, Ihr Kind sei nicht gerade ein Wunschkind gewesen.«

»Das war es auch nicht«, gab Jan zu. »Allerdings änderte sich das, als die Kleine geboren war. Von dem Augenblick an hatte ich sie fürchterlich gern.« Jans Blick schien in die Ferne gerichtet. »Sie hätten sie sehen sollen, Sally. Sie war das schönste Baby, das Sie sich vorstellen können. Keine verschrumpelte Haut wie die meisten Kinder in den ersten Tagen. Sie ist lachend auf die Welt gekommen. Sie war so fröhlich, so lebendig, bis...« Das Lächeln wich aus Jans Gesicht. Als sie weitersprach, lag ein bitterer Zug um ihren Mund. »Ich frage mich heute noch, ob ich nicht irgend etwas falsch gemacht habe, ob die Schuld nicht doch bei mir liegt.«

»Ich kenne das«, flüstert Sally. »Das ist es ja, was mich so kaputt macht. Wissen Sie, was die Sachen mit dem Wunschkind angeht, meine kleine Julie war auch nicht geplant. Ebenso wie mein Sohn. Merkwürdig, nicht? Es gibt Frauen, die würden ein Vermögen dafür geben, wenn sie ein Kind bekommen. Aber Frauen wie Sie und ich, wir stellen alles mögliche an, um nicht schwanger zu werden, und trotzdem kriegen wir Babys.«

»Hatten Sie die Pille genommen?« erkundigte sich Jan.

Sally schüttelte den Kopf. »Ich bin allergisch gegen die Pille. Deshalb hat mir mein Arzt die Spirale verschrieben.«

»Ist ja auch viel romantischer«, flachste Jan. »Keine Unterbrechung mehr beim Vorspiel. Und man braucht auch nicht mehr drüber nachzugrübeln, hab' ich heute wirklich schon die Pille genommen oder hab' ich nicht? Man kann sich seelenruhig mit seinem Mann ins Bett legen. Allerdings mit der Gefahr, daß man schwanger wird.«

»Hatten Sie denn auch eine Spirale?«

»So ist es. Es schien die beste Lösung. In meinem Falle war die Religion der ausschlaggebende Faktor. Nein, lachen Sie nicht, es ist wirklich so. Ich habe mir ausgerechnet, daß ich beim Einlegen der Spirale nur einmal sündige. Wenn ich dagegen die Pille nehme, ist es jedesmal eine Sünde. Ich gehe zwar sowieso nicht zur Beichte. Aber ich hatte Angst, ich würde Schuldgefühle haben. Na, und da bin ich dann zu Dr. Wiseman gegangen und hab' mir die Spirale einsetzen lassen.«

Sally runzelte die Stirn. »Sie waren bei Dr. Wiseman? Sagten Sie Wiseman?«

»Kennen Sie ihn?«

»Ich bin auch bei ihm in Behandlung.«

Jan Ransom schmunzelte. »Dann lassen Sie uns mal rechnen. Wie wahrscheinlich ist es, daß zwei Frauen den gleichen Frauenarzt haben, in gleicher Weise wegen einer Spirale beraten werden, schwanger werden und dann ihr Kind wegen SIDS verlieren?«

Sally Montgomery blieb ernst. Je länger sie darüber nachdachte, es konnte kein Zufall sein, daß auch Jan bei Dr. Wiseman in Behandlung gewesen war.

»Wie dem auch sei«, hörte sie Jan Ransom sagen, »das Leben geht weiter.«

»Genau das sagt meine Mutter, wenn sie mich trösten will, aber es hilft nicht.«

»Ihre Mutter sagt das, meine auch, alle Mütter würden wohl so reagieren, damit ihre Töchter die Sache bewältigen. Aber haben sie denn nicht recht? Nichts auf der Welt kann Ihre kleine Julie wieder zum Leben erwecken. Wir haben keine andere Wahl, als die Wunden allmählich heilen zu lassen.«

»Das kann ich nicht«, sagte Sally ruhig. »Ich kann nicht so tun, als sei gar nichts Besonderes passiert. Mein Kind ist tot, und ich muß herausfinden, wie es dazu kommen konnte.« Jan wollte etwas sagen, aber Sally hob die Hand. »Hören Sie auf mit der SIDS-Litanei. Das ist keine akzeptable Erklärung.«

»O doch, Sally! Verstehen Sie denn nicht? Die Kinder sind an SIDS gestorben, und für SIDS *gibt* es keine Erklärung.«

Sally blickte auf. »Sie müssen den Eindruck haben, ich bin im Begriff, den Verstand zu verlieren.«

Jan biß sich auf die Lippen. Dann schüttelte sie den Kopf. »Wir haben in den ersten Wochen fast alle den Verstand verloren, deshalb wird Ihnen niemand einen Vorwurf machen. Mein Rat ist: Tun

Sie, was Sie glauben, tun zu müssen. Es wird alles wieder gut werden. Ich hatte gehofft, ich könnte Ihnen auf dem Weg zum Seelenfrieden eine Art Abkürzung zeigen. Aber ich sehe, das ist nicht möglich. Trotzdem, ich möchte, daß Sie wissen, ich kann Ihnen das alles sehr gut nachfühlen. Sie müssen es durchstehen.« Sie hob ihr Glas, um Sally zuzuprosten. »Viel Glück!«

Sally war zu Dr. Wiseman unterwegs. Seltsam fremd hörten sich ihre Schritte auf den Fliesen des Krankenhauses an. Sie dachte über ihre Empfindungen nach. Das Krankenhaus hat nichts Besonderes an sich. Ein ganz normales Gebäude. Ich sehe Gespenster. Ich habe Angst vor dem Treffen mit Dr. Wiseman.

Sie war vor der Glastür mit der Aufschrift ›Dr. Wiseman‹ angekommen. Sie trat ein. Die Krankenschwester, die vor dem Karteikasten saß, sah auf. Sie lächelte.

»Guten Tag, Mrs. Montgomery. Hatten Sie einen Termin für heute?« Sie beugte sich über ihren Terminkalender.

»Nein«, sagte Sally. »Ich bin aufs Geratewohl gekommen. Ist es möglich, daß ich Dr. Wiseman ein paar Minuten sprechen kann? Es ist von großer Bedeutung für mich.«

Die Krankenschwester fuhr mit dem Finger auf den Eintragungen in ihrem Block entlang. »Das müßte sich schon machen lassen. Ich werde Sie dazwischenschieben.« Sie nickte ihr freundlich zu. »Ich will Ihnen nichts vormachen. Ihr Termin wird überhaupt keine Schwierigkeiten bereiten. Eine andere Patientin hat abgesagt. Dr. Wiseman hatte vor, in der Zwischenzeit in seinen Fachzeitschriften zu lesen.« Sie lächelte. »Nun, dann muß er die Lektüre eben auf ein andermal verschieben.« Sie stand auf, ging zur Tür mit der Aufschrift ›Sprechzimmer‹, klopfte an und verschwand. Schon wenig später war sie zurück. Sie machte eine einladende Geste. »Bitte schön, Mrs. Montgomery. Sie können reingehen.«

Dr. Wiseman hielt ihr die Hände entgegen. Er strahlte. »Mrs. Montgomery! Ich freue mich, Sie in so guter Verfassung wiederzusehen.« Er legte den Kopf auf die Seite und musterte sie fragend. »Sie haben doch keine Beschwerden?«

»Ich bin gekommen, um Ihnen einige Fragen zu stellen, Herr Dr. Wiseman. Zum Beispiel, was eine Patientin namens Janelle Ransom betrifft.«

Seine Brauen gingen hoch. »Mrs. Ransom? Wo haben Sie Mrs. Ransom kennengelernt?«

»In einer SIDS-Gruppe. Mein Mann und ich sind zu einem SIDS-Treffen gegangen.«

»Ich verstehe.«

»Wir haben uns dann noch einmal unter vier Augen getroffen. Und bei dieser Gelegenheit habe ich eine merkwürdige Entdeckung gemacht. Sowohl Mrs. Ransom als auch ich trugen eine Spirale, als wir schwanger wurden.«

»Na und?«

»Ist es nicht ein merkwürdiger Zufall, daß zwei Frauen die Spirale tragen und ein Kind bekommen, das dann an SIDS stirbt?«

Dr. Wiseman lehnte sich in seinem Drehsessel zurück und seufzte. Das ist mal wieder typisch, dachte er. Wenn die Mutter eines toten Kindes nicht mehr weiter weiß, dann war der Arzt daran schuld. »Worauf wollen Sie hinaus, Mrs. Montgomery?«

»Wäre es nicht denkbar, daß die Spirale ... ich meine, eine solche Spirale könnte doch ...«

»Sie meinen, die Spirale hätte das Kind geschädigt, und deshalb wäre das Kind gestorben.« Er beugte sich vor und verschränkte die Hände auf der Schreibtischplatte. »Das ist praktisch ausgeschlossen, Mrs. Montgomery. Eine Schwangerschaft kommt nur zustande, wenn die Spirale vorher ausgestoßen wurde. Wir haben über diesen Punkt gesprochen, bevor ich Ihnen die Spirale einsetzte. Ich habe Ihnen auch gesagt, daß die Spirale viel unsicherer ist als die Pille. Aber die Pille können Sie ja nicht nehmen. Wir hatten den gleichen Fall ja schon einmal bei Ihnen. Bei Ihrer ersten Schwangerschaft war die Spirale vorher abgegangen. Wie dem auch sei, es gibt keine Schädigung der Leibesfrucht durch die Spirale. Gewisse Ähnlichkeiten zwischen dem Fall von Jan Ransom und Ihnen sind rein zufällig. Die einzige Gemeinsamkeit, die ich entdecken kann, liegt in der Tatsache begründet, daß das Kind in beiden Fällen an SIDS gestorben ist. Aber das beweist gar nichts.«

»Wirklich nicht?«

»Wirklich nicht. Ich verstehe trotzdem recht gut, daß Sie zu mir gekommen sind, und ich finde das auch ganz richtig. Sie haben Fragen, und ich bin Ihr Arzt, ich bin dazu da, Ihnen diese Fragen zu beantworten. Was die Hintergründe beim Tod Ihres Kindes angeht, kann ich Ihnen allerdings nicht weiterhelfen.«

Sallys Blick fiel auf den Tischcomputer des Arztes. Sie wußte, daß dieser Computer mit der Zentralen Datenverarbeitung der Stadtverwaltung von Eastbury verbunden war. Sie selbst war es gewesen, die vor Jahren die Programme zusammengestellt hatte. »Könnten wir uns einmal auf dem Sichtschirm Julies Krankengeschichte ansehen, Dr. Wiseman?«

Der Vorschlag kam unerwartet. Dr. Wiseman dachte nach. Er kam zu dem Ergebnis, daß es keinen vernünftigen Grund gab, den man vorschieben konnte, um der Mutter die Einsicht in die Daten zu verwehren. »Einverstanden«, sagte er schließlich. »Ich werde noch Dr. Malone dazurufen, Julie war seine Patientin, nicht meine.« Er ging zum Telefon und gab die Anweisung, Dr. Malone suchen zu lassen.

»Was versprechen Sie sich von einer Einsichtnahme in diese Unterlagen, Mrs. Montgomery?«

»Ich weiß es nicht«, sagte Sally. »Ich bin nicht einmal sicher, ob ich den Inhalt der Aufzeichnungen verstehen werde.«

»Ich werde Ihnen gern alles sagen, was Sie wissen wollen«, sagte er. Wenig später ging die Tür auf. Der Kinderarzt trat ein. Er gab Sally die Hand, dann sah er Dr. Wiseman fragend an. Er erklärte ihm den Zweck der Zusammenkunft.

»Vielleicht ist das eine ganz gute Idee«, sagte Dr. Malone, als Dr. Wiseman seine Erklärung beschloß. Es gab, soweit er sich erinnerte, in den Unterlagen nichts, was man zweckmäßigerweise vor der Mutter seiner kleinen Patientin hätte geheimhalten müssen. Sally sah, wie er den Tischcomputer einschaltete und die Daten eintippte. Schließlich nickte er ihr mit einem aufmunternden Lächeln zu. »Bitte, Mrs. Montgomery. Kommen Sie doch bitte auf die andere Seite des Schreibtisches und sehen Sie sich das einmal an.«

Sally nahm neben Dr. Malone Aufstellung. Schriftreihe um Schriftreihe erschien auf der Mattscheibe. Zunächst Name und Geburtsdatum. Julie Montgomery. Dann die Ergebnisse der monatlichen Untersuchungen des Kindes. Die letzte Untersuchung hatte zwei Tage vor dem Tod stattgefunden. Ein bemerkenswert gesundes Kind, wie Dr. Wiseman kommentierte. Als letztes erschien der Text der Todesurkunde auf dem Bildschirm.

Sally starrte auf die grünleuchtenden Buchstaben. »Ich weiß nicht, wonach ich suchen soll«, sagte sie.

»Man würde in einem solchen Fall auf die Erkrankungen des Kindes achten, auf alles, was irgendwie ungewöhnlich ist«, sagte Dr. Wiseman. »Aber Sie sehen ja selbst, es gibt keine Krankheiten. Julie war gesund, sowohl vor als nach der Geburt.« Er sah Dr. Malone an. Der nickte.

Sally drückte auf eine der Tasten. Das Bild verschwamm. Schließlich wurde eine Kolonne aus Zahlen und Buchstaben sichtbar. »Was ist das?« fragte sie.

Dr. Malone zuckte die Schultern. »Die Resultate der Labortests. Blutanalysen, Gewebeanalysen, Urinuntersuchungen. Routinetests.«

»Ich verstehe.« Sie wollte sich abwenden, als in der linken unteren Ecke des Bildes eine neue Buchstabenfolge auftauchte. »Und das?« fragte sie.

»Nur ein Code«, erwiderte Dr. Malone. »Er bedeutet, daß die eingespeicherten Daten an ein Institut in Boston übermittelt wurden, an das Children's Health Institute for Latent Diseases.«

»Wozu braucht das Institut in Boston denn die Daten meiner Tochter?« fragte Sally.

»Ich weiß es wirklich nicht«, sagte Dr. Malone. »Und ich fürchte, das CHILD-Institut weiß es auch nicht.«

»Wollen Sie allen Ernstes sagen, dieses Institut in Boston läßt sich Daten von Kindern übermitteln und weiß dann nicht, was es mit diesen Daten anfangen soll?«

»So wollte ich das nicht sagen«, schränkte er ein. »Ich glaube, ich muß da etwas weiter ausholen. Man nennt so etwas eine repräsentative Querschnittuntersuchung. Man stellt nach dem Prinzip der Zufälligkeit...«

Sie schnitt ihm das Wort ab. »Ich weiß, was eine repräsentative Querschnittuntersuchung ist. Ich habe solche Programme selbst zusammengestellt.«

Ihre Erinnerung wanderte in jene Zeit zurück, wo sie die Programme für die Stadtverwaltung gemacht hatte. In der Tat brauchte man nur eine kleine repräsentative Datenmenge von Einwohnern, um bestimmte Fragen zu beantworten, die sich bei der Verwaltung der Bürger stellten.

Für einen Laien klang das alles recht geheimnisvoll. In Wirklichkeit, und Sally Montgomery wußte das, war es ein durchaus legitimes und verläßliches Verfahren in der Verwaltung. Je größer der Ort, um so kleiner konnte man den Prozentsatz der Bevölkerung auswählen, deren Daten man in den Computer einspeiste.

In Eastbury hatte man beispielsweise nur ein paar hundert Leute untersucht, als vor ein paar Jahren eine Epidemie ausbrach. Deren Kontrolle über Monate hinweg lieferte dann ein genaues Bild über die Entwicklung der Krankheit.

»Worum geht es dem CHILD-Institut denn eigentlich bei diesen Studien?« fragte sie.

»Vermutlich um die Frage, wie gesund der Durchschnitt der Kinder ist«, erwiderte Dr. Malone. »Das Institut und andere Stellen haben die Daten einiger Kinder, die nach dem Zufälligkeitsprinzip ausgewählt wurden, in regelmäßigen Abständen abgerufen. Es hat wirklich nichts Besonderes zu bedeuten, daß Julies Daten weitergegeben wurden. Das CHILD-Institut hatte vor, Julie bis zu ihrem einundzwanzigsten Lebensjahr zu beobachten.«

»Wie konnten Sie es zulassen, daß die Daten meiner Tochter an Dritte weitergegeben wurden?« fragte Sally. Sie kannte sich aus mit Computern. Vor allem war sie informiert über die Möglichkeiten, die eine automatische Datenverarbeitung den Behörden eröffnete. Jeder Bürger konnte damit nach Belieben ausspioniert werden, ohne daß er selbst je davon erfuhr.

Dr. Wiseman schaltete sich ein. »Das ist doch alles ein Mißverständnis. Nicht der Name Ihrer Tochter wurde weitergegeben, nur die Daten aus den verschiedenen Untersuchungen. Andernfalls hätten wir uns ja gar nicht mit dem ganzen Projekt einverstanden erklärt.« Er deutete auf die grünflimmernden Zahlenreihen. Dann lächelte er Sally zu. »Alles, was CHILD weiß, ist, das Kind Nr. 9682 ist an SIDS gestorben. Weiter weiß CHILD, welchen Blutdruck und dergleichen die Kleine bei den verschiedenen Untersuchungen gehabt hat. Damit ist doch keine Geheimhaltungspflicht verletzt worden. Wenn Sie Software-Programme zusammengestellt haben, Mrs. Montgomery, dann wissen Sie doch selbst, daß die Namen in solchen Fällen nicht übermittelt werden. Außerdem ist an dem Projekt von CHILD überhaupt nichts Besonderes. CHILD weiß den Namen des Kindes nicht und interessiert sich auch gar nicht dafür. Es handelt sich um eines unter Hunderten von Forschungsprogrammen, wie sie jedes Jahr durchgeführt werden. Sie wissen auch, Mrs. Montgomery, daß die Computer die Namen der Patienten löschen, sobald Codenummern eingespeist sind.«

»Und das glauben Sie?« gab Sally wütend zurück. »Wie will solch ein Institut denn den Lebensweg eines Menschen verfolgen, wenn es den Namen des Betreffenden nicht kennt. Die Leute ziehen erfahrungsgemäß alle paar Jahre um, innerhalb der Stadt oder innerhalb der Bundesstaaten. Man kann sie nur über den Namen wiederfinden. Außerdem gibt es eine Person aus Fleisch und Blut, die alles in den Computer einspeichert. Die Verbindung zwischen

Code und Name ist also leicht zu knüpfen. Wie leicht, das sehen Sie ja, wenn Sie auf den Bildschirm blicken. Dort steht Julies Name und ihre Codenummer. Jedermann in der Stadtverwaltung von Eastbury kann diese Daten abrufen.« Sie hatte sich in Zorn geredet. »Was den medizinischen Bereich angeht, da sind Sie beide die Experten, zugegeben. Aber was Computerprogramme angeht, da kenne ich mich besser aus als Sie. Ich weiß, wie man Computer bedient. Ich weiß, was Computer können und was sie nicht können. Etwas, was Computer besonders gut können, ist, Daten austauschen. Wenn jemand weiß, wie man Computer bedient, und wenn er die Schlüsselcodes kennt, dann kann er über jeden Menschen in den Vereinigten Staaten alles herausbekommen, was er nur wissen will. Wenn man dann noch besonders begabt ist, dann kriegt man aus den Computern sogar die Daten raus, die laut Programmierung eigentlich nicht weitergegeben werden dürfen.« Sie war aufgestanden und durchquerte den Raum mit nervösen Schritten. »Warum haben Sie mich nicht von diesem Forschungsprogramm unterrichtet, bevor Sie Julies Daten an Dritte weitergaben? Ich bin schließlich die Mutter des Kindes. Wenn sich jemand für die Krankheitsunterlagen meiner Tochter interessiert, dann habe ich ein Recht darauf, das zu erfahren.«

»Aber Mrs. Montgomery, Sie steigern sich da in etwas hinein, was in keinem Verhältnis...«

»Ich will Ihnen sagen, was ich vermute!« unterbrach sie ihn. »Julie war krank, und das CHILD-Institut wußte das. Deshalb haben sie sich die Daten übermitteln lassen.«

Dr. Wiseman war aufgestanden. »Nun hören Sie mir einmal in aller Ruhe zu, Mrs. Montgomery!«, sagte er förmlich. Sie nahm in einem Sessel Platz.

»Es tut mir leid«, sagte sie. »Ich werde ganz einfach das Gefühl nicht los, daß Julie durch fremde Einwirkung gestorben ist. Es war nicht SIDS.«

Dr. Wiseman war an seinem Platz hinter dem Schreibtisch zurückgekehrt. Ihm war klar, daß Sally Montgomery unter Streß stand. Die dunklen Ränder unter ihren Augen, die hektischen Flecken auf ihren Wangen, das Zucken um den Mund, all das war zu verräterisch.

»Mrs. Montgomery«, sagte er mit sonorer Stimme, »der Tod Ihrer Tochter ist ein ganz normaler Fall von SIDS, glauben Sie mir.« Er sah, wie sich ihre Haltung versteifte, und gab Dr. Malone ein Zeichen.

»Dr. Wiseman hat völlig recht«, ließ sich der Kinderarzt verneh-men. »Es gibt nichts Besonderes an den Krankheitsdaten Ihrer Tochter Julie. Nichts, woraus sich für das CHILD-Institut oder an-dere Stellen irgenwelche geheimnisvollen Rückschlüsse ziehen lie-ßen.«

Dr. Wiseman nickte. »Was CHILD angeht, so sollten Sie wissen, daß es sich um ein sehr renommiertes Institut handelt. Diese Leute haben auf dem Gebiet der Medizin Großartiges geleistet. Wenn die Gesundheit der Kinder heute im Durchschnitt besser ist als früher, dann verdanken wir das dem Institut. Es ist einfach unvernünftig, irgend etwas...« Sie musterte ihn, während er nach dem passen-den Wort suchte. »...Bedrohliches in der Tatsache zu sehen, daß Julies Daten in einem der zahlreichen Forschungsprogramme von CHILD Verwendung gefunden haben.« Er hatte die Stimme sinken lassen. Etwas Versöhnliches, Väterliches ging auf einmal von ihm aus. »Ich werde Ihnen die Adresse des Instituts geben, und ich empfehle Ihnen, das Institut aufzusuchen und mit den Leuten zu sprechen. Man soll Ihnen sagen, um was für ein Forschungspro-gramm es sich handelte. Und man soll Ihnen auch erklären, auf welche Weise man Julie für das Programm auswählte. Einverstan-den?«

Sally antwortete mit einem kontrollierten Lächeln. »Sie bieten Selbstverständlichkeiten an, Dr. Wiseman. Ich brauche Ihre Emp-fehlung nicht, um zum CHILD-Institut zu gehen.« Sie stand auf, er-griff ihre Handtasche und ging zur Tür. Sie war stehengeblieben und hatte sich umgewandt. »Meine Tochter ist nicht an SIDS gestor-ben, ihr ist etwas ganz anderes zugestoßen. Ich weiß, daß Sie mich beide für hysterisch halten. Aber das ist mir egal. Ich werde heraus-finden, woran Julie gestorben ist, darauf können Sie sich verlas-sen.«

Sie verließ den Raum. Dr. Wiseman schaltete den Tischcomputer aus. »Es war nicht zu vermeiden.«

Dr. Malone, deutlich jünger als Dr. Wiseman, nickte. »Das macht doch nichts, mein lieber Kollege. So sind die Patientinnen nun ein-mal. Solche Zusammenstöße gehören zur Arbeit eines Arztes.«

Dr. Wiseman kehrte an seinen Tisch zurück. Er entfaltete ein Fachmagazin. Dr. Malone verstand den Wink. Dr. Wiseman wollte alleingelassen werden.

Als der jüngere Arzt gegangen war, legte Dr. Wiseman das Ma-gazin aus der Hand. Sally Montgomery. Sie hatte sich immer noch nicht mit dem Tod ihrer Tochter abgefunden. Die These, eine geheimnisvolle Kraft, eine anonyme Organisation wie CHILD habe den Tod ihrer Tochter herbeigeführt, hatte sich bei dieser Frau zur fixen Idee verdichtet.

Seufzend nahm er den Hörer von der Gabel. Dann wählte er.

Mit langsamen Schritten ging Sally den Krankenhausflur entlang. Die Art und Weise, wie Dr. Wiseman auf ihre Fragen, auf ihre Verzweiflung reagiert hatte, machte sie wütend. Trotz der altväterlichen Tarnung, mit der er sich umgab, beim heutigen Gespräch war eine Arroganz zum Ausdruck gekommen, die ihr früher an diesem Mann nie aufgefallen war.

Oder habe ich diesen Teil seines Charakters nicht sehen wollen?

Sie stieß das Portal auf und trat in den warmen Frühlingstag hinaus. Wie erfrischend war es doch, die Freiheit zu atmen. Dr. Wisemans Sprechzimmer war ihr wie eine Gefängniszelle vorgekommen. Wie dumm, wie inhaltslos waren doch die Sprüche, mit denen er sie seit zehn Jahren abzuspeisen versuchte. Daß man den Realitäten ins Auge sehen mußte. Daß es im Leben nicht immer so ging, wie man es sich erträumte, und was dergleichen Allgemeinplätze mehr waren.

Er ist mein Gegner, dachte sie. Wenn ich wieder mit ihm spreche, muß ich mich in acht nehmen.

14

Sally Montgomery sah auf die Uhr am Armaturenbrett des Wagens. Es war kurz nach drei. Sie war nur noch einen Häuserblock von der Eastbury Elementary School entfernt. Sie parkte den Wagen vor dem Eingang der Schule und stellte die Zündung ab. Vielleicht werde ich Jason ein Eis kaufen, dachte sie. Sie versuchte sich sein Gesicht vorzustellen, wenn sie ihm das anbot. Irgendwo im Hinterkopf war der Gedanke an die beiden Ärzte, mit denen sie sich soeben unterhalten hatte.

Ich habe den beiden unrecht getan, dachte sie. Wenn jemand hier Dreck am Stecken hat, dann dieses CHILD-Institut in Boston, nicht die Mediziner, die Julie und mich betreut haben. Das Institut steckte seine Nase in Dinge, die niemanden etwas angingen. Eben das war ja das Problem, das die Computer der Nation beschert hatten. Die Daten jedes einzelnen Menschen wurden einer Kaste von einflußreichen Insidern preisgegeben. Der Überwachungsstaat. Wohin man sah, Computerkassetten, Streifen, Bänder, gespeicherte Informationen, in welcher Form auch immer. Das meiste, was da gespeichert wurde, war schon im Augenblick der Aufzeichnung nutzlos. Trotzdem wurden die Informationen aufbewahrt. Und warum? Sally Montgomery war in ihren Berufsjahren als Computerprogrammiererin zu der Überzeugung gekommen, daß all das Gerede von Forschung und Wissenschaft eine einzige große Lüge war. Die einen Menschen waren neugierig, was die anderen trieben. Sie nützten ihr Wissen aus, um Macht über diese Menschen auszuüben.

Gewiß, die Technologie, die hinter dieser neuen Schnüffelkultur stand, war faszinierend. Aber die Nachteile überwogen die Vorteile. Was zur Erleichterung, mit der Hoffnung auf Fortschritt und mehr Lebensqualität, geschaffen worden war, wandte sich jetzt gegen jene, die es schützen sollte.

Das CHILD-Institut hatte also vorgehabt, Julie einundzwanzig Jahre lang zu überwachen. Wie hatte man sich das denn vorgestellt? Das Institut verfügte ja nur über die Daten, die im Krankenhaus gespeichert waren. Was wäre geschehen, wenn Julie als heranwachsendes Kind, als Teenager genauso gesund gewesen wäre wie Jason? Dann wären im Krankenhaus von Eastbury keinerlei neue Daten mehr eingespeichert worden. Wie also konnte das Institut Aktuelles über das Kind in Erfahrung bringen?

Plötzlich hatte sie die Lösung.

Die Karteiblätter, die in der Schule geführt wurden.

Sie öffnete die Wagentür und stieg aus. Das Läuten der Pausenglocke war zu hören. Die ersten Kinder kamen aus dem Portal gelaufen. Wenig später erkannte sie Jason. Sie winkte ihm zu. Er wartete und ließ ein Auto vorbei, dann kam er quer über die Straße gerannt.

»Weißt du was?« begrüßte sie ihn. »Ich hatte in der Nähe zu tun und bin gekommen, um dich zu einem Eis einzuladen.« Strahlend kletterte er zu ihr in den Wagen. Sie wollte gerade losfahren, als ihr etwas einfiel. »Warte auf mich«, sagte sie zu ihrem Sohn gewandt. »Ich habe noch rasch etwas in der Schule zu erledigen.« Sie wartete seine Reaktion nicht ab, sondern schwang sich aus dem Wagen. Zügigen Schrittes ging sie auf das Schulgebäude zu.

»Sind Sie Mrs. Oliphant?«

Die Schulschwester sah von ihrem Schreibtisch auf. Ein strahlendes Lächeln. Sie stand auf. »Ganz recht. Ich bin Mrs. Oliphant.«

»Mein Name ist Montgomery. Sally Montgomery. Ich bin Jasons Mutter.«

»Das erklärt zugleich, warum wir uns noch nie gesehen haben«, sagte Mrs. Oliphant fröhlich. »Ich lerne nur die Eltern jener Kinder kennen, die oft krank sind.« Das Lächeln wich aus ihrem Gesicht. »Es tut mir leid, Mrs. Montgomery. Vielleicht habe ich Sie verletzt, wenn ich das sage. Wie dumm von mir. Wir nehmen in der Schule großen Anteil an dem Unglück, das Sie getroffen hat.«

»Sie wissen von der Sache mit Julie?« fragte Sally. Sie war erleichtert, daß sie der Schulschwester nicht die Geschichte vom rätselhaften Tod Julies erzählen mußte.

»Aber natürlich, Mrs. Montgomery. Die ganze Stadt weiß davon. Ich würde so gern etwas tun, um Ihre Verzweiflung zu lindern. Ich war schon drauf und dran, mit Jason darüber zu sprechen. Aber dann habe ich mir gesagt, das tust du besser nicht. Misch dich nicht ein. Allerdings habe ich, seitdem seine Schwester gestorben ist, ein besonderes Augenmerk auf Ihren Jungen. Soweit ich das beobachten kann, hat er den Verlust seiner Schwester ganz gut verwunden. Er ist überhaupt ein Junge, auf den Sie stolz sein können.«

Sally nickte. Sie dachte nach, wie sie auf das Thema zu sprechen kommen könnte, das ihr am Herzen lag. »Ich habe Jason gerade abgeholt«, sagte sie. »Er wartet draußen im Wagen auf mich. Ich wollte die Gelegenheit benutzen, um Sie etwas zu fragen, Mrs. Oliphant.«

»Gerne«, sagte die Schulschwester. Sie ließ sich in ihren Drehstuhl sinken.

»Vielleicht kommt Ihnen die Frage etwas merkwürdig vor«, begann Sally. »Es geht um ein Institut in Boston, das sich...«

»Sie meinen sicher das CHILD-Institut«, sagte Mrs. Oliphant.

»Sie kennen CHILD?«

»Gewiß doch. Das Institut fragt regelmäßig die Daten bestimmter Schüler ab.«

»Über Computer?«

»So ist es. Sie bringen ihre Unterlagen alle paar Monate aufs laufende. Es handelt sich um ein Forschungsprojekt. Die Kinder werden dabei bis zu einem bestimmten Alter...«

»Bis zum Alter von einundzwanzig Jahren, nicht wahr?« warf Sally ein.

»Ganz recht. Man will die Kinder bis zum Alter von einundzwanzig Jahren beobachten. Ich sehe, Sie wissen über das Projekt Bescheid. Als ich neulich mit Mrs. Corliss über das CHILD-Projekt sprach, war sie sehr erstaunt. Sie wußte gar nicht, daß es so etwas gab. Ich hatte immer angenommen, die Schule hätte die Eltern der Kinder darüber informiert. Aber bei Mrs. Corliss war das offensichtlich nicht der Fall.« Ihre Miene verdüsterte sich. »Ich bin so traurig für Mrs. Corliss, daß Randy von zu Hause fortgelaufen ist.«

»Ich möchte, daß Sie mir mehr über CHILD erzählen, Mrs. Oliphant.« Sie berührte die Schulschwester am Arm.

»Nennen Sie mich Annie. Also gut, ich sage Ihnen gern alles, was ich weiß. Ihr Sohn Jason gehört zu den Kindern, deren Daten an CHILD übermittelt werden. Ebenso Randy Corliss und zwei jüngere Kinder.«

»Ich verstehe.«

»Randys Mutter hat das Verschwinden ihres Sohnes übrigens sehr mitgenommen«, sagte die Schulschwester. »Alle glauben, der Junge ist von zu Hause fortgelaufen. Sie hingegen meint, er ist entführt worden. Ich glaube, sie kann sich ganz einfach nicht vorstellen, daß ihr der eigene Sohn davonläuft. Deshalb die Idee mit der Entführung.«

»So könnte es sein«, murmelte Sally. Ihr war schwindlig geworden. Nur mit Mühe gelang es ihr von dem Stuhl aufzustehen, den ihr Annie Oliphant angeboten hatte. »Ich danke Ihnen, Annie. Sie haben mir großartig weitergeholfen.« Dann fiel ihr Blick auf den Karteikasten. Irgendwo dort war auch Jasons Akte. »Könnten Sie mir eine Kopie von Jasons Akte machen, Annie?«

Die Schulschwester zögerte. Es war gegen die Vorschriften, daß sie Lucy Corliss eine Kopie von Randys Unterlagen ausgehändigt hatte. Jetzt verlangte man schon das zweite Mal von ihr, daß sie gegen die Weisungen der Schulbehörde verstieß.

Andererseits, man mußte auch bedenken, daß beide Frauen ein schweres Schicksal hatten. Mrs. Oliphant suchte Jasons Akte heraus und verschwand auf dem Flur, um den Inhalt zu fotokopieren. Als sie zurückkam, reichte sie Sally einen Stapel Kopien. »Es freut mich, daß ich Ihnen einen Gefallen tun konnte.« Sie sah Sally Montgomery nach, wie sie die Treppe hinuntereilte und zu ihrem Wagen ging. Dann wandte sie sich wieder ihrer Kartei zu.

CHILD. Die Schulschwester war nachdenklich geworden. Über welche Informationen verfügte das Institut? Und wofür wurden die

Daten verwendet? Erst jetzt wurde ihr klar, daß CHILD keinerlei Erklärung über den Zweck des ganzen Projektes gegeben hatte. Es gab Datenbanken im ganzen Land. Die Daten der Bürger, sogar die Krankheitsunterlagen der Kinder wurden computermäßig erfaßt. Warum? Zu welchem Zweck? Und mit welchen Auswirkungen?

Eine der Auswirkungen würde sein, daß niemand mehr verschwinden konnte. Wo immer ein Mensch auch hinging, man konnte ihn aufspüren. Man brauchte nur gewisse Daten in den Zentralcomputer einzugeben.

Annie Oliphant war nicht sicher, daß das eine gute Sache war.

Im Leben eines Menschen ergab sich manchmal die Notwendigkeit, sich zu verbergen, sich irgendwohin zu flüchten, wo ihm niemand folgen konnte. Es war nicht gut, wenn man den Menschen diese Möglichkeit nahm.

Eine beklemmende Idee, sich vorzustellen, daß die Daten, die Besonderheiten, die Fähigkeiten und sicherlich auch die Fehlschläge jedes Menschen in Computerbändern gespeichert wurden.

Irgendwo in den Datenbänken von CHILD, vielleicht auch bei anderen Stellen, lagerten die Daten eines neunjährigen Jungen, der seiner Mutter weggelaufen oder entführt worden war. Es war das erste Mal, daß Annie sich erschrocken die Frage stellte: Sind *meine* Daten auch gespeichert?

Jason Montgomery war auf den Hof gegangen. Er spielte. Lucy hatte Sally in die Küche eingeladen. Die beiden Frauen tranken Kaffee.

Seit einer halben Stunde unterhielten sie sich über das Forschungsprogramm, von dem ihre Kinder, ohne Wissen der Eltern, erfaßt wurden.

»Warum sind gerade unsere Kinder ausgewählt worden? Das will mir nicht in den Kopf.« Sally stellte ihre Tasse auf den Tisch zurück. »Wonach sucht das Institut?«

Lucy hob resigniert die Schultern. »Ich wünschte, ich hätte eine Antwort darauf, Sally. Vielleicht kann ich Ihnen nächste Woche mehr sagen. Ich habe mich für Montag im Institut angemeldet, und ich werde die Büros dort nicht eher verlassen, bis man mir Aufklärung gegeben hat, was es mit diesem ganzen Projekt auf sich hat.«

»Was macht Sie denn so sicher, daß CHILD irgend etwas mit Randys Verschwinden zu tun hat?«

Lucy seufzte. »Ich bin keineswegs sicher. Es ist nur eine Vermutung, ein Verdacht. Es ist die einzige Spur, die ich zufassen bekam. Der rote Faden heißt *kerngesunde Jungen*. Das CHILD-Institut interessiert sich für die Untersuchungsdaten von kerngesunden Jungen. Ist das nicht merkwürdig für eine Institution, die sich angeblich mit der Erforschung von Krankheiten befaßt? Und dann stellt sich noch eine zweite Frage. Wie konnte das Institut im vorhinein wissen, daß bestimmte Kinder in den Folgejahren kerngesund sein würden? Die Überwachung begann in der Kleinkindphase. Es paßt irgendwie nicht zusammen, finde ich.«

»Es gäbe eine mögliche Erklärung«, sagte Sally nachdenklich. »Das Institut hat seine Untersuchungen vielleicht mit einer ziemlich großen Menge begonnen. Sie haben im Laufe der Zeit andere Kinder ausgeschieden. Es gibt vielleicht keine gezielte Beobachtung von Randy und Jason. Was wir als gezielt empfinden, ist nur Zufall. Wenn das Institut im Laufe der Jahre feststellt, Randy und Jason sind besonders gesunde Jungen, wird man sie vielleicht aus der Untersuchung rausnehmen. Das Institut wird sich dann nur um die Kinder kümmern, die in der fraglichen Phase krank geworden sind.«

»Vielleicht«, echote Lucy ärgerlich. »Vielleicht hat meine Tante Räder. Dann wär's nämlich ein Auto. Lassen wir uns von den Ärzten doch nicht verrückt machen, Sally. Denken wir doch einmal nach! Annie Oliphant hat Ihnen gesagt, daß in der ganzen Schule nur vier Jungen von CHILD überwacht werden. Alle vier sind jünger als Randy. Wenn ich hingegen Ihrer These von vorhin folge, dann müßten viel mehr Kinder von CHILD erfaßt werden, zumindest in der frühen Phase, im Kindergarten und in den ersten Klassen. Das ist, wie wir wissen, nicht der Fall. Nur vier Kinder. Und das bedeutet, das ›Children's Health Institute for Latent Diseases‹ in Boston *wußte*, diese Kinder würden jahrelang nicht krank werden.«

»Und Julie? Wie paßt Julie in das ganze hinein?«

Lucy legte ihr die Hand auf den Unterarm. »Es tut mir so leid wegen Julie«, sagte sie leise. »Ich weiß nicht, wie sich Julie mit meiner These vereinbaren läßt. Vielleicht hatte sie irgendwelche Besonderheiten in gesundheitlicher Hinsicht, von denen Sie nichts erfahren haben.«

»Vielleicht«, sagte Sally. »Vielleicht auch nicht.« Sie war aufgestanden. »Wir kommen auf diese Weise nicht weiter, Lucy. Vielleicht sind wir beide verrückt. Vielleicht sollten wir nicht weiter die Stecknadel im Heuhaufen suchen. Vielleicht sollte ich mein Leben neu aufbauen und mir nicht weiter den Kopf über die Todesursache meines Kindes zerbrechen.«

»Aber so denken Sie doch an Ihren Sohn Jason. Julie ist tot. Randy ist verschwunden. Vielleicht ist Jason der nächste, dem etwas zustößt. Er gehört zu den Kindern, dessen Daten an CHILD übermittelt werden.«

Sally schüttelte den Kopf. »So kann man das nicht sehen. Die drei sind doch nur ein winziger Prozentsatz der Kinder, die insgesamt von dem Projekt erfaßt sind.« Sie dachte nach. Und dann sah Lucy, wie ihr die Tränen in die Augen schossen. »Sie müssen mir das nicht übelnehmen, Lucy. Ich versuche die Dinge mit dem Verstand zu erfassen. Und dabei spüre ich ganz genau, Sie haben recht. Ich mache mir Sorgen wegen Jason, obwohl ich es nicht gern zugebe. Seit Julie starb, mache ich mir Sorgen wegen des Jungen. Ich bin nervös. Ich bin unausstehlich. Ich kann meiner Arbeit nicht mehr nachgehen. Ich habe Angst, verrückt zu werden. Und was das Schlimmste ist: Ich sehe kein Licht im Tunnel.«

»Dann bleibt Ihnen keine andere Wahl, als abzuwarten«, sagte Lucy. »Unternehmen Sie eine Weile lang gar nichts. Zumindest sollten Sie bis Montag warten, bis ich aus Boston zurück bin. Ich werde verlangen, daß mir die Leute im CHILD-Institut klaren Wein einschenken. Wenn ich über neue Informationen verfüge, können wir gemeinsam die nächsten Schritte überlegen. Okay?«

Sally nickte. Wenig später saß sie in ihrem Wagen. Jason saß neben ihr. Sie hatte den Heimweg eingeschlagen. Verstohlen beobachtete sie ihren Sohn.

Was war Besonderes an diesem Jungen?

Tief in ihrem Herzen hoffte sie, daß er ein Junge war wie jeder andere.

Jedenfalls sah er aus wie die anderen.

Aber das war vielleicht nur eine zweite Haut, die man ihm übergestreift hatte.

Steve und Sally Montgomery spielten ein Spiel. Das Spiel hieß: Tun wir so, als ob nichts geschehen sei.

So natürlich, so unbeschwert sie sich gebärdeten, die Leere im Haus nahm bedrückende Formen an. Es gab Räume, die sie nicht mehr zu betreten wagten.

Es war Abend. Steve hatte den dritten Martini hinuntergestürzt. Das ungemütliche Gefühl in der Magengrube hatte das nicht zu vertreiben vermocht. Im Gegenteil. Er spürte, wie die Depression, unter der er litt, immer lähmender wurde.

Er stand an der Bar, um sich ein viertes Glas einzugießen. »Gibt's kein Abendessen heute abend?« hörte er sich sagen. Es klang schneidend, verletzend. Kaum daß die Worte heraus waren, taten sie ihm leid.

Sally musterte ihn mit einem erstaunten Blick. »Wenn du's so eilig hast, warum machst du dir das Abendessen nicht selbst«, sagte sie schnippisch.

Jason, der vor dem Fernseher kauerte, sah auf. »Warum fahren wir nicht in irgendein Restaurant?« schlug er vor.

»Weil ich zufällig kein Millionär bin«, sagte Steve. Er sah, wie die Mundwinkel des Kleinen zu zittern begannen. Er leerte das Glas und stellte es auf den Tisch zurück. »Tut mir leid, war nicht so gemeint. Ich bin etwas nervös heute abend, weißt du.«

Jason war ratlos. »Ist schon gut«, sagte er schließlich. Wenige Minuten später verließ er das Wohnzimmer und verschwand in seinem Zimmer.

Als die Tür des Kinderzimmers ins Schloß fiel, wandte sich Sally Montgomery ihrem Mann zu.

»Ich muß dir etwas Wichtiges sagen, Steve. Es geht nicht nur um Julie bei der ganzen Sache. Auch Jason ist bedroht. Es gibt das CHILD-Institut, ob wir's wollen oder nicht. Sie fragen regelmäßig alle Daten unseres Sohnes ab. Und wir tappen im dunkeln.«

»Hör auf damit!« stöhnte Steve. Er kannte die Litanei. Wieder und wieder hatte ihm Sally in den vergangenen Tagen von der Computerüberwachung erzählt, der die Kinder unterworfen waren. Die Schlußfolgerungen, die sie daraus zog, waren abenteuerlich. In Steves Sicht hatte das alles nichts zu bedeuten. Ein Zufall, weiter nichts. Warum konnte Sally das Thema nicht endlich ruhenlassen. »Verschone mich mit deinen Unkenrufen über das Computerprogramm des CHILD-Institutes!« herrschte er sie an. »Ich kann's wirklich nicht mehr hören.«

So ging das jetzt seit der Beerdigung. Ihre Ehe war aus dem Takt geraten. Steve war nicht mehr imstande, Freude oder Genugtuung zu empfinden, weder im Beruf noch daheim. Er kam sich in seinem eigenen Körper wie ein Fremder vor, wie ein mißgelaunter alter Mann, der seine Umgebung mit sarkastischen Sprüchen heimsuchte. Dabei wußte er genau, wo die Lösung für seine und für Sallys Probleme lag. Sie mußten Julie vergessen. Sie mußten vergessen, daß es Julie je gegeben hatte. Irgendwie mußten sie das Rad der Zeit in jene Stellung zurückdrehen, wo es nur Steve, Sally und Jason gegeben hatte. Nur wenn das gelang, konnten sie wieder eine glückliche Familie werden.

Aber es war nicht möglich, das Kind aus der Erinnerung zu vertreiben. Keine Stunde verging, wo Steve nicht durch irgendeine Bemerkung, einen Gegenstand oder durch eine gedankliche Assoziation an Julie erinnert wurde. Wenn das geschah, lief ihm die Galle über. Die kaum verheilte Wunde riß auf.

Er verspürte den Wunsch, anderen Menschen wehzutun. Als Opfer war dann jeder recht. Sally, Jason, wer auch immer. Das Schlimmste jedoch war, er konnte daran nichts ändern, obwohl ihm die Sinnlosigkeit und die Ungerechtigkeit seines Verhaltens bewußt war. Er war nicht einmal in der Lage, ein Gespräch mit Sally zu beginnen, in dem sie ihre Schwierigkeiten gemeinsam ausräumten.

Er steckte in einer Sackgasse. Keine Ahnung, wie Sallys Sturköpfigkeit beizukommen war. Die Zeit heilt alle Wunden, so hieß es. Aber Sallys Wunden waren nicht verheilt. Ebensowenig wie seine eigenen. Und dann war da heute nachmittag noch der Anruf von Dr. Wiseman gewesen.

Er machte sich Sorgen wegen Sally, hatte der Arzt gesagt. Und dann waren einige medizinische Fachausdrücke gefallen, deren Bedeutung Steve nicht ganz zu erfassen vermochte. Worte, die ihn wie ein Schlag ins Gesicht getroffen hatten.

»Verfolgungswahn.«

»Paranoide Vorstellungen.«

»Eine schwere Neurotikerin.«

Es lief darauf hinaus, daß Sally nicht vergessen konnte. Während er, Steve, bereit war, in die Zukunft zu schauen, so grau der Ausblick auch sein mochte, zerfleischte sie sich in der Erinnerung. Sie griff nach jedem Strohhalm. Sie sah Feinde, wo keine waren. Wenn das so weiterging, so der Tenor des Anrufs von Dr. Wiseman, würde Sally in der Anstalt landen.

Das Abendessen. Eine unglückliche Stimmung beherrschte den Tisch. Steve hatte an der Schmalseite des Tisches Platz genommen, Sally ihm gegenüber, so daß sie möglichst weit voneinander entfernt saßen. Dazwischen Jason. Der Junge verstand den Konflikt nicht, der sich zwischen seinen Eltern entsponnen hatte. Er ahnte nur, daß es etwas mit Julie zu tun hatte. Jedenfalls liebten sich seine

Eltern nicht mehr, das war nicht zu übersehen. Wie an den anderen Abenden, so schaufelte Jason auch heute das Essen, so schnell es ging, in sich hinein. Dann stand er auf und verflüchtigte sich in sein Zimmer.

Als er den Raum verlassen hatte, begann Steve seine Serviette zu falten. Er legte sie im rechten Winkel an die Tischkante. »Ich möchte mit dir reden, Sally«, sagte er.

Sallys Lippen waren schmal geworden. Abweisend sah sie ihn an. »Hast du vor, dich zu entschuldigen, wegen vorhin?«

»Auch das«, sagte er. »Auch das.« Dann wußte er plötzlich nicht mehr, wie er anfangen sollte. Als das Schweigen drückend wurde, nahm er einen neuen Anlauf. »Schau mal, Sally, ich weiß ja, daß wir beide unter einem ungeheuren Druck stehen, nach dem, was passiert ist. Jeder muß auf seine Weise damit fertigwerden. Aber trotzdem mache ich mir Sorgen um dich. Heute hat mich Dr. Wiseman angerufen.«

»Ach ja, hat er das«, sagte sie schneidend. »Ich kann dir auch verraten, was er über mich erzählt hat. Ich bin hysterisch, nicht wahr? Ich sehe Gespenster.«

»Aber Sally.« Er gab sich Mühe, sie nicht noch mehr gegen sich aufzubringen. »Dr. Wiseman hat nichts dergleichen gesagt. Er hat nur gesagt, daß dein Gesundheitszustand ihm Sorgen macht. Und er hat ja recht. Ich sehe dich ja täglich vor mir, dir geht es nicht gut. Wir können nicht so weitermachen. Wir machen uns doch gegenseitig kaputt. Schau uns doch an. Wir sprechen kaum noch miteinander. *Wenn* wir sprechen, dann streiten wir, wie vorhin. Und Jason leidet darunter. So etwas wirkt sich auf Kinder sehr nachteilig aus.«

Was er sagte, tat ihr weh. Um so mehr, als es die Wahrheit war. Und trotzdem war sie nicht bereit, die Erinnerung an ihre kleine Julie der Ehe und dem Kind zu opfern. Zuerst mußte sie sich von der Schuld reinwaschen. Von dem Verdacht, daß sie selbst Schuld am Tode ihres Kindes trug. Gelang ihr das nicht, wie sollte sie Jason je wieder eine gute Mutter sein? Wie konnte sie ihren Seelenfrieden wiederfinden, wenn in ihrem Unterbewußtsein die Furcht lauerte? War sie eine Mörderin? Das Problem schien unlösbar. Da war der blutige Nebel der Vergangenheit. Und auf der anderen Seite der kleine Jason, der sie brauchte, und Steve, ihr Mann. Ich liebe sie beide, dachte Sally. Zumindest für heute abend will ich die Vergangenheit vergessen und den beiden eine gute Mutter und Frau sein.

»Du hast recht«, sagte sie. »Es tut mir so leid, Steve.« Sie lehnte sich in ihrem Stuhl zurück und begann, mit der Gabel zu spielen. »Ich weiß, das klingt falsch und hohl, wie ich das sage. Unser Glück zerbricht, und alles, was mir dazu einfällt, ist eine Höflichkeitsfloskel. *Es tut mir leid.* Aber wir wollen es trotzdem versuchen. Es hat keinen Zweck zu resignieren.« Sie war aufgestanden und ging auf die Treppe zu, die zu den Schlafräumen hinaufführte. »Ich werde mit Jason sprechen. Ich möchte das wieder einrenken. Würdest du inzwischen das Geschirr abspülen?«

»Gern.« Er sah ihr nach, wie sie die Stufen hochging. Dann räumte er das Geschirr ab. Immerhin, dachte er. Sie hatten miteinander geredet, ohne sich anzuschreien. Es war ein neuer Anfang.

Als Sally an der Tür des zweiten Kinderzimmers vorbeikam, verspürte sie den unsinnigen Wunsch, die Tür aufzustoßen, ins Zimmer zu rennen und Julie abzuküssen, die in der Wiege liegen ...ußte. Vielleicht war alles, was sie dachte und erlebte, nur ein Alptraum. Wenn sie an die Wiege trat, würde sie vielleicht eine gesunde Julie vorfinden, ein Kind, das im Schlaf lächelte und mit den winzigen Beinen strampelte. Sie zwang sich weiterzugehen. Julie war tot. Dann stand sie vor dem Zimmer ihres Sohnes. Die Tür war nur angelehnt.

Kein Laut war zu hören. Sally befiel Angst. Am liebsten wäre sie wieder hinuntergerannt. Sie schloß die Augen und stieß die Tür auf.

Sie trat ein. Als sie ihre Augen wieder öffnete, erkannte sie Jasons Silhouette. Der Junge saß an seinem Tischchen. Er hatte seinen Chemiekasten geöffnet und war dabei, Flüssigkeit aus einer Plastikflasche in ein Reagenzglas zu gießen.

»Störe ich?« fragte Sally.

Erschrocken fuhr er herum. Die Plastikflasche entglitt seiner Hand. Es gelang ihm, die Flasche im Fluge wieder aufzufangen. Ein paar Spritzer benetzten seinen Handrücken. Er schrie auf.

Entsetzt erlebte Sally, wie ihr Sohn aufsprang und auf seine Hand starrte. Binnen Sekunden war eine häßliche Rötung auf dem Handrücken entstanden.

Sie rannte auf ihren Sohn zu, umfing ihn mit den Armen und führte ihn ins benachbarte Badezimmer. Sie öffnete den Wasserhahn und hielt seine Hand in den kräftigen Strahl.

»Was war in der Flasche?« fragte sie.

»Säure«, stammelte er. »Salzsäure. Ich wollte sie gerade mit Wasser verdünnen.«

»Du kannst mir nachher noch erzählen, was du vorhattest. Jetzt müssen wir das Zeug erst einmal abwaschen.«

Unter dem Strahl des kalten Wassers waren die ersten Blasen zu erkennen. An den Fingern hatte sich die Säure bereits tief in die Haut gefressen.

»Ich habe dir so oft gesagt, du darfst nicht mit gefährlichen Flüssigkeiten experimentieren«, sagte Sally. »Wo hast du die Salzsäure überhaupt herbekommen?«

»In dem Geschäft für Schwimmbadbedarf«, sagte Jason. Das kalte Wasser hatte den Schmerz an seiner Hand besänftigt. Eher neugierig als erschrocken betrachtete er die Wunde. »Ich wollte die Säure gerade verdünnen«, wiederholte er. »Wenn du mich nicht so erschreckt hättest, wäre nichts passiert.«

»Ich wollte nachsehen, was du treibst, und ich meine, das war auch ganz gut so. Wer weiß, was sonst noch passiert wäre.« Sie drehte den Hahn zu und besah sich seine Verletzung aus nächster Nähe. Das kalte Wasser war wohl genau das richtige gewesen. Jedenfalls sah die Wunde schon viel besser aus. Nur noch Blasen. Was sie vorher für eine Schwäre gehalten hatte, die bis auf den Knochen ging, war nur die Spiegelung eines verletzten Hautlappens gewesen. Trotzdem, es war eine Wunde, die sich entzünden und zu Komplikationen führen konnte. »Komm, wir gehen zu deinem Vater. Er soll sich die Wunde ansehen.«

Sie kamen nicht mehr dazu, hinunterzugehen. Steve stand im Türrahmen. »Was geht denn hier vor?«

»Dein Sohn«, sagte Sally in vorwurfsvollem Ton.

»Mutter ist schuld«, sagte Jason. »Wenn sie nicht so plötzlich ins Zimmer gekommen wäre, wäre das nicht passiert.«

»Es ist jetzt nicht wichtig, wer schuld ist«, bemerkte Sally verärgert. »Steve, sieh dir die Wunde einmal an. Ich habe sofort kaltes Wasser drüberlaufen lassen, aber es sind trotzdem große Brandblasen entstanden. Jason hat sich beim Experimentieren mit Salzsäure bespritzt. Zuerst dachte ich, die Verletzungen gingen tiefer. Jedenfalls macht mir die Sache Sorgen. Es wird am besten sein, wenn wir den Jungen ins Krankenhaus bringen.«

Steve stand über seinen Sohn gebeugt. Er betrachtete die verletzte Hand aus nächste Nähe. Es waren keine Brandblasen mehr da.

Nur noch eine leichte Rötung war zu sehen. Auch sie schien von Sekunde zu Sekunde schwächer zu werden. Steve hielt es für den Kältereiz, den das fließende Wasser auf die Haut ausgeübt hatte. Er sah seinem Sohn ins Gesicht und grinste.

»Tut's noch weh?«

Jason schüttelte den Kopf.

»Überhaupt nicht mehr?«

Wieder Kopfschütteln. »Ganz zu Anfang war's ein stechender Schmerz, aber seitdem Mutter das kalte Wasser hat drüberlaufen lassen, ist der Schmerz fort.«

Steve hob den Blick. »Du willst ihn wirklich ins Krankenhaus bringen? Er hat doch gar nichts. Schau dir die Hand doch an.«

Da waren Brandblasen gewesen, dachte Sally. Ich weiß es. Ich habe es mit meinen eigenen Augen gesehen. Erst zwei Minuten ist das her. Es war sogar eine tiefe Schwäre dagewesen, die Säure war bis auf den Fingerknochen durchgedrungen.

Oder vielleicht irre ich mich? Sind meine Nerven überreizt? Haben mir meine Augen einen Streich gespielt?

Sie spürte Steves Blick auf sich ruhen. Sie wußte sofort, was er dachte.

Du bist verrückt. Du drehst durch. Du hast deine sieben Sinne nicht mehr beisammen.

Sie wandte sich ab und ging ins Schlafzimmer. Hätte Steve die Feststellung, sie sei verrückt geworden, laut ausgesprochen, sie hätte keine Antwort gewußt.

Lucy Corliss hielt den Wagen vor dem Haus ihres Ex-Ehemannes. Sie ließ den Motor noch etwas laufen, bevor sie den Zündschlüssel abzog.

Sie stieg aus, ging die Stufen zum Eingang hinauf und drückte auf den Klingelknopf neben Jims Namensschild.

Seine Wohnung befand sich im zweiten Stock des Gebäudes, am äußersten Flügel. Er erwartete sie an der Wohnungstür.

»Weißt du was Neues von Randy?«

Sie schüttelte den Kopf. Zögernd folgte sie ihm hinein. Er führte sie ins Wohnzimmer. »Du hast's aber schön«, flüsterte sie. Der Raum war nicht groß, aber gemütlich. Es gab einen offenen Kamin, zwei bequeme Sessel und ein zweisitziges Kuschelsofa. Vor dem Kamin stand ein Messingtischchen mit Glasplatte. Lucy trat näher und erkannte eine Skulptur orientalischen Ursprungs. Die Bronzestatue eines Tänzers. Ein Bein war erhoben, die Arme wiesen in die Luft.

»Die Statue kommt aus Thailand«, sagte Jim. »Ich konnte mir den Kauf eigentlich gar nicht leisten. Ich hab's auf Abzahlung gekauft. Werde einfach zwei Jahre nicht mehr abends ausgehen, auf diese Weise wird das Geld schon wieder reinkommen.«

»Die Statue ist wunderschön«, sagte Lucy atemlos. Sie ließ sich in einem der beiden Kaminsessel nieder.

»Du konntest dir wahrscheinlich gar nicht vorstellen, daß ich für so was Geld ausgebe«, sagte er und lächelte. Dann wurde er unvermittelt ernst. Er hatte den Kopf auf die Seite gelegt. »Du hast etwas in Erfahrung gebracht«, sagte er. »Sag', was dich bedrückt.«

Sie erzählte ihm von dem Treffen mit Sally Montgomery.

»Und nun?« fragte er, als sie fertig war.

»Wir müssen bis Montag Geduld haben«, sagte Lucy. »Wir beide haben bei der Suche nach Randy getan, was in unserer Macht stand.« Sie verstummte und barg den Kopf auf ihren Knien. »Ich weiß nicht, wie lange ich das noch aushalten kann. Ich hatte den Entschluß gefaßt, dich nie wiederzusehen. Inzwischen weiß ich nicht mehr, was ich will. Ich bin mit dem Wagen umhergefahren, weil ich nicht mehr ein noch aus wußte. Plötzlich fiel mir dein Name ein. Mir ist klargeworden, daß du der einzige bist, den ich jetzt habe.« Sie betrachtete ihn und hoffte, daß er sie nicht mißverstand. »Ich meine, wie die Dinge liegen, haben wir die gleichen Interessen.«

»Ich weiß schon, was du meinst«, sagte Jim leise. »Aber ich meine, wir haben uns selbst dann noch etwas zu sagen, wenn Randy wieder auftaucht.« Er sah, daß sie etwas einwenden wollte, und kam ihr zuvor. »Möchtest du einen Drink?«

»Hast du Gin im Haus?«

»Ich habe eine Flasche Tanqueray da.«

»Also gut. Gib mir einen Schuß Tonicwasser dazu.« Als Jim aufgestanden und in der Küche verschwunden war, begann Lucy das Wohnzimmer zu erkunden. Sie inspizierte die Bücher, die im Regal standen. Dann die gerahmten Fotos.

Auf den meisten Fotos war Randy, ihr Sohn, abgebildet.

Es gab auch Fotos, auf denen sie, Lucy, abgebildet war. Die meisten waren vor der Scheidung aufgenommen. Ein Foto allerdings war neueren Datums.

»Ich sehe, du hast meine kleine Fotogalerie entdeckt«, sagte Jim, als er aus der Küche zurückkam.

»Wo hast du dieses Foto her?« Lucy deutete auf ein Bild, das erst vor zwei Jahren aufgenommen worden war.

Er war rot geworden. »Ich bin nur um drei Ecken an dieses Bild gekommen, ich geb's zu. Randy hatte mir erzählt, daß du dich in einem Fotostudio hast fotografieren lassen. Das Geburtstagsbild für deine Mutter, du erinnerst dich sicher. Ich habe damals in der ganzen Stadt herumtelefoniert, bis ich das richtige Fotostudio am Apparat hatte. Ich habe mir einen Abzug bestellt.« Er legte ihr die Hand auf die Schulter. »Es tut mir leid, daß deine Mutter gestorben ist. Ich habe sie immer gern gemocht, obwohl ich weiß, daß sie von mir nie viel gehalten hat.«

Lucy mußte lächeln. »Wenn sie dich jetzt sehen könnte, würde sie vielleicht ihre Meinung ändern.«

Er stand hinter ihr, und Lucy fühlte, wie er sie begehrte. Bevor er sie küssen konnte, wandte sie sich zur Seite. Er schlug den Blick nieder. »Wollen wir was essen?« fragte er verlegen.

»Über's Abendessen hab' ich noch gar nicht nachgedacht«, sagte sie. Sie hatte den Tag allein im Haus verbracht, hatte sich geängstigt vor den Abendstunden, wo sie allein und traurig im Wohnzimmer sitzen würde. Die einzige Unterbrechung war der Besuch von Sally Montgomery gewesen. Nachdem Sally gegangen war, hatte sich Lucy in ihren Wagen gesetzt. Zwei Stunden lang war sie ziellos durch die Stadt gefahren. Und dann hatte sie sich vor dem Wohnblock wiedergefunden, wo ihr Ex-Ehemann lebte.

»Meinst du, wir könnten in einem Restaurant essen gehen?« fragte sie.

Jim verzog den Mund zu einem gemütlichen Grinsen. »Du solltest vielleicht erst einmal meine Kochkünste kennenlernen«, schlug er vor. »Ich zahle noch an der Figur aus Thailand, und außerdem habe ich etwas Geld zur Seite gelegt für Randys weitere Ausbildung. Ich habe kochen gelernt, verstehst du? Wenn du mutig bist, probierst du einmal ein Steak, das ich in die Pfanne gelegt habe.«

»Gern«, sagte Lucy. Die Vorstellung, einen ruhigen Abend in Jims Gesellschaft zu verbringen, war mit einem Male gar nicht mehr so unangenehm. »Jim«, sagte sie, »du hast da eben Randys weitere Ausbildung erwähnt. Hast du denn noch Hoffnung, daß der Junge zurückkommt?«

Er zögerte mit der Antwort. Sie sah, daß er sich zu einem Lächeln zwang. »Die Chancen sind schwer zu beurteilen. Ich weiß, was Sergeant Bronski über die Sache denkt. Der sieht das schwarz in schwarz. Er geht ganz einfach von den Statistiken aus. So gesehen müßte man sich damit abfinden, daß wir Randy nie wiedersehen. Aber ich will dir etwas verraten. Tief in meinem Inneren bezweifle ich, daß Randy weggelaufen ist. Der Grund für sein Verschwinden ist irgendwo anders zu suchen. Ich glaube, du hast einen guten Instinkt für solche Dinge, Lucy. Wenn du sagst, Randy ist entführt worden, dann *ist* er entführt worden. Wenn du sagst, er lebt noch, dann lebt er noch. Und wenn du noch Hoffnung hast, daß wir den Jungen lebend wiedersehen, dann *werden* wir ihn wiedersehen. Es ist also ganz logisch, wenn ich weiter für sein College spare, findest du nicht?«

Lucy standen Tränen in den Augen. Sie streichelte seine Hand.

»Danke«, flüsterte sie.

Ihre Blicke trafen sich. Jim kniff die Augen zusammen. »Du bist wahrscheinlich auf der richtigen Spur, Lucy. Montag sprichst du mit den Leuten von CHILD und findest heraus, was es mit diesem mysteriösen Forschungsprogramm auf sich hat. Du hast ein Recht zu erfahren, warum sie Randys Daten sammeln. Okay?«

Sie nickte. »Okay, Jim.«

15

Der vierzig Stockwerke hohe Monolith aus Stahl und Glas sah aus wie ein Grabstein. Das Gebäude befand sich im Zentrum der Innenstadt, eines von vielen Bürohochhäusern. Man konnte sich vorstellen, was für Menschen in diesen Hochhäusern arbeiteten. Jahr für Jahr verbrachten sie eingesperrt in den Waben eines Senkrechtsarges, in der Hoffnung auf ein goldenes Alter, wo sie ihre Pension bekamen. Und kaum einem war bei alledem klar, daß er schon seit dreißig Jahren tot war. Als Lucy Corliss auf die düstere Fassade zuging, meinte sie zu wissen, daß die Unterredung mit ihrem Gesprächspartner bei CHILD ergebnislos verlaufen würde. Nichts würde bei diesem Schlagwechsel herauskommen.

Nichts.

Die Angestellten der CHILD-Organisation waren mit Sicherheit ganz ähnlich wie das Gebäude, in dem sie arbeiteten. Kalt, hart, undurchdringlich.

Als sich im zweiunddreißigsten Stock die Fahrstuhltür öffnete, trat Lucy in den teppichbelegten Gang hinaus. An den beiden Enden, links und rechts, wurde der Gang von einer eindrucksvollen Doppeltür begrenzt. Sie ging auf das Schild mit der Aufschrift CHILD zu und stieß die Tür auf. Eine Empfangshalle. Eine blonde junge Sekretärin blickte auf, als Lucy nähertrat. Sie sah aus wie die Sprecherinnen der morgendlichen Talkshows: kühl bis ans Herz, sauber, leistungsbeflissen. Als Lucy an ihren Schreibtisch treten wollte, hob sie abwehrend die Hand. Warten Sie bitte. Sie beendete ihr Telefongespräch, legte den Hörer auf die Gabel und setzte ein geschäftsmäßiges Lächeln auf. »Was kann ich für Sie tun?«

»Ich möchte gern mit Mr. Randolph sprechen. Mr. Paul Randolph.«

Das Mädchen kniff die Augen zusammen. Sie schien nachzudenken. Lucy betrachtete ihre Bluse. Kein Namensschild. Auch auf dem Tisch war kein Namensschild zu erkennen. Niemand konnte zurückverfolgen, wer an diesem Vormittag im Empfangsbüro der CHILD-Organisation Dienst getan hatte.

»Es tut mir leid, aber Mr. Randolph kann zu diesem Zeitpunkt keinen Besuch empfangen. Er ist beschäftigt.«

»Ich bin mit ihm verabredet«, sagte Lucy Corliss mit Nachdruck.

Das Mädchen runzelte die Stirn. »Mit Mr. Randolph?«

»Ganz recht. Mit Mr. Randolph.« War Lucy zunächst eingeschüchtert gewesen, so war sie inzwischen nur noch ärgerlich über das herablassende Benehmen der Empfangsdame. »Ich bin Lucy Corliss«, sagte sie kühl. »Wenn Sie mir bitte sagen würden, wo ich Mr. Randolph finde, ich kann dann schon selbst...«

Das Mädchen hörte ihr gar nicht mehr zu. Sie hatte die Wählscheibe betätigt und unterhielt sich im Flüsterton mit einem Unbekannten, der sich in den Tiefen der Büroflucht verbergen mochte. Als sie das Gespräch beendet hatte, schenkte sie Lucy ein eisiges Lächeln.

»Nehmen Sie doch bitte dort drüben Platz, Mrs. Corliss. Mr. Randolph steht gleich zu Ihrer Verfügung. Möchten Sie inzwischen eine Tasse Kaffee?«

Nein, Lucy wollte keinen Kaffee. Sie nahm Platz und genoß ihren kleinen Sieg. Das blonde Mädchen wendete sich ihrem Terminkalender zu.

Wenig später kreuzte eine Frau mittleren Alters auf. Sie kam schnurgerade auf Lucy zu.

»Ich bin Eva Phillips, Mr. Randolphs Sekretärin. Es tut Mr. Randolph leid, daß es so lange gedauert hat. Sie wissen ja, wie es im Büro manchmal zugeht.«

Lucy wurde durch ein Gewirr von Gängen geführt. Schließlich öffnete ihr Mrs. Phillips die Tür zu einem großen Eckbüro. Sie trat ein. Der Raum wurde von einem überdimensionalen Schreibtisch beherrscht. Der Mann, der hinter dem Schreibtisch saß, mußte wohl Paul Randolph sein.

Er war Ende Vierzig. Die Gesichtszüge waren sanft und weich. Das Haar sandgrau, schon etwas dünn an den Schläfen. Er trug es streng zurückgekämmt. Er war aufgestanden und kam Lucy entgegen. Sein Gang war von jener Grazie, die Lucy – sie wußte nicht warum – mit gesellschaftlicher Klasse und altem Geld in Verbindung brachte. So gingen Männer, die auf teuren Internaten aufgewachsen und seither jeden Sommer an der See verbracht hatten. Seine perfekt modulierte Stimme entsprach diesem Image.

»Mrs. Corliss, ich freue mich sehr, Sie kennenzulernen. Möchten Sie sich nicht setzen?« Er deutete auf ein Sofa, das an der Schmalseite seines Schreibtisches stand. Ohne lange nachzudenken, nahm sie den Platz ein, den er ihr angewiesen hatte. Er war um den Schreibtisch herumgekommen und ließ sich in einen dicken Ledersessel sinken. Lucy brachte ihre Knie zusammen und biß sich auf die Lippen. Sie fühlte sich auf einmal in die Ecke gedrängt. Mr. Randolph saß jetzt etwas höher als sie. Sein Lächeln kam freundlich und zugleich etwas spöttisch. »Darf ich Ihnen einen Kaffee kommen lassen?«

»Vielen Dank, nein.« Randolph machte eine knappe Geste zu Mrs. Phillips, die neben der Tür wartete. Die Sekretärin verließ den Raum.

»Dann nur heraus mit der Sprache«, sagte er betulich. »Gehe ich richtig in der Annahme, daß Sie sich für die Ziele des CHILD-Institutes interessieren?«

Mein Gott, dachte Lucy. Er denkt vielleicht, ich möchte dem Institut eine Schenkung machen. »Ich interessiere mich in der Tat für Ihre Arbeit«, sagte sie. »Ich bin gekommen, weil ich vor ein paar Tagen erfahren habe, daß die Daten meines Sohnes von CHILD gespeichert werden.«

Das Lächeln in seinem Gesicht änderte sich um keine Nuance. Nur der Ausdruck seiner Augen war härter geworden. Er war jetzt auf der Hut.

»Ich verstehe. Nun ja, wir speichern bei CHILD die Daten von Tausenden von Kindern.« Er lächelte, »Sie sind allerdings die erste Mutter, die uns besuchen kommt.«

»Mr. Randolph, mein Sohn ist entführt worden.«

Das Lächeln verschwand. »Was sagen Sie da, Mrs. Corliss?«

»Ich sagte, mein Sohn ist entführt worden. Die Polizei . . .« Sie erzählte ihm, was sich ereignet hatte.

»Aber warum kommen Sie mit diesem Problem zu uns, Mrs. Corliss?«, sagte er, als sie fertig war. »Sie glauben doch hoffentlich nicht, daß wir bei CHILD etwas mit dem Verschwinden Ihres Sohnes zu tun haben?«

Sie zögerte mit der Antwort. Er selbst hatte den Vorwurf formuliert. Und sie mußte zugeben, daß es hier, in den Räumen eines modernen und wohl auch noch gemeinnützigen Institutes, ungeheuerlich klang. Undenkbar, daß CHILD hinter der Entführung ihres Sohnes steckt. Und trotzdem war dies der Verdacht, den Lucy Corliss hegte.

Wenn ich ihm auf den Kopf zusage, daß er die Finger im Spiel hat, wird er mich hinauswerfen. Sie beschloß, Zeit zu gewinnen.

»Ich weiß nicht, Mr. Randolph. Ich weiß nur, daß die Daten meines Sohnes seit Jahren an CHILD übermittelt werden, ohne daß man mich als Mutter des Kindes je über die Art des Forschungsprojektes informiert hat, wo diese Daten Verwendung finden.«

Er nickte verständnisvoll. Sein Lächeln kehrte in die Mundwinkel zurück. »Sie möchten demnach in Erfahrung bringen, was wir bei CHILD eigentlich treiben, stimmt's?«

»So ist es.«

Er stand auf und begann auf und ab zu gehen. »Ich will mich bemühen, es Ihnen anschaulich zu machen. Wobei ich sagen muß, ich bin selbst noch nicht in alle medizinischen Details eingedrungen. Ich bin Fachmann der Verwaltung, müssen Sie wissen, kein Wissenschaftler.«

»Um so besser. Dann sprechen Sie eine Sprache, die ich verstehen kann.«

Randolph war zu seinem Schreibtisch gegangen. Er nahm in dem mattschimmernden Drehsessel Platz und faltete die Hände über seinem Bauch. »Fangen wir also ganz vorn an. Erbforschung. Sie wissen vielleicht, Mrs. Corliss, daß die meisten Kinder bald nach der Geburt genetisch untersucht werden, oft auch schon im Mutterleib. Man entnimmt ihnen Gewebe und unterzieht diese Probe

443

einer Analyse. Es geht um die Bestimmung der Chromosomen und um Vermeidung bestimmter Risiken. Wenn bei einem Kind Erbschäden vorliegen, kann dies zu Komplikationen führen. Solche Komplikationen lassen sich in einigen Fällen vermeiden, wenn man die Art der Schädigung rechtzeitig feststellt. Man schaut sich die Chromosomen an, weil sie das Muster vorgeben, nach dem sich die Zellen des Kindes bilden. Wir haben im Laufe der Zeit herausgefunden, daß bestimmte Erbschädigungen an chemischen Veränderungen des Gengutes zu erkennen sind.«

»Und was für eine Rolle spielt CHILD bei dem ganzen?«

»Das ist in wenigen Worten gesagt. Wir beobachten eine ausgewählte Anzahl von Kindern von der Geburt bis zum Eintritt ins Erwachsenenleben. Wir bestimmen« zunächst die Chromosomen und verfolgen dann, welche Krankheiten diese Kinder bekommen. Nehmen wir einmal an, wir haben zwei Kinder, die im Alter von zehn oder elf Jahren psychische Besonderheiten zeigen. Nehmen wir weiter an, diese beiden Kinder wachsen in einer recht unterschiedlichen Umgebung auf. Es ist also unwahrscheinlich, daß die psychischen Besonderheiten durch Umwelteinflüsse verursacht werden. Nehmen wir weiter an, daß wir bei der Betrachtung der Chromosomen dieser Kinder die gleichen genetischen Abweichungen entdecken. Treffer! Zumindest ist das ein Hinweis, daß die psychische Erkrankung, die bei den beiden Kindern eingetreten ist, ihre Wurzel in einer genetischen Anomalie hat.«

»Das klingt sehr einfach«, sagte Lucy. »Zu einfach, für meinen Geschmack.«

»Sie haben völlig recht«, sagte Mr. Randolph. »Ich habe über Gebühr vereinfacht, damit wir den roten Faden nicht verlieren. Aber im Grunde ist das unsere Arbeit. Langfristig gesehen geht es darum, jene genetischen Anomalien herauszufiltern, die im Erwachsenenleben dann zu Erkrankungen führen könnten. Inwieweit sich solche Anomalien schon im frühen Stadium beeinflussen oder beseitigen lassen, ist Sache anderer Wissenschaftler. CHILD befaßt sich nicht mehr damit.«

»Und das ist alles?« fragte Lucy.

»Das ist alles, was CHILD tut«, versicherte er ihr.

»Warum hat man mich nicht verständigt, daß Randys Daten bei Ihnen erfaßt werden?«

»Vielleicht hat man das getan und Sie erinnern sich nicht mehr daran.«

»Was meinen Sohn angeht, habe ich ein sehr gutes Gedächtnis«, sagte sie aufgebracht. »Wenn man mich vor der Übermittlung der Daten verständigt hätte, dann hätte ich mit Sicherheit darauf bestanden, Näheres über das Forschungsprogramm zu erfahren, bei dem die Daten Verwendung finden. Ich hätte auch gefragt, wieso man gerade Randy für die Erfassung ausgewählt hat.«

»Das versuche ich Ihnen doch die ganze Zeit zu erklären, Mrs. Corliss. Es gibt keinen besonderen Grund, warum Ihr Sohn für das Forschungsprogramm ausgewählt wurde. Es handelt sich um eine repräsentative Untersuchung, bei der die Kinder nach dem Zufallsprinzip ausgesucht wurden.«

»Könnte ich über die Ergebnisse des Forschungsprogramms Näheres erfahren?«

»Über die Ergebnisse? Aber, Mrs. Corliss, wir haben doch noch gar keine verwertbaren Ergebnisse. Ich sagte Ihnen bereits, daß die Kinder bis zum Eintritt ins Erwachsenenalter überwacht werden sollen. Erst dann kann man von Ergebnissen sprechen.«

»Was ist denn mit den Kindern, die gar nicht das Erwachsenenalter erreichen?« bohrte Lucy weiter. »Es gibt doch Kinder, die schon als Säuglinge sterben. Andere sterben im Schulalter, an einer Krankheit oder bei Unfällen. Sie müssen doch über vorläufige Ergebnisse verfügen. Wenn Sie nicht einmal nach acht oder zehn Jahren irgendwelche Aussagen machen können, hätten Sie das Forschungsprogramm längst gestoppt.«

Zum ersten Mal seit Beginn ihrer Unterhaltung schien Randolph ratlos. Lucy beschloß, ihren Vorteil auszubauen. »Mr. Randolph, ich habe mit der Schulschwester gesprochen. Und da habe ich etwas sehr Merkwürdiges erfahren. Auf unserer Schule werden nur vier Kinder von CHILD überwacht. Und diese vier sind die gesündesten. Zu ihnen gehört Randy. Wie die anderen drei ist er in seinem Leben nicht einen einzigen Tag krank gewesen. Er hat sich keine Verletzungen zugefügt. Er zeigt keine psychischen Besonderheiten. Kein Befund. Sie werden jetzt verstehen, daß ich Ihnen nicht abnehme, was Sie vorhin gesagt haben. Randy wird beobachtet, weil er ein besonderes Kind ist. Und CHILD wußte von Anfang an, daß dieses Kind keine Krankheiten haben würde.«

Alle Farbe war aus Randolphs Gesicht gewichen. Als er ihr antwortete, gab er sich keine Mühe mehr, seine Verärgerung zu verbergen. »Wollen Sie allen Ernstes behaupten, Mrs. Corliss, wir von CHILD hätten Ihren Sohn entführt?«

»Ich weiß nicht, wer meinen Sohn entführt hat, Mr. Randolph«, erwiderte Lucy kühl. »Es würde allerdings zu meiner Beruhigung beitragen, wenn Sie mich Einblick in Randys Unterlagen nehmen lassen würden. Ich möchte außerdem die Ergebnisse des ganzen Forschungsprogramms kennenlernen. Wenn es in der Studie Dinge gibt, die ich nicht verstehe, dann werde ich sie mir von Fachleuten erklären lassen. Schon jetzt läßt sich sagen, daß Sie ohne meine Zustimmung medizinische Untersuchungsergebnisse meines Sohnes verwendet haben. Dies ist ein unzulässiger Einbruch in die Privatsphäre eines Kindes.«

Randolph war in seinen Sessel zurückgesunken. Er fuhr sich mit der Hand über die Haare. »Mrs. Corliss, ich weiß wirklich nicht, ob ich Ihnen helfen kann, aber ich werde mein Bestes tun. Wir brauchen allerdings etwas Zeit, um herauszufinden, in welche Programme die Daten Ihres Sohnes eingespeichert wurden. Wir brauchen weiter etwas Zeit, um die Daten zu einem Bericht für Sie zusammenzustellen. Aber ich verspreche Ihnen, daß Sie einen solchen Bericht bekommen werden. Dies ist der erste Fall in zwanzig Jahren, wo es zu Schwierigkeiten kommt. Vor allem möchte ich, daß Sie mir eines glauben: CHILD hat mit dem Verschwinden Ihres Sohnes wirklich nichts zu tun.«

»Wann kann ich den Bericht bekommen?«

»In einigen Tagen.«

Lucy war aufgestanden. »Sagen wir übermorgen. Kann ich Sie anrufen?«

»Ich schlage vor, daß wir Sie anrufen, Mrs. Corliss. Wenn Sie bei meiner Sekretärin Ihre Adresse hinterlassen würden.«

Sie antwortete mit einem ironischen Lächeln. »Das werde ich tun, Mr. Randolph. Obwohl es völlig unnötig ist. Ich bin sicher, daß Sie nicht nur Randys Daten, sondern auch seinen Namen und seine Adresse in Ihren Datenbanken gespeichert haben.«

Sie nahm ihre Tasche und verließ das Büro, ohne Randolph die Hand zu geben.

Als sie fort war, ging Paul Randolph zu seinem Schreibtisch zurück. Der kalte Schweiß war ihm auf die Stirn getreten. Er ließ sich in den Sessel fallen.

Was er seit Jahren befürchtet hatte, war eingetreten.

Die Schule war zu Ende, das Mittagessen vorbei. Spiel und Sport. Noch immer hatte Randy nicht recht die Regeln des Spiels verstanden, das die Jungen bevorzugten. Es ähnelte einem Räuber-und-Gendarm-Spiel. Aber es gab Bestandteile, die von dem klassischen Muster abwichen.

Der Anfang des Spiels war ganz einfach.

Einer der Jungen ›war‹ es. Er mußte sich an einen Baum stellen, sich die Augen zuhalten und bis hundert zählen, während sich die anderen in den Büschen verbargen. Dann begann die Suche. Wenn der Junge einen der Versteckten erblickte, mußte er dessen Namen rufen. Die Jagd schloß sich an. Der Verfolger mußte den Verfolgten berühren. Wer zuerst gestellt wurde, ›war‹ es dann beim nächsten Spiel.

Es gab eine Besonderheit. Sobald der Verfolger den Namen des Verfolgten gerufen hatte, durften die anderen Jungen aus ihrem Versteck kommen und dem Verfolgten helfen.

Der Jäger wurde zum Gejagten.

Gleich zu Anfang hatte Randy einen Fehler gemacht. Er war losgerannt, sobald der Junge mit dem Zählen begonnen hatte. Allein. Die anderen Jungen waren zurückgeblieben, hatten einen Pulk gebildet. Randy versteckte sich im Unterholz, in der Nähe des Baches. Er war sicher, daß ihn hier niemand finden würde. Er hockte da und wartete.

Die Zeit schien endlos. Was die anderen wohl trieben? Vielleicht hatten sie längst ein anderes Spiel begonnen. Er kroch aus seinem Versteck hervor. Als er Adam Rogers erblickte, war es zu spät. »Randy!« schrie Adam. Und dann begann die wilde Jagd.

Erst jetzt wurde Randy bewußt, daß es dumm gewesen war, sich von den anderen zu trennen. Sie waren so weit fort, daß sie ihm gegen seinen Verfolger nicht helfen konnten. Es dauerte nur ein paar Sekunden, dann war Adam Rogers über ihm. Er rang Randy zu Boden. Er hatte gewonnen.

Randy ›war‹ es.

Er stellte sich an den Baum und begann zu zählen. Als er bei Hundert angelangt war, öffnete er die Augen.

Niemand war zu sehen.

Er ging ins Gelände hinein, wobei er sich immer mehr vom Hauptgebäude entfernte. Die Spielkameraden mußten wohl in den Büschen jenseits der Baumgruppen stecken. Er lief hin. Seine Annahme bewahrheitete sich nicht.

Er bog die Äste zur Seite und betrat das Waldstück. Er ging auf Zehenspitzen. Es war wichtig, daß er einen der Versteckten allein erwischte. Nur dann hatte er eine Chance, ihn einzuholen und niederzuringen.

Als er von ferne Adams grauen Pullover entdeckte, wollte er schon ›Adam!‹ schreien. Aber dann raschelte es im Unterholz, und der Haarschopf von Jerry Preston kam zum Vorschein. Der Junge war nur noch drei oder vier Meter von ihm entfernt. Randy tat, als hätte er weder Adam noch Jerry entdeckt. Mit sorgfältigen Schritten ging er tiefer ins Dickicht hinein.

Als er an dem Busch angelangt war, wo Jerry Preston sich verbarg, mußte er feststellen, daß die Beute inzwischen das Weite gesucht hatte. Er stellte sich auf Zehenspitzen. Durch das Dickicht war der Zaun des Geländes zu erkennen. Und dort hockte auch Eric Carter, das rote Haar war unverkennbar. Langsam ging Randy auf den Zaun zu. Er war noch einige Meter von Eric entfernt, als er stehen blieb und sich umdrehte. Wo waren die anderen? Kein Rascheln, kein Wort. Nichts.

Als er auf wenige Schritte heran war, schrie er den Namen, so laut er nur konnte.

»Eric Carter!«

Eric war aufgesprungen. Er hastete am Zaun entlang. Auf den ersten Metern schien es, als könnte ihm die Flucht gelingen. Aber dann verringerte sich der Abstand zwischen Jäger und Verfolgtem. Randy hatte ihn fast erreicht und wollte sich eben auf ihn werfen, als drei Jungen aus dem Gebüsch hervorbrachen.

Es war eine Falle gewesen.

Er wandte sich um, suchte nach Adam Rogers, der eben noch hinter ihm gewesen war. Adam war nirgends zu erblicken. Plötzlich bekam er einen Schlag in den Rücken versetzt. Er kam ins Stolpern. Sekunden später waren Billy Mayhew und Jerry über ihm. Randy, der auf dem Boden lag, sah, wie Eric Carter stehen blieb.

Er kam zurückgerannt. Er grinste über das ganze Gesicht.

Randy wehrte sich mit Händen und Füßen. Aber die Kameraden waren stärker.

»Machen wir ihn fertig«, hörte er Jerry sagen. »Werfen wir ihn an den Zaun!«

Er wurde an Armen und Beinen ergriffen und zum Zaun geschleppt. Adam begann zu zählen: »Eins, zwei, drei...« Bei drei warfen ihn die Jungen in hohem Bogen auf den Maschendraht.

Es gab einen Funkenregen. Dann erfüllte der Gestank verkohlten Fleisches die Luft.

Randy fiel zu Boden und blieb liegen.

Das Spiel war vorüber.

Die Jungen kamen angelaufen. Sie bildeten einen Kreis um Randy. Adam Rogers warf Billy Mayhew einen fragenden Blick zu.

»Meinst du, daß wir deswegen Ärger kriegen?«

Billy zog die Schultern hoch. »Letztes Mal haben wir auch keinen Ärger gekriegt. Warum sollte es diesmal anders sein?«

Sie ließen Randy liegen und gingen zum Gebäude zurück. Randys Hand war in den elektrisch geladenen Zaun gekrallt.

Den größten Teil des Wochenendes hatte Sally Montgomery in ihrem Büro im Eastbury College verbracht. Was sie tat, war illegal, das wußte sie. Es war auch unmoralisch. Aber das störte sie nicht. Sie hatte viele Stunden geduldig gearbeitet, bis es ihr gelang, die Daten des *Eastbury Community Hospital* anzuzapfen. Sie wußte, daß diese Daten im Zentralcomputer gespeichert waren. Allerdings brauchte man geheime Codes, um die Daten über einen der angeschlossenen Computer abzurufen. Für einen Laien wäre die Ergründung dieser Codes eine unlösbare Aufgabe gewesen. Nicht für Sally, die als Programmiererin ausgebildet war. Sie richtete ihr Augenmerk zunächst auf die Frage, aus wieviel Zeichen solch ein Code überhaupt bestand. Das System war dem Kinderspiel ›Schiffe versenken‹ vergleichbar. Man warf so lange Bomben, bis man einen Treffer erzielte. Dann bombardierte man die Umgebung des Quadrates. Das Codewort, das sie schließlich herausbekam, war genial einfach.

MEDREACH, MEDICAL RECORDS, EASTBURY COMMUNITY HOSPITAL. Wie dumm ich bin, dachte sie. Ich habe Stunden gebraucht, um auf großen Umwegen eine Abkürzung herauszufinden. Dabei hätte ich wissen müssen, daß bei solchen Programmen Abkürzungen verwandt werden, die dem Inhalt der gespeicherten Daten entlehnt sind.

Es gab eine Frage, die sie sich mit Hilfe der gespeicherten medizinischen Daten beantworten wollte. Traf es zu, was Mr. Randolph behauptete, daß nämlich die Kinder für das Forschungsprogramm von CHILD nach dem Zufallsprinzip ausgesucht wurden?

Sally stellte verschiedene Programme zusammen und schickte eines nach dem anderen durch den Computer.

Kinder, die von CHILD überwacht wurden.

Kinder, die an SIDS gestorben waren.

Kinder, die noch nie krank gewesen waren.

Sie untersuchte die letzten zwanzig Jahre. Eine Arbeit, die ohne Computer Monate in Anspruch genommen hätte.

Sie schaffte es in zwei Stunden. Dann zeichneten sich die ersten Umrisse einer Antwort ab.

Der Computer hatte die Personengruppe, die sie abfragte, miteinander verglichen.

Bis vor zehn Jahren hatte es keine nennenswerten Unterschiede in der gesundheitlichen Entwicklung der CHILD-gespeicherten Kinder und der Entwicklung der übrigen Kinder gegeben.

Die Kinder hatten Mumps, Masern, Windpocken. Sie hatten psychische Probleme. Die Prozentsätze waren bei beiden Gruppen in etwa die gleichen.

Von beiden Gruppen war etwa die gleiche Anzahl Kinder an SIDS gestorben.

Zehn Jahre lang ging das so. Der Computer spuckte für zehn Jahrgänge die gleichen Zahlen aus. Die Schlußfolgerung: Die Kinder, deren Daten an CHILD übermittelt wurden, waren wirklich nach dem Zufallsprinzip ausgesucht worden. CHILD hatte sich die Daten vom Eastbury Community Hospital geben lassen. Das Natürlichste der Welt. Dort wurden die Kinder ja geboren.

Dann, im elften Jahr, wurde alles anders.

Innerhalb der Bevölkerung von Eastbury starb ein größerer Prozentsatz an Kindern als innerhalb der CHILD-gespeicherten Gruppe von Kindern.

Im elften Jahr war der Anteil der Eastbury-Kinder, die an SIDS starben, um 4 Prozent gestiegen.

In der Gesamtbevölkerung, soweit sie von CHILD überwacht wurde, hatten die SIDS-Todesfälle um 10% zugenommen.

Und dann hatte sich auch noch die Zusammensetzung der Gruppen geändert, wo SIDS als Todesursache auftrat. In den ersten zehn Jahren des Untersuchungszeitraums hatte die tödliche Krankheit Jungen und Mädchen gleichermaßen befallen. Im elften Jahr stieg die Sterblichkeit der Mädchen, die Sterblichkeit der Jungen sank. Der Trend hielt über die Folgejahre an.

Sally saß vor dem Computer, während die Listen ausgedruckt wurden. Gebannt starrte sie auf das Blatt, auf dem die Daten der besonders gesunden Kinder vermerkt waren. Es gab ein Problem bei der Beurteilung der Zahlen. Eine ganze Reihe von Eltern waren aus Eastbury weggezogen. In der Schreibung gab es dann plötzlich einen Balken. NO INPUT. Die Daten dieser Kinder hätte Sally höchstens erhalten können, indem sie die Computer anderer Städte anzapfte. Eine schier unlösbare Aufgabe.

Immerhin zeichnete sich schon jetzt ein bestimmter Trend ab. Der Prozentsatz völlig gesunder Jungen, die von CHILD erfaßt wurden, hatte sich in den letzten zehn Jahren kontinuierlich vergrößert.

Es war Mittag geworden, als Sally Montgomery dem Computer die wichtigste Frage stellte.

Wenn man alle vorhandenen Daten berücksichtigte, war es dann so, daß die Auswahl der Kinder für das CHILD-Programm in den letzten zehn Jahren nach dem Zufallsprinzip erfolgt war? Oder hatte CHILD in dem fraglichen Zeitraum ein anderes Kriterium bei der Auswahl der Kinder angewendet?

Minuten vergingen, während der Computer die Informationen der Datenbänke abtastete. Schließlich erschien eine grüne Leuchtschrift auf dem Sichtschirm vor Sally.

VORHANDENE DATEN UNGENÜGEND

Sally hatte Tränen in den Augen, als sie die bedruckten Bögen zusammenpackte. Wenig später verließ sie das Büro.

Alles war umsonst gewesen. Und doch spürte sie, daß der Computer nicht recht haben konnte. Erst nach einer Weile legte sich ihr Zorn. Die Suche war nicht völlig hoffnungslos. Genaugenommen hatte der Computer nicht das Zufallsprinzip bestätigt. Er hatte eine ausweichende Antwort gegeben. Die eingespeicherten Daten genügten nicht, um die Frage zu beantworten. Was auch daran liegen konnte, daß die Frage falsch gestellt war.

Das war das Problem bei einem Computer. Er war kühl und sachlich. Objektiv. Zu objektiv, wie Sally fand.

Was CHILD anging, so konnte man das Institut wirklich nicht ›objektiv‹ nennen, davon war Sally überzeugt. Das CHILD-Programm war Tarnung für irgend etwas anderes. Aber für was? Und wie ließ sich der Vorwurf beweisen?

Sie wußte es nicht.

Ein Haus mit dunklen Zimmern. Hinter jeder Tür, die sich auftat, konnte der Tod lauern.

16

Steve Montgomery stand unter dem Vordach und dachte nach. War es richtig, daß er mit seinen Problemen zu seiner Schwiegermutter ging? Konnte Phyllis Paine ihm helfen? Die Idee, mit der Mutter über die Tochter zu sprechen, war ganz allmählich gekommen. Zuerst hatte Steve den Gedanken noch sehr abwegig gefunden. Heute früh allerdings hatte er eine Kehrtwendung vollzogen. Mit wem konnte man über Sally reden, wenn nicht mit ihrer Mutter?

Er drückte auf den Knopf. Drinnen ertönte ein wohlklingendes Glockenzeichen. Er wartete nicht. Er drückte noch einmal auf den Knopf. Als er schon wieder fortgehen wollte, schwang plötzlich die Tür auf. Phyllis erschien im Türrahmen. Sie sah alt und leidend aus.

»Steve!« Sie trat zur Seite, um ihn vorbeizulassen. »Hast du Sally nicht mitgebracht?«

»Nein.« Er verzichtete darauf, das zu begründen.

»Komm rein.« Sie räusperte sich. »Ich muß fürchterlich aussehen. Ich habe eine schlimme Nacht hinter mir.«

Er war im Flur stehen geblieben. »Vielleicht komme ich besser ein anderes Mal, wenn es dir bessergeht.«

»Nein, nein.« Sie ließ die Tür ins Schloß fallen und führte ihn ins Wohnzimmer.

»Weißt du, ich habe gerade etwas weggeworfen.«

»Etwas weggeworfen?«

»Ich habe ein paar Kleidchen weggeworfen, die ich für Julie nähen wollte. Ich hatte die Sachen schon zugeschnitten, verstehst du? Und jede Nacht bin ich aufgewacht und habe mir Vorwürfe gemacht, daß ich die Kleidchen nicht rechtzeitig fertiggenäht habe.« Sie verzog den Mund zu einem traurigen Lächeln. »Du kennst mich ja, wie ich bin. Wenn ich etwas anfange, muß ich es fertig machen. Na ja, jedenfalls bin ich Nacht für Nacht aufgestanden und ins Nähzimmer gegangen. Heute Nacht habe ich es dann mit der Wut bekommen. Ich habe mich hingesetzt und die Kleidchen fertiggenäht. Erst als sie fertig waren, ist mir so recht klargeworden, wie sinnlos das alles ist. Und da habe ich die Kleidchen genommen und in den Müll geworfen.«

In ihren Augen zeichnete sich eine Unsicherheit ab, die Steve noch nie bei ihr beobachtet hatte. »Ich weiß, daß dich das schockieren muß«, flüsterte sie. »Man wirft so etwas nicht fort. Es war wie ein Zwang. Ich konnte an nichts anderes mehr denken. Eine Symbolhandlung wahrscheinlich. Ich wollte endlich einen Schlußstrich ziehen. Mich mit dem Tod meiner Enkeltochter abfinden.« Sie sah auf. »Aber deshalb bist du ja nicht hergekommen.« Der Blick wurde scharf und prüfend, so wie Steve seine Schwiegermutter kannte. »Du kommst wegen Sally, nicht wahr?«

Er rutschte ungemütlich auf seinem Stuhl hin und her. Schließlich nickte er.

»Es sieht nicht sehr gut aus, wie? Ich meine, selbst wenn man die besonderen Umstände berücksichtigt, müßte Sally sich gefangen haben. Bist du deswegen gekommen?«

»Ja«, sagte Steve. »Ich weiß einfach nicht mehr, was ich machen soll.«

Ihre Brauen zuckten. »Ist etwas Besonderes passiert?«

»Dr. Wiseman hat mich angerufen, letzten Freitag. Er macht sich Sorgen wegen Sally. Sie will nicht akzeptieren, daß die Kleine an SIDS starb. Sie ist von der Idee besessen, daß jemand das Kind umgebracht hat. Eine Verschwörung, etwas in der Richtung.«

»Ich verstehe«, sagte Phyllis Paine. »Und was ist *deine* Meinung?«

»Ich bin unentschlossen. Aber die Sache spitzt sich zu. Sally hat sich am vergangenen Wochenende in ihrem Büro eingeschlossen. Sie wollte mir nicht sagen, an was sie arbeitet. Aber ich bin sicher, daß es in irgendeiner Weise mit Julie zu tun hat. Sally hat übrigens mit Lucy Corliss gesprochen.«

»Lucy Corliss? Ach ja, jetzt fällt es mir ein. Die Mutter des vermißten Jungen. Wie heißt der Kleine noch?«

»Randy. Der Junge war mit Jason befreundet. Aber das war nicht das Thema des Gesprächs, das Sally mit Randys Mutter geführt hat. Wie es scheint, ging es um ein medizinisches Institut in Boston. Ein Forschungsinstitut. Sally sagt, Jason, Randy und Julie sind in der Datenbank dieses Instituts gespeichert.«

Phyllis Paine blickte skeptisch drein. »Was ist daran so ungewöhnlich? Fast alle Bürger sind irgendwo gespeichert. Die eine Hälfte der Nation betrachtet die andere auf dem Sichtschirm. Na und?« Ihre Augen verengten sich zu Schlitzen. »Ich ahne, warum du zu mir kommst, Steve. Sally hat eine Art Verschwörungstheorie aufgebaut. Habe ich recht?«

»Na ja, was mich angeht, ich wollte ja nicht...«

»Ob sie eine Verschwörung annimmt, ja oder nein?«

»Ja«, sagte Steve und ließ die Schultern sinken.

Phyllis Paine schüttelte traurig den Kopf. »Hast du schon mit Dr. Wiseman darüber gesprochen?«

»Über die Verschwörungstheorie? Nein. Ich wollte zuerst mit dir sprechen. Ich befürchte, Dr. Wiseman würde Sally zur heillosen Neurotikerin erklären, wenn ich ihm das erzähle.« Er seufzte. »Oh, Phyllis. Mir kommt das alles vor wie ein Alptraum. Ich kann gar nicht glauben, daß wir beide uns darüber unterhalten, ob Sally verrückt geworden ist oder nicht.«

»Und doch ist es so«, erwiderte Phyllis. »Aber was können wir tun? Meinst du, ich soll einmal mit Dr. Wiseman darüber sprechen?«

»Würdest du das tun?«

Phyllis Paine entfuhr ein Seufzer. »Ich muß es wohl. Muß mich bei dem alten Herrn entschuldigen, verstehst du. Ich habe ihn bei Julies Beerdigung heftig angefahren, und das hat er nicht verdient. Ich werde heute nachmittag zu ihm fahren und mit ihm reden.«

»Ich wäre dir sehr dankbar«, sagte Steve. »Ich weiß, wie unangenehm es dir ist, in diese Dinge...«

Phyllils Paine brachte ihren Schwiegersohn mit einer Handbewegung zum Schweigen. »Red' keinen Unsinn. Es stimmt schon, ich mische mich normalerweise nicht ein. Aber ich bin und bleibe Sallys Mutter. Natürlich mache ich mir Sorgen um sie, auch wenn ich das nicht so zeige.« Sie musterte ihn neugierig. »Und du? Was ist mit dir? Du siehst ja nicht gerade wie das blühende Leben aus.«

»Es geht so. Ich versuche den Kopf oben zu behalten.«

»Es wird schon wieder werden«, sagte Phyllis Paine. Sie stand auf, um ihren Schwiegersohn zur Haustür zu geleiten. »Du bist der Mann in der Familie, Steve, vergiß das nicht. Sally braucht jetzt deine Hilfe. Sie ist...« Ihre Stimme brach. Sie sprach im Flüsterton weiter. »Sally ist nicht so gesund, wie sie tut. Sie leidet unter gewissen Gefühlsschwankungen. Sie steht unter einer starken nervlichen Anspannung, immer schon. Wenn dann noch besondere Umstände hinzukommen wie jetzt...« Sie schüttelte den Kopf.

Als Steve das Haus verließ, hatte er das Gefühl, Mitwisser eines strenggehüteten Geheimnisses zu sein.

»Möchten Sie noch etwas Kaffee?« fragte Sally ihren Gast.

Lucy Corliss lehnte ab. »Was ich jetzt am liebsten trinken würde, wäre ein Glas Whisky, pur. Aber ich habe mir vorgenommen, so früh am Tage noch keinen Alkohol zu trinken.« Es war zwanzig nach drei. Seit zwei Stunden saßen sie in Sallys Küche und unterhielten sich. Sally ließ ihre Fingerspitzen über den Stapel mit Computerschreibungen wandern, der auf dem Küchentisch lag. »Man kann also noch nichts Abschließendes sagen. Wir müssen warten, ob wir nicht einen weiteren Schlüssel in die Hand bekommen.« Zuvor hatte sie Lucy Corliss die Bedeutung der Daten erklärt.

»Das ganze bleibt vorläufig ein Verdacht«, stellte Lucy fest. »Wir vermuten, daß dieses CHILD-Institut mit dunklen Machenschaften befaßt ist, aber wir können's nicht beweisen. Was diesen Randolph angeht, so mache ich mir wenig Hoffnungen. Er hat mir zwar einen Bericht versprochen, aber ich weiß jetzt schon, wie dieser Bericht aussehen wird. Frisiert und ohne alle relevanten Daten. Als ich vor ihm saß, hätte ich ihm am liebsten ins Gesicht geschlagen. Einer von diesen aalglatten Hurensöhnen.«

»Aber er hat sich doch verpflichtet, Ihnen diesen Bericht zu fertigen.«

»Er wird es schon so einrichten, daß die Wahrheit im dunklen bleibt, verlassen Sie sich darauf. Wenn das Institut wirklich mit offenen Karten spielte, dann hätte man uns nicht verheimlicht, daß die Daten der Kinder gespeichert werden. Dieser Randolph hat behauptet, wir seien informiert worden. Aber das stimmt nicht. Ich gehöre zu den Leuten, die alles aufbewahren. Ich habe heute noch die Quittungen von der Wäscherei, wo ich Randys Windeln waschen ließ. Das Papier ist vergilbt, und ich weiß, daß ich diese Zettel nie mehr brauchen werde, aber ich bewahre sie auf. Ich habe alles genau durchgesehen. Wirklich alles. Zu keinem Zeitpunkt habe ich eine Mitteilung der Schule, des Krankenhauses oder einer anderen Stelle erhalten, wo ich um Erlaubnis gebeten wurde, die Daten meines Sohnes zur Speicherung bei einem medizinischen Institut freizugeben. Nichts, keine Spur. Und wissen Sie was, Sally? Je länger ich darüber nachdenke, um so wütender werde ich. Ganz egal, ob CHILD etwas mit Randys Verschwinden zu tun hat, es ist einfach beängstigend, sich vorzustellen, daß wildfremde Menschen einen mit Hilfe der gespeicherten Daten wie unter einem Mikroskop betrachten können. Ich meine, wenn Randy, Jason und Julie erfaßt werden konnten, ohne daß irgend jemand davon erfuhr, dann kann das gleiche auch uns passieren, Ihnen und mir. Wir werden alle beobachtet. Es ist, als ob man nackt auf einem Tisch liegt. Hinter einem

Einwegspiegel stehen die Fremden, die Auftraggeber der Studie, und betrachten dich. Ekelerregend!«

»So ist das Leben heute nun einmal«, sagte Sally. »Wir müssen uns damit abfinden. Was mich nur ärgert, ist, daß ich die ganze Arbeit umsonst gemacht habe.« Sie deutete auf den Papierstapel.

Plötzlich hatte Lucy eine Idee. »Würden Sie mir die Bögen überlassen?« bat sie.

»Und dann?«

»Ich will sie jemandem zeigen.« Sally wollte noch eine Frage stellen, aber Lucy legte ihr den Zeigefinger auf die Lippen. »Vertrauen Sie mir, bitte!«

Die Tür ging auf, Jason kam hereingerannt. »Tag, Mutti«, sagte er. »Ich habe...« Er hatte Lucy Corliss bemerkt. »Guten Tag, Mrs. Corliss.« Er musterte die beiden Frauen mit unverhohlener Neugier. »Ist Randy zurückgekommen?« fragte er hoffnungsvoll.

Lucy kämpfte mit den Tränen. »Leider noch nicht«, sagte sie leise und zwang sich zu einem Lächeln. »Aber ich bin sicher, er wird bald wieder in unserer Mitte sein. Vermißt du deinen Spielkameraden sehr?«

Jason nickte feierlich. »Er ist mein bester Freund. Ich hoffe, es ist ihm nichts passiert.«

Lucy stand auf. Sie ergriff den Stapel mit den Computerschreibungen und ging zur Tür. »Ich bringe sie Ihnen vollständig zurück, Sally«, versprach sie. Noch bevor Sally oder ihr Sohn Jason etwas sagen konnten, war sie verschwunden. Sally, die immer noch am Küchentisch saß, hob die Arme.

»Komm zu mir«, sagte sie und lächelte ihrem Sohn zu. Er kam in ihre Arme. Sie drückte ihn und küßte ihn. »Ich hab' dich so lieb«, flüsterte sie.

Er machte sich von ihr frei. »So lieb, daß du mir Karamelbonbons kochen würdest?«

Sie mußte lachen. »Aber sicher«, sagte sie. »Das ist überhaupt die beste Idee, die mir heute untergekommen ist.«

Er sah zu, wie seine Mutter Zucker, Schokolade, Milch und eine Prise Salz in die Pfanne gab. Sie stellte die Pfanne auf den Herd und schaltete die Kochplatte ein.

»Ich werde das Bonbonthermometer prüfen, ob es noch funktioniert«, bot er an.

»Wenn du meinst... Aber es hat immer funktioniert.«

»In meinem Chemiebuch steht, man muß die Geräte immer erst prüfen, bevor man sie verwendet.«

»Das gilt für Experimente, aber nicht für Bonbonkochen.«

Jason indes wollte es wissen. Er nahm einen leeren Topf, ließ kaltes Wasser hineinlaufen und legte das Bonbonthermometer in das Wasser. Dann stellte er den Topf auf eine freie Kochstelle. Er schaltete die Platte ein. Dann ging er zum Kühlschrank und holte sich eine Flasche Cola heraus.

Sally schüttelte mißbilligend den Kopf. »Wenn du jetzt eine Cola trinkst, laß ich dich nicht die Pfanne auslecken.«

Jason warf einen sehnsüchtigen Blick auf die Pfanne, von der die ersten Düfte hochstiegen. Dann blickte er auf die Colaflasche in seiner Hand. »Bitte, Mutti«, bettelte er.

»Du kannst wählen, entweder Karamelbonbons oder Cola.«

Widerstrebend stellte er die Flasche in den Kühlschrank zurück. »Wenn Daddy jetzt hier wäre, er hätte mir die Flasche Cola sicher erlaubt«, nörgelte er. Als das Wasser im Topf zu sieden begann, kletterte er auf einen Stuhl, um das Thermometer zu beobachten.

Es war auf 200° Fahrenheit angestiegen. Jason warf einen Blick auf die Bonbonpfanne. Der Zucker war geschmolzen.

Sally war zur Spüle gegangen. Sie blickte über ihre Schulter und lächelte über die Inbrunst, mit der Jason das Thermometer beobachtete.

»Wenn die rote Säule bei 212 stehenbleibt, dann ist es in Ordnung«, sagte sie. »Dann brauchst du es nur in die Bonbonpfanne zu legen. Aber du darfst die Masse nicht umrühren.«

»Ich weiß«, sagte Jason. »Das weiß doch jedes Kind. Wenn man den flüssigen Zucker umrührt, dann kristallisiert er.«

»Du tust so, als hättest du das Geheimnis von deinen Freunden erfahren«, frotzelte seine Mutter. »Dabei habe ich es dir beigebracht.« Sie nahm ein paar Walnüsse aus der Tüte, legte sie auf ein Holzbrett und zerkleinerte sie. Jason hatte das Thermometer aus dem kochenden Wasser gezogen und legte es in die Bonbonpfanne. »Und jetzt achte darauf, daß das Thermometer nicht über 234° Fahrenheit steigt«, sagte Sally.

Er schien ihr gar nicht zuzuhören. Er starrte auf die Quecksilbersäule, die gerade 230° passiert hatte. Als das Thermometer 234° erreichte, ergriff er den Pfannenstiel und angelte mit dem Fuß nach der kleinen Trittleiter.

Sie war nicht da, wo er sie vermutete.

Er geriet ins Schwanken, versuchte, die Pfanne auf die Kochplatte zurückzustellen, aber es war zu spät. Er fiel zu Boden und riß die Pfanne mit der siedenden Zuckerlösung mit sich. Sein Schrei hallte durch die Küche. Sally fuhr herum. Sie sah eben noch, wie sich die brodelnde Flüssigkeit über Jasons Arm ergoß.

Sally ließ das Messer fallen. In Bruchteilen von Sekunden kniete sie vor Jason, riß ihn hoch, ließ ihm kaltes Wasser über die verbrühte Stelle rinnen.

Der Karamelguß wurde fortgespült. Blasen erschienen, wo die brodelnde Flüssigkeit die Haut versengt hatte.

Jason war merkwürdig still. Er starrte auf seinen Arm. »Es tut nicht weh«, sagte er. »Warum nicht, Mutti?«

Sally hatte ihren Wagenschlüssel ergriffen, der noch auf dem Küchentisch lag. Sie ergriff Jason am Arm und zog ihn zur Tür hinaus. Sekunden später saßen sie im Wagen. Sally hatte den Weg zum Krankenhaus eingeschlagen.

Beim letzten Mal hatte sie sich zuviel Zeit gelassen. Julie war gestorben.

Jason war das einzige Kind, das ihr geblieben war. Sie würde kein Risiko eingehen. Sie hatte die verbrühte Stelle mit einem Küchentuch verbunden. Mit quietschenden Reifen bog sie auf die Hauptstraße ein, an deren Ende das Krankenhaus lag.

Die Unterredung hatte fast eine Stunde gedauert. Dr. Wiseman begleitete Phyllis Paine zu ihrem Wagen. Zu einem Entschluß, was Sally Montgomery anbetraf, war man nicht gekommen. Phyllis Paine hatte dem Arzt versprochen, in den nächsten Wochen ein wachsames Auge auf ihre Tochter zu haben. Danach würde man weitersehen. Sie kamen gerade an der Ambulanz vorbei, als Phyllis Paine die Stimme ihrer Tochter hörte.

»Aber ich habe die Verletzung mit eigenen Augen gesehen, Dr. Malone. Es waren Brandblasen, groß wie ein Dollarstück. Und nun behaupten Sie, er hat keinerlei Verletzungen erlitten. Er hat sich verbrannt! Ist das denn so schwer zu verstehen?«

Phyllis Paine stieß die Tür auf. »Wer ist verletzt?« fragte sie.

Sally fuhr herum. Erstaunt erkannte sie ihre Mutter.

»Wer ist verletzt?« wiederholte Phyllis Paine ihre Frage.

»Mutter, was tust du denn hier?«

»Das ist jetzt nicht wichtig«, gab Phyllis Paine zurück. »Ist Jason etwas passiert?«

Sally nickte, die Tränen standen ihr in den Augen. »Wir haben Karamelbonbons zubereiten wollen, aus Zucker und Milch. Jason ist auf einen Stuhl geklettert. Dann ist er ausgerutscht und...« Sie hatte zu schluchzen begonnen. »Es war furchtbar, Mutter. Es ist meine Schuld. Ich hätte besser aufpassen müssen.«

»Unsinn, du machst dir unnötig Vorwürfe.« Phyllis Paine hatte den Arm um ihre Tochter gelegt und tröstete sie, so gut es ging. Dr. Malone war neben die beiden Frauen getreten. Er machte ein ratloses Gesicht. »Wie sieht's denn aus, Dr. Malone?« erkundigte sich Phyllis Paine.

Der Arzt zuckte die Schultern. »Nichts von Belang, Mrs. Paine. Genau gesagt, ich habe überhaupt keine Verletzung feststellen können.«

Phyllis Paine sah ihn mißtrauisch an. »Nun einmal langsam, junger Mann. Meine Tochter sagt, der Junge hat sich verbrüht. So etwas heilt schließlich nicht in fünf Minuten. Wo ist der Junge denn?«

Dr. Malone deutete auf den in halber Höhe verglasten Nebenraum. Phyllis Paine führte ihre Tochter zu einem Stuhl. Dann ließ sie sich von Dr. Malone in den Nebenraum geleiten. Sie fand Jason vor, der halb entkleidet auf einer Untersuchungsliege saß und mit den Beinen baumelte.

»Tag, Großmutter«, begrüßte er sie. »Willst du meinen Arm sehen?«

Er streckte ihr seinen rechten Arm entgegen. Phyllis inspizierte die Haut. »Ich sehe keine Brandblasen«, verkündete sie.

»Es hat auch gar nicht wehgetan«, sagte Jason stolz. »Und dabei war die Karamelsauce fürchterlich heiß. Zweihundertvierunddreißig Grad Fahrenheit. Bei dieser Temperatur braucht man die Sauce nur in kaltes Wasser zu kippen, und schon hat man...«

»Ich weiß, was man mit Karamelsauce bei zweihundertvierunddreißig Grad macht«, unterbrach ihn Phyllis Paine. »Vor allem weiß ich, was mit der Haut eines Menschen passiert, wenn man kochende Sauce darübergießt.« Sie ließ den Arm des Jungen sinken und kehrte in den Vorraum zurück. Sally sah ihr angstvoll entgegen. Ihre Mutter kniff beruhigend die Augen zusammen. »Es ist nichts, Sally. Wirklich nichts.«

Sally starrte sie verständnislos an. »Ich habe die Brandblasen aber selbst gesehen«, flüsterte sie. »Der Arm war über und über mit Blasen bedeckt.«

Dr. Malone warf Phyllis Paine einen Blick zu. Sie verstand. »Es hat hier wohl eine Verwechslung gegeben«, erklärte sie. »Wie es scheint, hat mein Enkelsohn das Kochthermometer falsch abgelesen. Es zeigte wahrscheinlich nicht zweihundertvierunddreißig Grad Fahrenheit, sondern nur einhundertvierunddreißig.«

»Egal, was das Thermometer gezeigt hat«, sagte Sally zu ihrer Mutter gewandt, »die Masse hat gekocht und Jason hat sich damit verbrüht.« Sie stand auf und eilte ins Behandlungszimmer. Sie kam mit Jason zurück. »Was sollen wir tun, Dr. Malone?« fragte sie. »Soll der Junge sicherheitshalber hierbleiben?«

»Das wird nicht nötig sein, Mrs. Montgomery. Sie haben die Schwere der Verletzung in der ersten Aufregung wahrscheinlich überschätzt.«

»Natürlich war ich aufgeregt«, sagte Sally wütend. »Jede Mutter ist aufgeregt, wenn sich ihr Kind gerade verbrüht hat. Ich lasse mir das nicht ausreden. Ich habe die Brandblasen gesehen. Und nun beantworten Sie mir bitte meine Frage. Soll ich Jason sicherheitshalber hierlassen? Und sollten Sie ihn nicht wenigstens verbinden?«

»Weder noch.«

»Danke, das genügt«, sagte sie eisig. Sie wandte sich zu ihrer Mutter und erstarrte. Sie hatte das stillschweigende Einvernehmen bemerkt, das zwischen Dr. Wiseman und ihrer Mutter herrschte. Man hatte sie einem mysteriösen Test unterworfen. Sie hatte den Test nicht bestanden.

Sally sah, wie Dr. Wiseman ihrer Mutter die Hand gab. »Auf Wiedersehn, Mrs. Paine. Wenn Sie mich brauchen, rufen Sie mich an. Es bleibt doch bei unserem Abendessen am Mittwoch, oder?«

»Gewiß doch, Dr. Wiseman«, sagte Phyllis Paine. Sie sah ihrer Tochter in die Augen. »Fahren wir, Sally. Ich werde hinter euch beiden herfahren. Ich helfe dir, zu Hause die Küche sauberzumachen.«

»Das ist nicht nötig, Mutter.« Ihre Stimme klang kalt und abweisend. Phyllis Paine tat, als ob sie die Beleidigung nicht bemerkt hätte.

»Keine Widerrede. Wozu hat man eine Mutter, wenn sie einem nicht hilft?« Sie geleitete ihre Tochter und ihren Enkelsohn zum Wagen. Bevor sie sich zu ihrem eigenen Wagen begab, blickte sie sich um. Dr. Wiseman stand auf der obersten Stufe der Eingangstreppe. Er schaute besorgt drein. Und Phyllis Paine wußte, warum.

Sergeant Bronski betrachtete den Stapel bedruckter Blätter, den

Lucy auf seinen Tisch gelegt hatte. Er zuckte resigniert die Schulter. »Es tut mir leid, Mrs. Corliss, aber ich kann Ihnen leider nicht folgen.«

Lucy wiederholte, was sie gesagt hatte. Sie erklärte die Bedeutung der Zahlenkolonnen. Der Sergeant hörte ihr aufmerksam zu. Als sie fertig war, schüttelte er den Kopf.

»Es läuft darauf hinaus, daß Sie eigentlich nichts Konkretes wissen«, sagte er. »Sie selbst geben zu, daß die Computerschreibung keinen Anhaltspunkt für eine Strafverfolgung bietet.«

»Aber sie beweist, daß dieses CHILD-Institut seine Ziele mit unlauteren Mitteln verfolgt«, beharrte Lucy. »Ich kann das nicht konkretisieren, aber es geht bei dieser Organisation nicht mit rechten Dingen zu.«

Sergeant Bronski wischte sich den Schweiß von der Stirn. Seit zwei Stunden ging das jetzt so. Er verstand recht gut, was Lucy Corliss gegen CHILD aufbrachte. Unklar blieb, was er, Sergeant Bronski, dagegen unternehmen konnte. »Sie wollen mir nicht einmal sagen, woher die Schreibung stammt. Sie können weiter nicht erklären, wem durch die Übermittlung der Daten ein Schaden entstanden sein soll. Was erwarten Sie sich denn, was ich in dieser Situation unternehmen soll?«

»Ich möchte, daß Sie CHILD unter die Lupe nehmen, Sergeant. Ich möchte, daß Sie herausfinden, was dieses Institut mit den Daten meines verschwundenen Sohnes vorhatte.«

»Da gibt es nichts zu untersuchen, Mrs. Corliss. Die Computerschreibungen, die Sie mir da vorgelegt haben, stellen kein Beweismittel dar. Gegen eine Organisation von der Größe und Bedeutung von CHILD kann ich damit nichts unternehmen.«

Ein langes Schweigen folgte. Lucy war in sich zusammengesunken. »Also gut«, sagte sie. »Was halten Sie von folgendem Vorschlag: Ich bringe die – die Person, von der die Computerlisten stammen, mit Ihnen zusammen. Sie wird Ihnen erklären, wie sie an die Daten herangekommen ist und was sie bedeuten.«

Eine Frau also. *Sie.* Es war eine Frau gewesen, die Lucy Corliss mit den mysteriösen Daten versorgt hatte. Aber wer war diese Frau? Eine hysterische Mutter, wie Lucy Corliss? »Einverstanden«, sagte er schließlich. »Bringen Sie mich mit dieser Person zusammen. Je nachdem, was ich erfahre, werde ich das Nötige veranlassen. Oder aber die Sache wird im Sand verlaufen.«

Lucy Corliss schichtete die Computerblätter zu einem ordentlichen Stapel, klemmte sich das Paket unter den Arm und verließ das Eastbury Police Department. Zurück blieb ein nachdenklicher Sergeant Bronski. Er erinnerte sich recht gut an Randy, den Sohn der Frau, mit der er eben gesprochen hatte. Er hatte mit niemandem darüber gesprochen, aber er hatte so seine Zweifel, ob dieser Junge imstande gewesen wäre, von zu Hause wegzulaufen.

Ein Rätsel also. Vielleicht würde das Gespräch mit der Kontaktperson, die Mrs. Corliss erwähnt hatte, Aufklärung bringen.

17

Randy Corliss war in einen kleinen Raum am Ende des Korridors gelegt worden. Sein Atem ging ruhig. Die Instrumente, die mit Kabeln und Schläuchen mit seinem Körper verbunden waren, zeigten normale Werte an. Der Junge schlief. Man hatte ihm die Arme langgestreckt. Der Handrücken beider Hände war mit Heftpflastern bedeckt. Ein Mann im weißen Kittel stand über Randy gebeugt.

Der Junge zuckte mit den Augenlidern. Dann schlug er die Augen auf.

Unsicher ließ er seine Blicke durch den kleinen Raum schweifen. Die Decke. Die Risse und Linien in der Decke waren anders als jene Muster, an die er sich aus seinem Zimmer erinnerte.

Was war geschehen? Er hatte mit seinen Kameraden gespielt. Draußen, im Gelände. Die Jungen hatten ihn überwältigt. Er hatte große Angst gehabt.

Er hatte versucht zu fliehen. Dann waren sie über ihm gewesen, hatten ihn am Armen und Beinen gepackt. Und dann?

Das Muster des Maschendrahts erschien vor seinen Augen. Der Zaun. Richtig. Die anderen hatten ihn wie einen Sack genommen und gegen den Maschendraht geworfen. Es war ein Gefühl gewesen, als würde seine Haut von einer Weihnachtskerze versengt. Und dann...

Die Erinnerung verblaßte. Leere, Schwärze, das Nichts.

Ein Gesicht erschien über ihm, kam näher, verzog sich zu einem Lächeln. Er erkannte Dr. Hamlin.

»Wie geht es uns?« hörte er Dr. Hamlin sagen.

»Wo bin ich?« fragte Randy. Er haßte es, wenn jemand im ›Wir‹-Ton mit ihm sprach.

»Du hast einen kleinen Unfall erlitten«, erklärte Dr. Hamlin. »Jemand muß vergessen haben, die elektrische Spannung am Zaun abzustellen. Du bist wohl an den Maschendraht gekommen. Aber du brauchst dir keine Sorgen zu machen. Du bist schon wieder ganz gesund. Dir ist nichts passiert.« Er streckte die Hand nach ihm aus. Randy zuckte zurück. In seiner Erinnerung erschien das Skalpell, das Dr. Hamlin in der Hand gehalten hatte, als er Peter Williams das Gehirn herausoperierte.

»Was werden Sie mit mir machen?« fragte er ängstlich.

»Wie meinst du das? Niemand wird etwas mit dir machen.«

Randy dachte nach. Es gab etwas in diesem kleinen weißen Raum, was ihm Angst einflößte. Sein Blick fiel auf die tickenden, summenden Meßgeräte. Dann sah er, daß seine Hände mit Pflastern überklebt waren. »Was ist mit meinen Händen?« fragte er. »Bin ich verletzt?« Auf Dr. Hamlins Zügen erschien ein breites Grinsen. »Nun, wir sollten uns das am besten einmal ansehen«, schlug er vor. »Ich bin selbst neugierig, wie deine Hände ausschauen.« Er zog sich einen Stuhl heran und setzte sich neben das Bett. Dann löste er die Pflaster von Randys Händen.

Die Haut, die darunter zum Vorschein kam, war gesund und unversehrt. Die schweren Verbrennungen, mit denen Randy vor wenigen Stunden eingeliefert worden war, schienen verschwunden.

Als man ihm den bewußtlosen Jungen in die Ambulanz geschafft hatte, war er versucht gewesen, die Verbrennungen mit chirurgischen Eingriffen und Transplantationen von Hautpartien anderer Körperbereiche zu behandeln. Schließlich stand der Umgebungszaun des Internats unter einer elektrischen Spannung von 240 Volt. Die Verletzungen waren möglicherweise lebensgefährlich. Dann jedoch hatten die Instrumente angezeigt, daß sich der Gesamtzustand des Jungen normalisierte. Die Verbrennungen hatten zu heilen begonnen. Und das mit einer Geschwindigkeit, die in der Geschichte der Medizin ohne Beispiel war.

Der Erfolg, so schien es Dr. Hamlin, war in greifbarer Nähe. Endlich würde er die Früchte seiner Arbeit ernten. Er beschloß, die Operation aufzuschieben und die weitere Entwicklung bei Randy Corliss zu beobachten.

Er hatte mehrere Stunden am Bett des Jungen zugebracht, hatte die Meßgeräte abgelesen, die mit dem Körper des kleinen Patienten verbunden waren. Wunderbarerweise hatte sich der Puls normalisiert. Auch die Atmung ging normal.

Die Gehirnwellen, die mittels eines Elektroencephalographen aufgezeichnet wurden, zeigten ein normales Muster.

Und inzwischen war klar, daß sogar die Verbrennungen bereits verheilt waren. Es gab nicht einmal Narben. Nichts, was an den Unfall erinnerte.

Randy Corliss, der Todeskandidat, lag ruhig atmend, stark, gesund und widerstandsfähig in seinem Bett.

Der Junge hatte sich aufgerichtet. Er sah den Mann im weißen Kittel unsicher an.

»Kann ich jetzt auf mein Zimmer gehen?«

Dr. Hamlin legte den Kopf auf die Seite und dachte nach. Wieder das väterliche Schmunzeln. »Warum eigentlich nicht?«, sagte er leutselig. »Ich glaube, du bist so gesund wie ich.« Er legte ihm die Hand auf die Schulter. »Du hast großes Glück gehabt, weißt du das?«

»Das finde ich gar nicht«, entgegnete Randy. »Ich habe einen Unfall gehabt. Nennen Sie das Glück?« Mißtrauen klang in seiner Stimme mit. Dr. Hamlin war verunsichert. Wieso freute sich der Junge nicht, daß er den Unfall so gut überstanden hatte? Es war schwierig, die Gedankengänge eines Kindes zu verstehen. »Ganz recht«, lenkte er ein. »Du hast einen Unfall gehabt. Aber du hast auch Glück gehabt. Du bist sofort in die Ambulanz eingeliefert worden, so daß wir dich behandeln konnten. Wenn wir Ärzte nicht dagewesen wären, ich fürchte, du wärst jetzt nicht mehr am Leben.«

Randy sah ihn aus großen Augen an. »Ich muß sowieso bald sterben, nicht?« sagte er ernst.

Ein Schatten senkte sich auf Dr. Hamlins Züge. »Wie kommst du denn darauf?«

»Das haben mir die anderen Jungen gesagt. Sie sagen, die Schüler sind immer nur ein paar Monate in diesem Internat. Dann verschwinden sie. Sie werden abgeholt und sterben. Die Jungen haben mir auch gesagt, man darf nicht darüber sprechen. Stimmt das?«

Dr. Hamlin schwieg. Das war das Problem mit kleinen Jungen. Wenn man ihnen sagte, sie sollten über einen bestimmten Sachverhalt nicht sprechen, dann war dies das sicherste Mittel, die Angelegenheit an die große Glocke zu hängen. Es würde nicht leicht sein, Randys Frage zu beantworten. Vor allem aus einem Grund. Die Vermutung des Jungen beruhte auf einer Tatsache. Die Schüler starben. Bisher hatte nicht ein einziger Schüler das Internat lebend verlassen. Aber konnte er das dem kleinen Patienten gegenüber eingestehen? Auf keinen Fall. Er streckte die Hand aus und begann Randys Arme zu streicheln.

Er stand auf, verließ den Raum und kehrte wenig später mit einem metallenen Kästchen zurück, von dem zwei Kabel herunterhingen. Die Kabel endeten in zwei Metallgriffen.

Voller Angst sah Randy zu, wie der Arzt das Gerät mit dem Starkstromstecker in der Wand verband. »Was ist das?«

»Das ist ein Rheostat«, erklärte Dr. Hamlin. Er war bemüht, nichts von der Besorgnis spüren zu lassen, die er empfand. Das Experiment war lebensgefährlich. Wenn man von den Erfahrungen der klassischen Medizin ausging, war es glatter Mord. »Ich möchte nur einen kleinen Test mit dir anstellen, Randy«, erklärte er leichthin. »Ich möchte sichergehen, daß du völlig gesund bist. Wenn wir mit dem Test fertig sind, kannst du auf dein Zimmer gehen.«

»Was für ein Test?«

Dr. Hamlin zögerte mit der Antwort. »Ich möchte deine Empfindlichkeit gegenüber gewissen äußeren Reizen testen«, sagte er schließlich. »Du brauchst nur die beiden Metallgriffe in die Hand zu nehmen und mir zu sagen, was du fühlst.«

Mißtrauisch beäugte Randy das metallene Gerät. »Was ich fühle?«

Der Arzt nickte. »Ganz recht. Du sagst mir, ob du Kälte oder Hitze empfindest. Ob der Griff dir glatt oder rauh vorkommt. Was auch immer. Einverstanden?«

Randy fragte sich, was mit ihm geschehen würde, wenn er sich der Weisung des Arztes widersetzte. Würde man ihn auf dem Bett festbinden? Würde man seinen Kopf in ein Gestell schrauben, wie sie es mit Peter getan hatten? Das Risiko bestand. Es war wohl am besten, wenn er tat, was Dr. Hamlin von ihm verlangte. Er ergriff die Elektroden, die der Arzt ihm reichte.

Dr. Hamlin hatte das Kästchen auf einen Tisch gestellt. Sein Blick war auf die Skala an der Vorderseite gerichtet. Randy sah, wie er einen Hebel nach oben schob.

Randy spürte, wie der elektrische Strom seinen Körper durchfloß. Aber er spürte keinen Schmerz.

Als sie Spannung 200 Volt überschritt, weiteten sich die Pupillen des Jungen. »Es kitzelt«, sagte er.

Es kitzelt.

Die beiden Worte hallten in Dr. Hamlins Gehirn wie Donner wider. Es war der Triumph. Vor ein paar Stunden noch hatte der gleiche Junge eine ähnlich hohe elektrische Spannung als Schmerz empfunden. Er war ohnmächtig geworden. Das Herz, das Nervensystem und das Gehirn waren geschädigt worden.

Und jetzt empfand er die Spannung nur noch als Kitzeln.

Nicht nur, daß er binnen kürzester Zeit auf wunderbare Weise von seinen Verletzungen genesen war. Er war auch resistent gegen elektrischen Strom geworden.

Dr. Hamlin schob den Hebel auf volle Spannung.

Randy Corliss begann zu kichern.

Es funktioniert! Der Versuch hatte bestätigt, was Dr. Hamlin in langen Versuchsreihen errechnet hatte. Der Arzt schob den Hebel auf die Nullstellung zurück. Er kontrollierte die Geräte und überzeugte sich, daß Atmung, Herzschlag und die übrigen Körperfunktionen durch das Experiment nicht beeinträchtigt worden waren. Dann zog er den Stecker aus der Buchse, nahm Randy die Elektroden aus den Händen und legte ihm anerkennend die Hand auf die Schulter. »Du kannst jetzt auf dein Zimmer gehen«, sagte er. »Das Experiment ist beendet. Du bist völlig gesund.« Mit diesen Worten verließ er den Raum.

Randy blieb noch eine Weile auf der Bettkante sitzen. Was waren das für Experimente, die Dr. Hamlin mit ihm und den anderen Jungen veranstaltete? Der gesündeste Junge, der je hiergewesen ist. Was hatte das zu bedeuten? Er stand auf, zog sich an und ging auf den Flur hinaus. Langsam wanderte er an den geschlossenen Türen entlang. Vor einer weißgestrichenen Tür blieb er stehen. Er betätigte den Türknopf.

Ein Bett. In dem Bett lag ein Junge. Randy trat näher. Peter Williams.

Peters Atem war zu hören. Ein rasselndes Geräusch. Krank.

Immerhin. Peter war nicht tot. Er hatte die furchtbare Operation überlebt.

Perfekt, wirklich perfekt, hatte Dr. Hamlin gesagt. Meinte er damit, daß Jungen wir Peter und Randy unsterblich waren? Daß sie Verletzungen und Verstümmelungen überlebten, die bei allen anderen Menschen zum Tode führten?

Er verließ den Raum, zog die Tür hinter sich zu und lief den Korridor entlang. Er passierte die Doppeltür, die den Krankenflügel vom Schlafbereich trennte. Wenig später war er in seinem Zimmer. Ein perfektes Kind. Randy war gar nicht so sicher, daß er ein perfektes Kind sein wollte.

Der Preis war zu hoch. Man war wohl erst perfekt, wenn man zwischen Leben und Tod dahindämmerte. Wenn man ein Untoter war wie Peter Williams.

Dr. George Hamlin hatte seine Hornbrille abgenommen. Er massierte sich die schmerzende Nasenwurzel, an der sich zwei Druckstellen abzeichneten. Er würde die Nacht durcharbeiten. Er durfte keine Zeit verlieren.

Innerhalb weniger Stunden hatte sich alles dramatisch zugespitzt. Der Durchbruch.

Dann der Anruf aus Boston.

Was Randolph gesagt hatte, war in der Tat beunruhigend. Gewiß, es war nur logisch, daß irgendwann einmal eine Mutter nachbohrte, was eigentlich mit den medizinischen Daten ihres Kindes geschah. Wenn ein Kind verschwand, klammerten sich die Eltern an jeden Strohhalm. Aber war es Zufall, daß es sich bei der Mutter, die im CHILD-Institut auftauchte, ausgerechnet um Lucy Corliss handelte? Warum gerade heute? Warum pfuschte ihm die Mutter des Jungen dazwischen, der im Versuch die besten Ergebnisse gebracht hatte?

Er durfte sich von solchen Störversuchen nicht beeindrucken lassen. Die Lösung des Problems lag ganz einfach im Zeitfaktor. Er würde schneller arbeiten, die Versuche mit großer Energie vorantreiben müssen. Er beugte sich über seine Aufzeichnungen.

Als Ergebnis der jahrelangen Testreihen zeichnete sich ab, daß die Kombination der genetischen Enzyme für die gesundheitliche Verfassung eines Menschen entscheidend war. Verändern ließ sich die genetische Programmierung eines Menschen nur, wenn man die Struktur der Enzyme im unbefruchteten Ei beeinflußte. Die Vorgehensweise war einfach, in ausgedehnten Versuchsreihen hatte Dr. Hamlin das notwendige Instrumentarium entwickelt. Die Gen-Kette mußte unterbrochen und in veränderter Form wieder zusammengesetzt werden. An welcher Stelle der Einschnitt geschah, das zu ergründen, war nur im Experiment möglich gewesen. Im Experiment am lebenden Objekt. Versuch und Fehlschlag. Jawohl. Es hatte Fehlschläge gegeben. Eigentlich waren alle Kinder, die in die Versuchsreihe einbezogen wurden, gestorben.

Es waren Fehlschläge, die in keiner ärztlichen Statistik auftauchen würden. Es gab keine Todesurkunden, keine Ermittlungsverfahren. Und doch blieben es Fehlschläge.

Dr. Hamlin haßte Fehlschläge.

Er faltete den Laborbericht auf und überflog einmal mehr die ersten Zeilen. Dann die Graphiken. Ursache und Wirkung. Analysen. Experimente. Die Krankengeschichte der Kinder. CHILD. SIDS. Die Unvollkommenheit des menschlichen Materials.

Inzwischen stand fest, daß Randy Corliss den Schlüssel zur Lösung des Problems liefern würde. Dr. Hamlin schlug die Krankengeschichte des Jungen auf.

Die Intronen. Nach Ansicht der Wissenschaftler stellten die Intronen ein genetisches Abfallprodukt außerhalb der doppelspiraligen Gen-Kette dar. Elemente, die im Verlauf des Evolutionsprozesses entstanden waren. Da die Gesundheit des Menschen ausschließlich durch die Doppelspirale programmiert wurde, waren die Intronen überflüssig. Die Experimente hatten ergeben, daß keine Änderung entstand, wenn man sie entfernte.

Im Unterschied zu dieser Lehrmeinung war Dr. Hamlin zu der Erkenntnis gekommen, daß die Intronen so etwas wie ein genetisches Versuchslabor der Natur waren. Hier wurde das Gen-Alphabet in neuen Kombinationen zusammengesetzt. Die so entstandenen Verschlüsselungen blieben abrufbereit gespeichert. Nur wenn sich der Organismus nach der Geburt als lebensfähig erwies, wurde der genetische Code an den Körper weitergegeben. Die Intronen wurden zu Extronen. Nach ihnen formten sich die künftigen Generationen der Gene.

Es war Dr. Hamlin gelungen, die Intronen durch Einwirkung von außen zu aktivieren. Er hatte gelernt, wie man ihre Funktionen beeinflussen, behindern oder fördern konnte.

Die mit Sorgfalt und Geduld durchgeführten Versuche hatten Erfolge gezeitigt.

Nach Tierversuchen war er auf Menschenversuche übergegangen.

Eine Zäsur. Er hatte die Versuche in aller Heimlichkeit anstellen müssen. Zumal die Erkenntnis in der Gen-Forschung durch den Tod der Versuchspersonen erkauft wurden. Kein Junge hatte die Experimente überlebt. Mit Ausnahme von Randy Corliss.

Endgültiges ließ sich noch nicht sagen. In einigen Monaten würde Dr. Hamlin die Versuchsreihe abschließen können.

Es gab nur eine Bedingung, die vor den Erfolg gesetzt war. Randy Corliss mußte überleben.

War dieses Ziel erst einmal erreicht, dann hatte es ein Ende mit der Geheimniskrämerei. Dr. George Hamlin, Gen-Forscher und Experimentalwissenschaftler, konnte wieder seinen Platz in der vordersten Reihe weltberühmter Dozenten einnehmen.

Eine Erschwernis bei alledem war die Tatsache, daß die Experimente nicht in der überschaubaren Welt des Labors durchgeführt werden konnten.

Empfängnis außerhalb der Gebärmutter, das war kein Problem mehr für die Wissenschaft. Seit Jahren wußte man, wie man den männlichen Samen mit dem weiblichen Ei vermählte. Dazu brauchte man keine Frau mehr.

Wie so oft, lag das Problem im menschlichen Bereich. Nur wenige Eltern wollten ein Retortenbaby. Welche Frau wollte schon ein Kind austragen, das in einem Labor gezeugt worden war? Welche Mutter wollte ein Wesen zur Welt bringen, dessen Vater und Mutter Dr. Hamlin hieß?

Nachdem Dr. Hamlin erkannt hatte, wo die Schwierigkeit lag, hatte er eine einschneidende Entscheidung getroffen.

Die Gen-Kette des Eis wurde nicht mehr *in vitro*, sondern *in situ* zerschnitten.

Ging das Experiment schief, dann starb das Kind, ohne daß die Eltern Verdacht schöpften. Ein totes Kind. SIDS. Mit so etwas mußte man rechnen.

Gelang das Experiment, so zogen die Eltern, ohne daß sie sich dessen so recht bewußt wurden, einen jungen Menschen von wunderbarer Gesundheit auf. Wenn man das, was in Dr. Hamlins Versuchsküche entstand, als ›Menschen‹ bezeichnen konnte.

Randy Corliss mußte überleben. Er würde das Werk krönen.

Es waren vier Personen, die sich in Lucy Corliss' Wohnzimmer zusammengefunden hatten. Lucy und ihr geschiedener Mann Jim, Sally Montgomery und Sergeant Bronski vom Eastbury Police Department.

Es war Sally nicht leichtgefallen, zu dem Treffen zu gehen. Steve hatte sich eingeschaltet. Nachdem er mit Sally und ihrer Mutter gesprochen hatte, war er zu der Ansicht gekommen, daß seine Frau an den Folgen einer nervösen Erschöpfung litt. Er hatte ihr das auch unverblümt gesagt. Sally hatte nicht widersprochen, obwohl sie den Vorwurf als unsinnig empfand. Sie hatte seinem Vorschlag nachgegeben, daß sie sich jetzt einfach einmal ausschlafen und ausruhen mußte. Noch bevor sie gemeinsam überlegen konnten, wie und wo sie am besten Ruhe kam, hatte Lucy Corliss angerufen. Sie hatte gefragt, ob Sally bereit sei, die Computerliste in Gegenwart von Sergeant Bronski zu interpretieren. Sally hatte ihre Zustimmung gegeben, und das hatte erneut Streit mit Steve ausgelöst. Inzwischen hatte sie auch noch ihre eigene Mutter gegen sich. Phyllis Paine hatte sich zunächst objektiv gegeben. Sie hatte, wie es schien, das Für und Wider abgewogen. Dann aber hatte sie sich auf die Seite ihres Schwiegersohnes gestellt. Und der hielt gar nichts von einem Vierertreffen, wie es von Lucy Corliss vorgeschlagen worden war.

Sally, so hatte er argumentiert, sollte sich nicht mit den Problemen anderer Leute belasten. Sie hatte genug eigene Schwierigkeiten. Warum sich auch noch die Probleme einer gewissen Lucy Corliss aufhalsen?

Zum Schluß war Sally der Geduldsfaden geplatzt. »Ich fahre jetzt zu Lucy Corliss«, hatte sie verkündet, und dann war sie aus dem Haus gestürmt.

Inzwischen war sie nicht mehr so sicher, daß ihr Entschluß richtig gewesen war. Sie hatte Sergeant Bronski und Jim Corliss dargelegt, was es mit den Computerschreibungen auf sich hatte.

Je ausführlicher ihre Erklärungen wurden, um so mehr hatte sich bei ihr selbst der Eindruck verdichtet, daß es keine Parallelen gab zwischen Julies Tod und Randys Verschwinden.

Es gab, wenn man es nüchtern betrachtete, nur eine Gemeinsamkeit. Beide Kinder waren vom CHILD-Institut überwacht worden.

Das Schweigen der Befangenheit hatte sich in der kleinen Gruppe Menschen ausgebreitet. Plötzlich erinnerte sich Sally an einen Gedanken, der ihr bei der Programmierung des Computers gekommen war.

»Sie werden meine Frage vielleicht als merkwürdig empfinden, Lucy«, begann sie, »aber wie standen Sie eigentlich zu Randy? Ich meine, bevor das Kind geboren war. War es ein Wunschkind?«

Bevor Lucy Corliss die Frage beantworten konnte, ergriff Jim das Wort. »Ich wollte damals keine Kinder mehr«, sagte er ernst. »Und meine Befürchtungen haben sich bewahrheitet. Randy war das Ende unserer Ehe. Lucy hoffte vielleicht, das Kind würde den Bruch wieder kitten, der bereits entstanden war. Aber das Gegenteil war der Fall.« Er wandte sich zu Lucy. »Ich weiß, daß du es gut gemeint hast, aber als du mir damals sagtest, du seist schwanger, da hatte ich das Gefühl, als würde die Tür einer Gefängniszelle hinter mir zugeschlagen. Ich fühlte mich in der Falle. Und da bin ich aus dem Gefängnis ausgebrochen. Die Folge war Scheidung.«

»Aber ich habe die Schwangerschaft doch auch nicht gewollt«, entgegnete ihm Lucy. »Du meinst, ich wollte Randy haben, um unsere Ehe noch einmal zu kitten, aber so war es nicht. Ganz im Gegenteil. Ich wollte damals auf keinen Fall wieder schwanger werden. Ich hatte mir sogar eine Spirale zur Empfängnisverhütung einsetzen lassen. Leider gehöre ich zu jenen Frauen, bei denen die Spirale nicht zu funktionieren scheint. Als ich merkte, daß ich schwanger war, war alles zu spät.«

Sally Montgomery schwirrte der Kopf. Es war einfach zuviel, was da auf sie einstürmte. Inzwischen waren es sage und schreibe vier Mütter, die trotz Spirale ein Kind bekommen hatten. Die Kinder dieser Mütter waren auf unerklärliche Weise in die Datenbänke des Children's Institute for Latent Diseases in Boston übernommen worden. Zwei dieser Kinder waren inzwischen gestorben. Ein Kind war verschwunden. Nur Jason war übrig geblieben.

»Ein furchtbarer Gedanke«, sagte sie leise.

Sergeant Bronski sah sie fragend an. »Was ist ein furchtbarer Gedanke?«

Sally blickte in die Runde. Freundliche, wenngleich neugierige Gesichter. »Ich habe an Jan Ransom gedacht«, begann sie. »Es gibt da Zusammenhänge, die mit Zufall nicht mehr zu erklären sind.« Und dann ging sie alle Punkte durch, jederzeit darauf gefaßt, von Sergeant Bronski unterbrochen zu werden. Die Polizei, so fürchtete sie, sah diese Dinge nüchterner. Ängste einer Mutter waren für sie nichts als hysterische Anwandlungen. Eine solche Frau sah eine Verschwörung, wo keine war. Man würde sie der Obhut eines Nervenarztes anvertrauen.

Aber ihre Befürchtungen traten nicht ein. Der Sergeant unterbrach sie nicht. Keiner ihrer Zuhörer widersprach.

Schweigen. Es war Sally Montgomery, die dann als erste die Sprache wiederfand.

»Lucy«, begann sie mit halberstickter Stimme, »von welchem Gynäkologen haben Sie sich damals betreuen lassen? Wer hat Ihnen die Spirale eingesetzt?«

Lucy Corliss dachte nach. »Ein Arzt im Eastbury Community Hospital«, sagte sie nach einer Weile. »Nachdem Randy geboren war, bin ich nie wieder hingegangen.« Sie lächelte zerstreut. »Ich bin keine Frau, bei der ein Arzt reich werden könnte, wissen Sie.«

»Wie war der Name des Arztes?«

»Dr. Weisfield oder so ähnlich.«

»Vielleicht Dr. Wiseman?« half Sally nach.

Lucys Züge entspannten sich. »Ganz recht. Dr. Wiseman. Ich muß sagen, ich habe diesen Arzt von Anfang an nicht gemocht. Aber ich hatte damals keine andere Wahl. Ich dachte...« Sie hatte den Ausdruck jähen Entsetzens in Sally Gesicht bemerkt. »Was ist, Sally? Habe ich etwas gesagt, was Sie beleidigt hat?«

Sally Montgomery schüttelte den Kopf. Ihre Antwort klang bitter. »Es ist nur... Ich bin damals ebenfalls bei Dr. Wiseman in Behandlung gewesen. Ich war so mißtrauisch. Und dann wieder so unsicher. Er gab sich so väterlich. Richtig unangenehm. Was hat dieser Arzt mit uns getan?«

Sergeant Bronski war aufgestanden. »Es ist noch zu früh, um irgendwelche Vorwürfe gegen Dr. Wiseman zu formulieren«, sagte er ruhig. »Vorläufig gibt es keinen Hinweis darauf, daß er irgend etwas Gesetzwidriges getan haben könnte.«

Er verabschiedete sich. Wobei er seinen Gesprächspartnern die Gedanken verschwieg, die ihm durch den Kopf gingen. Randy Corliss. Er war entschlossen, mit mehr Nachdruck als je zuvor nach Randy Corliss zu fahnden.

Nur noch ein Fenster war erleuchtet, als Sally zurückkehrte. Das Fenster des Schlafzimmers. Mutter, so schien es, war heimgefahren, jedenfalls war ihr Wagen nicht mehr zu sehen.

Sally suchte und fand das Schlüsselloch. Sie öffnete die Haustür, schloß sie wieder, schob die Riegel vor und inspizierte die Fenster im Erdgeschoß. Alle geschlossen. Gut. Langsam ging sie die Treppe zum Schlafzimmer hinauf. Es würde schwierig sein, Steves Einwilligung für das weitere Vorgehen zu erwirken. Nicht nur, daß sie Lucy interessiert zugehört hatte. Inzwischen war ihr Schicksal mit dem der anderen Frau verknüpft. Sie ahnte, was Steve sagen würde, wenn er das erfuhr. Und sie haßte die Vorhaltungen, die er ihr machen würde. Trotzdem war sie nicht bereit zu lügen. Er hatte einen Anspruch darauf, die Wahrheit zu erfahren.

Es mußte ihr gelingen, ihn umzustimmen. Schließlich ging es auch um sein Kind. Es war jetzt klar, daß es im Krankenhaus von Eastbury nicht mit rechten Dingen zuging. Es war offensichtlich, daß Dr. Wiseman bei ihr, bei Lucy Corliss und bei Jan Ransom Eingriffe vorgenommen hatte, deren wahrer Zweck den Betroffenen verheimlicht worden war. Wie viele andere Frauen waren in der gleichen Weise ›behandelt‹ worden? Wie viele Kinder hatten sterben müssen? Wie viele der von CHILD erfaßten Kinder waren spurlos verschwunden? Steve mußte verstehen, daß dies alles Fragen waren, die eine Antwort erwarteten.

Sie waren es Julie schuldig, daß sie die Spur verfolgten. Julie und all den Unschuldigen, die für CHILD gestorben waren.

Sie hatte das Obergeschoß erreicht und ging auf das Schlafzimmer zu. Vor der Tür blieb sie stehen. Jason. Sie wollte erst noch nach Jason sehen. Sie fand ihn schlafend. Sein rechter Arm hing über die Bettkante. Sie beugte sich über ihn, um ihn zu küssen. Als ihr Mund seine Wangen berührte, wachte er auf.

»Mutter? Bist du es?« flüsterte er.

»Ja, mein Sohn«, sagte sie. Sie hatte sich neben das Bett gekniet. »Ist alles in Ordnung? Keine bösen Träume?«

»Alles okay«, sagte Jason. Er räkelte sich. »Wir haben den ganzen Abend zusammen gespielt, Großmutter, Papa und ich.« Es klang vorwurfsvoll. »Wo bist du gewesen, Mutter?«

Sie streichelte seinen Arm.

»Tut's gar nicht mehr weh?« fragte sie.

»Überhaupt nicht mehr«, erwiderte Jason. »Ich glaube, Großmutter hat recht. Ich muß das Thermometer falsch abgelesen haben. Die Karamelsauce war nicht so heiß, wie ich dachte.«

Sally starrte in die Dunkelheit. Ihr Herz schlug wie wild. Jason, so schien es, hatte sich damit abgefunden, daß ihm seine Augen einen Streich gespielt hatten. Er war nicht geheilt. Er war nie verletzt gewesen.

Ich habe es selbst gesehen, dachte sie. Wie kann ich mir Gewißheit verschaffen, was heute geschehen ist? Vielleicht habe ich wirklich nicht genau hingesehen? Vielleicht war ich wirklich zu aufgeregt, um die Schwere der Verletzungen realistisch zu beurteilen?

Sie gab ihrem Jungen noch einen Kuß, dann zog sie ihm die Bettdecke gerade. Auf Zehenspitzen ging sie zur Tür. Wenig später stand sie im schwach erleuchteten Elternschlafzimmer.

Steve war beim Lesen eingeschlafen. Das Buch war zur Seite gerutscht, es war noch geöffnet. Einige Minuten lang stand sie vor ihm. Ob ich ihn aufwecken soll? Besser nicht. Sie zog sich aus, knipste die Schirmlampe aus und schlüpfte zu ihrem Mann ins Bett.

Der Schlaf ließ auf sich warten. So viele Gedanken. So viele Sorgen. So viele Fragen.

Bilder. Da lag Julie. Tot. Warum hatte sie sterben müssen?

Jason. Die verbrühte Haut. Brandblasen. Wenige Minuten später war alles verheilt. Nicht einmal eine Narbe war zurückgeblieben.

Wieder Jason. Schwären auf seinem Arm. Der siedende Zuckerguß. Eine Wunde, die bis auf den Knochen reichte. Minuten später war alles vergessen. Kein Schmerz. Keine Entzündung. Nicht einmal eine Schwellung. Alles nur eine Sinnestäuschung.

Mein armer kleiner Junge, dachte sie. Ich habe dich nicht zur Welt bringen wollen. Ich habe dich unter meinem Herzen getragen, aber ich habe dich nicht geliebt.

Acht Jahre war das jetzt her. Sie hatte große Angst gehabt, als sie zu Dr. Wiseman ging. Die Spirale.

Acht Jahre der Angst hatten sich angeschlossen. Sally Montgomery spürte, wie die Verzweiflung von ihr Besitz ergriff.

18

Steve Montgomery legte den Bericht auf den Schreibtisch zurück. Eine Studie über die finanzielle Situation zweier Unternehmen. Viermal hatte er sich das umfangreiche Machwerk schon zu Gemüte geführt. Immer noch hatte er kein Konzept, welche Empfehlung er dem Auftraggeber anbieten konnte. Eine kleine Firma ging in einer größeren auf. Soweit, so gut. Die Manager der kleineren Firma wurden an der Transaktion mit einem bestimmten Prozentsatz des Veräußerungsgewinns beteiligt. Die Gehälter stiegen um das Doppelte. Aber wie ließen sich die Eigentumsverhältnisse in dem neuen Konsortium regeln? Es war Steves Aufgabe, dazu eine Empfehlung auszuarbeiten. Nichts, wovor man sich Angst machen mußte. Normalerweise.

Aber heute fehlte es ihm an Konzentration. Es war sinnlos, wenn er sich ein fünftes Mal durchlas, was er bei vier Durchgängen nicht verstanden hatte. Er schob die Akte zur Seite und seufzte. Dann gab er seinem Drehstuhl einen Stoß. Sein Blick ging auf den grünen Garten hinaus. Ein makelloser Frühlingsmorgen. Der schöne Anblick vermochte Steves traurige Stimmung nicht aufzuhellen.

Bis vor neun Tagen war alles gut gewesen. Er hatte eine Frau gehabt, die er liebte. Er wurde wiedergeliebt. Er hatte zwei prächtige Kinder. Er hatte einen Beruf, der ihm Spaß machte. Inzwischen war ein Schlag nach dem anderen gekommen. Er hatte seine kleine Tochter verloren. Seine Frau war zu einem Wesen geworden, das er nicht mehr verstand. Und sein Sohn...

Was ist mit meinem Sohn?

Jasons Bild erstand vor seinem geistigen Auge. Er mußte lächeln. Aber dann mischte sich Bitterkeit in das Lächeln. Ein Meerschweinchen, das in seinem Käfig lag. Tot. Warum? Was war passiert?

Steve schüttelte sich, versuchte die dunklen Gedanken abzuwälzen, die ihn verfolgten. Es gelang ihm nicht.

Jason ist gesund, redete er sich ein. Jason ist normal. Der Junge tut nichts, was Anlaß zur Sorge gäbe. Er ist auch nicht bedroht. Wenn er, Steve, sich heute wegen seines Sohnes Sorgen machte, dann lag das an Sallys unvernünftigen Einflüsterungen. Sally. Ihre Verzweiflung, ihre Nervosität und ihre düsteren Vorahnungen waren wie das Leichentuch einer tödlichen Seuche, das sich über ihn und den gemeinsamen Sohn zu breiten begann.

Ich werde mit Dr. Wiseman reden, beschloß er. Nur von dort konnte jetzt noch Hilfe kommen.

Dr. Arthur Wiseman begrüßte seinen Besucher mit einem gütigen Lächeln. Er deutete auf einen Sessel. Das Lächeln war zu einem breiten Grinsen geworden. »Sie sind das erste Mal bei einem Gynäkologen zur Behandlung? Dann möchte ich Ihnen sagen, daß alle Ihre Ängste völlig gegenstandslos sind. Die Untersuchung tut nicht weh, und...« Er hatte den besorgten Ausdruck in den Augen seines Besuchers bemerkt und verzichtete darauf, die Parodie der Begrüßung, wie er sie den Erstpatientinnen angedeihen ließ, zu Ende zu führen. »Bitte, nehmen Sie Platz, Steve«, sagte er ruhig.

Eine Weile lang musterten sie sich. Keiner von beiden sagte ein Wort. Vielleicht war es ein Fehler, daß ich hergekommen bin, dachte Steve.

Es war Dr. Wiseman, der schließlich das Schweigen brach. »Ich nehme an, Sie kommen wegen Sally.«

Steve nickte.

»Ist etwas Besonderes vorgefallen?«

»Es ist keine Besserung abzusehen«, sagte Steve. »Im Gegenteil. Sally ist außerordentlich gereizt. Was immer sie jetzt tut, sie übertreibt maßlos. Gestern zum Beispiel. Jason hatte einen kleinen Unfall. Für Sally eine Katastrophe.«

»Ich weiß«, erwiderte Dr. Wiseman. »Ich war im Krankenhaus,

als Ihre Frau den Kleinen zur Untersuchung brachte. Sie hatte angenommen, er hätte schwere Verbrennungen erlitten. Falscher Alarm.«

»Und so reagiert sie auch in anderen Dingen. Sie ist zum Beispiel auf ein Forschungsprogramm gestoßen, hinter dem sie eine Art Verschwörung wittert. Julies medizinische Daten sind an ein Institut in Boston übermittelt worden, ebenso die Daten von Randy Corliss. Und nun haben sich die beiden Frauen zusammengesetzt und eine abenteuerliche Theorie ausgebrütet. Das Forschungsprojekt ist ein teuflischer Anschlag auf das Leben der Kinder. Etwas in der Richtung.«

Dr. Wiseman entfuhr ein Seufzer, als er sich an seine Unterhaltung mit Sally Montgomery erinnerte. »Sie fürchten, daß Ihre Frau paranoide Vorstellungen entwickelt?«

Es war eine Frage, die Steve zutiefst verunsicherte. Er wollte protestieren, aber Dr. Wiseman kam ihm zuvor.

»*Paranoid*«, wiederholte er. »Das ist so ein Reizwort. Ein Begriff, der Emotionen weckt. Aber sehen wir die Dinge doch wie sie sind. Es besteht die Gefahr, daß ihre Frau paranoid wird.«

»Ich vermute es zumindest«, sagte Steve leise. Er beugte sich etwas vor. »Was ist denn Ihre Meinung, Herr Dr. Wiseman. Glauben Sie, daß Sally bereits paranoid ist?«

Dr. Wiseman zuckte die Schultern. »Ich bin weder Neurologe noch Psychiater und möchte dem Urteil meiner Kollegen da nicht vorgreifen«, sagte er vorsichtig. Steve war erleichtert. »Aber«, fügte Dr. Wiseman hinzu, »das bedeutet nicht, daß wir bei Ihrer Frau bereits Entwarnung geben können. Sie hat Schlimmes durchgemacht, und was Sie, Steve, jetzt als Überreaktion empfinden, ist Sallys Reaktion auf außergewöhnliche Vorkommnisse. Wie könnte sie sich denn anders verhalten nach dem Schicksalsschlag, den sie erlitten hat? Der Verlust eines Kindes ist das Schlimmste, was einer Frau zustoßen kann. Wir Mediziner wissen aus zahllosen Beispielen, daß eine Mutter ihr eigenes Leben opfern würde, wenn sie damit das Leben ihres Kindes retten kann.« Er hielt inne und begann mit den Fingerspitzen auf die Schreibtischplatte zu trommeln. »Möchten Sie, daß ich Ihnen einen Spezialisten empfehle, zu dem sich Sally in Behandlung begeben kann?«

»Sie meinen einen Psychiater?«

»Nicht unbedingt. Ich denke eher an einen Psychologen oder an einen Verhaltenstherapeuten. Wir wissen ja, daß die Ursache der

Störung im seelischen Bereich liegt. Möglicherweise ist die Behandlung durch einen Psychologen erfolgversprechender als die Betreuung durch einen Psychiater.«

Steve schüttelte den Kopf. »Ich glaube nicht, daß Sally sich in Behandlung begeben würde, weder bei einem Psychiater noch bei einem Psychologen. Sie glaubt nicht, daß es irgendwelche seelische Anomalien bei ihr gibt.«

Dr. Wiseman war aufgestanden. Auch Steve erhob sich. »Ich kenne Sally ganz genau«, sagte er. »Sie geht nicht zum Psychologen. Mit Sicherheit nicht.«

»Manchmal muß man einen Menschen zu seinem Glück zwingen«, sagte Dr. Wiseman. »Ihre Frau kann in diesem Zustand nicht beurteilen, was gut für sie ist.«

Noch bevor Steve Montgomery klar wurde, was die Bemerkung eigentlich bedeutete, hatte ihn Dr. Wiseman aus dem Sprechzimmer geleitet. Sie hatten sich mit einem freundlichen Nicken verabschiedet. Dann kehrte der Arzt an seinen Schreibtisch zurück, ergriff einen Schreibblock und notierte untereinander die Namen von fünf Psychologen. Am Ende der Liste vermerkte er das Wort ›Ärzteversicherung‹ und versah es mit einem Ausrufezeichen. Es handelte sich um jene Versicherung, die ihn vor den finanziellen Folgen etwaiger Kunstfehler schützte. Er hatte die Seite aus dem Notizblock gerissen und in seine Schreibtischplatte gleiten lassen, als die Praxishilfe die erste Patientin ins Sprechzimmer führte.

Dr. Wiseman stand auf, ging um den Schreibtisch herum und begrüßte die junge Frau mit einem warmen Lächeln. Erica Jordan stand auf der Karteikarte, die von der Praxishilfe angelegt worden war. Er ließ die Frau Platz nehmen. Nachdem die Helferin das Sprechzimmer verlassen hatte, ließ Dr. Wiseman sich auf seinem Drehsessel nieder und studierte die Eintragungen auf der Karteikarte. Nach einer Weile hob er den Blick. Er lächelte Erica Jordan aufmunternd zu.

»Es sieht nach allem so aus, als ob eine Spirale das richtige wäre«, sagte er.

Erica Jordan wurde bleich. »Demnach bin ich allergisch gegen die Pille, Herr Doktor?«

»Nun, so kraß würde ich es nicht formulieren«, beruhigte er sie. »Es geht bei der Verschreibung der Pille nicht nur um mögliche Allergien. Die Pille hat bekanntlich Nebenwirkungen, die bei Frauen verschieden stark auftreten. Sie scheinen zu den Frauen zu gehören, bei denen mit starken Nebenwirkungen zu rechnen ist. Ihre Migräne zum Beispiel, hat erst begonnen, seitdem Sie die Pille nehmen. Es gibt einen weiteren Aspekt, der zu beachten ist. Krebs. In Ihrer Familie gibt es Krebsfälle.«

»Ich hatte gedacht, die Veranlagung zu Krebs sei nicht erblich«, widersprach Erica Jordan.

Er wich der Frage aus. »Es gibt keine gesicherten Zusammenhänge zwischen Krebs und Pille, da haben Sie recht. Aber vom ärztlichen Standpunkt aus ist es immer gut, wenn man auf Nummer Sicher geht. Wir Gynäkologen verschreiben nicht gern die Pille, wenn es in der Familie der Frau Krebserkrankungen gegeben hat.«

»Es ist zum Verzweifeln«, stöhnte Erica Jordan. »Was immer ich einnehme, ich bin allergisch dagegen. Und was machen wir, wenn ich eine Allergie gegen die Spirale entwickle?«

»Dann bleibt Ihnen nichts anderes übrig, als die empfängnisfreien Tage zu beachten.«

Sie verzog das Gesicht zu einer Grimasse. »Das ist mir zu unsicher, dazu kenne ich mich selbst zu gut. Ich bin einverstanden mit der Spirale. Versuchen wir's.« Dr. Wiseman griff zum Hörer und gab seiner Praxishilfe eine Anweisung. Dann wandte er sich wieder seiner Patientin zu. »Sie können schon durchgehen in den Untersuchungsraum, Charlene erwartet Sie dort, Sie wird Ihnen behilflich sein. Ich komme dann gleich nach. Was die möglichen allergischen Reaktionen gegen die Spirale angeht, so gibt es ein Mittel. Eine Salbe. Sie wird bei der Einsetzung der Spirale angewendet. Die Salbe dient dazu, Irritationen des Gewebes zu vermeiden.«

»Wie lange ist die Salbe wirksam?« fragte sie.

»Wenn man der Fachliteratur glauben kann, einen ganzen Monat. Ich möchte ohnehin, daß sie spätestens in vier Wochen wieder zu mir kommen. Das ist sicherer.« Er geleitete sie zur rückwärtigen Tür, die das Sprechzimmer mit dem Behandlungszimmer verband. »Es dauert nicht lange, ich bin gleich bei Ihnen.«

Die Prozedur nahm eine halbe Stunde in Anspruch. Nachdem Erica Jordan die Praxis verlassen hatte, ließ sich Dr. Wiseman an seinem Schreibtisch nieder, um auf die Karteikarte der Patientin die Einsetzung der Spirale zur Empfängnisverhütung zu vermerken. Er fügte einen Vermerk hinzu, nach dem ›in Anbetracht der Tatsache, daß die Patientin zu allergischen Reaktionen neigt, die Behandlung mit Bicalcioglythemin (BCG) angeraten und durchgeführt wurde.«

Dann tippte er die Daten in den Tischcomputer, der mit der Zentralen Datenverarbeitung des Distrikts Shefton verbunden war.

Paul Randolph war vom Highway auf eine Seitenstraße eingebogen. Er trat auf das Gaspedal. Die Alleebäume flogen vorbei. Randolph war nervös. Auf seinem Schreibtisch in der CHILD-Verwaltung stapelten sich die Akten. Für den Nachmittag hatten sich drei Besucher angesagt. Alle drei Mäzene, die sich wegen einer beabsichtigten Stiftung zugunsten des CHILD-Programms mit ihm beraten wollen. Paul Randolph hatte alle drei Termine abgesagt. Was er vorhatte, war wichtiger.

Ein Weg zweigte von der Straße ab. Randolph verringerte die Geschwindigkeit. Behutsam lenkte er den Wagen über die Unebenheiten. Von weitem war das Gebäude des Internats zu erkennen. ›The Oaks‹.

Er war am Tor angekommen und hielt, dann kurbelte er das Fenster hinunter und steckte das platinbeschichtete Plastikkärtchen in den Schlitz des Automaten, der in einem mächtigen Lorbeerbusch verborgen war. Das Tor schwang auf. Er legte den Gang ein, überquerte die Torlinie und sah im Rückspiegel, wie sich das Tor wieder schloß. Erst als die Stahlbügel ins Schloß klickten, setzte er seine Fahrt zum Hauptgebäude fort.

Er parkte das Fahrzeug vor dem Haupteingang und war schon auf den Stufen der Treppe, die zum Portal hochführte, als ihm etwas einfiel. Er ging die Stufen zurück, entfernte sich auf fünfzig Schritt von dem Gebäude und betrachtete es abwägend, wie es wohl ein Kaufinteressent betrachten würde.

Nein, dachte er. Ich würde solch ein Haus nicht kaufen. Es ist düster. Bedrohlich. Seit das Internat nur noch Forschungszwecken diente, hatte sich hier alles zum Nachteil verändert. Als er selbst, damals noch ein Junge, das Internat besuchte, war alles fröhlich und warmherzig gewesen. Damit war es wohl endgültig vorbei.

Ich darf den Dingen nicht weiter ihren Lauf lassen, dachte er. Ich werde einschreiten.

Entschlossen ging er die Stufen hinauf. Er kannte sich aus. Die Empfangshalle. Der Korridor. Das Sekretariat. Louise Bown kam ihm entgegen und begrüßte ihn. Er erwiderte ihren Gruß nicht.

»Wo ist Dr. Hamlin?« fragte er knapp.

Das Lächeln wich von ihren Lippen. Sie deutete auf die Tür eines Büros. »Dort. Ich fürchte allerdings...«

Er war an ihr vorbeigegangen, hatte die Tür geöffnet und verschwand in Dr. Hamlins Büro.

Dr. Hamlin sah von seinem Schreibtisch auf. Ein kühler Blick aus grauen Augen. »Es wäre nicht nötig gewesen, daß Sie sich persönlich hierher bemühen, Paul«, sagte er mißbilligend. »Ihr Anruf gestern war klar genug.«

Paul Randolph dachte nicht daran, auf die Bemerkung einzugehen. Er war ans Fenster getreten und sah auf den Park hinaus. »Ich habe eine schlaflose Nacht hinter mir«, sagte er, ohne sich umzudrehen. »Ich habe nachgedacht. Was ich Ihnen zu sagen habe, ist zu wichtig, als daß ich es am Telefon übermitteln könnte.«

Er wartete auf Dr. Hamlins Antwort. Aber es blieb still. Nur das Ticken der alten englischen Uhr war zu hören, die auf dem Schreibtisch des Arztes stand. Schließlich wandte Randolph sich um. Er wäre nicht erstaunt gewesen, wenn Dr. Hamlin inzwischen den Raum verlassen hätte.

Aber das war nicht der Fall. Der Arzt hatte sich in seinem Kippsessel zurückgelehnt und die Füße bequem auf den Schreibtisch gelegt. Er hielt die Arme verschränkt. Sein Gesichtsausdruck war ruhig und selbstzufrieden. Randolph hatte sich wieder zum Fenster gedreht. Er fuhr zusammen, als er plötzlich Dr. Hamlins Stimme vernahm. »Es ist ein guter Trick, Paul. Aber bei mir sind Sie damit an der falschen Adresse. Ich gebrauche diesen Trick selbst zu oft, um noch darauf reinzufallen. Wenn Sie mir etwas zu sagen haben, dann von Angesicht zu Angesicht.«

Ihre Blicke trafen sich. Es war ein Kampf um die Macht. Es war Randolph, der den Kampf verlor. Er ließ sich in einen der Besuchersessel sinken und zündete sich eine Zigarette an.

»Ich bin zu einem wichtigen Entschluß gekommen, George«, sagte er, nachdem er das Feuerzeug in seiner Rocktasche verstaut hatte. »Ich habe beschlossen, das Projekt mit sofortiger Wirkung einzustellen.«

Dr. Hamlin starrte ihn ungläubig an. Er nahm die Füße vom Tisch. »Das können Sie unmöglich tun«, sagte er leise. »Wir stehen vor dem Durchbruch. Wir haben zuviel Arbeit und zuviel Geld in das Projekt investiert, als daß wir es jetzt abbrechen könnten.«

»Es geht nicht nur um das Geld, das wir investiert haben«, sagte Randolph. »Wir haben hier einige Dinge getan, die sowohl gesetzwidrig als auch unmoralisch sind. Wir werden das Projekt stoppen, solange noch Zeit ist.«

»Was bringt Sie zu dieser Einschätzung der Sachlage?«

»Lucy Corliss«, sagte Randolph voller Sarkasmus. »Haben Sie den Namen vor lauter Arbeit und Geld schon wieder vergessen?«

»Natürlich nicht«, sagte Dr. Hamlin beherrscht. »Die Mutter von Randy Corliss. Sie haben mich deswegen gestern angerufen.«

»Offensichtlich war ich nicht deutlich genug, sonst würden Sie nicht so ahnungslos fragen, warum ich das Projekt abbrechen will. Die Frau fahndet auf eigene Faust nach ihrem verschwundenen Sohn, den Sie hier versteckt halten. Sie hat herausgefunden, daß die medizinischen Daten ihres verschwundenen Kindes an CHILD übermittelt wurden. Sie möchte klipp und klar wissen, was es mit diesem Forschungsprojekt auf sich hat.«

»Sie müssen die Frau hinhalten.«

»Muß ich das?« entgegnete Randolph ironisch. »Ich habe ihr gesagt, daß wir einen Bericht für sie zusammenstellen werden. Wir würden uns mit ihr in Verbindung setzen, sobald der Bericht fertig ist.«

Dr. Hamlin nickte. »Wo liegt dann das Problem? Machen Sie ihr einen Bericht. Es gibt hundert Forschungsprogramme, die Sie ihr als Spielmaterial anbieten können.«

»Das Problem, George, liegt in ihrer Person und in Ihrer Fehleinschätzung der Risiken«, sagte Randolph eisig. »Sie haben wiederholt die Auffassung vertreten, kein Außenstehender könne sich Kenntnis verschaffen über die Art des Projektes. Ganz einfach deshalb, weil niemand je einen Zusammenhang zwischen CHILD und den Todesfällen herstellen könnte. Eben das ist geschehen. Lucy Corliss hat herausgefunden, daß ihr Sohn ›beobachtet‹ wurde, wie sie es formuliert. Sie sieht einen Zusammenhang zwischen dieser Beobachtung und dem Verschwinden ihres Jungen. Und das ist nicht einmal das Hauptproblem. Es ist ihr gelungen, in Erfahrung zu bringen, daß und wo die Daten ihres Sohnes gespeichert werden. Wenn sie das geschafft hat, dann haben wir bald auch die anderen Eltern auf den Fersen.«

»Das sind doch nur Spekulationen, Paul. Ich verstehe überhaupt nicht, warum Sie sich von einer durchgedrehten Frau so verunsichern lassen. Sie wissen doch, daß Sie zu mir volles Vertrauen haben können.«

»Das habe ich eben nicht mehr«, erwiderte Randolph scharf. Er hatte begonnen, im Büro auf und ab zu gehen. »Erinnern wir uns doch einmal, wie das Ganze begann. Sie haben mir hoch und heilig versichert, das Forschungsvorhaben werde innerhalb von vier oder fünf Jahren beendet sein. Das war vor zwölf Jahren. Vor zehn Jahren haben Sie mir versichert, Sie könnten die notwendigen Erkenntnisse im Tierversuch gewinnen. Aber Sie haben dann keine Tierversuche mehr gemacht. Ich kann heute noch nicht verstehen, wie Sie mich damals überreden konnten. Wir rennen sehenden Auges in unser Verderben, wenn wir so weitermachen. Sie haben mir versichert, daß die Geheimhaltung gewährleistet ist. Und doch steht plötzlich Lucy Corliss vor mir, in meinem Büro in Boston. Die Frau ist im höchsten Grade mißtrauisch. Alles in allem hat das Projekt im Laufe der Jahre eine ganz andere Zielrichtung bekommen, als ursprünglich vereinbart war. Es stellt ein Risiko für den guten Ruf des CHILD-Instituts dar. Es gibt keine andere Wahl. Das Projekt wird gekippt.«

Dr. Hamlin hatte seine Hände gespreizt. Er stützte sich auf die polierte Schreibtischplatte. »Ich werde das Projekt fortsetzen«, sagte er mit bedrohlichem Unterton. Randolph wollte ihm etwas entgegnen, aber er schnitt ihm das Wort ab. »Ich habe Sie reden lassen, jetzt werden Sie mich anhören. Verlieren wir doch nicht den Kopf. Was ist denn passiert? Eine hysterische Frau kommt zu Ihnen ins Büro gestolpert. Sie hat erfahren, daß die Daten ihres Kindes von CHILD gespeichert werden. Na und? CHILD betreut Hunderte von Programmen. Was bringt Sie auf die Idee, die Frau könnte von *diesem* Programm erfahren haben? Sie erwähnen den Punkt Geheimhaltung. Es ist statistisch überhaupt kein Wunder, daß irgendwann einmal eine Mutter oder ein Vater auftaucht, die sich darum kümmern, was mit den abgefragten Daten ihres Kindes geschieht. Der gute Ruf von CHILD ist durch dieses lächerliche Vorkommnis nicht beeinträchtigt.«

»Bisher nicht. Es ist meine Aufgabe, darüber zu wachen, daß dies so bleibt. Ich darf Sie daran erinnern, daß Ihr Projekt nur eins von vielen Forschungsvorhaben ist, die von CHILD finanziert werden. Die meisten dieser Forschungsvorhaben sind von großer Bedeutung für Amerika. Keines birgt Risiken, die mit den Risiken Ihres Projekts vergleichbar sind. Wenn bei Ihnen etwas außer Kontrolle gerät, könnte das unser ganzes Institut ruinieren.«

In Dr. Hamlins Augen funkelte Zorn. »Sie vergessen die zweite Möglichkeit. Mein Projekt könnte CHILD zum berühmtesten und angesehensten Forschungsinstitut der Welt machen.«

Randolph schüttelte voll grimmiger Entschlossenheit den Kopf.

»Sie verstehen nicht und wollen nicht verstehen, George. Das ist das Problem mit Ihnen gewesen, von Anfang an. Sie können sich einfach nicht vorstellen, welch nachteilige Auswirkungen das Ganze haben kann. Manchmal habe ich den Eindruck, Sie haben keine Ahnung, was Sie eigentlich tun.« Er machte eine Pause, um nachzudenken. Wie weit konnte er bei seinen Angriffen gegen Dr. Hamlin gehen? Er entschloß sich zur Flucht nach vorn. Seit Jahren hatte sich Sprengstoff angesammelt, weil dieser Arzt wichtige Gesichtspunkte außer acht ließ. Die Zeit war gekommen, wo der Sprengstoff gezündet werden mußte. »Ich habe Ihre Berichte gelesen, George. Alle, ohne Ausnahme. Ich habe sie sorgfältig gelesen. Ihre Berichte strotzen nur so von Verniedlichungen und verschleiernden Bezeichnungen. Ich zitiere. Ungeeignete Versuchspersonen. Experimente mit unbefriedigendem Ausgang. Schwächliches Versuchsmaterial.« Seine Stimme sank zum Flüsterton. Plötzlich war es, als spräche er nur noch zu sich selbst. »Ich habe Jahre gebraucht, bis ich verstand, was hinter diesen beschönigenden Bezeichnungen steckte, George. Jahrelang habe ich mir eingeredet, daß Sie mit der Vokabel Versuchsmaterial nicht Menschen meinten, sondern Ratten oder Versuchskaninchen. Affen vielleicht. Alles mögliche, aber keine Menschen. Ich wollte einfach nicht die Wahrheit wissen.« Er versuchte zu lächeln, aber das Lächeln geriet zu einer kläglichen Grimasse. »Ich hätte wahrscheinlich einen fabelhaften Nazi abgegeben, George. Und Sie auch.«

Als Dr. Hamlin ihm antwortete, zitterte er vor Wut. »Ich bin Wissenschaftler und nur Wissenschaftler!« schrie er. »In meinem Denken ist kein Raum für Sentimentalitäten.«

»Sie nennen es Sentimentalitäten.« Randolph fixierte ihn voller Abscheu. »Wie viele Kinder haben Sie in den letzten zehn Jahren umgebracht?«

Dr. Hamlins Blick war von Haß erfüllt, und dieser Haß richtete sich gegen den Mann, dem er seit Jahren Rede und Antwort stehen mußte. »Ich habe kein einziges Kind umgebracht«, schnaubte er. »Sie sind es, der keine Ahnung hat, was bei diesem Projekt eigentlich geschieht. Sie haben nie etwas von der Sache verstanden, und Sie verstehen auch heute noch nichts. Die Kinder, um die es sich dreht, befinden sich nicht hier in diesem Gebäude. Und die Frauen, die Sie in Ihren gefühlvollen Ausführungen erwähnen, sind keine Mütter. Für die Kinder gilt die Bezeichnung, die ich in meinen Berichten verwende: *Versuchstiere*. Zugegeben, sie sehen wie Men-

schen aus. Genetisch betrachtet ist das schon nicht mehr so klar. Um was handelt es sich? Tiere? Wesen? Menschliche Roboter? Eines Tages mögen sich die Gerichte und der Gesetzgeber darüber den Kopf zerbrechen. Aber erst, wenn ich diese Wesen zum störungsfreien Funktionieren gebracht habe. Solange es Kinder gibt, die bei den Versuchen sterben, handelt es sich nicht um Menschen, sondern um Versuchstiere. Aber es werden keine Kinder mehr sterben, George, das verspreche ich Ihnen. Ich stehe unmittelbar vor dem großen Durchbruch. Sie dürfen das Projekt in dieser Phase nicht stoppen.«
Unvermittelt schwand sein Zorn. Sein Gesichtsausdruck erinnerte Randolph jetzt an einen Menschen, der gehetzt und in die Enge getrieben wird. »Ich rate Ihnen, Paul, versuchen Sie nicht, das Projekt zu Fall zu bringen. Wenn Sie das tun, werde ich das ganze CHILD-Institut mit in den Abgrund ziehen. Stehen Sie zu mir und ernten Sie mit mir die Früchte unserer Anstrengungen. Wenn Sie mir das Wasser abgraben, werde ich Sie mit mir in die Tiefe reißen.«

Randolph hatte gewußt, daß sie sich eines Tages als Gegner gegenüberstehen würden. Und er hatte immer schon geahnt, wie die Kraftprobe ausgehen würde, nämlich zugunsten von Dr. Hamlin. Der andere hatte recht. Es war zu spät, um das Projekt zu stoppen. Es sei denn, mit Zustimmung des Hauptbeteiligten, mit Zustimmung dieses Arztes. Inzwischen war klar, daß Dr. Hamlin auf Gedeih und Verderb weitermachen würde.

Die Kontrolle des Ganzen lag von diesem Augenblick an allein in den Händen Dr. Hamlins. Randolph fiel der Name ein, den der Wissenschaftler vor Jahren, vor Beginn der Experimente, für dieses Vorhaben vorgeschlagen hatte. Projekt Gott.

Das Projekt stand vor der Vollendung. Und der Name war passend. Dr. Hamlin spielte Gott.

19

Randy Corliss hielt die Bauanleitung für das Modellschiff auf den Knien. Seit dem Ende der Mittagsmahlzeit waren er und Eric mit dem Zusammensetzen der Legobausteine beschäftigt. »Wir haben einen Fehler gemacht«, sagte Randy. »Oder aber die Bauanleitung ist falsch. Jedenfalls fehlt hier jeder Hinweis, wie der Frachtraum beschaffen sein sollte.«

Eric war aufgestanden. Er trat einen Schritt zurück und musterte das aus blauen und roten Bausteinen zusammengesetzte Gebilde. Dann warf er einen Blick auf die Bauanleitung. »Es sind zwei verschiedene Schiffe, okay. Aber was soll's? Wir können das Schiff so bauen, wie wir Lust haben.«

»Nein«, sagte Randy stur. »Wir müssen es so bauen, wie es in der Anleitung steht.« Er deutete auf den Geschützturm. »Der Turm gehört weiter nach hinten. Statt dessen müßte da ein Radarturm stehen.«

»Laß mal sehen.« Eric nahm ihm die Bauanleitung wieder ab. »Wenn du mich fragst, ich bin nicht einmal sicher, ob wir an der richtigen Ebene bauen.«

»Aber ja. Wir bauen an Ebene 14. Wenn wir mit dem Aufbau der Brücke fertig sind, kommt die Startbahn für die Flugzeuge dran.«

Eric hatte sich in die Anleitung vertieft. Randy war ans Fenster getreten. Er starrte auf das mit Büschen und Baumgruppen besetzte Gebäude hinaus. Es war ein warmer Tag. Feuchtwarm. Randy tastete nach den Gitterstäben. »Hast du eigentlich je mit dem Gedanken gespielt, abzuhauen?« fragte er unvermittelt.

»Ich *bin* abgehauen«, sagte Eric. »Letztes Jahr, von zu Hause.«

»Das meine ich nicht. Ich meine, von hier abhauen.«

»Warum sollte ich?«

»Nur so. Nur um herauszufinden, ob man's schafft. Als Mutprobe.«

»Kein Interesse.« Eric hatte sich mit der Wange auf den Boden gelegt. Er verglich Modell und Anleitung. »Ich hab's«, sagte er. »Komm mal her, ich zeig' dir, was ich meine.«

Randy warf einen letzten Blick auf das fahle Grün, dann kehrte er zu seinem Spielgefährten zurück. Der hatte das halbfertige Gebilde in zwei Teile zerlegt. Er zählte die bereits miteinander verzahnten Bausteine vom Bug bis zum Mittschiff. Dann musterte er Randy mit einem triumphierenden Blick. »Siehst du? Wir haben nicht genügend Bausteine verwendet. Deshalb ist auch kein Platz fürs Rettungsboot.«

Randy kniete sich hin, um die Anleitung zu studieren. Plötzlich war ein ersticktes Gurgeln zu hören. Er sah auf.

Eric hatte den Mund geöffnet, es sah aus, als wollte er einen Schrei ausstoßen. Sein Kopf war in den Nacken gesunken.

»Was hast du, Eric?«

Eric gab keine Antwort. Die Farbe wich aus seinem Gesicht, er begann mit den Armen um sich zu schlagen. Entsetzt sah Randy, wie sein Gesicht sich blau verfärbte. Er fiel in sich zusammen wie ein Sack. Ein Zucken der Beine, dann lag er völlig still.

»Eric?« Randy schrie den Namen seines Freundes. »Eric!«

Und dann rannte er los wie von Furien gehetzt. Seine Schreie hallten durch das ganze Haus.

Louise Bown hatte es sich in ihrem Büro bequem gemacht. Sie dachte nach. Sie hatte nur einen Teil der Unterhaltung mitbekommen. Als Dr. Hamlin seinem Zorn über die Pläne von Mr. Randolph lautstark Ausdruck gegeben hatte, war sie Zeuge des Zerwürfnisses geworden.

Drei Jahre arbeitete sie jetzt schon für das Institut. Und heute erst waren die Befürchtungen, die sie schon seit Beginn hegte, bestätigt worden. Für Dr. Hamlin, das war jetzt klar, waren die Kinder keine Menschen. In gewisser Weise hatte er sogar recht. Die Kinder waren anders als ihre gleichaltrigen Gefährten. Sie reagierten anders. Und doch waren es Menschen.

Louise Bown mochte Kinder. Sie behandelte sie mit aller Fürsorge, zu der sie fähig war. Wenn einer der Jungen starb, dann war ihr, als würde ihr das eigene Kind von der Brust gerissen.

Ich werde die Arbeit hier aufgeben müssen, dachte sie. Ich kann das nicht länger ertragen.

Sie suchte sich einen Schreibblock und begann ihre Kündigung zu formulieren. Sie war bei der zweiten Fassung angelangt, als sie Randys Hilfeschreie hörte. Sie ließ den Kugelschreiber fallen und rannte los. Sie war auf dem Flur, als Randy schreckensbleich die Treppe heruntergestolpert kam. Als er Louise erblickte, lief er ihr in die Arme.

Sie kniete sich hin und drückte ihn an sich. »Was ist los, Randy? Was ist passiert?«

»Eric! Ich glaube, er ist ... tot.« Was er weiter sagte, war nicht zu verstehen. Er barg seinen Kopf in ihren Armen und schluchzte.

Ein Mensch, dachte sie. Anders als die Kinder, die ich kenne, aber ein Mensch.

Behutsam machte sie sich von Randy frei. Sie ergriff den Jungen bei der Hand. »Zeig mir, wo Eric ist.«

»Er ist oben, in meinem Zimmer. Er liegt auf dem Boden und rührt sich nicht mehr. Sein Gesicht ist blau angelaufen. Wir hatten gerade ...« Er begann wieder zu schluchzen.

Sekunden später betraten sie das Zimmer. Louise Bown untersuchte den Jungen, der in verkrümmter Haltung am Boden lag. Es war, wie sie befürchtet hatte. Kein Puls, keine Atmung.

Sie ging zum Telefon und sagte etwas, das Randy nicht verstand. Dann nahm sie ihn bei der Hand und ging mit ihm auf den Flur hinaus. Sie waren an der Treppe angelangt, als Randy stehenblieb. »Wollen wir denn nichts unternehmen wegen Eric?«

»Es gibt nichts, was wir da noch unternehmen könnten«, sagte sie ruhig.

Sie führte ihn die Treppe hinunter. Sie standen in ihrem Büro, als er zu weinen begann. Er schlag ihr die Arme um den Hals.

»Woran ist Eric gestorben?«

Was konnte sie ihm antworten? Sie würde die übliche Geschichte herunterbeten müssen. Dein Freund ist seit langer Zeit krank, und es war zu erwarten, daß er sterben würde.

Sie konnte die Lüge nicht mehr über die Lippen bringen.

So oft hatte sie gelogen, wenn die Jungen nach dem Verbleib ihrer Freunde fragten.

Sie würde Randy Corliss nicht belügen.

»Wir wissen nicht, woran Eric gestorben ist«, sagte sie.

»Muß ich auch sterben?« fragte er.

Alle Jungen in diesem Internat müssen sterben, dachte sie. Durfte sie Randy das sagen?

»Er hat nicht gelitten«, flüsterte sie. Sie zog ihn an sich. »Es ist, als wenn man ohnmächtig wird. Weißt du, wie das ist?«

Er schüttelte den Kopf.

»Ich schon. Man beginnt zu schwitzen, und plötzlich wird einem schwarz vor den Augen. Wenn man wieder aufwacht, kann man sich nicht mehr daran erinnern, wie es passiert ist. Ein merkwürdiges Gefühl. Aber es tut nicht weh.«

»Eric wird nicht wieder aufwachen«, sagte Randy.

»Nein«, sagte Louise Bown.

Und außerdem tut sterben weh, dachte Randy. Miß Bown war nicht dabeigewesen, sie konnte es also nicht wissen. Er aber hatte genau mitbekommen, wie Eric den Mund zu einer Grimasse des Schmerzes verzogen hatte.

Ich will nicht sterben, dachte er. Er hatte verstanden, was mit den Jungen geschah, bevor sie verschwanden. Es geschah nicht irgendwo, sondern hier, im Internat. Die Jungen starben. Und sie starben, weil sie hier waren.

Ich muß fliehen.

Aber wie? Und zu wem? Zu seinem Vater konnte er nicht gehen. Der hatte ihn schließlich in dieses Internat gesteckt. Er würde ihn zurückbringen. Und dann...

Die Vorstellung war fürchterlich. Aber es gab keinen anderen Ausweg.

Mutter.

Ich muß fliehen und mich zu meiner Mutter durchschlagen.

Er kuschelte sich in die Arme seiner Lehrerin. In Gedanken lag er in den Armen seiner Mutter.

Sie würde dafür sorgen, daß er nicht starb.

Sergeant Bronski saß an seinem Schreibtisch in der Eastbury Police Station. Er hatte den Kragenknopf gelöst. Einmal mehr verfluchte er die Dienstordnung, die das Tragen der Sommeruniform vor dem 21. Juni verbot. Für die Dienstordnung gab es keine Temperaturen, es gab nur Kalendertage. Er dachte über das Gespräch nach, das er mit dem Ehepaar Corliss und Sally Montgomery geführt hatte. Den ganzen Vormittag hatte ihn die Erinnerung daran verfolgt. Der Gedanke, daß etwas dran sein könnte an den Anschuldigungen, die Sally Montgomery gegen Dr. Wiseman vorbrachte, verfolgte ihn. Schließlich stand er auf, zog die Akte Randy Corliss aus der Schublade und trat den Weg zum Büro des Chefs an.

Orville Cantrell empfing den Sergeanten mit einem knappen Nicken. Er deutete auf den freien Stuhl und schaute auf die Akte, die Sergeant Bronski ihm auf den Schreibtisch gelegt hatte. Er überflog den Inhalt und nickte.

»Der Junge ist von zu Hause weggelaufen. Ich kenne den Fall.«

»Der Junge ist vermißt. Ob er von zu Hause weggelaufen ist, wissen wir nicht.«

»Kommen Sie, Bronski! Sie wissen genau, was in den Familien los ist. Die Kinder laufen weg, auch Kinder von acht oder zehn.«

»Randy Corliss ist nicht weggelaufen.«

»Und was macht Sie so sicher, Sergeant?«

Bronski nickte. Er hatte Cantrell dort, wo er ihn haben wollte. Der Chef war neugierig geworden. In wenigen Sätzen legte Bronski dar, was Lucy Corliss und Sally Montgomery ihm erzählt hatten. Er ließ auch die Beschuldigungen nicht aus, die von den beiden Frauen gegen Dr. Wiseman vorgebracht worden waren. Sein Chef schien nicht hinzuhören.

»Was ist aus dem Einbruch bei A & P geworden? Irgendeine Spur?« sagte Cantrell unvermittelt.

»Ich danke, wir sprechen über den Fall Randy Corliss.«

»*Sie* sprechen über den Fall Randy Corliss. *Ich* spreche über A & P. Charlie Hyer war hier. Er ist der Ansicht, die Polizei könnte etwas für die Aufklärung des Einbruchs tun.«

»Und Lucy Corliss ist der Ansicht, die Polizei könnte etwas tun, um das Verschwinden ihres Sohnes aufzuklären«, gab Bronski stur zurück. »Was ist eigentlich wichtiger, Chef, die viertausend Dollar, die bei dem Einbruch geklaut wurden, oder das Leben eines neunjährigen Jungen?«

»Für Charlie Hyer sind die viertausend Dollar wichtiger.«

Sergeant Bronski schüttelte den Kopf. »Da kann ich Ihnen nicht folgen, Chef.«

Cantrell hatte sich zurückgelehnt. Er verschränkte die Hände hinter seinem Kopf. »Als ich noch in Ihrem Alter war, Bronski, da habe ich geglaubt, ich müßte mich den Fällen widmen, die ich für wichtig hielt. Inzwischen habe ich herausgefunden, daß für die Betroffenen ihr eigener Fall immer der wichtigste ist. Für Charlie Hyer sind seine verschwundenen viertausend Dollar genauso wichtig wie für Lucy Corliss der verschwundene Sohn.«

»Da bin ich anderer Meinung.«

»Deshalb sind Sie ja auch nur Sergeant und ich Chef der Polizei.« Cantrell warf einen Blick auf seine Armbanduhr. »Sie haben noch eine halbe Stunde Dienst, Bronski. Ich möchte, daß Sie die verbleibende Zeit dem Fall A & P widmen. Was Randy Corliss angeht, so handelt es sich um einen Ausreißer. Noch Fragen?«

»Haben Sie mir denn vorhin überhaupt nicht zugehört?«

»Doch, das habe ich. Sie haben sich die Ohren vollheulen lassen von zwei hysterischen Frauen, die sich mit der Wirklichkeit nicht abfinden können. Was haben Lucy Corliss und Sally Montgomery vorzuweisen? Einen Haufen bedrucktes Papier, Computerschreibungen, die nicht einmal derjenige versteht, der das ganze Gewäsch eintippt. Ich will Ihnen mal was sagen, Bronski. Neunzig Prozent der Daten, die in den Computern gespeichert sind, werden nach der Einspeicherung nie wieder angesehen. Niemand weiß überhaupt, *was* in den Datenbänken gespeichert ist. Und deshalb möchte ich nicht, daß Sie mit dem Studium solcher Papierberge Ihre Zeit vertun.« Bronski wollte protestieren, aber Cantrell stoppte ihn mit einer Handbewegung. »Es tut mir leid, daß Randy Corliss von zu Hause weggelaufen ist, und es tut mir leid, daß dieser Frau das Kind gestorben ist. Es gibt viele Dinge, die mir leid tun, ohne daß ich daran etwas ändern kann. Was Dr. Wiseman betrifft, so hat die Bürgernähe der Polizei ihre Grenzen. Von dem Geschwätz, daß der Leiter einer angesehenen Klinik seine Patientinnen für irgendwelche obskuren Experimente mißbraucht, möchte ich nichts mehr hören. Habe ich mich einigermaßen verständlich gemacht?«

Sergeant Bronski war aufgesprungen. »Jawohl, Sir. Sie möchten nicht, daß ich meine Zeit auf den Fall Randy Corliss verwende.«

»Richtig.«

Bronski war schon in der Tür, als er Cantrell etwas sagen hörte. Er blieb stehen.

»Was Sie außerhalb Ihrer Dienstzeit tun, ist natürlich Ihre Sache, Bronski. Sie wissen ja, daß so ein Telexgerät auch außerhalb Ihrer Dienststunden arbeitet. Für welch einen Fall Sie das Gerät benutzen, darüber wird keine Kontrolle geführt.«

Sergeant Bronski durchquerte den Raum und trat zum zweitenmal vor den Schreibtisch seines Chefs.

»Hatten Sie etwas gesagt, Sir?«

»Nicht daß ich wüßte, Sergeant. Gehen Sie bitte an Ihre Arbeit.«

Bronski zog die Tür des Chefzimmers hinter sich zu und trottete zu seinem Schreibtisch zurück. Der Fernschreiber in der Ecke des Raumes hatte zu ticken begonnen. Bronski stand auf und betrachtete das Blatt, das sich zuckend über den Tisch schob.

Die üblichen Fahndungsersuchen. »Flüchtig ist...« Ein Fernschreiben, das aus Atlanta im Bundesstaat Georgia durchgegeben wurde, zog Bronskis Aufmerksamkeit auf sich. Ein Junge war von zu Hause weggelaufen. Adam Rogers war der Name des Jungen. Alter: Neun Jahre. Die Meldung wurde nach Eastbury durchgefunkt, weil der Vater des Jungen früher einmal in Eastbury wohnhaft gewesen war. Der Mutter zufolge war es nicht ausgeschlossen, daß sich der Ausreißer bis nach Eastbury durchschlug, um dort bei seinem Vater Unterschlupf zu finden. Wobei das Kind wohl außer acht ließ, daß der Vater längst nicht mehr dort wohnte. Immerhin wurde die frühere Anschrift des Vaters durchgegeben.

Bronski riß das Schreiben von der Walze und las es ein zweites Mal. Merkwürdig. Der Name des Vaters entsprach nicht dem Namen des Sohnes. Phillip J. Kramer hieß der Vater.

Er nahm das Fernschreiben und ging zum wachhabenden Beamten. Er zeigte ihm den Text. »Ist der Fall schon in Bearbeitung?«

Der Beamte sah nicht einmal auf. »Nein, das kannst du dir doch denken. Ist doch gerade erst durchgetickert worden.«

»Ich kümmere mich um die Sache«, sagte Bronski. Er ging zu seinem Arbeitsplatz, nahm das Telefonverzeichnis von Eastbury zur Hand und schlug den Buchstaben K auf. Eine Minute später wußte er, daß es keinen Philip Kramer mehr in Eastbury gab. Zumindest hatte der Mann kein Telefon mehr.

Er holte sich das Adreßbuch mit dem Straßenverzeichnis. Unter der Anschrift, wo früher Phillip Kramer gewohnt hatte, waren jetzt Mr. und Mrs. Roland P. Strassman gemeldet.

Er suchte die Nummer aus dem Telefonverzeichnis heraus und wählte den Anschluß. Mary Strassman meldete sich.

Ob ich einen Mr. Phillip Kramer kenne? Und ob ich den kenne. Wir haben das Haus von ihm gekauft. Acht Jahre ist das jetzt her.

Nein. Mr. Kramer sei nicht verheiratet gewesen. Da sei sie ganz sicher. In dem Vertrag, der damals angefertigt worden war, hatte Mr. Kramer die Bezeichnung ›ledig‹ eingetragen.

Bronski bedankte sich und legte auf.

Er betrachtete das Fernschreiben, das vor ihm auf der Schreibtischplatte lag. Warum hatte Cantrell erwähnt, daß ihm der Fernschreiber zur Verfügung stehe? Warum wies der Chef des Police Department auf eine Selbstverständlichkeit hin? Das mußte einen Grund haben.

Der Ausreißer, um den es in dem Fernschreiben aus Atlanta ging, war neun Jahre alt. Wie Randy Corliss. Die Eltern des Jungen hatten sich getrennt. Ein unerwünschtes Kind möglicherweise. Vielleicht war der Junge in Eastbury geboren?

Bronski sah auf seine Armbanduhr. Dann auf die geschlossene Tür von Cantrells Büro. Sein Entschluß stand fest. Er erhob sich, knöpfte sich den Hemdkragen zu, streifte sich die Uniformjacke über und begab sich auf den Weg zum Ausgang.

Der wachhabende Beamte grinste. »Heiße Spur oder kaltes Bier?«

Bronski fand das nicht besonders lustig. Aber er ließ sich das nicht anmerken. »Vielleicht beides«, sagte er leichthin. »Wenn der Chef fragt, ich bin in der Sache A & P unterwegs, okay?«

»Okay.«

Er setzte sich in den Wagen und schlug die Richtung zu Lucy

Corliss ein. Als er am Gebäude von A & P vorbeikam, sah er auf seine Armbanduhr.

Wie schön. Es war jetzt vier. Sein Dienst war zu Ende.

20

Jason Montgomery räkelte sich auf seinem Stuhl. Er spielte mit den Rosinen, die in den Weizenflocken schwammen. Er liebte dieses Spiel. Er mußte die Zahl der Rosinen schätzen. Und dann mußte er nachsehen, wieviel es wirklich waren.

Diesmal probierte er eine neue Variante des Spiels aus. Es galt, möglichst laut mit dem Löffel in der Schüssel zu rühren. Das war notwendig, um das Gezänk der Eltern zu übertönen.

Der Streit zwischen Sally Montgomery und ihrem Mann war immer erbitterter geworden. Es schien den Eltern egal zu sein, daß er jedes Wort mitbekam. Was ungewöhnlich war. Früher hatten sie gewartet, bis er außer Hörweite kam. Erst dann hatten sie begonnen, aufeinander einzuhacken.

Diesen Morgen achtete niemand auf ihn. Als ob er unsichtbar wäre. Er betrachtete seine Eltern aus den Augenwinkeln. Sie hatten wie üblich an den beiden Schmalseiten des Tisches Platz genommen. Das Gesicht seiner Mutter war wie versteinert. Vater war vor Wut rot angelaufen.

»Alles, was ich möchte, ist, daß du dich bei Dr. Wiseman in Behandlung begibst, und zwar heute«, hörte er seinen Vater sagen. »Ist das denn so schlimm? Mein Gott, du bist doch schon so oft bei ihm gewesen. Was ist passiert, daß du dich jetzt mit Händen und Füßen sträubst?«

»Ich habe kein Vertrauen mehr zu Dr. Wiseman«, verkündete Sally.

»Dafür hast du Vertrauen zu einer wildfremden Frau, die ganz offensichtlich nicht alle Tassen im Schrank hat.«

Sallys Augen waren zu dunklen Schlitzen geworden. »Was willst du damit sagen?«

Steve entfuhr ein Seufzer der Erschöpfung. Es war noch früh, erst halb acht. Er hatte trotzdem das Gefühl, einen ermüdenden Arbeitstag hinter sich zu haben. »Was ich sagen will, ist, daß Lucy Corliss in psychiatrische Behandlung gehört, eher als du.«

»Wie kannst du es wagen, so etwas zu sagen! Du hast doch noch nie auch nur ein einziges Wort mit dieser Frau gewechselt. Wieso maßt du dir ein Urteil über ihre psychische Verfassung an? Manchmal meine ich, ich bin mit einem verdammten Narren verheiratet!«

Jason ließ den Löffel sinken. Er glitt von seinem Stuhl und verließ das Wohnzimmer. Eine Minute später saß er vor dem niedrigen Arbeitstisch in seinem Zimmer. Immer noch war das Streitgespräch seiner Eltern zu hören. Es ging um Fragen, deren Bedeutung Jason verborgen blieb.

War Randys Mutter verrückt geworden?

Und warum wollte Vater, daß Mutter sich zu Dr. Wiseman in Behandlung begab? War Mutter denn ebenfalls geistesgestört?

Er nahm seine Schulbücher und stopfte sie in die grüne Büchertasche. Dann ging er die Treppe hinunter. Er lugte um die Ecke. Da saß seine Mutter. Sie weinte.

Ob ich hingehe und ihr einen Kuß gebe? Besser nicht. Es war unwahrscheinlich, daß Mutter zu weinen aufhörte. Wahrscheinlicher war, daß sie völlig die Fassung verlor, wenn er zu ihr ging. Womöglich brach er selbst noch in Tränen aus.

Es war nicht gut, wenn einen die Erwachsenen weinen sahen.

Er hatte sich weder von seiner Mutter noch von seinem Vater verabschiedet, als er in den warmen Frühlingsmorgen hinaustrat. Der Streit im Haus dauerte an, das Keifen seiner Mutter folgte ihm bis auf die Straße. Er hatte die Entfernung eines halben Häuserblocks hinter sich gebracht, als er Joey Connors sah. Joey. Gute Freunde waren sie nie gewesen. Aber auch keine Feinde. Jason beschloß ihn einzuholen. Er begann zu laufen.

»Tag, Joey«, sagte er, als er auf seiner Höhe angelangt war.

Joey zog eine Fratze. Er antwortete nicht.

»Was hast du?«

»Nichts. Was willst du von mir?«

Jason zuckte die Schultern. »Ich will gar nichts von dir.« Was war mit Joey passiert? Sie gingen schweigend nebeneinander her.

»Warum gehen wir nicht jeder für sich?« sagte Joey schließlich.

»Warum sollten wir das?« fragte Jason zurück. Ich habe ihm gar nichts getan, dachte er. Wie stellt er sich das wohl vor? Sollen wir hintereinander zur Schule gehen? Im Gänsemarsch?

»Meine Mutter hat gesagt, ich soll nicht mehr mit dir spielen«, sagte Joey. Zum erstenmal seit Beginn ihrer Begegnung sah er Jason in die Augen.

Jason war stehengeblieben.

»Warum sollst du nicht mehr mit mir spielen? Was habe ich dir denn getan?«

Joey hielt den Blick auf den Bürgersteig gerichtet. »Meine Mutter hat gesagt, mit deiner Mutter stimmt was nicht. Darum!«

Jetzt platzte Jason der Kragen. »Das nimmst du zurück. Mit meiner Mutter ist alles in Ordnung.«

»Das nehme ich *nicht* zurück. Seit deine Schwester tot ist, spielt deine Mutter verrückt, die ganze Nachbarschaft weiß das. Und außerdem sagt meine Mutter, deine Schwester ist umgebracht worden. Sie war nicht krank.«

»Unsinn! Sie war krank, deshalb ist sie gestorben.«

»Mich kannst du nicht hinters Licht führen«, grinste Joey. »Ich wette, du hast sie abgemurkst. Du und Randy Corliss, ihr beide habt die Kleine auf dem Gewissen. Deshalb ist Randy auch von zu Hause weggelaufen.«

Jason holte zum Schlag aus. Der Hieb in den Magen kam für Joey völlig unerwartet. Er knickte zusammen, dann warf er sich mit einem Wutgeheul auf Jason. Eine Sekunde später wälzten sie sich am Boden. Joey hatte einen Schlag auf Jasons Nase gelandet. Er sprang auf und begann Jason mit den Füßen zu bearbeiten.

Dann waren die Schritte anderer Kinder zu hören. Jason warf sich zur Seite. Es gelang ihm aufzustehen. Er tastete nach seiner Lippe, die anzuschwellen begann.

Aufs neue hatte sich Joey auf ihn geworfen. Jason spürte einen stechenden Schmerz im Arm. »Du hast mich gebissen!« sagte er wutentbrannt. Er stürzte sich auf seinen Angreifer. Es gelang ihm, den größeren Jungen zu überwältigen. Er kniete sich auf seine Brust und ballte die Faust.

»Sag, daß du aufgibst«, drohte er, »sonst schlag' ich zu.«

»Ich gebe auf«, stammelte Joey. Er stand auf und trat einen Schritt zurück. Die Tränen standen ihm in den Augen. »Ich werde alles meiner Mutter erzählen!« schrie er. »Du wirst die Hucke vollkriegen, bis du nicht mehr sitzen kannst.« Er machte kehrt und rannte zum Haus seiner Eltern zurück.

Jason sah ihm nach. Schließlich wandte er sich den anderen Kindern zu, die einen Kreis um ihn gebildet hatten. Sie betrachteten ihn voller Mißtrauen. Jason ahnte, daß diese Kinder auch nicht viel besser über ihn dachten als Joey.

»Und nun?« fragte ein Junge. »Was wirst du tun?«

Jason maß ihn mit einem herausfordernden Blick. »Jedenfalls werde ich mich nicht bei meiner Mutter ausweinen wie gewisse andere Jungen«, sagte er. Er trat auf den Jungen zu, der die Frage gestellt hatte. Der Kreis öffnete sich. Niemand folgte ihm, als er zur Straßenecke ging.

So wie ich aussehe, kann ich nicht nach Hause gehen, dachte er. Seine Hose war zerrissen. An den Knien waren Grasflecken. Sein Gesicht war blutverschmiert.

Meine Eltern, dachte er. Sie streiten sicher noch.

Eine Minute später wußte er, wie er das Problem lösen konnte. Er würde die Schule schwänzen. Er würde nicht nach Hause zurückkehren. Er würde ganz einfach tun, was ihm Spaß machte.

Niemand würde ihn zur Rede stellen. Niemand würde ihn ausschimpfen.

»Du und Dr. Wiseman, ihr seid euch einig?« fauchte Sally haßerfüllt. »Ihr wollt mich ins Irrenhaus bringen, gib's zu.«

»Aber Sally, das stimmt doch gar nicht. Wir glauben ganz einfach, daß du mehr Probleme hast, als du verarbeiten kannst. Wir glauben, daß du dich mit jemandem aussprechen solltest, der dir helfen kann. Dr. Wiseman möchte dir einen geeigneten Psychologen vorschlagen.«

»Wird der mir etwa helfen, Julies Todesursache herauszufinden?«

Er wollte antworten, als an die Tür geklopft wurde. Steve sprang auf und ging in die Küche. Sally hörte, wie die rückwärtige Tür geöffnet wurde. Dann kam ihr Mann in die Küche zurück, gefolgt von Joey und seiner wütenden Mutter. Joey blutete an der Augenbraue. Am Ohr hatte er eine Platzwunde erlitten. Sein Hemd war blutgetränkt.

»Um Gottes willen, Joey«, stammelte Sally. »Was ist denn passiert?«

»So sieht es aus, wenn Ihr Sohn zuschlägt«, sagte Joeys Mutter.

Sally Montgomery hatte ihre Serviette ergriffen. Mit einer fahrigen Bewegung wischte sie sich die Essensreste von den Lippen. Verständnislos, fast ängstlich betrachtete sie die Verletzungen, die der Sohn ihrer Nachbarin erlitten hatte. Was hatte Jason damit zu tun? »Jason ist noch gar nicht zur Schule gegangen«, sagte sie trotzig. Sie stand auf und trat in den Flur hinaus. Sie rief den Namen ihres Sohnes. Keine Antwort.

Jason war fort.

Sie kam ins Wohnzimmer zurück. Ihr Blick irrte zu Steve. »Wo ist der Junge? Er hat sich nicht einmal verabschiedet.«

»Vielleicht ist er noch oben.« Steve Montgomery durchquerte das Wohnzimmer und machte auf dem Treppenabsatz halt. »Jason?«

Jason antwortete nicht.

»Wenn Ihr Sohn überhaupt im Haus ist, dann ist er im Bad und wäscht sich«, sagte Kay Connors aufgebracht.

»Was hat das alles zu bedeuten, Mrs. Connors?« fragte Sally.

»Ihr Sohn hat einen Streit mit Joey begonnen. Schauen Sie doch nur, wie er meinen Kleinen zugerichtet hat.«

Steve kam ins Wohnzimmer zurück. »Jason ist nirgends zu finden. Seine Schulsachen sind nicht mehr im Zimmer. Er muß also zur Schule gegangen sein. Ich verstehe das nicht. Er hat nicht einmal auf Wiedersehen gesagt.«

Sally saß da wie benommen. Warum hätte sich Jason auch verabschieden sollen, dachte sie. Wir haben keine Minute Zeit für unseren Jungen gehabt, unser Streit war uns wichtiger.

Sie dachte nach. War Jason überhaupt am Frühstückstisch gewesen? Sie erinnerte sich nicht. Dann fiel ihr ein, daß sie ihm nachgesehen hatte, wie er das Wohnzimmer verließ. Was wohl in seinem Herzen vorging, wenn er seine Mutter weinen sah? Wenn er Zeuge der Kränkungen wurde, die sie sich gegenseitig antaten? War es nicht natürlich, daß er aus einem solchen Haus so schnell wie möglich verschwand? Sie begann zu weinen. Als sie merkte, daß sie ihren Tränenfluß nicht mehr stoppen konnte, rannte sie hinaus. Steve sah ihr traurig nach. Dann wandte er sich zu Kay Connors.

»Sagen Sie bitte, Mrs. Connors, was ist eigentlich vorgefallen?«

Kay Connors' Wut hatte sich gelegt. Sie zog ihren Jungen an sich. »Joey war auf dem Weg zur Schule«, berichtete sie. »Unterwegs hat er Jason getroffen. Die beiden haben eine Rauferei gehabt.«

»Aber du bist doch größer als Jason«, sagte Steve Montgomery, zu Joey gewandt.

»Er hat angefangen«, sagte Joey patzig.

»Aber warum hat er dich geschlagen?«

Joey senkte den Blick. »Keine Ahnung.«

»Komm schon, Joey. Es gibt immer einen Grund, wenn man miteinander in Streit gerät. Ich kann mir nicht vorstellen, daß Jason einfach auf dich zugegangen ist und dich geschlagen hat, ohne daß irgendein Wortwechsel vorausging.«

»Doch, das hat er. Ich ging auf dem Bürgersteig entlang, da kam Jason hinter mir hergelaufen. Als ich mich nach ihm umdrehte, hat er zugeschlagen.«

»Haben die beiden vielleicht vorher schon Streit gehabt?« fragte Steve Montgomery Mrs. Connors.

»Das ist wohl kaum möglich«, sagte Kay Connors. »Ich habe Joey verboten, mit Ihrem Sohn zu spielen. Ich bin überhaupt dafür, daß die Kinder beim Haus bleiben, wo man sie überwachen kann. Als Joey diesen Corliss-Jungen zum Freund hatte, da hat es auch schon Ärger gegeben. Seitdem...«

»Sie meinen Randy?« fiel ihr Steve ins Wort.

»Ganz recht, so heißt er. Randy.« Sie zögerte. »Ich weiß, daß es Ihrer Frau im Augenblick gesundheitlich nicht gutgeht, deshalb habe ich Joey gesagt, er soll sich von Jason fernhalten.«

Steve Montgomery dachte nach. Was diese Frau wohl ihrem Sohn über die Familie Montgomery erzählt hatte? »Ich werde Jason die Leviten lesen, Mrs. Connors«, versprach er. »Wenn es so ist, wie Joey sagt, werde ich den Jungen gehörig bestrafen.«

»Bestraft ist er schon«, mischte sich Joey ein. »Ich habe ihm ein blaues Auge beigebracht. Außerdem habe ich ihn gebissen.«

Kay Connors war fassungslos. »Du hast *was?*«

»Ich habe ihn gebissen. Er war über mir und hat mir den Arm umgedreht. Da habe ich ihn gebissen. Er hat sogar geblutet.«

»Davon hast du mir ja vorher gar nichts gesagt, Joey.«

»Du hast mich auch nicht danach gefragt«, erwiderte der Kleine.

Sie sah Steve an. »Ich habe mich vorhin vielleicht zu sehr aufgeregt«, sagte sie.

Er mußte lächeln. »Jedenfalls sieht es so aus, als hätten unsere beiden ganz schön hingelangt.«

Sie nahm ihren Jungen bei der Hand. »Wenn du das nächste Mal bei einer solchen Rauferei Hiebe einsteckst, dann komm nicht mehr zu mir gelaufen, um dich an Muttis Schürzenzipfel auszuweinen. Es sei denn, dein Gegner ist doppelt so alt und viermal so groß wie du. Und jetzt nach Hause mit dir. Du wirst dich waschen und dann geht's in die Schule!«

»Muß ich wirklich in die Schule?«

»Natürlich, was denkst du denn? Wenn du zu spät kommst, das ist dein Problem, das hast du dir selbst eingebrockt. Denk das nächste Mal nach, bevor du dich auf eine Schlägerei einläßt.«

Sie verschwand durch die rückwärtige Tür und nahm ihren Jungen mit sich. Steve ließ sich auf seinen Stuhl fallen und goß sich eine Tasse Kaffee ein. Eine Weile lang starrte er die gefüllte Tasse an. Dann stand er auf und eilte die Treppe hinauf, um nach seiner Frau zu sehen.

Sally lag im Bett. Er setzte sich zu ihr.

»Sally?«

Er sah sie an. Eine tiefe Traurigkeit stand in ihren Augen.

»Ich weiß nicht, was noch alles werden soll«, flüsterte sie. »Ich habe Angst, Steve. Furchtbare Angst. Mir ist, als würde eine Tür nach der anderen zugeschlossen. Als müßte ich ersticken.«

Er zog sie an sich. »Alles wird gut werden, Sally«, versuchte er sie zu trösten. »Ich werde mit dir gehen, wenn du mit Dr. Wiseman sprichst. Wir werden sehen, was er uns zu sagen hat. Ich werde dich nicht im Stich lassen, verstehst du? Du bist überlastet, du bist mit den Nerven fertig. Das ist alles. Du machst dir einfach zuviel Sorgen. Du darfst dich nicht so aufreiben, Sally, das führt zu nichts.«

Sie war zu erschöpft, um ihm zu widersprechen. Sie willigte in seinen Vorschlag ein. Jawohl, sie würde sich mit Dr. Wiseman über die weiteren Schritte beraten. Sie nahm sich vor, ruhig und beherrscht zu bleiben, wenn sie mit dem Arzt sprach.

Ich bin nicht verrückt, dachte sie. Ich bin ein vernünftiges Wesen. Ich bin nicht paranoid.

Ich werde Dr. Wiseman keinen Vorwand geben, mich hinter die Mauern einer Irrenanstalt zu bringen.

Dr. Malone las in einer Ärztezeitschrift, als das Gegensprechgerät auf seinem Schreibtisch zu schnarren begann.

»Dr. Malone?«

»Ja?«

»Hier spricht Suzy. Ein kleiner Patient von Ihnen ist zur Notaufnahme unterwegs. Er müßte gleich hier sein. Würden Sie rüberkommen und sich den Jungen ansehen?«

»Wer ist es denn?«

»Tony Phelps.«

Er erinnerte sich. Tony Phelps war zwei Jahre alt. Ein Kind, von dem sich eigentlich nur sagen ließ, daß er über eine beneidenswerte Gesundheit verfügte. Dies jedenfalls war das Ergebnis einer Routineuntersuchung, die Dr. Malone vor kurzem durchgeführt hatte.

»Tony Phelps? Was ist denn mit ihm? Ist er verletzt?«

»Ich weiß es nicht«, erwiderte die Krankenschwester. »Mrs. Phelps hat am Telefon nur unzusammenhängendes Zeug gestammelt. Mein armes Baby und so. Ich habe sofort den Krankenwagen hingeschickt. Ich schätze, wir haben den Kleinen in zehn Minuten hier.«

»Ich komme rüber.« Dr. Malone legte die Ärztezeitschrift auf den Stapel zurück. Er trat an den Tischcomputer und schaltete den Sichtschirm an. Dann tippte er den Namen des Kindes ein. Sekunden später erschienen die Daten von Tony Phelps auf der Mattscheibe. Die üblichen Impfungen, das war alles. Keine Erkrankungen. Dr. Malone nickte. Sein Gedächtnis hatte ihn nicht im Stich gelassen. Tony Phelps war das, was man etwas unakademisch als ›einen kerngesunden kleinen Kerl‹ bezeichnete. An der linken unteren Kante des Computerbildes blinkte das grüne Kürzel CHILD.

Die Sirene des Krankenwagens war zu hören. Das Geräusch kam näher, schwoll zu einem schmerzhaft hohen Ton an und erstarb als klägliches Winseln. Drei Minuten später kamen zwei Sanitäter mit einem Kind auf der Bahre in die Ambulanz gerannt. Arla Phelps, die Mutter des Kindes, folgte ihnen. Sie war bleich wie die Wand. Als sie Dr. Malone erblickte, lief sie auf ihn zu.

»Gut, daß Sie da sind, Dr. Malone. Der Kleine hat aus einer Flasche Lysol getrunken. Ich weiß auch nicht, wie das passieren konnte. Ich war nur für eine Minute aus der Küche gegangen. Als ich zurückkam . . .«

Sie verstummte. Dr. Malone war ins Behandlungszimmer geeilt. Der kleine Junge war von den beiden Krankenschwestern, die dort warteten, entkleidet worden. Arla Phelps ließ sich auf einen Stuhl sinken und steckte sich mit zitternder Hand eine Zigarette an.

Tony Phelps strampelte wie wild, aber die beiden Schwestern hielten ihn mit sanfter Gewalt auf der Liege fest. Dr. Malone nahm das biegsame Röhrchen, das ihm die Schwester reichte, und führte es in die Nase des Kindes ein. Mit sorgfältigen Bewegungen ließ er das Röhrchen durch den Hals und Speiseröhre bis in den Magen gleiten. Die Magenwäsche begann.

»Ob er's überleben wird?« flüsterte die Schwester, die neben ihm stand.

»Das hängt davon ab, wieviel er von der Lösung getrunken hat, wie stark die Konzentration war und wie lange das Gift schon im Magen ist.«

Arla Phelps war bei ihrer vierten Zigarette angelangt, als Dr. Malone in den Warteraum zurückkam.

»Wie geht es meinem Kind?«

»Es lebt noch«, sagte Dr. Malone ruhig. »Sagen Sie mir jetzt bitte genau, was sich zugetragen hat. Ich muß genau wissen, was er getrunken hat und wieviel.«

»Es war Lysol, Dr. Malone. Er hat die halbe Flasche ausgetrunken, bevor ich ...«

Er sah sie erstaunt an. »Die halbe Flasche?« Was die Frau sagte, war kaum zu glauben. Wenn es stimmte, was sie sagte, dann hätten Mund, Speiseröhre und Magen verätzt sein müssen.

»Warten Sie bitte hier, ich bin gleich zurück.« Er eilte ins Behandlungszimmer, um den ausgepumpten Mageninhalt des Kindes analysieren zu lassen.

Er traf Tony Phelps bei bester Gesundheit an. Das Kind hatte sich aufgerichtet. Es kicherte und spielte mit der Krankenschwester. Dr. Malone war im Türrahmen stehengeblieben.

»Suzy?«

Sie wandte sich zu ihm. »Wie Sie bei der Vorsorgeuntersuchung schon sagten«, flachste sie. »Ein kerngesunder kleiner Kerl.«

Sein Ernst schwand. »Den Eindruck habe ich auch.« Er ging auf die Behandlungsliege zu. »Ich möchte, daß der Mageninhalt sofort analysiert wird. Auf den ersten Blick sieht es so aus, als ob der Junge nur Orangensaft getrunken hat. Wahrscheinlich falscher Alarm. Aber wir müssen sichergehen. Sorgen Sie dafür, daß die Analyse sofort gemacht wird.«

Er betrachtete das Kind und blinzelte. »Du hast uns allen einen ganz schönen Schrecken eingejagt, mein Herr«, sagte er. »Du wolltest wohl einmal erleben, wie sich so eine Sirene anhört.«

»Wo ist meine Mami?« fragte der kleine Junge.

»Sie wartet draußen auf dich.« Er half dem Kleinen von der Liege herunter, nahm ihn an der Hand und brachte ihn zu seiner Mutter.

»Ist er schon wieder gesund?«

»Es sieht so aus. Aber es ist sicherer, wenn Sie noch ein paar Minuten dableiben. Ich bekomme gleich die Ergebnisse aus dem Labor. Ich bin selbst neugierig, wieviel er von dem Gift geschluckt hat.«

Zwanzig Minuten waren vergangen, als die Assistentin mit dem Laborbericht den Raum betrat. Sie gab Dr. Malone ein Zeichen. Er folgte ihr in den Behandlungsraum und zog die Tür hinter sich zu.

»Nun?«

»Ich verstehe das nicht. Das Kind hat einen halben Liter Lysol getrunken. Nach allen Erfahrungswerten müßte es tot sein.«

Die Gefahr war also noch nicht vorüber. Dr. Malone machte sich auf einen langen, schwierigen Arbeitstag in der Klinik gefaßt.

21

Das Problem waren die Hände. Sally Montgomery wußte einfach nicht, wo sie ihre Hände hätte verbergen können. Sie war nervös. Und sie wollte nicht, daß Dr. Wiseman sah, wie nervös sie war.

Steve war draußen geblieben. Eine halbe Stunde redete Dr. Wiseman nun schon. Es war der ruhige Ausdruck seiner Augen, sein verständnisvolles Lächeln und seine sanfte Stimme, die Sally den Rest ihrer Selbstbeherrschung raubten. Sie hätte ihm am liebsten ins Gesicht geschlagen.

Wieder und wieder hatte er ihr klarzumachen versucht, daß sie in die Behandlung eines Psychologen gehörte. Es sei wichtig, daß sie sich mit einer Person beriet, die sie selbst als neutral empfand. Nur der Psychologe, wen immer sie da wählte, konnte wahrhaft objektiv sein, was ihre Probleme anbetraf. Möglicherweise stellte sich heraus, daß sie recht hatte. Daß Dr. Wisemans Ängste und Vermutungen unbegründet waren. Daß sie psychisch in keiner Weise gefährdet war. Eben das galt es abzusichern. Sie mußte den Mut aufbringen, sich einem Fremden anzuvertrauen.

Ich weiß jetzt schon, was mir der Psychologe erzählen wird, dachte Sally. Er wird mir einhämmern, daß ich mich mit der Wirklichkeit abfinden muß, daß ich den Kopf in den Sand stecken soll. Er wird mir beibringen, daß ich so tun muß, als sei es völlig normal, wenn ein Kind von einem Tag zum andern wegstirbt. Sie fühlte die Wut hochsteigen. Hilflose Wut.

»Möchten Sie eine Erfrischung?« hörte sie Dr. Wiseman sagen.

»Danke, nein«, antwortete sie, eine Spur zu hastig. Sie zwang sich zu einem Lächeln. »Ich habe mich gerade bei dem Wunsch nach einer Zigarette ertappt«, sagte sie. »Aber ich will nicht mehr rauchen. Ich will… Sie biß sich auf die Lippen.

»Warum sperren Sie sich gegen meine Hilfe, Mrs. Montgomery?«

»Ich sperre mich nicht gegen Ihre Hilfe.«

»Doch. Sie sind mißtrauisch, und ich verstehe nicht, warum. Seit zehn Jahren sind Sie bei mir in Behandlung, und doch sitzen Sie mir gegenüber, als hätten Sie es mit einem Fremden zu tun, der Ihnen etwas Böses antun könnte. Wollen Sie denn nicht, daß ich Ihnen helfe?«

»Natürlich will ich das. Aber Sie verstehen einfach nicht, wo mein Problem liegt. Ich bin nicht geistesgestört.«

»Das hat auch niemand behauptet.«

Der sorgsam gebaute Damm gab nach. »O doch, Dr. Wiseman! *Alle* sagen das, und wer es nicht sagt, denkt es zumindest. Mein Mann, meine Mutter, die Nachbarn und auch Sie, Dr. Wiseman, obwohl Sie es nicht zugeben wollen. Wohin ich auch gehe, ich werde von der Seite angesehen. Die Frauen flüstern, wenn ich in den Supermarkt komme. Die arme Mrs. Montgomery. Seit ihr Kind gestorben ist, ist sie ein wenig merkwürdig. Es wird nicht mehr lange dauern, dann gehen die Leute auf die andere Straßenseite, wenn ich ihnen entgegenkomme. Ich könnte sie ja anfallen. Plötzlich stehe ich da und habe Schaum vor dem Mund. Aber ich sage Ihnen, Dr. Wiseman, ich bin nicht verrückt. Und Lucy Corliss ist auch nicht verrückt. Erinnern Sie sich noch an diese Patientin, Dr. Wiseman? Und erinnern Sie sich auch an Jan Ransom? Mit denen haben Sie das gleiche gemacht wie mit mir. Wir wollten keine Schwangerschaft, also haben Sie uns eine Spirale eingesetzt. Aber wir sind trotzdem schwanger geworden. Wir haben sogar ein Kind bekommen, jede von uns. Es war ein Geschenk von kurzer Dauer. Jan Ransoms Kind ist tot. Mein Kind ist tot. Lucys Kind ist verschwunden. Ist das Ihre Art von Geburtenkontrolle?«

Sie brach in hemmungsloses Schluchzen aus. Er beugte sich über den Schreibtisch und legte ihr beruhigend die Hand auf den Arm.

»Aber Mrs. Montgomery, ich habe Ihnen damals doch ausdrücklich gesagt, daß die Spirale kein sicheres Mittel zur Empfängnisverhütung ist. Es gibt Frauen, die trotz Spirale ein Kind bekommen. Daran kann kein Arzt etwas ändern, auch ich nicht.«

»Wirklich nicht? Ich werde herausfinden, was Sie damals gemacht haben, Dr. Wiseman. Ich will die Wahrheit wissen, und ich werde sie herauskriegen. Niemand kann mich daran hindern. Weder Sie, Dr. Wiseman, noch mein Mann noch meine Mutter. Niemand!« Sie stand auf, wankte zur Tür und griff nach dem Türknopf. Einen Augenblick lang schien es ihr, als sei die Tür von außen verriegelt worden. Panik befiel sie. Als sie den Knopf ein zweites Mal herumdrehte, schwang die Tür auf. Sie stürmte hinaus. Steve war aufgesprungen, er kam ihr entgegengelaufen. Sie schob ihn zur Seite. Am Ausgang der Praxis angekommen, blieb sie stehen und wandte sich um. »Laß mich in Ruhe«, sagte sie kalt. »Mach, was du willst, aber laß mich in Ruhe.« Dann war sie fort.

Steve fuhr herum, als er Dr. Wisemans Stimme hinter sich vernahm.

»Kommen Sie bitte in mein Sprechzimmer, Steve. Ich habe mit Ihnen zu reden.«

Er folgte ihm in den abgedunkelten Raum. Dr. Wiseman bat ihn, Platz zu nehmen.

»Sie haben's selbst mitbekommen«, sagte er nach einer Weile. »Es sieht nicht gut aus.«

»Was war denn eigentlich los? Warum war sie so aufgebracht?«

»Ich weiß es auch nicht genau«, antwortete Dr. Wiseman. »Zu Beginn der Unterredung hat mir Ihre Frau ganz ruhig zugehört. Dann hatte ich plötzlich den Eindruck, als wollte sie nicht mehr zur Kenntnis nehmen, was ich sagte. Sie ist nicht bereit, die Dinge zu nehmen wie sie sind. Heute weniger denn je. Zum Schluß habe ich sie gefragt, ob sie denn nicht will, daß ich ihr helfe. Na ja, Sie haben ja selbst gehört, wie sie darauf reagiert hat. Sie ist richtig explodiert.«

»O Gott«, seufzte Steve Montgomery, »was soll ich bloß tun?«

Der Arzt musterte ihn. »Ich kann mich täuschen, Steve, aber ich fürchte, Ihre Frau steht unmittelbar vor einem seelischen Zusammenbruch. Mir scheint es unter diesen Umständen das beste, wenn man sie aus der Gefahrenzone entfernt. Unter Gefahrenzone verstehe ich das Umfeld, in dem das traumatische Erlebnis stattgefunden hat. Der Tod des Kindes. Es wird am besten sein, wenn sie für ein oder zwei Wochen ganz aus Eastbury verschwindet. Sie braucht Schonung. Sie braucht eine Umgebung, wo sie nicht immer wieder an Julie erinnert wird.«

»Zwei Wochen Urlaub«, sagte Steve Montgomery nachdenklich. »Das ließe sich machen.«

»Ich fürchte, Sie haben mich nicht verstanden«, sagte Dr. Wiseman leise. »Ihre Frau braucht eine Umgebung, wo jeder auf ihre ganz speziellen Probleme Rücksicht nimmt.«

»Sie meinen, wir sollten sie in eine Nervenklinik stecken?«

»Ich glaube, das wäre das beste.«

Steve Montgomery schüttelte den Kopf. »Damit wird sie unter keinen Umständen einverstanden sein.«

Dr. Wiseman sah auf. Er hatte einen Füllfederhalter ergriffen. Er schraubte die Kappe ab. »Es gibt Situationen, wo das Einverständnis des Patienten nicht erforderlich ist.«

Steve mußte schlucken. »Ich – ich weiß nicht, ob ich für Sally eine solche Entscheidung treffen könnte.«

»Wenn es zur Gesundung Ihrer Frau erforderlich ist, haben weder Sie noch ich eine andere Wahl, Steve.«

Steve beugte sich vor. »Müssen wir das jetzt entscheiden?«

»In dieser Minute? Natürlich nicht. Aber wir sollten die Entscheidung auch nicht auf die lange Bank schieben. Ich beobachte bei Ihrer Frau eine langsame, aber stetige Verschlechterung ihres Zustands. Wenn wir nichts unternehmen, könnte das Ganze in einer Katastrophe enden. Mir machen außerdem die Auswirkungen Sorgen, die das Verhalten Ihrer Frau auf Ihren Sohn haben könnte.«

Jason. Es war die Erinnerung an die Unterredung mit Mrs. Connors, die für Steve Montgomery den Ausschlag gab.

»Also gut«, sagte er und ließ die Schultern sinken. »Ich werde Sally suchen und mit ihr sprechen.«

Sie war im Korridor des Krankenhauses stehengeblieben. Ich muß mich beherrschen, dachte sie. Wenn ich mich so gehenlasse wie vorhin, tritt genau das ein, was ich vermeiden will. Sie werden mich in eine Irrenanstalt einsperren.

Ich muß mich beherrschen, wenn ich mit Dr. Wiseman spreche. Auch bei Steve.

Wer bleibt mir? Mit wem kann ich überhaupt noch sprechen?

Meine Welt ist sehr klein geworden, dachte sie. Vor zwei Wochen noch dachte ich, es gäbe überhaupt keine Grenzen. Alle Menschen waren meine Freunde.

Heute gibt es nur noch drei Personen, denen ich vertrauen kann: das Ehepaar Corliss und Sergeant Bronski von der Polizei.

Merkwürdig. Eigentlich waren das Fremde. Und doch waren es Menschen, die ihr plötzlich sehr nahe standen.

Mit raschen Schritten strebte sie dem Ausgang zu. Sie würde zu Lucy Corliss fahren und sich mit ihr beraten. Als sie ihren Namen rufen hörte, blieb sie wie angewurzelt stehen.

»Mrs. Montgomery!«

Sie mußte sich zwingen, nicht davonzurennen. Langsam hob sie den Blick. Ein Mann. Sie erkannte Dr. Malone.

»Ist Ihnen nicht gut, Mrs. Montgomery?«

Sie betrachtete ihr Spiegelbild, das sich in der Fensterscheibe abzeichnete. Ihr Haar hing in wirren Strähnen herunter. Ihre Mundwinkel zuckten.

»Ich fühle mich ganz gut, Dr. Malone. Vielen Dank. Ich... war gerade in Behandlung, jetzt bin ich auf dem Weg nach Hause.«

Dr. Malone musterte sie von der Seite. Er schien ehrlich besorgt. »Sie fühlen sich nicht gut, Mrs. Montgomery. Wollen Sie mir nicht sagen, was Sie bedrückt?«

»Ich...« Ihre Augen suchten die Empfangshalle des Krankenhauses ab. Die Treppe. »Ich muß dringend...«

»Hat es etwas mit der Sache von Montag zu tun?« fragte Dr. Malone.

Montag. Montag. Wovon redete er? Richtig. Es war Montag gewesen, als sie Jasons verbrühten Arm behandeln ließ.

»Warum fragen Sie?«

Er machte einen Schritt auf sie zu, sie wich zurück. »Sie glauben immer noch, daß Ihr Sohn bei dem Unfall ernsthafte Verletzungen erlitt, stimmt's?«

»Ja«, gab sie zu, »das stimmt. Aber ich bin die einzige, die das glaubt. Irgend etwas Geheimnisvolles geht hier vor, Dr. Malone, und ich bin entschlossen, das Geheimnis zu lüften. Ich lasse mir nicht einreden, daß ich verrückt bin. Von niemandem.«

Dr. Malone dachte nach. Eine Frau, die immer noch an dem Tod ihrer kleinen Tochter trug? Ein Mensch also, dessen Worte man nicht auf die Goldwaage legen durfte? Oder war Sally Montgomery tatsächlich einem Geheimnis auf die Spur gekommen? Es könnte sich lohnen, das herauszufinden, dachte er.

»Ich bin keineswegs der Meinung, daß Sie verrückt sind«, sagte er ernst. Und als er das Mißtrauen in ihren Augen sah, fügte er hinzu: »Ich glaube jedes Wort, was Sie mir Montag gesagt haben. Auch das, was Sie über die Verbrühungen Ihres Jungen erzählt haben.«

»Ich danke Ihnen«, flüsterte sie. »Aber ich muß jetzt wirklich...«

»Ich schlage vor, daß wir uns in Ruhe unterhalten, Mrs. Montgomery. Warum gehen wir nicht in mein Büro? Es ist gleich neben dem Parkplatz. Ich habe Ihren Wagen auf dem Parkplatz gesehen, daher wußte ich, daß Sie im Krankenhaus sind. Ich hatte vor, mit Ihnen zu sprechen. Gehen wir?«

Sie dachte nach. Schließlich nickte sie. Er begleitete sie die Treppe hinunter.

»Es wird Sie interessieren, Mrs. Montgomery...« Er zögerte. »Darf ich Sie Sally nennen?«

»Bitte.«

»Es wird Sie interessieren, Sally, daß heute etwas ähnliches passiert ist wie letzten Montag. Ich meine die Verletzung Ihres Jungen. Bei uns ist heute ein Kind eingeliefert worden, das einen halben Liter Säure getrunken hatte. Nach allen medizinischen Erfahrungen hätte das Kind bereits tot sein müssen. Aber es zeigte keinerlei Reaktion auf das Gift.«

Sie war stehengeblieben und sah ihm in die Augen. Konnte sie ihm trauen? Oder war es eine Falle? Vielleicht war er von Dr. Wiseman beauftragt worden, sie in ein Gespräch zu verwickeln, ihr die Fangfrage zu stellen, die dann zu ihrer Einlieferung in die Nervenklinik führen würde? »Wurde das Kind, von dem Sie sprechen, auch von CHILD überwacht, Dr. Malone?« hörte sie sich fragen.

Er nickte. »So ist es, Sally.«

Sie waren in seinem Büro angelangt. Er bot ihr einen Sessel an. Dann verriegelte er die Tür. »Ich möchte, daß Sie sich ganz sicher fühlen. Niemand wird uns stören.«

Er brauchte zehn Minuten, um ihr den Vorfall mit dem vergifteten Kind zu erklären. »Und Sie sind sicher, daß kein Irrtum möglich ist?« fragte sie, als er fertig war.

»Der Junge hätte eine solche Vergiftung normalerweise nicht überlebt«, sagte er. »Solche Kinder werden bereits bewußtlos eingeliefert und sterben wenig später, weil die erlittenen Verätzungen den Organismus zum Stillstand bringen. Aber dieses Kind war quickfidel. Es hat sich zwar sehr gegen die Behandlung gewehrt. Aber das geschah aus Angst, nicht weil ihm etwas weh tat. Es besteht auch keinerlei Unsicherheit über die Art und Konzentration des Giftes. Wir haben den ausgepumpten Mageninhalt analysiert. Lysol in höchster Konzentration. Tödlich.«

Das Gegensprechgerät auf seinem Tisch summte. Dr. Wisemans Stimme erklang. »Dr. Malone?«

»Ja?«

»Haben Sie Sally Montgomery irgendwo gesehen?«

Er warf Sally einen fragenden Blick zu. Die machte eine verzweifelte Gebärde der Ablehnung. »Nein«, erwiderte Dr. Malone.

»Wenn sie zu Ihnen kommt, verwickeln Sie sie in ein Gespräch und rufen Sie mich an. Lassen Sie sie unter keinen Umständen weggehen.«

»Verstanden. Was ist denn mit ihr?«

Dr. Wiseman antwortete nicht sofort. »Der Frau geht es nicht gut«, kam es schließlich aus dem Tischlautsprecher. »Ihr Mann war bei mir, und wir sind uns darüber einig, daß sie in Behandlung gehört, aber sie selbst ist leider sehr uneinsichtig. Ich fürchte, wir werden sie gegen ihren Willen unter Beobachtung stellen müssen.«

Sally war schon an der Tür, als das Rauschen der Gegensprechanlage erstarb.

»Sally?« Sie wandte sich um. »Wenn ich Ihnen helfen soll, dann müssen Sie mir sagen, wo ich Sie finden kann.« Sie starrte ihn an. Es war offensichtlich, daß sie ihm immer noch nicht traute. »Nennen Sie mir einen Namen«, sagte er ruhig. »Den Namen eines Freundes oder einer Freundin, die über Ihren Aufenthalt Bescheid wissen.«

»Lucy Corliss«, sagte Sally.

»Werden Sie dort auch schlafen?«

Sally nickte.

»Ich komme heute nach Dienstschluß zu Ihnen. Es gibt einiges, worüber ich mit Ihnen reden muß. Ich nehme Ihre Hinweise sehr ernst.« Er sah ihr nach, wie sie zu ihrem Wagen huschte. Sekunden später hatte sie den Parkplatz des Krankenhauses verlassen. Dr. Malone verließ sein Büro, um sich mit Dr. Wiseman zu besprechen.

Die drei Jungen hatten ein Spiel begonnen, dessen Regeln Louise Bown nicht verstand. Ein Ballspiel. Rauh ging es zu, daran war kein Zweifel. Ein Junge mußte den Ball vor den anderen beiden verteidigen. Eine Art Ringkampf, bei dem der Stärkere siegte.

Randy Corliss hielt sich abseits. Und Louise Bown ahnte auch, warum. Der Tod seines Freundes war ihm sehr nahegegangen.

Beim Frühstück hatte er kaum einen Brocken hinuntergebracht. Er schwieg, wenn sie zu ihm sprach. Das gleiche beim Mittagessen. Er saß da, starrte in die Ferne. Sie würde sich um ihn kümmern müssen.

Sie sah ihm nach, wie er zu den Büschen hinüberging. Wenig später verschwand er im Unterholz der nahen Baumgruppe.

Randy Corliss wälzte Fluchtpläne.

Er brauchte eine volle Stunde, um die ganze Länge des Zaunes zu inspizieren, der das Anwesen umgab. Er war auf der Suche nach einem Baum. Ein Baum mit weittragenden Ästen. Er würde auf die Äste klettern und über den Zaun springen.

Aber es gab keinen solchen Baum. Was er fand, waren Stümpfe von Bäumen, die offensichtlich erst vor wenigen Tagen abgeholzt worden waren. Es gab keine einzige Stelle, wo man den elektrisch geladenen Zaun hätte überwinden können, ohne sich in Lebensgefahr zu begeben.

Oder doch? Er war nur noch fünfzig Schritte vom Tor entfernt, als er eine aufregende Entdeckung machte. Es gab einen Abwasserkanal. Ein Kanal, der unter dem Zaun hindurchführte. Ein schmutziggraues Rohr. Nicht sehr groß im Durchmesser. Aber wohl groß genug, daß Randy sich hindurchzwängen konnte. Mit unauffälligen Schritten ging er näher. Er kniete sich hin und steckte den Kopf in die Tiefe. Am Ende des Rohres war ein heller Schein zu erkennen. Der Ausgang. Er stand auf und musterte die nahen Büsche. Ob er wohl beobachtet wurde? Zu sehen war niemand. In den ersten Tagen hatte es ihn nervös gemacht, wenn er bei einem Spaziergang durch den Wald plötzlich einen Lehrer bemerkte. Inzwischen hatte er sich daran gewöhnt, kontrolliert zu werden. Es war am besten, wenn er so tat, als bemerkte er es nicht.

Es gab Risiken bei der geplanten Flucht. Wenn man ihn faßte, würde er keine Gelegenheit zu einem zweiten Ausbruch bekommen. Zögernd ging er zum Hauptgebäude zurück. Er würde warten müssen, bis es dunkel war. Wobei sich eine Schwierigkeit ergab. Die Jungen wurden abends eingeschlossen. Die Fenster des Gebäudes waren vergittert, das Portal wurde durch eine Lehrkraft bewacht.

Was tun? Als er den Rasen vor dem Hauptgebäude überquerte, sah er es. Die Dachluke. Es gab ein Dachfenster mit Scharnier. Randy blieb stehen. Er stellte sich auf die Zehenspitzen. War das die Lösung? Vielleicht war das Fenster verschraubt, verschweißt, durch ein Schloß gesichert? Er mußte es herausfinden.

Zweites Problem: die Höhe des Daches. Drei Stockwerke. Die Dachrinne war so hoch, daß er sich die Knochen brechen würde, wenn er heruntersprang. Ein Baum. Er brauchte einen Baum, auf dem er herunterklettern konnte.

Langsam umrundete er das Gebäude. Plötzlich trat Louise Bown aus dem Gebüsch.

»Randy, ich suche dich überall.«

»Ich war im Wald, hab' gespielt.«

Sie lächelte und zauste ihm das Haar. »Ich habe mir Sorgen um dich gemacht.«

Sie nahm ihn um die Schultern und drückte ihn an ihre Brüste. Seine erste Eingebung war, sie zurückstoßen. Er bezwang sich. Das wäre das Dümmste, was ich tun könnte, dachte er. Ich darf nichts tun, was Verdacht erweckt, sonst werden sie mich Tag und Nacht nicht mehr aus den Augen lassen. Er schlang die Arme um Louise und küßte sie auf den Hals. »Ich habe noch einmal darüber nachgedacht, was Sie gestern gesagt haben, Mrs. Bown.« Sein Herz klopfte wie wild. Hoffentlich merkt sie nicht, daß ich lüge. »Ich glaube, es war Gottes Wille, daß Eric starb.«

Sie streichelte seinen Scheitel. »Du bist ein sehr vernünftiger Junge«, lobte sie ihn.

»Jedenfalls habe ich keine Angst mehr«, sagte er.

»Das ist gut, Randy.« Sie sah ihm in die Augen und wußte sofort, daß alles Lüge war. Er hat einen Plan, dachte sie. Er will fliehen.

Er deutete auf einen Baum, dessen Wipfel die Dachrinne berührte. »Meinen Sie, dieser Baum wäre stark genug, um ein Baumhaus zu tragen?« fragte er unvermittelt.

»Ein Baumhaus?« Sie dachte nach. Warum sagte er das? Gerade noch sprach er von seinem toten Freund, jetzt von einem Baumhaus. Warum?

»Wissen Sie denn nicht, was ein Baumhaus ist?« wunderte sich Randy. »Man legt ein paar Bretter über die Zweige und befestigt sie mit Seilen und Nägeln.«

Louise Bown runzelte die Stirn. »Und wo würdest du solch ein Baumhaus hinsetzen?«

Sie waren am Fuß der Eiche angelangt. Randy deutete hinauf. »Man könnte die Bretter über die beiden mittleren Zweige legen«, sagte er.

Sie zuckte die Schultern. Sie waren aus dem Schatten getreten und gingen im knöchelhohen Gras. Randy war ungewöhnlich ernst. Louise Bown beugte sich vor. Das Haus. Sein Blick war auf das Dach gerichtet. Die Dachluke. Louise verstand.

Sie nickte. »Das mit dem Baumhaus ist eine gute Idee«, sagte sie. »Komm mit. Wir gehen einmal nachsehen, ob wir Bretter finden.«

Eine halbe Stunde später war klar, welche Maße das Baumhaus haben würde. Es war ebenfalls klar, welchen Fluchtweg Randy wählen würde, wenn er im Schutz der Nacht das Haus verließ.

Als Louise Bown allein ins Hauptgebäude zurückkehrte, haderte sie mit sich selbst. Eigentlich hätte sie Dr. Hamlin sofort von der Unterhaltung mit dem Jungen Meldung machen müssen. Aber das brachte sie nicht übers Herz. Für Dr. Hamlin war der Junge nur ein Versuchskaninchen. Er würde nicht zögern, Randy wie ein Tier einzusperren. Sie beschloß zu schweigen. Sie würde ein besonderes Augenmerk auf Randy haben, damit er sich nicht in Gefahr begab. Sobald sie mehr über seine Fluchtpläne wußte, würde sie entscheiden, ob sie der Leitung des Instituts Meldung machte.

Randy wähnte sich in Sicherheit. Louise Bown hatte nichts gemerkt. Heute nacht würde er die Flucht versuchen. Und er war zuversichtlich, daß der Versuch gelingen würde.

22

Das Zwielicht des Abends senkte sich auf die Häuser und Vorgärten, als Sally in Lucy Corliss' Straße einbog. Den ganzen Nachmittag war sie auf den Straßen außerhalb Eastbury herumgefahren. Gegen sechs hatte sie an einem Restaurant angehalten, um etwas zu essen. Aber sie hatte die Salatplatte, die man ihr servierte, unberührt stehenlassen. Statt etwas zu essen, hatte sie einen schwarzen Kaffee nach dem anderen getrunken. Zweimal war sie drauf und dran gewesen, Steve anzurufen. Beide Male hatte sie im letzten Moment davor zurückgezuckt. Was hätte sie Steve schon sagen können? Daß sie in einem Restaurant zehn Meilen außerhalb saß und Angst davor hatte, nach Hause zurückzukehren? Was immer sie ihm sagte, es konnte nur die Befürchtungen bestätigen, die er in bezug auf ihre geistige Gesundheit bereits hegte.

Welche anderen Alternativen gab es? Da war Mutter. Wenn sie zu ihr ging, dann mußte sie damit rechnen, daß eine Viertelstunde später Steve draußen vorfuhr. Mutter würde sofort Steve zu Hilfe rufen. Gab es Freunde? Nachbarn? Vor ihr erstand das Gesicht Kay Connors'. Nein. Es hatte keinen Sinn, sich dieser Frau anzuvertrauen. Es blieb nur eine Möglichkeit. Lucy Corliss. Die Adresse, die sie Dr. Malone genannt hatte.

Sie bog auf eine Parklücke vor Lucys Haus ein und zog die Handbremse. Als sie den Vorgarten durchquerte, fiel ihr der Wagen auf, der in der Einfahrt stand. Das Nummernschild eines Arztes. Ob Dr. Malone sie an Dr. Wiseman verraten hatte? Vielleicht hatte er den Chef der Klinik mitgebracht, und die beiden warteten jetzt in Lucys Wohnung auf sie, um sie in eine Nervenklinik zu bringen.

Wenn ich so denke, dann leide ich wirklich an Verfolgungswahn. Ich darf diesen Gedanken nicht nachgeben. Sie zwang sich zur Ruhe. Mit einer äußersten Entschlossenheit, die in keiner Weise ihrem tatsächlichen Gemütszustand entsprach, ging sie die Treppe zur Eingangstür hoch und läutete. Sekunden später wurde die Tür geöffnet. Lucy erschien im Türrahmen. Sie zog sie hinein.

»Endlich, Sally! Wo haben Sie denn gesteckt? Wir haben uns schon Sorgen gemacht. Wir hatten schon Angst, Sie würden überhaupt nicht mehr kommen. Mein Gott, wie sehen Sie denn aus?«

Sally strich sich das strähnige Haar aus der Stirn. Ihre Stimme zitterte, als sie antwortete. »Ich – ich habe Angst gehabt, hereinzukommen. Dieser Wagen in der Einfahrt...«

»Das ist Dr. Malone. Er wartet schon seit einer Stunde auf Sie.«

»Ist er allein gekommen? Oder...«

»Er ist allein gekommen.« Sie führte Sally ins Wohnzimmer, wo sie von Dr. Malone, Sergeant Bronski und Jim Corliss empfangen wurden. Jim war aufgesprungen, er bot Sally einen Sessel an. Sie schüttelte den Kopf und nahm auf dem Sofa neben Lucy Platz. Lucy nahm ihre Hand und drückte sie. »Dr. Malone hat uns bereits erzählt, was heute vorgefallen ist«, sagte sie.

»Alles?« fragte Sally angstvoll.

»Alles, was Sie mir gesagt haben«, erwiderte Dr. Malone. »Als Sie weg waren, war ich bei Dr. Wiseman. Ich wollte wissen, was er vorhat. Ich habe immerhin herausgekriegt, daß er bereits Ihre Mutter benachrichtigt hat. Sie soll Sie festhalten, wenn Sie dort auftauchen. Und dann soll sie ihn verständigen. Sie würden dann abgeholt.«

»Mein Gott, was kann ich jetzt noch tun?«

»Das wichtigste ist, daß Sie jetzt nicht den Kopf verlieren«, schaltete sich Sergeant Bronski ein. »Niemand kann einfach mit dem Auto aufkreuzen und Sie einladen, um Sie in eine geschlossene Anstalt zu stecken. Dazu wäre ein Gerichtsbeschluß erforderlich. Und bevor ein solcher Beschluß ergeht, kommt es zu einer Anhörung des Betroffenen. All das nimmt einige Zeit in Anspruch. Abgesehen vom Zeitfaktor, der für Sie arbeitet, vergessen Sie nicht, Mrs. Montgomery, vor Ihnen sitzen vier erwachsene Menschen, die Sie *nicht* für verrückt halten, darunter ein Arzt und ein Polizeibeamter. Sie brauchen also nicht zu befürchten, daß Dr. Wiseman Sie heute oder morgen hinter Schloß und Riegel bringen kann. Dr. Malone und ich, wir werden inzwischen nicht untätig sein. Wir werden herausfinden, was hier eigentlich gespielt wird.«

»Sie vermuten also auch, daß bei Dr. Wiseman nicht alles mit rechten Dingen zugeht? Sie halten mich nicht für verrückt?«

»Wenn Sie verrückt sind, Sally, dann sind wir alle verrückt, die wir hier sitzen«, sagte Jim Corliss. »Es gibt übrigens eine interessante Neuigkeit. Vielleicht ein zufälliges Zusammentreffen, vielleicht auch mehr. Sergeant Bronski sagt, bei der Polizei liegt ein Fahndungsersuchen vor, das einen kleinen Jungen aus Atlanta betrifft. Ein Ausreißer. Der Junge ist im gleichen Alter wie Randy. Er ist in Eastbury geboren. Er stammt aus einer unehelichen Verbindung.«

»Gehört der Junge zu den Kindern, deren Daten von CHILD gespeichert werden?« fragte Sally.

»Das haben wir noch nicht feststellen können«, antwortete Sergeant Bronski. »Vielleicht können Sie uns dabei behilflich sein, Mrs. Montgomery.«

»Ist der Name des Jungen in der Computerschreibung?«

Der Sergeant zuckte die Schultern. »Dort stehen nur sehr wenige Namen. Das meiste sind Codes.«

»Wenn wir die Codes haben, lassen sich die Namen leicht feststellen«, sagte Sally. »Wir bräuchten nur zur Schule zu fahren und die entsprechenden Daten aus dem Computer abzurufen. In meinem Büro...« Die Erkenntnis überkam sie wie eine eisige Dusche. Ihr Schlüssel. Sie hatte keinen Schlüssel zu ihrem Büro. Der hing am Schlüsselbund, den sie daheim in der Küche zurückgelassen hatte. »Wir können nicht rein in mein Büro«, sagte sie kleinlaut. »Ich habe keinen Schlüssel.«

»Kann der Beamte der Wach- und Schließgesellschaft Ihnen die Tür zu Ihrem Büro nicht öffnen?« fragte Sergeant Bronski.

»Das könnte er, aber das wird er nicht tun«, erwiderte sie.

Dr. Malone war aufgestanden. Er ging im Zimmer auf und ab. Schließlich blieb er stehen und umfaßte sein Kinn mit Daumen und Zeigefinger. »Was halten Sie davon, wenn wir alle zusammen zum Krankenhaus fahren. Wir könnten den Tischcomputer in meinem Büro benutzen, um die Daten abzufragen.«

»Und wenn Dr. Wiseman mich sieht?« fragte Sally.

»Er wird Sie nicht zu sehen bekommen«, beruhigte sie Dr. Malone. »Wir gehen nicht durch die Vorhalle, sondern durch den Seiteneingang, wo sich auch der Parkplatz befindet.«

Sie waren bereit aufzubrechen, als das Telefon läutete. Lucy Corliss verließ das Wohnzimmer. Sie ließ es fünfmal läuten, bevor sie abnahm. Wenig später kam sie ins Wohnzimmer zurück. »Für dich«, sagte sie, zu ihrem geschiedenen Mann gewandt. »Eine Frau.«

Sie warteten, während Jim Corliss in der Küche verschwand. »Das war Joan Winslow«, erklärte er, als er zurückkam. »Eine Bekannte von mir«, fügte er hinzu. »Sie arbeitet in einer Werbeagentur. Wir haben uns schon zwei Jahre nicht mehr getroffen. Ich hatte Joan angerufen und um ihre Mithilfe gebeten.«

Lucy sah ihn mißtrauisch an. »Bei was?«

»Ich habe sie gebeten auszukundschaften, wer CHILD eigentlich finanziert.«

»Und wenn wir wissen, wer CHILD finanziert, was könnte uns das nützen?«

»Das könnte uns sehr viel nützen«, sagte Jim. »Die meisten Forschungsinstitute behaupten zwar, sie seien völlig unabhängig, aber das Gegenteil ist der Fall. Es gibt fast immer Hintermänner oder Firmen, die solche Institute finanzieren. Und zwar aus naheliegenden Beweggründen, nämlich zur Förderung ihrer eigenen wirtschaftlichen Interessen.«

»Und was hat Ihre Freundin herausgefunden?« fragte Sergeant Bronski.

Jim sah ihn aus zusammengekniffenen Augen an. »Es gibt eine ganze Reihe von fördernden Mitgliedern. Die meiste Unterstützung bekommt CHILD von zwei Stellen. Da ist einmal die Firma PharMax.«

»Der Marktführer in der pharmazeutischen Industrie«, warf Dr. Malone ein. »Ich sehe in einer solchen Unterstützung nichts Besonderes. Wer sonst sollte ein medizinisches Forschungsinstitut unterstützen, wenn nicht eine Firma der pharmazeutischen Industrie?«

»Es gibt eine zweite Stelle, von der CHILD massive Zuwendungen bekommt«, sagte Jim Corliss ruhig. »So hohe Summen, daß sich die übrigen Spenden wie Trinkgelder ausnehmen.«

»Und was ist das für eine Stelle?« fragte Lucy Corliss.

»Das Verteidigungsministerium«, sagte Jim. »Und damit stellt sich eine wichtige Frage. Was, zum Teufel, hat das Verteidigungsministerium für ein Interesse daran, eine Institution wie CHILD zu fördern?«

Es war schon Nacht, als Jason Montgomery zu seinem Elternhaus zurückkehrte. Zögernd ging er durch den Vorgarten. Sein Vater, da war er sicher, würde ihm den Hintern versohlen. Und was Mutter betraf... Sie würde ihn mit Verachtung strafen. Und das würde schlimmer sein als die Striemen auf den Beinen. Wenn man geschlagen wurde, tat das eigentlich nur sehr kurze Zeit weh. Es gab Dinge, die viel schwerer zu ertragen waren.

Ob Joey geplaudert hatte? Die Chancen standen eins zu eins. Gewiß, Joey war mit zerrissenen Hosen heimgekommen. Dafür mußte er seiner Mutter eine Erklärung anbieten. Welche Ausrede hatte er wohl gefunden? Jason tastete nach seinen zerschlissenen Hosenbeinen. Was werde ich Mutter erzählen? Der Zaum am Schulhof. Jawohl, das war die Lösung. Ich bin auf dem Zaun herumgeklettert, und dabei habe ich mir die Hose zerrissen.

Ein Problem allerdings blieb. Was war, wenn Mutter herausfand, daß er gar nicht in die Schule gegangen war?

Er öffnete die Haustür und trat ein. Der Flug lag im Dunkel. Er schloß die Tür. In der Küche war die Stimme seines Vaters zu hören.

»Ich bin wieder zu Hause, Mutter«, rief Jason, so laut er konnte.

Die Küchentür ging auf. Die Silhouette seines Vaters erschien vor dem hellerleuchteten Hintergrund. Jason ging auf ihn zu. Die Tränen liefen ihm die Wangen herunter.

Steve Montgomery zog seinen Sohn an sich. Er hatte sich vorgenommen, Jason eine Strafpredigt zu halten. Aber als er den Kleinen weinen sah, schwand sein Zorn.

Steve hatte einen Tag voller Sorgen hinter sich. Als er vom Krankenhaus nach Hause fuhr, hatte er weder Sally noch seinen Sohn angetroffen. Er war zur Schule gefahren, um Jason abzuholen. Eines nach dem anderen waren die Kinder aus dem Schulgebäude gekommen. Jason war nicht dabeigewesen.

Als sich der Schulhof geleert hatte, war Steve in das Gebäude hineingegangen. Er hatte mit Jasons Lehrerin gesprochen und erfahren, daß sein Sohn heute gar nicht zum Unterricht erschienen war.

Er war nach Hause zurückgekehrt. Quälend langsam war der Rest des Nachmittags vergangen. Keine Spur von Sally. Keine Spur von Jason. Steve hatte die Wählscheibe des Telefons kreisen lassen. Nein, niemand hatte Sally gesehen. Nicht einmal Lucy Corliss. Steve hatte dann mit dem Gedanken gespielt, den Wagen zu nehmen und im Ort herumzufahren. Vielleicht hatte er Glück und fand Sally. Aber dann hatte er sich gegen diesen Plan entschieden.

Wenn Sally oder Jason zu Hause anriefen, würde niemand da sein, der das Gespräch entgegennahm.

Gott sei Dank, Jason war heimgekommen.

»Wo bist du den ganzen Tag gewesen?« fragte er. »Warum bist du nicht zur Schule gegangen?«

»Ich hatte Streit mit Joey.«

»Du hättest trotzdem heimkommen können.«

»Du und Mutter, ihr schreit euch immer so an. Ich wollte nicht...« Er hatte wieder zu schluchzen begonnen. Sein Vater wischte ihm die Tränen ab.

»Wo ist Mutter?« fragte Jason.

»Sie wird bald heimkommen«, sagte Steve. Was hätte er seinem Sohn sonst sagen sollen? Daß er keine Ahnung hatte, wo Sally sich aufhielt?

Sein Blick fiel auf die zerfetzte Hose seines Sohnes. »Wie war das mit diesem Streit?« fragte er. »Wie kam es dazu?«

»Joey hat angefangen, wirklich. Er hat mir ein blaues Auge geschlagen. Außerdem hat er mich in den Arm gebissen, es hat fürchterlich geblutet. Ich sah so schlimm aus, daß ich mich nicht in die Schule getraut habe.«

Steve betrachtete seinen Sohn aus den Augenwinkeln. Ein blaues Auge? Davon war nichts zu sehen. Eine Bißwunde? Die Arme waren unversehrt. Er deutete auf die Winkelhaken in den Hosenbeinen. »Du hast deine Jeans zerrissen.«

»Ja. Joey hat mich auf den Boden geworfen, dabei habe ich mir die Knie aufgeschürft.« Jasons Finger spielten mit den blutverkrusteten Stoffetzen am Knie.

»Laß mal sehen.«

Jason rollte die Hosenbeine seiner Jeans hoch. Von einer Schürfwunde war nichts zu sehen. Die Haut an den Knien war ebenmäßig rosa. Steve Montgomery starrte auf den blutverkrusteten Stoff.

»Du sagst, Joey hat dich gebissen. Wo?«

»Hier.« Jason deutete auf seinen Unterarm. Aber da war nichts. Nicht einmal eine Rötung oder die Spur eines Blutergusses.

Wie war das möglich? Beide Jungen berichteten übereinstimmend von ihrer Schlägerei. Joey Connors hatte heute früh bestätigt, daß er Jason in den Arm gebissen hatte. Aber es gab keine Bißwunde.

»Trink was«, sagte Steve. Er goß seinem Sohn ein Glas Cola ein. Dann ging er zum Telefon, nahm den Hörer und wählte.

515

»Mrs. Connors? Hier spricht Steve Montgomery. Ich rufe an, um mich zu erkundigen, wie es Joey geht.«

Es gab eine kleine Pause, bevor Kay Connors antwortete. »So einigermaßen. Ihm tun noch alle Knochen weh. Schätze, es wird ein paar Tage dauern, bis die Schrammen verheilen. Ist Jason schon nach Hause gekommen?«

»Ja«, sagte Steve. »Er sitzt neben mir.«

»Und Sally?«

»Nein.«

»Ich hoffe, Jasons Verletzungen sind nicht so schlimm«, sagte Kay Connors. »Das mit Joey tut mir leid.«

»Es sah wohl zunächst schlimmer aus, als es war. Jason hat kaum was abbekommen.«

»Ich verstehe«, sagte Kay Connors. Sie verstand jedoch nicht. Ihre Söhne hatten sich geschlagen. Jason, der Sohn des Nachbarn, ging ohne Verletzungen aus dem Zweikampf hervor. Sie beschloß, Joey das Spielen mit Jason ein für allemal zu untersagen. Die Montgomerys waren eine Familie, der man nicht trauen konnte. Mit dem Teufel im Bunde. Mit einer Verlegenheitsfloskel brachte sie das Gespräch zu Ende und hängte ein.

Steve war ratlos. Jason hatte Wunden gehabt. Aber es gab keine Wunden. Was war passiert?

Plötzlich fiel ihm ein, was Sally ihm über den Unfall in der Küche erzählt hatte. Jason hatte sich mit siedend heißer Karamelsauce verbrüht. Jason hatte sich mit Salzsäure bespritzt. In beiden Fällen hatte es keine sichtbaren Wunden gegeben. Und er, Steve, hatte angenommen, seine Frau sei ihren überreizten Nerven zum Opfer gefallen. Diesmal gab es zwei Augenzeugen für das Phänomen. Joey und Jason. Beide berichteten von Verletzungen, die geblutet hatten. Logen die Jungen? Und wenn ja, warum? Er nahm den Hörer von der Gabel und wählte die Nummer des Krankenhauses. Eine weibliche Stimme meldete sich.

»Eastbury Community Hospital.«

»Hier spricht Steve Montgomery. Kann ich bitte Dr. Malone sprechen?«

»Dr. Malone ist leider nicht im Hause.«

»Wo kann ich ihn erreichen?«

Es gab eine Pause, während das Mädchen in der Vermittlung in seinen Unterlagen nachsah. Nein, sagte sie schließlich. Dr. Malone hatte nicht hinterlassen, wo er zu erreichen war.

»Dann geben Sie mir bitte Dr. Wiseman«, sagte Steve.

»Gern, Mr. Montgomery.«

Sekunden später meldete sich der Leiter der Klinik. Er hörte aufmerksam zu, während Steve ihm von der Sache mit Jason berichtete. Ob wegen der Verletzungen irgendeine Gefahr bestand, wollte Steve wissen.

»Um ganz sicherzugehen, sollten Sie mir den Jungen kurz herbringen, Steve«, sagte Dr. Wiseman nachdenklich. »Wie Sie es schildern, ist wohl kein Nachspiel zu befürchten, aber es ist besser, wenn ich es mir ansehe.« Kleine Pause. »Ist Ihre Frau schon aufgetaucht?«

»Nein.«

Dr. Wisemans Bemerkung klang kühl und sachlich. »Darüber sollten wir auch sprechen, wenn Sie herkommen.«

Randy Corliss hatte gewartet, bis alles schlief. Zähflüssig vertropften die Minuten. Es war zwei Uhr nachts, als er aufstand und sich anzog. Er öffnete die Tür einen Spalt und lauschte auf den Flur hinaus. Nichts war zu hören. Er öffnete die Tür. Am Ende des Flurs war ein Tisch zu erkennen. Die Tischlampe brannte. Der Stuhl war leer.

Er hatte fast die Treppe erreicht, als er hinter sich Schritte hörte. Er fuhr herum. Niemand war zu sehen. Auf Zehenspitzen ging er zu der Tür, die auf den Dachboden führte.

Sie war unverschlossen.

Er zog die Schuhe aus und ging die Stufen hinauf. Auf dem Dachboden angekommen, hob er den Blick. Es dauerte eine Weile, bis sich über ihm das Viereck des Dachfensters abzeichnete. Er tastete an der Wand entlang. Seine Finger stießen an eine Kordel, die in einer Holzkugel endete. Die Holme einer Aluminiumleiter, ein Gestänge. Eine ausziehbare Leiter, die zur Luke hochführte. Randy trat einen Schritt zurück und zog. Es gab ein quietschendes Geräusch.

Erschrocken hielt er inne.

Louise Bown war aufgewacht. War es ein Traum gewesen, oder hatte sie ein Geräusch gehört? Sie richtete sich auf, tastete im Dunkeln nach ihrer Unterwäsche. Wenig später war sie an der Tür. Sie ging den Flur entlang. Die Inspektion der Zimmer begann.

Randy hatte fünf Minuten gewartet. Als sich im Hause nichts rührte, zog er die Trittleiter herab. Sekunden später war er oben. Die Dachluke war durch einen Riegel gesichert. Es gelang ihm, den Riegel beiseite zu schieben. Er spürte, wie der Rost über seine Arme rieselte. Er stieß die Luke auf, stieg die restlichen Sprossen der Leiter hoch und stemmte sich hoch, bis er seine Füße in der Mulde der Dachpfannen verankern konnte.

Die Neigung des Daches war steiler, als sie von unten ausgesehen hatte. Auf den Dachziegeln hatte sich Moos angesammelt. Behutsam kroch er zur Dachrinne hinab.

Louise Bown war vor Randys Zimmer angekommen. Sie zögerte. Was sollte sie machen, wenn sie Randy nicht in seinem Bett vorfand?

Sie drehte den Türknopf und stieß die Tür auf.

»Randy?« flüsterte sie.

Keine Antwort. Sie knipste das Licht an. Sein Bett war leer.

Nachdenklich knipste sie das Licht wieder aus. Sie ging die Treppe zum Erdgeschoß hinunter. Ich habe keine Wahl, dachte sie. Ich werde Meldung machen müssen, daß Randy geflohen ist.

Randy sah den Ast. Er lag auf dem Bauch und schob sich Zentimeter um Zentimeter über die Dachrinne. Plötzlich spürte er, wie sich die Moosschicht, auf der er lag, löste. Er verlor das Gleichgewicht. Während er vergeblich versuchte, mit den Füßen Halt zu bekommen, bekamen seine Finger die Dachrinne zu packen. Der Sturz. Nein. Er hing an der Rinne, schwang mit den Beinen hin und her. Er spähte nach unten. Der Ast, die Rettung, war einen halben Meter von seinen Fußspitzen entfernt. Er wartete ab, bis sein Körper nach außen schwang, dann ließ er los. Er kam auf der Astgabel auf, seine Hände bekamen einen Zweig zu fassen. Er verschnaufte, blickte zur dunklen Fassade des Hauses hinüber. Dann begann der Abstieg.

In weniger als zehn Sekunden hatte er die ebene Erde erreicht. Er rannte los. Als ein Lichtfinger über den Rasen zuckte, blieb er stehen. Im Haus gingen die Lichter an.

Es gab jetzt nur noch eine Möglichkeit. Er lief, so schnell er konnte, auf das kleine Waldstück zu, das zwischen dem Haus und dem Tor des Anwesens lag. Seine Flanken schmerzten. Das Rascheln des Laubes unter seinen Füßen. Er lief langsamer, blieb stehen, lauschte. Das Wasser. Dort unten mußte das Abflußrohr sein, das den Zaun unterquerte.

In der Ferne war das wütende Bellen der Hunde zu hören.

Er ließ sich in den Graben hinunterrutschen, spürte, wie das Wasser über seine Knie stieg. Das Bellen der Hunde war lauter geworden. Randy holte tief Luft und schloß die Augen. Dann schlüpfte er in das Abflußrohr.

Es war so eng, daß er nur langsam vorankam. Er wußte nicht, wieviel Zeit vergangen war, als das Rauschen des Wassers zu einem ohrenbetäubenden Gurgeln anschwoll. Er spürte, wie ihm die steigende Flut in die Nase stieg. Er hob den Kopf. Als er die Augen öffnete, vermeinte er vor sich einen Lichtschimmer zu erkennen.

Er kroch weiter. Als er mit dem Kopf an die Gitterstäbe stieß, verstand er, daß alles umsonst war. Er tastete das Gitter ab. Kein Ausweg. Es war ein Fehler gewesen, in das Rohr zu kriechen.

Eine dumpfe Hoffnungslosigkeit überkam ihn. Mit mühsamen Kriechbewegungen schob er sich zurück. Eine Ewigkeit verging. Dann fühlte er, wie seine Fußspitzen ins Leere tasteten. Die Röhre war zu Ende. Er suchte im schlammigen Untergrund des Grabens Halt. Erschöpft richtete er sich auf.

Die Hunde waren jetzt in dem Wäldchen, eine Steinwurfweite von der Kanalröhre, angelangt. Zwischen den Zweigen das Blitzen von Taschenlampen. Randy hob den Blick. Der Zaun. Im bleichen Licht der Mondsichel schimmerte der Maschendraht. Es gab nur noch diesen Weg. Er würde über den Zaun klettern müssen.

Er wollte auf den Zaun zulaufen, als er das Hecheln eines Hundes hinter sich hörte. Er warf sich nach vorn. Zu spät. Der Dobermann war über ihm. Das mächtige Tier hatte ihm die Pfoten auf den Leib gestellt. Randy holte zu einem Tritt aus. Der Hund jaulte auf. Und dann war die blendende Helle eines Lichtbogens zu sehen, der Schatten des Hundes, der an den Zaun gedrängt worden war. Zuckend sank das Tier in sich zusammen. Erst jetzt gab Randy das Fell am Hals frei, wo er sich festgekrallt hatte. Er kniete sich zu dem reglos daliegenden Tier und tastete nach dessen Pfoten. Tot. Randy verspürte ein Kribbeln in den Fingerspitzen. Er versuchte sich zu erinnern, was bei der Rauferei mit den Freunden geschehen war. Sie hatten ihn auf den Zaun geschleudert. Der Schock war so groß gewesen, daß er bewußtlos geworden war. Inzwischen spürte er die Spannung nur noch als sanften Kitzel. Der Strom kann mich nicht mehr töten, dachte er.

Das Japsen der Hundemeute war zu vernehmen. Und das Rascheln der Äste, als die Verfolger durch das Unterholz brachen. Randy ließ die Pfote des Hundes sinken, lief auf den Maschendraht zu und begann, an den ineinander verhakten Rauten hochzuklettern.

Da war es wieder, das Kitzeln in den Fingerspitzen. Kein Schmerz. Ein Gefühl, als wenn einem die Hand eingeschlafen war.

Strom war nicht tödlich. Nicht für ihn. Er fühlte sich im Gegenteil ganz angenehm an.

Er hatte den Zaun überstiegen und ließ sich zu Boden gleiten.

23

Der Parkplatz vor dem Krankenhaus lag im Dunkel. Niemand hätte sie sehen können. Dr. Malone schaltete außerdem die Scheinwerfer seines Wagens aus, bevor er auf den Parkplatz einbog. Vorsichtig fuhr er bis vor die Tür seines Büros im Seitentrakt.

Sally wartete, bis er die Bürotür aufgeschlossen hatte. Dann huschte sie hinaus und verschwand im Gebäude. Sie tastete sich zu einem Sessel und nahm Platz. Dann hörte sie, wie Dr. Malone den Riegel vorschob. Licht flammte auf.

Er ging zu seinem Schreibtisch und schaltete den Computer ein.

»Ich komme mir vor, als ob ich etwas Verbotenes tue«, sagte Sally.

»Da machen Sie sich Gewissensbisse zur falschen Zeit«, sagte er und lächelte. »Als Sie das erstemal den Code gebrochen und die Daten abgerufen haben, da haben Sie gegen das Gesetz verstoßen. Aber was wir jetzt tun, ist völlig legal. Ich bin Arzt, ich habe jederzeit Zugang zu den gespeicherten Informationen. Sollte Sie jemand fragen, inwieweit Sie mit der Sache zu tun haben, dann sagen Sie einfach, ich habe Sie fürs Programmieren des Computers engagiert. Als Hilfskraft. Sie sollen mir eine Schreibung zusammenstellen.«

»Einverstanden.« Sally legte ihre Handtasche auf den Schreibtisch. Sie nahm auf dem Bürostuhl Platz. Ein paar Sekunden lang betrachtete sie die Symbole, die auf der Mattscheibe flimmerten. Dann drückte sie die Taste ›ENTER‹. Sie lehnte sich in ihrem Stuhl zurück und strahlte Dr. Malone an. »Ich denke, in ein paar Minuten haben wir alles, was wir brauchen.«

Er sah sie bewundernd an. »Kennen Sie sich denn mit diesem Modell aus?«

Sie zuckte die Schultern. »Das Prinzip ist immer das gleiche.« Ihre Finger drückten eine Reihe von Tasten nieder. »Man muß präzis fragen, wenn man eine präzise Antwort bekommen will. Der Computer wird uns als erstes eine Liste aller Kinder dieser Gegend geben, die von CHILD überwacht werden.«

Noch während sie dem Arzt die Funktion des Computers erklärte, hatte sich der Sichtschirm mit Namen gefüllt. Er sah, wie sie auf eine rote Taste drückte. Der Schirm begann zu flimmern. Die Zeilen wanderten zum oberen Rand. Schließlich wurde das Ende der Aufstellung sichtbar.

»Das ist ja ungeheuerlich«, flüsterte Sally. Die letzte Zeile trug die Nummer 153. Auf jeder Zeile standen fünf Namen. Sally sah zu der Papierwalze hinüber. Leer. Dr. Malone half ihr eine neue Walze einzulegen.

»Dann können wir mit dem Ausdrucken beginnen«, sagte sie. Sie speicherte die Weisung ein. Das Druckwerk begann zu rattern.

Dr. Malone betrachtete die ersten Bogen, die aus dem Spalt rutschten. »Hier«, sagte er nach einer Weile. »Adam Rogers.« Das ist der Name des Jungen, den Sergeant Bronski erwähnte.

Sally nickte. Sie hatte einen neuen Suchbegriff eingetippt.

»Was machen Sie?« fragte er neugierig.

»Schauen Sie sich einmal den Schriftblock oben links an«, sagte Sally und deutete auf den Sichtschirm. »Die Zahl 4 bedeutet, daß CHILD insgesamt vier Forschungsprogramme laufen hat, bei denen die Daten der Kinder Verwendung finden. Das Symbol hier unten sagt aus, daß die Nummern der Kinder mit Hilfe der Zahlen 13, 17, 19 und 21 verschlüsselt wurden. Die eingespeicherten Zahlen lassen sich nämlich ausnahmslos durch 13, 17, 19 und 21 teilen.«

»Und das bedeutet?«

»Es bedeutet, daß Dr. Wiseman gelogen hat. Er hat behauptet, die Kinder würden nach dem Prinzip der Zufälligkeit ausgewählt. Aber das ist nur auf den ersten Blick so. Wenn man die laufende Nummer jedes einzelnen Kindes durch eine der vier genannten Zahlen teilt, ergibt sich eine neue Reihenfolge, nämlich die richtige. CHILD überwacht Kinder, die nach vorgegebenen Kriterien ausgesucht sind.« Sie dachte nach. »Ich werde Ihnen sofort den Beweis für meine These liefern.«

Ihre Finger huschten über die Tasten. Der Schirm verdunkelte sich. Als er wieder hell wurde, waren Namen zu lesen. Eine laufende Nummer, ein Familienname, ein Vorname. Eine Liste. Sally hatte zu schluchzen begonnen. Dr. Malone trat zu ihr und faßte sie am Arm. »Was ist denn, Sally?«

Sie schluckte. »Ich habe Julies Nummer eingetippt. Und dann habe ich den Computer angewiesen, alle Kinder aufzulisten, die zu Julies Gruppe gehören.« Sie deutete auf die Mattscheibe.

Randy Corliss.

Adam Rogers.

Julie Montgomery.

Eden Ransom.

Jason Montgomery.

Insgesamt 46 Namen.

»Es wird am besten sein, wenn Sie die Liste ebenfalls ausdrukken«, sagte er.

Sie nickte. Dann betätigte sie die Taste.

Steve Montgomery hatte seine Schilderung beendet. Dr. Wiseman beugte sich vor und lächelte Steves Sohn zu.

»Nun, junger Mann? Ist es so gewesen, wie dein Vater sagt?«

»Doch, doch«, stotterte Jason. »Ich meine, wir haben uns wirklich geschlagen, Joey und ich. Und wir haben geblutet, beide.«

»Dann sehen wir uns deine Verletzungen doch einmal an.«

Jason runzelte die Stirn. Er erinnerte sich an frühere Untersuchungen, die von Dr. Malone durchgeführt worden waren. Angenehm war das nicht gewesen. Man bekam einen hölzernen Spaten auf die Zunge gedrückt und mußte ›Aaah‹ sagen. Wenn der Spaten auf dem Zäpfchen landete, mußte man würgen. Und jedesmal war die Untersuchung ohne Ergebnis verlaufen. Ihr Kind ist völlig gesund, Mrs. Montgomery.

»Ich brauche nicht untersucht zu werden«, sagte Jason trotzig. »Ich habe nichts.«

»Ich habe ja auch gar nicht behauptet, daß du krank bist«, sagte Dr. Wiseman. »Ich bin nur neugierig. Ich möchte mir nur einmal den Jungen ansehen, bei dem ich damals den Geburtshelfer gespielt habe.«

»Waren Sie der Arzt, der meine Mutter bei der Niederkunft betreut hat?« fragte Jason ungläubig. »Ich hatte immer gedacht, das wäre Dr. Malone gewesen.«

»Nein«, sagte Dr. Wiseman mit breitem Lächeln. »Recht muß

Recht bleiben, das war ich. Ich hab' dich gehalten, als du den ersten Schrei getan hast, und dann hab' ich dich an Dr. Malone weitergereicht. Sagte ich, Schrei? Du hast wie am Spieß gebrüllt. Uns ist damals fast die ganze Klinik zusammengefallen, so laut warst du.«

Sie waren im Untersuchungszimmer angekommen. Dr. Wiseman hob Jason auf den Untersuchungstisch.

Der Blick des Jungen war auf die Riemen gerichtet. »Was ist das?« fragte er mißtrauisch.

»Manche Patienten muß man festschnallen«, sagte Dr. Wiseman freimütig. »Aber dich nicht. Würdest du dir jetzt bitte das Hemd ausziehen.«

Jason gehorchte. Das Stethoskop wurde aufgesetzt. Herz. Atmung.

»Wie war das noch?« sagte Dr. Wiseman. »Dein Vater sagte etwas von einem blauen Auge. Welches Auge war es?«

Jason deutete auf sein rechtes Auge. »Dies hier.«

Dr. Wiseman untersuchte beide Augen. Er fand keinen Unterschied. Er fand nicht die Spur einer Verletzung. »So schlimm wird's wohl nicht gewesen sein«, sagte er schließlich.

»Wahrscheinlich nicht.«

»Dein Vater hat mir von dem Unfall in der Küche erzählt, Jason. Wie war das noch? Du hast dich verbrüht, nicht wahr? Hat das denn nicht weh getan?«

»Nur ganz zu Anfang«, sagte Jason. Er kratzte sich am Kopf und dachte nach. »Es war so ähnlich wie damals, als ich mich in den Finger geschnitten hatte.«

»Würdest du mir das bitte schildern?«

»Ich war beim Schnitzen, und da ist mir das Messer abgerutscht. Ich habe mich geschnitten.«

»Ein tiefer Schnitt?«

»Ich weiß nicht. Zu Anfang hat es ziemlich geblutet. Als ich ein Heftpflaster draufkleben wollte, war die Wunde weg.«

»Bist du sicher?«

»Ganz sicher.«

Dr. Wiseman sah ratlos drein. »Wärst du damit einverstanden, daß ich dein Blut untersuche?«

»Wozu?«

»Nur so, aus Neugier.«

»Gut.«

Dr. Wiseman hatte eine Spritze ergriffen. Er stieß dem Kind die

Nadel in die Vene. Jason sah, wie sich der Glaskolben mit Blut füllte. Mit einer raschen Bewegung nahm der Arzt die Spritze fort und drückte einen Wattebausch auf die Einstichwunde. Dann winkelte er den Arm des Jungen an, so daß der Wattebausch zwischen Oberarm und Unterarm gehalten wurde.

»Nun?« fragte Steve, der alles aufmerksam verfolgt hatte.

»Genaues kann ich erst sagen, wenn der Laborbericht vorliegt. Vorläufig sieht es so aus, als ob die Wunden, die sich Ihr Sohn zufügt, außergewöhnlich schnell verheilen.« Er sah auf seine Armbanduhr. Zwei Minuten waren vergangen, seit der die Nadel aus der Vene gezogen hatte. Er wandte sich zu Jason. »Zeig uns bitte deinen Arm.«

Jason streckte den Arm aus. Die blutgetränkte Watte fiel zur Erde. Von der Einstichstelle war nichts mehr zu sehen.

Dr. Wiseman biß sich auf die Lippen. Er nahm Jason vom Tisch, ergriff ihn an der Hand und führte ihn ins Wartezimmer. »Wir kommen gleich zu dir«, sagte er väterlich. »Ich habe nur noch etwas mit deinem Vater zu bereden.«

Jason war erleichtert. Die Untersuchung war vorüber. »Von Dr. Malone bekomme ich immer einen Dauerlutscher, wenn ich fertig bin«, sagte er.

Dr. Wiseman lächelte. »So gut bin ich nicht ausgestattet«, sagte er. »Aber ich könnte natürlich in Dr. Malones Sprechzimmer nachsehen, ob ich seinen Geheimvorrat an Dauerlutschern entdecke. Was hältst du davon?«

»Das fänd' ich großartig«, feixte Jason. Dr. Wiseman nickte ihm zu. Dann verschwand er in seinem Sprechzimmer und zog die Tür hinter sich zu.

»Es gibt kaum noch Zweifel«, sagte er.

Steve Montgomery sah ihn groß an. »Zweifel woran?«

»Ihr Sohn verfügt über eine abnorme Heilfähigkeit. Wenn er Verletzungen erleidet, bleiben keine Narben zurück.«

»Wie ist das möglich?«

Dr. Wiseman hob die Schultern. »Das weiß ich nicht. Möglicherweise werden die abgestorbenen Zellen in seinem Körper schneller regeneriert als im Körper anderer Menschen. Es ist eine Sache, die mir etwas Sorgen macht. Man weiß nicht, was das für Nebenwirkungen haben kann.«

»Ich verstehe nicht.«

Dr. Wiseman war entschlossen, nicht mehr zu sagen, als er jetzt schon nachweisen konnte. »Ich würde Jason am liebsten ein oder zwei Tage hierbehalten«, sagte er. »Ich möchte den Jungen beobachten. Was wir da bei seiner Wundheilung erleben, ist nicht normal.«

»Aber er ist doch nicht krank«, widersprach Steve. »Was soll er denn im Krankenhaus?«

Dr. Wiseman zögerte. »Ich würde Jason eventuell in eine Diagnoseklinik einweisen. Es geht nicht um seine Behandlung, sondern um seine Beobachtung.«

Und dann legte er Jasons Vater im einzelnen die Vorteile dar, die eine solche Diagnoseklinik bot. Steve Montgomery schwirrte der Kopf. Warum türmten sich auf einmal soviel Schwierigkeiten auf? Zuerst war Julie gestorben. Dann war Sally krank geworden. Und jetzt mußte Jason, sein Sohn, in eine Diagnoseklinik.

Als Dr. Wisemans Vortrag endete, war Steves Widerstand gebrochen. Der Arzt hatte recht. Man mußte auf Nummer Sicher gehen. Jason war am besten aufgehoben, wenn er unter ärztlicher Beobachtung stand.

Randy Corliss stand jenseits der Umzäunung. Neugierig betrachtete er die Hundemeute, die sich jenseits des Maschendrahts um den toten Dobermann versammelt hatte. Die Hunde schnüffelten und jaulten. Dann sah Randy, wie sie die Köpfe wandten. Sie hatten ihn entdeckt. Ein wütendes Gekläff begann, die Tiere überschlugen sich förmlich, heulten, bleckten die Zähne. Der Geifer rann ihnen über die Lefzen.

Erschrocken wandte sich Randy zur Flucht. Der Wald. Er lief los, achtete nicht auf die Zweige, die ihm ins Gesicht peitschten. Er war fünf Minuten lang gelaufen, als ihn ein querliegender Stamm zum Stehenbleiben zwang. Er lauschte in die Nacht. Von den Hunden war nichts mehr zu hören.

Weiter. Ich darf nicht stehenbleiben. Wenn sie den toten Hund finden, werden sie die Suche auf der anderen Seite des Zaunes fortsetzen. Sie werden die Spürhunde auf mich hetzen.

Er stolperte weiter. Weglose Finsternis. Der Fluß, dachte er. Da war ein Fluß gewesen. Der Bach, der durch die Betonröhre geleitet wurde, floß in einen Fluß. Ich muß den Flußlauf finden, nahm er sich vor. Das ist die schnellste Möglichkeit, um an eine menschliche Siedlung zu gelangen.

Er war vielleicht eine halbe Stunde gerannt, als er wieder an dem querliegenden Baum ankam. Die zerbrochenen Äste am Boden. Kein Zweifel. Er war im Kreis gegangen.

Panik befiel ihn, wie damals beim Schwimmenlernen. Seine Mutter war dagewesen, nur wenige Meter von ihm entfernt. Und trotzdem hatte Randy Todesangst verspürt.

Der Zuspruch der Mutter hatte ihm damals neuen Mut gegeben. Ich darf nicht in Panik geraten, dachte er. Wenn ich durchdrehe, ist alles zu Ende. Ich werde meinen Verfolgern in die Arme laufen. Sie werden mich töten, so wie sie die anderen Jungen getötet haben.

Mutter, dachte er. Ich werde sie wiedersehen. Ruhe überkam ihn. Er bog die Zweige zur Seite und ging auf den schwachen Lichtschein zu, der sich zwischen den Stämmen abzeichnete. Das Gebell der Hunde war wieder zu hören. Aber es machte Randy keine Angst mehr. Im Gegenteil. Er benutzte die Quelle des Geräusches als Kompaß. Er schlug eine Richtung ein, die von den Hunden fortführte.

Schließlich war das Gurgeln und Plätschern fließenden Wassers zu hören. Er lief schneller.

Er lief die Böschung hinab, watete ins Wasser. Der Grund des Baches war mit glatten Kieseln gefüllt, auf denen die Gummisohlen seiner Turnschuhe wenig Halt fanden. Randy geriet ins Stolpern, fing sich, taumelte der Strömung entgegen.

Bald war er so erschöpft, daß er sich am liebsten den Fluten überlassen hätte. Nur die Angst vor seinen Verfolgern hielt ihn aufrecht. Wenn sie mich einholen, bringen sie mich um. Er hatte jetzt keinen Zweifel mehr an dem Schicksal, das den Insassen des Internats bevorstand. Die Hunde. Wenn er im Fluß blieb, würden sie seine Spur verlieren.

Das Gurgeln zu seinen Füßen wurde lauter, und dann sah Randy, daß er an einem breiten Feld von Stromschnellen angelangt war. Weiter oben war ein kleiner Wasserfall. Er spähte den Hang hinauf. Im Mondlicht war ein Weg zu erkennen.

Er überlegte. War es denkbar, daß die Verfolger den Bach überschritten und am jenseitigen Ufer entlanggingen? Dann würden sie seine Fußspuren finden. Sie würden ihn auf dem Weg einholen.

Er beschloß, den mühseligen Marsch im Flußbett fortzusetzen. Er war unter dem Wasserfall angekommen. Aus einem Meter Höhe stürzte das Wasser auf die blankgewaschenen Steine. Er schob die Hand in das schäumende Weiß, fand einen glitschigen Ast, griff zu, zog den anderen Arm nach, hangelte sich hinauf. Mit erlahmender

Kraft schob er sich über den Rand, ließ sich in das flache Wasser sinken. So blieb er drei oder vier Minuten. Dann raffte er sich auf und schwankte weiter. Es war heller geworden. Einen Steinwurf voraus war ein mächtiger Fels zu erkennen. Er watete an dem Fels vorbei, sah einen zweiten, der in zwei Stufen zum Wasser abfiel.

Es gelang ihm hinaufzuklettern. Er ließ sich auf den Stein sinken und verschnaufte.

Als er weiterging, spürte er knirschenden Sand unter den Füßen. Weiter. Sie werden alles tun, um mich zu finden. Sie wissen, daß ich alles verraten werde.

Er wußte nicht, wie lange er gelaufen war, als er Lichter sah. Waren es Suchlaternen? Taschenlampen? Scheinwerfer?

Vorsichtig kroch er die Böschung hinauf. Autos, eine Straße. Dort drüben, vielleicht dreihundert Meter entfernt, führte eine Straße entlang. Das Licht, das ihn geängstigt hatte, stammte von den Scheinwerfern. Es gab eine Kurve. Die Scheinwerfer waren zuerst klein, wuchsen, blendeten auf und versanken dann in der Dunkelheit. Wenig später leuchteten einige Handbreit weiter die Rücklichter auf.

Die Erinnerung an jene Nacht war wieder da, wo er von dem Streifenbeamten aufgelesen worden war. Vielleicht war wieder ein Polizeiauto unterwegs.

Er rutschte die Böschung wieder hinunter und watete den Bach entlang, bis er unter der Brücke ankam. Das Singen der Reifen war zu hören, es übertönte das Plätschern des Wassers.

Randy war fast oben, als ihm ein furchtbarer Gedanke kam. Wenn Dr. Hamlin die Straße inspizieren ließ? Es war kein Kunststück, einen kleinen Jungen ausfindig zu machen, der mitten in der Nacht in der Wildnis am Straßenrand stand.

Er blickte zum Bach zurück. Ich muß die Straße entlanggehen, dachte er. Ich habe nicht mehr die Kraft, im Bach weiterzuwaten. Stöhnend und keuchend bezwang er die Steigung.

Dunkelheit. Eine Wolke hatte sich vor den Mond geschoben. Keine Autos mehr. Stille. Nur das Geräusch seiner Schritte in der Einsamkeit.

Er begann zu zählen. Er war bei 634 angelangt, als er hinter der Straßenbeugung ein Licht aufflammen sah. Kein Auto. Das Licht bewegte sich nicht.

Er begann zu rennen. Eine Neonschrift.

Es war die Ankündigung eines Restaurants.

Randy stolperte auf die bunten Buchstaben zu. Ich habe es geschafft, dachte er.

24

Dr. Hamlin warf einen Blick auf die Wanduhr in seinem Büro. Es war spät geworden. Fast vier Uhr morgens. Er war müde. Anstrengende Stunden lagen vor ihm. Er haßte die Arbeit, die zu verrichten war, aber es gab keinen Ausweg. Er hatte seine Mitarbeiter zu sich gerufen. Sie saßen im Halbkreis um seinen Schreibtisch. Ob ich auch so übernächtigt aussehe wie sie? Louise Bown, die für das Vorkommnis die Verantwortung traf, hielt den Kopf gesenkt. Die anderen vier sahen ihn mit einer Mischung von Betroffenheit und Neugier an.

Diese Frau ist innerhalb weniger Wochen alt geworden, dachte er. Sie ist verbraucht. Er wunderte sich, daß er das dachte. Es war ihm immer gleichgültig gewesen, ob seine Mitarbeiter glücklich oder unglücklich, krank oder gesund waren.

»Sie alle wissen jetzt, was vorgefallen ist«, sagte er. »Die Ereignisse lassen mir keine andere Wahl. Das Projekt *Gott* wird eingestellt.«

Flüstern. Einer der Versammelten, ein Mann im weißen Kittel, hob die Hand. »Gibt es keinen anderen Ausweg?«

»Ich fürchte nein«, sagte Dr. Hamlin. »Randy Corliss ist verschwunden. Die Suche ist erfolglos verlaufen. Die Spur verliert sich am Fluß. Wir wissen nicht, ob er flußaufwärts oder -abwärts gegangen ist. Wie die Dinge liegen, müssen wir davon ausgehen, daß er sich nach Hause durchschlägt. Er wird auspacken, und das bedeutet das Ende.«

»Müßte er nicht bald ausgebrannt sein?«

»Der Zeitpunkt dafür steht nicht fest. Wenn wir Glück haben, liegt er irgendwo tot im Fluß. Aber darauf können wir uns nicht verlassen. Wir müssen vom schlimmsten Fall ausgehen: daß Randy Corliss lebt. Wir müssen das Internat schließen.«

Louise Bown blickte auf. »Aber was machen wir mit den...« Sie verstummte.

Er fixierte sie aus kalten Augen. »Die Versuchstiere werden vernichtet, und das ist Ihre Aufgabe, Mrs. Bown.«

»Bitte, ich...«

»Ich gebe meine Anordnungen nicht gern zweimal«, sagte Dr. Hamlin mit schneidender Stimme. Louise stand auf und wankte zur Tür. Als sie den Raum verlassen hatte, wandte sich der Arzt wieder seinen Mitarbeitern zu. Diese vier waren verläßlich. Leute der ersten Stunde. Und Louise Bown? Konnte er sich nach dem, was heute nacht geschehen war, noch auf sie verlassen? Wohl kaum. Er würde sich um sie kümmern müssen, wenn es soweit war. Er sah auf. »Ich möchte, daß Sie sofort alle Unterlagen zusammenpacken. Ebenso die Ausrüstung, soweit sie überhaupt transportabel ist. Paul Randolph hat drei Lastkraftwagen zu uns losgeschickt.« Seine Stimme wurde bitter. »Ich habe Randolph auch gesagt, daß es ein Fehler war, die Versuche hier durchzuführen. Wir hätten uns besser eine Wüste aussuchen sollen oder ein fernes Land. Es ist einfach zu riskant, solche Projekte in der Nähe menschlicher Siedlungen durchzuziehen. Zehn Jahre Arbeit umsonst! Ich könnte...« Seine Fingerknöchel waren weiß geworden. Abrupt stand er von seinem Sessel auf. »Beginnen Sie sofort mit dem Pakken. Sie haben anstrengende Stunden vor sich.«

Langsam ging Louise Bown die Treppe hinauf. Ich habe einen Fehler gemacht, dachte sie. Und jetzt muß ich dafür büßen.

Trotzdem. Es war ungerecht. Es war nur ein kleiner Fehler gewesen. Die Strafe, die dafür verhängt wurde, war ungeheuerlich.

Sie hatte Randys Bett leer vorgefunden. Die Tür zum Dachgeschoß stand offen. Sie war auf den Dachboden hinaufgegangen. Und dort hatte sie die heruntergezogene Leiter gefunden. Das Dachfenster stand offen. Sie war die Leiter hochgeklettert und hatte noch gesehen, wie Randy Corliss am Stamm hinunterglitt.

Ein paar Herzschläge lang war sie ratlos gewesen. Dann war sie zu Dr. Hamlin gehastet und hatte Meldung erstattet. Zu spät. Der Suchtrupp hatte den Jungen nicht mehr einholen können. Die Hunde hatten die Spur verloren. Die Folge war, daß auch die anderen Kinder sterben mußten.

Sie öffnete die Tür zu Adam Rogers' Zimmer. Er war aufgewacht. Sein weiches Haar hing ihm in die Stirn. »Haben Sie Randy gekriegt?« fragte er.

»Nein«, sagte Louise. Und jetzt kam der schwerste Teil. »Nachdem sowieso alle im Haus wach sind, machen wir eine kleine Party. Wir versammeln uns im Speisesaal. Es gibt eine Überraschung.«

Adam kam aus dem Bett geklettert. »Muß man sich richtig anziehen?« fragte er beflissen. »Oder kann ich im Pyjama runtergehen?«

»Du kannst gehen, wie du bist«, sagte Louise.

Sie sah ihm nach, wie er die Treppe hinunterlief. Dann ging sie in die anderen Zimmer und wiederholte, was sie Adam Rogers erzählt hatte. Jerry Preston und Billy Mayhew stolperten verschlafen die Stufen hinunter. Louise ließ die drei an einem Tisch Platz nehmen. »Wartet hier!«

Sie durchquerte die Küche und betrat das Laboratorium. Dr. Hamlin sah von seinen Papieren auf. »Ist alles vorbereitet?«

Sie nickte. Ein schmerzender Kloß hatte sich in ihrem Hals gebildet. »Ich habe ihnen gesagt, wir machen eine kleine Party.« Ihre Stimme zitterte, als sie weitersprach. »Kann ich den Jungen vorher noch etwas Kakao machen?«

Er sah sie zornig an. »Kakao? Warum denn das?«

»Damit es mindestens so aussieht, als wäre es eine Party«, erwiderte sie. Sie gab sich keine Mühe, ihre Bitterkeit zu verbergen.

Dr. Hamlin sah auf die Uhr. Dann zuckte er die Schultern. Wahrscheinlich ging es am schnellsten, wenn er Louise Bown ihren Willen ließ. »Also gut. Aber in fünfzehn Minuten kommen Sie mit dem Versuchsgut zu mir.«

Sie ging in die Küche und stellte Milch auf. Die Kinder dürfen nicht merken, wie aufgeregt ich bin, dachte sie. Das würde alles nur noch schlimmer machen. Sie tat Kakao in die warme Milch, stellte Topf und Gläser auf ein Tablett und trug das Ganze zum Speisesaal.

Sie strahlte ihre drei kleinen Gäste an. »Schon fertig, seht ihr?«

Die drei grinsten.

»Und wo bleibt die Überraschung?« fragte Jerry Preston.

Louise zögerte mit der Antwort. »Das will Dr. Hamlin euch persönlich sagen.«

Sie hatten kaum ausgetrunken, als Dr. Hamlin an der Tür erschien.

»Jerry? Du bist der erste.«

Jerry Preston warf seinen Freunden einen triumphierenden Blick zu. Er durchquerte den Raum und folgte Dr. Hamlin ins Nebenzimmer. Die Tür fiel ins Schloß.

Nach fünf Minuten kam Dr. Hamlin zurück. Er war allein. »Billy?«

Louise Bown blieb mit Adam zurück.

»Immer bin ich der letzte«, nörgelte der Kleine.

»Ach ja?« sagte sie zerstreut.

»Sie sehen es ja«, sagte er trotzig. »Und das liegt nur daran, daß ich der Kleinste bin.«

»Vielleicht ist das der Grund«, gab sie zu. Tränen schimmerten in ihren Augen.

»Ist Ihnen nicht gut, Mrs. Bown?« fragte Adam Rogers.

Bevor sie ihm antworten konnte, ging die Tür auf. »Du bist dran, Adam«, sagte Dr. Hamlin freundlich. »Und Sie kommen mit, Louise.«

Dr. Hamlin ging voran. Sie durchquerten die Küche und das Laboratorium. In einem kleinen Raum im rückwärtigen Teil des Gebäudes angekommen, blieb Dr. Hamlin stehen.

Der Junge musterte die schimmernde Metallröhre, die in der Mitte des Raumes stand. »Ist das die Überraschung?«

»Nein«, erklärte Dr. Hamlin. »Das ist nur unsere neue Testkammer.« Er strich mit der Hand über das Gebilde, das einer mannshohen Stahlzigarre ähnelte. Er drückte auf einen Knopf. Eine schmale Tür schwang auf. »Ich möchte, daß du die Testkammer einmal ausprobierst, Adam. Kommst du allein hinein, oder muß Mrs. Bown dich hineinheben?«

»Das kann ich allein«, sagte Adam. »Was wird mit dem Gerät getestet?«

»Das Volumen der Lungen«, sagte Dr. Hamlin. »Es dauert nur eine Minute, dann kannst du mit den anderen Jungen spielen gehen.« Er stand daneben, als der Kleine in den Metallzylinder kletterte. »Alles okay?«

Der Junge nickte. Dr. Hamlin verriegelte die dicke Glastür. Dann wandte er sich zu Louise. »Öffnen Sie die Ventile«, wies er sie an.

Ihre Augen weiteten sich in namenlosem Entsetzen. »Ich kann es nicht tun«, flüsterte sie.

Sein Blick wurde hart. »Wenn das Projekt ein Erfolg wird, ist auch Ihr Name mit dem Erfolg verbunden, Louise. Bis es soweit ist, müssen wir alle unsere Pflicht tun. Öffnen Sie die Ventile!«

Louises Rechte tastete nach dem feingeriffelten Rädchen, das die Ventile der Unterdruckkammer öffnen würde. »Bitte, Dr. Hamlin, ich...«

Er ließ sich nicht erweichen. »Sie können es tun, und Sie werden es tun!«

Sie sah dem kleinen Adam Rogers in die Augen, während sie die Ventile öffnete. Ein Zischlaut war zu hören, als die Luft aus dem Metallzylinder abgesaugt wurde. Der Junge sah erstaunt aus, als würde er gleich in Lachen ausbrechen. Dann war alles vorüber.

Fünf Minuten später wurde Adam Rogers zu den Leichnamen der anderen Jungen gelegt. Die Düsen der Verbrennungsanlage flammten auf.

Beim dritten Läuten hatte Lucy Corliss das Telefon abgenommen. Sie erwartete einen Anruf von Sally Montgomery. Vielleicht war es auch Dr. Malone, der ihr eine Nachricht für Sally durchgeben wollte. Aber sie hatte sich geirrt.

»Spreche ich mit Mrs. Corliss?« fragte eine unbekannte Stimme.

»Ganz recht.«

»Sind Sie die Mutter von Randy Corliss?«

Lucy fühlte, wie ihre Knie weich wurden. Sie ließ sich auf den Stuhl sinken. Die Entführer, dachte sie. Jetzt werden sie ihre Forderung stellen. Randy lebt.

»Ja«, schrie sie ins Telefon. »Ja, ich bin die Mutter von Randy Corliss!« Sie hielt ihre Hand über die Muschel. »Jim!« rief sie. »Komm schnell, es ist wegen Randy!« Sekunden später kam ihr geschiedener Mann in die Küche gestürzt.

»Mein Name ist Max Birnbaum«, sagte die fremde Stimme. »Ich bin Besitzer eines Restaurants an der Langston Road.«

»Ich höre«, stammelte Lucy.

»Ich rufe Sie an, weil vor zehn Minuten ein kleiner Junge in mein Restaurant gekommen ist. Er ist patschnaß. Ist wohl in einen Bach gefallen oder so. Er sagt, ich soll Sie anrufen.«

»Randy?« sagte Lucy. Sie war außer Atem vor lauter Aufregung. »Ist Randy bei Ihnen?«

»So ist es, Mrs. Corliss. Er steht neben mir.«

Es gab eine kurze Pause. Dann meldete sich Randy. Die Stimme klang zittrig und ängstlich. Aber es war unverkennbar Randy. »Mami?«

»Randy! Was ist passiert? Wo steckst du?«

»Ich bin weggelaufen, Mami. Ich hatte Angst, ich muß sterben. Deshalb bin ich weggelaufen.«

»Oh, mein armer kleiner Junge! Ich habe mir so große Sorgen gemacht um dich.«

»Holst du mich ab?«

»Ja, Randy! Sofort! Wo bist du? Ich verspreche dir, ich hole dich sofort ab.«

»Ich bin hier im Restaurant von Mr. Birnbaum. Das liegt... Ich weiß auch nicht, wo es liegt, Mami. Mr. Birnbaum wird es dir erklären.«

Sie hatte Jim ein Zeichen gegeben, er rannte los und kam mit einem Block und einem Kugelschreiber zurück. Lucy Corliss notierte die Anschrift, die der Besitzer des Restaurants ihr durchgab, bedankte sich, sprach noch einmal mit ihrem Sohn und legte auf.

»Er lebt«, sagte sie. Der Alptraum der letzten Tage schien von ihr gewichen. »Er lebt, und er ist unverletzt. Jim!« Sie riß ihn in ihre Arme. »Wir bekommen unseren Sohn zurück, Jim.« Über seine Schultern hinweg sah sie den Schatten an der Tür. Sie löste ihre Arme.

Sergeant Bronski hatte die Küche betreten. »Ich hab's gehört«, sagte er ruhig. »Aber ich kann's noch nicht ganz glauben. Könnte ein Trick der Entführer sein.«

Die Freude wich aus Lucys Gesicht. »Ein Trick?«

»Zumindest muß man vorsichtig sein. Wiederholen Sie mir bitte genau, was der Anrufer gesagt hat.«

Lucy Corliss sagte ihm alles, woran sie sich erinnerte. Als sie endete, rieb sich Sergeant Bronski über die sprießenden Bartstoppeln. »Er ist also doch weggelaufen«, sagte er leise.

»Aber er möchte wieder nach Hause«, entgegnete sie. »Es ist kein Trick, glauben Sie mir.« Sie wandte sich zu Jim. »Komm, fahr mit. Wir holen den Jungen ab.«

»Warten Sie«, sagte Bronski. Er nahm das Telefonbuch, begann zu blättern, suchte eine Nummer heraus und wählte sie. Nachdem er ein kurzes Gespräch geführt hatte, legte er den Hörer auf die Gabel zurück. Er nickte. »Es scheint alles in Ordnung zu sein«, sagte er. »Fahren Sie los und holen Sie Ihren Jungen ab. Aber denken Sie an eines. Randy hat gesagt, er sei aus Angst weggelaufen. Er hätte Angst vor dem Sterben gehabt. Er hat nicht gesagt, *wer* ihn mit dem Tod bedroht hat. Und es ist auch nicht klar, ob er mit dem Weglaufen sein Elternhaus oder eine andere Unterkunft meinte.«

»Sie halten es also nach wie vor denkbar, daß er gekidnappt wurde?«

»Immerhin gibt es da noch diesen Adam Rogers, der auf ähnliche Weise verschwunden ist, und weiß Gott wie viele andere Kinder, von denen wir gar nichts wissen. Es könnte sein, daß wir es mit einem Ring von Entführern zu tun haben.« Er ging zum Telefon und hob die Hand. Dann ließ er sie wieder sinken. »Es wird am besten sein, wenn ich bis zu Ihrer Rückkehr hierbleibe. Wenn Mrs. Montgomery oder Dr. Malone anruft, kann ich den Anruf entgegennehmen. Es kommt jetzt auf jede Minute an, wenn wir aufklären wollen, was mit CHILD los ist.« Lucy und Jim waren schon an der Tür, als er sie zurückrief. »Noch eines ist sehr wichtig. Randy soll seine Geschichte erst erzählen, wenn Sie hier ankommen. Ich möchte dabeisein, wenn er auspackt, und ich möchte die allererste Fassung hören.«

Sie hatten die Hälfte der Strecke nach Langston zurückgelegt, als Lucy gewahr wurde, daß ihr geschiedener Mann ihre Erleichterung nicht zu teilen schien.

»Was hast du?« fragte sie schließlich.

»Nichts.«

Sie musterte ihn nachdenklich. Tiefe Sorgenfalten waren in sein Gesicht eingegraben.

»Sag die Wahrheit, Jim. Was hast du?«

Er zwang sich zu einem Lächeln und tastete nach ihrer Hand. »Wirklich nichts, Liebes.«

Sie wußte, daß er ihr etwas verschwieg. Schweigend legten sie die letzten Kilometer zurück. Als zwanzig Minuten später in der Ferne ein zuckendes Neonzeichen sichtbar wurde, deutete Jim nach vorn.

»Das muß es sein.«

Aufgeregt betrachtete Lucy die vom bunten Licht angestrahlte Fassade. Er war auf den Parkplatz des Restaurants eingebogen. Sie sprang aus dem Wagen, noch bevor er die Handbremse angezogen hatte. Sie lief in das Restaurant hinein. Und da saß ihr Randy, neben dem Mann, der sie angerufen hatte. Als er seine Mutter erkannte, lief er ihr entgegen.

»Mami, Mami, ich habe solche Angst gehabt!« Er umschlang sie und barg seinen Kopf an ihrem Busen. Dann kamen die Tränen, die er seit Stunden zurückgehalten hatte.

»Alles ist gut, mein kleiner Schatz«, flüsterte Lucy. »Deine Mutter ist bei dir, alles ist wieder gut.« Sie wiegte ihn in ihren Armen, bis sein Schluchzen verebbte. Als sie Jim durch die Tür kommen sah, streichelte sie ihrem Sohn den Kopf. »Mach einmal die Augen auf«, sagte sie. »Es gibt eine Überraschung.«

Er sah sie aus tränenfeuchten Augen an. »Eine Überraschung?«
»Dreh dich um.«

Sie hatte erwartet, daß er sich von ihr losreißen und seinem Vater in die Arme stürmen würde. Statt dessen spürte sie, wie er zusammenzuckte.

»Vater.«

»Mein Sohn«, sagte Jim. Er ging auf Lucy und Randy zu. Der Kleine schauderte. »Ich will nie mehr in dieses Haus zurück, Vater. Bitte sag, daß ich bei euch bleiben darf.«

Lucy war es, als würde sie von einem Eiszapfen durchbohrt. Deshalb also hatte sich ihr geschiedener Mann so merkwürdig benommen. Kein Wunder, daß er sich über das Wiederauftauchen des Jungen nicht freuen konnte. Er steckte mit den Entführern unter einer Decke. Sie wollte etwas sagen, aber er kam ihr zuvor. »Bitte, nicht. Ich weiß, was du jetzt sagen willst. Aber das würde alles zwischen uns wieder kaputtmachen. Hast du nicht gehört, was Bronski gesagt hat? Wir wissen nicht, wo der Junge die ganze Zeit gewesen ist. Es steckt mehr dahinter, als wir ahnen.«

»Fragen wir ihn doch.« Sie wandte sich zu ihrem Sohn. »Warum hast du Angst vor dem Sterben, Randy? Bist du deshalb von zu Hause weggelaufen?«

Der Junge sah sie erstaunt an. »Ich bin aus dem Internat weggelaufen, in das mich Vater gesteckt hat.«

Jim Corliss hielt dem bohrenden Blick seiner Frau stand. »Ich schwöre dir, Lucy, ich weiß nicht, wovon der Junge spricht.«

Die letzten Blätter waren ausgedruckt worden, als jemand an die Tür klopfte. Sally erschrak.

Dr. Malone war aufgestanden. »Wer ist da?«

»Herr Dr. Malone, sind Sie in Ihrem Büro?« Es war eine Frauenstimme. Er ging zur Tür und schob den Riegel auf. Eine junge Frau in weißer Krankenschwesterntracht trat ein. Als sie Dr. Malone erblickte, wandelte sich ihr besorgter Gesichtsausdruck zu einem Lächeln der Erleichterung. »Gott sei Dank. Als ich so spät noch Licht in Ihrem Büro sah, dachte ich schon, es sei eingebrochen worden.« Sie hatte Sally erkannt. »Guten Abend, Mrs. Montgomery. Sie sind sicher gekommen, um Jason abzuholen.«

»Jason?«

»Ja. Ihr Sohn und Ihr Mann sind bei Dr. Wiseman, wußten Sie das denn nicht?«

Bevor sie etwas antworten konnte, hatte sich Dr. Malone eingeschaltet. »Vielen Dank«, sagte er zu der Krankenschwester gewandt. »Mrs. Montgomery ist hier, um sich wegen des Problems mit mir zu beraten.«

Die Schwester hatte den Raum verlassen. Dr. Malone schob den Riegel wieder vor.

Sally sah ihn düster an. »Jason und Steve sind bei Dr. Wiseman. Warum?«

»Ich habe keine Ahnung«, sagte Dr. Malone. »Und wir haben keine Zeit mehr, das herauszufinden. Die Krankenschwester wird Dr. Wiseman sagen, daß Sie hier sind.« Sie sah, wie er die Computerblätter in seine Aktentasche stopfte. »Stellen Sie bitte den Computer ab, Sally. Beeilen wir uns. Wir müssen weg sein, ehe Dr. Wiseman kommt.«

Sie drückte den ›Aus‹-Knopf des Tischcomputers. Er war zur Tür geeilt, die das Büro mit dem Parkplatz verband. Sally durchquerte den Raum. Auf der Türschwelle blieb sie stehen. »Ich gehe zu Jason.«

Er starrte sie an. »Kommen Sie, Sally. Sie wissen doch selbst, daß Sie sich damit nur Schwierigkeiten einbrocken.«

»Ich bleibe hier. Ich muß herausfinden, warum mein Mann Jason zu Dr. Wiseman gebracht hat.«

»Bitte, Sally!«

»Sie haben alle Unterlagen, die Sie zur Aufklärung der Angelegenheit brauchen, Dr. Malone. Gehen Sie, ich kümmere mich inzwischen um meinen Sohn.« Sie sah ihn mit flehentlicher Geste an. »Vielleicht ist Jason krank. Ich kann dieses Haus nicht verlassen, bevor ich Klarheit habe.«

In Dr. Malones Kopf jagten sich die Gedanken. »Ich komme mit Ihnen«, sagte er. Er schloß die äußere Tür und kam zum Schreibtisch zurück. Sally wich zur Seite.

»Es ist besser, wenn Sie die Beweise in Sicherheit bringen, Dr. Malone. Fahren Sie zu Lucy. Ich komme nach, sobald ich hier fertig bin.«

»Ich habe meine Zweifel, ob Dr. Wiseman Sie überhaupt noch weggehen läßt«, sagte er. »Was das Beweismaterial betrifft, ohne Sie ist es wertlos. Man braucht einen Dolmetscher, der einem erklärt, was da steht. Kommen Sie, Sally.«

Er bot ihr den Arm. Wenige Minuten später betraten sie Dr. Wisemans Vorzimmer. Jason saß in einen Sessel gekauert und las in einer Illustrierten. Als er seine Mutter erkannte, sah er auf und grinste.

»Guten Abend, Mama. Guten Abend, Dr. Malone.«

Sally kniete sich zu ihm und drückte ihn liebevoll an sich. »Was tust du hier, mein kleiner Liebling? Bist du verletzt?«

»Mir fehlt gar nichts.« Jason hatte sich aus ihrer Umarmung befreit.

»Warum bist du dann im Krankenhaus?«

Er erklärte ihr, was geschehen war. »Und dann hat Dr. Wiseman gesagt, Vater soll mich in die Klinik bringen. Ich soll in eine Diagnoseklinik.«

»Um Gottes willen«, flüsterte Sally. »In eine Diagnoseklinik? Warum denn das?«

Jason verzog sein Gesicht zu einer schuldbewußten Grimasse. »Ich geb's zu«, sagte er. »Ich hab' an der Tür gelauscht. Dr. Wiseman hat gesagt: *zur Beobachtung.*«

Sally Montgomery und Dr. Malone wechselten einen raschen Blick. »Das verstehe ich nicht«, stammelte sie.

»Ich schon«, sagte Dr. Malone leise. Er ging auf Jason zu und streckte ihm die Arme entgegen. »Kommst du mit zu einer Spazierfahrt mit deiner Mutter und mir? Na, wie ist's?«

»Wo geht's denn hin, Dr. Malone?«

»Wir besuchen Freunde.« Sie waren schon auf dem Flur, als Dr. Malone sich zu Sally umwandte. »Schnell!« flüsterte er. »Wenn wir uns jetzt nicht beeilen, ist alles verloren.«

Er hob das Kinn und deutete auf Dr. Wisemans Namensschild. Sally verstand. Sie folgte ihm. Jason war vorausgelaufen.

25

»Dann sind wir uns also einig«, sagte Dr. Wiseman. Er stand auf und streckte sich. »Ich überweise Ihren Jungen in die Diagnoseklinik. Wenn die Spezialisten von CHILD nicht herausfinden, was mit Ihrem Jungen los ist, dann kann es niemand.« Er rieb sich die Wangen mit Zeige- und Mittelfinger. »Es ist spät geworden. Wahrscheinlich am besten, wenn der Junge gleich hierbleibt. Ich lasse ihn dann in aller Frühe nach Boston bringen.«

Der Vorschlag war eine unwillkommene Überraschung für

Steve. »Ich hatte gedacht, Jason würde zumindest noch die Nacht zu Hause verbringen.«

»Was er jetzt vor allem braucht, ist Ruhe«, sagte Dr. Wiseman mit der Autorität des erfahrenen Praktikers. »Und Sie, Steve, können ungestörte Nachtruhe ebensogut gebrauchen.«

»Aber der Junge hat doch nichts.«

»So genau wissen wir das nicht«, widersprach ihm Dr. Wiseman. »Man kann da seine Überraschungen erleben. Vergessen Sie nicht, wie schnell es mit Julie zu Ende gegangen ist.«

Als der Name seiner Tochter fiel, brach Steves Widerstand in sich zusammen. Er stand auf, ging zur Tür und ergriff den Türknopf. »Jason?«

Er trat ins Wartezimmer hinaus, dann auf den Flur. Jason war verschwunden.

»Vielleicht hat er sich gelangweilt und ist in die Aufnahme gegangen.«

Aber die Krankenschwester, die in der Aufnahme Dienst tat, hatte Jason Montgomery nicht gesehen. »Vielleicht ist er im Büro von Dr. Malone«, sagte sie.

»Bei Dr. Malone? Ist der denn so spät noch im Dienst?«

»Wußten Sie das nicht? Ich war eben dort, Mrs. Montgomery saß bei ihm.«

»Mrs. Montgomery?« Flammende Röte überzog Dr. Wisemans Gesicht. »Ich habe doch Anweisung gegeben, daß man mich sofort ruft, wenn Mrs. Montgomery auftaucht.«

Die Krankenschwester hätte sich am liebsten in ein Mauseloch verkrochen. »Es tut mir leid, Dr. Wiseman, aber davon weiß ich nichts. Als ich vorhin meinen Dienst antrat, hat mir niemand Bescheid...« Sie vollendete ihren Satz nicht, weil Dr. Wiseman bereits hinausgestürmt war. Steve folgte ihm.

Wenig später standen sie vor Dr. Malones Büro. Dr. Wiseman brachte einen Schlüssel zum Vorschein und öffnete. Das Büro war leer.

Schweigend sahen sich die beiden Männer an. Es war Steve, der zuerst die Sprache wiederfand. »Das verstehe ich nicht.«

»Ich auch nicht«, sagte Dr. Wiseman, sichtlich verärgert. »Aber ich habe einen Verdacht. Es muß Ihrer Frau gelungen sein, Dr. Malone einzureden, daß an ihren Fantasien etwas dran ist.«

»Ich weiß, wo sie ist«, sagte Steve. »Bei Lucy Corliss. Gehen wir!«

»Einen Augenblick! Wo wollen Sie hin?«

»Ich hole mir meine Frau und meinen Sohn zurück.«

»Und wenn Ihre Frau nicht mitkommen will?«

»Sie muß. Ich bin ihr Mann.«

»Denken Sie doch einmal nach, Steve. Ihre Frau traut weder Ihnen noch mir über den Weg. Statt dessen hat sie Vertrauen zu Dr. Malone und Mrs. Corliss. Sie können sie nicht zwingen, das Haus von Lucy Corliss zu verlassen. Nicht einmal, wenn das aus gesundheitlichen Gründen erforderlich wäre.« Steve ließ die Schultern hängen. Noch nie hatte er sich so frustriert gefühlt. »Aber ich muß doch etwas unternehmen, Dr. Wiseman. Sie hat Jason bei sich. Sie ist labil. Wer weiß, was sie in diesem Zustand ...«

»Sehen wir den Tatsachen ins Auge«, unterbrach ihn Dr. Wiseman. »Vor morgen früh können Sie nichts unternehmen, Steve.«

Sie gingen in Dr. Wisemans Sprechzimmer zurück. Der Arzt öffnete einen verglasten Schrank und nahm ein Fläschchen heraus. Er ließ vier Tabletten in einen Umschlag gleiten und reichte Steve Montgomery den Umschlag. »Sie fahren jetzt am besten nach Hause und versuchen zu schlafen. Wenn Sie nicht einschlafen können, nehmen Sie diese Tabletten. Und machen Sie sich bitte keine Sorgen. Dr. Malone ist ein guter Arzt. Er wird dafür sorgen, daß Ihre Frau und Ihr Sohn richtig betreut werden. Wenn Ihre Frau morgen vormittag nicht in Ihr Haus zurückkehrt, werden wir die nötigen Maßnahmen treffen, um sie vor sich selbst zu schützen.«

Steve Montgomery verabschiedete sich. Nachdenklich trat er in die Nacht hinaus.

»Warum bist du überhaupt bei der Frau eingestiegen?« Es war das drittemal, daß Lucy Corliss ihrem Sohn diese Frage stellte. Und zum drittenmal gab Randy die Antwort: »Weil sie gesagt hat, sie kommt von Daddy. Sie hat gesagt, Daddy ist verreist, wenn er wieder in Eastbury ist, käme er mich im Internat besuchen.«

»Aber ich bin überhaupt nicht verreist gewesen«, sagte Jim Corliss zu seinem Sohn.

Randy sah seine Mutter fragend an. »Es ist so, wie dein Vater sagt«, beruhigte sie ihn. »Er ist die ganze Zeit hiergewesen, bei mir. Wir haben uns beide ganz fürchterliche Sorgen um dich gemacht.«

»Muß ich denn nicht sterben?« fragte Randy.

Sie nahm ihn in die Arme. »Niemand will dir etwas tun, mein Kleiner. Und krank bist du auch nicht. Du bist ein kerngesunder Junge, du brauchst keine Angst zu haben, daß dir etwas zustößt.«

Sie verbarg ihm, daß sie sich immer noch Sorgen machte. Zu wirr, zu beunruhigend war, was er ihr von jenem Internat erzählt hatte, wo er festgehalten worden war.

Hatte er das Ganze vielleicht nur erfunden?

Lucy Corliss hatte Sergeant Bronski beobachtet, während Randy seine Geschichte erzählte. Es war offensichtlich, daß der Sergeant seine Zweifel an der Version hatte. Als Sally, Jason und Dr. Malone dazukamen, war keine Gelegenheit mehr, diese Zweifel auszuräumen. Lucy erzählte Sally, was geschehen war. Schließlich wandte sie sich an Dr. Malone. »Würden Sie sich den Jungen einmal ansehen, Dr. Malone? Ich habe ihn bereits gebadet und keine Verletzungen festgestellt, aber nach allem, was er erzählt hat...«

»Warum nicht«, sagte Dr. Malone. Er stand auf. »Randy? Ich würde dich gern untersuchen.«

»Ich bin gesund«, sagte Randy. Lucy schritt ein. »Du gehst jetzt mit Dr. Malone in dein Zimmer. Und nachher wirst du schlafen. Es ist schon sehr spät. Jason wird heute bei dir übernachten.«

Randy grinste. »Das ist etwas anderes.« Er sah seinen Spielgefährten triumphierend an. »Gehen wir!« Er war an der Türschwelle angekommen, als er stehenblieb. »Darf Jason bei der Untersuchung dabeisein?«

»Natürlich«, sagte Dr. Malone und lächelte. »Ich fürchte nur, daß er sich fürchterlich langweilen wird. Ich will eigentlich nur wissen, ob die Lungen normal arbeiten. Also dann.« Die beiden Jungen liefen voran, er folgte ihnen.

Schweigen senkte sich über die kleine Gesellschaft, die im Wohnzimmer zurückgeblieben war. Schließlich sagte Sally: »Lucy, ich freue mich so für Sie und Jim, daß Ihr Junge zurück ist. Es ist wie ein Wunder. Wo hat er eigentlich gesteckt?«

»Warten wir damit, bis Dr. Malone zurückkommt«, schlug Sergeant Bronski vor. »Sonst muß Lucy alles zweimal erzählen.« Er wandte sich zu Sally. »Und nun erklären Sie mir einmal, was der Computer ausgespuckt hat.«

Sally war ernst geworden. »Was wir rausgefunden haben, ist recht beunruhigend«, begann sie. »Ich habe die Ergebnisse ausdrucken lassen, damit wir's uns in Ruhe ansehen können. Es steht inzwischen fest, daß es bei den CHILD-Untersuchungen nicht mit rechten Dingen zugeht. Es steht weiter fest, daß Dr. Wiseman mich belogen hat. Die Kinder, deren Daten an CHILD gemeldet werden, wurden nicht nach dem Zufallsprinzip ausgesucht.«

»Sind Sie sicher, Sally?«

»Ich bin sicher. Ich weiß noch nicht, was der eigentliche Grund für diese ganze Testreihe ist, aber das läßt sich herausfinden.« Sie öffnete Dr. Malones Aktentasche und tippte auf den Stapel mit Schreibungen. »Den Anfang haben wir gemacht.«

»Und wie wollen Sie vorgehen?« fragte Lucy.

»Wir werden das Material Zahl für Zahl durchpflügen, bis wir die wahren Zusammenhänge erkennen. Es gibt eine mysteriöse Gemeinsamkeit bei den Kindern, die von CHILD kontrolliert werden, einen verbindenden Faktor.«

Sergeant Bronski beugte sich über den Tisch und ergriff die obersten Blätter. »Was ist das?« fragte er.

»Die Deckblätter mit den Korrelationen. Auf Seite drei finden Sie die Liste der Kinder von Gruppe 21.«

Jim Corliss sah von dem Stapel Papiere auf, in dem er zu lesen begonnen hatte. »Gruppe 21?«

»Das ist der Name, den Dr. Malone und ich dieser Gruppe Kinder gegeben haben.« In kurzen Worten erklärte sie die Codezahlen, die CHILD zur Chiffrierung der einzelnen Gruppen verwandt hatte. »Das Bemerkenswerte ist«, so beendete sie ihre Darlegung, »daß unsere Kinder alle in Gruppe 21 sind. Jason, Randy, Julie und das Baby von Jan Ransom.«

Sergeant Bronski hatte sich in die Namensliste vertieft. Schließlich sprang er auf. »Ich brauche die Liste«, sagte er knapp. »In einer Stunde bin ich zurück.« Noch bevor jemand ihm eine Frage stellen konnte, war er verschwunden.

Wenige Minuten später kam Dr. Malone aus dem Kinderzimmer zurück.

»Randy geht's prächtig«, sagte er. »Um die Wahrheit zu sagen, ich habe auch nicht erwartet, irgendwelche Verletzungen vorzufinden.« Er sah Jim und Lucy an. »Erzählen Sie mir doch bitte, was Randy über seinen abenteuerlichen Ausflug ausgepackt hat.«

Sie wiederholten die Geschichte, die Randy ihnen erzählt hatte. »Ich weiß, es ist unglaublich«, beendete Lucy die Schilderung. »Niemand kann über einen elektrisch geladenen Zaun klettern.«

»Und niemand kann sich mit siedender Karamelsauce bekleckern, ohne sich zu verbrühen«, warf Sally ein. »Niemand kann einen halben Liter Lysol trinken, ohne sich die Kehle und den Magen zu verätzen. Und trotzdem geschieht es.«

Lucy spürte, wie ihr ein kalter Schauer über den Rücken kroch.

Die Erleichterung, die sie bei dem Wiedersehen mit Randy verspürt hatte, schwand. »Wollen Sie damit etwa sagen, daß die Schilderung des Jungen auf Tatsachen beruht?«

Dr. Malone schaltete sich ein. »Es ist zu früh, um darüber endgültig zu befinden. Wir sind hier zusammengekommen, um die Spreu vom Weizen zu sondern. Was mich angeht, ich glaube, daß uns das sorgfältige Studium der ausgedruckten Unterlagen einen entscheidenden Schritt weiterbringt. Ich werde jetzt jedem von Ihnen einen Stapel geben. An die Arbeit! Wir suchen nach Ähnlichkeiten. Nach einem gemeinsamen Faktor. Nach einem Schlüssel.« Er gab Jim, Lucy und Sally je einen Stoß Computerschreibungen. Dann widmete er sich der Lektüre des Bogens, der ausgebreitet vor ihm auf dem Tisch lag.

Der diensthabende Beamte in der Eastbury Police Station sah erstaunt auf, als Sergeant Bronski zur nächtlichen Stunde das Revier betrat.

»Was willst du denn hier?«

»Ich habe ein Fernschreiben durchzugeben.«

Der Beamte, seit eh und je ungeschickt bei der Bedienung der Tastatur, fluchte. Erst als er fertig war, eröffnete ihm Sergeant Bronski, daß er das Fernschreiben selbst eintippen würde. Das Gesicht seines Kollegen hellte sich auf. »In diesem Fall, bitte schön.« Er deutete auf das Gerät.

Sergeant Bronski nahm auf dem Schemel Platz und begann zu tippen. Er brauchte über zwanzig Minuten. Als der Text fertig war, schob er das Band in den Schlitz. Das Gerät begann zu tickern.

»Wichtiger Fall?« fragte der diensthabende Beamte.

»Könnte ein wichtiger Fall werden«, sagte Bronski geheimnisvoll. Er kritzelte Lucy Corliss' Telefonnummer auf einen Zettel und legte ihn dem Kollegen auf die Schreibunterlage. »Ruf mich bitte an, wenn einer der Empfänger antwortet.«

»Sind es denn *mehrere* Empfänger?« wunderte sich der Beamte. »Du sagtest vorhin, du wolltest nur ein Fernschreiben aufgeben. Einzahl, mein Herr.«

»Ich hab' auch nur ein Fernschreiben aufgegeben«, sagte Bronski. »Immer der gleiche Text. Allerdings an eine ganze Reihe von Empfängern.«

»An wen denn alles?«

»An alle Polizeistationen der Vereinigten Staaten.«

Der Beamte starrte ihn an, als hätte er ihm die vollzogene Ermordung des Präsidenten gebeichtet. »Verdammt noch mal, Bronski! Was glaubst du, was der Chef sagt, wenn er die Rechnung sieht?«

Bronski erwiderte mit einem Grinsen. »Wahrscheinlich das gleiche wie du. *Verdammt noch mal!* Es kann aber auch sein, daß er mir zu der Sache gratuliert. Achte auf die Antworten, die reinkommen, okay?« Er machte Anstalten zu verschwinden. Sein Kollege war ihm zur Tür gefolgt.

»Kannst du mir nicht sagen, was das Ganze soll?«

Sergeant Bronski kratzte sich hinter den Ohren. »Dazu ist es noch zu früh«, meinte er vorsichtig. »Aber eines kann ich dir sagen. Wenn die Antworten kommen, die ich mir erwarte, dann hast du deine Finger in dem größten Kriminalfall, den Eastbury je erlebt hat.« Er ließ den verdatterten Beamten an seinem Schreibtisch zurück und fuhr zu Lucy Corliss zurück. Unterwegs hielt er an einem Schnellimbiß an und kaufte ein Dutzend Becher Kaffee.

Es würde eine lange Nacht werden, und aus irgendeinem Grund hatte Kaffee auf Bronski keine aufputschende Wirkung, wenn er ihn aus Porzellantassen trank. Plastikbecher mußten es sein. Noch besser, wenn der Kaffee außerdem kalt war. Er nahm sich vor, die Plastikkappen abzunehmen, sobald er im Hause von Lucy Corliss angekommen war.

»Ich glaube dir kein Wort«, flüsterte Jason. Sie lagen im Dunkeln. Die Mutter seines Freundes hatte Jason eine Luftmatratze zum Schlafen gegeben. Seit einer Stunde lauschte er Randys Schilderungen.

»Es ist aber wahr«, beharrte Randy. »Ich habe den Hund gegen den elektrisch geladenen Zaun geworfen. Das Tier war sofort tot. Dann bin ich über den Zaun geklettert. Ich habe nicht einmal einen Schmerz gespürt.«

»Dann hat eben jemand den Strom abgeschaltet«, sagte Jason. »Anders kann ich mir das nicht vorstellen.«

»Du Idiot!« sagte Randy zornig. Er sagte es leise, weil er auf keinen Fall seine Mutter wecken wollte. Wenn seine Mutter erfuhr, daß sie noch wach waren, würde sie darauf dringen, daß sie ihre Erzählstunde beendeten. Dabei hatte er die spannendsten Geschichten noch gar nicht erzählt. »Ein paar Tage vorher haben mich die anderen Jungen beim Spielen gegen den elektrischen Zaun geworfen«, prahlte er. »Hat mir auch nichts ausgemacht. Nur ohnmächtig geworden bin ich. Aber keine Verletzungen.«

»War vielleicht nur eine ganz geringe Spannung«, sagte Jason.

»Du bist wirklich dümmer, als ich gedacht habe. So ein Zaun ist entweder eingeschaltet oder abgeschaltet.«

»Und du sagst, Strom macht dir nichts.«

»Ganz recht.«

»Beweise es.«

»Wie denn?«

»Das ist *dein* Problem.«

Randy knipste seine Nachttischlampe an und setzte sich im Bett auf. »Also gut, ich werde dir einen Beweis liefern.« Er stand auf, ging zum Radio und zog den Stecker aus der Wand. Dann nahm er das Schweizer Armeemesser, das ihm sein Vater zu Weihnachten geschenkt hatte, und kehrte, das Radio unter dem Arm, zum Bett zurück.

»Was hast du vor?« fragte Jason.

»Paß auf.« Er klappte das Messer auf und schnitt die Schnur vom Radio ab. Sorgfältig löste er die Isolierung, die um die Drähte gewickelt war. Als die Drähte völlig freilagen, legte er das Messer fort und ergriff die bloßen Enden mit beiden Händen.

»Steck den Stecker rein«, forderte er Jason auf.

Jason sah ihn an wie einen Geist. »Nein«, flüsterte er. »Das überlebst du nicht.«

»Keine Angst«, sagte Randy. »Steck den Stecker rein.«

Er sah sich suchend um und entdeckte einen Steckkontakt unter dem Bett. »Was ist?« fragte er. »Hast du Angst?«

Jason dachte nach. Wenn Randy sich verletzte, würde man ihm die Schuld aufladen. Die Sache mit Julie war noch nicht vergessen. Und dann wa da das tote Meerschweinchen gewesen. Sowohl mit Julie als auch mit dem Meerschweinchen hatte er etwas getan, was er nicht tun durfte. Beide waren daran gestorben.

»Das mache ich nicht«, sagte er entschlossen.

»Dann mache ich es selbst«, sagte Randy. Er ergriff den Stecker und drückte ihn in den Kontakt. Dann ergriff er eines der beiden Drahtenden mit der linken Hand.

»Und nun paß gut auf«, flüsterte er. Er nahm das zweite Ende in die rechte Hand. »Siehst du? Nichts.«

»Na wenn schon«, sagte Jason verächtlich. »Die Buchse hat wahrscheinlich keinen Strom.«

»Sollen wir wetten?«

»Wie meinst du das?«

»Probier's doch aus.«

Sie starrten sich an.

»Ich sehe schon, du bist feige«, sagte Randy.

»Das bin ich nicht.«

»Dann beweise es mir.«

Jason war vor Wut rot angelaufen. »Das werde ich auch. Gib mir die Schnur.«

Er gab ihm die Schnur. Jason ergriff zuerst den einen Draht, dann, mit zögernder Hand, den zweiten. Ein Funke sprühte. Er zog die Hand wieder weg.

»Feigling!« sagte Randy.

Jason achtete nicht auf ihn. Sein Blick war auf seine rechte Hand gerichtet. Der Funke hatte weh getan. Aber bei weitem nicht so weh, wie er befürchtet hatte.

»Versuch's noch einmal«, ermunterte ihn Randy.

Randy berührte den Draht zum zweitenmal. Diesmal gelang es ihm, seine Angst zu überwinden und die Finger um den Draht geschlossen zu halten. Er spürte, wie ihn der elektrische Strom durchpulste.

Aber er spürte keinen Schmerz. Eher einen süßen Kitzel. Ein durch und durch angenehmes Gefühl.

Er sah Randy ins Gesicht und grinste. Randy blieb ernst.

»Warum glaubst du, daß Strom uns nicht weh tut?« fragte er.

»Ich weiß nicht«, sagte Jason. »Aber was mich angeht, ich kann nicht nur elektrischen Strom aushalten. Ich kann noch ganz andere Dinge.«

»Zum Beispiel?«

Jason hatte das Messer vom Boden aufgenommen. Er hielt es über seine Hand. Mit einer raschen Bewegung fügte er sich einen tiefen Schnitt im Handballen zu. Randy war vor Schreck wie gelähmt. Er starrte auf das Blut, das aus dem Schnitt quoll.

»Du wirst den ganzen Teppich schmutzig machen«, sagte er schließlich.

»Das werde ich nicht«, sagte Jason. »Die Wunde wird nämlich sofort zu bluten aufhören. Hast du ein Papiertaschentuch?«

Randy begann in der Schublade seines Nachttisches zu kramen und brachte ein zerknittertes Papiertaschentuch zum Vorschein. Er gab es seinem Freund. Die Wunde hatte zu bluten aufgehört.

Randy schüttelte den Kopf. »Sieht übel aus.«

»So warte doch.«

Sie konnten sehen, wie sich die Wunde schloß. Drei Minuten später war nicht einmal mehr eine Narbe zu sehen.

Randy konnte es einfach nicht glauben. »Und es hat überhaupt nicht weh getan?«

Jason zog die Schultern hoch. »Doch. Etwas. Ganz zu Anfang.«

»Gib mir das Messer. Das werde ich auch einmal versuchen.«

Ohne sich selbst Zeit zum Nachdenken zuzubilligen, nahm er das Messer, das ihm Jason reichte, und stieß sich die Spitze tief in die Hand. »Zieh's wieder raus«, flüsterte Jason.

Randy zog das Messer wieder heraus. Nach einer Minute hörte die Wunde auf zu bluten. Nach drei Minuten war sie verheilt.

»Weißt du was?« sagte Randy und grinste.

»Nein.«

»Wir können machen, was wir wollen, Jason. Niemand kann uns bestrafen. Weil uns niemand verletzen kann.«

26

Das Morgengrauen kam durch die Bürofenster gekrochen. Paul Randolph wischte sich den Schweiß von der Stirn. Es war eine schwere Nacht gewesen. Zwei Männer weilten seit Stunden bei ihm. Inzwischen fühlte er sich von ihnen bespitzelt.

»Ich fasse zusammen, meine Herren«, sagte Randolph. »Alle Unterlagen über das Projekt sind in Stahlkästen eingeschweißt worden. Wir werden das Material heute nachmittag nach Washington weiterleiten. Die Daten in den Computern sind gelöscht worden. Das Internat wurde aufgegeben. Wie steht es mit Ihren Mitarbeitern, Dr. Hamlin?«

Dr. Hamlin schnippte ein imaginäres Stäubchen von der Bügelfalte seines rechten Hosenbeins. »Ich sehe da keine Risiken«, sagte er mit Nachdruck. »Ich kenne die Leute seit Jahren. Sie sind mir alle treu verbunden.«

»Und der Junge, der Ihnen entwischt ist?« Die Frage kam von dem dritten Mann. Er war von muskulöser Gestalt. Sein graues Haar war auf Streichholzlänge gestutzt. Er trug Zivil. Aber Dr. Hamlin hatte sofort gewußt, daß es sich um einen hochrangigen Entscheidungsträger der Streitkräfte handelte, noch bevor Randolph sie miteinander bekannt gemacht hatte.

»Nun?« Generalleutnant Scott Carmody musterte den Arzt mit spöttischem Lächeln.

»Wenn Sie den Jungen als Problem empfinden, dafür gibt es eine Lösung«, sagte Dr. Hamlin. »Allerdings bräuchte man dazu Ihre Hilfe.« Ein Zug war um seinen Mund getreten, ein Grinsen, das Randolph von Herzen haßte. »Ich glaube, so etwas nennen Sie unter Fachleuten einen wet job. Habe ich recht?«

»Nennen wir die Dinge beim Namen«, sagte Carmody trocken. »Sie wollen, daß wir den Jungen umbringen.«

Paul Randolph war aufgestanden. »Einspruch. Es gibt Dinge, zu denen ich mich im Namen des CHILD-Institutes nicht bereit erklären kann.«

Dr. Hamlin musterte ihn mit unverhohlener Verachtung. »Ach ja? Ist es nicht etwas spät für solche Gefühlsduseleien? Ich sehe keinerlei Bedenken, wenn sich ein Beauftragter von Generalleutnant Carmody um Randy Corliss kümmert.«

»*Kümmern?*« echote Randolph. »Sie meinen *töten*.«

»Was auch immer. Töten. Beseitigen. Ausschalten. Ihren stilistischen Finessen sind keine Grenzen gesetzt. Ich darf daran erinnern, daß der Junge über das gesamte Programm informiert ist. Er stellt ein kaum quantifizierbares Risiko dar.«

»Müssen wir ihn deshalb töten?«

»Er wird aller Wahrscheinlichkeit nach sowieso bald sterben«, sagte Dr. Hamlin. »Die andern sind auch alle gestorben.«

Generalleutnant Scott Carmody runzelte die Stirn. »Alle? Vor kurzem haben Sie noch in Ihren Berichten geschrieben, Sie seien unmittelbar vor dem Durchbruch.«

»Das bin ich auch. Lebender Beweis ist Randy Corliss. Der Junge hat bisher völlig störungsfrei funktioniert. Leider erlauben die Umstände nicht, daß wir ihn weiterleben lassen. Er ist zur Bedrohung für uns alle geworden.«

»Ein kleiner Junge«, sagte Randolph kopfschüttelnd.

»Die Bezeichnung ist unpassend«, korrigierte ihn Dr. Hamlin. »*Gott* erschafft kleine Jungen. *Ich* erschuf Randy Corliss.« Er maß Randolph mit verletzender Herablassung. »Sie haben nie so recht verstanden, um was es bei dem ganzen Projekt ging, nicht wahr?«

»Sie wissen, daß das nicht stimmt, Dr. Hamlin.«

»Dann muß ich wohl etwas weiter ausholen, damit Sie Ihren Irrtum endlich einsehen. Sie bezeichnen meine Versuchstiere hartnäckig als Menschen. Aber Randy Corliss und all die anderen sind

keine Menschen. Sie sind eine neue Spezies, die mit Hilfe einer re-
volutionären Gen-Forschung möglich wurde.« Sein Blick wanderte
von Randolph zu Generalleutnant Scott Carmody. »Es handelt sich
um eine Spezies, die für die Verteidigung der Vereinigten Staaten
von besonderer Bedeutung ist. Trotzdem dürfen wir nicht den Fehler machen und sie als menschliche Wesen bezeichnen. Zugegeben, sie sind sehr menschenähnlich. Aber genetisch gibt es grund-
legende Unterschiede. Und deshalb habe ich recht, wenn ich bei ihrer Beseitigung nicht von Mord spreche. Es dreht sich wirklich nur
um die Ausschaltung eines Sicherheitsrisikos. Wir dürfen die Bedeutung der gewonnenen Erkenntnisse auf keinen Fall unterschät-
zen. Niemand außer ein paar Eingeweihten, Sie gehören zu ihnen,
ahnt, welche Resultate wir erzielt haben. Amerika hat sich beim
Wettlauf zum unsterblichen Menschen an die Spitze gesetzt. Es ist
ein zusätzlicher Vorteil, daß unser Projekt streng geheim ist, und
dabei muß es auch bleiben. Wir werden noch in absehbarer Zukunft in der Lage sein, die biologische Funktion des amerikanischen Menschen ebenso perfekt zu gestalten wie unsere Technologie. Mit der Besonderheit, daß dies kein Mensch im biologischen
Sinne mehr sein wird. Wir werden lebende Roboter erschaffen. Das
Projekt ist für die Zukunft unserer Nation so bedeutend, daß es unter keinen Umständen gefährdet werden darf.«

Generalleutnant Scott Carmody war zu Randolph getreten. »Sie
wissen selbst, welche Summen das Verteidigungsministerium in
das Projekt investiert hat, Mr. Randolph. Wir erwarten von Ihnen,
daß Sie mithelfen, diese Investitionen zu schützen. Habe ich mich
klar genug ausgedrückt?«

»Das haben Sie«, seufzte Randolph. »Ich gebe Ihnen und Dr.
Hamlin grünes Licht. Veranlassen Sie, was Ihnen notwendig erscheint.«

Randolph wußte, daß er damit seine Zustimmung zur Ermordung eines neunjährigen Kindes gegeben hatte.

»Ich finde einfach keinen Zusammenhang«, sagte Dr. Malone.
»Eine Fülle von Daten und kein roter Faden.« Er stand auf und goß
sich Kaffee aus der dampfenden Kanne nach. Er nahm einen vorsichtigen Schluck. Sergeant Bronski beugte sich vor und ergriff den
Plastikbecher, in dem ein Rest kalter Kaffee schwappte. Mißbilligend sah Dr. Malone zu, wie Bronski den Becher leerte. »Wußten
Sie, daß kalter Kaffee Krebs verursacht?« frotzelte er.

Bronski war nicht zu Witzeleien aufgelegt. »Sie sagen, es gibt keinen Zusammenhang. Sally hat uns erklärt, wo's langgeht.«

»Und trotzdem, sehe ich nicht klar«, entgegnete Dr. Malone. »Betrachten wir die vier Gruppen von Testkindern, die der Computer zusammengestellt hat. Sally zufolge stehen die vier Gruppen seit der Geburt unter Beobachtung von CHILD. Man hat den Kindern von Anfang an chiffrierte Nummern zugeteilt. Mit Hilfe dieser Nummern war es uns möglich, die Zugehörigkeit zu bestimmten Gruppen nachzuweisen. Was ich nicht verstehe, sind die Unterschiede zwischen den Gruppen. In drei Gruppen treffen wir keine Besonderheiten an, was die gesundheitliche Entwicklung der Kinder angeht. Wohl aber in der Gruppe 21.«

Jim Corliss war an den Tisch getreten. »Dr. Malone hat recht. Der Schlüssel muß in der vierten Gruppe verborgen sein. Alle Mädchen dieser Gruppe sind gestorben, keines wurde älter als elf Monate. Todesursache: SIDS.«

»Und das bedeutet, daß wir wieder im Nebel stehen«, sagte Dr. Malone. »Wir wissen medizinisch gesehen praktisch nichts über SIDS. Zwar hat man vor einem Jahr in der Universität Maryland für SIDS einen Zusammenhang mit dem Hormon T-3 nachgewiesen. Aber bis heute steht nicht fest, ob eine hohe Konzentration von T-3 die Ursache oder die Folge der Erkrankung ist. Die Frage stellt sich: Wie konnte CHILD wissen, daß die Mädchen sterben würden?«

»Vielleicht wußte CHILD das gar nicht«, warf Lucy ein. »Vielleicht ist es ein Zufall, daß die Mädchen dieser Gruppe so früh starben.«

»Das ist praktisch ausgeschlossen«, widersprach Sally. »Die rechnerische Wahrscheinlichkeit für einen solchen Zufall ist irgendwo jenseits von eins zu einer Milliarde. Außerdem sind es nicht nur die Mädchen dieser Gruppe, die früh starben. Auch von den Jungen lebt kaum noch jemand.«

»Es gibt einen gemeinsamen Nenner, auf den sich das ganze bringen läßt«, sagte Lucy. »Der Nenner heißt Dr. Wiseman. Er war der Gynäkologe, der die Mütter der 46 Kinder in der Gruppe 21 behandelte.«

»Wie viele Geburten macht Dr. Wiseman pro Jahr?« fragte Sally zu Dr. Malone gewandt.

»Letztes Jahr waren es siebenundzwanzig«, antwortete der Arzt. Er wollte weitersprechen, als das Telefon klingelte. Jim Corliss nahm ab. Nach wenigen Worten reichte er den Hörer an Sergeant Bronski weiter.

»Bill, bist du's?« sagte Bronski in die Muschel.

»Yeah«, klang es aus dem Hörer. »Jetzt sag mir erst einmal, was sind das für Namen, die du in dem Fernschreiben durchgetickert hast?«

»Das tut jetzt nichts zur Sache. Sind irgendwelche Antworten eingetrudelt?«

Ein Stöhnen war zu hören. »Von überall her sind Fernschreiben gekommen. Wie viele Namen enthielt deine Aufstellung?«

»Zwölf.«

»Acht der Kinder, die du angefragt hast, sind als vermißt gemeldet. Von zu Hause weggelaufen. Quer durch die Staaten, es gibt keine Schwerpunkte. Alle Fälle sind ungelöst. Keines der vermißten Kinder ist tot aufgefunden worden.«

»Ich brauche die Namen und die Geburtsdaten der Kinder, die als vermißt gemeldet sind«, sagte Bronski. Er hatte sich einen Block herangezogen und notierte die Namen, die ihm sein Kollege durchgab. »Okay«, sagte er, als der letzte Name notiert war. Er riß das oberste Blatt ab und reichte es Dr. Malone. »Vielen Dank, Bill, und wenn was Besonderes ist, du weißt ja...«

»Da wäre noch was Wichtiges, Bronski«, unterbrach ihn der Polizeibeamte.

»Und zwar?«

»Die Kinder, die *nicht* als vermißt gemeldet wurden, sind tot.«

»Ermordet?«

»Darüber weiß man nichts Klares. Es handelt sich um vier Jungen. Sie wurden tot aufgefunden.«

»Keine weiteren Einzelheiten bekannt?«

»Doch. Zunächst einmal die Staaten, wo man die Kinder fand. Washington, Kansas, Texas und Florida. Die Kinder lagen in Parks, auf Spielplätzen, auf verlassenen Grundstücken.«

»Und keine klaren Hinweise auf die Todesursache?«

»Nein. Anzeichen äußerer Gewalteinwirkung gab es keine.« Eine kurze Pause entstand. »Es wäre besser, du sagst mir, was es mit der ganzen Sache auf sich hat, Bronski.«

Der Sergeant ignorierte die Aufforderung. »Ich brauche die Namen der toten Jungen, Bill.« Er notierte, was ihm der Beamte durchgab.

Er legte den Hörer auf die Gabel zurück. »Wir haben jetzt noch ein paar Mosaiksteinchen, über die wir uns den Kopf zerbrechen können«, sagte er voller Sarkasmus. »Jedenfalls ist Randy nicht das einzige Kind in der Gruppe 21, das von zu Hause weggelaufen ist. Und damit das Ganze nicht so fürchterlich einfach ist: Wir haben vier unaufgeklärte Todesfälle.«

Sally betrachtete die Liste, die der Computer ausgedruckt hatte. Von 46 Kindern waren 22 Mädchen tot. Und das bedeutete, kein einziges Mädchen hatte überlebt. Von den 24 Jungen der Gruppe waren die neun ältesten, unter ihnen Randy Corliss, den Ausreißern zuzurechnen. 4 Jungen waren tot aufgefunden worden. Der älteste Junge auf der Liste hieß Jason Montgomery. Von den übrigen elf – sie waren zwischen sechs Monate und sieben Jahre alt – gab es keine Spur.

»Wir kommen so nicht weiter«, sagte Jim Corliss. »Wir müssen einen Plan machen.«

Die Augen richteten sich auf Sergeant Bronski. Der stand auf und trat ans Fenster. »Es wird hell«, sagte er. »Ich schlage vor, wir wecken Randy auf und sehen uns einmal das Haus an, wo er versteckt-gehalten wurde.«

»Um Gottes willen«, sagte Lucy. »Sie können den Jungen doch nicht zu diesen Verbrechern zurückbringen.«

Jim Corliss legte ihr die Hand auf die Stirn. »Mach dir keine Sorgen, Liebes. Ich werde mitfahren. Wenn Sergeant Bronski dabei ist, kann es keine Schwierigkeiten geben.«

Bronski kniff die Augen zusammen. »Wir müssen zuerst einmal herausfinden, wo dieses geheimnisvolle Haus überhaupt liegt«, sagte er. Lucy wollte protestieren. Als sie jedoch den entschlossenen Blick des Polizeibeamten bemerkte, nickte sie. »Also gut«, murmelte sie. Es klang resigniert.

Sie ging ins Kinderzimmer, um Randy aufzuwecken. Er sah sie aus schläfrigen Augen an. Willenlos ließ er sich ins Wohnzimmer führen. Sergeant Bronski erklärte ihm seinen Plan.

»Ich denke schon, daß ich es wiederfinde«, sagte Randy. »Es war zwar ziemlich dunkel, aber...« Er dachte nach. »Ich werd's finden!« verkündete er selbstbewußt. Er rannte in sein Zimmer zurück, um sich anzuziehen. Nach wenigen Minuten stand er wieder im Wohnzimmer. Sergeant Bronski führte ihn aus dem Haus, Jim Corliss folgte den beiden.

Sally Montgomery, Lucy Corliss und Mark Malone blieben zurück.

Es sollte noch zwei Stunden dauern, bis Dr. Malone fand, wonach er die ganze Nacht gesucht hatte.

»Schlimm«, sagte er leise. »Es ist schlimmer, als ich es mir in meinen düstersten Träumen vorgestellt habe.«

27

Sergeant Bronski nahm den Fuß vom Gas. Es war wichtig, daß der Junge sich die Gegend, durch die sie fuhren, genau ansehen konnte. Randy hatte sich umgedreht, er spähte aus dem Rückfenster des Wagens. In der Ferne war das Restaurant zu erkennen.

»Die Stelle muß noch weiter weg sein«, sagte er.

»Nachts überschätzt man leicht die Entfernung«, bemerkte der Sergeant.

»Ich glaube trotzdem, die Stelle, wo ich auf die Straße gestoßen bin, war weiter weg vom Restaurant.«

Sie hatten eine sanfte Kurve durchfahren. Eine Straßenbrücke kam in Sicht.

»Ist das der Bach, in dem du entlanggewatet bist?« fragte Jim Corliss. Randy starrte nach vorn. »Ich glaube, ja.« Der Wagen rollte weiter. »Dort ist die Stelle«, sagte Randy. Er deutete auf einen Fußweg, der von der Uferböschung zur Straße führte.

»Und nun?« fragte Bronski.

»Wir müssen bachabwärts suchen«, sagte Randy.

»Wie weit schätzt du?«

»Ich weiß nicht.«

Sergeant Bronski lenkte den Wagen auf den Randstreifen und hielt. Sie stiegen aus. Randy ging voran. Die beiden Männer folgten ihm, Sergeant Bronski bildete die Nachhut. Der schmale Pfad, von dem Randy bei seiner Flucht nur das letzte Stück gesehen hatte, führte am Bach entlang. Bei Sonnenlicht sah alles anders aus, als der Junge es in Erinnerung hatte. Nachts war ihm das Wasser viel tiefer vorgekommen.

Vielleicht war es gar nicht die richtige Brücke gewesen? Vielleicht gab es in einiger Entfernung einen zweiten Flußlauf, der von der Straße überquert wurde? Randys Unsicherheit wandelte sich zur stillen Verzweiflung. Was würde sein Vater von ihm denken, wenn er nicht in der Lage war, zum Internat zurückzufinden? Würde er dann nicht als Lügner, als Aufschneider dastehen?

Sergeant Bronski war die wachsende Unruhe des Jungen nicht

verborgen geblieben. Er tauschte einen skeptischen Blick mit Randys Vater.

»Wenn es wirklich so ist, wie du sagst, dann bist du ein ganz schönes Stück gelaufen«, bemerkte der Sergeant.

Der Junge antwortete ihm nicht. Er betrachtete die Büsche und Baumgruppen, die sich auf dem jenseitigen Ufer abzeichneten. Es gab keine einzige Stelle, an die er eine Erinnerung hatte.

Ein Rauschen war zu hören. Er lief voran. Da! Der Wasserfall! Dahinter die Stromschnellen.

»Dort ist es!« schrie er. Sergeant Bronski und Jim Corliss folgten ihm im Laufschritt. Keuchend blieb Randy stehen. Er deutete auf den Felsen. »Dort habe ich mich ausgeruht.« Er lief weiter.

»Was halten Sie davon?« fragte Jim.

Der Sergeant zuckte die Schultern. »Immerhin. Er hat die Brücke wiedererkannt. Und er hat den Wasserfall gefunden. Wir müsen's versuchen.«

Randy war vorausgerannt und hinter einer Biegung verschwunden. Sie liefen ihm nach. Er stand am Ufer und betrachtete die Stelle, wo sich der Bach gabelte.

»Links oder rechts?« fragte Jim.

»Links«, sagte Randy.

Der Pfad endete. Sie mußten sich durch dichtes Buschwerk vorankämpfen. »Es ist leichter, wenn wir im Bach entlanggehen«, schlug Randy vor.

»Wie weit ist es denn noch?«

»Genau kann ich das auch nicht sagen. Nicht sehr weit. Ich erinnere mich, daß ich an dieser Stelle das Bellen der Hunde noch hören konnte.«

Dann sahen sie es. Ein Abwasserkanal, der im Seitenarm des Baches endete. Die Mündung des Betonrohrs war mit einem starken Metallgitter versehen. Etwas oberhalb war, halbverdeckt von Lorbeerbüschen und Baumgruppen, ein hoher Zaun aus Maschendraht zu erkennen.

»Wir sind da«, sagte Randy. »Das ist der Zaun, der das Schulgebäude umgibt.«

Sergeant Bronski hatte die Führung übernommen. Sie gingen an dem Zaun entlang. Von dem Gebäude, das in der Schilderung des Jungen solch eine wichtige Rolle gespielt hatte, war nichts zu sehen.

»Wo ist das Schulgebäude?« fragte der Sergeant ungeduldig.

»Hinter den Bäumen«, antwortete Randy. »Sobald wir auf der Anhöhe sind, können wir es sehen.«

Bronski war die Böschung hinaufgegangen. Er betrachtete den Zaun. »Hast du nicht gesagt, hier müßte der tote Hund liegen, Randy?«

Der Junge nickte. »Ich habe den Hund gegen den Maschendraht gedrückt. Er war sofort tot.«

»Dann zeig mir, wo der Kadaver liegt.«

Randy trat näher. Er erkannte die Stelle wieder, wo sein nächtlicher Zweikampf mit dem Hund stattgefunden hatte. Eine flache, langgestreckte Mulde, die drei Büsche.

»Hier«, sagte er.

»Ich sehe keinen Hund«, sagte Bronski.

Doch es gab keinen Hund. Es gab nicht einmal Spuren des Kampfes.

Randy streckte die Hand aus. Vorsichtig brachte er eine Fingerspitze in den Maschendraht. Keine Spannung.

»Ich weiß, daß es hier war«, sagte er trotzig. Er sah die beiden Männer an. Tränen standen ihm in den Augen. »Ich habe nicht gelogen. Wirklich nicht.« Er deutete nach vorn. »Dort drüben muß das Tor sein, von dort kann man das Gebäude sehen.« Entschlossenen Schrittes ging er an dem Zaun entlang, die beiden Männer stapften hinter ihm drein.

Das Tor. Randy blieb stehen und spähte durch die Gitterstäbe. In einiger Entfernung war die rote Backsteinfassade des Hauptgebäudes zu erkennen. Das Licht der Morgensonne spiegelte sich in den Fenstern.

Sergeant Bronski war neben ihn getreten. »Sieht nicht so aus, als ob das Haus bewohnt wäre«, sagte er.

»Es *muß* aber jemand drin sein«, beharrte Randy. Er war dem Weinen nahe. Er starrte auf die leblose Rasenfläche. Um diese Tageszeit mußten die Jungen draußen sein. Aber niemand war zu sehen.

»Warum klettern wir nicht über den Zaun und sehen nach?« schlug er vor.

»Das kommt nicht in Frage«, sagte Sergeant Bronski. »Wir haben keinen Durchsuchungsbefehl. Wir fahren nach Eastbury zurück.«

Randy mochte das nicht einsehen. »Aber...«

»Ohne aber«, wies Jim Corliss seinen Sohn zurecht. »Wir machen, was Sergeant Bronski sagt.«

»Aber das ist doch das Haus, wo ich festgehalten wurde«, heulte Randy los.

Bronski kniete sich zu ihm und sah ihm in die Augen. »Wir werden rauskriegen, was dahintersteckt, Randy, verlaß dich drauf! Aber wir müssen nach dem Gesetz vorgehen, verstehst du das nicht? Wenn wir jetzt einfach über den Zaun klettern, dann kommen die Leute, die dich festgehalten haben, womöglich straffrei davon. Ich werde jetzt erst einmal feststellen, wem das Anwesen gehört. Dann werde ich mir einen Durchsuchungsbefehl besorgen. Wenn wir den haben, durchsuchen wir das ganze Gelände und das Haus. Du kannst mitkommen und uns alles zeigen. Einverstanden?«

Randy schmollte. »Ich verstehe nicht, warum wir nicht einach rüberklettern und nachsehen.«

»Gesetz ist Gesetz«, sagte Jim Corliss. Und Randy verstand, daß jeder Widerspruch zwecklos war.

Sie gingen den Weg zurück. Eine halbe Stunde später hatten sie den geparkten Wagen erreicht. Es war neun Uhr morgens. Vor zwei Stunden waren sie von Eastbury losgefahren.

Steve Montgomery bog in eine Parklücke ein. Er sah Dr. Wiseman an, der neben ihm saß. »Beeilen wir uns. Dort steht Sallys Wagen.« Er öffnete dem Arzt die Beifahrertür, indem er sich über die vordere Sitzbank beugte.

»Und da ist ja auch Dr. Malones Wagen«, bemerkte Dr. Wiseman. Er schien nachzudenken. »Ob Dr. Malone wohl die ganze Nacht hier verbracht hat?« Es war eine Frage, auf die Steve keine Antwort wußte.

Sie verließen den Wagen und gingen die Stufen zu Lucy Corliss' Haus hinauf. Steve drückte auf die Klingel. Nichts. Er drückte ein zweites Mal. Die Tür öffnete sich einen Spalt. Das Gesicht einer Frau erschien.

»Sind Sie Mrs. Corliss?« fragte Steve.

Mißtrauisch betrachtete Lucy die beiden Männer. Sie erkannte Dr. Wiseman.

»Was wollen Sie von mir?«

»Ich bin Steve Montgomery, Sallys Mann.«

Die Tür wurde ihm vor der Nase zugeschlagen. Lucy Corliss lief ins Wohnzimmer zurück, wo Sally Montgomery und Dr. Malone über den Computerschreibungen saßen. »Sally, Ihr Mann ist draußen«, flüsterte sie. »Er hat Dr. Wiseman mitgebracht.«

Sally sah sie aus übernächtigten Augen an. »Was soll ich tun?«

Dr. Malone war aufgestanden. »Es kann eigentlich nichts passieren, wenn wir die beiden reinlassen.« Sie war auf ihren Stuhl zurückgesunken. »Ich bleibe bei Ihnen«, beruhigte er sie. »Außerdem müssen Mr. Corliss und Sergeant Bronski jeden Augenblick zurückkommen.« Er ging zum Flur und öffnete.

»Ist meine Frau hier?« fragte Steve.

»Ja«, sagte Dr. Malone. »Kommen Sie rein.« Er ließ Steve und Dr. Wiseman vorangehen und folgte ihnen ins Wohnzimmer.

Steve erschrak, als er seine Frau sah. Wie ein gehetztes Tier blickte sie ihn an. Sie war totenbleich. Ihr Haar hing in wirren Strähnen auf ihre Schultern.

»Mein Gott, Sally«, flüsterte er, »was ist denn passiert?«

»Nichts weiter«, sagte Dr. Malone. »Sie ist erschöpft. Wir sind alle erschöpft. Ihnen würde es auch nicht besser gehen, wenn Sie sich die Nacht um die Ohren schlagen.«

Steve achtete nicht darauf, was Dr. Malone sagte. Er kniete sich neben Sally und schlang seine Arme um sie.

»Oh, Sally, alles wird wieder gut werden, ich verspreche es dir. Du wirst wieder gesund werden. Dr. Wiseman hat eine geeignete Klinik für dich gefunden, wo du dich ausruhen kannst. Es wird dir sicher dort gefallen. Es wird nur ein paar Wochen dauern, weißt du, und danach...«

Sally machte sich von ihm frei. In ihren Augen sprühte der Zorn. »Dr. Wiseman hat also eine geeignete Klinik für mich gefunden. Wie reizend! Dutzende von Ärzten werden um mich herumwirbeln und mir eine Spritze nach der anderen geben. Das Dumme ist nur, ich bin gar nicht krank, Steve.«

»Aber, Sally!« Er versuchte sie an sich zu drücken.

»Rühr mich nicht an!« fauchte sie. All die unterdrückte Wut, die sich in den letzten Wochen angestaut hatte, brach jetzt hervor. »Sag mir bitte nicht, daß du mich liebhast, und sag auch nicht, daß Dr. Wiseman mich gesund machen wird. Ich kann diese Lügen nicht mehr hören. Jedes Wort, was Dr. Wiseman sagt, ist eine Lüge.« Sie war aufgesprungen. Sie stemmte die Arme in die Seiten und trat vor den grauhaarigen Arzt. »Was haben Sie mit mir gemacht, Dr. Wiseman? Was haben Sie mit all den anderen Frauen gemacht? Warum mußten unsere Kinder sterben?« Sie warf sich auf ihn und begann mit den Fäusten auf ihn einzuhämmern. »Wie viele Kinder haben Sie umgebracht, Dr. Wiseman? Zehn? Hundert? Gott verfluche Sie!«

Sie brach schluchzend zusammen. Lucy Corliss eilte zu ihr. Während sie Sally in die Arme nahm, hob sie den Kopf und maß den alten Arzt mit haßerfülltem Blick.

»Ich verstehe nicht, wie sie zu solchen Anschuldigungen kommt«, stammelte Dr. Wiseman. »Diese Frau ist...«

»Sie ist *nicht* verrückt«, fiel ihm Lucy Corliss ins Wort. »Keiner von uns ist verrückt. Wir haben die ganze Nacht mit der Auswertung der Computerschreibungen zugebracht. Ihretwegen, Dr. Wiseman. Wir werden Sie zur Verantwortung ziehen für alles, was Sie angerichtet haben.«

»Was *ich* angerichtet habe?« Seine Hände zitterten.

Die Tür flog auf. Jason kam in den Raum gestolpert. Als er seinen Vater und Dr. Wiseman erkannte, erschrak er. »Ich will nicht wieder ins Krankenhaus!« Er brach in Tränen aus und lief seiner Mutter in die Arme. Sie barg ihn an ihrer Brust. »Sie dürfen nicht zulassen, daß sie uns fortbringen«, flüsterte sie, zu Lucy Corliss gewandt.

Steve fühlte, wie ihn der letzte Rest Lebensmut verließ. Seine Frau war nur noch ein Schatten ihrer selbst. Der Tod seiner kleinen Tochter war ein grausiges Mysterium. Sein Sohn nur noch ein nervöses Bündel, ein verängstigtes Geschöpf, das bei den kleinsten Anlässen in Tränen ausbrach.

Sein Blick irrte in die Runde. »Dr. Malone«, flüsterte er. »Warum helfen Sie uns nicht?«

Dr. Wiseman hatte sich gefangen. Er trat zu seinem jungen Kollegen. »Was geht hier vor, Dr. Malone?«

Der Arzt musterte ihn kühl. »Das wissen Sie nicht?«

Dr. Wiseman ließ sich in einen Sessel sinken. »Ich verstehe inzwischen überhaupt nichts mehr. Meine Patientin Mrs. Montgomery, die vor zehn Tagen noch eine ausgeglichene, gesunde Frau war, ist...« Sein Blick wanderte zu Sally. »Diese Frau beschuldigt mich unvorstellbarer Dinge. Ich soll Kinder getötet haben. Was hat das zu bedeuten?«

Dr. Malone hatte eines der ausgedruckten Formblätter ergriffen, das auf dem Tisch lag. »Sehen Sie sich das einmal an, Dr. Wiseman.«

»Was ist das?«

»Das sind die Daten der Kinder, von denen Mrs. Montgomery spricht. Sie stammen aus dem Computer des Krankenhauses.«

Dr. Wisemans Züge erstarrten zu einer Grimasse des Ärgers. »Mrs. Montgomery hatte kein Recht, die Daten aus unserem Computer abzurufen.«

»Ich habe sie dazu ermächtigt«, erwiderte Dr. Malone. »Ich war dabei. Es kommt jetzt ohnehin nicht mehr darauf an, wie die Daten aus dem Computer abgerufen wurden. Viel wichtiger ist, was diese Daten bedeuten!«

Dr. Wiseman sah ihn fassungslos an. »Sie werden sich vor Gericht zu verantworten haben«, setzte Dr. Malone nach. »Da ist nicht nur Mrs. Montgomery, die gegen Sie antritt. Sie haben Jim Corliss gegen sich und Sergeant Bronski. Es dürfte Ihnen schwerfallen, eine befriedigende Erklärung für die Todesfälle beizubringen. Sie werden Ihre Zulassung als Arzt verlieren, Dr. Wiseman. Sie werden den Rest Ihres Lebens hinter Gittern verbringen. Was Sie getan haben, kann man nur noch mit Massenmord bezeichnen. Wir alle wissen nicht, warum Sie das getan haben. Aber die Beweise, daß *Sie* der Schuldige sind, liegen hier auf dem Tisch.«

Dr. Wiseman hatte den Bogen ergriffen, den Dr. Malone ihm reichte. »Ich weiß wirklich nicht, wovon Sie sprechen, Dr. Malone«, sagte er kopfschüttelnd.

»Schauen Sie sich aufmerksam diese Unterlagen an«, erwiderte der jüngere Arzt. »Wenn Sie etwas nicht verstehen, kann ich es Ihnen erklären. Ich kenne die Zahlen inzwischen auswendig.«

Dr. Wiseman biß sich auf die Lippen. Mit einer müden Bewegung drehte er den Bogen um und begann die Lektüre.

Auf der anderen Straßenseite war ein grauer Lastwagen vorgefahren. Er parkte 200 Meter von Lucy Corliss' Haus entfernt. Darin saßen zwei Männer. Sie betrachteten das Haus und die davor geparkten Personenwagen durch zwei Ferngläser. Schließlich ließ Ernie Morantz das Glas sinken. »Kein schöner Job«, seufzte er.

»Wieso nicht?« fragte Victor Kaplan.

»Einen neunjährigen Jungen entführen, das ist nicht gerade das, wofür ich mir einen Orden anheften lassen würde.« Morantz schüttelte den Kopf.

»Befehl ist Befehl«, sagte Kaplan.

»Ich habe bisher noch jedem Befehl Folge geleistet«, sagte Morantz. »Bisher ging es immer nur gegen Terroristen und Spione. Jetzt werden wir auf ein Kind angesetzt. Was hat der Junge denn getan? Bomben legt er ja wohl noch nicht mit neun Jahren, oder? Haben fremde Mächte begonnen, die Vereinigten Staaten zu unterminieren, indem sie neunjährige Jungen zu Helfern der Revolution ausbilden? Daß ich nicht lache!«

»Du weißt, wie der Auftrag lautet. Es hat keinen Zweck, drumherum zu reden.«

»Der Auftrag lautet, wir sollen den Jungen da rausholen. Was man uns nicht gesagt hat, daß wir es mit einer ganzen Gruppe von Personen zu tun haben.«

Die beiden Männer gingen an ihre Gucklöcher zurück und legten ihre Ferngläser an. Vor Lucy Corliss' Haus war ein Wagen vorgefahren. Zwei Männer und ein Kind stiegen aus. »Das ist der Junge«, sagte Morantz. »Sieht aus wie ein ganz normales Kind. Hast du eine Ahnung, wer die beiden Männer sind?«

»Yeah«, sagte Kaplan. »Die Sache wird immer schöner. Der eine ist ein Polizist. Und der zweite ist wohl der Vater des Jungen.«

»Dann wollen wir mal«, grunzte Morantz. Er war auf die Sitzbank geklettert, ließ den Motor an und legte den ersten Gang ein. Sie fuhren an dem Haus vorbei. »Wo willst du hin?« fragte Kaplan.

»Wir machen Kaffeepause«, bestimmte Morantz. »Und bei der Gelegenheit wirst du Carmody anrufen und ihm sagen, die Sache gestaltet sich nicht ganz so einfach, wie er dachte. Ursprünglich war davon die Rede, daß der Junge nur von seiner Mutter beaufsichtigt wird. Inzwischen ist ein leibhaftiger Polizist mit von der Partie. Carmody soll klar sagen, was er will.«

Sie stoppten in der Nähe eines Schnellimbisses, stiegen aus, bestellten sich ein paar Hamburger und zwei Becher Kaffee. Kaplan ging telefonieren. »Ich habe Carmody die Autonummern durchgegeben«, sagte er, als er an den Tisch zurückkam. »Er stellt die Namen der Besitzer fest, dann wissen wir, wer alles im Haus ist. Carmody hat eventuell vor, uns ein paar Mann Verstärkung zu schicken. Wir sollen ihn in einer Viertelstunde wieder anrufen.«

»Scheiße«, sagte Morantz leise. Er sah auf den Strom der Autos hinaus, der sich über die Straße wälzte. »Wenn du mich fragst, wir werden hier verarscht, du und ich. Man schickt uns los wie die Zinnsoldaten. Befehl ist Befehl. Und wie lautet dieser Befehl? Wir sollen ein Kind ertränken, das nichts verbrochen hat. Kommunisten und Spione, jederzeit. Aber ein Kind? Ich will dir mal was sagen. Ich habe nichts gegen Kinder. Ich mag sie sogar. Es geht mir gegen den Strich, daß man uns zumutet, ein Kind umzubringen.«

»Und nun?«

Ernie Morantz zuckte die Schultern. »Ich weiß nicht, wie wir da wieder rauskommen, Vic. Wahrscheinlich müssen wir abwarten, bis Carmody die Katze aus dem Sack läßt. Ich möchte von ihm wissen, was der Junge denn angestellt haben soll. Wenn er glaubt, ich stürme mit der Maschinenpistole im Arm in das Haus und schieße die Mutter und einen Polizisten zusammen, damit wir den Jungen rausholen können, dann hat er sich in den Finger geschnitten. Ich glaube nicht, daß ich dazu fähig wäre.«

»Ich bezweifle, ob wir eine andere Wahl haben«, sagte Kaplan düster.

Morantz leerte seinen Becher. Er warf einen Vierteldollar Trinkgeld auf den Tisch. »Wahrscheinlich hast du recht, Vic.« Er seufzte. »Komm, wir wollen Carmody anrufen.«

Drei Minuten später hatten sie Carmody am Apparat. Und Morantz kam der Kaffee hoch.

28

Dr. Wiseman war kreidebleich geworden. Er legte den Stapel mit den Computerschreibungen auf den Tisch zurück. Er sah Sally fragend an.

»Sie sagen, Sie haben die Daten selbst abgefragt?«

»So ist es«, antwortete Sally.

»Wäre es denkbar, daß es einen Programmierfehler gibt, der dazu führt, daß falsche Ergebnisse ausgedruckt worden sind?«

Sie schüttelte den Kopf. »Nein.«

Er starrte sie an. Er schien um Jahre gealtert. »Ich hatte keine Ahnung, wo die Entwicklung hinführen würde«, flüsterte er. Sein Blick verschwamm. »Sie müssen verstehen, zu Anfang war es so, daß ich keinen Verdacht schöpfen konnte. Dann kamen die ersten Todesfälle. Es ist einem Arzt nicht egal, wenn ein Kind stirbt, wirklich nicht. Wir lernen es, den Tod zu akzeptieren. Aber man gewöhnt sich nicht daran. Es tut immer weh.« Er griff nach der Liste, auf der die Namen der Gruppe 21 ausgedruckt waren. »Meine Kinder«, sagte er leise. »Alles meine Kinder.«

Sally mußte an sich halten, um nicht auf ihn einzuschlagen. »Ihre Kinder, Dr. Wiseman? Julie war nicht Ihr Kind. Sie war mein kleines Mädchen.«

»So habe ich das nicht gemeint...«

»Wie *haben* Sie es denn gemeint?« kam Sallys Gegenfrage. »Was tut CHILD, Dr. Wiseman?«

»Mrs. Montgomery, Sie kennen mich seit vielen Jahren. Glauben Sie wirklich, daß ich mich als Komplize für einen Massenmord einspannen ließe?«

Sally blieb kühl. »Die Spur führt zu Ihnen.«

Dr. Wiseman schüttelte den Kopf. »Ich verstehe nicht, wie das möglich ist. Wirklich nicht, glauben Sie mir.« Er sah zu Dr. Malone hinüber. »Was besagen eigentlich die Analysen der Chromosomen?«

Dr. Malone blätterte im Stapel. Er legte einen Teil der Bögen auf die linke Seite des Tisches. »Keine Besonderheiten«, sagte er nach einer Weile. Er runzelte die Stirn. »Allerdings frage ich mich, wieso überhaupt die Chromosomen aller Kinder untersucht wurden. Warum haben Sie die Anweisung dazu gegeben, Dr. Wiseman?«

»Das habe ich ja gar nicht getan. Ich habe eine solche Anweisung nur in ganz besonderen Fällen gegeben, wenn es medizinisch erforderlich war.«

Dr. Malone schüttelte den Kopf. »Die Schreibung besagt etwas anderes. Hier sind die Resultate der Chromosomenuntersuchungen aller Kinder ausgedruckt. Die ganze Gruppe 21, ohne Ausnahme.«

»Das verstehe ich nicht«, stammelte der alte Arzt.

»Wirklich nicht?« erwiderte Dr. Malone mit schneidender Schärfe. »Es ist der behandelnde Gynäkologe, der solche Untersuchungen veranlaßt, sind wir uns da einig? Man führt die Tests am ungeborenen Kind durch, wenn der Zustand der Frau Probleme bereitet. Aber die Liste beweist, daß es bei den Müttern dieser Gruppe keinerlei Probleme gab. Die Probleme begannen erst nach der Niederkunft. Die Kinder starben, eines nach dem anderen. Warum, Dr. Wiseman? Wenn Sie die Anweisungen zur Untersuchung der Chromosomen nicht gegeben haben, wer dann? Und warum?«

»Sie sind auf der falschen Fährte«, sagte Dr. Wiseman. Seine Augen waren müde und traurig. »Ich wäre gar nicht in der Lage, den Kindern oder ihren Müttern Schaden zuzufügen.«

Die Tür ging auf, Randy, sein Vater und Sergeant Bronski betraten den Raum.

»Ich hab's gefunden«, jubelte Randy. »Ich habe das Internat wiedergefunden.«

Lucy Corliss warf ihrem geschiedenen Mann einen fragenden Blick zu. Der nickte. »Wir sind auf dem Rückweg beim Grundstücksregister vorbeigefahren«, sagte er. »Das Gelände ist auf den Namen von Paul Randolph eingetragen.«

Dr. Wiseman zuckte zusammen. »Paul Randolph ist der leitende Manager des CHILD-Institutes.«

Sergeant Bronski war an den Tisch getreten. Er sah Dr. Wiseman in die Augen. »Was führt Sie hierher, Dr. Wiseman?«

Es war Dr. Malone, der den Beamten informierte. »Wir wissen allerdings noch nicht, auf welche Weise die Kinder umgebracht wurden«, beschloß er seine Erklärung.

»Könnte man das nicht mittels der Computerdaten herausbekommen?« fragte Sally.

Dr. Malone zuckte die Schultern. »Das hängt unter anderem von Ihrer Geschicklichkeit ab, Mrs. Montgomery. Sie sind die einzige in diesem Kreis, die das verhältnismäßig schnell feststellen könnte.«

Sally wollte ihm antworten, aber Sergeant Bronski kam ihr zuvor. »Ich schlage vor, daß Sie sofort zum Krankenhaus fahren, Mrs. Montgomery. Sie werden aus dem Computer alle Daten abfragen, die zur Aufklärung der Angelegenheit notwendig sind. Dr. Malone wird Sie begleiten. Und Sie ebenfalls, Dr. Wiseman, ist das klar?«

Dr. Wisemans Stimme zitterte, als er antwortete. »Ich will alles tun, was in meiner Macht steht.«

Bronski musterte ihn voller Skepsis. »Das Internat«, sagte er. »Ich werde telefonisch einen Durchsuchungsbefehl für das Haus erwirken.« Er wandte sich zu Lucy Corliss. »Es tut mir leid, aber ich muß den Jungen noch einmal mitnehmen.«

»Nein!«

»Lucy!« Jim war zu ihr getreten. »Es gibt keinen anderen Weg.«

»Es ist nicht notwendig, daß Randy ein zweites Mal mitfährt!« sagte sie stur.

»Es ist nicht so, wie Sie denken, Mrs. Corliss«, sagte Bronski. »Wir haben das Gelände, wo Ihr Sohn versteckt war, ja noch gar nicht betreten. Ich bin zurückgekommen, um Sie um Ihr Einverständnis zu bitten, daß Randy mit hineingehen darf.«

»Ich *verweigere* Ihnen dieses Einverständnis«, sagte sie spitz.

Jim hatte sich zu ihr aufs Sofa gesetzt. Er zog sie an sich. »Liebling, du mußt...« Er sah den vesteinerten Ausdruck in ihren Augen. »Natürlich kann dich niemand zwingen, deine Erlaubnis zu geben, Lucy. Aber es wäre ziemlich sinnlos, wenn der Sergeant allein hinfährt. Wenn Randy nicht mitkommt, wird er wahrscheinlich nicht einmal einen Durchsuchungsbefehl bekommen. Die

Durchsuchung stützt sich ja darauf, daß Randy ihm erklären soll, was in diesem Internat vor sich gegangen ist.«

Lucy war erschöpft, ihr schwirrte der Kopf. Hilfesuchend wandte sie sich zu Sally.

»Ich kann Sie nur zu gut verstehen«, sagte Sally. »Andererseits wäre es wichtig, herauszubekommen, wofür CHILD das Haus dort verwendete.«

Lucy Corliss holte tief Luft und stand auf. »Also gut«, sagte sie. »Randy kann mitfahren.« Sie stand dabei, als Bronski den Richter anrief. Nachdem der Sergeant das Gespräch beendet hatte, trat sie zu ihrem geschiedenen Mann. »Paß gut auf den Jungen auf«, bat sie.

»Das verspreche ich dir.«

Sie streichelte ihm über die Stirn. »Es geht nicht nur um Randy«, sagte sie leise. »Es geht auch um uns. Wir sind uns ganz nahegekommen in den letzten Tagen, und ich möchte, daß das so bleibt. Ich brauche deine Hilfe, Jim.«

»Du kannst dich auf mich verlassen«, sagte er.

Und dann löste sich die kleine Gruppe auf. Dr. Malone packte die Computerblätter in seine Aktentasche zurück. Er und Dr. Wiseman verließen das Haus.

Sally und Steve bestiegen ihren Wagen. Sie würden Jason zu seiner Großmutter bringen. Dann würden sie zum Krankenhaus fahren, wo Sally dem jungen Arzt bei der Arbeit am Computer behilflich sein wollte.

Sergeant Bronski stand an der Tür. Er winkte Jim und dessen Sohn zu, ihm zu folgen.

Noch bevor sich die Tür hinter ihnen schloß, kam Lucy Corliss angelaufen. »Ich fahre mit«, sagte sie atemlos. »Wenn ich allein im Haus warten soll, werde ich verrückt.«

Er wollte sie von ihrer Idee abbringen. Sie schüttelte den Kopf. »Du kannst mich nicht umstimmen, Jim. Ich muß bei Randy sein. Und bei dir.«

Er mußte lächeln. »Wo ich hingehe, da willst auch du hingehen?«

Sie nickte. »So ist es.«

Langsam durchquerten sie Eastbury. Steve Montgomery saß am Steuer des Wagens. Sally saß auf dem Beifahrersitz, Jason hinten. Er war ungewöhnlich schweigsam, aber seine Eltern waren durch die Ereignisse zu sehr in Anspruch genommen, als daß ihnen die Veränderung im Verhalten ihres Sohnes aufgefallen wäre.

Es war Steve, der schließlich das Schweigen brach. »Es tut mir leid, Sally.«

Sie fuhr aus ihren Träumen hoch. »Hast du etwas gesagt, Liebling?«

»Ich möchte mich entschuldigen«, sagte Steve. »Ich habe zu Anfang geglaubt... Du weißt schon, was ich sagen will. Zunächst war die Sache so verworren, daß ich mir gar nicht vorstellen konnte, wie du...« Er verstummte. Er hatte sich vergaloppiert.

»Es *ist* auch schwierig, sich das vorzustellen«, sagte Sally ruhig. Sie hatte über die Worte nachgedacht, die Dr. Malone gesagt hatte. Die genetischen Anlagen der Kinder waren beeinflußt worden. Der Junge, der hinter ihnen auf dem Rücksitz saß, war kein Mensch. Er war ein Mutant.

Jason war kein achtjähriges Kind. Er war nicht entstanden aus der Liebe, die sie und ihr Mann füreinander verspürt hatten.

Ein Mutant.

Anders. Fremdartig. Ein unbekanntes Wesen.

Plötzlich fielen ihr die Artikel ein, die sie in den medizinischen Fachzeitschriften gelesen hatte. Beeinflussung von Erbanlagen, Gen-Ketten. Mutationen. Eine neue Wissenschaft hatte sich aus der Erbforschung herausgeschält. Eine Wissenschaft, die Hilfe versprach für jene Probleme, die den Menschen seit Urzeiten zu schaffen machten.

Welche Nebenwirkungen die Mutationen verursachen würden, das kümmerte die Wissenschaftler wenig. Sally Montgomery spürte, wie sie eine stille Verzweiflung überkam. War man auf dem Weg in eine wunderschöne neue Welt? Oder würden die Menschen jetzt den Mutanten Platz machen? Welches war der verborgene Zweck, für den die Mutanten entwickelt wurden?

Sie wußte es nicht. Und sie hatte Zweifel, ob sie es je erfahren würde. Was Jason betraf, so hatte ihm niemand Schaden zufügen wollen. Der Junge war das Ergebnis eines Experimentes. Nicht mehr, nicht weniger.

Der Gedanke ließ ihren Herzschlag stocken. Sie wandte sich um und betrachtete ihren Sohn, der mit seinen Fingern spielte. Sie streichelte ihm die Wange. Erschrocken wich er zurück.

»Warum bringt ihr mich zu Großmutter?« fragte er.

»Das ist doch nur für ein paar Stunden«, sagte sie.

»Ich wäre lieber bei Mrs. Corliss geblieben. Dann hätte ich mit Randy spielen können, wenn er zurückkommt.«

Randy.

Jason und Randy.

Wie lange waren die beiden schon Freunde? Hatte Jason überhaupt Freunde außer Randy?

Gedankensplitter. Plötzlich fügten sich die Steinchen zu einem Bild zusammen.

Beides waren Mutanten. Deshalb waren sie Freunde.

Wußten sie, daß sie Mutanten waren? Kannten sie überhaupt den Unterschied zwischen Menschen und Mutanten?

Sie wandte sich nach vorn.

Er sieht aus wie ein ganz normales Kind, dachte sie. Jason war seinem Vater wie aus dem Gesicht geschnitten. Blaue Augen, blondes Haar. Der energische Zug um den Mund. Begeisterungsfähig, oft auch stur.

Und doch war er nicht ihr Sohn.

Mein Gott, was haben sie mit Jason gemacht? Was haben sie mit mir gemacht? Sie tastete nach der Hand ihres Mannes.

»Steve?«

Er beugte sich zu ihr und erwiderte den Druck ihrer Hand. »Liebling?«

»Ich habe Angst, Steve. Du mußt uns beschützen, hörst du! Beschütze uns, was auch kommt, den Jungen und mich.«

»Mach dir keine Sorgen«, sagte er. »Ich lasse euch nicht im Stich.«

Ob er sein Versprechen halten konnte? Sally schämte sich ihrer Zweifel. So viele Fragen gab es in ihrem Herzen. Und so wenig Antworten.

Steve dachte über das Streitgespräch nach, das Dr. Malone und Dr. Wiseman miteinander geführt hatten. Gab es wirklich so etwas wie eine Verschwörung gewissenloser Wissenschaftler, die am Erbgut ungeborener Kinder herumlaborierten? Das war höchst unwahrscheinlich. Wenn seine kleine Julie gestorben war, dann lag das wohl eher am defekten Erbgut des Vaters. Oder an einem Gen-Defekt bei Sally.

Das CHILD-Institut hatte diese Gen-Schwäche aufgespürt, deshalb wurden die Kinder bestimmter Familien ohne Wissen der Eltern beobachtet. Man war bemüht, bestimmte Fehlentwicklungen zu korrigieren. Eine gute Sache. Mediziner, die ihren Auftrag wahrnahmen.

Es gab also nichts, wovor er Sally und Jason beschützen mußte.

Er würde mit der Erkenntnis zu leben haben, daß er Träger kranken Erbguts war. Julie war tot. Wahrscheinlich war das seine Schuld.

Und Jason? Der Junge war nie krank gewesen. Ein perfektes Kind. Die Art von Nachwuchs, von der er immer geträumt hatte.

Sie waren vor dem Haus seiner Schwiegermutter angekommen. Er hielt. Jason ist gesund, dachte er. Und ich bin sein Vater.

Es war ein gutes Gefühl.

Sie standen vor dem Computer in Dr. Malones Büro. Der Kreis begann sich zu schließen.

Sechsundvierzig Frauen.

Keine dieser Frauen hatte ein Kind gewollt.

Alle waren schwanger geworden.

Und das trotz der Spirale zur Empfängnisverhütung, die Dr. Wiseman, der betreuende Gynäkologe, ihnen eingesetzt hatte.

Die Krankengeschichten der Frauen wiesen weiter aus, daß Dr. Wiseman zur Vorbeugung gegen mögliche Allergien Bicalcioglythemin verordnet hatte.

»Was ist das für ein Präparat?« fragte Dr. Malone.

»BCG? Ein Medikament, daß der Abstoßung der Spirale entgegenwirkt«, erwiderte Dr. Wiseman.

»Nie gehört«, sagte Dr. Malone. »Wer stellt das Zeug her?«

»Die Firma PharMax.«

Dr. Malone pfiff durch die Zähne. Der Ältere sah ihn erstaunt an. »Ich sehe da keinen Grund zum Mißtrauen. Ich verordne das Präparat seit zehn Jahren.«

»Und seit zehn Jahren gibt es die mysteriösen Todesfälle, die den ganzen Wirbel ausgelöst haben.«

»Ich sehe keinen Zusammenhang.«

»Nein. Dabei ist es doch ganz klar. Die Firma PharMax ist eines der Unternehmen, die CHILD unterstützen. Außerdem Gründungsmitglied des Instituts. Ist die Verbindung direkt genug?«

Dr. Wiseman schwieg.

»Was mich mißtrauisch macht, ich habe noch nie von diesem Medikament gehört.«

»Die Erklärung dafür ist sehr einfach. Sie sind kein Gynäkologe.«

»Aber ich lese Fachzeitschriften. Vor allem unterhalte ich mich ausführlich mit den Ärztebesuchern. Bob Pender hat nie etwas von BCG erwähnt.«

Dr. Wiseman wurde ärgerlich. »Warum sollte er auch? Das Mittel ist nur in der Gynäkologie zu verwenden. Was die Wirkungsweise angeht, BCG ist nichts als ein Antiseptikum, zugleich ein Beruhigungsmittel.«

»Mag sein«, gab Dr. Malone zurück. »Sicher bin ich erst, wenn mir die Analyse des Präparats vorliegt.«

Der Ältere starrte ihn feindselig an. »Was wollen Sie eigentlich, Dr. Malone?«

»Ich will herausfinden, womit Sie diese Frauen behandelt haben, Dr. Wiseman. Die Sache ist wichtig genug. Sechsundvierzig Frauen, die trotz Spirale schwanger wurden. Die meisten Kinder sind inzwischen gestorben.« Er tippte auf den Stapel bedruckter Blätter, der auf dem Schreibtisch lag. »Wissen Sie, was das Interessanteste an dieser Schreibung ist? Die Daten, wann Ihre Behandlung mit BCG begann. Immer zeitgleich mit der Einsetzung der Spirale. Die Gene sind durch chemische Einwirkung verändert worden. Durch BCG. Ob mit Absicht oder ohne.«

»Eine Gen-Veränderung im Fötus?«

»Schon vorher, Dr. Wiseman. Im Ei.«

Der alte Arzt spürte, wie die Furcht sein Herz umkrallte. Die Furcht und die Erinnerung.

Wie viele Frauen hatte er mit BCG behandelt? Einmal monatlich war die Salbe bei jeder Frau verwendet worden. Der eigentliche Zweck war in keinem Fall erreicht worden. Alle Frauen hatten die Spirale abgestoßen. Welche Wirkung hatte BCG?

Die Thalidomide fielen ihm ein. Schmerzmittel.

Von Ärzten auf der ganzen Welt wurden diese Mittel verschrieben. Und das, obwohl sie nie in größerem Umfang getestet worden waren. Die Ärzte hatten diese Mittel sogar schwangeren Frauen verordnet. Die Folge waren mißgebildete Kinder gewesen.

BCG. Fluch oder Segen? Was hatte die Substanz bewirkt? Welcher Schaden war angerichtet worden?

»Ich werde eine chemische Analyse des Mittels machen«, sagte er. »Ich kann nicht glauben, daß BCG . . .« Er ließ den Satz unvollendet. »Ich gehe ins Labor.«

Er ließ Dr. Malone beim Computer zurück und begab sich in seine Behandlungsräume. Er durchquerte das Sprechzimmer. Sekunden später stand er im Labor. Er griff ins Regal, wo der Tiegel mit BCG stand.

Das Regal war leer. Der Tiegel war verschwunden. Er ging zum Telefon und nahm den Hörer ab. Die Assistentin meldete sich.

»Hat heute vormittag irgend jemand mein Labor betreten?«

»Lassen Sie mich nachdenken, Dr. Wiseman. Jawohl. Mr. Pender von der Firma PharMax ist hier gewesen. Er wollte ein Inventar der PharMax-Präparate aufnehmen, die Sie verwenden. Ich habe ihm Zugang zum Labor gewährt, wie beim letzten Mal.«

Dr. Wiseman war es, als hätte er einen Stich ins Herz erhalten. »Ich verstehe«, sagte er. »Danke.«

Seine Helferin hatte die Veränderung im Tonfall bemerkt. »Hätte ich Mr. Pender nicht ins Labor lassen dürfen?« fragte sie besorgt. »Er macht diese Aufstellungen doch seit vielen Jahren.«

»Das geht schon in Ordnung, Charlene«, sagte Dr. Wiseman. Er legte den Hörer auf die Gabel zurück. Langsam ging er zu Dr. Malone zurück.

»Ich kann keine Analyse machen«, sagte er leise.

»Und warum nicht?«

»Mr. Pender von der Firma PharMax ist heute vormittag im Labor gewesen. Er wollte das Inventar der PharMax-Präparate aufnehmen. Der Tiegel BCG ist fort.«

»Dann werden wir das Präparat eben neu bestellen«, sagte Dr. Malone. Er ging zum Telefon und bat das Mädchen in der Vermittlung, ihn mit der Verkaufsabteilung der Firma PharMax zu verbinden.

Wenig später kam das Gespräch. »BCG? Würden Sie mir das bitte buchstabieren? Ich kenne das Präparat nicht.«

Dr. Malone dachte nach. Anstatt dem Mann eine lange Erklärung zu geben, war es wohl einfacher, wenn Dr. Wiseman mit ihm sprach. Er reichte den Hörer an den alten Arzt weiter.

»Dr. Wiseman, Eastbury Community Hospital. Ich brauche einen Tiegel BCG. *Bicalcioglythemin!* Zwölf Unzen, die übliche Menge.«

Der Mann am anderen Ende schwieg. Dr. Wiseman hörte, wie die Seiten eines Katalogs umgeblättert wurden. Dann kam die Stimme wieder näher. »Sind Sie sicher, daß Sie mit der richtigen Firma verbunden sind, Dr. Wiseman? Hier ist PharMax.«

»Ganz recht. Ich will mit PharMax sprechen. Und ich möchte BCG bestellen. Ich beziehe das Präparat seit zehn Jahren von Ihnen.«

»Sie sagen, Sie rufen vom Eastbury Community Hospital an?«

»Jawohl.«

»Warten Sie einen Augenblick.«

Zwei Minuten verstrichen.

»Es tut mir leid, Dr. Wiseman, aber unsere Firma stellt kein Präparat namens Bicalcioglythemin oder BCG her. Auch in der Vergangenheit ist kein solches Produkt hergestellt worden. Ich habe unseren Computer abgefragt. Sie haben zu keinem Zeitpunkt von uns ein solches Präparat bezogen. Es gibt keinerlei Lieferscheine dafür und natürlich auch keine Rechnungen. Es muß sich bei Ihrer Anfrage um einen Irrtum handeln. Wahrscheinlich haben Sie das Präparat bei einer anderen Firma bezogen.«

»Ich verstehe«, flüsterte Dr. Wiseman. Er zitterte am ganzen Körper, als er auflegte.

»Wir brauchen keine Analyse, Dr. Malone«, sagte er. »Ich weiß, woraus BCG besteht. Das Präparat enthält Nucleotiden, als Basis Kalzium, außerdem ein Bindemittel.«

Das Telefon klingelte. Dr. Malone nahm ab. »Für Sie.«

Dr. Wiseman ergriff den Hörer. Seine Sprechstundenhilfe meldete sich. Nach einer kurzen Unterhaltung legte er wieder auf. Er hielt den Blick gesenkt. »Sally Montgomery und ihr Mann sind da«, sagte er leise. »Würden Sie mir die Unterredung mit den beiden abnehmen? Ich bin jetzt nicht in der Verfassung, um dem Ehepaar die nötigen Erklärungen zu geben. Ich muß erst einmal nachdenken.«

Dr. Malone war unterwegs zur Tür. Auf der Schwelle angekommen, blieb er stehen. »Dr. Wiseman«, sagte er, »haben Sie BCG vielleicht selbst zubereitet?«

Der alte Arzt starrte ihn entgeistert an. »Ich? Was sagen Sie da, Dr. Malone!«

»Es wird Ihnen kaum jemand abnehmen, daß Sie BCG von der Firma PharMax bezogen haben. Offen gesagt, nicht einmal ich nehme Ihnen das ab.«

29

Jim Corliss deutete auf die Kette, die quer über die Zufahrt zum Internatsgebäude gespannt war. »Wir sollten den Wagen vielleicht besser draußen stehen lassen und zu Fuß hineingehen«, sagte er.

»Nein«, sagte Sergeant Bronski. »Ich brauche den Wagen möglichst nah am Haus.« Sie stiegen aus. Bronski öffnete den Kofferraum und holte eine Drahtschere hervor. »Damit habe ich noch jede Kette kleingekriegt«, sagte er. Er durchtrennte das Hindernis, ebenso die zweite Kette, die den Querbalken am inneren Tor sicherte. Dann öffnete er mit Hilfe eines Brecheisens das Kästchen, in dem sich die Elektronik der Öffnungsautomatik befand. Das Tor rollte zur Seite. Er legte das Werkzeug in den Kofferraum zurück und schloß die Haube. »Die Haustür wird wohl keine nennenswerten Schwierigkeiten bieten.«

Sie fuhren das kurze Wegstück entlang. An der Rückseite des Gebäudes angekommen, hielt der Sergeant den Wagen an. Er stieg aus, Jim Corliss folgte ihm. Sie öffneten Lucy und Randy die Türen.

Der Sergeant ging voran. Er schlug mit der Faust an die Hintertür des Gebäudes. Drinnen rührte sich nichts. Sie gingen um das Haus herum und wiederholten die Prozedur an der Vordertür. Nichts.

»Niemand drin«, stellte Lucy Corliss fest. »Die haben sich dünngemacht.«

»Wir werden nachsehen«, sagte Bronski. Er trat ein paar Schritte zurück und sah zu den vergitterten Fenstern hinauf. Randy folgte seinem Blick. »Es gab keine Fluchtmöglichkeit aus den Zimmern«, sagte er. »Und die Treppe zum Erdgeschoß wurde Tag und Nacht überwacht.«

Sergeant Bronski nickte. Er ging auf die Vordertür zu, nahm seine Pistole aus dem Halfter und benutzte den Knauf, um die Türfüllung einzuschlagen. Nachdem ein tellergroßes Loch entstanden war, griff er durch die Öffnung und betätigte den Innenknauf. Er sah Randy und kniff die Augen zusammen. »Wie im Gangsterfilm«, frotzelte er.

Knarrend öffnete sich die Tür. Sie gingen hinein. »Da vorn, das ist der Speisesaal«, sagte Randy. »Gleich dahinter ist die Küche. Außerdem gibt's im Erdgeschoß noch ein Spielzimmer. Das übrige sind Büros.« Er wollte losrennen. Sergeant Bronski hielt ihn zurück.

»Ich gehe vor.«

»Es ist doch niemand mehr da.«

»Trotzdem.« Die vier durchquerten den Raum. Vor der Treppe, die zum ersten Stock hochführte, blieben sie stehen.

»Wo geht's da hin?« fragte Bronski.

»Zu den Schlafräumen«, sagte Randy. »Soll ich Ihnen zeigen, wo ich geschlafen habe?«

»Ja, tu das.«

Sie eilten die Treppe hinauf. Auf dem obersten Treppenabsatz befand sich ein Tisch, davor ein Stuhl. Von hier konnte man sowohl die Türen der Schlafräume als auch die Treppe in ihrer gesamten Länge überblicken. Sie gingen den Flur entlang. Vor der dritten Tür blieb Randy stehen.

»Hier hat Eric geschlafen«, sagte er.

»Was für ein Eric?«

»Eric Carter. Er hat mir erzählt, er käme aus Kalifornien.«

Bronski dachte nach. Ein grimmiges Nicken. Eric Carter. Die Kollegen in San José hatten den Jungen als vermißt gemeldet. Ob Randy in den Computerlisten herumgestöbert hatte?

»Randy, hast du dir die Compuerlisten angesehen, die Dr. Malone gestern zu euch gebracht hat?«

Randy schüttelte den Kopf.

»Wirklich nicht?«

»Wirklich nicht. Das waren doch sowieso nur Zahlen.«

»Nun gut. Du hast gesagt, das *war* Erics Raum. *Ist* es denn nicht mehr sein Raum?«

»Eric ist gestorben«, sagte Randy. Er sah, wie seine Mutter zusammenzuckte. »Deshalb bin ich ja weggelaufen. Als Eric starb, habe ich es mit der Angst zu tun bekommen.«

»Kann ich gut verstehen«, brummte Sergeant Bronski. »Und jetzt zeig uns einmal, wie du aus dem Haus gekommen bist.«

Randy ging voran. Er führte die drei auf den Dachboden und deutete auf die Luke. Sie stand noch offen. Die Aluminiumleiter war angelehnt. »Dort bin ich rausgeklettert. Und dann bin ich auf den Baum rübergestiegen. Es war ganz leicht.«

Sergeant Bronski nickte. Was er hier vorfand, entsprach in jedem Punkt der Schilderung, die das Kind unmittelbar nach seiner Rückkehr gegeben hatte. »Gehen wir wieder runter«, sagte er.

Sie besichtigten die Krankenräume. Und dann zeigte ihnen Randy das Zimmer, wo Peter Williams tagelang bewußtlos gelegen hatte.

»Und was ist dort?« fragte Sergeant Bronski. Er deutete auf eine kleine Tür.

Randy war ratlos. »Keine Ahnung. Dort haben sie uns nie hineingelassen.«

»Dann wollen wir uns den Raum einmal ansehen«, sagte Bronski. Er öffnete die Tür. Sie betraten das Laboratorium.

Morantz und Kaplan duckten sich in den Schatten der Büsche. Der

Junge war das Ziel. Das hatte die Zentrale bestätigt. Und deshalb waren sie dem Wagen gefolgt, in dem Randy Corliss saß. Die Verfolgung hatte keinerlei Probleme bereitet. Sobald der Wagen das Stadtgebiet verlassen hatte, wurde klar, daß die Fahrt zum Internat ging. Morantz und Kaplan kannten die Strecke.

Morantz bog einen Zweig zur Seite. »Ich kann den Wagen sehen«, sagte er. Obwohl sie über hundert Meter entfernt waren, sprach er im Flüsterton.

»Wir schleichen uns am besten im Schutz der Garagen an«, sagte Kaplan. Seine Hand umkrallte den Leinensack. »Selbst wenn sie eine Wache ans Fenster gestellt haben, können sie uns zwischen den Garagen und dem Waldstück nicht sehen.« Fünf Minuten später waren sie im düsteren Schatten des Garagentraktes angelangt. Kaplan öffnete den Leinensack.

Er nahm ein Kästchen von der Größe einer Zigarrenschachtel heraus. Eine Anzahl von Magneten wurde sichtbar. Er betrachtete den Draht, der in die Gelignitmasse eingebettet war, checkte den Empfänger und den Zünder. Dann schloß er das Kästchen.

»Siehst du was?«

Morantz setzte den Feldstecher ab. Er schüttelte den Kopf. »Wenn sie überhaupt noch im Gebäude sind, dann im vorderen Bereich. Worauf wartest du noch?«

Kaplan nickte. Er lief, jeden Busch und Baum als Deckung ausnutzend, über die kleine Freifläche zwischen Garagentrakt und Hauptgebäude. Neben Bronskis Wagen angekommen, prüfte er die Türen und Kofferraum. Verschlossen. Er kniete sich neben das rechte Hinterrad. Schon nach wenigen Sekunden hatte er die Stelle gefunden, die er suchte. Ein sanftes Klicken bestätigte ihm, daß sich die Magneten am Tank festgesaugt hatten.

Er lief zum Garagenplatz zurück. Und dann waren Kaplan und Morantz im Schutz des nahen Waldes verschwunden. Der Rest des Jobs war einfach. Sie brauchten nur in ihrem Lastwagen zu sitzen und abzuwarten.

Lucy Corliss sah sich im Laboratorium um. Ihr Blick fiel auf die geöffneten Schubladen. Es gab eine lange Theke mit Geräten, deren Funktion keiner der vier erahnte.

»Ein schönes Durcheinander«, stellte sie fest.

»Die haben ihre Papiere zusammengepackt und sind Hals über Kopf verschwunden«, war Bronskis Kommentar.

»Was den Schluß zuläßt, daß die Regierung dahintersteckt«, sagte Jim Corliss. »Vor allen Dingen nichts Schriftliches zurücklassen. Ich verstehe trotzdem nicht, was die ganze Geheimniskrämerei soll. Wenn das Institut hier wirklich wissenschaftliche Studien betrieben hat, dann braucht das Personal doch nicht bei Nacht und Nebel zu verschwinden.«

Bronski grinste. »Machen wir uns doch nichts vor, Mr. Corliss. Dies war kein normales Forschungsinstitut. Diese Leute haben Kinder entführt und gefangengehalten. Wenn man Randy glauben kann, und ich glaube ihm, dann sind einige dieser Kinder getötet worden.« Er trat an die Türschwelle zum Nebenraum und betrachtete Randy, der zum Fenster hinaussah. Dann kehrte er zu Jim Corliss zurück. »Der Junge sagt, er hat keinen Krankenwagen gesehen«, flüsterte er. »Ich vermute, daß die Leichen irgendwo auf dem Gelände versteckt sind. Schauen wir uns doch einmal an, was hinter diesem Vorhang verborgen ist.«

Er zog den Vorhang zur Seite. Ein aufrechtstehender Metallzylinder von der Größe eines erwachsenen Menschen kam zum Vorschein. Randy war ins Laboratorium zurückgekehrt. »Ist das eine eiserne Lunge?« fragte er.

Sergeant Bronski schüttelte den Kopf. »Sieht nicht so aus.«

»Was ist es denn dann?« fragte Lucy, zu dem Beamten gewandt.

»Vermutlich eine Unterdruckkammer«, sagte Bronski düster. Er und Lucy Corliss tauschten einen raschen Blick. Sie zog ihren kleinen Sohn an sich.

»Warte auf uns im Mittelgang«, sagte sie. »Wir kommen gleich nach.« Sie sah ihm nach, wie seine kleine Gestalt von der Finsternis des Korridors aufgenommen wurde. Sie wandte sich zu Sergeant Bronski. »Was ist das?«

Er schluckte. »Eine Unterdruckkammer, wie sie in den Tierheimen Verwendung findet.«

Sie verstand nicht und wollte nicht verstehen. Hilfesuchend sah sie Jim an.

Der kniff die Lippen zusammen. »Damit töten sie die Welpen.«

Sie war kreidebleich geworden. »Mein Gott! Wollen Sie damit sagen, sie haben die Unterdruckkammer benutzt, um...«

»So sieht es aus«, erwiderte Bronski. Er sah sich im Raum um. Dann ging er auf eine Stahlblende zu, die in halber Höhe angebracht war. Er betätigte den Griff. Eine Tür, dick wie eine Bibel, schwang auf.

Bronski nickte. »Hier haben sie die Leichen verbrannt«, sagte er. Er berührte die Innenseite der Tür mit dem Handrücken. Sie war noch warm. Er warf einen Blick in die Brennkammer. Roste. Eine Anordnung von Düsen. Asche war keine zu sehen.

Er zog seine Taschenlampe hervor und ließ den Kegel über die Roste gleiten. Zwischen zwei Stäben wurde ein schwärzlicher Klumpen sichtbar. Bronski nahm eine kleine Plastiktüte aus der Tasche, ergriff den Klumpen mit zwei Fingern, löste ihn von dem Rost und ließ ihn in die Tüte plumpsen. Er versiegelte die Tüte und steckte sie in die Tasche zurück.

»Gehen wir«, sagte er. »Mir reicht's. Was sonst noch zu tun ist, soll die Spurensicherung machen. Ich bin sicher, sie werden jede Menge Beweise vorfinden. Fingerabdrücke. Weiß Gott, was sonst noch. Die Burschen werden jeden Quadratmeter des Geländes durchpflügen.« Er starrte in die Brennkammer. »Die haben den Ofen gesäubert, aber sie haben ihn nicht gut genug gesäubert.« Er grinste. »Sie hatten keine Zeit mehr, die Spuren ihrer Verbrechen zu beseitigen. Es muß ihnen plötzlich sehr brenzlig unter den Füßen geworden sein. Dieser Tatsache haben wir wohl auch zu verdanken, daß Randy noch lebt. Ich wette, die haben sich gar nicht erst mit seiner Verfolgung aufgehalten. Sie haben einfach ihre Sachen zusammengepackt und sind verschwunden.«

Sie gingen zum Hinterausgang. Bronski zog die Tür ins Schloß. Wenig später saßen sie alle vier wieder im Wagen. Er startete. Sie fuhren den Weg entlang. Nachdem sie die Tore passiert hatten, bog der Sergeant auf die Asphaltstraße ein.

»Wie geht's weiter?« fragte Jim Corliss.

»Sobald wir nahe genug an Eastbury heran sind, werde ich Funkkontakt mit dem Revier aufnehmen«, sagte Bronski. »Ich werde veranlassen, daß sie sofort die Spurensicherung in Bewegung setzen. Wenn das läuft, möchte ich ein paar Worte mit Paul Randolph sprechen.« Er hatte Lucys fragenden Blick im Rückspiegel bemerkt. »Sie haben richtig verstanden, Mrs. Corliss. *Ich*. Sie und Ihr Mann sind jetzt raus aus der Sache. Das weitere ist Sache der Polizei.« Er hob den Kopf und blinzelte. Er hatte im Rückspiegel die Umrisse eines grauen Lastwagens erkannt, der von einem Seitenweg auf die Hauptstraße einbog. »Werden wir verfolgt?« fragte Jim Corliss.

Bronski betrachtete den Wagen, der kleiner zu werden begann. »Nein«, sagte er. »Einen Augenblick lang hatte ich den Eindruck. Aber ich habe mich geirrt.«

Er trat aufs Gas. Ein unangenehmes Gefühl hatte von ihm Besitz ergriffen.

Der Polizeiwagen war in der Kurve verschwunden. Morantz beugte sich zu Kaplan. »Noch zehn Sekunden«, flüsterte er.

Bronski grübelte. Ein grauer Lastwagen. Irgendwo kam ihm das Gefährt bekannt vor. Aber ihm wollte nicht einfallen, wo er das Ding schon mal gesehen hatte.

Jedenfalls war es nicht lange her.

Heute? Ja, dachte er. Heute morgen war es gewesen.

Aber wo? Warum kann ich mich an so etwas Wichtiges nicht erinnern? Vor seinem geistigen Auge erschien Lucy Corliss' Haus. Die geparkten Fahrzeuge. Ganz richtig. Da hatte ein grauer Lastwagen gestanden.

Der gleiche, den er soeben im Rückspiegel gesehen hatte?

Wenn es der gleiche war, dann wurden sie verfolgt.

Der Wagen war allerdings in der Gegenrichtung davongefahren. Warum?

Die Antwort war leicht. Weil der Mann, der den Lastwagen lenkte, bereits wußte, was er auskundschaften wollte. Weil...

»Verdammt!« schrie er. Er trat mit voller Wucht auf die Bremse, der Wagen geriet ins Schleudern. »Raus aus dem Wagen! Sofort! Alle raus!«

Er steuerte das schleudernde Fahrzeug auf die Böschung zu und griff nach der Türklinke. Hoffentlich...

Mit einem ohrenbetäubenden Donnern explodierte die Ladung, die am Tank befestigt worden war. Sekunden später stand der Wagen in Flammen.

Sergeant Bronski war sofort tot. Er war aus dem Wagen geschleudert worden und hatte sich beim Aufprall auf einem Baum das Genick gebrochen.

Jim Corliss war mit den Füßen unter dem Armaturenbrett eingeklemmt worden. Der Gestank brennenden Gummis stieg ihm in die Nase. Vergeblich versuchte er, sich von dem Plastikbügel, der seine Schenkel auf den Sitz preßte, zu befreien. »Randy! Lucy!« Er ruderte mit den Armen. Nichts. Sehen konnte er weder seine Frau noch den Jungen, der Qualm erfüllte das Wageninnere. Dann waren die Flammen da. Glühend heiße Luft strömte in seine Lungen. Er wußte jetzt, daß er das Inferno nicht überleben würde.

Als der Wagen ins Schleudern geriet, hatte sich Lucy über ihren Sohn geworfen. Jetzt ist alles zu Ende, dachte sie. Sie begann zu schreien.

Das Fahrzeug hatte sich überschlagen, es landete auf dem Wagendach. »Mutter!« schrie Randy. »Laß mich los!«

Sie hörte ihn nicht. Sie wußte nur, daß sie ihren Sohn vor den Flammen schützen mußte.

Jim, dachte sie. Er muß uns helfen. »Hilfe!« schrie sie. Erst als sie heiser wurde, bemerkte sie, das Randy verschwunden war. Sie beugte sich vor und gewahrte seine Gestalt in der Lücke zwischen den beiden Vordersitzen. Als sich ihre Hand um seinen Fuß schloß, zuckte er zusammen. Er sah sich um.

Eine Halluzination, dachte sie. Ihre Hand wurde vom Feuer zerfressen. Randys Fuß blieb unversehrt. Es war, als ob das Feuer ihm nichts anhaben könnte. Dann hörte sie seine Stimme und wußte, daß es keine Halluzination war.

»Laß mich los, Mutter«, schrie er. »Ich werde nicht sterben. Ich *kann* nicht sterben.« Sie war jetzt so entkräftet, daß sie sein Bein freigab.

Während Randy unter dem lodernden Vordersitz wegkroch, glitt seine Mutter ins Koma hinüber. Ihr Sohn hatte das Seitenfenster erreicht. Der Rauch stieg ihm in die Augen. Und dann sah Randy die Gestalt, deren Oberkörper von der Wagendecke herunterhing.

Sein Vater.

Der Kopf war klar zu erkennen. Und der Mund, der sich bewegte. Randy schauderte. Er kroch weiter. Der Fahrersitz war leer, Bronski verschwunden. Die Fahrertür war halb geöffnet.

Er warf einen Blick auf seinen Vater. Dann wurde es so heiß, daß er keinen klaren Gedanken mehr fassen konnte. Er ließ sich in die Lücke fallen, die sich zwischen Wagendach und Tür auftat.

Mit einem dumpfen Geräusch kam sein Körper auf dem Boden auf. Instinktiv rollte er sich zur Seite, bis er eine Stelle erreicht hatte, die etwas höher lag und aus diesem Grunde von dem auslaufenden Benzin verschont geblieben war.

Er sprang auch. Keuchend lief er auf den Wald zu. Als er sich umblickte, sah er seinen Vater, dessen Züge vom Todeskampf entstellt waren. Er hastete weiter. Als er am Waldrand ankam, brach er zusammen.

Es wurde dunkel um ihn. Und dann fühlte er gar nichts mehr. Er war bewußtlos. Und trotzdem wirkte die genetische Programmierung, die ihm von Dr. Hamlin mitgegeben worden war. Die Brandblasen glätteten sich. Die Schwären auf dem Rücken zerschmolzen, um neues, gesundes Gewebe zu bilden.

Morantz und Kaplan hatten ihre Fahrt verlangsamt, als sie den Donner der Explosion vernahmen. Kaplan nickte zufrieden. »Das war's dann wohl. Wieviel Zeit haben wir?«

»Alle Zeit der Welt«, sagte Morantz. »Es ist unwahrscheinlich, daß Bronski als Gespenst hinter uns hergefahren kommt.«

»Haben wir sauber hingekriegt.«

Morantz musterte ihn voller Verachtung. »Wir haben gerade vier Menschen getötet, darunter eine Frau und ein Kind. Es kotzt mich an, wenn du so darüber sprichst.« Er schwieg eine Weile. »Weißt du was?« sagte er, nachdem er den Wagen wieder beschleunigt hatte. »Wenn das alles vorbei ist, mache ich Fliege.«

Kaplan quittierte die Bemerkung mit einem breiten Grinsen. »Das höre ich öfter von dir. Ich höre es eigentlich bei jedem Job von dir.«

Sie hatten auf der Straße gewendet. Als sie an der Einfahrt zum Internat ankamen, trat Morantz auf die Bremse. Er stieg aus, öffnete das Tor und kam in den Wagen zurück. Sie fuhren auf das Hauptgebäude zu. Morantz parkte den Wagen hinter dem Haus. »Beeilen wir uns«, sagte er. »Bis zwölf muß alles erledigt sein.«

Sie luden ihr Gerät aus und trugen es ins Haus. Als die Sprengladungen befestigt waren, rieb sich Morantz über das Kinn. »Ich weiß nicht, was sie sich davon versprechen. Okay, okay, wir werden das Gebäude in Schutt und Asche legen. Daß die ganze Sache oberfaul war, ist jedem Eingeweihten trotzdem klar. Und der Brand ist dabei das i-Tüpfelchen. Er beweist, daß Profis am Werk waren. Nämlich wir.«

»Meinst du, daß sich überhaupt jemand um den Brand kümmern wird? Wir sind hier mitten in der Wildnis.«

»Du bist richtig lustig. Man hört eine solche Explosion auf mehrere Kilometer. Die Leute werden in Scharen hierher strömen, um sich das Feuerwerk anzusehen. Unter anderem die Polizei. Wenn die Beamten ihr Geld wert sind, müßten sie innerhalb von fünf Minuten wissen, was gespielt wurde.«

Das Befestigen der Sprengsätze und das Verlegen der Zündkabel hatte eine halbe Stunde gedauert. Es war Morantz, der die letzten Kontakte verlegte. Er hielt die Uhr in der Hand, die durch ein Spiralkabel mit dem Zündmechanismus verbunden war. »Fünf Stunden?«

Kaplan sah ihn düster an. »Warum so lange? Was ist, wenn die Polizei schon heute nachmittag kommt?«

»Das ist sehr unwahrscheinlich«, belehrte ihn Morantz. »Die werden sich als erstes um das verbrannte Auto und die Identifizierung der Insassen kümmern. Du weißt doch, der Mensch steht im Mittelpunkt.«

Sie verließen das Gebäude. Morantz öffnete die Ladeklappe und nahm ein Schild heraus. Sie bestiegen das Führerhaus, er hielt das Schild auf seinen Knien, während er auf das Tor zufuhr. Nachdem sie die äußere Umfriedung passiert hatten, hielt er den Wagen an und stieg aus. Er befestigte das Schild an der Kette.

LEBENSGEFAHR

DIESES GELÄNDE STEHT UNTER QUARANTÄNE!

DIE REGIERUNG DER VEREINIGTEN STAATEN V. AMERIKA

Unterhalb der dicken Lettern der ersten drei Zeilen gab es einen enggeschriebenen Schriftblock, in dem auf die Strafen hingewiesen wurde, die denjenigen treffen würden, der das Verbot mißachtete.

Morantz kam zurück und erklomm den Fahrersitz. »Komisch«, sagte er. »Man kann ein Gelände mit Stacheldraht umzäunen. Was passiert? Jeder Einbrecher, der auf sich hält, wird einen Einbruch versuchen. Denn er muß ja in Erfahrung bringen, was so wichtig und wertvoll ist, daß man es mit Stacheldraht schützen muß. So ein Schild hingegen wirkt. Wochenlang.«

Sie fuhren auf die qualmende Fackel zu, die einige hundert Meter voraus in den Himmel loderte. Langsam steuerte Morantz den Wagen an der Unglücksstelle vorbei. Drei Streifenwagen der Polizei, ein Feuerwehrauto und zwei Krankenwagen waren vorgefahren.

Morantz warf einen Blick in den Rückspiegel. »Ein Feuer, wie's im Buche steht.« Er schmunzelte. »Ich kenne niemanden, der so was überlebt. Du?«

30

Dr. Arthur Wiseman stand in seinem Büro und betrachtete seine Promotionsurkunde, die in Glas und Aluminium gerahmt an der Breitseite des Raumes hing.

Erinnerungen. Wie viele Patientinnen hatten ihm an diesem Schreibtisch gegenüber gesessen. Das Diplom, leicht vergilbt, wies ihn als Spezialisten aus, der sich in der ärztlichen Kunst auskannte.

Er schloß die Augen. Ich bin schuldig, dachte er. Wie viele Kinder habe ich zum Tode verurteilt? Wieviel Unglück habe ich in die Familien getragen? Er kannte die Statistiken. Nicht nur die Kinder waren Opfer geworden. Auch die Eltern. Ehen gingen zu Bruch, wenn ein Kind starb und Schuldvorwürfe die Liebe zwischen Mann und Frau vergifteten.

Jahrelang hatte er die Wahrheit verdrängt. SIDS, das war der hassenswerte Feind, der den Kindern die Kehle zuschnürte. Ein Feind, der sich nach vollbrachter Tat in die Dunkelheit flüchtete.

Es gab keine Dunkelheit mehr. Der Mann, der ihm aus dem Spiegel entgegenstarrte, stand im Licht. Ich selbst bin der Feind, dachte er.

Zeit. Immer hatte er zu wenig Zeit gehabt. Es waren die Patientinnen, die seine Zeit in Anspruch nahmen. Der Beruf. Die Klinik. Die täglichen Pflichten. Eastbury hatte ein Krankenhaus, auf das die Bürger stolz sein konnten.

Und so hatte er keine Zeit gehabt, sich die Medikamente näher anzusehen, die er verordnete. Die Hersteller taten ein Übriges, um Kritik und Skepsis zu unterlaufen. Jedes Mittel, das neu auf den Markt kam, wurde von den Ärztebesuchern als Wundermittel angepriesen.

Der Mangel an Zeit. Es war keine Zeit gewesen, die Resultate der Forschungsprogramme zu hinterfragen, die ihm von Instituten und Firmen übermittelt wurden. Keine Zeit, um die Dokumentationen zu lesen, die von den Fachverlagen herausgegeben wurden.

Statt dessen hatte er bereitwillig nach allem gegriffen, was ihm angepriesen wurde. Er hatte die Symptome behandelt. Wie gut, daß die pharmazeutischen Hersteller unermüdlich neue Produkte entwickelten, die dem jeweiligen Geschmack der Patienten entsprachen.

Allerdings gab es auch Produkte, die nicht halfen. Wie BCG. Die Kinder waren gestorben.

Nicht *alle* waren gestorben, dachte er. Ein paar lebten noch. Aber konnte man das Leben nennen?

Waren das gesunde kleine Jungen oder künstlich geschaffene Wesen, die nur funktionierten?

Die Wunden, die sich diese Jungen beim Spielen zufügten, heilten innerhalb weniger Minuten. Dr. Wiseman dachte nach. Das Gespräch mit Dr. Malone kam ihm in Erinnerung. Es war auf der Fahrt zur Klinik gewesen. Dr. Malone hatte das Verteidigungsministerium erwähnt. Die Jungen, so hatte er gesagt, würden einmal perfekte Soldaten abgeben.

Krieg war plötzlich kein Risiko mehr. Man sandte Soldaten in den Kampf, die unsterblich waren.

Wie sicher war der Friede, wenn die eine Seite sicher war, daß sie überleben würde?

Die Zukunft des Menschen. Die Männer waren Tötungsmaschinen. Wahrscheinlich würde es auch andere Wesen geben. Züchtungen. Jede Gruppe würde für einen ganz bestimmten Zweck geschaffen werden. Diese Wesen würden all jene Aufgaben erfüllen, bei denen normale Menschen versagten.

Normale Menschen.

Würde es überhaupt noch den Menschen geben, der aus dem Zusammenwirken von Zufall, Auslese und göttlichem Funken entstand? Wahrscheinlich nicht. An die Stelle der soeben überwundenen Rassenfeindschaft würde der Dünkel der genetischen Gruppen treten. Jede Gruppe wurde für bestimmte Zwecke eingesetzt. An der Spitze stand ein ›normaler Mensch‹.

Irgendwann freilich würden die Mutanten rebellieren. Sie würden die Herrschaft des normalen Menschen nicht mehr anerkennen. Was dann?

Dr. Wiseman schätzte sich glücklich, daß er das nicht mehr erleben würde. Es würde ihm erspart bleiben, den Frauen Rede und Antwort zu stehen, die er ins Unglück gestürzt hatte.

Er öffnete das verglaste Wandschränkchen und zog eine Spritze auf. Er legte sie auf den Schreibtisch. Dann schaltete er den Computer ein. Er löschte die Daten, die in der einen oder anderen Weise mit BCG zu tun hatten. Sein guter Ruf würde unangetastet bleiben.

Nachdem er sich den Inhalt der Spritze in die Vene injiziert hatte, nahm er an seinem Schreibtisch Platz. Fünf Sekunden später war er tot.

Randy Corliss öffnete die Augen. Wo bin ich? Dann erinnerte er sich.

Er hatte auf dem Rücksitz des Polizeiautos gesessen, neben seiner Mutter. Der Wagen war ins Schleudern geraten. Sergeant Bronski hatte geschrien: »Raus!« Und dann...

Er richtete sich auf und sah in die Runde. Bäume. Die Straße. Dann ein brennendes Autowrack. Ein Pulk von Leuten verharrte in respektvoller Entfernung.

Er stand auf und sah an sich herab. Er war nackt. Auf dem Boden lag die Asche seiner Kleider. Seine Haut war makellos. Keine Wunden, keine Narben.

Ein kalter Wind wehte. Und doch blieben die Blätter an den Bäumen unbewegt. Er fuhr sich mit der Hand über den Schädel. Keine Haare.

Feuer.

Er mußte in ein Feuer geraten sein. Wo sind meine Eltern?

Er stolperte auf die Bäume zu. »Mutter, wo bist du?« schrie er. »Vater!« Plötzlich blieb er stehen. Die Erinnerung hatte ihn eingeholt. Er rannte auf den brennenden Wagen zu. »Mutter! Vater!«

Die Menschen, die im Halbkreis um das Wrack standen, starrten ihn an wie eine Erscheinung.

»Wo, zum Teufel, kommt denn der Junge her?« hörte er einen Sanitäter sagen. Der Mann kam auf ihn zugelaufen und warf ihm eine Decke über.

Randy brach in Tränen aus. »Wo ist meine Mutter?«

»Keine Aufregung, mein Junge«, sagte der Mediziner. Er legte ihm den Arm um die Schultern. »Wo kommst du denn her?«

Randy hatte sich mit einer unwilligen Geste von ihm freigemacht. Er lief auf das Wrack zu. Die Sitze waren leer. Er brach zusammen.

»Schaffen Sie den Jungen ins Krankenhaus«, sagte der Unfallarzt. »Vielleicht ist es der Kleine, der auf dem Rücksitz saß. Er muß ins Krankenhaus, so schnell wie möglich.«

Randy wurde auf eine Trage gelegt und in den Krankenwagen geschoben. Mit heulender Sirene raste das Gefährt Richtung Eastbury. Der Krankenpfleger, der auf dem Klappsitz neben Randy Platz genommen hatte, beugte sich über ihn. Vorsichtig hob er die Decke hoch. Als er sah, daß die Haut des Jungen unversehrt war, schüttelte er den Kopf. Er wandte sich zu einem Kollegen, der auf dem Beifahrersitz saß.

»Sieh dir das einmal an. Die Kleider des Jungen sind verbrannt. Das Haar ist verbrannt. Der Bursche hat mitten im Feuer gesessen wie die Eltern. Der müßte eigentlich tot sein.«

Dr. Malone sah die Frau vor seinem Schreibtisch mit beschwörendem Blick an.

Sally Montgomery war von ihrem Mann ins Büro geführt worden. Steve hatte neben ihr auf dem Sofa Platz genommen. Dr. Malone hatte dem Ehepaar von seiner Unterredung mit Dr. Wiseman berichtet. Zweimal hatte Sally den jungen Arzt unterbrechen wollen. Beide Male hatte Steve ihr in die Hand gekniffen, damit sie schwieg. Jetzt war sie aufgestanden. »Ich gehe zu ihm«, sagte sie. »Was er zu sagen hat, möchte ich unmittelbar von ihm hören.«

»Ich weiß nicht, ob er jetzt Zeit für Sie hat«, sagte Dr. Malone. »Als ich mich von ihm verabschiedete...«

»Keine Zeit für mich?« Sally wäre ihm vor Wut fast ins Gesicht gesprungen. »Dieser Mann hat meine kleine Julie getötet, und jetzt hat er keine Zeit für mich? Er ist ein Killer, Dr. Malone. Er hat -zig Kinder und -zig Frauen auf dem Gewissen. Deshalb wollte er mich auch in eine geschlossene Anstalt einweisen. Ich wußte zuviel.« Sie war zur Tür unterwegs, als das Telefon läutete.

Dr. Malone nahm den Hörer ab. Als er wieder auflegte, zitterten seine Hände. »Es ist zu spät, Mrs. Montgomery«, sagte er leise. »Die Sekretärin von Dr. Wiseman war dran. Sie hat ihn soeben tot in seinem Büro aufgefunden.«

»Tot?« echote Sally. »Er ist tot?«

»Auf dem Schreibtisch lag ein leeres Injektionsbesteck. Es sieht so aus, als ob er Selbstmord begangen hat.«

»O Gott«, flüsterte Sally. »Wer wird als Nächster sterben?«

Wieder klingelte das Telefon. Als Dr. Malone das Gespräch beendete und Sally Montgomery ansah, ahnte sie, daß ihr weitere schlimme Nachrichten bevorstanden.

»Sprechen Sie, Dr. Malone. Was ist passiert?«

»Ein Unfall. Jedenfalls... Es scheint ein Unfall gewesen zu sein.« Ihre Augen weiteten sich. »Wer?«

»Sergeant Bronski«, flüsterte er. »Er ist bis zur Unkenntlichkeit verbrannt. Und... Lucy Corliss. Mrs. Coliss und ihr Mann. Alle tot.«

»Nein!« schrie Sally. Sie sprang auf und wankte auf den jungen Arzt zu. »Sagen Sie, daß es nicht wahr ist! Sie *können* nicht tot sein.«

Plötzlich versagten ihr die Beine den Dienst. Schluchzend brach sie zusammen.

Dr. Malone ging zu ihr. Sie trugen die Weinende zum Sofa. »Ich werde ihr ein Beruhigungsmittel geben«, sagte Dr. Malone. Er ging zu seinem Arzneischrank, zog eine Spritze auf und injizierte sie Sally in die Armbeuge. Steve hörte, wie ihr Atem ruhiger wurde. Sie schloß die Augen.

»Randy hat das Unglück überlebt«, sagte Dr. Malone. »Der Krankenwagen bringt ihn hierher.«

»Aber wie konnte es denn zu diesem Unfall kommen?« fragte Steve.

»Die Polizei hat die Unfallursache noch nicht feststellen können«, sagte der Arzt. »Das Fahrzeug ist von der Fahrbahn abgekommen, hat sich überschlagen und ist in Brand geraten.«

Steve starrte ihn an. »Ich glaube nicht, daß das ein Unfall war, Dr. Malone. Es gibt genügend Menschen, die am Tod Bronskis interessiert waren. Zum Beispiel...«

»Es ist zu früh, um sich darüber den Kopf zu zerbrechen«, schnitt ihm Dr. Malone das Wort ab. »In einer solchen Situation ist es am besten, wenn man ein Problem nach dem anderen löst. Ihre Frau braucht jetzt erst einmal Ruhe. Ich werde dafür sorgen, daß sie bei uns ein Bett bekommt. Danach muß ich in die Aufnahme. Ich möchte dabeisein, wenn sie Randy Corliss bringen.«

Paul Randolph ging mit nervösen Schritten in seinem Büro auf und ab. Nein, dachte er. Ich werde mir keine Zigarette anzünden. Für jemanden, der sich in der Medizin auskannte, war es kein gutes Aushängeschild, wenn man ihn mit einer Zigarette antraf. Er warf einen Blick auf die Männer, die in seinem Büro warteten, und wunderte sich über ihre Geduld. Die beiden konnten warten, ohne zu rauchen.

Die beiden Agenten, die zu Carmodys Team gehörten, hatten noch nicht wieder angerufen. Seit jenem Telefongespräch, als CHILD über die Besucher von Mrs. Corliss informiert worden war, gab es keinen Kontakt mehr.

Paul Randolph wünschte diese Mrs. Corliss zum Teufel. Zum Teufel wünschte er auch Mrs. Montgomery und Dr. Malone.

»Alles in allem hält sich der Schaden eigentlich in Grenzen«, hörte er Dr. Hamlin sagen. »Wir haben ein Präparat entwickelt, das einer Reihe von Frauen verabreicht wurde. Ausnahmslos Frauen, die kein Kind wollten, sonst hätten sie sich nicht die Spirale einsetzen lassen. Sie haben trotzdem ein Kind bekommen. Und dann hat man ihnen dieses Kind wieder weggenommen. Ich sehe nicht, wer da geschädigt ist.«

»Die betroffenen Frauen scheinen das nicht so milde zu beurteilen«, sagte Paul Randolph mit allem Sarkasmus, zu dem er fähig war. »Sie glauben, wir hätten ihre Kinder umgebracht. Und das haben wir ja auch, nicht wahr?«

Generalleutnant Scott Carmody rutschte unruhig auf seinem Sessel hin und her. Er war es nicht gewöhnt, daß man ihn warten ließ. »Für ein gutes Ergebnis muß man Opfer bringen«, sagte er. »Die Armee braucht diese Jungen, Mr. Randolph. Je eher das Projekt zum Erfolg geführt wird, um so besser.«

»Egal unter welchen Opfern?«

Sein Ausdruck wurde hart. »Bei jedem unserer Forschungsprogramme sterben Menschen. Das ist der Preis des Fortschritts. Wir wußten das, ehe wir die Programme starteten.«

Paul Randolph sah ihn wütend an. »Jetzt werden Sie mir als nächstes erzählen, daß man kein Omelette machen kann, ohne das Ei zu zerschlagen. Sie vergessen dabei nur eines. Es geht um Kinder, nicht um Eier.«

»Wieso sind Sie so sicher, daß es sich *nicht* um Eier handelt!« warf Dr. Hamlin ein. Er stand auf, reckte sich, trat ans Fenster und blickte zum Logan Airport hinaus. Mit Genugtuung betrachtete er das Düsenflugzeug, das zum Start beschleunigte und wenig später von der Piste abhob. Er hatte immer schon gern Flugzeuge starten sehen.

Das Telefon auf Paul Randolphs Tisch klingelte. Er nahm ab. Nach wenigen Worten gab er den Hörer an Carmody weiter. Der Generalleutnant sprach fünf Minuten lang. Er gab eine Reihe von Anweisungen. Dann legte er auf.

»Ich glaube, das Problem ist gelöst«, sagte er. »Das Ehepaar Corliss ist tot, Sergeant Bronski und Dr. Wiseman ebenfalls.«

»Dr. Wiseman?« fragte Randolph. »Wie ist das denn passiert?«

»Er hat sich umgebracht.«

»Und was ist mit Randy Corliss?« wollte Dr. Hamlin wissen.

»Er hat die Sache überlebt«, sagte Generalleutnant Carmody leise. »Er hat die Explosion und das Feuer unversehrt überstanden. Im Augenblick befindet er sich im Eastbury Community Hospital zur Beobachtung.«

Paul Randolph war aschfahl geworden. »Wie können Sie dann sagen, das Problem sei gelöst. Solange der Junge lebt...«

Dr. Hamlin schaltete sich ein. »Es spielt keine Rolle, ob der Junge weiterlebt oder nicht. Was könnte er schon erzählen? Die Daten in den Computern sind gelöscht, es gibt keine Spuren des Programms. Noch heute nacht geht das Internatsgebäude in die Luft. Es gibt keine Beweise, auf die sich die Frauen stützen könnten.«

»Randy Corliss stellt trotzdem eine Gefahrenquelle dar. Er kennt die Namen der Jungen, die in das Projekt einbezogen waren.«

Carmody zuckte die Schultern. »Die Spuren dieser Jungen verlaufen im Sande, Mr. Randolph. Wer auch immer in der Sache herumbohrt, er wird Schwierigkeiten haben nachzuweisen, daß es je Individuen auf der Welt gab, deren Name mit dem Projekt Gott verbunden sind. Nicht einmal Dr. Hamlin, unser Freund, könnte das nachweisen. Computer sind eine schöne Sache. Sie ermöglichen es uns nicht nur, einen Menschen zu kontrollieren. Sie ermöglichen es uns auch, ihn auszuradieren.«

Randolph war in seinen Sessel gesunken. »Ist das Ausradieren von Menschen damit zu Ende?«

»Nicht ganz«, sagte Dr. Hamlin. »Da gibt es noch die Familie Montgomery. Und das ist ein Job, der auf Sie zukommt, Mr. Randolph.«

Eine Stunde später saß Randolph in seinem Wagen. Fahrtziel war Eastbury. Dr. Hamlins Plan, so schien es ihm, war gut. Mit etwas Geschick konnte es klappen.

Und wenn nicht? Paul Randolph zog es vor, an diese zweite Möglichkeit gar nicht erst zu denken.

31

Das erste, worauf Sally Montgomerys Blick fiel, als sie die Augen öffnete, war die Decke. Schalldämmende Gipsplatten. Das Material, das sie haßte. Ebenso unangenehm war die Farbe. Mattgrün. Ekelerregend. Sie lag in einem Krankenhausbett. Sie versuchte sich aufzurichten. Da drang Steves Stimme an ihr Ohr.

»Ich bin bei dir«, hörte sie ihn sagen. »Es ist alles in Ordnung. Du bist vor ein paar Stunden ohnmächtig geworden. Dr. Malone hat dir eine Beruhigungsspritze gegeben.«

Sie sank in die Kissen zurück und wälzte sich auf die Seite. Schweigend musterte sie ihren Mann. Log er? War es vielleicht Dr. Wiseman, der ihr die Spritze gegeben hatte?

Dann fiel ihr ein, Dr. Wiseman war tot. Auch das Ehepaar Corliss war tot. Und Sergeant Bronski. Die Tränen schossen ihr in die Augen. Sie begann zu schluchzen. Steve trat zu ihr und tupfte ihr die Wangen trocken.

»Sie sind alle tot, nicht wahr?«

»Alle außer Randy«, sagte Steve.

»Wie ist das passiert?«

»Ich erzähle es dir später, wenn es dir bessergeht. Du mußt jetzt schlafen.«

»Nein, ich will wissen, was passiert ist, Steve. Ich habe ein Recht darauf, es zu erfahren.«

»Es war ein Unfall. Wahrscheinlich hat Sergeant Bronski die Gewalt über den Wagen verloren. Ein geplatzter Reifen vielleicht, die Polizei kann noch nichts Endgültiges sagen. Jedenfalls ist der Wagen von der Fahrbahn abgekommen, und dann haben sie sich überschlagen. Der Tank es explodiert.«

»Furchtbar«, stöhnte Sally. Sie sah ihrem Mann in die Augen. »Sind sie – verbrannt?«

Steve nickte. »Jim und Lucy sind verbrannt, ja. Bronski wurde aus dem Wagen geschleudert. Er hat sich das Genick gebrochen.«

»Und Randy?«

»Er hat's überlebt. Irgendwie ist es ihm gelungen, aus dem brennenden Wagen rauszukommen. Seine Kleider sind völlig verbrannt. Auch sein Haar ist abgesengt...«

Sie schloß die Augen. »Wie ist das möglich, Steve? Die Verbrennungen...«

»Er hat's überlebt, und das ist die Hauptsache.«

Die Tür ging auf, Dr. Malone kam ins Zimmer. Er trat ans Fußende des Bettes. Er lächelte Sally zu. »So ganz gesund sind Sie noch nicht, fürchte ich.«

»Steve hat mir gerade erzählt, wie das Ehepaar Corliss...« Ihr versagte die Stimme, die Tränen flossen ihr die Wangen hinunter. Sie nahm ein Papiertaschentuch und tupfte sich ab. Dann stützte sie sich auf. »Was hat das zu bedeuten, Dr. Malone?« fragte sie. »War es wirklich ein Unfall?«

»Ich wünschte, ich könnte Ihnen Ihre Fragen beantworten«, sagte Dr. Malone. Er zögerte, bevor er weitersprach. »Es gibt jemanden, der Ihnen gern einen Besuch abstatten möchte. Sie selbst entscheiden, ob Sie den Besucher empfangen wollen.«

»Ein Besucher? Wer?«

»Mr. Paul Randolph aus Boston.«

»Der Leitende Manager von CHILD? Warum? Was will er von mir?«

»Er hat mich vor einer Stunde angerufen. Er wollte wissen, was mit unserem Computer los ist.«

»Und?«

»Er sagte, sie haben versucht, die neuesten Daten vom Eastbury Community Hospital abzurufen. Der Bildschirm blieb leer.«

Steve runzelte die Stirn. »Und das bedeutet?«

»Das bedeutet, die Programme sind gelöscht worden«, sagte Dr. Malone. »Wir haben keine Beweismittel mehr.«

»Es gibt noch die Schreibungen«, sagte Sally.

Dr. Malone schüttelte den Kopf. »Dr. Wiseman hat die Schreibungen verbrannt, bevor er sich umbrachte, Mrs. Montgomery. Er ist es auch, der die Programme gelöscht hat. Wir haben nichts mehr. Überhaupt nichts.« Sally spürte, wie sie eine unheimliche Müdigkeit befiel. Es hatte keinen Zweck gegen das Unglück anzurennen. Es gab keine Beweismittel mehr.

»CHILD steckt dahinter, nicht wahr?« flüsterte Sally.

»Offensichtlich«, stimmte ihr Dr. Malone zu. »Obwohl Mr. Randolph das natürlich bestreitet. Er ist gekommen, um sich zu informieren. Ich habe ihm gesagt, was hier vorgefallen ist, auch die Sache mit dem Unfall. Er möchte mit Ihnen sprechen, um alle Vorwürfe aufzuklären. Bei dieser Gelegenheit möchte er Sie mit einigen Einzelheiten bekannt machen, was die Gruppe 21 betrifft. Er nennt sie übrigens GT-aktive Gruppe.«

»Was bedeutet die Bezeichnung?« Die Frage kam von Steve.

»Die Bezeichnung ist von den Intronen abgeleitet«, erklärte Dr. Malone. »Mr. Randolph kann das sicher besser erklären als ich. Aber ich habe natürlich Verständnis, wenn Sie nicht mit ihm sprechen wollen.«

Sie sah ihn aus kalten Augen an. »Ich werde mit ihm sprechen. Ich möchte wissen, was CHILD mit den Kindern angestellt hat, und vor allen Dingen möchte ich wissen, *warum* sie das getan haben.«

Dr. Malone warf Steve einen fragenden Blick zu. Der nickte.

»Wenn Sally mit Mr. Randolph sprechen will, bringen Sie ihn herein. Aber lassen Sie uns bitte nicht mit ihm allein.«

»Keine Sorge«, versprach Dr. Malone. »Ich bin auf Mr. Randolphs Version ebenso gespannt wie Sie.« Er verließ den Raum. Wenig später betrat Paul Randolph, von dem jungen Arzt begleitet, das Krankenzimmer. Er ging auf das Bett zu und reichte Sally die Hand.

»Mrs. Montgomery«, begrüßte er sie, »ich kann Ihnen nicht sagen, wie sehr ich die Entwicklung bedaure, die alles genommen hat. Mein Name ist...«

»Ich weiß, wer Sie sind«, sagte Sally. Sie entzog ihm ihre Hand und verbarg sie unter der Bettdecke. »Was wollen Sie von mir?«

»Ich brauche ihre Hilfe«, sagte Randolph. »Das ist der Grund meines Besuchs. Darf ich mich setzen?«

Sie nickte.

»Ich möchte, daß Sie mir sagen, was Sie über die Gruppe 21 herausgefunden haben, Mrs. Montgomery. Wie Dr. Malone mir am Telefon erklärte, verfügen Sie über Beweismittel, daß es bei den Todesfällen dieser Gruppe nicht mit rechten Dingen zugegangen ist.«

»Das wissen Sie besser als ich, Mr. Randolph.«

»Ich weiß nur, daß unser Institut vor einigen Jahren einem genetischen Störfaktor auf die Spur gekommen ist, dem wir die Bezeichnung *GT-aktiver Faktor* gaben. Die Sache ist sehr kompliziert. Im Grunde dreht es sich darum, daß bei bestimmten Kindern die Intronen, die normalerweise eine genetische Reserve darstellen, aktiv in die Zellproduktion eingreifen. Es hat mit den Enzymbasen zu tun, die Anfang und Ende jeder Gen-Kette sind. Aus einem Grunde, den wir nicht kennen, ist die Guanin-Thymin-Funktion, die für die Weiterexistenz der Intronen unentbehrlich ist, bei diesen Kindern gestört. Es ist uns erst vor kurzem gelungen, das Intron zu finden, das die programmwidrige Aktivierung auslöst.«

Sally betrachtete ihn mit ungebrochenem Mißtrauen. »Sie beobachten diese Kinder seit vielen Jahren. Warum?«

»Weil sie über mehr Hormone verfügen als normale Kinder«, erklärte Randolph. »Sie wissen vielleicht, daß die Produktion der Hormone im menschlichen Körper durch die Gene gesteuert wird. Wir haben zunächst auf eine genetische Unregelmäßigkeit geschlossen, nur so konnten wir uns das Plus an Hormonen vorstellen. Inzwischen wissen wir, daß der GT-aktive Faktor für die Fehlfunktion verantwortlich ist. Wir sind jetzt dabei zu ergründen, wie man diesen Faktor aktivieren beziehungsweise ausschalten kann. Wie es scheint, ist die Veranlagung erblich. Aber erzählen Sie mir doch bitte, zu welchen Schlußfolgerungen Sie gekommen sind, Mrs. Montgomery.«

Sie erzählte ihm, wie sie nach dem mysteriösen Tod ihrer kleinen Julie Beweis für Beweis gesammelt, bis ihre These abgesichert war. Eine Stunde lang sprach sie. Paul Randolph saß, machte sich Notizen. Er unterbrach sie nicht ein einziges Mal. Als sie fertig war, sank sie erschöpft ins Bett zurück. »Ich weiß nicht, warum Sie das alles noch einmal von mir hören wollen«, fügte sie bitter hinzu. »Sie wußten von Anfang an Bescheid. Die Spur führt zu CHILD. Sie haben unsere Kinder geknidnappt. Sie haben sie getötet, Mr. Randolph. Sie haben auch Julie auf dem Gewissen!«

Er widersprach ihr nicht. Langsam war er an das Fenster getreten. Er drehte ihr den Rücken zu, als er zu sprechen begann. »Zum Teil muß ich Ihnen recht geben, Mrs. Montgomery. Es stimmt. Wir haben einige dieser Kinder gekidnappt. Und ich will Ihnen noch etwas sagen. Das nächste Kind, das wir entführen wollten, ist Ihr Sohn Jason.«

Sally war totenbleich geworden. Ihr Mann hatte die Fäuste geballt. Er ging auf Randolph zu. Noch bevor er ihn erreicht hatte, drehte sich Randolph um. »Es tut mir leid, was ich Ihnen jetzt sagen muß, aber Ihr Sohn wird sehr bald sterben.«

»Nein!« schrie Sally. »Jason wird nicht sterben. Er ist gesund. Er ist in seinem Leben noch keinen einzigen Tag krank gewesen.«

»Keines dieser Kinder war krank, bevor es starb«, sagte Randolph ruhig. Es war etwas in seinem Auftreten, das sie alle in seinen Bann zwang. »Das ist das Problem bei diesem Programm. Kinder, deren Gene vom GT-aktiven Faktor bestimmt werden, sind scheinbar gesund. Der Überproduktion des Hormons wird durch kleine Verletzungen oder durch Infektionen ausgelöst. Das Hormon wiederum sorgt für eine äußerst rasche Regeneration der Zellen. Es grenzt an ein Wunder. Zellen, die normalerweise Tage brauchen, um sich zu erneuern, werden innerhalb von Minuten, zum Teil innerhalb von Sekunden regeneriert.«

Sally fiel die Verbrühung ein, die ihr Sohn erlitten hatte. Die Verätzung durch die Säure. Die Verletzung, die er bei der Rauferei mit Joey Connors davongetragen hatte. Das große Mysterium war gelüftet.

Sie hob den Blick. »Sie sagten, Jason würde sehr bald sterben, Mr. Randolph...«

»So ist es, Mrs. Montgomery. Das ist die andere Seite der Medaille. Das Hormon, das den Kindern jahrelang eine fabelhafte Gesundheit beschert, tötet sie, bevor sie das Erwachsenenalter erreichen. Es scheint, als ob das Hormon alle Energie aufsaugt, die das Kind besitzt. Eines Tages sind die Kraftreserven erschöpft. Das Kind stirbt. Es brennt aus, wie wir sagen. Bei den Mädchen findet das in einem sehr frühen Stadium statt. Kein Mädchen der Gruppe ist älter als ein Jahr geworden. Bei den Jungen verläuft der Brennprozeß langsamer. Trotzdem ist keiner älter als zehn Jahre geworden. Und das ist der Grund, warum wir einige dieser Kinder gekidnappt haben. Wir wollten sie in geeigneter Weise zum Tode begleiten.«

»Ist Ihnen klar, daß Entführung ein abscheuliches Verbrechen ist, das von den Bundesbehörden verfolgt wird, Mr. Randolph?« fragte Steve.

»Natürlich weiß ich das«, gab Randolph zurück. »Und trotzdem bleibt Entführung die einzige Lösung. Eine wirklich menschliche Lösung.«

Steve hatte Mühe, seinen Zorn und seinen Widerwillen zu beherrschen. »Menschlich nennen Sie das?«

Randolph nickte. »Jawohl, menschlich. Nachdem wir herausbekommen haben, daß die Jungen sterben mußten, haben wir mit einigen Elternpaaren Kontakt aufgenommen. Wir haben den Eltern vorgeschlagen, ihre Jungen zur Beobachtung ins Krankenhaus zu geben. Die Eltern haben abgelehnt. Ganz logisch. Für sie war das Kind ja völlig gesund. Es hat sich als unmöglich erwiesen, den betroffenen Eltern die Situation klarzumachen.«

»Und da haben Sie beschlossen, die Kinder zu entführen, damit Sie sie ständig unter Kontrolle haben?«

»Das kam erst später. Wir haben zunächst versucht, die betroffenen Kinder aus der Ferne zu überwachen. Diesen Teil der Geschichte kennen Sie ja, Mrs. Montgomery, Sie sind unserem Überwachungssystem ja auf die Spur gekommen. Vor zwei Jahren machten wir dann die furchtbare Entdeckung, daß alle Kinder der Versuchsgruppe sterben würden. So oder so, die Eltern würden den Verlust ihrer Kinder zu beklagen haben. Damals haben wir begonnen, die Kinder zu entführen. Wir hatten die Hoffnung, daß es uns bei ständiger Überwachung gelingen würde, dem Aufbrennphänomen auf die Spur zu kommen. Bisher haben wir bei diesen Bemühungen keinen Erfolg gehabt. Allerdings wissen wir inzwischen, wer das Problem eigentlich in die Welt gesetzt hat: Dr. Wiseman.«

»Nein«, widersprach ihm Sally. »Es war nicht Dr. Wiseman. Als er sah, was Sie angerichtet haben, hat er sich umgebracht.«

»Dafür gibt es *zwei* mögliche Erklärungen«, sagte Randolph. »Möglich wäre, daß er sich mißbraucht und ausgenutzt fühlte. Dann hätten Sie recht. Die zweite Alternative ist, er hat sich den Tod gegeben, weil er wußte, daß wir ihm auf die Schliche gekommen waren.«

»Was sagen Sie da?«

»Wußten Sie, daß Dr. Wiseman ein Genetikexperte war, Mrs. Montgomery?«

Sally sah ihn entgeistert an. »Davon hatte nicht einmal ich eine Ahnung«, warf Dr. Malone ein.

»Ich sehe nicht, welche Bedeutung das...«

Randolph schnitt ihr das Wort ab. »Dr. Wiseman ist schuld, es gibt keinen Zweifel daran. Die Eingriffe an den Frauen wurden in seiner Sprechstunde vorgenommen. Er hat Dr. Malone von der Sache erzählt, die er beim Einsetzen der Spiralen anwendete. Angeblich bezog er das Präparat von der Firma PharMax. Wir haben das nachgeprüft. Das Präparat ist bei der Firma PharMax völlig unbekannt. Dr. Wiseman muß es selbst hergestellt haben.«

»Aber warum?« stammelte Sally. »Warum sollte er das tun?«

»Die Droge Wissenschaft«, sagte Randolph. »Es gibt Menschen, für die das Wort Forschung den obersten Stellenwert im Leben hat. Sie haben keinerlei Hemmungen, irgendwelche Produkte oder Verfahren zu entwickeln. Es ist ihnen egal, welche Wirkungen oder Nebenwirkungen ihre Produkte haben. Alles ist Forschung, die Forschung rechtfertigt alles. Was machbar ist, *muß* gemacht werden. Dr. Wiseman hatte einen Weg gefunden, die Gene des Menschen zu verändern. Was für Konsequenzen das hatte, ist ihm offensichtlich erst heute früh klargeworden. Und deshalb hat er alle Informationen im Computer gelöscht. Es gibt keine Beweise mehr, welche Frauen mit BCG behandelt wurden.«

Sally lag da und hörte zu. Sagte Randolph die Wahrheit?

Nein, entschied sie. Es war ein Gespinst aus Lüge und Wahrheit, mit dem er sie verwirren wollte. Er wollte von seiner eigenen Verantwortung für das Geschehene ablenken. Vor ihr stand ein Mann, der die Entführung von Randy Corliss geplant und durchgeführt hatte.

War er vielleicht auch für den Tod an Randys Eltern, für das furchtbare Ende von Sergeant Bronski verantwortlich?

Sie war nicht sicher. Aber es gab einen Hinweis, daß sie auf der richtigen Spur war. Die Gegenseite hatte das Beweismaterial vernichtet. Die Informationen waren gelöscht worden. Vermutlich hatte man das Ganze in einen geheimen Computer eingespeist, der nur den Verbrechern zugänglich war.

Wenn sie neuerlich versuchte, an das Beweismaterial heranzukommen, würde man sie töten.

Ich will nicht sterben, dachte Sally. Und deshalb werde ich das Spiel mitspielen. Ich werde überleben und mein Kind aufziehen.

Mein Sohn. Jason. War er wirklich vom Tode bedroht? Oder war auch das eine Lüge? Die Antwort auf diese Frage würde die Zeit geben.

Sally richtete sich mühsam auf und glättete die Bettdecke, die ihre Blöße verhüllte. Sie sah Randolph in die Augen.

»Ich danke Ihnen, Mr. Randolph. Ich danke Ihnen, daß Sie hergekommen sind. Ich habe in einem Alptraum gelebt.«

»Der Alptraum ist vorüber, Mrs. Montgomery. Zumindest für Sie. Die Kinder allerdings...«

»Was kann man tun, Mr. Randolph?«

Er beschrieb eine Geste der Hilflosigkeit. »Wenn ich das wüßte! Lieben und hoffen, das ist wohl alles.«

»Hoffen? Auf was? Sie sagten, keiner der Jungen hat das zehnte Lebensjahr überlebt.«

»Das ist die traurige Wahrheit, Mrs. Montgomery. Und trotzdem habe ich Hoffnung. Wir wissen im Grunde wenig über die Kinder mit dem GT-aktiven Faktor. Vielleicht werden einige das Erwachsenenalter erreichen. Vielleicht gehört Ihr Sohn zu ihnen. Oder Randy Corliss. Wir können nur hoffen.«

»Randy Corliss«, echote sie. Eine bedrückende Stille erfüllte den Raum. Sally sah ihren Mann an. »Was wird jetzt aus Randy?«

Steve zuckte die Schultern. »Ich weiß nicht. Vielleicht hat die Familie Verwandte...«

»Wir nehmen den Jungen zu uns.«

»Sally, du kannst doch nicht...«

»Steve, wir haben die Pflicht, uns um dieses Kind zu kümmern. Er gehört in unsere Obhut. Du weißt, daß Jason und er... Oh, Steve, sag ja! Wir werden Randy aufziehen, das sind wir Lucy und Jim schuldig.«

»Wir sollten erst in Ruhe darüber nachdenken, Sally.«

»Nein, Steve. Wir entscheiden das jetzt und hier. Wenn du den

Jungen nicht willst, dann übernehme ich die Verantwortung allein.« Sie senkte die Stimme. »Es ist ja sowieso nur für kurze Zeit.«

Steve wußte, daß er dem Wunsch seiner Frau nichts entgegenzusetzen hatte. Seine Gedanken eilten der Zeit voraus. Was würde sein, wenn die beiden Jungen starben? Würden er und Sally die gleiche Verzweiflung durchleben wie bei Julies Tod?

Ich muß mit Sally darüber sprechen, ehe eine Entscheidung fällt. Unter vier Augen. Er sah zu Dr. Malone hinüber. Der verstand. »Gehen wir«, sagte er zu Randolph gewandt. »Mrs. Montgomery möchte jetzt mit ihrem Mann allein sein.«

Paul Randolph nickte. »Natürlich«, sagte er. Er bot Steve die Hand. Der wandte sich ab. An der Tür angekommen, blieb Randolph stehen. »Es tut mir leid, daß ich all diese Dinge sagen mußte, Mrs. Montgomery. Aber es war Zeit, reinen Tisch zu machen.« Er verließ das Krankenzimmer, der junge Arzt folgte ihm. Die Schritte der beiden verhallten auf dem Gang.

»Er lügt«, sagte Sally. Sie hatte Steves Hand ergriffen. »Jedes Wort war eine Lüge.«

»Du irrst. Es ist vorüber.«

»Nein, Steve. Nichts ist vorüber. Ich habe den Kampf verloren. Uns bleibt jetzt nichts anderes zu tun, als die beiden Jungen für die Monate oder Jahre, die sie noch leben, zu betreuen. Wenn ich den Machenschaften von CHILD weiter nachgehe, werden sie mich töten. So wie sie die Corliss' und Sergeant Bronski getötet haben.«

»Ich weiß nicht, wem ich glauben soll, Randolph oder dir.«

Sally vermied es, ihn anzusehen. »Ich weiß, wir dir zumute ist, Steve. Was Randolph gesagt hat, klingt logisch. Aber es ist eine Lüge.«

Er dachte nach. Nur das leise Summen der Uhr war zu hören. »Wir machen es, wie du meinst«, sagte er schließlich. Er setzte sich neben sie und zog sie in seine Arme. Plötzlich spürte er, wie sich ihre Haltung lockerte. Sie schlang ihm die Arme um den Hals.

»Halte mich fest«, flüsterte sie. »Bitte, Steve, beschütze mich und die Jungen.«

Dr. Malone öffnete die Tür seines Büros. Er ließ Randolph vorangehen und zog die Tür wieder hinter sich zu.

»Die beiden glauben Ihnen nicht«, sagte er. »Zumindest die Frau nicht.«

»Den Eindruck habe ich auch«, sagte Randolph. »Aber sie hat

verstanden, daß sie uns nichts mehr nachweisen kann. Und außerdem habe ich ihr den Brocken Dr. Wiseman hingeworfen, an dem sie nagen kann. Ich denke, sie wird Ruhe geben.«

»Bis ihr Sohn stirbt.«

Paul Randolph lächelte. »In dem Punkt könnten wir Überraschungen erleben, angenehme Überraschungen. Dr. Hamlin sagt, Jason Montgomery und Randy Corliss werden leben. Er hat die Formel gefunden. Es ist der Durchbruch, Dr. Malone.«

Der junge Arzt schloß seinen Schreibtisch auf und nahm den Stapel Computerblätter heraus, den er von Sally bekommen hatte. Er überreichte Randolph das Material.

»Es dürfte für Sie und Dr. Hamlin interessant sein festzustellen, was Mrs. Montgomery alles herausgefunden hat«, sagte er. »Das nächste Mal sorgen Sie bitte dafür, daß keinerlei Spuren bleiben.«

Er ging zum Schrank, öffnete die Hausbar und nahm die Flasche Cognac heraus, die er gekauft hatte, als das Projekt Gott begann. Zehn Jahre war das jetzt her. Zehn Jahre lang war er der Wachhund gewesen. Jetzt war er mehr. Er hatte sich als der Retter in der Not erwiesen. Er brach das Siegel auf und goß zwei Gläser ein.

»Auf die Zukunft!« Er prostete seinem Besucher zu. »Auf all die wunderbaren Kreaturen, die wir erschaffen werden.«

Epilog
Drei Jahre später

Sally Montgomery betrachtete sich im Spiegel. Ihre Wangen waren eingesunken. Die Augen verbargen sich in tiefen, dunklen Höhlen. Das Haar, vor drei Jahren noch braun, war grau geworden. Sorgenfalten hatten sich in ihre Stirn eingegraben. Um den Mund zuckten Hunderte von Krähenfältchen. Sie seufzte. Bald würde alles vorüber sein.

Es waren *die Jungen*, die ihr das angetan hatten.

Sally und ihr Mann sprachen nicht mehr von Jason oder Randy, wenn es um ihren Sohn und ihr Pflegekind ging. Die beiden, das waren *die Jungen*. Fremde Wesen, denen man nicht trauen konnte.

Es hatte ganz unverdächtig angefangen. Sie hatte Jason in ihr Herz geschlossen. Auch Randy, der als Vollwaise aus dem entsetzlichen Unfall seiner Eltern zurückgeblieben war. Die beiden nahmen den Platz ein, den Julie hinterlassen hatte. Randy. Noch heute traten Sally Tränen in die Augen, wenn sie an das Gespräch mit ihm zurückdachte. Im Krankenhaus war es gewesen. Sie hatte Randy in seinem Zimmer besucht.

Ganz still hatte er im Bett gelegen, mit weit aufgerissenen Augen. In diesem Moment hatte Sally die Bilder der Kinder vor sich, die man am Ende des Zweiten Weltkriegs aus den Konzentrationslagern befreit hatte. Augen, in denen keine Hoffnung mehr war.

Randys Schädel war kahl, die Haut rauh. Sein Verhalten, als sie zu ihm kam und ihn küßte, war merkwürdig. Er sah sie mit einer Mischung aus Neugier und Verständnislosigkeit an.

»Mutter und Vater sind tot, stimmt's? Sie sind bei dem Unfall verbrannt.«

Sie hatte sich an sein Bett gesetzt und tastete nach seiner Hand. »Es tut mir so leid für dich, Randy.«

»Was wird jetzt aus mir?« kam seine Frage.

Er hat einen Schock erlitten, dachte sie. Wenn er so kalt auf den Tod seiner Eltern reagiert, dann hilft ihm das, den furchtbaren Schmerz zu überwinden, den er in seinem Herzen spürt... Sie erklärte ihm, Steve und sie hätten entschieden, daß er bei ihnen aufwachsen konnte. Sie würden sich um ihn kümmern wie um einen Sohn. Jason und er würden wie Brüder großwerden.

Randy hatte gelächelt. Wenig später war er erschöpft eingeschlafen.

Am Tag darauf hatten sie Randy im Krankenhaus abgeholt. Ein Leben der Unsicherheit hatte begonnen. Tag und Nacht hatten sie die beiden Jungen beobachtet. Wann würde der Tod seine Hand nach ihnen ausstrecken?

Die Wochen wurden zu Monaten. Nichts passierte. Keine Krankheit. Keine Anzeichen körperlichen Verfalls. In Sally und Steve vollzog sich eine bedeutsame Wandlung. Statt sich zu ängstigen und auf den Tod der Jungen zu warten, begannen sie darüber nachzudenken, wie schön es sein würde, wenn die beiden das Erwachsenenalter erreichten.

Randy war elf und Jason zehn, als sie die beiden zu einer der regelmäßigen Untersuchungen begleiteten, die Dr. Malone vorgeschlagen hatte. Als die Untersuchung beendet war, bat der Arzt die Eltern zu sich und schloß die Tür.

»Ihre Jungen sind für ihr Alter ungewöhnlich gut entwickelt«, sagte er. »Der GT-aktive Faktor sorgt offensichtlich für eine schnellere Reife.«

»Und was sind die Nebenwirkungen?« fragte Sally voller Angst.

»Darüber läßt sich jetzt noch nichts sagen, Mrs. Montgomery. Es wäre denkbar, daß der Ausbrennfaktor gelöscht wird, sobald die Jungen das Erwachsenenalter erreichen. Aber das sind Spekulationen. Wir müssen abwarten.«

Seitdem waren zwei Jahre vergangen. Die Jungen waren sich immer ähnlicher geworden. Sie sprachen wenig miteinander. Und trotzdem schien jeder zu wissen, was der andere dachte. Bezeichnend war, daß Randy die Verantwortung übernahm, wenn Jason etwas getan hatte, und umgekehrt.

Randy und Jason hatten keine Freunde. Ihre Eltern vermochten nicht herauszufinden, ob sie keine Freundschaft suchten oder ob ihre Vorstöße von den anderen Kindern zurückgewiesen wurden.

Es hatte einige Zwischenfälle gegeben. Ereignisse, die das Leben der Familie überschatteten.

Da war zum Beispiel die Sache mit dem Kinderfest gewesen. Die Kinder der Nachbarschaft hatten Zirkus gespielt. Die meisten verkleideten sich als Clown. Jason und Randy machten eine Ausnahme. Sie kostümierten sich als Messerwerfer.

Ihre Nummer war ans Ende der Vorstellung gesetzt worden, sie war der Höhepunkt. Eine Nachbarin hatte Sally erzählt, wie es dabei zugegangen war. Jason war der erste. Er hatte sich vor die Garagenwand gestellt, und dann hatte Randy sechs Messer nach ihm geworfen. Danach hatten die beiden die Rollen gewechselt, jetzt war Jason der Messerwerfer.

Das erste Messer landete über dem Kopf, das zweite in der Halsbeuge, das dritte zwischen den Schenkeln. Die Kinderschar hatte vor Schreck laut aufgeschrien. Kay Connors lief ans Fenster, beugte sich hinaus und wurde Zeuge des weiteren Geschehens.

Jason holte aus. Das vierte Messer wirbelte durch die Luft und grub sich in Randys Bauch. Mit dem fünften und sechsten Messer nagelte Jason die ausgebreiteten Hände seines Stiefbruders an der Garagenwand fest. Kreischend und weinend war die Kinderschar auseinandergelaufen.

Die beiden Jungen waren zurückgeblieben. Wie gelähmt vor Schreck sah Kay Connors, wie Jason auf Randy zuging und die drei Messer aus den Wunden zog.

Wenig später saß Kay Connors bei Sally und erstattete ihr Bericht über das Unglaubliche. Sie zitterte am ganzen Körper. »Ich verstehe nicht, wie so etwas möglich ist. Die Wunden haben geblutet, aber Randy hat nur gelacht. Das Messer hat bis zum Heft im Bauch gesteckt.« Kay Connors war aufgestanden. »Ich will Ihnen eines sagen, Mrs. Montgomery. Ich will mit Ihren Jungen nichts mehr zu tun haben. Meine Kinder sollen mit Spielgefährten spielen, die . . .« Die Frau war davongestürzt. Sally war nachdenklich zurückgeblieben.

Schlimm war nicht nur die Vereinsamung, die der Vorfall für die Jungen mit sich brachte. Schlimm war das Nachspiel. Vier Tage nach der Vorführung hatten zwei fünfjährige Jungen das Bravourstück wiederholen wollen. Einer der beiden war dabei fast verblutet. Der andere war wie durch ein Wunder unverletzt geblieben, obwohl ein Augenzeuge berichtete, das Messer sei ihm mitten ins Auge gedrungen. Tony Phelps hieß der Junge. Und Sally meinte sich zu erinnern, daß dieser Name sich auf der Liste der Gruppe 21 befunden hatte. Nachprüfen ließ sich das freilich nicht.

Sally hatte den Wirbel um die Zirkusvorführung ihrer beiden Jungen zum Anlaß genommen, mit den Protagonisten ein ernstes Wort zu reden. Die Jungen hatten nicht reagiert. Wie geistesabwesend hatten sie dagesessen.

»Es ist egal, wann man stirbt«, sagte Randy, als sie fertig war.

Und Jason hatte ihm zugestimmt. »Wer verletzt werden kann, soll eben nicht unsere Spiele nachmachen. Die Kinder sollen tun, was wir ihnen sagen.«

»Und warum sollen sie tun, was ihr ihnen sagt?«

»Weil wir etwas Besonderes sind. Wir sind besser als andere Menschen.«

Sally hatte ihnen zu erklären versucht, daß sie ungeachtet ihrer wunderbaren Heilfähigkeit keine besseren Menschen waren als die anderen. Im Gegenteil. Daß sie unverletzt waren, legte ihnen die Verpflichtung auf, besonders behutsam mit jenen umzugehen, die den normalen Risiken von Krankheiten und Unfällen ausgesetzt waren. Aber die beiden hatten Sally nur groß angeschaut und mit den Schultern gezuckt.

Inzwischen war Jason zwölf. Randy war dreizehn. Sie sahen aus wie siebzehn oder achtzehn.

Sie taten, was sie wollten. Sie taten es, wann sie wollten.

Gestern abend hatte Sally mit ihrem Mann über Jason und Randy gesprochen.

»Die Jungen sind keine Menschen«, hatte sie geflüstert. »Sie sind eine Gefahr für uns und für andere Kinder.«

Steve hatte ihr ruhig zugehört. »Was sollen wir tun?« fragte er schließlich.

Sie zögerte ihm zu sagen, worüber sie nun schon seit Monaten nachdachte. Aber es mußte sein. Wenn sie es sich nicht von der Seele redete, würde sie den Verstand verlieren.

»Wir müssen die beiden töten, Steve.«

Er hatte sie angestarrt, als hätte er es mit einem Gespenst zu tun. Ein langes Gespräch hatte sich angeschlossen. Es war Mitternacht, als Steve seine Zustimmung gab. »Du hast recht, Sally. Es sind keine Menschen. Wir haben keine andere Wahl.«

Erst nachdem sie sich seiner Zustimmung vergewissert hatte, erzählte sie ihm, welche Vorbereitungen sie getroffen hatte. Am Nachmittag jenes Tages war sie zu Dr. Malone gegangen. Sie hatte ihm frank und frei gesagt, was sie vorhatte. Der Arzt hatte ihre Beichte mit ausdruckslosem Gesicht entgegengenommen. »Ich weiß nicht, welchen Rat ich Ihnen dazu geben soll«, sagte er schließlich. »Ich muß darüber nachdenken.«

»Wie lange, Dr. Malone?«

»Ein oder zwei Stunden. Ich rufe Sie an.«

Sie war nach Hause gefahren. Und dann hatte das Telefon geläutet. »Hier spricht Dr. Malone. Ich sehe eine Lösung für Ihr Problem.«

»Und welche?«

»Ein Gift. Die Bezeichnung ist Succinylcholinchlorid. Sie können es bei mir abholen. Ich werde Ihnen erklären, wie man es anwendet.«

Es war spät am Abend, als Randy und Jason in die Wohnhalle kamen, um ihren Eltern gute Nacht zu sagen. Sie waren schon wieder zum Schlaftrakt des Hauses unterwegs, als Sally sie zurückrief. »Fast hätte ich es vergessen. Dr. Malone hat mir eine Medizin für euch mitgegeben. Ich soll euch das Mittel vor dem Schlafengehen injizieren.«

»Wozu ist die Medizin denn gut?« fragte Randy.

»Das weiß ich auch nicht genau«, sagte sie.

»Ich will keine Spritze«, sagte Jason bockig.

Steve erhob sich aus seinem Sessel. »Es wird gemacht, wie Mutter sagt«, verkündete er mit fester Stimme.

Die beiden Jungen sahen sich an. »Warum eigentlich nicht?« sagte Randy. »Was kann denn schon passieren?«

Mein Gott, dachte Steve. Er hat keine Ahnung. Das Gift lähmt die Atemwege. Ehe der GT-aktive Faktor wirksam werden kann, sind sie erstickt.

Sally hatte die Spritze aufgezogen. Sie standen im Schlafzimmer der beiden Jungen. Randy grinste. »Hast du schon einmal eine Spritze bekommen, Jason?«

»Nein. Nicht daß ich mich erinnern könnte.«

»Ich schon. Im Internat, als sie mich entführt hatten. Es tut gar nicht weh.«

»Ich habe keine Angst«, sagte Jason trotzig. »Allerdings würde ich gern wissen, was das für ein Mittel ist.«

»Das Präparat heißt Succinylcholinchlorid«, erklärte Sally. »Dr. Malone hat gesagt, ich soll jedem 500 Milligramm injizieren. Wer will zuerst?«

Die beiden tauschten einen raschen Blick. »Ich«, sagte Randy.

»Also gut.« Sally ergriff Randys Arm und rollte ihm den Ärmel des Schlafanzugs hoch. Die Injektion mußte in den Muskel verabreicht werden, hatte Dr. Malone gesagt.

Sie hob die Nadel. Dann zögerte sie. Sie sah ihren Mann an, der soeben das Zimmer betreten hatte. »Ich – ich kann es nicht tun«, flüsterte sie.

Er biß sich auf die Lippen. »Ich auch nicht, Sally.«

Die beiden Jungen brachen in wieherndes Lachen aus. »Ich gebe mir die Spritze selbst«, sagte Randy.

»Ich auch«, sagte Jason.

Sally gab ihnen die Spritzen.

»Ein, zwei, drei!« zählte Randy.

Sally sah, wie sie sich die Spritze in den Beinmuskel stachen und den Kolben durchdrückten.

»Na, wie war das?« fragte Jason stolz. Er zog die Spritze wieder aus dem Beinmuskel. Randy folgte seinem Beispiel.

»Ihr seid mutige Kinder«, sagte Sally. Tränen schimmerten in ihren Augen. »Und nun ins Bett mit euch!«

Sie wartete, bis die beiden sich hingelegt hatten, und deckte sie zu. Sie beugte sich über das Bett und küßte jeden der beiden auf die Stirn. Dann knipste sie das Licht aus und sank ihrem Mann in die Arme. Er führte sie aus dem Zimmer.

Die Jungen waren allein.

»Ein komisches Gefühl«, sagte Jason.

»Wie Menthol«, sagte Randy. Er versuchte sich aufzusetzen. Kraftlos fiel er zurück.

Jason war der Schweiß auf die Stirn getreten. »Ich kriege keine Luft mehr«, keuchte er. »Was war das für ein Mittel, was sie uns da gegeben haben?«

»Keine Ahnung. Ich bekomme...« Er sank in die Kissen zurück. Das Gift hatte zu wirken begonnen. Die Jungen waren ohnmächtig geworden.

Sally hatte sich auf das Sofa gekauert. Was habe ich getan? dachte sie. Was ist aus mir geworden?

Sie spürte, wie Steve ihr die Hand drückte. »Wir hatten keinen anderen Ausweg, nicht wahr?« flüsterte sie. »O Gott, Steve, ich weiß nicht, wie ich mit dieser Schuld weiterleben soll.«

»Es waren keine Menschen, Sally, vergiß das nicht. Bei Randy bin ich ganz sicher.« Er hielt inne. »Jason allerdings...« Er ließ den Gedanken unvollendet.

»Jason war nicht unser Sohn!« sagte Sally mit fester Stimme. »Er wäre gestorben, so oder so. Er war eines jener Wesen, die...« Sie hatte zu schluchzen begonnen. »Was wird nun aus uns werden, Steve?«

»Man wird uns vor Gericht stellen, Sally«, sagte er. Seine Stimme schien von weither zu kommen. »Man wird uns des Mordes an unseren Kindern beschuldigen. Niemand wird uns glauben, daß wir gar keine andere Wahl hatten.«

»Wir sind schuldig, Steve«, sagte sie leise. »Du kannst es drehen, wie du willst. Wir haben Randy und Jason umgebracht.«

Auf der Holztreppe, die vom ersten Stock in die Wohnhalle hinunterführte, war das Tapsen nackter Füße zu vernehmen. Sally fuhr erschrocken hoch.

Jason und Randy kamen die Treppe herunter. Als sie in der Mitte des Raumes angekommen waren, blieben sie stehen. Ihr Blick war auf Sally und Steve gerichtet.

»Ihr könnt uns nicht töten«, sagte Jason. »Dr. Malone wußte das, als er dir das Gift gab, Mutter. Es war nur ein Experiment. Versuche nie wieder uns zu töten. Wenn du es noch einmal versuchst, werden wir dich umbringen.«

Die Jungen wandten sich um und stapften im Gleichschritt die Treppe hinauf.

John Saul
Meister des Unheimlichen

»Ich bin ein Feigling«, sagt John Saul von sich. »Ich glaube, man muß ein Feigling sein, um etwas Unheimliches, Furchterregendes schreiben zu können, denn wenn man vor nichts Angst hat, wie soll man dann wissen, was furchterregend ist?«

Für die Horror-Fans ist der Name John Saul längst zum Markenzeichen geworden. Saul, der – »aus Angst«, wie er sagt – selbst niemals Horror liest, feiert seit der Veröffentlichung seines ersten Romans 1977 einen Bestseller-Erfolg nach dem anderen. Seine Bücher wurden bisher in 14 Sprachen übersetzt und erreichten eine weltweite Gesamtauflage von über 20 Millionen.

John Saul wurde 1942 in Pasadena, Kalifornien, geboren. Als Zehnjähriger hatte er sich bereits das Ziel gesetzt, Schriftsteller zu werden. Der Erfolg lag damals noch in weiter Ferne.

Als Student der Theaterwissenschaften und Anthropologie besuchte Saul innerhalb von fünf Jahren vier Colleges und brach 1965 schließlich sein Studium ab. Er nahm verschiedene Gelegenheits-Jobs an. Nachts schrieb er komische Mordgeschichten, von denen keine veröffentlicht wurde. Von einer Literatur-Agentin erfuhr er den Grund dafür: Es gebe keinen Markt für derartige Geschichten.

Saul betrieb daraufhin »Marktforschung«: In einem Kaufhaus beobachtete er, welche Art Bücher am meisten verkauft wurden. Es waren Horror-Bücher. Saul beschloß, selbst Horror zu schreiben – und hatte Erfolg. »Durch Zufall war etwas gefragt, wofür ich Talent hatte«, sagt er.

Seine Romane spielen häufig in Kleinstädten, die Hauptfiguren sind Durchschnittsmenschen. Saul plaziert das Unheimliche im Alltäglichen. »In meinen Büchern sieht am Anfang alles ganz normal und wurderbar aus, aber da ist irgendeine Kleinigkeit, mit der etwas nicht stimmt und die außer Kontrolle gerät...«

Verzeichnis lieferbarer Titel
(Stand Februar 1990)

Die Bandnummern der Heyne-Taschenbücher sind jeweils in Klammern angegeben.

Große Romane

John le Carré
Krieg im Spiegel
Roman

01/7836

Der amerikanische Bestseller-Autor
ROBERT LUDLUM
Das Genessee Komplott
ROMAN

01/7876

stephen king's
FRIEDHOF DER KUSCHELTIERE
ROMAN

NACH DIESEM WELTBESTSELLER
ENTSTAND DER GLEICHNAMIGE FILM

01/7627

JOHN KNITTEL
Jean Michel

ROMAN

vom Autor
des Weltbestsellers
»Via Mala«

01/7910

DER WELTBESTSELLER –
ÜBER 50 MILLIONEN VERKAUFT
LEON URIS EXODUS
ROMAN

01/7735

MARIO PUZO
Narren sterben
Roman

Vom Autor
des Welterfolges
»Der Pate«

01/7781

Susan Howatch
DIE HERREN AUF CASHELMARA
Roman

01/7908

Utta Danella
Die Unbesiegte
Roman

01/7890

Pearl S. Buck
Der Weg ins Licht
Roman

01/7851

große Erzähler

HEYNE BÜCHER

Leonie Ossowski
Wer fürchtet sich vorm schwarzen Mann?
Von der Autorin des Bestsellers »Wolfsbeeren«

Roman

01/7835

MARY HIGGINS CLARK
Die Gnadenfrist
Roman

01/7734

Alistair MacLean
Der Santorin Schock
Roman

01/7754

GWEN BRISTOW
Der unsichtbare Gastgeber
Roman

01/7911

KONSALIK Der Arzt von Stalingrad
Roman

01/7917

JAMES A. MICHENER
Colorado-Saga
Roman

01/7813

Michael Burk
So lange die Menschen noch lieben
Roman

01/7723

JOHANNES MARIO SIMMEL
Ich gestehe alles
Roman

01/7897

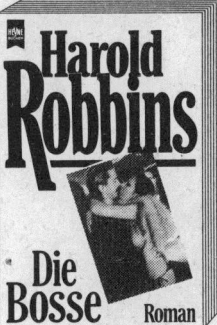

Harold Robbins
Die Bosse
Roman

01/7864

TIP DES MONATS

Jeden Monat ein neuer »Tip des Monats«! Romane einer beliebten Autorin, eines erfolgreichen Autors in einem Band zum Sonderpreis.

2 Romane in einem Band

Craig Thomas

Jade-Tiger
Schnee-Falke

23/30

3 Romane in einem Band

Johanna Lindsey

Wildes Liebesglück
Paradies der Leidenschaft
Auf den Wogen der Leidenschaft

23/34

3 Romane in einem Band

Utta Danella

Gestern oder
die Stunde nach Mitternacht
Der Maulbeerbaum
Der Mond im See

23/29

3 Romane in einem Band

Daphne Du Maurier

Der Geist von Plyn
Kehrt wieder, die ich liebe
Karriere

23/31

3 Romane in einem Band

Marie Louise Fischer

Die silberne Dose
Die tödlichen Sterne
Zerfetzte Segel

23/33

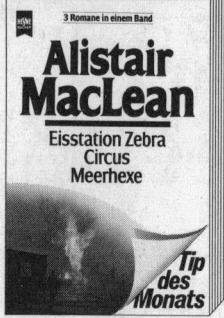

3 Romane in einem Band

Alistair MacLean

Eisstation Zebra
Circus
Meerhexe

23/35

3 Romane in einem Band

Robin Moore

Die Grünen Teufel
Die Versuchung der Grünen Teufel
Heroin Cif New York

23/32

2 Romane in einem Band

Joseph Wambaugh

Die Chorknaben
Ein guter Polizist

23/37